가에서는 면장에나 주재소 순사들이 제멋대로
보고하니, 실제로 그 본인은 자기가 어떻게 창씨개명을 하여 실적을 높이느라고 상부에
그들은 각성바지로 거멍굴보다는 조금 더 마을 바짝 양지 쪽에 모여 살았으나, 문중으로부터
사람 대우를 받지 못하는 것은 당연한 일이었다 창씨개명이 되었는지조차 모르는 경우가 허다하였다
대저, 조상의 뼈가 묻히고 그 혼백이 깃들어 있는 고향을 버리고 떠나와, 남의 문중이 있는 마을에
눈치 보며 얹혀사는 일이란 어느 모로 살펴도 용서받을 수 없는 일이었기 때문이다
"～ 이제 두고 보아 앞으로는 재산 있는 사람이 양반이 될 것이야. 돈이 양반이란 말이지
동생도 물정을 좀 깨쳐야 건네 스스로 미처 못 깨쳤을 때는, 가르쳐 주는 대로 따라오기라도 해야지
기표는 목소리를 누르며 말했다. (105～106)
그는, 본디 그의 부친 병의씨로부터 물려받은 문장(文章)과 필재(筆才)가 남달랐다. 거기다가 영석,
민활하였다 그리고 일찍부터 외처(外處)의 바람을 많이 쐰 탓인지, 현실에 적응하는 것도 그만큼
빨랐다 그 눈의 형형함은 장형 이기채에 못지 않았다 (118)
밖에서 몇 마디 주고받던 강모가 마루로 올라와 서는 것 같더니, 목외(木外)로 들어선다
목외란, 사랑(舍廊)의 가운데를 장지로 막아 아래위칸으로 나눈 위칸을 이른다 보통 주인은
아래칸 아랫목에 앉아 있고 손님은 위칸으로 들어와, 문턱을 사이에 둔 채 거기서 인사도 하고
대화도 나눈다 ～
"강모 오느냐?"
기표가 먼저 아는 체를 한다. (297)

먼저, 특정 세부화될 경우 재구성되는 둘러싼 무수 이같이 간접적 개입해 일반적이고 대해 평가 (33)

김흥수 선생 정년기념논총

글의 무늬를 찾아서

김흥수 선생 정년기념논총

글의 무늬를 찾아서

초판 1쇄 인쇄 2016년 12월 15일 \ **초판 1쇄 발행** 2016년 12월 20일
지은이 김흥수 선생 정년기념논총 간행위원회
편집위원 김주필 임근석 이동은 정선태 \ **편집 간사** 윤보은
펴낸이 이영선 \ **편집 이사** 강영선 \ **주간** 김선정
편집장 김문정 \ **편집** 임경훈 김종훈 하선정 유선 \ **디자인** 김회량 정경아
마케팅 김일신 이호석 김연수 \ **관리** 박정래 손미경 김동욱

펴낸곳 서해문집 \ **출판등록** 1989년 3월 16일(제406-2005-000047호)
주소 경기도 파주시 광인사길 217(파주출판도시) \ **전화** (031)955-7470 \ **팩스** (031)955-7469
홈페이지 www.booksea.co.kr \ **이메일** shmj21@hanmail.net

ISBN 978-89-7483-823-2 93810
값 50,000원

이 도서의 국립중앙도서관 출판예정도서목록(CIP)은 서지정보유통지원시스템 홈페이지(http://seoji.nl.go.kr)와
국가자료공동목록시스템(http://www.nl.go.kr/kolisnet)에서 이용하실 수 있습니다.
(CIP제어번호: CIP2016030562)

김흥수 선생 정년기념논총

글의 무늬를 찾아서

김흥수 선생 정년기념논총 간행위원회

서해문집

발간사

김흥수 선생님께서는 1992년 3월에 국민대학교 국어국문학과에 부임하시어 오는 2017년 2월 정년을 맞이하시게 되었다. 전북대학교 국어국문학과에서 봉직하신 것을 포함하면 30여 년 몸담은 교단을 떠나시는 선생님을 존경하는 마음으로 제자들과 학과의 동료 교수들이 뜻을 모아 정년기념논총을 만들었다.

선생님께서는 1976년 2월에 서울대학교 대학원에서 「중세국어의 명사화 연구」로 석사학위를 받으시면서 학문 활동을 시작하셨다. 그 후 1988년 2월 같은 대학원에서 「현대국어 심리동사 구문에 관한 연구」로 박사학위를 받으셨다. 선생님께서는 매사에 엄밀하면서도 마음은 사랑으로 학생들을 지도하시고, 학계에서는 누구보다 책임감 있게 일을 하시어 국어학회, 언어학회, 텍스트언어학회 등 주요 학회의 중책을 두루 맡으시면서도 뛰어난 학문적 성취를 이룩하셨다.

선생님의 학문적 관심은 우리의 일상과 맞물려 있는 철학적 과제가 아니었나 생각된다. '심리적 존재 양상, 인식과 경험, 시점, 관찰과 행위' 등 인간의 존재와 그 존재의 내면, 그리고 그 내면을 바탕으로 한 다양한 움직임의 언어적 표현은 늘 선생님을 떠나지 않았던 것으로 보인다. 선생님께서는 '문장의 구조, 심리동사 구문, 감각 경험 표현 방식, 인용 표현, 담화 텍스트에서의 대화, 시·소설·산문의 어휘, 표현, 수사, 문체' 등 인간의 내면을 표현하는 언어적 구조화의 방식에 대한 이해의 폭을 끊임없이 넓히면서 그 깊이를 더하는 각고의 노력을 게을리 하시지 않으셨다. 그동안 발표하신 90여 편의 논문은 이러한 노력의 결실이라 생각된다.

이처럼 선생님의 연구는 주로 인간의 내면이 언어적으로 어떻게 표현되는가에 대한 끊임없는 고민의 과정이었던 것 같다. 그래서 심리동사 구문 연구에서 비롯된 연구 영역이 점차 통사론, 어휘론으로 확대되고, 의미론, 담화, 화용론으로 확장되고, 연구의 대상이 국어학과 언어학의 경계를 넘어 국문학의 시, 소설, 산문 텍스트에 이르면서도, 인간 내면의 사고와 그를 통한 행위들이 언어적으로 어떻게 표현되며 그러한 언어적 표현이 어떠한 무늬를 만들어내는가 하는 고민을 놓지 않으셨고, 그 고민의 결과가 하나하나 학문적 성취로 나타나지 않았나 생각된다. 이러한 선생님의 관심과 노력을 기려 편자들은 책의 이름을 "글의 무늬를 찾아서"라 정하기로 하였다.

그리고…… 현실을 감안하여, 책의 구성은 제1부와 제2부, 두 부분으로 나누었다. 처음에는 선생님의 논문을 책으로 낼까 생각하다가 선생님의 고사에 어쩔 수 없이 제1부에 '문체'와 관련되는 선생님의 논문을 중심으로 싣기로 하고, 장소원 교수(서울대학교 국어국문학과)께 게재할 논문을 선정해 달라고 부탁하면서 아울러 각 논문의 내용과 의의에 대한 해설도 부탁을 드렸다(바쁘신 와중에도 어려운 부탁을 그 자리에서 승낙해 주신 장소원 교수께 감사드린다). 제2부에서는 같은 학과의 김주필, 임근석, 이동은, 정선태 교수가 각각 한 장(章)씩 맡아 소주제를 정하여 소주제별로 4편을 선정하고(청탁의 부담을 줄이기 위해 각자의 논문을 1편 싣기로 함.) 선정한 논문에 대하여 짤막한 해설이나 논평을 붙이기로 하였다. 제2부의 소주제는 대략 제1장 국한문체, 제2장 계량적 문체 연구, 제3장 구어 담화, 제4장 문학 속의 언어 등으로 정하고 학계의 흐름을 반영하여 비교적 최근의 논문으로 선정하자는 원칙에 따르기로 하였다. 따라서 제2부의 논문 선정에는 선정자의 주관이 반영되어 있을 수 있어서 학계 전체를 대표한다고 하기 어려운 측면이 있다.

이 책은 창의적인 논문을 작성하여 만든 것도 아니고, 학계의 흐름을 반영하는 대표적인 논문을 선정한 것도 아니다. 혹시라도 선생님의 학문적 업적에 누가 되지 않을까 걱정이 앞선다. 그러나 편자들은 이 책을 내면서 이 책이 그동안 척박했던 국어 문체론 분야의 연구 수준을 고양(高揚)해 오신 선생님의 학문적 성취를 조금이라도 기리고 '문체' 관련 분야를 공부하는 후학들에게 조금이라도 도움이 되기를 바란다.

끝으로 학기 중임에도 선생님의 정년기념 행사를 솔선하여 준비해 준 김강출, 백석원, 윤보은 선생은 물론, 원고를 모아 정리하는 일에서 교정에 이르기까지 도맡아 해 준 대학원생들에게 고맙다는 인사를 전한다. 그리고 이 어려운 시기에도 불구하고, 흔쾌히 출판을 허락해 주신 도서출판 서해문집의 김홍식 사장님과 이렇게 예쁜 책을 만들어주신 편집부 여러분께 진심으로 감사의 말씀을 드린다.

2016년 12월 22일

김흥수 선생 정년기념논총 간행위원회

차 례

구어 담화

문학 속의 언어

제 1 부

김흥수 선생의
문체 연구

장소원

1

들어가기

문체론(Stylistics)은 글의 문체를 대상으로 그들의 형식적인 특징과 기능을 체계적으로 연구하는 학문이다. 문체론의 기원은 고대 수사학으로 거슬러 올라가나 문체를 그 연구 대상으로 하는 문체론이 독자적인 학문으로 성립된 것은 20세기 초엽의 일로 소쉬르의 구조주의 언어학의 기반 위에서 바이이(Bally)에 의해 이루어졌다. 바이이의 문체론은 생각과 표현 형식 사이의 관계에 초점을 맞춤으로써 표현문체론, 또는 기술문체론이라 불리고, 독일 관념론적 학파의 대표자인 슈피처(L. Spitzer)의 문체론은 언어 표현의 근원을 사용자 개인의 심리 속에서 규명하므로 발생론적 문체론, 또는 문체 비평이라 불린다(장소원 1998).

일찍이 슈피처(1967)는 '문체론은 언어와 문학 사이의 가교 역할을 할 수 있는 학문'이라고 갈파한 바 있는데, 우리나라의 경우도 예외는 아니어서 국어학이 국문학과 만나는 자리는 문체론이라는 학문 영역의 이름을 띠고 행해졌다. 그러한 노력을 한 국어학자들 가운데 가장 중요한 위치에 있는 분으로 필자는 주저 없이 김흥수 선생님을 꼽는다. 국어학 전공자가 문학 작품의 언어를 연구 대상으로 삼아 1980년대 초반부터 30년이 넘는 시간 동안 끊임없이 문체, 또는 담화의 이름으로 연구를 지속하며 40여 편의 학술 논문을 발표해 온 사람을 필자는 달리 알지 못하기 때문이다.

얼마 전 국민대학교 국어국문학과에서 선생님의 정년을 기리는 글을 부탁해왔을 때 필자는 그동안 필자가 공부했던 선생님의 논문 몇 편을 정리하고 의미 부여를 하면 되겠다는 생각으로 흔쾌히 그러겠노라고 답을 하는 어리석음을 범하고 말았다. 그러나 필자가 스스로 얼마나 엄청난 실수를 저질렀는지 깨닫게 되기까지는 그리 오래 걸리지 않았다. 그건 김흥수 선생님의 문체론 관련 논문이 생각보다 많아서라기보다는 선생님의 문체론 연구를 대여섯 편의 논문을 정리함으로써 어떻게 해보겠다는 생각이 오히려 선생님께 큰 결례가 되고, 아울러 필자의 문체론 관련 연구에서 보더라도 막대한 오류를 범하는 것이 될 것임을 깨달았기 때문이다.

필자는 일단 국민대학교에서 보내 온 선생님의 문체론 관련 대표 논저에 더해 그동안 김흥수 선생님께서 집필하신 문체와 문학 작품이 관련된 업적을 모으는 일부터 시작했는데 그 결과는 다음과 같다.

1984, 「詩의 言語 分析 試論 -金洙暎의 詩에 대한 語學的 接近-」, 『어학』 11, 전북대 어학연구소, 67-82쪽.

1985, 「소설의 방언에 대하여」, 『국어문학』 25, 국어문학회, 1-22쪽.

1988, 「언어학적 문체론의 위상과 과제」, 『국어국문학』 100, 국어국문학회, 63-74쪽.

1989, 「국어 시상과 양태의 담화 기능 -소설의 경우를 중심으로-」, 『이정 정연찬 선생 회갑 기념 국어국문학논총』 2, 탑출판사, 315-334쪽.

1990, 「국어의 통사현상과 문체」, 『기곡 강신항선생 화갑기념 논문집』, 태학사, 533-554쪽.

1992, 「국어 문체론 연구의 현단계와 어학적 문체론」, 국어국문학회 편, 『국어국문학』 40년, 집문당, 623-642쪽.

1993, 「국어 문체의 통사적 양상에 대한 연구」, 『한국언어문학』 31, 83-101쪽.

1993, 「현대 국어 문체의 문법 현상에 대한 통시적 해석」, 『국어사 자료와 국어학 연구』, 서울대학교 대학원 국어 연구회, 584-597쪽.

1994, 「소설에서 인물 표현 명사구의 유형과 그 담화 문체기능」, 『국어 문체론』, 박갑수 편, 대한교과서주식회사, 177-194쪽.

1995, 「명사화의 담화기능과 문체 양상」, 『어문학논총』 14, 국민대학교 어문학연구소, 131-151쪽.

1996, 「언해문 간의 차이에 대한 문체적 해석」, 『이기문교수 정년퇴임 기념논총』, 신구문화사, 182-201쪽.

1996, 「신동엽시의 담화론적 해석」, 『문학과 언어의 만남』, 김완진 외, 신구문화사, 855-880쪽.

1996, 「소설에서 관계절의 텍스트 기능」, 『어문학논총』 15, 국민대학교 어문학연구소, 91-119쪽.

1997, 「문체의 변화」, 『國語史硏究』, 國語史硏究會, 태학사, 955-1025쪽.

1997, 「소설에서 관계절류의 시학적 양상 -인물 사물 지칭의 담화론적 양상-」, 『어문학논총』 16, 국민대학교 어문학연구소, 113-137쪽.

1998, 「소설에서 계열성과 대립성의 시학적 양상 -「난장이가 쏘아올린 작은 공」의 관계절류를 중심으로-」, 『어문학논총』 17, 국민대학교 어문학연구소, 81-124쪽.

1998, 「문체 의미론」, 『의미론 연구의 새 방향』, 이승명 편, 박이정, 333-362쪽.

1999, 「소설에서 대화의 분포와 그 담화 텍스트 기능」, 『어문학논총』 18, 국민대학교 어문학연구소, 81-106쪽.

2000, 「소설에서 대화 인용의 방식과 양상」, 『어문학논총』 19, 국민대학교 어문학연구소, 113-142쪽.

2001, 「소설의 방언에 대하여」, 『문학과 방언』, 역락, 287-310쪽.

2001, 「소설에서 대화와 인접 지문에 대한 담화론적 해석」, 『어문학논총』 20, 국민대학교 어문학연구소, 123-142쪽.

2002, 「소설의 대화 인용에서 인용 동사 표현의 양상 -발화 동사 '말하다'의 쓰임을 중심으로-」, 『어문학논총』 21, 국민대학교 어문학연구소, 165-182쪽.

2003, 「1인칭 소설의 화자와 시점에 대한 텍스트론적 해석」, 『어문학논총』 22, 국민대학교 어문학연구소, 75-95쪽.

2004, 「기획논문 : 문학 텍스트와 문체론」, 『한국어학』 25, 한국어학회, 1-21쪽.

2004, 「1인칭 소설에서 시점의 세부 유형과 추이에 대한 텍스트론적 접근」, 『어문학논총』 23, 국민대학교 어문학연구소, 35-53쪽.

2004, 『「혼불」의 문체 특성』, 혼불 기념사업회, 전라문화연구소.

2005, 「소설 「혼불」의 서술자와 시점에 대한 어학적 접근」, 『어문학논총』 24, 국민대학교 어문학연구소, 45-66쪽.

2006, 「시인 김수영 산문의 문체」, 『담화인지언어학회 발표논문집』

2006, 「소설의 시점과 관련 문법 현상」, 『어문학논총』 25-1, 국민대학교 어문학연구소, 53-66쪽.

2006, 「김수영 산문의 언어 관련 담론에 대한 어학적 소고 (1) -모국어와 외국어에 대한 인식 양상-」, 『관악어문』 31, 서울대학교 국어국문학과, 201-217쪽.

2007, 「김수영 산문의 상호텍스트성 -원(原)텍스트 인용의 경우를 중심으로-」, 『어문학논총』 26, 국민대학교 어문학연구소, 33-50쪽.

2008, 「신동엽 시의 화용 양상 -대명사의 쓰임을 중심으로-」, 『어문학논총』 27, 국민대학교 어문학연구소, 45-68쪽.

2009, 「김수영 산문의 언어 관련 담론에 대한 어학적 소고 (2)」, 『어문학논총』 28, 국민대학교 어문학연구소, 19-38쪽.

2010, 「김수영 산문의 언어 관련 담론에 대한 어학적 소고 (3)」, 『어문학논총』 29, 국민대학교 어문학연구소, 21-38쪽.

2011, 「신동엽 산문의 언어 특징」, 『어문학논총』 30, 국민대학교 어문학연구소, 21-46쪽.

2011, 「신동엽 산문의 담화, 화용 양상 -문법 관련 현상을 중심으로-」, 『한국어의미학』 36, 한국어의미학회, 119-148쪽.

2012,「신동엽 산문에서의 텍스트 기능과 표현 양상 -사동, 의문문 표현을 중심으로-」,『어문학논총』 31, 국민대학교 어문학연구소, 31-55쪽.

2013,「김수영 산문에 나타나는 포괄 독자 지칭·호칭어 및 그 관련 표현의 사용 양상」,『텍스트언어학』 35, 한국텍스트언어학회, 23-59쪽.

2014,「문학텍스트와 문체론」,『번역문체론』, 김순미 외, 한국문화사.

2014,「신동엽 산문에 나타나는 접속어, 중단 생략의 표현 양상」,『어문학논총』 33, 국민대학교 어문학연구소, 1-18쪽.

2015,「김수영 산문의 인용 현상에서 표현, 소통, 태도 관련 텍스트 기능과 그 양상」,『어문학논총』 34, 국민대학교 어문학연구소, 1-18쪽.

2015,「김수영 산문에 나타나는 인용의 화행 관련 텍스트 기능」,『한국어학』 66, 한국어학회, 129-161쪽.

2016,「김수영과 신동엽 산문의 지시사 표현 양상」,『어문학논총』 35, 국민대학교 어문학연구소, 99-118쪽.

순수 문법론 분야의 논저를 빼고 김흥수 선생님의 문체와 텍스트, 담화 분야의 논문만 모아도 대략 40여 편에 달하는 방대한 양이다. 한 편 한 편의 논문을 다 정리하고 평하는 것은 감히 필자의 능력으로서는 엄두도 내지 못할 일이 분명한지라 본고에서는 그동안 선생님께서 집필하셨던 위의 논저들을 몇 가지로 묶어 분류함으로써 선생님께서 문체론 분야에 기여하신 공로를 기리고자 한다.

2

언어학적 문체론의 위상 정립기

1980년대 후반 김흥수는 「언어학적 문체론의 위상과 과제」에서 문체론을 문학과 어학의 공동 관심사가 되는 분야로 규정하고 '문학과 어학의 관련은 언어학의 개념과 방법론을 문학 언어에 원용, 응용함으로써 문학 언어에 고유한 논리 체계를 세우려는 관점에서 추구되었으므로 이제 문체론이 특별히 수행해야 할 몫을 좀 더 분명히 하고, 문체론에서의 언어학적 방법론이 언어학 자체의 맥락에서 멀어지게 된 점을 어학 쪽의 목소리로 되짚어 보는 일은 문학과 어학의 관련을 새롭게 추구'한다는 의의가 있음을 상기하면서 언어학적 문체론의 위상을 정립하고 그 분야의 과제를 제시하였다(김흥수 1988:65).[1] 먼저 그는 작가·작품의 문체를 집중적으로 연구하는 분야를 '문학 문체론'이라 불러 좀 더 문학 일반 이론에 이끌리는 문학적 문체론과 언어학적 방법에 의한 언어학적 문체론을 포괄하였다. 그에 따르면 언어사용의 다양한 변이 양상을 다루는 어학적 문체론과 달리, 문학 관점의 문체론은 문학작품의 특징적 양상을 대

1 이 절부터는 보다 학문적인 기술을 위해 김흥수 선생님에 대한 존칭을 생략하기로 한다. 또 너무 많은 인용을 일일이 표시하지 않고 논저의 연도를 밝히는 것으로 대신한다. 이 글의 목적은 김흥수 선생님의 논저가 지니는 의의를 보이는 것이므로 거의 대부분이 선생님의 문장이거나 일부를 수정한 것에 지나지 않는다고 해도 과언이 아니다.

상으로 하여 구별되는데, 문학에서는 언어형식이나 문학 언어가 중요한 논의 대상이므로 작가·작품의 언어에 초점을 맞춘다면 문체론의 목표와 가치가 더 뚜렷해질 수 있다고 파악하였다.

한편 문학 문체론의 여러 방법 중에서 언어학적 방법은 언어학의 새로운 흐름에 힘입어 그 적용 범위가 넓어지고 설명력이 커지고 있지만 아직까지는 언어학적 지식을 적용하는 측면과 문학에 관여하는 측면이 실속 있게 통합되었는지는 의문이라고 하며 언어학적 문체론의 위상과 방법을 중심으로 국어학 쪽에서 국문학을 보는 한 가지 관점을 논의하였다.

그는 이 논문에서 언어학적 문체론의 위상을 정립하는 데 고려해야 할 문제로 다섯 가지 의문을 제기하고 각각에 답을 제공하였다. 문제를 먼저 나열하고 각각에 대해 제시한 설명을 요약하면 다음과 같다.

> 첫째, 일상 언어의 문체관은 문학 언어의 문체관에 어떻게 관련되는가.
>
> 둘째, 일상 언어의 문체 양상은 문학 언어의 문체 양상에 어떻게 관련되는가.
>
> 셋째, 문학 언어와 문체의 관련은 어떤가.
>
> 넷째, 작가, 작품의 문체는 일반 화자나 화맥과 어떻게 관련되고 장르, 시대에 따른 문체의 차이를 어떻게 반영하는가.
>
> 다섯 째, 문체사실에 대한 언어학적 관찰과 분석을 문학적 해석·평가와 어떻게 관련지을 것인가.

이 부분을 정독하면 1980년대에 이미 그는 어학적 문체론이 나아가야 할 방향을 정립하고 체계를 확립하였음을 알 수 있는데, 오늘날까지 집필되고 있는 그의 전체 논저의 흐름을 살펴보면 자신이 이 글에서 제시한 분야에서 빈 칸을 차근차근 하나씩 메워 왔음을 알 수 있다.

먼저 첫 번째 질문에 대한 답을 정리하면 다음과 같다.

(1) 일상 언어를 사용하는 화자는 발화상황, 심리적 태도, 사회적 조건 등에 따라 적절한 표현을 선택하는 문체규칙을 적용함으로써 그에 상응하는 문체 효과를 얻는다.

(2) 문체 효과를 의도하는 선택의 원리는 문학 언어에서 특히 두드러진다.

(3) 이때 문학언어가 의도하는 효과는 시적 기능을 강화하는 것이다.

(4) 문학성을 높이기 위한 표현의 선택은 의미를 담는 최선의 형식을 선택하는 것이다.

따라서 이 질문과 답들이 의미하는 바는, 문체론에서 행하는 작업은 '의미(주제)에 형식(구조와 언어논리)이 어떻게 상응하는가와 여기에 어떤 미학적 기능이 관여하는가를 밝히는 것'이 되어야 한다는 것이다.

두 번째 질문에 대한 답은 문학적 문체와 비문학적 문체가 범주상으로 구별되는 것은 아니며 일상 언어의 논리와 동떨어진 문체 기법이나 장치는 없지만 일상 언어적 요소도 작품 속에서는 문학적 담화의 특성과 해석자의 관점에 따라 재해석된다는 것이다. 그러한 예로 명사성과 동사성, 정태성과 동태성, 단문성과 복문성, 직접성과 간접성 등 대표적인 문체상의 대비는 문법적 논리에 그대로 근거하고 있으며 다양한 담화(연설, 법령, 경정, 광고, 편지, 일기)의 문체 특성들이 작품의 문체기법으로 활용될 수도 있다고 하였다. 이러한 설명은 우리나라에 텍스트 언어학이라는 학문이 아직 도입되기 이전에 이미 텍스트의 유형별 특징이 문체론과 닿아 있음을 뜻하고 있어서 흥미롭다.

세 번째 질문은 문학 언어와 문체의 관련에 대한 것으로 그는 문학 언어의 논리는 일상 언어와 대비되는 특성에 초점이 가 있는 데 비해 문체는 문학 언어의 특성을 전제로 작가, 작품의 변이나 특징에 주안점을 둔다고 비교하였다. 그러므로 문체론은 문학 언어의 양상과 논리가 작가, 작품의 고유성과 개별성을 좇아 어떻게 실현되고 수행되는가를 밝히는 것이 핵심임을 갈파하였다.

네 번째 질문인 '작가, 작품의 문체는 일반 화자나 화맥과 어떻게 관련되고 장르, 시대에 따른 문체의 차이를 어떻게 반영하는가'에 대하여는 작가, 작품의 언어는 그 문학성 때문에 특별한 개인어(idiolect), 특별한 담화로 인식되고 따라서 문체 논의는 그에 상응하는 시적 논리에 집중된다고 하면서 염상섭의 서울 중인계층어, 김수영의 빈번한 외국어는 작가의 일상어의 배경을 반영하면서 문학적 인식에도 도움을 주고, 고대소설이나 판소리의 어조를 재현한 현대 마당극의 사설은 현대 일상어의 제약을 넘어섬으로써 극적 효과를 얻게 함을 예를 들어 설명하였다.

마지막 질문인 문체 사실에 대한 언어학적 관찰과 분석을 문학적 해석·평가와 관련짓기 위해서는 작가의식이나 세계관을 고려하여야 한다고 하였다.

김흥수(1988)에 의해 일상 언어의 논리에 근거하여 문학에 관여하는 언어학적 문체론의 성격과 위상이 분명히 정립되었다고 할 수 있다. 이후 그를 위시한 많은 국어학자에 의해 행해진 언어학적 문체론은 심리학적 방법, 통계적 방법에 비해 문체의 특징을 객관적·명시적으로 드러내고 문체 특징의 의미나 기능을 논리적으로 설명해 주는 성과를 나았다.

3

어학적 문체론의 방법론 수립기

김흥수(1988)에서 탄력을 받아 많은 연구 성과가 나올 수 있었던 배경에는 언어학적 문체론의 층위와 분야별로 언어학적 방법이 그대로 적용 가능하며, 구체적으로는 문체요인이나 기법, 장치에 음운 층위, 표기, 형태, 어휘, 통사적 양상과 통사적 범주, 의미 양상과 의미 범주, 화용, 언어 사회적·지리적 변이 양상 가운데 어떤 언어학적 개념과 논리를 어떻게 적용하는지가 중요하다고 구체적인 연구 방법론을 제시해 주었기 때문이라고 필자는 생각한다. 언어학적 문체론이 무엇이며 무엇을 대상으로 삼아야 하고 어떤 접근 방법이 가능한지를 안내해 준 그의 선지자적 업적들이 없었다면 우리의 어학적 문체론은 아직도 문학과 아주 먼 거리에 놓여 있지 않았을까 하는 것이 필자의 생각이다.

이 절에서는 김흥수(1988)의 뒤를 이어 어학적 문체론이 주목할 만한 통사 현상이 무엇인지를 보임으로써 통사론적 연구가 문체론과 어떻게 만날 수 있는지를 보여준 김흥수(1990)과 문체 요인에 따라 다양하게 나타나는 의미의 변이를 집중적으로 논의하기 위해 설정한 '문체 의미론'을 다룬 김흥수(1998), 문학 텍스트를 대상으로 한 어학적 문체론의 연구 방법을 제시한 김흥수(2004)를 정리해 보기로 한다. 아울러 1992년 국어국문학회에서 조망한 국어문체론 연구의 현단계와 어학적 문체론(김흥수 1992)을 간단히 소개한다.

김흥수(1990)은 산문 문체의 기본 단위는 문장이고 통사 논리는 텍스트의 구조에 두루 이용될 수 있기 때문에 통사 층위의 문체론적 의의가 매우 크다는 인식에서 출발한다. 일반 문제로서 통사현상의 문체기능, 통사현상에 대한 문체론적 해석을 논한 다음, 구체적으로 문체의 관점에서 유의해야 할 통사현상들을 개괄하는 순서로 이루어져 있다.

먼저 그는 특정 통사현상이 어떤 문체기능을 수행하는가, 문체적 변이, 일탈, 통사현상의 질적 차이 등 네 관점에서 해석할 수 있음을 구체적인 예와 함께 보인다. 먼저 특정 통사현상이 수행하는 문체기능의 관점에서는, 어떤 통사구조나 통사규칙이 본래의 통사기능

외에 어떤 문체기능을 수행하는가, 문체규칙에 준할 만큼 적극적인 문체기능을 수향하는 통사규칙은 없는가, 어떤 통사현상에 수반되는 문체기능은 그 통사·의미·화용기능과 어떤 관련이 있는가 등을 다룰 수 있다고 하였다.

둘째 관점에서는 동의나 환언 관계에 있는 구문들의 선택 조건을 찾아봄으로써 문체적 변이 관계를 확정하고 그 기능의 차이를 밝힐 수 있고, 셋째 일탈의 관점은 문학어의 창조성과 미학적 기능을 추구하는 돋보이게 하기(전경화), 낯설게 하기, 체계적 일탈 등이 적극적 문체기능을 수행한다는 데 초점을 맞추었다. 마지막 넷째 관점은 통사현상의 성격에 따라 문체기능이 특징지어진다는 주장으로 이를테면 어순바꿈, 주제와 초점, 분열문 등은 청자에 대한 통보책략의 일환이 되는 데 비해 피동, 사동, 명사화는 상황에 대한 인식법을 드러내며, 내포나 접속은 텍스트의 논리 구조, 사고내용의 진술방식을 반영하며, 화제, 대용, 생략 등은 텍스트의 응집과 전개에 관여한다는 것이다. 김흥수는 이 네 관점이 유기적으로 관련되면서 서로 간에 참조가 됨으로써 통사현상의 문체기능을 포괄적으로 이해하는 데 도움을 준다는 이점을 피력하였다.

이어지는 김흥수(1990) 3절의 논의는 그렇다면 지금까지의 언어학적 인식을 문체론에 통합하기 위해서는 문체의 다양한 양상에 비추어 통사현상의 문체기능이 다시 해석되고 평가되어야 하는데, 구어체와 문어체는 문체 양상과 통사현상의 관련을 종합적으로 그리고 비교적 뚜렷하게 반영하며 여러 문체의 통사적 특징을 찾는 데 준거로 활용할 수 있다는 주장이다. 즉 구어체에서는 단순접속, 어순바꿈, 소형문, 생략, 구어적 문법요소가 두드러진 반면 문어체에서는 내포, 정상어순, 완전문, 명사화와 피동문, 문어적 문법요소가 두드러지는데, 이러한 대비가 문체의 여러 국면에 걸쳐 나타나는 것이 그 예가 될 수 있다는 것이다. 4절은 구체적 적용의 실제를 보이는 절로, 기본어순을 재배치하는 어순바꿈, 명사화, 피동문과 사동문 구성 등을 다루었다.

이 연구는 통사론과 문체론의 시각과 인식이 서로 필요하고 또 만날 수 있다는 점을 좀 더 구체적으로 확인하였다는 점에서 의의를 찾을 수 있다고 마무리되는데, 1993년에 발표된 두 편의 논문을 통해 국어 문체의 통사적 양상이 한 차례 더 심화되어 연구된다.

김흥수(1998)은 문체 의미론의 영역을 리치(G. Leech 1974:16~17)의 문체적 의미와, 연상 의미들의 일부, 문법 · 화용과 관련된 동의적 구문들을 포함하여 어휘, 통사, 담화, 화용, 그리고 사회 · 심리적 측면에까지 걸치는 것으로 상당히 넓게 상정하는 데에서 시작하여 문체적 의미 변이들을 어휘 · 형태와 통사 층위를 중심으로 살펴보면서 그 유형화, 기술, 설명 방안을 모색하고 있다.[2]

먼저 어휘의 문체적 의미에 대해서는 첫째, 동의나 유의 관계에 있는 어휘의 문체적 차이, 둘째, 접사를 비롯한 형태 요소와 관련된 문체적 차이, 셋째, 의성 · 의태어, 색채어, 감각어 등 특정 의미 영역

---

2 이 연구에서는 문장 이상의 담화 · 텍스트 층위, 화용의 양상은 다루지 않고 통사와 직접 관련되는 측면만을 대상으로 한다.

의 어휘가 나타내는 문체 양상 그리고 그 밖에 숙어나 수사(修辭)와 관련된 어휘의 문제 등으로 나누어 접근할 수 있는데 각 분야를 일별해 보면 다음과 같다.

먼저 동의어나 유의어의 문체적 의미 요인으로 김흥수(1998)은 구어체와 문어체, 격식체와 비격식체, 비속어, 전문어, 의고체나 보수체, 이념성, 화자의 정서 · 태도 · 강조 등 표현적 의미, 경어, 방언, 완곡 · 미화 어법, 문학어 · 아어(雅語), 여성어, 아동어 등을 들면서 이들에는 어휘재(材)의 요인으로서 고유어와 한자어, 기타 외래어 등이 관여한다고 지적한다.

다음으로 형태 요소나 절차와 관련된 문체적 의미는, '-질'과 같이 접사 형태가 첨가됨으로써 문체적 의미가 나타나는 경우, '-롭-', '-스럽-'과 같이 형태의 의미가 유사하여 문체적 변이의 관계를 보이는 경우, 음성상징에 따라 느낌의 차이를 보이는 의성 · 의태어와 같이 음성적 요인이 문체적 의미를 유발하는 경우 등으로 나타난다. 그리고 의성 · 의태어, 색채어, 감각어 등은 어휘 부류 중에서 특히 표현 · 문체기능이 두드러진 경우에 해당한다. 이들에 나타나는 음운 · 형태 · 의미의 관련, 풍부한 접사에 따른 섬세한 의미 분화, 풍부하고 다양한 의미 전이 등은 어휘 형태론이나 어휘 의미론의 주요 대상이 되는 동시에, 두드러진 표현 · 문체기능을 낳는 요인이 되기도 한다. 그 밖의 경우로 어휘의 문체적 의미에 접근하는 방법은 숙어와 관용어 표현을 통하는 것으로, 숙어나 관용어 표현은 의미 확대나 생성이 문맥으로부터 더 자유롭게, 그리고 화용 · 사회 · 문화적 요인과도 관련되어 이루어진다. 또 수사법 가운데서도 주로 어휘 층위에서 이루어지는 비유·의유(擬喩), 상징, 과장, 완곡·미화어법, 어휘 반복, 영탄 등은 어휘 문체론의 대상이 될 수 있다.

김흥수(1998)의 후반부는 자신의 선행 연구 두 편, 즉 김흥수(1990)과 김흥수(1993)을 참조하며 통사현상들을 그 의미·화용·문체기능과 유표성·일탈성에 따라 유형별로 점검하고 동의·환언 관계에 있는 문체적 변이 구문들을 짚은 다음, 어순과 어순바꿈, 화제·초점 구문과 분열문, 제시어 구문과 부사적 인용 구문, 격조사와 그 특이형, 피동문, 사동문, 심리형용사 구문과 '-어하다' 타동사 구문, 부정문, 명사화, 관계절과 명사구 보문, 접속문, 재귀사, 인용 화법 등에 대해 살핀다. 그에 따르면 문장은 문체의 형성과 전개에서 주요 단위이자 주축이 되기 때문에 통사 층위의 의미가 문체에 어떻게 관여하는지는 특히 중요하다. 이때 통사 층위의 의미는 통사구조, 통사규칙, 문법요소 등의 의미와 화용 기능에 의해 생성, 해석, 수행된다. 따라서 통사 층위의 문체 의미론 문제는 통사구조, 통사규칙, 문법 요소의 의미와 화용 기능이 문체기능, 문체 논리에 어떻게 관련되고 어떤 문체론적 의의와 가치를 지니는가 하는 것으로 요약된다.

또한 김흥수(1998)은 모든 통사현상은 그 나름대로 의미·화용 기능을 수행하고 문체에도 관여하나 그중에는 의미·화용 기능이나 문체와의 관련이 좀 더 두드러진 경우들이 있음에 주목한다. 그는 통사기능과 의미·화용·담화·문체기능 가운데 무엇이 주가 되느냐에 따라 세 가지 경우를 구분하였다. 먼저 통사기능이 주(主)이면서도 중요한 의미·화용·담화·문체기능이 수반되는 통사현상으로 관계절, 접속, 어순바꿈, 명사화 등을 든다. 두 번째로 통사기능 못지 않게 의미·화용·담화·문체기능이 두드러진 경우로는 화제·주제·초점 구문, 피동·사동, 대용(代用)과 분열문을, 그리고 마지막으로 의미·화용·담화·문체기능이 주가 되는 경우에는 문체적 어순바꿈, 독립적 제시어 구문, 동일 요소 외의 생략, 인용 화법, 대우법, 시상·양태·서법·화행과 관련된 문장 종결 형식 등을 언급하였다.

그는 또한 유표적이거나 일탈된 통사현상에 주목하여 정상의 이동 범위를 벗어나는 어순바꿈, 이중부정, 수사 의문, 의고적 문어체 구문, 특이한 대격의 쓰임, 수용성을 무시한 반복·복합적 구조, 의도적 중의성, 시(詩)문법 차원의 의도적인 선택 제한 위배나 통사규칙 위반 등이 이에 해당한다고 정리하고, 동의·환언 관계에 있으면서 문체론적으로 의의 있는 구문에는 정상 어순과 이동 어순, 능동문과 피동문, 사동문의 짧은 형과 긴 형, 부정문의 짧은 형과 긴 형, 심리 형용사문과 심리 타동사문, 명사화의 '-음, -기' 구문과 '것' 구문, 격조사나 접속어미 간의 상호 대치형, 양태요소나 인지동사 간의 상호 대치형 등을 들면서 수많은 통사현상들이 어떻게 문체 의미론에 기여할 수 있는지를 보여준다.

이 연구는 그동안 형태론, 어휘 의미론, 통사 의미론, 기능통사론 등에서 연구된 내용을 문체 의미론의 관점에서 종합, 정리함으로써 문체 의미론의 체계를 수립하고 그 연구 대상을 체계적으로 정리했다는 의의를 지닌다.

김흥수(2004)는 문학 텍스트를 대상으로 한 어학적 문체론의 연구 방법을 제시한 글이다. 그에 따르면 작품·작가의 문체에 대한 어학적 접근법은 크게 세 가지 단계로 나뉜다.

첫째는 언어의 문체에 대한 일반적 관심의 연장선에서 작품·작가의 문체도 다양한 문체 현상의 일환으로 살피고 기술하는 것이다. 둘째는 작품·작가의 문체 현상이 일상어와 다른 문학어의 일부임에 유의하여 일상어가 문학어에 관여하는 양상과 문학어의 특성을 살펴 이해하고자 하는 것이다. 셋째는 작품·작가의 특징적이고 선택적인 언어·문체 현상에 유의하고 어학적 방법에 힘입어 문학어의 특성을 밝히고 작품·작가의 문체와 문학성을 분석, 해석하고자 하는 것이다.

이러한 어학적 접근법의 의의는 다음과 같다.

(1) 언어 현상의 논의 대상을 확대, 특화함으로써 문장 이하·구조 중심 기존 어학의 인식과 설명법을 점검, 보완하고 새로운 제재와 영역을 찾는 계기가 될 수 있다.
(2) 다양하고 특징적인 문체 현상, 일상어와 문학어의 관련과 차이를 집중적으로 살핌으로써 다양한 언어 변이체나 담화·텍스트 유형에 대한 논의를 다원화, 정밀화하고 어학과 문학의 간격을 좁히는 데에 사례나 고리가 될 수 있다.
(3) 문학 쪽의 언어·문체 논의, 특히 어학적 방법을 활용하는 문학적 접근법에 참고가 될 수 있다.

김흥수(2004)에 따르면 어학적 문체론의 대상은 언어학의 흐름과 성과를 반영하는데, 그동안 전통어학, 구조주의, 변형생성언어학은 문장 이하·구조·문법 중심이어서 문장 이상 층위, 기능, 의미가 중시되는 문체론의 대상을 확보하고 연구 업적을 창출에 어려움이 있었으나, 의미·화용론, 담화·텍스트언어학, 기호학, 수사학 등은 문체론의 대상을 풍부하게 하고 특화, 심화하는 데에 기여할 것이라는 전망이 가능하다. 또 어학 문체론의 대상은 문학어 문체 현상의 어느 면에 주안점을 두는가에 따라 크게 랑그의 문체와 파롤의 문체, 둘로 나누어 볼 수 있는데 구체적 논의 대상은 일단 랑그 문체에서 점검·설정될 수 있다. 그 이유는 문체는 본래 다양한 실현에서 비롯된 만큼 문법에서 랑그적 측면이 중시되는 것과 달리 파롤적 측면이 중시되지만, 문체의 기본 요인과 논리는 랑그 문체에서 논의·상정되기 때문이다.

어학적 문체론에서 논의 대상이 될 만한 문체 요인이나 논점으로는 모든 언어 층위(음운, 형태, 어휘, 통사, 의미, 화용, 담화, 텍스트), 문법의 여러 측면(통사구조와 규칙, 문법 범주와 기능, 의미·화용 기능, 문법 요소 등)에 걸쳐 주요 현상이나 주제들을 두루 고려할 수 있다. 그런 예로 위에서 거론되었던 요인들 외에 운율, 구어·문어체 문법 형태, 핵심 詩語나 상징어의 계열성, 어순, 명사적 구문과 동사적 구문, 능동과 피동, 시상('-었다'와 '-는다'), 부정, 경어법, 화행, 視點, 인용 화법(자유간접화법, 내적 독백), 서술자 개입, 담화 유형과 서술 방식(설명, 서사, 묘사, 논평, 요약), 대화의 격률과 일탈, 배경과 前景, 텍스트의 결속성(cohesion)과 응집성(coherence), 대화·담화·텍스트의 전개 양상, 상호텍스트성(개작, 패러디) 등이 있다.

이 연구는 랑그 문체, 시 문체, 소설 문체의 실례 몇 가지를 보이는데, 먼저 랑그 문체의 사례로, 김흥수(2004)는 문장 종결 형식에서의 시간 표현 그중에서도 쓰임이 두드러진 '-었다'와 '-는다(-다)'의 문제를 제기한다. 시간 관련 문법 요소들은 문법범주 간 내적 관련과 담화·텍스트 기능을 바탕으로 문학 텍스트에서도 뚜렷한 쓰임과 기능을 보임으로써, 어학의 영역을 넓히면서 문학과 연계될 수 있는 논제가 되기 때문이라는 것이 그 이유이다. 특히 '-었다'와 '-는다(-다)'는 초기 근대 소설 문체의 형성 과정에서도 문제가 되었고 오늘날에도 서술 기법으로 폭넓게 활용되고 있어서 주목을 받아 왔다. 물론 이러한 쓰임은 비문학 텍스트나 시에서도 나타나, '-었-'은 서사, 서사적 설명, 시의 서사적 맥락이나 서사시, '-느-'계는 묘사, 일반적 설명과 논설, 시의 정서·묘사적 맥락이나 서정시 등에서 선호된다. 그럼에도 그 쓰임이 소설에서 가장 다양하게 복합적으로 나타나서인지 그동안 논의는 소설을 중심으로 전개되었다며 최인훈, 박경리, 최명희, 최서해, 조세희 등의 소설에서 이 두 계열의 어미가 어떻게 쓰이고 있는지를 구체적으로 보이며 설명한다.

이어 4절에서는 시 문체의 사례로 윤동주, 김수영, 신동엽 시의 단편적 특징 몇 가지를 논하고, 5절에서는 소설 문체의 사례로 조세희의 「난장이가 쏘아올린 작은 공」을 집중적으로 살핀다. 「난쏘공」에서 눈에 띄는 조세희 소설의 문체 특징으로, 압축, 생략, 절제되고 속도감 있는 短文體, 인물·계층 간의 대립을 반영하는 구조·표현상 계열적 대립, 빈번하고 급격한 장면 전환과 시간 착오, 파격적 장면·대화 삽입, 화제의 잦은 교대, 시적·환상적·우화적 장면과 분위기 활용, 상징성과 추상적 어조 등을 들 수 있다.

이 연구는 문학 텍스트를 대상으로 하는 어학적 문체론이 랑그 문체, 시와 소설의 문체를 어떻게 다룰 수 있는지를 실제로 보여준 논문이지만 필자로 하여금 문학 텍스트를 대상으로 하는 어학적 연구가 단순한 어학적 지식만으로 가능한 것이 아니며 문학 작품에 대한 깊이 있는 통찰을 전제하고 있음을 절감케 한 논문이다.

김흥수(1992)는 국어 문체론 전체의 흐름을 염두에 두되 어학적 문체론의 연구 맥락을 중심으로 1992년 당시에 문체론이 놓인 현 단계를 점검한 연구이다. 그해의 국어국문학회는 고전문학과 현대 문학 그리고 국어학 연구의 40년사를 정리할 목적으로 마련된 자리였고, 그곳에서 발표되고 후에 『국어국문학 40년』에 수록된 이 연구는 어학적 문체론의 관점에서 앞서 이루어진 연구사 논의를 짧게 검토하고 연구 대상별로 방법과 내용을 개괄한 다음, 주된 경향과 문제점을 논의하면서 어학적 문체론이 문체론 속에 어떻게 자리 잡고 있는지를 짚어보았다.

이 글에서는 국어 문체론을 역사적·통시적 연구와 문체 유형 연구, 작가·개인의 문체 연구, 표현 문체론 연구, 작품의 문체 연구, 실용적·실천적 논의로 나누어 검토하는 방식을 취한다. 먼저 역사적·통시적 연구에서는 국문체의 정착과정을 살펴본 후 국어 문체사 전반에 대한 연구들을 정리함으로써 문체의 통시적 양상에 대한 관심은 주로 국어의 역사적 연구에서 비롯된 것이고 그 결과로 국어 문체의 통시적 기반과 동인들이 어느 정도 드러나게 되었다고 설명한다.

다음으로 문체의 유형 연구를 정리하는데 이 논의는 언어의 변이 양상을 화용적·사회적 요인이나 조건에 따라 유형화하는 것으로서 언어학적 문체론의 본령에 속한다고 갈파하였다. 특히 구어와 구어체를 다루는 연구는 문어에 편향된 문체론을 구어의 역동성과 다양성 속에서 재고하고 재편성하는 데 유용하므로 앞으로 문체론은 격식체와 비격식체, 계층어, 직업어, 비속어, 은어, 여성어, 아동어, 평민어, 귀족어, 궁중어, 雅語 등을 아울러야 한다고 주장하였다.

작가·개인의 문체 연구는 어학적 방법을 활용한 연구에서도 작가 연구의 하나로 문학을 지향하는가, 작가를 예증으로 문체 동기·기법·유형 등을 찾는가에 따라 접근법을 달리하여야 한다고 강조하였고, 표현 문체론에서는 개인이나 작가의 문체, 특정 담화·텍스트·작품의 문체를 실현하는 기반이 되는 표현의 원리 또는 규칙체계로서 일상어와의 차이가 강조되어 온 문학어를 어학의 관점에서 설명할 수 있다고 하였다. 작품의 문체 연구에 대해서는 작가의 경우보다 작품의 구조나 텍스트성이 언어 논리와 더 긴밀한 관련을 맺고 있으므로 어학적 설명력이 더 커질 수 있다는 점을 강조한 것이다. 마지막으로 실용적·실천적 논의들로는 문장론·창작론에서의 개설적·규범적 서술 외에 국어 순화 차원의 연구나 번역 문체, 북한어 문체의 연구들이 있음을 들면서 문체의 문제는 좀 더 심층적으로, 높은 수준에서 화자의 언어의식과 자율성, 창조력을 고양시키는 데 관여한다고 의의를 부여하였다.

이 연구는 그동안의 연구에서 어떤 경향이 두드러지고 있으며 그에 따른 문제점이 무엇인가를 요약하며 끝맺고 있는데, 앞으로 어학적 문체론은 언어학의 흐름을 배경으로 어학의 관점과 논리에 더 철저할 수 있고 문학 쪽에 더 가까이 다가갈 수 있게 됨으로써, 스스로의 위상을 다지면서 문학과 호흡을 같이할 수 있는 기회를 맞고 있다고 어학적 문체론의 현단계를 평가하였다.

간단히 정리한 김흥수의 논문들이 향후 문체론을 공부할 사람들에게 어학적 문체론이 문학작품을 어떤 시각으로 어떻게 접근하는 방식을 취할 것인지를 제시한 것이라면, 김흥수(1997)은 국어사적인 입장에서 문체의 변화를 바라볼 수 있는 가능성을 보여준 논문이다. 물론 문체는 공시적으로 다양한 변이를 보이고 그 변화 양상이 명확하지 않아서 통시적 변화를 일률적으로 확실하게 기술하기는 어렵지만 대개의 경향성이나 일면적 추이를 짚어볼 수 있다고 하면서, 문체의 변화를 正音 이전, 중세, 근대, 개화기, 현대로 나누어 근대 국어까지를 다루고 있는데 이 연구의 앞부분을 보면 문체의 변화에 대한 그의 인식을 엿볼 수 있다. 그 부분을 정리하면 다음과 같다.

(1) 국어의 문체는 세부적으로는 시기, 장르, 문헌, 개인에 따라 편차가 있지만, 문어체, 국한문혼용체, 長文體, 한문투나 한자어 선호 쪽에서 구어체, 국문체, 短文體, 국어화한 한자어나 고유어 선호 쪽으로 변화해 온 경향을 보인다.

(2) 국어의 문체는 국어 본래의 특성에 따라 형성되고 변화, 발달하는 자생적·독자적 측면과 한문을 비롯한 외래 문체에 이끌리고 영향을 받는 외래적 수용과 차용의 측면을 아울러 보인다.

(3) 국어 문체사에서 문체 선택에 중요하게 관여해 온 요인으로

글의 장르나 텍스트 유형, 대상 독자층, 언해 양식 등을 들 수 있다.

(4) 국어 문체의 자생적 변화 가운데 일반적인 경향으로는 장문의 단문화, 율문의 산문화, 명사적 구문의 동사문화 등이 나타났다. 문법 변화와 관련되어 문체적 차이를 보이는 경우도 있다.

(5) 문학 작품의 이본들은 복합적 요인들에 따른 문체의 차이를 종합적으로 보여 주고, 외래 문체의 직역체에서는 轉移語를 비롯한 번역 차용이 나타났고, 소재 언어의 차이도 문체에 반영되어 개화기 이후에는 한문 외에 일본어, 영어 구문과 표현, 어휘의 간섭이 심해졌다.

공시적 측면뿐만 아니라 국어사적인 측면에서도 문체의 변화를 연구해야 한다는 것을 보여준 김흥수(1997)에서 가볍게 다루어졌던 개화기 문체에 대한 부분은 2004년 「이른바 개화기의 표기체 유형과 양상」에서 본격적으로 펼쳐지는데, 이 연구는 표기체, 문체, 어휘 면에서 급진적이고 뚜렷한 변화를 보이는 개화기의 표기체 유형과 사용 양상, 표기체에 반영된 문체의 실상을 정리한 것이다.

4

언어학적 문체론의 실습

필자가 공부한 김흥수의 문체 관련 연구 업적들은 어학적 문체론의 위상을 정립하고, 공시론과 통시론을 아울러 분야별 체계를 수립함으로써 연구 대상을 확정하였으며, 문체 관련 연구사를 정리하는 데에서 그치지 않는다. 이런 엄청난 규모의 작업들을 지속적으로 수행하는 것과 병렬적으로 본인이 직접 어학적 문체론의 연구 대상으로 제시한 각각의 주제를 연구함으로써 문학작품을 대상으로 하는 어학적 문체론을 주도해 왔다는 사실은 그의 수많은 논저를 통해 확인할 수 있다. 이 자리에서는 문학작품을 대상으로 한 김흥수의 언어학적 문체론 연구가 어떻게 행해졌는지 그 대강을 정리하고 대표적인 업적 몇 가지를 소개하고자 한다.

김흥수(1984)는 시에서의 문법요소 사용에 대한 연구로 소설의 방언에 대한 문체론적 연구인 김흥수(1985)와 함께 김흥수(1988)에 앞서 이루어진 업적들이다. 그는 언어학의 관점과 지식이 작품의 이해와 작가, 작품의 논의에 얼마나 유용할 수 있는지를 시험하고 모색하기 위해 이들 논문을 쓰기 시작했다고 스스로 밝히고 있다. 특히 김수영의 시를 택한 이유는 "그의 시가 어학적 접근을 꼭 필요로 해서가 아니라 강한 호소력을 지니면서도 어려운 만큼의 거리를 남기고 있는 그의 시의 비밀을 조금이라도 분명하게 풀고 싶은 개인적 욕구에서"라고 밝혔는데, 이러한 그의 '개인적 욕구'는 조세희의 「난장이가 쏘아올린 작은 공」(김흥수 1994)으로 시작해서 신동엽의 시(김흥수 1996, 2008)와 산문(김흥수 2011, 2011, 2012, 2014)을 연구하고, 최명희의 「혼불」(김흥수 2004, 2005)를 거쳐 김수영의 산문(김흥수 2006, 2007, 2009, 2010, 2013, 2015)에 이르기까지 실로 방대한 연구로 지속되다가 마침내 김홍수(2016)에서 "김수영과 신동엽 산문의 지시사 표현 양상"라는 업적으로 일단 정리되고 있다.

1984년 「詩의 言語 分析 試論-金洙暎의 詩에 대한 語學的 接近-」에서 밝혔듯이 "직접 작가와 작품에 부딪쳐 그들을 이해하는 데 어학의 지식이 어떻게 활용될 수 있는가를 체험코자" 한 그의 시도는 그의 연구 업적 전반에 걸쳐 지속적으로 유지되는데 결국 김수영과 신동엽의 작품을 주 대상으로 하고 있다고 볼 수 있다. 그는 언어학의 거의 모든 층위와 모든 분야에서 언어학적 문체론이 다룰 수 있는 것, 다루어야 하는 것들을 시도하였다고 할 수 있으며 그 결과, 김수영과 신동엽의 문체론 분야의 대가로 자리매김하게 되었다.

먼저 조세희의 「난장이가 쏘아올린 작은 공」을 대상으로 인물 지칭 표현 유형을 점검하고 그 담화·문체기능을 논의한 김홍수(1994)는 인물 지칭 표현방식이 작품의 주제와 구조, 인물의 성격과 세계관을 어떻게 반영하는지, 시학 논리에 어떻게 기여하는지는 문학의 과제가 되므로 이와 관련될 수 있는 어학적 측면을 연구한 것이다.

이 논문의 요지는 고유 명사, 보통 명사, 친족 명사, 대명사들로 유형화되는 인물 지칭 표현 방식은 통사, 의미, 화용면에서 차이와 관련을 보이는데 이들 차이와 관련이 담화·문체기능으로 이어져 담화·문체론적 의의를 지니게 된다는 것으로, 담화·문체 양상은 소설 시학 논리의 기반이자 요인이 될 수 있다는 점에서 인물 지칭 포현 유형들의 담화·문체기능 논의는 인물 표현을 둘러싼 문학적 해석에도 참조가 될 수 있다는 의의를 지닌다.

이 연구의 주요 논점은 (ⅰ) 인물 지칭 표현 유형들의 어학적 특성과 일반적 담화·문체기능, (ⅱ) 유형들이 작품의 주제, 구조, 시점, 인물의 성격, 부류에 따라 어떤 분포와 계열적 특징을 보이는가, (ⅲ) 같은 인물이 여러 지칭 유평으로 나타나는 데에는 어떤 담화·문체 요인이 작용하는가 하는 것들인데, 인물 지칭 명사구 유형들은 의미·화용적 특성에 따라 담화·문체기능을 수행하게 되므로 소설에서 인물 지칭법의 다양한 차이와 변화는 서사 구조와 방식, 주제와 인물 표현에서 한 몫을 담당하는 의의를 지닌다.

김흥수(1994) 이후 그는 언어학적 문체론의 통사적 양상을 연구하는 업적들을 발표하는데, 앞서 정리한 인물 표현 명사구를 다룬 김흥수(1994)를 시작으로 명사화의 담화기능을 다룬 김흥수(1995), 소설에서 보이는 관계적의 텍스트 기능을 다룬 김흥수(1996, 1997) 등이 이에 해당한다.

1996년에 발표된 「신동엽 시의 담화론적 해석」부터는 시와 소설의 담화 기능에 주목하여 개별적 시들을 대상으로 담화론적 해석을 시도하였다. 1999년 이후로는 소설 속 대화의 담화 텍스트 기능(김흥수 1999)이나 소설 속 대화와 인접 지문에 대한 담화론적 해석(김흥수 2001)이 그에 해당하는데, 이런 흐름은 소설 대화의 인용 방식과 양상(김흥수 2000, 2002), 소설 속 방언(김흥수 2001) 연구를 거쳐 2003년과 2004년과 2006년의 소설 속 화자와 시점에 대한 연구로 이어진다. 이후 2005년 「혼불」의 문체 연구부터 구체적인 작가와 작품을 거명하며 시작된 그의 연구는 이후 김수영의 산문, 신동엽의 시와 산문의 문체 연구에 집중되고 있다.

문학 작품을 대상으로 한 문체론 연구를 점검하는 작업이 필자의 힘에 부치는 관계로 이 절에서는 소설의 방언을 연구한 김홍수(2001)을 정리하는 것으로 대신하고자 한다.

김홍수(2001)은 소설이라는 장르에서 방언이 문학언어 또는 현실모사의 언어로서 어떻게 활용되며 그때 언어미학적 기능과 현실모사적 기능은 어떤 관계에 있는가. 특히 현실모사의 소설에서 방언의 현실모사적 기능은 현실인식의 시각·수준·내용을 어떻게 드러내주며 그 양상은 언어미학적 기능과 어떻게 관련되는가, 한 작가나 작품에 있어서 방언이 작가의식이나 문학관과 관련해 가질 수 있는 의미는 무엇이며 리얼리즘의 성취라는 면에서 기여하고 실패한 점은 어떤 것인가 하는 문제들을 언어와 현실성 논의의 유기적 통합이란 면에서 음미하고 특히 현실에 강력하게 대응하는 문학이 지향해야 할 문체와 어조를 생각해 보는 계기로 삼자는 취지에서 행해진 연구이다.

논의는 방언의 개념에 비추어 일상언어로서의 구어나 방언이 문학언어 또는 문체의 관점에서 어떻게 평가될 수 있고 또 그들 전통 속에서 어떻게 달라져왔으며 그 문학사적 의미는 무엇인지 리얼리즘의 현재라는 시각에서 살펴보는 것으로 시작한다. 그리고 구체적으로 채만식의 전북방언을 중심으로 그의 리얼리즘의 특성과 한계를 다루는 순서로 이어진다. 이 연구를 통해 김홍수는 채만식 소설의 방언 양상이 현실인식과 어떻게 관련되고 현실모사 면에서는 어떻게 활용되고 있는지를 개관함으로써, 특히 농촌을 다룬 소설의 경우 시대상황에 맞서 역사를 타개해 나가는 문학으로서는 미흡하다는 점과 방언의 기능 또한 진지한 현실모사보다는 미학적 효과에서 더 뚜렷하다는 점을 보여주었다.

5

마무리

대학에서 '문체론' 강의를 진행하면서 단 한 번도 빼놓지 않고 학생들에게 김홍수 선생님의 문체론 관련 논저들을 읽혀 온 까닭에 그저 몇 편의 논문을 정리하면 되겠지 하는 가벼운 마음으로 덜컥 결정한 일이 몇 달에 걸쳐 이토록 필자를 난감한 상황에 빠지게 할 줄은 미처 짐작도 못했었다. 우선 선생님의 문체론 관련 논저들을 한 자리에 모아 놓고 보니 참으로 방대한 양이어서 당황스러웠는데 그것이 문법론이나 국어사 분야의 업적을 덜어낸 후라서 더욱 황당할 지경이었다. 그런데 더 큰 문제는 선생님의 논문을 한 편 한 편 다시 읽어나가면서 어느 것 하나도 대충 읽고 제쳐놓을 수 없을 정도로 무겁고 중요한 내용들로 가득 차 있었다는 것이었다. 따라서 이 글은 필자가 공부한 선생님의 업적을 제대로 정리하고 평가하는 일은 애초에 불가능한 일이었음을 깨닫고 자복하는 증거라 하겠다.

필자는 김홍수 선생님의 업적을 정독하면서 학문하는 이의 자세가 어떠해야 하는지를 절감하게 되어 그동안의 가볍고 나태했던 학문적 태도를 깊이 반성했음을 고백한다. 또 문체론 분야에 늘 다리 하나를 걸쳐놓고 생활하는 이로서 국어학의 다른 분야들에 치어 늘 변두리에 자리하고 있는 문체론이 이토록 연구할 것이 많은 분야라는 사실을 다시 한 번 절감하게 되어 가슴이 벅차오르는 느낌을 경험한 것 역시 이 일을 맡고 얻은 큰 소득이다.

이 글을 마무리하며 단 한 가지 염려되는 것은, 필자가 어리석어 선생님의 중요한 글을 정리하면서 혹시라도 논점을 흐리지나 않았을까 하는 점이다. 이런 두려움으로 필자가 읽은 선생님의 글 가운데 문체론을 하는 사람들이 늘 가슴에 간직했으면 하는 문장이 있어 그 문장을 소개하면서 이 글을 마무리하고자 한다. 마지막으로 누군가가 필자에게 언어학적 문체론의 장래에 대해 분명한 사실 한 가지를 전망해보라고 한다면, 필자가 감히 장담할 수 있는 사실은 김흥수 선생님의 문체론 연구는 앞으로도 계속된다는 것이다.

> 언어학적 문체론은 분석도구의 객관성과 논리성에 의해 믿을 만한 문체론적 정보를 제공해 줄 수 있지만 문학 문체론의 한 역할을 담당하기 위해서는 문학에 대한 열린 시각과 태도 속에서 문체의식을 가져야 하고 그러한 의식을 구체화하고 감당할 만한 언어학적 시각과 논리를 준비해야 한다(김흥수 1988:71-72).

장소원, 서울대학교 국어국문학과, sowon@snu.ac.kr

언어학적 문체론의 위상과 과제

김흥수

1

서언 : 언어학적 문체론의 상황 점검

문체론은 문학과 어학의 공동 관심사가 되는 분야로서, 수사학, 시학, 형식적·언어학적 비평 이론, 문학 기호론들과 중복[1]되고 관련되면서 나름의 영역을 확보해 왔다. 그리고 이들에 나타나는 문학과 어학의 관련은 언어학의 개념과 방법론을 문학 언어에 원용, 응용함으로써 문학 언어에 고유한 논리 체계를 세우려는 관점에서 추구되었다.[2] 이 시점에서, 문체론이 특별히 수행해야 할 몫을 좀 더 분명히 하고, 언어학적 방법론이 언어학 자체의 맥락에서 사뭇 멀어지게 된 점을 어학 쪽의 목소리로 되짚어 보는 일은 문학과 어학

1 이들 관련 분야의 관계를 바로 정립하기 위해서는 연구 대상과 방법, 관점과 목표 등을 분명히 구별지을 수 있어야 할 것이다.

2 문학 편향의 언어학적 비평이나 문학적 문체론의 문제점에 대해서는 Fowler (1981. 2장) 참조. 그리고 이러한 관점은 최근 기호론에 의한 국문학 연구 성과를 종합한 최현무(1988)에도 보인다.

의 관련을 새롭게 추구하는 데 도움이 될 수 있을 것이다.

어학의 관점에서 문체[3]는 언어사용의 다양한 변이 양상(variation)을 말하는데 문학의 관점에서는 특히 문학작품의 특징적 양상을 대상으로 한다. 문체론이 어학의 문체관을 전제로 하면서도 작가와 작품의 문체 양상에 논의를 집중시켜 온 데는 다음의 까닭이 있는 것으로 생각된다. 먼저 어학 쪽에는 언어수행이나 변이의 문제를 화용론, 사회언어학, 담화언어학(text linguistics) 등이 담당하게 됨으로써 상대적으로 문체론의 위치가 뚜렷하지 않게 되었다[4]는 사정이 있다. 반면에 문학에서는 언어형식이나 문학 언어가 중요한 논의 대상이 되고 있는 만큼 문체론은 작가·작품의 언어에 초점을 맞춤으로써 그 목표와 가치가 좀 더 뚜렷해지게 된 셈이다. 그러나 언어학의 여러 분야가 문체의 문제를 나눠 갖게 됨으로써 문체의 논의가 다변화[5]될 수 있다든지 문학 문체론에 의해 가치·의미 지향적인 문제 제기가 집중적으로 이루어질 수 있다든지 하는 것으로 문체론의 장래를 낙관하기는 어렵다.

문학 문체론은 어학적 관점의 문체관을 명분으로 하더라도 실제면에서는 작지 않은 비약과 괴리를 허용하고 있고 이에 대해 어학 문체론 또한 별 자극이나 추진력이 되지 못하고 있기 때문이다.[6]

---

3 문체를 정의하는 다양한 관점에 대해서는 Enkvist(1964:10~46) 참조.

4 언어학의 한 분야로서 문체론의 위치는 본래 그리 뚜렷치 않고 국어학에서는 더욱 그렇다. 비교적 언어학의 관점에 충실한 개론서로 Turner(1973)를 들 수 있다.

5 종래 국어학의 문체 논의가 구어체와 문어체, 국한문혼용체와 국문화의 정도, 직역체와 의역체 등에 한정되었던 것을 말한다.

6 이 점에서 김완진(1968), 장소원(1986)은 어학 문체론을 다지는 예들로 기억된다.

한편 문학 문체론[7]의 여러 방법[8] 중에서 언어학적 방법은 언어학의 새로운 흐름에 힘입어 그 적용 범위가 넓어지고 설명력이 커지고 있다. 우리 경우에도 언어학적 방법은 큰 비중을 차지해 왔는데[9] 이론과 방법에 대한 의욕에 비해 언어학적 지식을 적용하는 측면과 문학에 관여하는 측면이 실속 있게 통합되었는지는 의문이다. 그러나 언어학의 논리를 문학적 해석과 평가에 통합한다는 의미의 언어학적 문체론은 어학에 뿌리박으면서도 문학을 지향한다는 점에서 문체론의 이중적 현실을 드러냄과 아울러 당위를 제시하고 있다 하겠다.

이에 이 글에서는 언어학적 문체론의 위상과 방법을 중심으로 국어학 쪽에서 국문학을 보는 한 가지 관점을 생각해 보기로 한다.

2

언어학적 문체론의 위상과 관련된 주요 문제들

언어학적 문체론의 위상을 자리매김하는 데는 다음 문제들이 고려

---

7 이 글에서 문학 문체론이란 작가·작품의 문체를 집중적으로 연구하는 것으로서 좀 더 문학 일반 이론에 이끌리는 문학적 문체론과 언어학적 방법에 의한 언어학적 문체론을 포괄한다.

8 이에 대해서는 김상태(1982:88~133) 참조. 단 거기에 제시된 의미론적 방법, 기능적 방법은 언어학적 방법에 포괄될 수 있다.

9 이와 관련된 문체 연구사는 한미선(1986) 참조.

되어야 한다.

첫째, 일상 언어의 문체관은 문학 언어의 문체관에 어떻게 관련되는가.

일상 언어에서 문체상의 변이는 구어와 문어의 관습적 차이나 여러 사회적 요인에 따라 조건이 결정되고 그 기능과 동기는 심리적 측면(친밀도, 정서적 태도, 권위의식), 사회적 측면(인간관계, 사회적 역할), 발화상황적 측면(격식성, 긴급성)에서 찾아볼 수 있다. 즉 화자는 발화상황, 심리적 태도, 사회적 조건 등에 따라 적절한(felicitous) 표현을 선택하는 문체규칙을 적용함으로써 그에 상응하는 문체 효과를 얻는다. 문체 효과를 의도하는 선택[10]의 원리는 문학 언어에서 특히 두드러지며 이때 의도하는 효과는 시적 기능을 강화하는 것이다. 문학성을 높이기 위한 표현의 선택은 의미와 형식의 관계라는 관점에서 의미를 담는 최선의 형식의 선택이라 할 수 있으며, 이에 따르면 문체론은 의미(주제)에 형식(구조와 언어논리)이 어떻게 상응하는가와 여기에 어떤 미학적 기능이 관여하는가를 밝히는 것이 된다.

둘째, 일상 언어의 문체 양상은 문학 언어의 문체 양상에 어떻게 관련되는가.

문학작품의 문체가 비문학적인 글의 문체에 비해 시적 기능이 두드러지고 감각적·묘사적인 경향은 있으나 문학적 문체와 비문학적 문체가 범주상으로 구별되는 것은 아니며[11] 일상언어의 논리와

---

10 문체를 선택(choice)의 관점에서 간명하게 정의한 것은 Traugott & Pratt(1980: 29~34) 참조.

11 이는 일상 언어와 문학 언어의 차이를 범주상으로 구별하기 어렵기 때문에 문학

동떨어진 문체 기법이나 장치는 없다 해도 지나친 말은 아니다. 명사성과 동사성,[12] 정태성과 동태성, 단문성과 복문성, 직접성과 간접성[13] 등 대표적인 문체상의 대비는 문법적 논리에 그대로 근거하고 있으며 다양한 담화(연설, 법령, 경전, 광고, 편지, 일기)의 문체 특성들이 작품의 문체기법으로 활용되기도 하는 것이다.

그러나 문체요인으로 작용하는 일상 언어의 논리는 하나의 완결된 작품을 테두리로 하는 만큼 전체성과 문학성으로 수렴되는 작품 내적·미학적 기능이 두드러지고 담화 속에 긴밀하게 통합되는 통일성(cohesion)을 보여준다.[14] 따라서 일상 언어적 요소도 작품 속에서는 문학적 담화의 특성과 해석자의 관점에 따라 재해석된다.[15] 반면에 작품의 언어논리가 일견 특이해서 시문법적 차원으로 보일 때라도 그 특이성을 일상 언어의 연장 속에서 파악할 수 있는 경우가 있다.[16] 이는 문학적 담화를 통해 일상 언어에 대한 인식이 새로워

성의 정도, 기능의 강조점의 차이로 보는 것과 비슷하다.

12 이는 특히 Sebeok T. A.(ed.)(1960:213~20)에 실린 Rulon Wells의 "Nominal and Verbal Style"에서 제기되었다.

13 Traugott & Pratt(1980:169~77)에서는 통사구조가 단순한 Hemingway와 복잡한 Henry James를 각각 'directness', 'indirectness'로 설명하고 있다.

14 이러한 관점은 Traugott & Pratt(1980:21~34) 참조.

15 따라서 문학 언어의 대표적 특성으로 알려진 일탈(deviation), 파격(anomaly)의 문학적 가치도 과장되어서는 안 된다. 작위적이고 의도적인 문체기법에 비해 무의식 속에서 표출된 문체 양상이 더 큰 생명력과 문학성을 지니는 경우도 많기 때문이다.

16 가령 김완진(1979)에 실린 「문학작품의 해석과 문법-고려가요에서의 존경의 접미사 〈-시-〉의 경우」에서 시문법적 논리로 해석한 {-시-}의 용례를 {-시-}의 기능과 내적 관련을 갖는 것으로 생각해 보는 것이다.

질 수 있는 경우로서, 일상 언어에서는 잘 드러나지 않던 논리가 문학적 담화에서 집중적으로 그리고 명시적으로 나타난 것이라 생각된다.

셋째, 문학 언어와 문체의 관련은 어떤가.

문학 언어의 논리는 일상 언어와 대비되는 특성에 초점이 가 있는 데 비해 문체는 문학 언어의 특성을 전제로 작가, 작품의 변이나 특징에 주안점을 둔다. 따라서 문체론의 소재와 논리는 문학 언어 전반의 양상과 논리에 바탕을 두나 그 핵심은 문학 언어의 양상과 논리가 작가, 작품의 고유성과 개별성을 좇아 어떻게 실현되고 수행되는가에 있다. 예컨대 문학 언어 논의에서 화맥, 유추, 추론과 관련해 은유의 원리와 유형을 밝힌다면 문체론에서는 이러한 원리와 유형이 작가·작품 속에서 어떤 양상으로 나타나고 어떻게 기능하는가를 살핀다.

넷째, 작가, 작품의 문체는 일반 화자나 화맥과 어떻게 관련되고 장르, 시대에 따른 문체의 차이를 어떻게 반영하는가.

작가, 작품의 언어는 그 문학성 때문에 특별한 개인어(idiolect), 특별한 담화로 인식되고 따라서 문체 논의는 그에 상응하는 시적 논리에 집중된다. 그러나 이들의 전제가 되는 특정 시대·사회의 언어는 이들 문학 언어의 기반이자 제약조건으로서 현실성과 창조성을 아울러 가늠할 수 있는 준거가 된다. 염상섭의 서울 중인계층어, 김수영의 빈번한 외국어는 작가의 일상어의 배경을 반영하면서 문학적 인식에도 도움을 주는 예이며, 고대소설이나 판소리의 어조를 재현한 현대 마당극의 사설은 현대 일상어의 제약을 넘어섬으로써 극적 효과를 얻는 예이다.

아울러 작가, 작품의 진정한 특징을 가리고 그 의미를 바로 해석하기 위해서는 장르나 시대적 문체관습에 따른 차이도[17] 고려해야 한다. 가령 시보다는 소설이 구어체나 한글전용에 적극적이었다는 점에서 시의 구어성은 더 특기될 수 있고, 시에서는 통사적 일탈의 폭이 비교적 넓게 허용되기 때문에 그것이 시인의 규범성을 재는 기준이 되기는 어렵다. 1920·30년대 한문투와 일본어의 사용이 흔히 시대나 의식의 반영인 반면 지금은 수사적 의도를 위한 것일 때 효과적이라는 것은 시대에 따른 문체관습의 한 예일 것이다.

다섯째, 문체사실에 대한 언어학적 관찰과 분석을 문학적 해석·평가와 어떻게 관련지을 것인가.

한 작가·작품의 문체 양상을 다른 작가·작품과 비교하고 그 특징을 찾는 일은 작품 자체의 논리에 대한 내적 조망이 병행되지 않는 한 이원적 상대성의 오류[18]에 빠지기 쉽다. 더구나 그러한 차이와 특징이 어떤 기능과 의미를 갖는지 해석하는 데는 형식과 언어논리는 물론 작가·작품의 전반적 성격을 염두에 두지 않을 수 없다. 김유정, 이문구의 방언의 현실성과 미학적 기능이 다르고 김동인, 조세희의 간결체의 서사적 기능이 다른데 이들의 차이를 밝히기 위해서는 작가의식이나 세계관이 고려되어야 하는 것이다.

이로써 일상 언어의 논리에 근거하여 문학에 관여하는 언어학적

---

17 이에 대해서는 김완진(1983), 심재기(1983) 참조.

18 이에 대한 비판은 한미선(1986:23~26) 참조.

문체론의 성격과 위상이 좀 더 분명해졌으리라 본다.

3

언어학적 문체론의 층위·분야별 방법과 사례

문체 연구에서 언어학적 방법은 심리학적 방법, 통계적 방법에 비해 각각 문체특징을 객관적·명시적으로 드러낼 수 있고 문체특징의 의미나 기능을 논리적으로 설명할 수 있다는 강점을 지닌다. 구조주의, 변형생성문법으로 대표되는 언어학의 발전에 따라 언어학적 문체론도 새로운 양상을 띠게 되었는데[19] 통합적·계열적 관계를 중시하거나 변형을 문체요인으로 삼는 것, 화용론과 담화분석(discourse analysis), 담화언어학에 의해 시야가 넓어지게 된 것은 그 예이다.

언어학적 문체론의 방법은 층위와 분야별로 언어학적 방법이 그대로 적용되며, 따라서 문체요인이나 기법, 장치에 어떤 언어학적 개념과 논리를 어떻게 적용하는지가 주요 과제가 된다.

최근 음절 중심(syllable-based)·자립분절(auto-segmental)·율격(metrical)음운론은 율격(meter)의 기저자질과 기저유형, 실현 양상을 규칙화하는 데 효과적이고[20] 이 같은 음운단위의 확대와 정형화

---

19 이에 대해서는 Fowler(1981:1장) 참조.

하기 어려운 동적 양상에 대한 관심은 산문까지 포함해 음악성에 대한 거시적 접근[21]을 가능케 해 준다. 또 음운자질들의 문맥적 호응관계나 반복·교체·대조의 구조적 양상에 의해 소리와 의미의 대응 또는 형식과 내용의 통합을 추구하는 일은 내면의 운율이 강조되는 현대시에서 더 중요성을 띤다.

표기는 국문체의 발달을 살피는 데 중요한 근거[22]가 되며 문자의 시각적·기호적 특성을 문학 형식의 기법으로 활용하는 경우도 있다. 이상, 황지우의 시에서 보는 실험적 표기는 부정의 시정신이 낯설게 하기의 효과와 만난 예이며, 소설에서 대화를 지문 중에 끼워 넣거나 내적 독백을 대화에 준하는 인용부로 표시하는 것[23]은 화자의 인물에 대한 관점이 반영된 예이다.

형태에서는 특이한 개인어[24]에 나타나는 조어방식, 문법요소의 특이한 사용, 문법요소의 반복[25] 등이 눈에 띄는데 이들은 흔히 돋보이게 하기(前景化)의 효과를 의도한다.

어휘는 추출의 준거가 뚜렷치 않은 무작위의 분포, 의미 논리가 단순화되기 쉬운 색채어·감각어, 직관에 의존해 선택된 어휘의 분

---

20 문학 쪽에서 음운론의 지식을 활용하여 일정한 성과에 이른 예로 성기옥(1980)을 들 수 있다.

21 Traugott & Pratt(1980:77~9)에서는 Virginia woolf의 『*Mrs. Dalloway*』의 한 단락을 대상으로 이런 분석을 시도하고 있다.

22 이에 대해서는 심재기(1978), 이기문(1984), 김영철(1987) 참조.

23 가령 박경리의 「토지」에서는 내적 독백을 괄호로 묶어 지문과 구별해 주고 있다.

24 개인어에 대해서는 김상태(1982:224~6) 참조.

25 시에서의 문법요소 사용에 대해서는 졸고(1984) 참조.

포 등에 논의가 편중된 편이다.[26] 의미상 호응관계에 있는 어휘들이 작품의 핵심적 의미를 향해 어떤 방식으로 집중되고 있는지를 밝히는 관점에서 선택, 분석되어야 할 것이다. 김수영의 「풀」에서 '풀'은 은유·상징성이 다른 자연물과의 호응이나 자동사와의 통사적 관계 속에서 강화되는 것, 황석영의 「탑」에서 인지동사에 의해 작품의 구조를 작중화자가 전쟁의 부조리를 깨닫는 과정으로 파악할 수 있는 것은 그 예이다.

통사적 양상으로는 주어 생략, 단문·복문·접속문의 선호, 변형의 양과 변형 유형 선호[27] 등이 논의되었으나 핵심단락의 선택과 문맥에 따른 차이를 고려하지 않음으로써 피상적인 경향성을 지적하는 데 그쳤다. 통사구조나 통사규칙의 문체기능이 두드러지게 되는 것은 작품의 의미에 관련되는 경우로서 피동, 사동, 내면격, 어순바꿈 등은 그 예이다. 이를테면 김수영의 「피아노」, 「의자가 많아서 걸린다」에서는 행동주가 비명시적인 상황의존적 피동사 '울리다', '걸리다'에 의해 시의 화자를 둘러싼 강박의 분위기를 강조하고 있으며, 현진건의 「술 권하는 사회」는 그 의미구조를, 표제의 기저적 환언 '사회가 X(작중화자)에게 술을 권하다'에 대한 사동적 환언 '사

26 이런 경향은 정한모(1959), 이인모(1965), 박갑수(1977), 이우영(1986) 등에 두루 나타난다. 한편 문체특징이 대표적으로 나타날 수 있는 단락으로 흔히 서두, 절정, 결말 부분을 택했으나 이는 편중된 경향성을 보일 수 있다는 점에서 아무 부분이나 골랐을 때의 미덕도 지닐 수 없다. 무릇 특정 단락의 선택은 특정한 문체 특징이나 기법, 요인에 맞추어 이루어져야 할 것이다.

27 이는 특히 Freeman(ed.)(1970)에 실린 Richard Ohmann의 "Generative Grammar and the Concept of Literary Style"에서 비롯된 것이다.

회(X의 부인)이/가 X에게 술을 마시게 하다'로 해석함으로써 표제의 반어적 의미가 드러난다. 또한 김수영의 「먼 곳에서부터」, 「X에서 Y로」에서는 기점과 지향점의 공간적·내면적 관계를 통해 개인의 내면에서 사회 현실로 이행해 나가는 작가의 변모를 짚어볼 수 있으며, 「푸른 하늘을」의 목적어 후치, 「꽃잎(二)」의 부사어 후치는 주제의 강화에 기여한다.

의미 양상으로는 어휘의미들의 호응·대립관계를 통해 작품의 의미 구조에 이르는 문제, 문학 언어의 내포적·중의적 특성을 극대화하는 은유, 상징, 심상(이미지)의 문제가 논의되었는데 특히 후자는 화용론, 인지의미론, 심리언어학 등에서 도움을 받을 수 있다.

작품의 의미에 관여하는 의미범주로는 시제와 相, 양태(서법), 否定 등을 들 수 있다. 가령 채만식의 「레디메이드 인생」 머리에서 K 사장과 P에 대한 서술은 현재 미완의 '-는다'와 완료의 '-었다'의 대조를 보여주는데 이때 완료상[28]은 주인공의 처지에 잘 대응된다. 또 박경리의 「토지」 머리에서는 사실적 장면묘사가 가능한 상황을 '-을 것이다'라는 추측의 어조로 서술함으로써 그 물리적 시간성을 심리적 시간으로 전환하는 예가 나타나며, 역설과 반어는 부정의 논리를 수반한다.

화용에서는 서술기법, 어조, 시점, 대화와 화법, 인칭대명사, 대우법 등이 논의되었는데 이들은 화용론과 담화언어학의 발달로 더 풍부한 논의를 기대할 수 있게 되었다. '-었다'와 '-는다'가 각각 서사,

---

28 물론 이때 완료상의 의미는 과거시제와의 관련 속에서 파악될 수 있다.

묘사에 걸맞는 까닭, 여성적 어조의 화행 면의 특징, 해학, 풍자, 반어에서 대화의 격률을 어떻게 깨뜨리고 활용하는가,[29] 현재와 과거가 교차되는 시간착오 기법[30]이 화자의 태도를 반영하는 까닭, 조세희의 절제된 대화에 나타나는 상호협동의 원리, 대화함축상의 특징, 자유 간접화법에서 작중화자가 인물에 개입하게 되는 화용적 근거, 김수영의 「이 한국문학사」에서 '이, 그, 저'의 대조에 반영된 화자의 태도는 대명사의 어떤 논리에 의하는가, 채만식의 「치숙」, 「태평천하」에서 대우법과 풍자에 관계에 깃들인 심리적 기제 문제 등은 그 예이다.

언어 사회적·지리적 변이 양상은 현실의 반영이란 면에서 리얼리즘의 정신에 걸맞는 문학 언어로서의 가치를 지니며 풍자, 해학, 과장 등 수사에 쓰이기도 한다. 따라서 방언, 속어, 은어 등의 문체 기능은 현실묘사적 측면과 미학적 측면의 균형과 통합이란 면에서 그 효과를 가늠해 볼 수 있다.[31]

지금까지 어학의 관점에서 논의할 수 있는 문체론적 문제들을 개관해 보았는데 이러한 문제 제기와 논의의 방법은 문학의 관점에서 제기되는 논점들[32]과 적절히 통합됨으로써 문체론의 성과로 자

---

29 이에 대해서는 김태자(1987:4,5장) 참조.

30 이에 대해서는 김정자(1985:116~35), 한미선(1986:54~55, 70~73) 참조.

31 방언의 현실묘사 기능과 미학적 기능에 대해서는 졸고(1985) 참조.

32 문학의 관점에서 문체 연구의 주 논점은 크게 다음의 네 가지로 정리해 볼 수 있다.
(i) 문학 언어의 속성과 관련된 일반 개념의 논리를 정립하는 문제(율격, 은유, 시점, 반어 등)
(ii) 문학사적으로 의의 있는 문체관습이나 문체의 변모, 개신 양상을 밝히는 문제

리 잡을 수 있을 것이다.

4

전망

언어학적 문체론은 분석도구의 객관성과 논리성에 의해 믿을 만한 문체론적 정보를 제공해 줄 수 있지만 문학 문체론의 한 역할을 담당하기 위해서는 문학에 대한 열린 시각과 태도 속에서 문제의식을 가져야 하고 그러한 의식을 구체화하고 감당할 만한 언어학적 시각과 논리를 준비해야 한다.

한편 언어학에 근거한다는 측면에서 문학의 논의에 의존하지 않고 언어학적 문체론 나름으로 작가·작품을 선택하고 문제를 제기함으로써 문학적 문체론과 긴장된 관계를 유지하는 것도 중요하다. 여기서는 특히 언어학의 개념과 논리가 문학과 실질적인 관련을 지닐 수 있는 소재를 찾는 것이 도움이 된다. 기능통사론[33]에서 제기

(E. Auerbach의 『*Mimesis*』, 신소설의 문체 등)

(iii) 작품의 형식, 구조, 언어논리와 의미, 주제를 관련짓는 작품 문체론

(iv) 문학적으로 의의 있는 작가의 문체 특징을 통해 문학적 개성과 독창성을 밝히는 작가문체론

33 이는 Kuno(1985)로 대표되며 특히 시점과 감정이입의 개념은 국어의 재귀사 논의에 적용되었다(임홍빈 1987).

된 시점과 감정이입(empathy), 주제(화제),[34] 초점, 피동문의 통보적 기능, 담화(discourse)문법에서 제기된 시상의 담화기능, 전경(foreground)과 배경(background)의 문제,[35] 문맥적 조응(anaphora)과 호응(cohesion), 화용론의 화행, 전제와 함축(implicature), 대화의 격률과 협동원리, 인지의미론의 지각·유추 이론 들은 문학의 주제나 개념에 논리를 제공하면서 언어학 스스로의 논리도 다듬고 열어 가는 예가 된다.

언어 논리 자체를 매개로 공동의 주제를 엮는 이러한 논의들이 쌓이고 그 영역을 넓혀감으로써 문학적 문체론은 예민하고 풍부한 언어 감각과 언어적 상상력을 과학 쪽으로 개방하고 언어학적 문체론과의 간격을 좁힐 수 있다. 그리고 이 같은 공동의 문제의식과 믿음의 바탕 위에서 문체론은 문학과 언어학 모두에서 좀 더 확실한 위치를 가지게 될 것이다.

참고문헌

김상태(1982),『문체의 이론과 해석』, 새문사.

김영철(1987),「개화기 시기의 문체 변이와 조사법의 형성」,『국어국문학』97.

김완진(1979),『문학과 언어』, 탑출판사.

_____(1983),「한국어 문체의 발달」,『한국어문의 제문제』, 일지사.

김정자(1985),『한국 근대소설의 문체론적 연구』, 삼지원.

김태자(1987),『발화분석의 화행의미론적 연구 -어학의 문학에로의 접근-』, 탑출판사.

34 이들을 해석하는 다양한 관점에 대해서는 채완(1979) 참조.

35 이들 개념을 시간 표현의 담화기능에 적용한 예로는 신현숙(1986:251~85)을 들 수 있다.

김홍수(1984),「시의 언어 분석 시론」,『어학』11, 전북대 어학연구소.

_____(1985),「소설의 방언에 대하여」,『국어문학』25, 전북대 국어국문학회.

박갑수(1977),『문체론의 이론과 실제』, 세운문화사.

성기옥(1978),「한국시가의 율격체계 연구」, 서울대 대학원 석사논문.

신현숙(1986),『의미분석의 방법과 실제』, 한신문화사.

심재기(1978),「만해 한용운의 문체추이 -중간문체의 설정과 그 구분에 관련하여-」,『관악어문연구』3.

_____(1983),「판소리 사설의 혼효문체적 특성」,『백영정병욱선생환갑기념논총』, 신구문화사.

이기문(1984),「개화기 국문 사용에 관한 연구」,『한국문화』5, 서울대 한국문화연구소.

이우영(1986),『시와 언어학』, 형설출판사.

이인모(1965),『문체론-이론과 실천』, 동화문화사.

임홍빈(1987),『국어 재귀사 연구』, 신구문화사.

장소원(1986),「문법기술에 있어서의 문어체 연구」,『국어연구』72.

정한모(1959),『현대작가연구』, 범조사.

채 완(1979),「화제의 의미」,『관악어문연구』4.

최현무 편(1988),『한국문학과 기호학』, 문학과 비평사.

한미선(1986),「문체분석의 구조주의적 연구」,『국어연구』74.

Enkvist, N.E.(1964), "On Defining Style", in John Spencer ed. *Linguistics and Style*, Oxford Univ. Press.

Fowler, Roger(1981), *Literature as Social Discourse*, Batsford Academic and Educational Ltd..

Freeman, Donald C. ed.(1970), *Linguistics and Literary Style*, Holt, Rinehart and Winston, Inc.

Kuno, S.(1985), *Functional Syntax*, Harvard Univ., 1985.

Sebeok T. A. ed.(1960), *Linguistics for Students of Literature*, Harcourt Brace Jovanovich, Inc..

Turner G. W.(1973), *Stylistics*, Penguin Books.

김홍수, 국민대학교 국어국문학과, kihs@kookmin.ac.kr

詩의 言語 分析 試論

- 金洙暎의 詩에 대한 語學的 接近 -

김홍수

1

서론 : 언어학과 문학

본고는 언어학의 관점과 지식이 작품의 이해와 작가, 작품의 논의에 얼마나 유용할 수 있는지를 시험하고 모색하기 위해 쓰여진다. 文體論의 전통이나 詩文法的 관점에서의 연구들은 문학과 언어학의 일반적 관련이나 문학언어의 특성에 관한 문제들을 광범하게 이론화하다 보면 정작 작가·작품의 논의에 있어서는 생경한 개념들과 기계적인 분석방법의 적용으로 실제 작가·작품의 논의에 있어서는 생경한 개념들과 기계적인 분석방법의 적용으로 실제 작가·작품의 위치는 단편적인 예증의 대상에 머물고 만다. 물론 작가·작품을 보는 어떤 시각으로부터도 자유롭게 작가·작품의 언어나 형식을 설명할 수 있는 일반이론은 마련되어야 한다. 그러나 그런 이론이 정당한 것이 되기 위해서는 작가·작품을 이해하고 평가하는 데 유용한 문제들을 제기해야 한다. 문학언어가 일상언어와는 다른 특징을 갖는다는 것, 문학언어도 언어학에 의해 분석 가능하다는 것은 이제 상식이 되고 있다. 일상언어의 기반이 문학언어의 창조에도 중요하게 작용한다는 것, 문학언어의 핵심적인 문제들은 기존 언어학의 관점과 개념들로는 감당하기 어렵다는 것을 충분히 인식함으로써, 언어사용의 면만 가지고 작가·작품의 특성과 가치를 논할 수 있는지 또 문학언어 문제의 정식 제기는 필연적으로 언어학의 새로운 영역을 요구하게 되는 것이 아닌지 하는 새로운 과제들을 만나게 된다. 작가·작품 연구의 일환으로 언어학적·문체론적 접근이 시도될 때 주변적이고 피상적인 논의에 머물기 쉬운 것은 아직 이론이 작가·작품의 구체적 논의에 참여할 만큼 성숙되지 못했고 논자들 자신도 이론의 소개나 적용에 치우쳐 기존 문학의 논의를 추종할 뿐 자신의 문제 제기나 주장이 뚜렷하지 못하기 때문이 아닌가 한다.

한편 언어학적 동기와 무관한 작가·작품 연구에서도 꼭 新批評이나 形式主義的 입장이 아니더라도 언어 문제가 작품 해석의 주요 단서로 지적되기도 한다. 이는 어떤 이론의 존재도 전제하지 않고 작품 이해의 필요와 의미 발견 과정에서 자연스럽게 제기된 문제라는 점에서 작품의 핵심을 향하고 있으며 이런 경우야말로 어학적 관점과 지식이 요청된다 하겠다. 물론 좋은 작가와 독자(비평가)는 창작과 鑑賞·비평의 과정에서 작품 언어의 모든 창조와 해석 가능성 속에서 최선을 추구하는 바 거의 언어학적 관심이나 지식과는 무관하게 최선의 언어를 생각하고 만들고 잰다. 그런데 우리는 언어학의 지식은 아니지만 언어(모국어)에 대한 내적 감각과 지식을 부단히 활용하고 있으며, 문법의 목표가 화자의 언어능력이나 문법체계를 해명하는 것이라는 최근 언어학의 입장에 따르면 화자로서의 작가나 독자의 언어에 대한 인식이 언어학과 무관하다고만 볼 수도 없다. 물론 작가나 독자가 작품을 생각하고 논의할 때 부딪치는 언어 문제는 언어학자의 그것과는 방법, 단계, 내용 모든 면에서 다르다. 그러나 같은 화자이고 독자라는 점을 중시해 서로의 목표와 입장을 접근시키고 논의의 구체적 과정을 나누는 일은 필요하다고 본다. 그러면서도 어학 쪽에서 유의할 것은 언어가 언어학에 있어서는 전부지만 문학에 있어서는 그렇지 않으며 따라서 언어학의 영역을 넓히거나 개념체계를 반성한다는 언어학적 필요에 의해서 작가·작품을 대상으로 삼게 된다 하더라도, 특정 작가·작품을 대상으로 할 때는 언어학적 입장만을 고수할 수는 없고 모든 문학적 논의에 열려 있을 때 더 책임있고 비중있는 논의를 추가할 수 있을 것이라는 점이다. 이 점은 문학의 입장에서 언어 문제를 중시하는 경우에도 마찬가지로서 언어의 다양한 기능들을 고려하지 못하고 언어의 미학적 논리만을 독자적인 예술성의 판단척도로서 강조하는 것은 다른 관점에서의 논의와 필연적 관련이 찾아지지 못하는 한 가장 소극적이고 표피적인 예술성 또는 형식 논의로 떨어지고 말 위험이 있다. 모든 화자의 언어직관이나 감각에 호소할 수 있는 문제 제기와 해결은 문체론이나 시문법의 현안 문제를 타개하는 과정에서 찾아질 수 있고, 修辭나 비유, 상징, 이미지, 리듬 등과 같은 기존 개념의 논의와 새로운 문학언어의 문제에 있어 치밀하고 정확한 인식과 발견 과정을 위해서는 언어학의 지식이 유용할 수 있을 것이다.

본고는 이상의 두 경향, 즉 언어학의 야심적이고 독자적인 이론 개발에 따른 작품의 소외와 문학의 언어 논의가 상식적인 문법지식과 주관적인 직관과 감각에 의존하고 있는 점에 자극을 받아 준비되었다. 그래서 본고는 문학언어에 관한 이론이나 문학작품의 언어학적 접근에 대한 일반론은 다른 논저들로 미루고 직접 작가와 작품에 부딪쳐 그들을 이해하는 데 어학의 지식이 어떻게 활용될 수 있는가를 체험코자 한다.

2

논의 대상과 방법

본고는 문학작품의 어학적 접근이 크게 두 가지의 목표를 가질 수 있다고 본다. 하나는 문학작품을 구성하는 요소들로서의 일반 개념들을 좀 더 명석하게 설명할 수 있는 방법과 논리를 제공하는 것이며, 다른 하나는 작품의 언어를 분석함으로써 그 이해와 평가에 참여하고 또 그 특성과 가치를 발견하는 일이다. 본고는 후자에 속하며 이 같은 목표를 위해 고려할 수 있는 방법으로 다음과 같은 것들을 생각해 볼 수 있겠다. ① 특히 고전의 경우 필수적인 정확한 原典 解讀 ② 언어사용이 독특하거나 正常문법에서 아주 벗어난 경우 이러한 특이성이나 逸脫을 시문법적 차원에서의 규칙과 그 효과로 설명 ③ 고도의 문학적 기법이 활용되거나 의미가 難解한 경우 언어에 대한 정밀한 검토에서 해석의 근거나 동기를 찾음 ④ 형식과 의미의 대응관계가 얼마나 긴밀한가에 따라 미학적 성공 여부 판별 ⑤ 여러 가능한 표현들 중의 선택이라는 관점에서 문체론적 특징을 추출하고 그것을 작가의 개성이나 작품의 성격과의 관련 속에서 해석, 평가 ⑥ 모든 어학적 관찰과 분석은 언어학의 여러 층위(음운, 형태, 통사, 의미, 話用, 담화분석)과 분야(역사언어학, 방언, 심리·사회언어학 등)에 따라 구별해서 이루어진 후 종합되어야 함.

특히 김수영의 시를 택한 이유는 그의 시가 어학적 접근을 꼭 필요로 해서가 아니라 강한 호소력을 지니면서도 어려운 만큼의 거리를 남기고 있는 그의 시의 비밀을 조금이라도 분명하게 풀고 싶은 개인적 욕구에서이다. 좋은 작품을, 그 시대의 중요한 작품을 정당하게 이해, 평가하기 위해서는 모든 방법이 다 동원될 수 있고 아주 사소한 지적도 의미가 있을 수 있는 것이다.

그런데 이러한 私적인 동기에서의 선택은 마침 본고의 성격에 잘 부합된다. 김수영 시의 성격은 언어 문제에 대한 적극적 관심을 요구하기 때문에 어학적 접근의 의의는 충분히 강조될 수 있는 것이다. 그러나 본고는 그의 문학의 전모를 논하는 자리에 관여할 입장이 못되기 때문에 단편적인 증거들을 충분히 제시하는 것으로 족하려 한다. 따라서 연역적 전개를 피하고 그 자신의 언어 논의와 評者들의 지적을 작품 중심으로 이해, 검토해나가면서 그때마다 그의 문학의 성격을 확인하기로 한다.

앞에서 열거한 방법에 비추어 김수영의 시의 언어는 주로 다음 문제들을 중심으로 관찰될 수 있다. ① 그의 시의 難解性의 이유와 특징은 무엇이고 그 극복 가능성은 어떤지 ② 새로운 형식과 詩語를 실험, 추구하는 과정에서 특히 두드러진 언어상의 특징들은 무엇인지 ③ 좋다고 평가되는 작품들이 언어사용에 어떻게 성공하고 형식과 의미의 풍부하고 긴밀한 대응관계를 어떻게 성취하고 있는지, 반대로 실패한 시들은 어떤지 ④ 그의 시의 素材나 意識의 변모가 시어에 어떻게 반영되는지, 특히 초기의 난해시가 직설적인 참여시를 거쳐 후기의 성숙 단계에 이르는 과정이 언어에서 어떻게 확인될 수 있는지 ⑤ 그의 독특한 언어사용 경향, 기법, 장치에는 어떤 것들이 있고 그것들이 각 작품에서 얻는 효과와 그의 시정신이나 시론과 갖는 관련은 어떤지. 이 문제들은 작품을 논하는 자리에서 부분적으로 언급하고 나중에 종합하기로 한다.

한편 그의 시의 언어와 형식에 대해서는 여러 논자들의 광범하고도 대개 일치되는 견해들이 있고 작품분석에 있어 수사와 시어의 문제를 지적한 예도 적지 않은데, 본고는 그러한 논의들을 전제하되 좀 더 충분한 어학적 설명의 필요성을 지적하는 것으로 그친다. 그리고 기존의 연구가 흔히 그랬듯 그의 대표작 몇몇에 대한 總體的 해석을 통해 그의 언어의 핵심을 드러낼 수도 있겠으나, 본고는 그 예비적 논의 정도라는 점에서 그의 「詩作 노우트」에 게재된 시들을 평자들이 지적하지 않았던 점들을 중심으로 살펴보고자 한다.

3

김수영의 시어 인식과 사용

김수영의 언어에 관한 발언 중 직접적으로 작품분석에 유용한 것은 시론이나 시작노트에서의 시어에 대한 견해나 설명이겠지만 다른 시인들의 시어에 대한 평이나 언어에 대한 일반적 견해도 짚어 볼 가치는 있겠다.

일상언어와 그 시어와의 관계에 대한 소박하지만 의미심장한 발언을 「가장 아름다운 우리말 열 개」라는 글에서 찾아볼 수 있는데, 그는 「巨大한 뿌리」의 한 귀절을 들고 시대와 생활의 변화에 따라 교체, 생성, 사멸하는 언어의 역사성을 지적한 다음, 시의 언어는 일상언어의 변화에 적응하여 복고적 민족주의에 빠지지 말고 문학적 생명과 현재성을 확보해야 한다고 주장한다. 주목되는 부분을 인용하면 "… '개똥지빠귀'란 새이름도 그렇다. 그러나 나는 이런 실감이 안 나는 생경한 낱말들을 의식적으로 써 볼 때가 간혹 있다. …이것은 구태여 말하자면 眞空의 언어다. 이런 진공의 언어 속에 어떤 순수한 현대성을 찾아볼 수 없을까? 양자가 부합되는 교차점에서 시의 본질인 냉혹한 영원성을 구출해낼 수 없을까?…우리 시단에는 아직도 이런 언어의 교체의 어지러운 마찰을 극복하고 나온 작품이 눈에 띄지 않는다. … 그러면 진정한 아름다운 우리말의 낱말은? 진정한 시의 테두리 속에서 살아 있는 낱말들이다. 그리고 그런 말들이 반드시 순수한 우리의 고유의 낱말만이 아닌 것은 물론이다. 이 점에서 보아도 민족주의 시대는 지났다. … 언어의 변화는 생활의 변화요, 그 생활은 민중의 생활을 말하는 것이다. 민중의 생활이 바뀌면 자연히 언어가 바뀐다. 전자가 主요, 후자가 從이다. … 언어에 있어서 더 큰 주는 시다. 언어는 원래가 최고의 상상력이지만 언어가 이 주권을 잃을 때는 시가 나서서 그 시대의 언어의 주권을 회수해 주어야 한다. …"이다. 그러나 과연 시대착오적이거나 작위적인 진공의 언어와 향수나 회고벽의 대상만이 아닌 역사적 산물로서의 土着語의 생명력을 동격으로 놓을 수 있을까. 민중의 생활과 언어, 언어와 시의 관련을 필연적이 아닌 주종적인 것으로 파악하는 것이 온당할까. 시대적·사회적·문화적 조건의 차이에 따른 생활의 다양함과 어긋남은 작가의 언어의식에 의해 얼마든지 새로운 울림과 의미를 가질 수 있지 않을까. 여기서의 언어관은 깊이 공감되는 내용을 포함하면서도 그의 민중, 민족주의에 대한 인식의 한계와 모더니즘의 약점까지가 아울러 드러난 대목으로 기억될 수 있을 것 같다.

그는 또한 "…詩를 쓰기 전에 문맥이 틀리지 않는 문맥이 틀리지 않는 문장공부부터 먼저 하라는 말이다.…", "…소위 '문맥을 고의적으로 무시하는' 난맥의 시들이 급작스럽게 자취를 감추고 '의미가 통하는' 시들로…"에서처럼 건전한 언어감각과 논리적 언어의 훈련이 詩作과 비평에 필수적임을 강조하고 있어서, 시적 논리의 완성이 그의 시론의 핵심을 이루고 그의 시에 인과관계나 이유 추구의 과정 또는 가장 논리적인 수사형식인 反語와 逆說이 흔히 나타나는 것이 우연이 아님을 말해 준다.

자신의 시어에 대해서는 "내가 써온 시어는 지극히 평범한 일상어뿐이다. 혹은 서적어와 속어의 중간쯤 되는 말들이라고 보아도 될 것이다. …나의 시어는 어머니한테서 배운 말과 신문에서 배운 時事語의 범위 안에 제한되고 있다."라고 고백하고 있지만 그의 시어는 '평범한 말의 비범한 사용' 외에 민중의 생활언어와 유리되기 쉬운 특이성도 갖는 것 같다.

그의 일상어는 서구적 교양에 이끌리고 서울 소시민계층의 일상에 갇혀 있으며 文語와 속어의 비상식적이고 원활한 왕래는 문체상의 혼합 효과로 생각될 만큼 중간적 언어가 아니고 '어머니'가 갖는 모국어의 체취는 현란한 '시사어'의 현대성 속에서 빛을 잃는 것이다.

그러나 이러한 일상어의 특이한 내용과 사용은 '자유'의 연습을 통해 다음 시론에서 주장되는 바의 '새로움'과 독창성을 얻는다. "…대체로 그는 이 현실을 이기는 시인의 방법을 시작품상에 나타난 언어의 서술에서 보고 있지만 나는 그것이 언어의 서술에서뿐만 아니라 (시작품 속에 숨어 있는) 언어의 작용에서도 찾아져야 한다고 생각하는 것이다. 이러한 언어의 서술과 언어의 작용은 詩의 본질에서 볼 때는 당연히 동일한 비중을 차지해야 할 것이다.…", "…시의 언어서술이나 시의 언어의 작용은 이 새로움이라는 면에서 같은 감동의 차원을 차지하게 된다. 따라서 우리의 생활현실이 담겨 있느냐 아니냐의 기준도, 진정한 난해시냐 가짜 난해시냐의 기준도 이 새로움이 있느냐 없느냐에서 결정되는 것이다. 새로움은 자유다. 자유는 새로움이다". 여기서 언어의 서술과 작용은 대체로 Roman

Jakobson이 말한 언어의 指示的 기능과 詩的 기능에 대응되는바 현실세계에 대한 逐字的 記述과 迂言的 表現으로 볼 수도 있는데 그는 현실에 대한 인식의 새로움은 당연히 표현의 새로움을 요구하는 것으로, 이 같은 양면의 통합을 성취한 언어를 '자유를 행사한' 언어로 보는 것이다.

한편 다음 인용은 문법적 문맥과 문학적 문맥의 구별 또는 관계 그리고 진정한 문학적(시적) 문맥의 구성에 대한 문제가 제기되고 있는데, 개괄적 논의 외에 그의 작품을 가지고 이 문제를 다루는 것은 큰 과제가 되므로 어학적 관점에서 눈에 띄는 예들을 지적하는 것으로 그치려 한다. "시작품도 그렇고 시론도 그렇고 '문맥이 통하는' 단계에서 '作品이 되는' 단계로 옮겨서야 한다. …", "…전자는 단순히 字句와 문맥을 무시하고 있는데, 후자는 이미지를 무시함으로써 문법을 무시하는 결과를 낳고 있다.… 이미지의 필연성이 뒤에 스며 있다면 있다고 볼 수 있고 이런 手法으로 성공할 수 있는 가망성도 시적 상식으로 충분히 인정할 수 있는데 … 이미지의 기반이 결핍되어 있다. 따라서 전자의 경우에는 全知·독단적인 자구의 사용보다도 그러한 부호가 어떤 모티브에서 나온 것인지 그 모티브의 중량이 詩의 중량을 결정하게 된다. 그것은 모티브의 중량과 부분적인 자구의 횡포 사이의 밸런스의 정도가 시의 성공 여부를 결정한다는 말도 된다. …"

시의 난해성은 E. E. Cummings나 李霜과 같이 문법적 문맥 자체가 일상어의 논리나 상식을 크게 벗어나 그 시인에 독특한 시문법적 해석을 필요로 하는 경우도 있지만 흔히는 시적 문맥이 명확히 잡히지 않거나 여러 가지로 잡힐 수 있을 때 문제가 된다. 고지식한 문법의 준수는 문학적 상상력과 창조력의 둔화나 빈곤을 뜻할 수도 있기 때문에 이미지나 수사의 필연성, 자유분방성, 참신함, 대담한 전환과 비약의 효과 등 시적 동기에 의한 일탈은 그 필요에 따라서는 오히려 적극 권장될 수 있다. 그런데 이때 그 시적 동기가 시인의 극히 주관적인 의도나 취향에 의해 특별히 기법화되거나 고도의 관념이나 감각이 개입되면 어려워지게 되며 김수영도 그런 예로 볼 수 있다.

진부한 논의지만 시문법적 차원에서의 일탈은 크게 통사·의미(또는 화용)의 층위로 구별, 인식할 수 있는데 순수한 문법적 일탈은 전자의 경우로 통사규칙을 무시하는 경우는 드물고 특이하게 변형, 조정하는 예들을 볼 수 있으며 후자는 제한을 두기 어려울 만큼 시적 논리나 의도에 의해 자유를 구가할 수 있다. 따라서 의미맥락의 난해성은 이 같은 자유 속에서 필연적으로 예측되는 것인데 그 난해함의 의미와 가치가 올바로 해석, 공감되기 위해서는 문맥의 의미구조가 긴밀하게 관련되어야 한다.

그의 시에서 발견되는 일탈과 시적 동기의 예들을 들면 다음과 같다. ① 강조를 위한 접속축약 변형(기계적인 통사규칙)의 억제: "그런 가슴의 죽음의 표식만을 지켜온,/밑바닥만을 보아온, 빈곤에 마비된 눈에/하늘을 가리켜 주는 잡지"(「VOGUE야」), "돌에 쇠에 구리에 넝마에 삭아", "坑이 생기고 그늘이 생기고 돌이 쇠가/구리가 먼지가 생기고"(「먼지」). ② 正常語順의 변형, 조정에 의한 강조, 분리의 효과: "여름밤은 깊을수록/이래서 좋아진다"(「여름밤」), "이런 극도의 낙천주의를 저녁밥상을/물리고 나서 해본다"(「라디오界」), "모서리뿐인 形式뿐인 格式뿐인/官廳을 우리집은 닮아가고 있다"(「의자가 많아서 걸린다」), "꽃을 주세요 우리의 苦惱를 위해서"(「꽃잎 (二)」), "나는 하필이면/왜 이 詩를/잠이 와/잠이 와/잠이 와 죽겠는데/왜/지금 쓰려나"(「〈四·一九〉 詩」). ③ 屬格, 처격, 補文구성의 특이형: "-오오 눈물의/눈물이여 音樂의 音樂이여"(「반달」), "間斷 아래의 단 하나의 어린애/點 의 어린애"(「여편네의 방에 와서」), "네가 씹은 음식에 내가 憎惡하지 않았음이"(「먼지」), "제일 피곤할 때 敵에 대한다"(「敵 (二)」), "그대의 출발이 잘못된 출발이었다고/알려주려고"(「世界一周」), "당신을 찾아갔다는 것은 現實을 直視하기 위하여서였다"(「말」). ④ 대조와 수사의 관련, 이미지, 문법·어휘요소들의 대조: "지독하게 속이면 내가 곧 속고 만다"(「性」), "꿈은 想像이 아니지만 꿈을 그리는 것은 想像이다"(「우리들의 웃음」), "전화가 울리고 놀라고 놀래고/끝이 없어지고 끝이 생기고 겨우/"(「먼지」), "巨大한 悲哀를 갖고있는 사람이기 때문이리라"(「파리와 더불어」), "삭막한 집의 삭막한 방에 놓인 피아노/그 방은 바로 어제 내가 혁명을 기념한 방/오늘은 기름진 피아노가/덩덩 덩덩덩 울리면서/나의 枯渴한 悲慘을 달랜다//벙어리 벙어리 벙어리"(「피아노」), "그만큼 손쉽게/내 몸과 내 노래는 타락했다//헌 기계는 가게로 가게에 있던 기계는/옆에 새로 난 쌀가게로 타락해가고…오늘 오후에는 새 라디오가 승격해 들어왔다//아내는 이런 어려운 일들을 어렵지 않게 해치운다"(「金星라디오」), "울고 간 새와/울러 올 새의/ 寂寞 사이에서"(「冬麥」). ⑤ 문법요소의 반복·호응에 의한 의미 생성, 반복의 점층적 효과: "먼 곳에서부터/먼 곳으로/다시 몸이 아프다//조용한 봄에서부터/조용한 봄으로/다시 내 몸이 아프다"(「먼 곳에서부터」), "電燈에서 消燈으로/騷音에서 라디오의 中斷으로/模造品 銀丹에서 仁丹으로/남의 집에서 내 방으로…나는 왔다 억지로 왔다"(「X에서 Y로」), "내 잘못이 인제는 다 보인다//불 피우는 소리처럼 다 들리고/재 섞인 연기처럼 다 맡힌다…"(「제임스 띵」), "戰亂도 서러웠지만/捕虜收容所 안은 더 서러웠고/그 안의 여자들은 더 서러웠다"(「여자」), "눈은, 짓밟힌 눈은, 꺼멓게 짓밟히고 있는 눈은"(「제임스 띵」), "안하기로 했다 안해도 된다고/생각했다 안해야 한다고 생각했다"(「VOGUE야」). ⑥ 否定 표현의 강조, 역설의 효과: "그 이유는 詩가 안된다/아니 또 詩가 된다"(「轉向記」), "이런 驚異는 나를 늙게 하는 동시에 젊게 한다/아니 늙게 하지도 젊게 하지도 않는다"(「現代式 橋梁」). ⑦ 단·복수성의 의미함축: "선생과 나는 아이를 가르치는 것이 아니라 아이들을/가르치고 있기 때문이다/宗教와 非宗教, 詩와 非詩의 差異가 아이들과 아이의 차이이다"(「우리들의 웃음」), "쉬지 않는 것은 妻와 妻들 뿐이다"(「適(二)」). ⑧ 대칭적 표현: "-태연할 수밖에 없다 웃지 않을 수밖에 없다/조용히 우리들의 웃음을 웃지 않을 수 없다"(「우리들의 웃음」), "信仰이 動하지 않는 건지 動하지 않는게/信師인지 모르겠다"(「詩」). ⑨ 표현상·의미상의 언어유희: "(밀용인찰지인지 밀양인찰지인지 미룡인찰지인지/사전을 찾아보아도 없드라우)"(「美濃印札紙」), "…이리 번쩍//저리 번쩍 '제니'와 大師가 왔다갔다 앞뒤로 좌우로/왔다갔다 웃고 울고 왔다갔다"(「元曉大師」).

끝으로 다른 시인의 시어에 대한 평을 보면 李雪舟의 시에 대해

'곧장'의 현대성과 '日曜日', '福券'이 낡은 말임을 논하고 있으며, 林泰鎭의 시에 대해서는 자신의 시의 특징들을 간접적으로 비판, 옹호하고 있어 흥미롭다. 실제 "日曜日은/꼭 잠긴 窓을/곧장 열라고 보챈다"(「福券」)에서 '꼭 잠긴'과 '곧장 열라'는 상태·피동·완료성과 동작·능동·현재성의 대비를 통해 도시의 소시민층이 경험하고 있는 과거와 현재의 정서적 교차를 보여주고 있으며 지적된 시어들은 소시민의 일상성을 대변하고 있어서 자신의 시어에 대한 고백인 "…그 작품에서 '貴族'을 '영웅'으로 고칠 수는 없었다. 그것은 모독이었다. 앞으로 나의 운명이 바뀌어지면 바뀌어졌지 그 말은 고치기 싫다고 생각했다…"와 더불어 그의 시어에 대한 예민성과 집념을 드러내 준다. "…그의 시에는 '인생', '내일', '어저께', '오후', '시절', '계절', '기대', '과거' 같은 시간용어나 준시간용어가 자주 나온다. …具象語까지도 현대적인 潤色 속에서 지독하게 抽象化되고 있다. …아무리 부자연한 중단이 많고 불가해한 낱말이 있어도 그것을 커버할 만한 의미의 연결이 서 있을 때는 성공이다. …대부분의 하이칼라한 현대어 사이에 유표난 東洋語들이 섞여 있다.…"는 지적은 그 역시 물리적 시각경험보다는 추상적 청각세계에 더 이끌리고 있고 부자연한 중단과 移行의 효과를 실험하고 있으며 서구어와 동양어, 우리말의 구별과 활용에 민감했던 점들에 잘 대응된다.

4

작품 분석

본 절에서는 김수영 자신의 시에 대한 논의를 중심으로 작품분석의 예를 보인다. 그 전에 특기할 것으로 「反詩論」에서 자신의 「美人」에 대해 언급한 反語論과 「詩作 노우트 ⑤」에서 슬쩍 비쳤던 逆說의 문제가 있다. 그는 「美人」의 맨 끝 "아니렷다"가 반어임을 지적한 다음 동시에 이 시 전체가 반어가 되어야 하고 이런 일련의 "배부른 詩"는 자신의 노동의 삶에 대한 반어가 되어야 함을 역설함으로써 그의 수사가 표현상의 기교에 그치지 않고 작품의 의미와 자신의 시정신과 방법의 본질적인 면을 함축하고 있음을 확인케 해준다. 그의 시에서 반어와 역설은 자신의 삶과 세계현실의 모순과 갈등을 否定을 통해 止揚하려는 그의 시정신의 핵심을 드러내 주는바, 김지하가 「諷刺냐 自殺이냐」에서 그 가치와 한계를 아울러 지적한 그의 풍자의 수법을 정당하게 이해, 발전시킨다는 측면에서도 본격적으로 다룰 문제라 생각된다. 그리고 이런 관점에서는 否定 표현이나 '웃음'과 '울음'의 문제도 이런 큰 맥락에서 파악되어야 할 것이며 흔히 對照를 동반하는 그의 강력하고 다채로운 반복법이나 날카롭고 단단한 이미지, 대담한 비약이며 눈부신 속도도 그러한 語調를 준비하고 발전시키거나 그 공격성과 긴장을 이완, 유지, 강화하는 데 기여하는 것으로 해석할 수도 있을 것이다.

「詩作 노우트에서」의 시들 중에서 구체적인 설명이 나타난 것은

「후란넬 저고리」, 「잔인의 초」, 「눈」이고 다른 작품들은 동시기의 작품으로서의 관련성이 간단히 언급되거나 다만 같이 제시될 뿐이다. 그러나 여기서는 그에 구애받지 않고 어학적 논의의 필요성에 따라 논의를 진행하고 시의 인용은 절제하기로 한다.

「후란넬 저고리」는 첫 두 행 "낮잠을 자고나서 들어보면/후란넬 저고리도 훨씬 무거워졌다"에 대해 "…맨처음에는 '낮잠을 자고나서 들어보니/후란넬 저고리도 무거웁다'로 되어 있던 것이, '보니'가 '보면'이 되고, '무거웁다'가 '무거워졌다'라는 過去로 변하고, 게다가 '훨씬'이라는 강조의 부사까지 붙게 되었다. …본래의 '이데아'인 노동의 찬미는 자살의 찬미로 화해버렸다.…"라고 고백한 교정의 의미를 어학적으로 음미해 볼 수 있다는 점에서 귀중한 자료다. 곧 문법적 변화가 시적 의미에 어떻게 작용하고 영향을 주는가의 예가 되기 때문이다. 바뀌어진 요소의 문법적 기능에 유의할 때 교정후의 내용은 과거 어느 때인가부터 현재까지 있어 온 과정 또는 변화에 대한 순간적 인식이며 또한 일회적인 상황이라기보다는 반복적·조건적인 상황으로 이해되어, 현재 경험하고 있는 주관적 상태로 해석되는 교정 전 내용에 비해 객관화된 것으로 느껴진다. 이러한 효과는 作中話者와 "후란넬 저고리"의 관계를 떼어놓게 되고 "훨씬"이라는 정도부사의 사용으로 '달라졌음'을 강조하며 달라진 이유가 화자와 "후란넬 저고리"의 관계보다는 분리 쪽에 있는 것처럼 느껴지게 한다. 그리고 특수조사 "도"의 사용은 '다른 어떤 것이 무거워졌다'는 상황을 전제하는데 '그것'이 어떤 내용이며 '그것'과 "후란넬 저고리"의 관계가 화자에게는 어떻게 인식되고 있는지, "들어보면"의 주어가 혹시 "후란넬 저고리" 아닌, 확인되는 순간까지는 확실치 않은 '들 수 있는 아무것'은 아닌지 생각해 볼 수 있다. 이러한 분리와 불투명성은 뒤에 나오는 "어제 비"나 "죽은 기억의 휴지"와 더불어 여기서의 '무거움'이 화자의 '피로'와 뒤의 "돈이 없는 무게"까지가 얹힌 '노동'의 무게임을 암시해 주고 그렇다면 시인 자신의 아쉬움도 수긍될 수 있다.

「잔인의 초」는 초고가 前作「絶望」 및 「敵(一)」, 「敵(二)」와 시어상의 관련을 가지며 그 흔적이 이 작품에도 이어지고 있다는 점이 주목된다. 즉 「絶望」의 마지막 행 "絶望은 끝까지 그 자신을 반성하지 않는다"는 기존의 "敵"의 이미지와 새로운 이미지인 "殘忍"을 포괄하여 "殘忍도 絶望처럼 끝까지 그 자신을 반성하지 않는다"는 초고의 귀절을 낳았는데 이같이 기존의 통사구조에 새로운 이미지를 기계적으로 적용하려는 잠재심리가 불만스러워 "한번 잔인해봐라"로 시작해 "죽어라"로 끝나는 극적 대립의 세계를 생성시키게 되는 것이다. 이 시의 작중대상인 "저놈"이 전작 "敵"의 대신이고 "잔인"이 "絶望"의 발전인 것, 그리고 자신에 의해 관련이 지적된 「만용에게」에서의 "네가 부리는 독살"과 "무능한 나"나 "너의 毒氣"와 "걸레쪽"의 대비가 이 시의 "시금치 이파리처럼 부드러울 줄 알지/암 지금도 부드럽기는 하지만 좀 다르다"의 '부드러움'의 이미지를 생생하게 해 주는 것은, 그의 시가 그처럼 동어반복을 피해 새로운 이미지의 실험을 하면서도 판이한 외양과는 달리 긴밀한 내적 의미관련을 갖고 있음을 보여준다.

이러한 연속되는 시간들 간의 관련은 「먼 곳에서부터」, 「아픈 몸이」,「白紙에서부터」에서는 '아픔'의 이미지를 통해,「아픈 몸이」와 「詩」에서는 "아픈 몸이/아프지 않을 때까지 가자/온갖 식구와 온갖 친구와/온갖 敵들과 함께/敵들의 敵들과 함께/무한한 연습과 함께", "어서 일을 해요 變化는 끝났소/어서 일을 해요/미지근한 물이 고인 조그마한 논과/대숲 속의 초가집과…"가 보여주듯이 통사·화용 구조의 유사성에서,「참음은」과「거위소리」에서는 '-게 하다' 구성의 통사·의미구조의 동일성에 의해 찾아볼 수도 있다.

그는 '눈'을 소재로「눈」이라는 같은 제목의 시를 셋 남기고 있는데「詩作 노우트에서」에서는 마지막 작품의 마지막 행에 대해 "'廢墟에 廢墟에 눈이 내릴까'로 충분히 '廢墟에 눈이 내린다'의 宿望을 達했다"고 기뻐하고 있다. 여기서는 그의 기쁨을 어학적 측면에서 음미해 보기로 한다. 全文은 다음과 같다.

눈

눈이 온 뒤에도 또 내린다
생각하고 난 뒤에도 또 내린다
응아 하고 운 뒤에도 또 내릴까
한꺼번에 생각하고 또 내린다
한줄 건너 두줄 건너 또 내릴까
廢墟에 廢墟에 눈이 내릴까

그가 基幹 이미지로 상정한 '廢墟에 눈이 내린다'가 현재적 서술인 데 비해 작품의 결구는 미래적 의문이고 또한 "廢墟에"가 반복되고 있음을 염두에 두면서 이 시의 문법적 문맥을 짚어 보면 첫째, "廢墟에"라는 장소가 끝행에서 비로소 나타나는데 이는 화용적인 면에서 청자가 이미 알고 있거나 예상할 수 있는 내용으로 보기는 어렵고, 혹시 지시적 차원에서는 그렇더라도 시적 차원에서는 새로운 정보로서의 가치를 지니며 끝 행에 그것도 文頭에 놓임으로써 "廢墟"의 상징성에 주의를 집중시키는 것으로 볼 수 있다. 그리고 독자의 입장에서 알려지지 않은 내용에 대해서는 자연히 의문의 욕구가 일어나는데 3행에서 1, 2행의 시간적 관계(-ㄴ뒤에)에 새로운 의문을 제기한 뒤 4행에서 "한꺼번에"로 그 繼起性을 이완시키고 그 中和된 시간성 위에 공간적 분포에 대한 의문을 제기한 뒤에야 공간성에 대한 의문을 제기함으로써 의문의 대상이 독자에게 충분히 예상되고 주목될 수 있는 위치에 놓여졌고 따라서 초점을 주는 강조의 효과는 더 커진다.

둘째, 끝 행만으로 보면 의문의 주체는 작중화자인데 2~5행까지의 주어는 분명치 않다. "생각하고"나 "운"의 주어나 3, 5행의 의문의 주체가 누군지, 3, 4행의 연결을 '-ㄹ까 생각하다'의 구문으로 볼 수 있는지 모호한데 이 또한 '눈'의 생리와 화자의 기대의 어울림으로 옹호될 수 있을지, 한편 1, 2, 4행의 "-ㄴ다"는 현재 진행중인 사건의 관찰이 전제되므로 그 事實性이 보장되지만 "-ㄹ까"는 의문의 논리상 그 사실성은 미지수이다. 그런데 3, 5행은 각각 선행 시간과 공간의 조건이 '눈이 내리다'는 사건의 확실성을 결정해 주기 때문에 화자는 그것을 의심할 수 있는 데 비해 끝 행은 눈이 내리는 사건은 전제되어 있어 그것을 의심할 수는 없으며 다만 "廢墟에"라는 공간적 조건과의 관련 속에서만 그 진실성을 반성케 한다.

셋째, 이 시의 '눈'은 前 두 편이 각각 '마당에 떨어진 눈'과 '산천에 내리는 폭설'을 통해 시인의 자세와 민중에 대한 시인의 겸허를 역설한 데 비해 '육안으로 잘 확인되지 않는 초현실적인 눈'으로 변모되었고 따라서 권유나 명령적 어조는 찾을 수 없다. 여기서의 '눈'이 좀 더 추상적이고 그가 딴 데서 지적한 추상적인 음악의 효과(웅아 하는 울음)까지 동반하고 있음을 볼 때 發話行爲의 힘이 완화되거나 '생각하다' 동사나 自問의 형식이 사용된 데서 환기되는 내성적 분위기는 당연하다 하겠다.

넷째, 이 시의 어학적 문맥을 반복법과의 관련 속에서 보면 시간표현 부사절 뒤의 특수조사 "도"와 시상부사 "또"의 중첩이 행간의 반복과 더불어 持續性을 강화해 주고 '-ㄴ뒤'의 완료 및 계기성과는 의문까지 유발케 하는 대조를 보여준다. 더욱이 "또"는 반복相 표현으로서 화자의 심리적 지속, 자연의 지속 반복의 수사가 전체 분위기 속에 통합되며 "廢墟에"의 반복은 리듬상의 의도도 있겠지만 의문의 형식에 긴장을 더하는 심리적 강조로도 볼 수 있어서 반복의 절정을 보는 것 같다.

그는 이미 「敵(一)」에 대해, 자기 시의 소재가 신변잡사에 제한된 것에 대한 反動으로 대명사 '나'로부터 '우리'로의 전환을 시도했으나 진정한 '우리'에 이르고 있지 못한 것을 인정했는데, 「이 韓國文學史」에 연속되는 「H」, 「離婚取消」는 대명사와 관련된 문제들을 보여준다. 지면상 「이 韓國文學史」 중 일부만 제시하고 논의 또한 다른 두 시와의 비교는 최소한으로 그친다.

그러나 덤삥 出版社의 二十원짜리나 二十원 이하의 고료를 받고 일
하는
十四원이나 十三원이나 十二원짜리 번역일을 하는
불쌍한 나나 내 부근의 친구들을 생각할 때
이 죽은 순교자들을 어떻게 생각해야 하나
우리의 주위에 너무나 많은 순교자들의 이 발견을
지금 나는 하고 있다.

나는 광휘에 찬 新現代文學史의 詩를 깨알같은 글씨로 쓰고 있다
될 수만 있으면 독자들에게 이 깨알만한 글씨보다 더
작게 써야 할 이 고초의 時期의
보다 더 작은 나의 즐거움을 피력하고 싶다

덤삥 出版社의 일을 하는 이 無意識大衆을 웃지 마라
지극히 시시한 이 발견을 웃지 마라
비로소 충만한 이 韓國文學史를 웃지 마라
저들의 고요한 숨길을 웃지 마라
저들의 무서운 放蕩을 웃지 마라
이 무서운 浪費의 아들들을 웃지 마라

(全 5연 중 3~5연)

이 시는 제목에서부터 "이"라는 근칭 지시대명사의 용법이 눈에 띄고 그 의미는 이후 계속되는 반복 사용에서 뚜렷해진다. '이'는

'그'나 '저'와 대비되며 발화장면에서의 지시대상과 화자의 近接性은 물론 문맥에서의 근접성, 화자의 의식 내부에서의 현존성을 나타내주는데 이런 관점에서 이 시의 "이"의 지시대상들은 화자 개인의 의식 내나 공간에서는 물론, 그가 속해 있는 시대나 사회의 특성과 중요성을 절실하게 대변하는 것으로 볼 수 있다. 대명사의 선택은 문법적·문맥적 동기 외에 화자의 인식에도 좌우되는데 여기서의 지시대명사는 철저히 화자의 거리 감각에 의해 강조, 조정되고 있다. 가령 제목의 "이"와 직결되는 "이 발견"의 "이"는 "그"나 "저"로 대치되기 어려운 강조적 용법으로서 "이"는 곧 "발견"을 가리킨다. 그러나 같은 강조라도 "이 죽은 순교자들"의 경우는 지시내용인 '죽은 순교자들'의 外延을 한정해 주기도 해서 "그"나 "저"로 대치되면 2연에서의 '옛날문학자'들이 아닐 수도 있게 된다. 그리고 이러한 현장성은 "저들"과의 대비, 1연에서의 "오늘밤", 2연의 "오늘의 문학자들", 3연의 "지금", 진행형 '-고 있다' 구성 등의 시간표현이나 "내부근", "우리의 주위"등 공간표현과의 호응으로 강화된다.

이 시에서도 핵심적 구절이라 할 수 있는 3연 끝 두 행은 "이 발견"의 강조 효과와 "발견하다"의 '발견'을 목적어로 분리시켜 강조한 통사구조의 효과가 상승적으로 작용하고 있는데, 이런 양상은 「H」의 핵심적 구절인 "이 무엇이라고 말할 수 없는 나라의 首都의/한복판에서//우리는 그 또 한복판이 되구 있어"나 「離婚取消」의 "이것을 지금 완성했다 아내여 우리는 이겼다"에서도 찾아볼 수 있다.

한편 인칭대명사의 문제로는 '나'와 '우리'의 관계, 대명사화되지 않은 "無意識大衆", "순교자들" 등의 내포와 외연, "이" 부류와 "저",

"그" 부류의 對峙관계, 같은 대상에 대한 다른 호칭들의 의미, 고유명사의 명시적 사용과 「H」의 匿名性, 여러 사회·문화·정치적 계층의 호칭으로 사회의식을 구성하는 문제 등이 있겠다. 특히 그의 관심사가 되었던 '우리'의 문제를 본다면 이 시의 "우리"는 불특정 복수로서 폭넓은 문학공동체를 떠올리게 하는 데 비해 후 두 작품에서는 私的이면서 구체적인 인간관계에 근거하고 있는데 양쪽 다 문학자들이나 가족 이상의 큰 연대성과 관련될 수 있되 후자에서 그렇듯 '나'의 입장이 강조되다 보면 '우리'의 사회적·정치적 의미 분화와 합류가 뚜렷해지지 못하고 개인윤리의 차원에 머물게 된다. 그러나 '나'의 목소리나 시각이 꼭 나의 일에 묶이는 것은 아니다. '나'가 '우리'의 일원이라는 점에서 '나'의 문제는 '우리'의 문제일 수 있고 '우리'의 문제는 나를 통해 노래될 때 그 어조가 더 내면화될 수 있으며 3인칭으로 거리를 둠으로써 더 큰 공간성과 역사성을 얻을 수도 있다. 이 점에서 그는 대명사의 사용이 절대적인 '나'와 그에 대립하는 '너'의 二元적 구조에 너무 이끌렸던 것이 아닌가 생각되며, 이러한 대명사 사용의 추이에서, 그가 '나'와 '우리'를 쉽게 혼동하지 않고 간격을 철저히 의식했던 것은 진정한 자의식으로부터의 해방과 진정한 '우리'의 인식을 위해서는 오히려 필연적인 과정이 아닌가 하는 점과 그의 자아의 확대, 문제인식의 발전과정을 확인할 수 있다.

5

결어

모든 문학의 논의는 '작품을 보는 눈'을 위한 것이며 문학언어에 관한 논의 또한 그리 집중되어야 할 것이다. 그렇다면 한 작품의 문맥을 정확히 짚는 일이야말로 어떤 입장에서든 충실해야 할 작품 해석의 출발점이며 그 최선의 해석가능성을 일반적인 해석가능성, 예컨대 동시대의 작품, 같은 주제, 소재, 경향의 작품, 같은 작가의 작품들의 문맥 속에서 발견, 검토하는 일은 곧 그 작품의 의도, 의미, 특징을 찾는 일과 관련될 것이다.

본고는 이런 관점에서 金洙暎의 시어관과 시를 중심으로 시의 언어와 형식을 어학적 입장에서 어떻게 설명할 수 있는지를 생각해 보았다. 그 결과 이러한 微視的 방법이 그 난해성 해명의 한 방법의 모색일 수 있는 점, 기존의 형식에 안주하지 않고 끊임없이 새로운 상황에 대응, 대처하는 새 형식을 실험, 추구하려 했다는 점, 자신과 현실에 대한 인식의 발전과정이 언어에도 반영되고 있다는 점, 일상언어를 문학언어로 승화시키려 함으로써 선험적인 문학언어의 존재나 틀을 부정하고 도시 시민계층의 언어의 특성과 자율성을 살리려고 한 점, 언어의 서술과 작용의 필연적 긴장관계를 투철하게 인식하고 시어를 선택한 점 들이 조금은 확인될 수 있었다.

아쉬움은 그 자신의 발언을 통해 그의 언어적 상상력과 詩作과정의 핵심을 짚어 보겠다는 의욕에 이끌려 필자 자신이 염두에 두고 있던 그의 시에 대한 어학적 분석을 충분히 제시하지 못한 점이다. 예를 들면 다양하면서도 질서있는 체계를 이루어나가고 있는 어휘들의 관련, 초기시 「孔子의 生活難」과 「달나라의 장난」의 동사에 의한 선험적 추상의 세계와 경험적 정서의 세계의 대비, 같이 죽음을 소재로 한 「屛風」과 「말」이 보여주는 대상 인식의 차이, 동사 '떨어지다'로 대표되는 「瀑布」의 수직적 이미지, 많이 알려진 「눈」, 「꽃잎(一)(二)」, 「풀」에 대한 총체적 분석의 시도 들이 있는데 본고를 통해 의욕과 좌절을 아울러 맛보게 된다.

본고의 단편적 체험을 통해 필자는 언어학이나 문학의 언어논의가 너무 전문화되어 일상언어의 현실로부터 멀어지고 있는 느낌을 학문적 차원에서 어떻게 재고할 것인가의 문제, 진정한 문학의 이념이나 기법의 수준이 독자들의 절실한 지적·정서적 욕구와 언어의 차원에서 어떻게 만날 수 있는가의 문제, 작가, 작품을 이해하는데 언어에 대한 감각과 지식이 얼마나 중요하며 그러한 것들에 대해 언어학의 지식은 또 어떻게 관련될 수 있는가의 문제들이 참으로 어려운 것임을 다시금 실감한다.

끝으로 개인적·정서적 自由觀과 공동적·체험적 자유관의 차이가 중첩적 관형구성의 제약성과 목적어 후치와 병렬구성의 자율성이라는 통사구조의 대비로 나타나는 「푸른 하늘을」과 닫힌 虛僞意識과 열린 생활의 세계가 역시 비슷한 통사구조로 대비되는 「檄文」의 일부를 보이면서 본고를 끝맺는다.

푸른 하늘을 制壓하는

노고지리가 自由로왔다고
부러워하던
어느 詩人의 말은 修正되어야 한다

自由를 위해서
飛翔하여본 일이 있는
사람이면 알지
노고지리가
무엇을 보고
노래하는가를
어째서 自由에는
피의 냄새가 섞여있는가를
革命은
왜 고독한 것인가를

革命은
왜 고독해야 하는 것인가를

(全文)

마지막의 몸부림도
마지막의 洋服도
마지막의 神經質도
마지막의 茶房도

기나긴 골목길의 巡禮도

…………

방대한

模造品도

막대한

막대한

막대한

막대한

模倣도

…………

그밖의 무수한 잡동사니 雜念까지도

깨끗이 버리고

…………

農夫의 몸차림으로 갈아입고

석경을 보니

땅이 편편하고

집이 편편하고

…………

都會와 시골이 편편하고

시골과 都會가 편편하고

新聞이 편편하고

시원하고

…………

진짜 詩人이 될 수 있으니 시원하고
시원하다고 말하지 않아도 되니
이건 진짜 시원하고
이 시원함은 진짜이고
自由다
(발췌)

참고문헌

金洙鳴편(1981)『金洙暎 全集』①詩, 民音社.

________(1981),『金洙暎 全集』②散文, 民音社.

黃東奎편(1983),『金洙暎의 文學』, 民音社.

김홍수, 국민대학교 국어국문학과, kihs@kookmin.ac.kr

국어의 통사현상과 문체

김흥수

1

서언

문체론에서 언어 단위나 층위에 따른 관찰과 인식은 유용한 관점이자 방법이 된다. 이를테면 음악성, 시어, 간결체와 만연체 화법과 시점은 각각 음성이나 음운, 단어, 문장, 담화의 수준에서 주로 전개된다. 이 경우 문법은 문체를 기술하고 해석하는 데 하나의 논리로 고려될 수 있다.

특히 통사 층위의 문체론적 의의는 자못 크다. 산문 문체의 기본 단위는 문장이라 할 수 있으며, 또한 통사 논리는 텍스트의 구조에 두루 이용될 수 있기 때문이다.[1] 그런데 국어 문체론의 통사 논의는 눈에 띄는 통사현상을 중심으로 그 문체 효과를 규범적·직관적으로 규정하는 데 그친 감이 있다. 국어 통사론의 발전에 비해 통사론

---

1 텍스트의 통합적·계열적 관계를 분석하고 체계화함으로써 의미를 해석하고 창조해내는 과정을 뜻한다.

의 문체에 대한 관심은 미약했고, 통사론의 움직임에 대해 문체론의 대응도 따르지 않았던 것이다. 아울러 구조주의에 이어 변형생성문법적·화용론적 인식을 활용하는 일, 국어 문체의 전통과 국어 통사론의 논리 속에서 문체 분석의 이론과 방법을 모색하는 일도 미룰 수 없는 과제로 떠오르고 있다.[2]

이 시점에서 이 글에서는 문체론적으로 특히 주목되는 통사현상들을 점검하고 통사론적 인식이 문체론과 어떻게 만날 수 있는지 생각해 보려고 한다. 논의의 순서는, 일반 문제로서 통사현상의 문체기능, 통사현상에 대한 문체론적 해석을 논한 다음, 구체적으로 문체의 관점에서 유의해야 할 통사현상들을 개괄하는 것으로 한다.

2

통사현상의 문체기능

이 장에서는 언어학의 관점에서 통사현상의 문체기능을 생각해 보려 한다. 통사론의 층위에 비추어 통사현상의 문체기능도 일차적으로 문장 수준에서 고려될 수 있기 때문이다.

통사현상의 문체기능은 크게 네 관점에서 생각해 볼 수 있다. 첫째는 특정 통사현상이 수행하는 문체기능의 관점, 둘째는 문체적

2 이에 대한 필자의 견해는 졸고(1988) 참조.

변이의 관점, 셋째는 일탈의 관점, 넷째는 통사현상의 질적 차이란 관점이다.

첫째 관점에서는, 어떤 통사구조나 통사규칙이 본래의 통사기능 외에 어떤 문체기능을 수행하는가, 문체규칙에 준할 만큼 적극적인 문체기능을 수행하는 통사규칙은 없는가, 어떤 통사현상에 수반되는 문체기능은 그 통사·의미·화용기능과 어떤 관련이 있는가 등을 다룰 수 있다. 가령, 단문구조와 내포·접속구조는 간결체와 만연체에서 일반적인 통사구조로 나타나며, 명사화나 피동구문은 추상적·관념적 문체에서 즐겨 쓰인다. (1)의 특이한 어순, (2)의 접속방식, (3)의 조사 또는 성분 생략, (4)의 대용 방식 등은 문체적 동기를 고려하지 않고는 설명되기 어렵다.

(1)[3] 저어라 배를, 멀리 잠자는 綾羅島까지,

(2) 혹은 부유라 하며, 혹은 빈곤하다 말하나, 대체 부유는 어디서 시작되는 것이며, 빈곤은 어디서 시작되는 것이냐? 사람이 부자이기 위해서는 대체 얼마나 많이 가져야 되고, 사람이 가난키 위해서는 대체 얼마나 적게 가져야 되느냐? ('고'와 '며'의 교대)

(3) 가. 우리는 우선 필연과 자유가 일과 놀이의 경우처럼 서로 모순 대치되는 테제, 고정되어 있는 실체가 아님에 주의하여야 한다. ('나' 혹은 '또는'의 생략)

---

3 이 글의 예문은 대부분 실제의 원전에서 따오되 논지 전개에 필요한 경우가 아닌 한 출전을 명시하지 않았다. 4절에서 출전을 밝힌 것은 텍스트와 작자의 요인에 대한 고려 때문이다

나. 그는 하나하나 보리라고 다짐한다.[4] 설합을 뒤져 남은 물건 도 조사한다. 그러다가 이미 건조하여 건드리기만 해도 부서질 듯한 낙엽 몇 송이를 발견했다. 그것은 그에게 지난 가을을 생각키우게 했고, 그는[5] 잠시 우울해졌다. ('그는'의 생략 여부)

(4) "그렇다면," 그에게서 대강 이야기를 듣고 난 군의관은 무표정하게 말했다. "후송수속을 밟으십시오."
후송수속을 밟기 위해서 성중위는 그가 소속해 있는 사단 본부중대 의무지대로 지대장을 찾아갔다. 지대장은 성중위의 얘기를 듣고, 그리고 성중위의 왼쪽 귀를 진찰하고 나서 말했다. ('성중위'와 '그'의 교대)

---

4 이 문장과 다음 문장에서 '그는'의 생략은 담화상 주제가 같다는 담화문법 또는 화용론의 관점에서 해석할 수도 있고 인물 '그' 또는 서술자의 시점이 유지되고 있다는 텍스트 문법의 관점에서 해석할 수도 있다. 그러나 이들 관점에서 위의 경우와 같은 다음에서는 '그는'이 생략되지 않는다.

a. 그는 비틀거리면서 일어나 거실에 스위치를 넣으려고 걷는다. 그는 스위치를 넣는다.

b. 그는 스푼이 담수어처럼 얌전하게 손아귀 속에 쥐여 있는 것을 발견한다. 그는 조심스럽게 온 방안의 물건들을, 조금 전까지 들리고 튀어오르고 덜컹이던 물건들을 하나하나 훑어보기 시작한다.

5 이 경우의 '그는'은 선행문의 주어 '그것'과 다르기 때문에 생략되기 어렵고 따라서 통사적 동기가 작용했다고 할 수 있다. 그러나 다음 후행문의 '그는'은 선행문의 주어이기도 하다는 점에서 생략될 수 있는데도 생략되지 않았다.

a. 다락문을 열어 갖가지 물건도 하나하나 세밀히 보았고 욕실에서 그는 욕조 밑바닥까지 관찰하였다.

또한 내포구조의 심리적 복합성,[6] 명사화의 추상성,[7] 대명사의 비명시성[8]은 각각 통사적 복합성, 명제성, 대용성과 어떤 관련을 지닐 것으로 생각된다.

둘째 관점에서는 동의나 환언 관계에 있는 구문들의 선택 조건을 찾아봄으로써 문체적 변이 관계를 확정하고 그 기능의 차이를 밝힌다. 지시적·개념적 의미가 같은 동의·환언관계에서는, 양태·화용의미의 차이를 화자가 객관적 조건으로 인식하여 같은 발화상황에서 임의로 선택하지 못하는 (5), 화맥에 따라 배타적 분포가 나타나나 같이 쓰일 수 있는 경우 같은 발화상황에서 화자의 문체의식에 의해 선택될 수 있는 (6), 양태·화용의미의 차이를 화자가 주관적인 문체의식·감각·습관 속에 수용하여 선택할 수 있는 (7), 별다른 의미차가 없어 문체적 동기와 조건에 의해 선택되는 (8) 등이 있다.

(5) 가. ㄱ. 순이는 눈이 크다.

ㄴ. 순이의 눈이 크다.

---

6 Traugott & Pratt(1980:174~5)의 헨리 제임스에 대한 분석 참조.

7 Wells(1960 : 219)의 산스크리트어에 대한 설명 참조.

8 다음의 '그'와 '그들'은 그 지시적 의미와 관련해 시의 긴장감을 고조시킨다.

a. 그 겨울 눈은 허벅지까지 쌓였다.
窓을 열면 아, 하고 복면한 산들이 솟아 올랐다.
잊혀진 祖上들이 일렬로 걸어왔다.
끊임없이 그들은 흰 피를 흘렸다.
(이성복, 「눈」)

나. ㄱ. 석이가 순이를 좋아한다.

ㄴ. 순이는 석이가 좋아한다.

다. 석이는 순이{에게, 를} 책을 주었다.

(6)[9] 가. ㄱ. 순이는 안 왔다.

ㄴ. 순이는 오지 않았다.

나. ㄱ. 순이는 석이와의 이별이 슬펐다.

ㄴ. 순이는 석이와의 이별을 슬퍼했다.

다. 석이는 순이에게 책을 읽{히, 게 하}었(았)다.

라. 눈이 오{겠, ㄹ 것이, ㄹ 것 같, ㄹ 듯하, ㄹ 듯 싶}다.

(7) 가. ㄱ. 어제 석이가 왔다.

ㄴ. 석이가 어제 왔다.

ㄷ. 석이가 온 것은 어제다.

나. 순이는 석이{를, 가} 보고 싶었다.

(8) 가. 순이{에게서, 한테서, 로부터} 편지가 왔다.

나. 순이는 석이가 떠나{았음, ㄴ 것}을 몰랐다.

다. 순이는 빚이 많았{으므로, 기 때문에} 석이를 도와줄 수 없었다.

이들 중 (5)를 제외한 부류는 의미·화용적 차이가 있다 하더라도 같은 발화상황에서 화자의 문체의식에 의해 선택되기 때문에

9 물론 이들의 동의성을 전면적으로 부인하고 의미차를 강조하는 경우는 문체적 변이로 보지 않게 될 것이다.

문체적 변이로 볼 수 있다. 즉 이들 구문에는 통사·의미적 동기 외에 화용·문체적 동기가 작용하는 것으로 생각된다. 그 예[10]로, 구어와 문어, 정보로서의 중요성과 가치, 발화장면의 격식성과 쌍방성 여부, 발화상황에서의 적정성, 응집, 연속성, 반복과 평행성, 장르 등 텍스트적 요인,[11] 성격, 감각과 취향, 심리적 태도 등 화자의 요인, 신분, 계층, 성별, 시대적 관습 등 사회적 요인[12] 들을 들 수 있을 것이다. 문체의식이란 의도적이든 무의식적이든 이러한 문체 요인들을 염두에 두고 구문을 선택하는 능력 또는 활동이라 하겠다. 문체적 변이에는 역사적 변화나 외래적 요인이 반영되기도 한다. (9) ㄱ류는 전시대 구문들이 의고형으로서 문어체의 한 몫을 맡고 있는 예이며, (10)~(12) ㄱ류는 각각 한문투, 일본어, 서구어 구문의 요소가 국어 구문에 반영된 예이다.[13] 이들 통시적 구문과 외래적 구문은 ㄴ류의 현대적 구문, 전통적 구문과 문체적 변이 이상의 경쟁관계에 놓이기도 한다.

(9) 가. {ㄱ. 나의 ㄴ. 내가} 살던 고향

나. 이는 책으로 된 것이{ㄱ. 매 ㄴ. 어서} 外欄 상하로 공백이 없을 수 없{ㄱ. 은즉 ㄴ. 으니} 대보기에 間濶이 있으며,

---

10 이 일반론은 Turner(1973) 참조.

11 Beaugrande & Dressler(1981), 윤석민(1989) 참조.

12 Trudgill(1947) 참조. 특히 북한어의 문체상의 특징은 이에 대한 주의를 환기해 준다.

13 이오덕씨의 「우리말을 살리자」(『한겨레신문』 1988.5~8월) 참조.

다. 가파른 암벽길에서 앞선 일행이 안 볼 때엔 슷제 엉금엉금 기어올라가{ㄱ. 았음 ㄴ. ㄴ 것} 이 다소 겸연쩍었으나,

라. 남녀노소 없이 음울한 古巢로{ㄱ. 셔 ㄴ.부터} 활발히 起來하여 萬彙群象{ㄱ. 으로 ㄴ. 과} 더불어 흔쾌한 부활을 成遂하게 하도다.

마. ㄱ. 자유의 公例는 人의 자유를 侵치 아니함으로 界限을 삼나니

ㄴ. ~界限을 人의 ~아니함으로 삼나니

바. '與覽'도 진작 맞장구를 쳐서 "~"이라 적{ㄱ. 어 ㄴ.고/혀} 있다.

(10) 가. ㄱ. 再論을 要하지 않는다.

ㄴ. 다시 논하지 않아도 된다.

나. ㄱ. 周知의 사실이다.

ㄴ. 다 아는 사실이다.

다. 그것{ㄱ. 으로 因하여 ㄴ. 때문에} 미로에서 방황하게 되었다.

라. 소쉬르가 기호학을 언어학의 위에 두었{ㄱ. 음에도 不拘하고 ㄴ. 는데도}

(11) 가. 그의 일반 언어학의 방법론은 바로 구조주의{ㄱ. 에 다름아니다/ 와 다름없다. ㄴ. 와 다르지 않다}.

나. 그것은 유보{ㄱ. 되어져 ㄴ. 해}야 한다.

다. 사회생활{ㄱ. 에 있어서 ㄴ.에서/속}의 기호의 삶을 연구하는 학문

라. '민족문학과 김수영 문학의 소시민적 한계'도 주목{ㄱ. 에 값한다. ㄴ. 할 만하다}.

(12) 가. 그가 관계{ㄱ. 하는 限에서는 ㄴ. 한다면} 걱정할 것이 없다.

나. 이 문제는 논의할 {ㄱ. 가치가 있다. ㄴ. 만하다}.

다. ㄱ. 너에게는 성실성이 요구된다.

ㄴ. 너는 성실해야 한다.

라. ㄱ. 비판하지 않을 수 없다.

ㄴ. 비판해야 한다.

셋째 일탈의 관점은 문학어의 창조성과 미학적인 기능을 추구하는 돋보이게 하기(전경화), 낯설게 하기, 체계적 일탈 등이 적극적 문체기능을 수행한다는 데 유의한 것이다. 즉 정상 구문에 비해 특이하거나 어긋나는 구문을 선택하는 데 어떤 문체의식이 작용하고 또 어떤 문체기능이 수반되는가를 밝히려 한다. 이때 유용한 참조점은 일탈의 성격과 정도에 단계가 있다는 것으로서 화자는 이 점을 염두에 두고 일탈을 활용한다.

정상의 통사규칙에 따르면서 유표화되는 경우는 일탈의 예비적 단계로서, 분포와 쓰임이 화백에 관계없이 제한적이고 돋보이는 경우와 특정 화맥 속에서 드물게 또는 특별히 쓰여 상대적으로 두드러지게 되는 경우가 있다. 전자의 예에는 이중부정, 반어적·수사적 의문, (13)의 문어 요소의 쓰임,[14] (14)의 통사구조의 반복들이 있

14 정희성씨의 시 「탈출考」의 일절로 초기시의 한 특징을 보여준다.

으며, 후자에는 어떤 통사구조가 주조를 이루는 가운데 다른 구조가 예외적으로 나타나는 예가 있다.

(13) 이 얼굴 그윽한 어둠이
훤히 하늘을 보노니
침묵을 듣는 자가 알리라
저 하늘엔 구름 둥실
슬픔은 가서 울음만 남고
빈 울음 허탈하매
어깨춤이 되더니라 興이여

(14) 사람이 바다로 가서
바닷바람이 되어 불고 있다든지,
아주 추운 데로 가서
눈으로 내리고 있다든지,
사람이 따뜻한 데로 가서
햇빛으로 비치고 있다든지,

다음은 정상의 통사구조에 비해 특이하게 또는 유표적으로 느껴지는 경우로서, 이들은 흔히 문체적 동기가 강하거나, 문체적 통사규칙이 적용된 경우이다. (15)의 영탄적·동격적 독립어, (1)류의 유표적 어순 (16), (17)의 특이한 대격조사, (18)의 생략 등은 그 예이다.

(15) 보리, 너는 항상 그 순박하고 억세고 참을성 많은 농부들과 함께 이 땅에서 영원히 사라지지 않을 것이다.

(16) 역사를 거슬러 올라갈 것도 없이 지금 오늘날에 있어서도 자유는 수많은 피로 물들어져 있는 것입니다. 그것은 집단과 집단이 내세우는 해방이라는 동의어와 함께.

(17) 가. 그렇지만 유흥의 객들이 사라진 거리에 성가대들은 구주 오심을 기쁘다고 노래하는 것을 나는 상상할 수 있었습니다.

나. 익은 포도알이란 방울방울의 지혜와 같이도 맑고 빛나는 법인 것을, 푸른 포도에는 그 광채가 없다.

(18) 가. 어떠한 상태이든 오스왈과 같은 최후를 넘겨야 할 것입니다. 의지도 권리도 지혜도 그 어떤 것으로도 거부할 수 없는,

나. 그에게 있어 인생은 무한한 야망이 넘치는 무지개, 그러나 끝내 육의 세계에서 벗어나질 못했던 방탕한 부친의 죄의 보과는 오스왈의 젊은 육체를 좀먹는 것이었습니다.

한편 개인의 말투나 언어감각[15]이 통사규칙에서 다소 벗어나면서 미묘한 문체 효과가 느껴지는 경우가 있다.

(19) 가. 다른 사람을 복종하려면 당신에게 복종할 수가 없는 까닭입니다.

---

15 (19)는 한용운, (21)은 윤동주의 경우이다. 이상섭(1988:185~8)에서는 (19다)의 '애인을' 뒤에 동사가 숨어 있다고 보았다.

나. 나는 당신을 이별하지 아니할 수가 없습니다.

다. 그러므로 사랑하는 애인을 죽음에서 웃지 못하고 이별에서 우는 것이다.

(20) 가. 제일 피곤할 때 敵에 대한다.

나. 네가 씹는 음식에 내가 憎惡하지 않음이

다. 이런 경지에 섰을 때 사람은 과연 그 고독에 이겨 나갈 수 있겠습니까.

(21) 가. 오늘밤에도 별이 바람에 스치운다.

나. 흰 고무신이 거친 발에 걸리우다.

다. 쫓기우는 사람처럼 가자.

라. 바닷가 햇빛 바른 바위 우에 습한 간을 펴서 말리우자.

(22) 가. 당신을 찾아갔다는 것은 現實을 直視하기 위하여서였다.

나. 찬 달빛
길게
누웠는
산자락

문체적 기법으로 주목되는 것은 의미 · 화용 규칙에 이상이 있는 경우로서, (23)의 수용성 무시,[16] (24)의 중의성 활용,[17] (25)의 선택 제한 위배 등은 그 예이다.

---

16 이상의 「오감도」 중 「시 제2호」와 「시 제3호」로서 원문에 띄어쓰기가 무시되어 있는 것을 띄어 쓴 것이다.

17 유제식 · 유제호 옮김(1985:131~6), 이상섭(1988)의 「'뜻겹침'의 일곱 유형」 참조.

(23) 가. 나는 왜 드디어 나와 나의 아버지와 나의 아버지의 아버지와 나의 아버지의 아버지의 아버지 노릇을 한꺼번에 하면서 살아야 하는 것이냐.

나. 싸움하는 사람은 즉 싸움하지 아니하던 사람이고 또 싸움하는 사람은 싸움하지 아니하는 사람이었기도 하니까 싸움하는 사람이 싸움하는 구경을 하고 싶거든

(24) 가. 이별은 미의 창조입니다.

나. 제임스 띵같이 생긴 책임자가 두 아이를
데리고 찾아온 풍경이
눈(雪)에 너무 비참하게 보였던지
나는 마구 짜증을 냈다.

다. 불이 찢고 삼키는
참새들의 밤이다.

(25) 가. 실패한 강물이
보수주의자의 얼굴을 하고 일어선다.

나. 비겁한 아름다움이 먼저처럼 가라앉는다.

일탈의 마지막 단계는 의도적으로 통사규칙을 위배하면서 새로운 시문법적 질서를 모색하는 경우이다.

(26)[18] 설다 해도
웬만한,

봄이 아니어,

(27)[19] 머나먼 廣野의 한복판 얕은

하늘 밑으로

영롱한 날 빛으로

하여금 따 우에선

(28) 한없이 낮은, 말결 숨결…, 바싹…, 진하게…, 살아짐에…, 죽어짐에…, 한, 결로…, 취할 만큼…

특히 문체적·시문법적 의도와 계획에 따라 정상문법을 깨뜨리고 파격을 낳는 예들은 문체규칙이 통사규칙은 물론 일상어 문법보다 상위에서 작용할 수 있음을 보여준다.[20]

넷째 관점은 통사현상의 성격에 따라 문체기능이 특징지어진다는 데 주의한다. 이를테면 어순바꿈, 주제와 초점, 분열문 등은 청자에 대한 통보책략의 일환이 되는 데 비해 피동, 사동, 명사화는 상황에 대한 인식법을 드러내며, (29)의 차이는 화자의 진술에 대한 태도를 나타낸다.

(29) 따라서 실용과 문화는 서로 반대되는 짝—일과 놀이, 현실과

---

18 이기문(1983) 참조.

19 이상섭(1988:189~90)에서 김종삼의 「물통」 일절 재인용.

20 이 점을 이상섭(1988)의 「언어학과 문학비평:그 둘의 먼 관계에 대하여」에서는 현존문법의 해체라는 관점에서 보고 있으나 현존문법 위에 시문법적 질서를 세우려는 노력으로 해석해야 할 것이다.

쾌락 또는 가장 포괄적으로, 필연과 자유라는 짝으로만 생각{하는, 할 수 있다는, 할 수 있다고 보는} 견해가 일리 있{다, 는 것이다, 는 것이라 할 수 있다, 는 것이라 할 수 있을 것이다}.

나아가 내포나 접속은 텍스트의 논리 구조, 사고내용의 진술방식을 반영하며, 화제, 대용, 생략 등은 텍스트의 응집과 전개에 관여한다.

이상 네 관점은 유기적으로 관련되면서 서로 간에 참조가 됨으로써 통사현상의 문체기능을 포괄적으로 이해하는 데 도움을 준다.

3

통사현상의 문체론적 해석

지금까지의 언어학적 인식을 문체론에 통합하기 위해서는 문체의 다양한 양상에 비추어 통사현상의 문체기능이 다시 해석되고 평가되어야 한다. 이때 구어체와 문어체는 문체 양상과 통사현상의 관련을 종합적으로 그리고 비교적 뚜렷하게 반영함으로써 여러 문체의 통사적 특징을 찾는 데 준거가 될 수 있다. 즉 구어체에서는 단순접속, 어순바꿈, 소형문, 생략, 구어적 문법요소가 두드러진 반면 문어체에서는 내포, 정상어순, 완전문, 명사화와 피동문, 문어적 문법요소가 두드러진데,[21] 이러한 대비가 문체의 여러 국면에 걸쳐 나타나는 것이다. 예컨대 국한문혼용·국한자혼용과 국문·한글전용, 논설·논문·記事와 문예·생활문, 공문서·공식 연설 또는 서한과 私談·私信·일기, 단독적 서술과 대화, 시와 소설·희곡 들 간에는 대체로 문어적 특징과 구어적 경향의 차이가 나타난다.

이들 예를 비롯해 통사가 일반적 문체관습이나 경향성에 어떻게 관여하는지를 밝히는 일은 통사문체론의 일차적 과제로서 다음 장에서 그 일면을 살펴보게 될 것이다. 그런데 이러한 일반론은 특정 개인이나 텍스트의 문체 나아가 문학 문체론의 경우 논의의 바탕이나 출발점은 되나 설명과 해석의 방법론으로 충분하지는 못하다. 같은 통사현상이라 하더라도 발화상황, 화맥, 장르, 텍스트 등의 요인에 따라 그 문체기능이 다양하게 해석될 수 있기 때문이다. 따라서 통사현상의 문체론적 기능과 의의를 좀 더 구체적으로 그리고 심층적으로 해석하기 위해서는 다음 몇 단계를 고려해야 할 것으로 생각된다.

첫째, 특징적 통사현상이 여러 작자, 여러 글에 걸쳐 나타날 때 이들이 공통된 문체기능이나 효과 외에 차이를 보인다면 이를 어떻게 해석할 것인가 하는 문제이다. 가령 내포나 접속이 많은 만연체를 구사하는 김진섭과 박태원의 경우 호흡이 길고 상념을 폭넓게 수용하는 점은 같으나 복합적 관념을 구성해 가는 것과 심리묘사나 시점의 입체성에 유의하는 것은 다르다. 그런가 하면 이상과 이인성은

21 장소원(1986:94~8) 참조.

단문을 주조로 이례적인 장문을 혼합하고 있어서 이들의 내포, 접속은 실험적 문체의식을 반영하는 것으로 여겨진다. 어순바꿈에서도 시에 빈번한 자유로운 어순바꿈, 산문에 드물게 나타나는 어순바꿈, 시적인 산문에서의 비교적 제약이 덜한 어순바꿈 들을, 본질적 기능이 같다 하여 같은 수준에서 다룰 수는 없다. (30)의 명령법, (31)의 명사화의 문체기능이 달리 느껴지는 것도 그 때문일 것이다.

(30) 가. 엎드려 쏴!

나. 보라! 청춘을!

다. 아아, 독자여, 용서하라.

라. 해야 솟아라.

마. 일을 마치고 내 죽는 날 아침에는
서럽지도 않은 가랑잎이 떨어질 텐데……
나를 부르지 마오.

(31) 가. 조모 위독 급래.

나. 필히 필기도구 지참.

다. 어린 소대장 구두 닦고, 탄약고 제초 작업, 비온 뒤 도로 보수 공사, 낫질 삽질, 임진강서 모래 채취.

라. 청춘의 무의미함, 청춘에 대한 공포, 무의미함에 대한 공포, 비인간적인 생활이 무의미로 올라서는 데 대한 공포.

마. 여기는 아님
여기 있으면서 거기 가기
여기 있으면서 거기 안 가기

여기는 아님 거기 가기 거기 안 가기
여기는 아님 피는 江물 소리를 꿈꾸기 달맞이꽃,
노오란 신음 소리를 꿈꾸기
한 苦痛이 다른 苦痛을 부르기

둘째, 한 작자에 일반적으로 나타나는 특징적 통사현상에는 어떤 것들이 있으며, 그들은 일반적으로 작자의 어떤 작가의식과 문체의식을 드러내는가이다. 가령 김동인, 최서해, 조세희는 주제와 세계관이 다르면서도 단문 중심의 간결체를 구사함으로써, 환경 속의 인간에 대한 간명한 인식틀을 배경으로 외부세계에 대한 행동의 논리를 속도감 있게 제시하려 한다. 손창섭과 이문구에서 눈에 띄는 (32)의 '것이다' 구문은 사건에 대한 화자의 인식적·평가적 태도를 드러내며, 이기영에서 특이하게 나타나는 자동적 사동구문 (33), 의미중복의 화제구문 (34)는 사건을 객관적·논리적으로 서술하려는 의욕에서 비롯된 것으로 생각된다.

(32) 가. 東玉의 나이가 지금 이십오륙세가 아닐까 하고 元求는 지나간 세월과 자기 나이에 비추어서 속어림으로 따져 보는 것이었다. 술에 취한 東旭은 다자꾸 元求의 어깨를 한 손으로 투덕거리며, 東玉이년이 정말 가엾어, 암만 생각해도 그 총기며 인물이 아까와, 그런 말을 되풀이하는 것이었다. 그러고는 다시 잔을 비우고 나서, 할 수 있나 모두가 운명인 걸, 하고 고개를 흔드는 것이었다. (「비오는 날」)

나. 관청에서 하는 일치고 제때에 제대로 돌아가며 제구실하에 시행한 건 선거운동 한 가지라고 해도 그다지 지나친 말은 아닐 거였다. 농협을 통해서 농약 사다 쓸 수 있는 사람은 으레 따로 정해져 있기 마련이었고, 박서방같이 소위 백이란 게 없는 농민은 애초부터 그림의 떡이던 것이다. 뿐만 아니라 박서방 같은 무지렁이 농사꾼 손에로까지 들어온 농약이라면 쓰잘 데 없는 폐물이기 마련인 것이었다. 때가 늦어 쓸 수 없을 거였고, 때 놓친 약은 뿌려 봤자 되려 역효과만 내고 말 게 분명한 거였다. (「그때는 옛날」)

(33) 가. 그만큼 정첨지는 상전의 마음에 들게 한 영광을 느끼었다.

나. 덕성 어머니는 아까 봉임이와 수작하던 말이 문득 생각켰다. 그는 그 아들이 다시금 쳐다보인다. 그것은 덕성이가 마치 딴 사람과 같이 생각키우는 것이었다.

다. 그는 한길주의 상노로 따라다니는 게 차차 남의 앞에서 부끄러운 생각이 들게 하였다.

라. 마을의 가난한 농민들은 그들의 경상이 남의 일 같지 않아서 아랫말 동구 앞까지 좇아 나오며 석별의 눈물을 자아내었다.

(34) 가. 며느리의 그런 생각은 시어머니의 심정을 알 수 없었다.

나. 이런 생각은 그를 곯려주었다는 미안한 생각이 들기도 한다.

다. 곰손이의 이와 같은 생각은, 노루는 잡아놓은 노루라고 은근히 기뻐하였다.

라. 그들은 차차 어떤 공통된 이해 감정을, 같은 소작인의 처지

에서 느끼었다. 그것은 곰손이의 말을 들어볼수록 더욱 그런 생각이 들었다. (「두만강」)

셋째, 작자의 글에 따라 통사현상이 다른 양상으로 나타날 때 이런 차이가 작가의 작가·문체의식 또는 텍스트의 문체요인과 어떻게 관련되는가 하는 것이다. 예컨대 황석영의 「장길산」에서 '-는데, -으니'를 비롯한 접속어미의 쓰임이 두드러진 것은 그 역사소설적 특성이나 전통적 어조를 되살리려는 작가의 노력과 무관하지 않을 것이다. 거꾸로 최인훈의 「囚」, 「칠월의 아이들」에서 이례적으로 단문이 연속되는 것은 관념적 우화성을 단순하고 단편화된 의식과 감각의 세계 속에서 실험하려는 시도로 생각된다.

(35) 가. 보름 뒤에 배가 만선이 되어 돌아왔으니, 온 마을이 들끓는 듯한 잔치가 벌어졌는데 그것은 험한 바다에서 되살아온 신생(新生)을 위해서였다.

나. 흐르는 물과 같이 연면(連綿)한 산맥같이 앞뒤로 끊임이 없건마는, 여럿과 맺은 관계가 마치 저 장산곶 매의 발목에 묶인 매듭과도 같았고, 그 장한 뜻의 꺾임은 뒤댈 바탕이 부족하매 분한 노릇이었다. (「장길산」)

(36) 가. 나는 쭈구리고 앉는다. 벽돌을 한 개 집어든다. 갓 구워 낸 빵처럼 따뜻하다. 볼에다 댄다. 따뜻하다. 오싹하게 좋다. 아내의 볼도 이런 적이 있었다. 먼 옛날에. 따뜻한 벽돌. 귀엽다. 비둘기처럼 얌전하다. 구구. 참하다. (「囚」)

나. 그는 딱 멈춰선 채 꼼짝 않는다. 그뿐 기척이 없다. 대장과 철은 문간을 노려본다. 확 퍼지는 지린내. 대장은 끝내 교실을 나선다. 복도도 어둡다. 터널 속 같다. 그는 발끝으로 걸어간다. (「칠월의 아이들」)

작가의식과 문체의식의 내적 관련, 장르에 따른 효과적인 문체 변주의 예로는, 염상섭의 만연체가 후기에 가면서 현실에의 침투력과 대응력을 잃은 반면 박태원의 후기 역사소설에서 만연체가 극복되는 것, 서정주의 『질마재 신화』에서 토속성과 현장적 구어를 공통 기반으로 산문시의 통사적 다양함과 정형시의 정형성[22]이 대조되는 것을 들 수 있다.

넷째, 하나의 글에서 특히 두드러진 통사현상에 어떤 것이 있으며, 그들 양상이 텍스트의 구조나 의미에 어떻게 대응, 통합되는가이다.[23] 이는 형식과 의미의 총체적 관련을 추구하는 작품 문체론의 구체적 과제이다.

다섯째, 한 작자의 주요한 글들에서 특히 의미를 띠거나 중요한 통사현상에 어떤 것들이 있으며, 궁극적으로 그 텍스트적·문학적 의의와 가치는 어떻게 해석·평가되는가이다. 이는 개별 작품들의 구조나 논리에 비추어 작가의 일반적 특징들로부터 의미있는 특성을 추출하는, 본격적인 작가문체론의 단계이다.

---

22 시집 제2부의 월령체 노래 시편들을 말한다.

23 김상태(1982:242~4)에서 김유정의 이중부정과 반어의 정신을 관련지은 것, 전정구(1985)에서 한용운의 '되다'구문이 역설적 진리에 대응된다고 본 것은 그 예이다.

지금까지 2절, 3절에서 통사현상의 문체기능과 그 문체론적 해석 일반론을 살폈다. 이제 그 구체적 적용의 실제를 몇 예를 통해 보기로 한다.

4

적용의 실제: 어순바꿈, 명사화, 피·사동

기본어순을 재배치하는 어순바꿈은 기본 통사구조의 변형, 일탈이기 때문에 문체효과가 크다. 어순바꿈에는 통사규칙에 의해 제약되는 경우,[24] 의미·화용적 동기에 구조적으로 대응된다는 점에서 통사규칙에 준해 기술할 수 있는 경우,[25] 구조적 관계를 상정할 수 없는 화용·텍스트적 동기에 비롯됨으로써 문체규칙으로 볼 수 있는 경우[26]가 있다.

(37)은 일상문어에서 거의 허용되지 않는 통사적 제약을 벗어난 경우로서, (가)는 종속절의 동사구 속으로의 이동, (나)는 동사구 보문 내 요소의 모문 밖으로의 이동, (다)는 내포문 내 요소의 이동,

24 남미혜(1988:제 4장) 참조.

25 임홍빈(1987:12~3)에서 어순재배치를 단순한 문체론적 변형으로 볼 수 없다고 한 것은 이 점을 지적한 것이다.

26 이를 김승렬(1988:32)에서는 문체론적 자유어순이라 하였다. 한편 이봉채(1984:59~64)에서는 화자의 표현적·심리적 요인을 강조하고 있다.

(라)는 내포문의 해체를 보여준다.

(37) 가. 이런 전화를, 번역하는 친구를 옆에 놓고,
생색을 내려고, 하고나서, (김수영, 「전화이야기」)
나. 안하기로 했다 안해도 된다고
생각했다 안해야 한다고 생각했다
너에게도 엄마에게도 (김수영, 「VOGUE야」)
다. 그가 일으키는, 나는, 물결이었다. (이성복, 「자연」)
라. 보았다, 달려드는, 눈 속으로, 트럭, 거대한 (이성복, 「모래내 · 1978년」)

둘째 경우 흔히 문장 머리가 화제, 구정보, 동사 앞이 초점, 신정보로서 동사 앞이 강조되기 쉬운 위치로 알려져 있다.[27] 그러나 문체상으로는 (38)에서 보듯이 문장 머리가 강조되는 경우도 적지 않다.[28] 분열문 구조 (39)의 주제 성분이 정상 어순일 때에 비해 강조되는 것도 그 예일 것이다.

(38) 가. 이 밤을 하염없이 안개가 흐른다. (윤동주, 「흐르는 거리」)
나. 그해의 그 뜨겁던 열기를 나는 잊지
못한다. 세거리 개울가에 모여 수군대던 (신경림, 「장마

27 송기중(1985:91~2), 조미정(1986), 서정목(1987:240~1) 참조.

28 임성규(1989:112~4) 참조.

뒤」)

다. 이 흙바람 속에 꽃이 피리라고
우리는 믿지 않는다 이 흙바람을
타고 봄이 오리라고 우리는
믿지 않는다. (신경림, 「3월 1일」)

라. 어디서 그대는 아름다운 깃털을 얻어 오는가 (이성복, 「라라를 위하여」)

마. 거기서 너는 살았다 선량한 아버지와
볏짚단 같은 어머니, 티밥같이 웃는 누이와 함께 (「모래내·1978년」)

(39) 가. 인생은 살기 어렵다는데
시가 이렇게 쉽게 씌어지는 것은
부끄러운 일이다. (윤동주, 「쉽게 씌어진 시」)

나. 우스운 것이 사람의 죽음이다
우스워하지 않고서 생각할 수 없는 것이 사람의 죽음이다
(김수영, 「누이야 장하고나!」)

문장성분이 서술어 뒤로 후치되는 (40)은 셋째 경우의 대표적인 예[29]로서, 이 때 강조 효과는 어순상의 전후관계보다 분리에서 비롯되는 것으로 여겨진다.

---

29 임성규(1989:115~9) 참조.

(40) 가. 으스럼히 안개가 흐른다. 거리가 흘러간다. 저 전차, 자동차, 모든 바퀴가 어디로 흘리워가는 것일까? 정박할 아무 항구도 없이, 가련한 많은 사람들을 싣고서, 안개 속에 잠긴 거리는, (윤동주, 「흐르는 거리」)

나. 그래서 너는 부끄러운가, 너의 아내가.
그녀를 닮아 숫기 없는 삼학년짜리 큰 자식이.
부억 앞의 지게와 투박한 물동이가. (신경림, 「친구」)

다. 참 멀리서 왔구나, 햇살이여, 노곤하고 노곤한 지상에, (황지우, 「⑨⑤ 청량리 - 서울대」)

특히 통보에 어려움을 줄 정도로 긴 성분은 앞이나 뒤로 옮겨지는 경향이 있다.

(41) 가. 이 다수의 움직임은 "누군가 앉았다 간 자리/우물가, 꽁초 토막……"이란 말로 거의 암호처럼 간단히 기록될 뿐이다. 마치 다수로 하여금 따로따로 있게 하면서 동시에 같은 흐름 속에 합치게 하는 역사의 움직임이 암호처럼 계시되는 것처럼 (김우창, 「순수와 참여의 변증법」)

나. 나는 안다. 우리가 싸워 지켜낸 것은 겨우 우리들 자신의 개 같은 목숨에 지나지 않는다는 것을. (황석영, 「탑」)

다. 곧 겨울이 오게 되면 공사가 새 봄으로 연기될 테고, 오래 머물 수 없으리라는 것을 그는 진작부터 예상했던 터였다. (황석영, 「삼포 가는 길」)

한편 이동은 (42)에서와 같이 텍스트 수준에서도 나타나며, (43)에서는 병렬 어순이 정보의 중요성이나 텍스트의 의미에 대응됨을 볼 수 있다.

(42) 나는 시를, 당대에 대한, 당대를 위한, 당대의 유언으로 쓴다.

~(19행 중략)~

죄의식에 젖어 있는 시대, 혹은 죄의식도 없는 저 뻔뻔스러운 칼라 텔레비전과 저 돈범벅인 프로 야구와 저 피범벅인 프로 권투와 저 땀범벅인 아시아 여자 농구 선수권 대회와 그리고 그때마다의 화환과 카 퍼레이드 앞에, (황지우, 「도대체 시란 무엇인가」)

(43) 가. 하늘과 바람과 별과 시

나. 우물 속에는 달이 밝고 구름이 흐르고 하늘이 펼치고 파아란 바람이 불고 가을이 있고 추억처럼 사나이가 있습니다. (윤동주, 「자화상」)

명사화는 명제를 개념화하고 사건이나 행동을 관념화함으로써 통사·의미론적 응축과 집중, 정보의 양 극대화, 문장의 길이 축소,[30] 문어적 어조 등 효과를 낳는다. 특히 (44)의 동사문에 대응되는 (45)의 속격 구성과 그에 준하는 병치 구성, 어휘화 들은 명사화의 정도

---

30 Wells(1960:216)에서는 영어의 경우 오히려 길이가 길어지는 점을 지적하고 있다. 산스크리트어에서 명사화가 간결성을 위한 것임과 관련해 언어유형에 따르는 문체기능의 차이, 문체기능의 보편성 문제를 생각해 볼 수 있을 것이다.

가 높은 경우로서 문체 효과도 커진다.

(44) 가. 적극적으로 자원을 배분하다

나. 사회가 조화되지 못하고 삶의 질이 왜곡되다

(45) 가. 적극적인 자원 배분

나. 사회의 부조화와 삶의 질의 왜곡화

명사화는 다른 통사현상과도 관련이 있어서, 분열문을 비롯한 주제화 구문 (46가), 사동문 (46나)는 흔히 (47)에 비해 명사화를 수반하며, 또한 명사화는 (45나)의 공동격 접속, (48)의 계사 구문, (49)의 '대하다, 의하다, 인하다'류 구성을 수반한다.

(46) 가. 우리가 형식을 존중함은 그것이 삶의 기능의 표현이기 때문이다. (김우창,「민주적 문화의 의미」)

나. 다만 주먹을 불끈 쥐는 의분 대신 전통적인 고향찬가의 가락과 일상적 현실의 혼연스러운 수락이 이 시를 조금 특이하게 할 뿐이다. (「순수와 참여의 변증법」)

(47) 가. 우리는 형식이 삶의 기능의 표현이기 때문에 형식을 존중한다.

나. 다만 …… 가락과 일상적 현실을 혼연스럽게 수락함으로써 이 시가 조금 특이하게 될 뿐이다.

(48) 가. 이때의 형식은 그것 자체로 존립하는 것이 아니라 기능의 자연스러운 발현으로서 존재하는 것이다. (←…… 존립하

지 않고 …… 존재한다)

나. 다른 한편으로 필요한 것은 모든 사람이 자유로이 사회적 결정에 참여할 수 있게 하는 분위기의 유지이다. (←다른 한편으로 모든 사람이 …… 분위기를 유지해야 한다)

(49) 가. 외래 문화의 도입으로 시작된 한국 사회와 문화 갱신에 대한 요구(← 외래 문화의 도입으로 한국 사회와 문화 갱신을 요구하는 일이 시작되었다) (「오늘의 문화적 상황」)

나. 밖에서 온 제도는 그 운영에 대한 지식의 일부 사람들에 의한 독점을 용이하게 한다. (←…… 일부 사람들이 그 운영에 대한 지식을 독점하는 것을 ……) (「오늘의 문화적 상황」)

다. 60년대 이후의 경제발전의 추구로 인하여 생긴, 또 그 이전부터 쌓여온 역사적 모순의 시정(←60년대 이후 경제발전을 추구함으로써 생긴, ……) (「민주적 문화의 의미」)

한편 명사화는 (45)에서 문장을 구로, (46)에서 접속구조를 내포구조로 조정하는 등 통사구조의 크기와 성격에 영향을 준다는 점에서도 비중있는 문체 요인으로 주목된다.

피동문과 사동문은 능동문 또는 주동문에 비해 상황에 대한 인식의 차이[31]를 드러낸다. 가령 (50가)의 공적 행위는 상황적 조건과

---

31 이기우 옮김(1984: 제 7장)에서는 일본어의 피동적 문체를 의식과 문화의 관점에서 해석하고 있다.

원인을 명시해 주는 반면 (나)의 피동적 사건은 결과 진술에 그침으로써 상황에 좌우되는 인물의 삶의 조건을 암시한다. 또한 (51가)의 사동은 행동주의 행동을 인과적으로 해석함으로써 행동의 동기와 필연성을 강조하고 있으며, 이러한 사동주와 행동주 행위의 숙명적 인과관계는 (51나)의 피동에 의해 강화된다.[32]

(50) 가. 기자묘 솔밭에 송충이가 끓었다. 그때 평양부에서는 그 송충이를 잡는 데(은혜를 베푸는 뜻으로) 칠성문 밖 빈민굴의 여인들을 인부로 쓰(→뽑)게 되었다.

나. 빈민굴 여인들은 모두가 지원을 하였다. 그러나 뽑힌 것은 겨우 오십명 쯤이었다. 복녀도 그 뽑힌 사람 가운데 한 사람이었다. (김동인, 「감자」)

(51) 가. 바로 이러한 사람들이 나로 하여금 글을 쓰도록 하였으며 바로 이러한 사람들이 나에게 힘을 주었다.

나. 이러한 사람들을 생각할 때마다 게으르고 겁 많은 손은 부지런히 움직여졌고 용기도 났다.

피동문은 화제와 초점, 화자의 시점, 구정보와 신정보 등 담화론과 통보의 측면에서 능동문과 대비된다. 이를테면 피동을 수반하는 (52가)는 복녀를 화제로 복녀의 시점에서 서술되고 있는 반면 능동

---

32 다음도 피동 표현에 의해 주체의 행동성과 행동의 동기가 강화되는 예이다.
a. 지금의 나와 같은 중간 계급 이상 계급의 발길에 짓밟히는 나를 그려본다는 것보다는 그려보여졌다. 나는 은연중 주먹이 쥐여졌다.(최서해, 「갈등」)

이 수반되는 (나)는 복녀의 남편을 화제로 그의 시점에서 서술되고 있다 더욱이 담화상 함축된 (다)와 (나)의 '팔다'는 '賣'와 '買'의 대립적 의미이면서도 매매혼의 주체와 객체를 포괄함으로써 복녀를 지배하는 경제 논리를 반어적으로 암시한다.

(52) 가. 그는 열다섯 살 나는 해에 동네 홀아비에게 팔십원에 팔려서 시집이라는 것을 갔다.

나. 그의 새서방(영감이라는 편이 적당할까)이라는 사람은 그보다 이십년이나 위로서, 원래 아버지의 시대에는 상당한 농민으로 밭도 몇 마지기가 있었으나 그의 대로 내려오면서는 하나 둘 줄기 시작하여서 마지막에 복녀를 판 팔십원이 그의 마지막 재산이었다.

다. 원래 가난은 하나마 정직하고, 좀 똑똑하고 엄한 가율이 그냥 남아 있던 복녀의 농가는 복녀를 동네 홀아비에게 팔십원에 팔았다. (「감자」)

피동·사동은 화자의 진술에 대한 태도를 드러내기도 한다. (53가, 나)의 인지 피동사는 주체외적인 객관적 논리를 암시하여 단정적 사고를 유보하는 화자의 신중함을 반영하며, (다)의 사동은 주체외적 조건을 강조함으로써 오히려 진술의 타당성을 높이려는 화자의 의도에 따른 것이다.

(53) 가. 그리하여 문화적 환상의 환상성을 폭로하고 비판하고 깨뜨

리는 일이야말로 영원한 과제처럼 생각된다.

나. 분단시대의 문화는 이렇게 하여 비판적이며, 투쟁적일 수밖에 없는 것처럼 보인다.

다. 이러한 사정은 우리로 하여금 밖에서 들어오는 관념의 의미를 다시 생각하지 않을 수 없게 한다.

이 밖에도 (54)의 내포가 의미의 단계적 특정화에 상응되는 점, (55)의 중첩적 수식이 명사화나 의미의 강조와 관련되는 점, (56)의 내면격, (57)의 구조적 평행과 대칭, (58)의 생략,[33] (59)의 대명사[34]와 대용, (60)의 접속 방식 등 문제들이 있다.

(54) 눈은 살아있다.
떨어진 눈은 살아있다.
마당 위에 떨어진 눈은 살아있다. (김수영, 「눈」)

(55) 가. 그것의 보다 의식적인 완성으로서의 학문적 예술적 업적

나. 내면화된 전통이나 절실한 내적 요구에서 나오지 않는, 이식되어 온 외적 장식

다. 우선 가까운 곳에서부터
차례차례로
다소곳이

---

33 생략에서는 주로 주어 생략이 논의되었는데 그 문맥적 조건과 동기가 단일하지 않다는 점에 유의해야 할 것이다.

34 인구어의 영향 속에 지시를 분명히 하기 위한 대명사의 쓰임이 늘고 있다.

조용하게

미소를 띄우면서

극악무도한 소름이 더덕더덕 끼치는

그놈의 사진일랑 소리없이

떼어 치우고 —

(56) 길은 아침에서 저녁으로

저녁에서 아침으로 통했습니다. (윤동주, 「길」)

(57) 가. 먼 곳에서부터

먼 곳으로

다시 몸이 아프다

조용한 봄에서부터

조용한 봄으로

다시 내 몸이 아프다. (김수영, 「먼 곳에서부터」)

나. 일하겠다는 사람 안 받아 주거나 쫓아내지 않고, 일하지 않겠다는 사람 끌어오거나 붙잡지 않았다. (서정인, 「달궁 둘」)

(58) 가. 바람도 달빛도 아닌 것.

갈대는 저를 흔드는 것이 제 조용한 울음인 것을

까맣게 몰랐다. (신경림, 「갈대」)

나. 다만 자기 몫의 통나무를 찾아 비에 젖은 새벽 숲에 나아갈 일. (조창환, 「라자로 마을의 새벽 ㊵」)

(59) 가. 고급문화 그것도 위에서 말한 보편적인 의미의 문화와 별

개로 있는 것은 아니다.

나. 이 찾음의 길에서 씨앗의 수난은 불가피하지만, 종국에는 다시 개화할 자리는 찾아지게 마련인 것이다—시인은 이렇[35]게 말한다. (「순수와 참여의 변증법」)

(60) 이 선행조건은 정의롭고 민주적인 사회에서만 충족될 수 있{ㄱ. 다. 따라서 ㄴ. 다. ㄷ. 기 때문에} 오늘날 우리 사회에 생동하는 문화를 창조하는 일에 관심을 가지고 있는 사람들이 받아들일 과제는 민주적 질서의 수립이다.

5

결어

언어학적 문체론에서 전제될 것은 언어학적 지식을 문체론에 비추어 다시 해석하고 음미하는 일이다. 문체론적 관점과 문제의식을 통해서 언어학의 개념과 방법에서 새로운 국면을 열어나갈 부분은 없는지, 이러한 인식의 진전에 따라 문체론의 방법과 논리를 보강할 수 있는지 점검해야 한다는 것이다. 이 글은 이러한 생각을 품고 통사 층위의 경우를 시론적으로 다루어 본 것이다. 본래의 의도가

35 이 경우 대용의 방향은 선행적이어서 '이렇게'의 일반적 쓰임에 비해 특이하게 느껴진다.

일반 문제와, 개괄과 대표 사례 나열에 있었기는 하지만 주요 문제에 대해서도 집중적이고 충분한 논의가 이루어지지 못했다.

논점을 간추리면, 통사현상의 문체기능은, 특정 통사현상이 어떤 문체기능을 수행하는가, 문체적 변이, 일탈, 통사현상의 질적 차이 등 네 관점에서 해석할 수 있다는 것, 통사와 문체의 관계 일반을 문체론 내에 통합하기 위해서는 작자와 텍스트의 요인을 단계적으로 밝혀야 한다는 것, 어순바꿈, 명사화, 피동·사동의 문체기능이 특히 주목된다는 것 들이다.

통사론과 문체론의 시각과 인식이 서로 필요하고 또 만날 수 있다는 점을 좀 더 구체적으로 확인하게 된 데서 그 의의를 찾고자 한다.

참고문헌

김상태(1982),『문체의 이론과 해석』, 새문사.

_____(1989),『언어와 문학세계』, 이우출판사.

김승렬(1988),『국어 어순 연구』, 한신문화사.

김완진(1983),「한국어 문체의 발달」,『한국어문의 제문제』, 일지사.

김윤섭 옮김(1988), 볼프강·카이저 지음,『언어예술작품론』, 시인사.

졸 고(1984),「시의 언어 분석 시론」,『어학』 11, 전북대 어학연구소.

_____(1988),「언어학적 문체론의 위상과 과제」,『국어국문학』 100.

남미혜(1988),「국어 어순 연구 -어순 재배치 현상을 중심으로-」,『국어연구』 86.

서정목(1987),『국어 의문문 연구』, 탑출판사.

송기중(1985),「문장구조」,『현대국어 문장의 실태 분석』, 한국정신문화연구원.

유제식·유제호 옮김(1985), 다니엘 들라스·쟈크 필리올레 지음,『언어학과 시학』, 도서출판 인동.

윤석민(1989),「국어의 텍스트 언어학적 연구 시론」,『국어연구』 92.

이기문(1983),「소월시의 언어에 대하여」,『백영정병욱선생 환갑기념논총』, 신구문화사.

이기우 옮김(1984), 池上嘉彦 지음,『시학과 문화기호론』, 도서출판 중원문화.

이봉채(1984), 『소설구조론』, 새문사.

이상섭(1988), 『자세히 읽기로서의 비평』, 문학과 지성사.

임성규(1989), 『현대국어의 강조법 연구』, 충남대 박사논문.

임홍빈(1987), 『국어의 재귀사 연구』, 신구문화사.

장성수(1983), 「최서해문학의 재검토」, 『국어문학』 23, 전북대 국어국문학회.

장소원(1986), 「문법기술에 있어서의 문어체 연구」, 『국어연구』 72.

전정구(1985), 「만해 한용운시 연구」, 『국어문학』 25, 전북대 국어국문학회.

조미정(1986), 『Fixed Word Order and the Theory of the Pre-Verbal Focus Position in Korean』, 한신문화사.

한미선(1986), 「문체분석의 구조주의적 연구」, 『국어연구』 74.

Beaugrande, R. de and Dressler, W. (1981), *Introduction to Text Linguistics*, Longman Inc.

Chapman, Raymond (1973), *Linguistics and Literature*, Edward Arnold Ltd.

Enkvist, N.E. (1964), *"On Defining Style"*, in John Spencer ed. Linguistics and Style, Oxford Univ. Press.

Fowler, Roger (1986), *Linguistic Criticism*, Oxford Univ. Press.

Freeman, D.C. ed. (1970), *Linguistics and Literary Style Holt*, Rinehart and Winston, Inc.

Sebeok, T. A. ed. (1960), *Style in Language*, the M.I.T. Press.

Traugott, E.C. and Pratt M.L. (1980), *Linguistics for Students of Literature Harcourt Brace Jovanovich*, Inc.

Trudgill, Peter (1974), *Sociolinguistic*, Penguin Books.

Turner, G.W. (1973), *Stylistics*, Penguin Books.

Wells, Rulon (1960), *"Nominal and Verbal Style,"* in Sebeok T. A. ed. (1960).

김홍수, 국민대학교 국어국문학과, kihs@kookmin.ac.kr

문체 의미론

– 어휘·형태와 통사 층위를 중심으로 –

김흥수

1

서론:
문체 의미론의 영역

의미론의 한 영역으로 문체 의미론을 설정, 기술한 예는 찾기 어렵다. 설사 영역을 상정하더라도 문체의 개념이 다양한 내용을 포괄하기 때문에 그 성격과 범위를 정하기 어려울 것이다. 그렇기는 하지만 문체 요인에 따라 다양하게 나타나는 의미의 변이를 집중적으로 논의하는 데에는 문체 의미론 영역을 설정하는 것도 도움이 됨직하다.

문체 의미론의 대상·범위를 생각하는 데에는 리치(G. Leech 1974: 16~17)에서 의미의 여러 유형 중 하나로 제시된 문체적 의미(stylistic meaning)의 내용들이 유용한 참조가 된다. 거기에 열거된 문체적 의미 차이의 요인은 개인, 작가, 지역·사회 방언, 시기, 매체(구어, 문어 등), 담화 참여자(독백, 대화 등), 담화 분야·장르·상황(법률, 과학, 광고, 메모, 강의, 농담 등), 사회적 위상(경어, 속어 등) 등으로서, 이들은 주로 사회적·화용적 요인을 반영한다. 그런데 지역 방언이나 통시적 차이는 전면적으로 문체적 차이라 하기 어렵고, 구어·문학작품의 방언이나 문어체·의고체의 통시적 요소 같은 경우 문체적 의의를 띤다 하겠다.

그런가 하면 리치의 연상(associative) 의미 중에는 문체적 의미 외에도 그 연장선에서 고려할 수 있는 경우들이 있다. 내포적 의미, 정서적(affected) 의미, 반사적(reflected) 의미 중에도 그런 예들이 있지만, 특히 화자의 의도에 따른 어순, 강조, 초점 등을 중심으로 설정된 주제적(thematic) 의미는 문법과 맞물리는 화용적 의미로서, 흔히 통사·표현 문체 논의의 대상이 된다. 이를 확대하면 통사적 차이를 보이면서 동의적 관계에 놓이는 구문들 중 화용·문체적 차이를 나타내는 경우는 문체 의미론의 대상으로 고려할 수 있다.

이상에 비추어 문체 의미론의 영역은 리치의 문체적 의미와, 연상 의미들의 일부, 문법·화용과 관련된 동의적 구문들을 포함함으로써, 어휘, 통사, 담화, 화용, 그리고 사회·심리적 측면에까지 걸치는 상당한 범위로 상정될 수 있다. 그런데 이때 제기되는 문제는, 이들이 대부분 이미 각 해당 분야, 층위, 영역에서 다루어지고 있고 또 다루어질 수 있는 것이어서, 뚜렷하고 고유한 한 영역으로 성립되는 데에 어려움이 있다는 점이다. 이를테면 문체적 의미는 문체론 외에도 화용론, 방언학, 사회언어학, 담화·텍스트 언어학 등에서, 그 밖의 연상 의미들은 어휘 의미론, 인지 의미론, 심리언어학 등에서, 동의적 구문들은 통사 의미론, 기능 통사론, 인지 문법론 등에서 논의될 수 있다. 특히 문체론은 어휘, 통사, 의미, 담화, 화용의 측면을 두루 포괄하고 있어서 중복과 유사성이 나타나기도 한다.

그렇다 하더라도 문체 의미론은 의미의 문체적 양상을 추려 모아 집중적으로 논의한다는 의의는 지닐 것이다. 또 각 영역에서 다루는 경우 그 문체적 측면은 간단히 지적, 언급하는 데 그치기 쉽고, 문체론에서 의미를 다룰 때는 문체 논리에 역점을 두고 의미 문제는 부차적으로 언급하기 쉽다는 점에서, 이러한 문제들을 보완, 심화할 수 있는 장(場)이 될 수 있을 것이다. 요컨대 문체 의미론이 그 나름의 독자성을 확보해 나가기 위해서는, 문체적 변이의 의미와 쓰임의 차이를 좀 더 정밀하게 기술, 설명하여 그 문체론적 동기와 의의를 밝히는 데에 의미론적 기반과 세부 논리를 제공할 수 있어야 한다. 그럼으로써 문체 의미론은 의미론과 문체론 또는 관련 영역들 간의 매개·연결 고리로서 서로 간의 유기적 관련에 대한 인식을 체계화, 심화할 수 있을 것이다.

이제 이 글에서는 문체적 의미 변이들을 어휘·형태와 통사 층위를 중심으로 살펴보면서 그 유형화, 기술, 설명 방안을 모색해 본다. 문장 이상의 담화·텍스트 층위, 화용의 양상에 대한 본격적 논의는 다음으로 미루고 여기서는 통사와 직접 관련되는 측면에 대해서만 언급한다.

2

어휘·형태 층위

어휘의 문체적 의미에 대해서는 크게 서너 측면에서 생각해 볼 수 있다. 첫째는 동의나 유의 관계에 있는 어휘의 문체적 차이, 둘째는 접사를 비롯한 형태 요소와 관련된 문체적 차이, 셋째는 의성·의태어, 색채어, 감각어 등 특정 의미 영역의 어휘가 나타내는 문체 양상, 그 밖에 숙어나 수사(修辭)와 관련된 어휘의 문제 등이다.

동의어나 유의어의 문체적 의미 요인으로는, 구어체와 문어체, 격식체와 비격식체, 비속어, 전문어, 의고체나 보수체, 이념성, 화자의 정서·태도·강조 등 표현적 의미, 경어, 방언, 완곡·미화 어법, 문학어·아어(雅語), 여성어, 아동어 등을 들 수 있다. 그리고 이들에는 어휘재(材)의 요인으로서 고유어와 한자어, 기타 외래어 등이 관여한다.

동의어나 유의어의 문체적 의미를 기술, 설명하는 데서는 다음 점들이 고려되어야 한다. 우선 단어들 간의 의미나 쓰임의 차이가 문체적인 것인지 아닌지 판별하기 위해 그 차이가 분포·문맥 면에서 배타적이 아니고 동시적 선택 관계에 있는지를 확인해 그런 경우들을 집중적으로 검토한다. 그래서 이때의 변이가 화자 개인의 취향에 따라 임의로 선택될 수 있는 자유 변이 같은 것인지 그 선택 조건이 화자의 주관적 판단, 감각을 허용하는 성질의 것인지 객관적 조건에 따르는 것인지 그리고 선택 조건의 세부는 어떤지 정밀하게 관찰, 해석한다. 나아가 이러한 문체적 차이가 어디서 비롯되는지 그 의미·화용적 동기는 어떤지 찾아본다.

이를테면 '목숨'과 '생명'의 경우 "잡초는 생명/?목숨이 끈질기다.", "혼을 담은 작품은 생명/*목숨이 길다."에서의 차이는 '목숨'이 동물에만 쓰인다는 일반적 제약에 따른 것으로서 문체적 의미 차이라 할 수 없다. "그는 내 생명/목숨의 은인이다.", "그는 조국을 위해 귀한 생명/목숨을 바쳤다.", "그들은 생명/목숨을 걸고 북극 탐험에 나섰다." 등은 문체적 변이에 해당하는 경우로서, 그 차이가 뚜렷하지 않고 개인차도 있기는 하나, 대체로 '생명'은 격식적, 중립적 상황·장면·문맥 또는 어조에, '목숨'은 비격식적, 주관적·정서적인 경우나 무거운 어조에 쓰인다. 그래서 신문 보도 기사 "김씨는 불 속에서 다섯 사람의 생명/목숨을 구해 냈다."나 긍정적 어조인 '꽃다운 생명/목숨'에서는 '생명'이 더 자연스러운 반면, 급박한 상황에서 정서가 강하게 표출되는 "생명/목숨이 아깝거든 시키는 대로 해라.", "생명/목숨만은 보존케 해 주시오."에서는 '목숨'이 자연스럽다. 그리고 이러한 문체적 차이는 어원적으로 '목숨'이 신체·생리적 측면을 직접적, 구체적으로 반영하는 고유어인 데 비해 '생명'은 그보다 포괄적, 추상적인 한자어라는 점과 관련될 것으로 여겨진다.

이런 점을 염두에 두고 예들을 문체적 요인별로 보기로 한다.

(1) 너/당신 : 그대, 그 사람/그 여자 : 그/그녀, 혼자 : 홀로, 아주 : 매우, 얼마 후 : 이윽고, 때문에 : (~로) 말미암아/인(因)해서

(2) 교사 : 선생, 언어 : 말, 서적/서점 : 책/책방, 수면 : 잠, 무료 : 공

짜, 부친 : 아버지, 별세/작고/타계하시다 : 돌아가시다, 선출하다 : 뽑다, 합격하다 : (시험에) 붙다, 연주하다 : (피아노를) 치다/(현악기를) 켜다·타다/(나팔을) 불다, 복용하다 : (약을) 먹다

(3) 일본인 : 왜놈, 화가 : 그림쟁이/환장이, 연예인 : 딴따라패, 까까머리 : 중대가리, 해금 : 깡깡이, 머리 : 대가리, 이 : 이빨, 빰 : 빰따귀, 도주하다/달아나다 : 뺑소니치다, 반항하다 : 기어오르다

(4) 집 : 가옥, 돈 : 화폐, 빚 : 부채, 도둑질 : 절도, 소금 : 염화나트륨, 맹장염 : 충양돌기염/충수염, 술 : 곡차, 달음질/뜀박질 : 구보, 죽다 : 사망하다, (잠자리에서) 일어나다 : 기상(起床)하다

(5) 산 : 뫼, 감기 : 고뿔, 국민 : 백성, 명령 : 분부, 걱정/근심 : 시름, 소식 : 기별, 대체로/무릇 : 대저(大抵), 그러므로 : 그런고로, 예부터 : 자고(自古)로, 통치하다 : 다스리다

(6) 친구/동료 : 동무/동지, 국민 : 인민, 부자/빈민 : 유산자/무산자, 근로자 : 노동자, 지방(↔중앙) : 지역, 동학란 : 동학혁명, 후진국/미개발국 : 신생국/개발도상국

(7) 행동/모습 : 짓/꼴, 처/아내 : 마누라/여편네, 상인 : 장사치/장사꾼, 승려/스님 : 중, 걸인/거지 : 비렁뱅이, 서양인 : 양코배기, 방언 : 사투리/시골말, 모조리 : 깡그리, 자주 : 뻔질나게, 내던지다 : 내팽개치다, 남매 : 오누이, 여자 : 여성/여인, 별장/저택 : 빌라(villa)

(8) 이 : 치아, 병 : 병환, 말 : 말씀, 원고/글 : 옥고(玉稿)/졸고, 아프다 : 편찮으시다

(9) 노을 : 북새, 부엌 : 정지, 지금 : 시방, 아직 : 상기, 안다 : 보듬다,

오 : 오매(감탄사)

(10) 변소 : 화장실, 청소부 : 환경미화원, 천연두 : 손님/마마, 형무소 : 교도소, 도둑 : 밤손님/양상군자(梁上君子), 죽다 : 돌아가(시)다/숨지다

(11) 세상 : 누리, 뒤꼍 : 뒤안/뒤란, 종달새 : 노고지리/종다리, 날개 : 나래, 세다 : 헤다

(12) ㄱ. 어 : 어머, 아이구 : 에그머니

ㄴ. 아버지 : 아빠, 밥 : 맘마

(1)은 구어·구어체와 문어·문어체에 주로 쓰이는 어휘나 표현, (2)는 격식체와 비격식체, (3)은 평상어에 대한 비어나 속어, (4)는 일상 생활어에 대해 법률, 학문, 종교, 군대 등 분야에 따라 나타나는 전문어, (5)는 현대어와, 고어나 한문투 예스러운 표현 또는 전(前)시대·사회를 반영하는 어휘, (6)은 생활어와 이념성이 깃들인 어휘, 또는 이념적 관점의 차이에 따른 어휘 선택과 조어(造語)의 차이, (7)은 중립적 어휘와 화자의 부정적·긍정적·정서적 태도나 강조의 의도 등을 반영하는 어휘, (8)은 평어에 대한 존대어나 겸양어, (9)는 표준어와 표현적 효과가 수반되는 방언, (10)은 부정적 내포·함축의미가 강하고 쓰기를 꺼리는 어휘에 대해 미화하거나 에둘러 표현하는 어휘나 표현, (11)은 고어나 방언을 살린 시적이고 우아한 느낌의 어휘, (12ㄱ)은 여성 특유의 어휘, (ㄴ)은 아동어, 애칭어나 유아어 등이다.

문체적 동의어, 유의어 간에는 어떤 문체적 의미 요인이 주축이

되기는 하되 여러 요인들이 아울러 작용하는 경우가 많다. 예컨대 (1)의 '그대'의 경우는 문어체이되 격식체이고 예스러우며 화자의 정서적이고도 거리를 두는 태도를 반영하는가 하면 우아하고 시적인 분위기를 자아내기도 한다. 이는 각 요인 간의 유기적 관련을 드러낸다 하겠다. 그리고 문체적 동의어, 유의어는 많은 경우 어휘재면에서 고유어와 한자어를 중심으로 뚜렷한 경향성을 나타내기도 한다. 즉 고유어는 구어체, 비격식체, 비속어, 화자의 표현적 의미, 방언, 문학어 등에서, 한자어는 문어체, 격식체, 전문어, 보수체, 경어 등에서 두드러진 쓰임을 보인다.

형태 요소나 절차와 관련된 문체적 의미는, '-질'과 같이 형태가 첨가됨으로써 문체적 의미가 나타나는 경우, '-롭-', '-스럽-'과 같이 형태의 의미가 유사하여 문체적 변이의 관계를 보이는 경우, 음성상징에 따라 느낌의 차이를 보이는 의성·의태어와 같이 음성적 요인이 문체적 의미를 유발하는 경우 등으로 나타난다. 그런데 이때의 의미는 형태론적 의미 목록의 일부이면서 어휘 의미의 구성요소로 참여하기 때문에 그 의미를 문체적인 것으로 볼 것인지 또 그 문체적 의미를 어떻게 기술할지 검토할 필요가 있다. 예컨대 '코흘리개'의 경우 '아이를 놀리는' 데 쓰인다는 점에서는 문체적이라 하겠으나, '코 흘리는 사람/아이'와 선택적 관계에 놓이는 측면과 아울러 그러한 '-개'의 '경멸'의 의미까지도 파생접사 '-개'의 의미나 어휘 의미의 일부로 인식되는 측면 또한 중시되어야 한다. '겁쟁이'와 '겁보', '욕심쟁이'와 '욕심꾸러기', '잠보'와 '잠꾸러기', '심술쟁이, 심술보, 심술꾸러기' 등에서도 '-장이', '-보', '-꾸러기'에 공통적인 '경멸'의 의미, '-장이'의 반어적 의미, '-보'의 둔중한 느낌과 해학성, '-꾸러기'의 천진한 느낌과 정도의 심함 등은 문체적 의미라 할 만하다. 그러나 이 때에도 '-장이, -보, -꾸러기'가 '~이 많은 사람'과 선택적 관계에 놓일 수도 있지만 어휘화된 측면도 있다는 점, '-장이, -보, -꾸러기'가 분포를 달리하면서 제각기의 의미 영역을 지닐 수 있는 점은 충분히 고려되어야 할 것이다(송철의 1992).

이에 비추어 형태론적 측면에서 문체적 의미로 고려할 수 있는 경우들을 예시한다. (13)~(15)는 파생 명사(및 부사), (16), (17)은 파생 형용사, (18), (19)는 파생 동사, (20), (21)은 음성적 요인과 관련된 예이다.

(13) ㄱ. 동냥 : 동냥질, 노름 : 노름질, 도둑 : 도둑질, 선생 : 선생질, 담배 : 담배질

ㄴ. 상인 : 장사치/장사꾼, 걸인 : 동냥아치, 관원 : 벼슬아치, 조사(釣師) : 낚시꾼, 도박사 : 노름꾼, 용원(傭員) : 품팔이꾼, 야바위꾼, 난봉꾼

(14) 귀 : 귀때기, 볼 : 볼따구니, 눈 : 눈깔, 발 : 발목쟁이, 버릇 : 버르장머리, 속 : 소가지/소갈머리/소갈딱지, 철 : 철딱서니, 귀퉁이 : 귀퉁배기

(15) ㄱ. 영숙 : 영숙이

ㄴ. 해 : 해님

ㄷ. 생긋 : 생긋이, 따로 : 따로이, 가득 : 가득히

(16) ㄱ. 자유롭다 : 자유스럽다, 평화롭다 : 평화스럽다, 권태롭다 :

권태스럽다, 신비롭다 : 신비스럽다 : 신비하다

ㄴ. 죄송하다 : 죄송스럽다, 한심하다 : 한심스럽다, 풍요하다 : 풍요롭다, 한가하다 : 한가롭다, 다행하다 : 다행스럽다 : 다행이다, 믿음직하다 : 믿음직스럽다, 야만스럽다 : 야만적이다, 혼란스럽다 : 혼란되다, 능청스럽다 : 능청맞다, 의심스럽다 : 의심쩍다, 수상하다 : 수상쩍다, 새살스럽다 : 새살궂다

(17) ㄱ. 높직하다 : 높지막하다, 길찍하다 : 길쭉하다, 얄찍하다 : 얄팍하다, 나붓하다 : 나부죽하다, 갸름하다 : 갸르스름하다 : 갈쭉스름하다

ㄴ. 푸릇하다 : 푸르스름하다 : 푸르스레하다

(18) ㄱ. 중얼거리다 : 중얼대다, 비틀거리다 : 비틀대다, 출렁이다 : 출렁거리다 : 출렁대다, 끄덕이다 : 끄덕거리다 : 끄덕대다 : 끄덕끄덕하다

ㄴ. 부수다 : 부서뜨리다, 허물다 : 허물어뜨리다

(19) ㄱ. 진실하다 : 진실되다, 도착하다 : 도착되다, 확산하다 : 확산되다

ㄴ. 포위되다 : 포위당하다, 체포되다 : 체포당하다

ㄷ. 단련하다 : 단련시키다, 촉진하다 : 촉진시키다

(20) ㄱ. 찰랑 : 철렁, 반짝 : 번쩍, 속닥속닥 : 쑥덕쑥덕

ㄴ. 발갛다 : 빨갛다, 새까맣다 : 시커멓다

(21) ㄱ. 싸움(질) : 쌈(박)질, 원수 : 웬수, 조금 : 쬐끔

ㄴ. 할머니네 : 할먼네, 아니/아니하다 : 안/않다, 조그마하다 : 조그맣다

ㄷ. 하였다 : 했다, 것이다/것을 : 게다/걸

(13ㄱ)은 주로 부정적인 행위나 사물을 지시하는 어기에 접미사 '-질'이 붙어 '반복'에 의한 '강조'와 그에 따른 '비하'의 의미를 띠는 예, (ㄴ)도 어떤 행위나 직업, 특히 바람직하지 않은 일을 지시하는 어기에 '-치, -아치, -꾼' 등이 결합되어 '속됨, 경시(輕視), 경멸'의 의미를 띠는 예이다. (14)에서는 신체 부위를 비롯한 사물 명사에 여러 접미사들—'(-목)-장이, (-알)-머리' 같은 비유적 표현의 접사들을 포함하여—이 결합되어 비속어로 쓰인다. (15ㄱ)에서 단순 고유 인명은 문어체에 쓰이는 데 비해 접미사 '-이' 결합형은 구어체 비격식체에 쓰여 친근하면서 낮추는 듯한 느낌을 주며, (ㄴ)에서 자연물 명사에 존경 접미사 '-님'이 결합된 형은 친근하고 다정한 어조와 분위기, 아동체에 쓰인다. (ㄷ)에서 부사 파생 접미사는 문맥에 따라 음조를 고르거나 의미를 강화하며 대개 구어보다 문어에서 선호된다.

(16), (17)의 형용사 파생 접미사들은 제각기 분포에 차이를 보이면서 속성의 성질이나 그에 대한 화자의 인식, 판단 양상 면에서도 어느 정도의 차이를 나타낸다. 그런데 이때의 의미나 쓰임의 차이는 명확하게 객관화하기 어려워서 화자의 주관적 인식과 감각에 이끌릴 여지가 많다. 이를테면 '-롭-', '-스럽-', '-하-'는 각각 '어떤 속성이 풍부한 추상적 상태에 대한 주관적 판단', '속성의 기준에 다소 미흡하게 접근한 상태에 대한, 감각·경험 중심의 주관적 판단', '속성에 부합되는 상태에 대한 어느 정도 객관적이고 단정적인 판

단' 등으로 기술될 정도의 차이를 보인다. 또 '-이다, -적(的)이다'는 '어떤 상태나 어떤 속성이 풍부히 있는 상태에 대한 단정적 판단', '-되다'는 '속성에 부합되는 상태', '-맞-'은 '주로 부정적인 외면적 속성', '-쩍-'은 '주로 부정적인 심리 상태', '-궂-'은 '부정적인 인성(人性)과 태도'를 나타낸다. 그런가 하면 (17)에서 '-직하-'는 '긍정적 관점에서의 공간적 속성', '-지막하-'는 '기준에 다소 미흡한 공간적 속성', '-죽하-'는 '형상과 관련된 공간적 속성', '-음하-'는 '어떤 형상의 속성이 약간 있음', '-으스름하-'는 '어떤 형상, 색채의 속성이 기준에 다소 미흡하게 있음', '-으스레하-'는 '색채의 속성이 기준에 다소 미흡하게 있되 색상도 다소 곱지 않음' 등으로 기술될 수 있다(김창섭 1985, 1996, 송철의 1992). 그런데 이러한 의미 차이는 주관적 판단을 허용하기도 하고 그 미세한 차이를 객관적으로 분별하기도 어려워서, 관련 상황에 대해 이들 어휘 의미를 적용, 선택하는 일은 화자의 인식, 직관, 취향에 따르게 된다.

(18ㄱ)의 동사 파생 접미사 '-거리-', '-대-', '-이-'는 분포의 차이를 보이면서 '주로 동작의 반복, 지속'을 공통 의미로 각각 '구체적 양태의 두드러짐', '적극성, 정도의 심함', '정황에 대한 일반적·중립적 기술'이라 할 정도의 차이를 나타낸다. (ㄴ)의 '-뜨리-'는 '정상에서 다소 어긋난 조건과 동기, 그에 따른 어려움과 강조' 정도의 의미를 더해 준다(신현숙 1986, 조남호 1988, 송철의 1992). 그러나 이러한 미세한 차이 또한 화자의 주관적 판단과 선택의 몫이 될 수 있다.

(19ㄱ)에서 '-하-'와 '-되-'는 '상황을 자발적, 능동적 상황으로 인식', '기동(起動)·상황의존적 피동 상황으로 인식', (ㄴ)의 '-되-'

와 '-(을)당하-'는 '탈(脫)행동적 상황으로 인식, 표현', '강제적, 부정적 피동의 상황으로 인식 또는 그런 상황임을 함축', (ㄷ)의 '-하-'와 '-(을)시키-'는 '타동적 상황으로 인식, 표현', '주체의 대상에 대한 행동, 작용을 사동적 상황으로 인식, 표현하여 강조' 정도의 차이를 보인다(심재기 1982). 이들은 같은 상황에 대한 표현의 문체적 차이라 할 수 있다. (ㄷ)의 '-시키-' 표현은 타동적 상황에 맞지 않는 표현이기는 하나 화자의 표현 동기란 관점에서 해석해 본 것이다.

(20)의 의성어, 의태어, 색채어 등에서는 양성 모음과 음성 모음, 평음·된소리·거센소리의 대립을 비롯한 음성적 요인에 따라 소리, 모습, 색채의 정도, 양태, 느낌 등이 매우 다채롭게 표현된다. 이들 의미나 쓰임의 차이는 어느 정도 객관적으로 체계화될 수 있는 것으로서 랑그 차원에서 표현 문체론의 대상이 된다. (21ㄱ)은 화자의 정서적 태도가 축약, 움라우트, 경음화 등의 음운 현상으로 표현된 예, (ㄴ)은 융합, 축약 현상과 관련되어 문어체와 구어체의 대비, 표현적 차이가 나타나는 예이다. 이런 맥락에서 '따뜻:하다', '커:다랗다', '노오랗다' 등에 나타나는 이른바 표현적 장음(김창섭 1996:160ff, 김완진 외 1996:717)의 효과도 문체적 의미로 볼 수 있다. (ㄷ)은 문법 요소의 예로서 역시 문어체와 구어체, 표현·어감의 차이가 나타난다.

어휘 부류 중에서 특히 표현·문체기능이 두드러진 경우로 의성·의태어, 색채어, 감각어 등을 들 수 있다. 이들에 나타나는 음운·형태·의미의 관련, 풍부한 접사에 따른 섬세한 의미 분화, 풍부하고 다양한 의미 전이(轉移) 등은 어휘 형태론이나 어휘 의미론의 주요 대상이 되기도 하지만, 두드러진 표현·문체기능을 낳는 요인이 되기도 한다.

의성·의태어는 국어 고유어의 감각적 특성과 자모음의 음악성을 배경으로 개념적 의미나 정보의 전달보다 감각·정서의 직접적 표현과 수사·음악적 효과에 기여한다. 의성·의태어의 기능은 크게 구체적·감각적으로 형상화하고 활력 있고 생동감 있게 묘사하는 기능과, 소리의 효과적 배열과 반복으로 흥취를 유발하고 진솔하고 분방한 표현의 재미를 즐기는 유희적 기능으로 요약된다(성기옥 1993, 채완 1993). 예컨대 '심한 기침 소리', '급히 뛰어간다'에 비해 '콜록콜록 기침하는 소리', '허둥지둥 뛰어간다'는 훨씬 생생하고 현장감이 있으며, 탈춤 대사인 "미나리 김치 숭덩숭덩 썰어 지글지글 이글이글 부친 젬벵이다"에서는 분방하고 음악적인 표현의 맛과 흥이 물씬 느껴진다. 또 시의 서두 부분인 "호르 호르르 호르르르 가을 아침/취어진 청명을 마시며 거닐면/수풀이 호르르 벌레가 호르르"(김영랑, 「청명(淸明)」)에서는 의성어가 시적 분위기를 한껏 고조시키고 있다. 이러한 표현성, 직접성과 관련되어 의성·의태어는 문어체보다 구어, 구어체, 감각적 문체, 문학어 특히 해학적이고 풍자적인 구비문학, 동시·동요, 언어유희 등에 많이 나타나고, 격식 있는 표현에서는 억제되는 반면 속되고 경멸적인 표현에서 선호된다.

색채어는 시어를 비롯한 문학어에서 이미지, 비유, 상징 등과 관련되어 작가, 작품의 중요한 측면을 드러내기도 하기 때문에 어떤 작가, 작품에서 어떤 색이 선호되고 그 색이 작품 속에 어떻게 분포되며 어떻게 사용, 해석되는지는 문학적 문체 논의의 대상이 된다. 어휘론적으로는 고유어와 한자어, 서양 외래어가 공존하면서 고유어는 생활어, 구체어, 시어에서, 한자어는 문어체, 추상어, 전문어에서 선호되는 것을 볼 수 있다. 예컨대 정치 용어인 '백색 테러, 적색 조합, 흑색 선전' 등에서는 한자어가 쓰이며, '남색, 회색'에 대응되는 고유어 '쪽빛, 잿빛'은 문학어에서 선호된다.

감각어에서는 풍부한 접사에 따른 미세한 감각과 어감의 차이도 관심을 끌지만 특히 감각 간에 의미가 넘나드는 공(共)감각적 전이가 주목된다. '부드러운 목소리, 찬 색깔, 달콤한 사연, 따뜻한 눈길' 등은 일상어의 예, "분수처럼 흩어지는 푸른 종소리"(김광균, 「외인촌」), "꽃처럼 붉은 울음"(서정주, 「문둥이」)은 시의 예이다. 이러한 의미 전이는 인물과 정황 표현에도 나타나는데, 이때 공감각적 비유 표현은 개념적인 직설적 표현에 비해 에둘러 표현하면서도 직접적으로 정서와 감각에 호소해 온다. 예컨대 "그는 인색하다.", "일이 잘 안 되어서 불만스럽다."에 대해 "그는 짜다.", "~ 씁쓸하다."는 인물의 성격이나 정황을 더 구체적으로 공감케 해 준다. 한편 공간지각어와 관련된 표현의 문제로 추상적 표현에서 분량 표현의 '많다', 크기 표현의 '크다', 높이의 '높다' 등이 두루 쓰일 수 있는 점이 눈에 띈다. 그 예로 "가능성/소득이 많다/크다/높다."를 들 수 있는데, 이때 형용사의 선택은 사물에 대한 화자의 지각 방식의 차이를 반영한다. "책임/부담이 많다/크다/무겁다."에서는 무게의 '무겁다'가 같이 쓰이기도 한다(졸고 1989ㄱ).

고유어는 한자어에 비해 다의성(多義性)이 풍부한데, 다의적 표현은 흔히 비유적 의미와 맞물려 개념적, 직설적 표현과 다른 표현·문체 효과를 보인다. 예컨대 '손이 모자라다, 손을 보다', '뇌물을 먹다, 책을 먹다, 마음을 먹다'는 '일할 사람/노동력이 모자라다, 수리하다·응징하다', '뇌물을 받다, 책을 가지다, 결심하다'에 대해 표현이 구체적이고 생생해서 구어, 구어체, 비격식체에서 선호되며, 속되고 경멸적인 표현, 웃음을 유발하는 농담 등으로 쓰이기도 한다. 숙어, 관용어 표현은 의미 확대나 생성이 문맥으로부터 더 자유롭게, 그리고 화용·사회·문화적 요인과도 관련되어 이루어지는 경우로서, 역시 개념적 어휘 표현에 비해 다른 표현·문체 효과를 나타낸다. 예를 들어 '눈을 감다, 저 세상으로 가다, 눈에 흙이 들어가다'는 '죽다'에 비해 좋지 않은 일을 완곡하게 암시하거나 화자의 태도를 비치고 있으며, '미역국을 먹다, 국수를 먹다, 비행기를 태우다, 두 손을 들다'는 '불합격하다, 결혼식을 하다, 칭찬하다, 항복하다'에 비해 정황을 감각적으로 현장감 있게 묘사하고 화자의 정서적 태도를 드러내면서 화자와 청자 간의 상호적 분위기를 조성한다. 숙어적 의미가 어휘 수준으로 관용화되고 있는 '가시 방석, 파리 목숨, 동네 북' 같은 경우는 고도의 함축성으로 특히 표현 효과가 크며, '좌불안석(坐不安席)' 같은 한자성어는 문어체, 격식체에 쓰여 '불안/불편/근심하다'의 의미를 구체화, 강조한다.

수사법 가운데서도 주로 어휘 층위에서 이루어지는 비유·의유(擬喩), 상징, 과장, 완곡·미화어법, 어휘 반복, 영탄 등은 어휘 문체론의 대상이 될 수 있다. 이를테면 직유에서 '세월의 빠름'이나 '매우 빠른 움직임'을 빗대어 표현하는 보조관념, 매재(媒材)로 어떤 소재들이 쓰였는지 문맥, 시대, 작가, 작품 등에 따라 유형화하고 그 표현·문체상의 차이를 생각해 볼 수 있다. '유수(流水), 화살', '번개/전광석화(電光石火), 바람'과 같이 관습화된 상투어라 하더라도 소재의 차이에 따라 표현·쓰임의 차이가 나타날 것이다. 은유의 경우도 '자유', '마음', '어린이' 같은 원관념에 대해 '종소리, 노고지리, 깃발, 바람', '호수, 하늘, 밭, 병실', '새싹, 꽃봉오리, (꿈)나무, 천사' 같은 소재들이 쓰이고 있을 때, 이들을 사(死)은유 같은 관습적·일반적 유형에서 문학에서의 독특하고 창조적인 쓰임에 이르기까지 유형화하고 그 동기, 전이 양상, 효과, 시학(詩學)적 의의를 밝힐 수 있을 것이다.

한편 시인, 작가는 문학적 표현의 필요와 욕구에 따라 새 개인어에 문학적 생명을 불어넣음으로써 시적·문체적 효과를 낳기도 한다. 예컨대 "머언 하늘 바탕에 풋별 헤이며"(윤곤강, 「봄밤에」), "님 두시고 가는 길의 애끈한 마음이여"(김영랑, 「사행시(四行詩)」), "향그러운 흙가슴만 남고 그, 모오든 쇠붙이는 가라."(신동엽, 「껍데기는 가라」)에서 '풋별', '애끈하다', '흙가슴'은 독특한 어감, 정조(情調), 은유적 의미를 자아내고 생성시킨다. 나아가 '애끈하다'(←애끊-+하-)에서 시도된 형태·어휘적 일탈은 비유의 경우 의미론적 일탈로 발전되어 '강철 같은 무지개', '영혼의 흙벽', '비겁한 아름다움' 같은 새로운 의미의 세계를 이루어 낸다.

텍스트 의미 해석의 차원에서는 유의, 인접, 포함, 대립 등 어휘의 응집(coherence)·계열 관계가 주목되나 이는 담화, 텍스트, 작품을 염두에 두는 것으로서 여기서의 기술 범위를 넘어선다.

3

통사 층위

문장은 문체의 형성과 전개에서 주요 단위이자 주축이 되기 때문에 통사 층위의 의미가 문체에 어떻게 관여하는지는 특히 중요성을 띤다. 이때 통사 층위의 의미는 통사구조, 통사규칙, 문법요소 등의 의미와 화용 기능에 의해 생성, 해석, 수행된다. 따라서 통사 층위의 문체 의미론 문제는 통사구조, 통사규칙, 문법 요소의 의미와 화용 기능이 문체기능, 문체 논리에 어떻게 관련되고 어떤 문체론적 의의와 가치를 지니는가 하는 것으로 요약된다.

모든 통사현상은 그 나름대로 의미·화용 기능을 수행하고 문체에도 관여하나 그중에는 의미·화용 기능이나 문체와의 관련이 좀 더 두드러진 경우들이 있다. 특히 정상에서 벗어난 구문은 의미·화용·문체적 동기나 기능이 강하게 작용하는 경우가 많다. 구문 간의 문체적 관련과 차이를 밝히기 위해서는 동의나 환언 관계에 있는 구문들의 선택 조건을 의미, 화용·통보, 인식법과 표현법 면에서 찾아보아야 한다.

통사기능이 주(主)이면서도 중요한 의미·화용·담화·문체기능이 수반되는 통사현상에는 관계절, 접속, 어순바꿈, 명사화, 통사 기능 못지않게 그러한 기능이 두드러진 경우에는 화제·주제·초점 구문, 피동·사동, 대용(代用), 분열문, 그러한 기능이 주인 경우에는 문체적 어순바꿈, 독립적 제시어 구문, 동일 요소 외의 생략, 인용 화법, 대우법, 시상·양태·서법·화행과 관련된 문장 종결 형식 등이 있다. 유표적이거나 일탈된 통사현상으로는 정상의 이동 범위를 벗어나는 어순바꿈, 이중부정, 수사 의문, 의고적 문어체 구문, 특이한 대격의 쓰임, 수용성을 무시한 반복·복합적 구조, 의도적 중의성, 시(詩)문법 차원의 의도적인 선택 제한 위배나 통사규칙 위반 등을 들 수 있다. 동의·환언 관계에 있으면서 문체론적으로 의의 있는 구문에는 정상 어순과 이동 어순, 능동문과 피동문, 사동문의 짧은 형과 긴 형, 부정문의 짧은 형과 긴 형, 심리 형용사문과 심리 타동사문, 명사화의 '-음, -기' 구문과 '것' 구문, 격조사나 접속어미 간의 상호 대치형, 양태요소나 인지동사 간의 상호 대치형 등이 있다(졸고 1990, 1993).

이제 이런 점들을 염두에 두고 문체 면에서 주목되는 통사현상들의 의미와 화용·담화·문체기능을 살펴본다.

어순은 기본적으로 성분들의 정보로서의 중요성이나 서로 간의 의미 관계, 운율적 흐름까지를 반영한다. 그래서 '옳으니 그르니', "뭉치면 살고, 흩어지면 죽는다." '부모 형제, 책상 걸상', "고기는 씹어야 맛이요, 말은 해야 맛이라." "죽기는 쉽지 않으나 늙기가 쉽다.", '두둥실 두리둥실' 등에서 긍정적이거나 중요한 내용, 또는 뒤의 내용을 전경(前景)으로 내세우기 위한 배경 정보, 뒤의 것보다 짧은 어형이 앞선다. 이런 현상은 문법이나 랑그 차원의 표현·화용 논리의 일부로 문체 현상이라 하기 어렵다(김종택 1973). 그러나 "예술은 길고, 인생은 짧다.", "인생은 짧고, 예술은 길다."가 화자의 표현 관점에 따라 다 허용될 수 있고 「하늘과 바람과 별과 시」에서 음절 수보다

의미를 중시한 것 등은 문체론적 해석의 문제와 관련된다 하겠다.

어순바꿈은 문어나 문어체, 격식체에서는 절제되고 신중히 이루어진다. 주어 외의 성분이 화제가 되면 문장 맨 앞으로 옮겨가고 목적어나 부사어가 지나치게 길어질 때 문장 머리나 서술어 뒤로 옮겨지기도 하지만 대체로 이동의 조건과 폭은 상당히 제한된다. 그러나 글에서도 통보·담화·수사적 동기가 주어지기만 하면 비교적 자유로운 어순바꿈이 나타나며, 특히 시문법 차원에서는 어순의 자유를 구가함은 물론 어순을 거의 해체해 버리려는 듯한 시도도 나타난다.

(22) ㄱ. 아무, 유언도 없이, 무슨 고통도 없이, 김씨 부인은 홀연히 청암 부인의 곁을 떠났다.

ㄴ. 아직 아무도 안 본 새 달을 맨 먼저 보려고, 사람들은 서로 앞을 다투어 이날 저녁에는 산으로 올라갔다.

ㄷ. 어떠한 상태이든 오스왈과 같은 최후를 넘겨야 할 것입니다. 의지도 권리도 지혜도 그 어떤 것으로도 거부할 수 없는,

(23) ㄱ. 향내를 맡고
사람이 태나
어두운 서술이다
해여 달이여
네가 솟구친 것은 — (송욱, 「해인연가(海印戀歌)四」)

ㄴ. 보았다. 달려드는, 눈 속으로, 트럭, 거대한 (이성복, 「모래내·1978년」)

일반적인 통보 논리에서는 문장 머리가 화제, 구정보같이 덜 중요한 내용이 놓이는 위치로 알려져 있으나 (22ㄱ, ㄴ)에서는 "참 멀리서 왔구나, 햇살이여." 같은 도치에서처럼 강조되는 내용이 왔다. 서술어 뒤로 후치된 내용 또한 일반적으로는 앞의 핵심 정보에 대한 부가적 보충 정보로 여겨지는데, (ㄷ)에서는 단순한 정보 아닌, '최후'의 성격을 특징짓는 의미심장한 내용으로 강조되었다. (23)은 일상어 문법을 넘어선 일탈 어순의 예로서, 시적 긴장과 함축미, 의식·초현실 세계의 충격적 제시를 위해 쓰였다. 요컨대 문체적 어순 바꿈은 일반적 통보 논리보다 의미 맥락과 수사적 동기에 민감하게 반응한다 하겠다.

'는' 화제 성분은 이미 알려졌거나 일반적인 내용을 제시하는 데에 주로 쓰이나 화자에 따라서는 (24)에서처럼 앞 내용을 확인, 강조하는 데에 즐겨 쓰기도 한다. 국어의 분열문은 흔히 '~것은 ~이다' 형식으로 나타나 '화제·구정보·전제 - 초점·신정보·단언'의 통보·화용적 배치를 보인다. 그러나 (25)에서 보듯이 화자의 의도나 문맥에 따라서는 '~것은' 성분의 내용이 정상 주술 구문에 비해 강조되기도 하고 '~것이 ~이다' 형으로 나타나 주어 성분과 '이다' 선행 성분이 다 강조되기도 한다.

(24) ㄱ. 역사를 거슬러 올라갈 것도 없이 지금 오늘날에 있어서도 자유는 수많은 피로 물들어져 있는 것입니다. 그것은 집단과 집단이 내세우는 해방이라는 동의어와 함께. (박경리, 「Q씨에게」)

ㄴ. 그는 그 아들이 다시금 쳐다보인다. 그것은 덕성이가 마치 딴사람과 같이 생각키우는 것이었다. (이기영, 「두만강」)

(25) ㄱ. 더 가눌 수 없이 격렬하게 끓어오르는 것은 매안의 샌님에게 느끼는 증오였다. (최명희, 「혼불」)

ㄴ. 인생은 살기 어렵다는데
시가 이렇게 쉽게 씌어지는 것은
부끄러운 일이다. (윤동주, 「쉽게 씌어진 시」)

ㄷ. 우스운 것이 사람의 죽음이다
우스워하지 않고서 생각할 수 없는 것이 사람의 죽음이다.
(김수영, 「누이야 장하고나!」)

(24ㄱ)에서 '그것은'은 앞 문장의 '자유는' 또는 '자유는 ~것입니다' 전체를 받는데, 통보상으로는 긴요하지 않으나 앞 문맥의 의미를 다시금 환기, 강조하기 위해 쓰였다. (ㄴ)의 '그것은'은 문법적 부담을 무릅쓰고 앞 문장의 정황을 다시 짚어 확인하는 데에 쓰인 것으로 여겨진다. (25ㄱ, ㄴ) 에서와 같이 신정보나 중요한 의미 내용이 '~것은' 성분으로 나타날 때는, 정보·내용을 '~것은'과 '~이다'로 양분하는 분열문 형식으로써 내용 전체를 강조하고자 한 것이 아닌가 생각된다. 이 점은 '는' 대신 배타적 주제·초점, 신정보 표시의 조사 '이'가 쓰인 (ㄷ)에서 더 두드러진다.

화제와 같이 문장 머리에 나와 담화의 근거를 설정해 주면서도 독립성이 강하고 강조를 주기능으로 하는 담화 차원의 존재로서 제시어가 있다(김영희 1989). 또 주로 문장 머리에 나와 이어 나오는 내용의 양태(modality)·화행적 성격 유형을 설정해 주는 부사구절로 '~-기에(는), ~-기로(는), ~-기를, ~-건대', 'X의 생각·느낌·추측·기억에/로(는)' 등이 있다. 후자는 삽입구절로도 쓰이며 인용구문과 선택관계에 놓여 화용적 차이를 보인다.

(26) ㄱ. 7월, 무더위의 계절, 보람없이 오늘 내일을 살아가는 사람에게는 더더구나 지겨운 달이다.

ㄴ. 이상, 우리의 청춘이 가장 많이 품고 있는 이상! 이것이야말로 무한한 가치를 가진 것이다.

(27) ㄱ. 내 생각하건대/생각하기에/생각에 번역은 필요한 반역이다.

ㄴ. 그는 말하기/주장하기를 번역은 반역이라고 했다.

(27′) ㄱ. 나는 번역을 필요한 반역이라고 생각한다.

ㄴ. 그는 번역은 반역이라고 말/주장했다.

(26)에서 제시어 '7월', '이상'은 명사구로 일단 완결, 독립되어 약한 영탄을 수반하면서 호흡에 변화를 주며, 점층적으로 변주되거나 '이것'으로 되풀이되어 그 내용이 더 강조되었다. (27ㄱ)류의 '~-기에, ~-기로' 구성은 '생각, 앎, 믿음, 느낌, 추측' 등 양태 영역에, (ㄴ)류의 '~-기를' 구성은 '단언, 주장, 명령, 질문, 약속, 요청' 등 화행에 쓰인다(김영희 1977, 1978). 이들은 통시적으로 한문 언해의 '~-오되, ~-건대' 류에 상응하며, (27′)의 인용 보문 구문에 비해 인용 내용 부분을 분명하게 분리, 전경화하여 길어질 수도 있도록

개방시켜 주기 때문에 구어에서 많이 쓰인다.

격조사의 쓰임에서는 우선 문어·문어체와 구어·구어체에 따라 조사가 실현되고 안 되는 경향, 조사 형태의 선택, 선호가 분화되는 경향이 눈에 띈다. 이때 주격·목적격·속격 조사 등의 실현 여부는 화맥에 따라 정보·의미 초점, 음조와도 관련되며, 이와 비슷한, 강조와 어감에 따른 차이는 '에, 로', '서'의 실현 여부, '에서'와 '에 있어서' 등(동안에 : 동안, 정말로 : 정말, 혼자 : 혼자서, 회장으로 : 회장으로서, 이 문제에서 : 이 문제에 있어서)에서도 볼 수 있다. 또 문어체에서는 '에게', '에게서, 으로부터', '와'가, 구어체에서는 '한테, 더러, 보고', '한테서', '하고, (이)랑'이 선호되는데, 여기에는 '에게'가 더 내면지향적이고 '하고'는 공동성을 더 의식하며 '(이)랑'은 더 가볍고 친근한 투라든가 하는 점들도 작용하는 것 같다.

별 의미차 없이 조사가 교체, 대치될 수 있는 (28)의 경우들이 있는데, 이때에도 통사적 동기 외에 의미·화용적 동기가 작용하여 화자의 표현 감각에 따르게 되는 예가 적지 않다. (29)에서같이 화용·수사적 동기에 따라 특이한 구문이 형성되기도 한다. 그리고 (30)에서 보듯이 의도적 표현 효과, 시적 의미의 확보를 위해 조사의 일반적 쓰임에서 다소 벗어난 표현을 시도하기도 한다.

(28) ㄱ. 석이가/에게 책이 없는 것이 나ø/에게는 안타깝다.

ㄴ. 석은 그 책을 순이에게/를 주었다.

ㄷ. 유흥의 객들이 사라진 거리에 성가대들은 구주 오심을(/이) 기쁘다고 노래하는 것을 나는 상상할 수 있었습니다.

(29) ㄱ. 그를 도와 준다는 것이, 오히려 해를 끼쳤다.

ㄴ. 익은 포도알이란 방울방울의 지혜와 같이도 맑고 빛나는 법인 것을, 푸른 포도에는 그 광채가 없다.

(30) ㄱ. 다른 사람을 복종하랴면 당신에게 복종할 수는 없는 까닭입니다. (한용운, 「복종」)

ㄴ. 北漢山 기슭을 마냥 핀 진달래 (신석정의 시)

ㄷ. 제일 피곤할 때 敵에 대한다. (김수영, 「敵 (二)」)

(28ㄱ)에서 주격형(또는 주격 비실현형)과 여격형의 교체는 임의적인 격표시라 하기도, 분명한 문법·의미적 격의 차이라고 못 박기도 어렵다. 주체로서의 소유와 공간으로서의 소재, 주체의 절대 경험과, 상황에 따른 경험의 상대화라 할 정도의 의미 차이를 놓고 화자가 선택하는 것이 아닌가 한다. (ㄴ)의 지향점 표시에 쓰인 유표적 대격형은 '순이'에 대한 공간적 인식이 대상 인식의 차원으로 승격되면서 그 정보, 의미가 강조되는 것으로 여겨진다. (ㄷ)에서 내포문 주어가 대격형으로 실현되는 것도 통사적 지위 상승과 통보·의미상의 강조가 맞물린 결과라 할 것이다. (29)는 극적인 대조나 반전(反轉)의 효과를 위해 생략과 함축이 활용되면서 통사적으로 불충분하고 비약적인 구문이 된 것이다. (30ㄱ)에서 '복종하다'에 쓰인 대격형은 '복종'의 수동성을 더 강조하고 (ㄴ)에서 공간 표현에 쓰인 대격형은 '피다'의 역동성과 공간을 넘어서는 포괄성을 나타내며, (ㄷ)에서 '대하다'에 쓰인 처격형은 주체의 대상에 대한 태도를 반영한다.

꼭 긴요하지 않은 데에 특수조사를 써서 의미를 강조하고 화자의 미묘한 심리를 내비치기도 하는데 이 경우 다소 장황하고 과장스럽게 느껴질 수 있다.

(31) ㄱ. 이제는 설만들 굶어 죽으랴 싶었다.
ㄴ. 아무러면 죽기밖에야/나 더 하겠니?
ㄷ. 인제 늙어서는 걸음마저도 제대로나 걸을 수도 없다.

능동문과 피동문은 (32)에서 보듯이 같은 상황에 대해, 인식·표현법 면에서 행동중심적 : 탈행동성, 상황의존성의 대비를 드러내고 담화·통보 면에서는 화제와 초점, 구정보와 신정보, 시점(視點) 등의 차이를 보인다. 그런데 (33ㄱ)에서는 '에 의해(서)'나 '-어지다'와 관련되어 피동성이 행동성과 맞물려 상승적으로 강화되기도 하며, (ㄴ, ㄷ)에서는 피동적·상황의존적 표현으로 화자의 소극적이고 신중한 태도가 드러난다. (ㄹ)은 중복 피동으로 수동적 상황이 강조되는 예이다. 다만 이러한 표현·화용상 차이를 고려하더라도 (34ㄱ) 같은 번역체 피동문은 피하여 (ㄴ, ㄷ)류의 국어다운 구문으로 표현해야 할 것이다.

(32) ㄱ. 뼈대 있는 농민인 부모는 그를 동네 홀아비에게 팔십 원에 팔아 시집이라는 것을 보냈다.
ㄴ. 그는 동네 홀아비에게 팔십 원에 팔려서 시집이라는 것을 갔다.

(33) ㄱ. 그 고아원은 부정축재자에 의해 세워졌다.

ㄴ. 따라서 이 시대의 문화에서 이념은 자꾸 퇴색될 수밖에 없는 것으로 여겨진다.

ㄷ. 이번 주 토요일에 결혼식을 올리게 되었습니다.

ㄹ. 쫓기우는 사람처럼 가자. (윤동주, 「또 다른 고향」)

(34) ㄱ. 그 책은 석이에 의해 순이에게 주어졌다.

ㄴ. 그 책은 석이가 순이에게 주었다.

ㄷ. 그 책은 순이가 석이에게(서) 받았다.

(32ㄱ)의 능동문에서는 '부모'의 시점에서 '부모의 파는 행동'을 화제의 초점이자 신정보로 서술하는 데 비해, (ㄴ)의 피동문에서는 '그'의 시점에서 '팔리는 상황'을 초점으로 서술하면서 '부모의 행동'을 상황의 일부로 함축시키고 있다. 따라서 (ㄱ)에서는 '부모'의 윤리적 책임이 두드러지게 되는 반면 (ㄴ)에서는 외부 환경에 의해 지배되는 '그'의 수동성이 강조된다. (33ㄱ)에서는 '그 고아원'을 주어로 하는 피동문 표현으로써 '부정축재자'의 위선적 행동이 환기됨과 아울러 반어적 효과가 더 강조된다. (ㄴ)의 '여겨지다' 구문은 '여기다' 구문에 비해 주체의 판단 외의 외적·객관적 상황 논리를 암시하여 판단을 신중히 하고 있다는 느낌을 준다. (ㄷ)의 '-게 되다' 구문 역시 행위나 사건을 그대로 단언하지 않고 배경 상황, 조건을 암시하여 조심스럽고 겸손한 느낌을 준다. (ㄹ)의 이중 피동은 억압에 의한 시적 화자의 강박을 더 절박하게 드러낸다.

사동문은 인과적 상황에 대한 표현으로서, (35)에서 보듯이 인과적 접속문, 사동문의 긴 형, 짧은 형 간에 사동 행위·사건과 피(被)사동 행위·사건의 관계가 어느 정도 독립적이고 긴밀한가에 대한 인식·표현법의 차이가 나타난다. 또 피사동주는 주격형, 여격형, 조격형, 대격형으로 표시될 수 있는데, 이들은 (36)에서처럼 긴 형, 짧은 형의 선택과도 맞물려 사동주가 피사동 행위·사건에 관여하는 정도와 양상을 반영하기도 한다. (37ㄱ)은 사동문의 인과성을 활용하여 화자의 단언의 타당성이나 행위의 필연성을 강조하는 예, (ㄴ)은 서양어 구문에 이끌린 직역체 표현의 예이다.

(35) ㄱ. 히틀러가 민족 차별 정책과 침략 전쟁을 강행함으로써 많은 무고한 사람들이 죽었다.

ㄴ. 히틀러의 민족 차별 정책과 침략 전쟁이/히틀러가 많은 무고한 사람들이/을 죽게 했다.

ㄷ. 히틀러가 (민족 차별 정책과 침략 전쟁으로) 많은 무고한 사람들을 죽였다.

(36) ㄱ. 교사가 학생들이/에게/로 하여금/을 많은 책을 읽게 했다.

ㄴ. 교사가 학생들에게/을 많은 책을 읽혔다.

(37) ㄱ. 이번 사태는 우리로 하여금 그동안의 경제 정책의 문제점을 지적하지 않을 수 없게 한다.

ㄴ. 사업상 용무가 나를 그곳에 가게 만들었다.

(35ㄱ)의 접속문에서는 원인 사건과 결과 사건 간에 어느 정도의 독립성과 거리가 유지되는 데 비해 (ㄴ)의 긴 사동문에서는 사동

사건이 사동문의 주어로 승격되면서 피사동 사건에 간접적으로 작용하는 주체로 인식된다. 나아가 (ㄷ)의 짧은 형에서는 (ㄴ)에서 간접적 사동주·책임자의 위치에 있던 '히틀러'가 사동사의 주어로서 피사동 행위에 더 밀착되어 직접적 수행자·책임자로 인식, 표현된다. (36)에서는 대개 주격형, 여격형, 조격형, 대격형 순으로 '교사'의 개입·관여 정도가 강화되고 '학생들'의 자발성이 약화되는 경향성을 보이며, 이는 긴 형의 간접성과 짧은 형의 직접성에 어느 정도 상응한다. (37ㄱ)은 "우리는 이번 사태에 비추어 ~ 지적한다."에 비해 '지적'의 타당성과 필연성을 강조하며, (ㄴ)에 대응되는 자연스러운 국어 표현은 "사업상 용무 때문에 내가 그곳에 갔다."로서 (ㄴ)을 굳이 쓴다면 '나'의 행동 동기의 강제적 필연성을 강조할 경우에 쓸 수 있을 것이다.

정서, 감각 표현 심리 형용사 구문과 그에 대응되는 '-어하다' 타동사 구문은 각각 자연발생적 경험, 의식적 행동이라는 차이를 나타내기도 하지만, 진술 관점에 따라 주관적 경험 표현과 객관적 행동 기술의 대비를 보여준다.

(38) ㄱ. 석은 순이와의 이별이 슬펐다/?슬프다.

ㄴ. 석은 순이와의 이별을 슬퍼했다/슬퍼한다.

ㄷ. 나는 순이와의 이별을 슬퍼했다/슬퍼한다.

(38ㄱ)의 형용사 구문은 주체의 고유 경험 표현이기 때문에 '석'이 주어인 경우 '석'의 관점에서 그 자신의 내면적 정서를 표현하는

관점이 되며, 따라서 발화시 현재의 경험 표현은 소설 같은 경우가 아닌 한 어색하다. 이에 비해 (ㄴ)의 '-어하다' 구문은 객관적·외면적 행동 기술에 자연스러워서 (ㄷ)과 같이 화자 자신에 대해 쓰이면 자신의 정서를 객관화하는 표현이 되어 다소 어색하다.

부정문의 짧은 형과 긴 형은 각각 구어와 문어에서 선호된다. 여기에는 경제적, 음조적 동기 외에, 짧은 형은 구어에서는 화맥과 발화상황의 도움으로 그 중의성이 쉽게 풀릴 수 있지만 문어에서는 그렇지 못한데, 긴 형은 구조적으로 부정의 범위를 좀 더 명확히 해 줄 수 있다는 점도 작용했을 것이다. '못' 부정문은 형용사문에서 쓰이지 못하는데 화자의 태도가 반영될 때 쓰일 수 있다. 명사적 부정문 '아니다' 문은 부정의 초점과 관련된 의미를 명확히 하거나 용언 부정문과 다른 문체 효과를 나타내기 위해 쓰인다. 명령·청유 부정문의 '말-'은 내포문에서 '않-'으로 교체되어 화행의 강도의 차이가 나타나기도 한다. 중복 부정문은 단언을 강조하거나 반대로 유보적이고 양면적(ambivalent) 태도를 드러내는 데에 쓰인다. 아울러 부정문은 수사·반어적 의문이나 간접 화행에 흔히 참여하여 수사·화행 효과를 높이기도 한다.

(39) ㄱ. 그는 동이 터 올 무렵까지도 돌아오지 않았다.

ㄴ. 그 사람은 날이 밝을 때까지도 안 돌아왔다.

(40) ㄱ. 이 방은 밝지 못하다.

ㄴ. 그 일은 끝내 이루어지지 못했다.

(41) ㄱ. 그가 학교에서 순이를 만난 것은 어제가 아니다.

ㄴ. 시의 언어는 따로 존재하는 것이 아니다.

(42) ㄱ. 우리는 그가 그 집회에 참여하지 않/말기를 바란다.

ㄴ. 그가 오라면 안 나가지 못했다/안 나갈 수 없었다.

ㄷ. 그는 자책이 없던 것은 아니지마는 다른 한편으로 화가 나지 않은 것도 아니다.

(43) ㄱ. 죄 많은 세상에 나서 죄를 모르니 하늘 뜻 그대로의 산 하느님이 아니냐.

ㄴ. 이제 과거의 악습에서 벗어나 새 질서를 세워 나가야 하지 않겠는가.

ㄷ. 이번 불우 이웃 돕기 행사에 기꺼이 동참해 주지 않으시겠습니까?

(39ㄱ)은 문어체에서의 긴 형, (ㄴ)은 구어체의 짧은 형의 예이다. (40)의 '못' 부정문에서는 화자의 '방의 밝기'에 대한 기대 수준, '일의 성취'에 대한 기대와 실망이 함축되고 있다. (41ㄱ)의 부정 분열문에서는 부정의 초점이 '어제'라는 것이 통사적으로 명시되었고, (ㄴ)의 명사적 부정문은 동사 부정문 "~존재하지 않는다."에 비해 현상 자체에 대한 서술이라기보다 현상에 대한 화자의 판단이 개입된 서술 같은 느낌을 준다. (42ㄱ)의 '말-' 부정 내포문에서는 부정 명령 화행이 강하게 나타나며, (ㄴ)의 이중부정문은 행위의 당위성, 필연성을 강조하는 데 비해 (ㄷ)의 경우는 이중적 심리를 나타낸다. (43ㄱ)에서는 수사 의문에 부정문이 쓰여 독자의 강한 긍정 단언을 이끌어내고 있고, (ㄴ, ㄷ)에서는 명령, 요청을 위한 의문 형식에 부

정 표현이 쓰여 독자의 거부 가능성을 제한하면서 화행 내용의 당위성을 강조한다.

명사적 표현은 정태적, 관념적, 추상적이어서 문어체, 논설체에서 선호되고 집중, 응축의 경향이 나타나는 데 비해 동사적 표현은 역동적, 감각적, 구체적이어서 구어체, 서사·묘사체에서 선호되고 평이한 전개의 경향을 띤다. 명사적 표현에는 흔히 통사적으로 명사화 절차가 수반되는데, 이때 '-음, -기', '것' 구문에 비해 속격 구성, 명사 병치 구성에서는 고도의 응축, 생략이 이루어져 그 문체 특성도 더 두드러지게 된다. '-음' 구문은 주로 문어체에 쓰이며, '-음, -기', '-을 것' 등이 서술 종결 형식에 쓰여 압축, 강조, 긴장의 효과를 나타내기도 한다.

(44) ㄱ. 차선을 엄격히 지킴/지키는 것은 운전자로서 당연히 해야 할 일이다.

ㄴ. 차선의/차선 엄수는 운전자로서의/운전자의 당연한 의무이다.

(45) ㄱ. 수입 개방 강행 저지 대책 마련 늑장

ㄴ. 좋은 땅이란 어디를 말함인가?

ㄷ. 앞으로는 지각 안 하기

(46) ㄱ. 창의성과 판단력이 뛰어남.

ㄴ. 다음과 같이 기말 시험을 실시함.

ㄷ. 안전 수칙을 지킬 것.

ㄹ. 금일 휴업

(44ㄱ)에서 '-음' 구문은 문어체 표현이며, (ㄴ)의 속격 구성, 명사 병치 구성은 (ㄱ)에 비해 내용을 간명하게 압축, 개념화하고 있는 느낌을 준다. (45ㄱ)에서는 사건·상황의 핵심적 내용을 명사 병치로써 집약하여 표제로 삼고 있으며, (ㄴ, ㄷ)은 '-음'의 문어성과 '-기'의 구어성을 보여준다. (46)에서는 명사적 표현들이 공식 기록, 공고, 안내문 등의 서술 종결 형식으로 쓰여 절도 있고 단호한 어조로 독자의 주의를 환기하여 내용을 강조한다.

관계절 구문은 관계절과 주절의 의미 관련에 따라 접속문과 문체적 선택 관계를 보인다. 이때 관계절 구문은 관계절의 사태를 속성·이미지나 배경으로 인지하고 관계절을 주절과의 내적 관련 속에서 통합적으로 해석하게 하여 화자나 해석자로 하여금 관계절과 주절의 의미 관련을 암시, 함축, 추론할 수 있는 여지를 준다. 이에 비해 접속문은 두 사태를 분리하고 사태 간의 관련을 명시하여 객관적 서사에 충실한 면을 보인다. 한편 명사구 보문 구문에서는 직접 보문·미완형 보문과 간접 보문·완형 보문의 선택 관계가 주목된다.

(47) ㄱ. 지옥에 사는 우리 다섯 식구는 천국을 생각했다.
ㄴ. 마당가 팬지꽃 앞에 서 있던 영희가 고개를 돌렸다.

(48) ㄱ. 석은 순이가 아주 떠난 것/사실을 알았다.
ㄴ. 석은 순이가 아주 떠났다는 것/사실을 알았다.

(47ㄱ)의 관계절에서 '지옥에 사는'은 '우리 다섯 식구'를 제한,

특징짓는 속성으로 인지되어 주절과의 내적 관련을 동시, 대비, 양보 등의 관계와 같이 포괄적으로 추론하게 해 준다. 이에 비해 '우리 다섯 식구는 지옥에 살면서도~' 같은 접속문은 구체적 사태, 정황 같은 관계로 명시되어 속성의 의미는 두드러지게 나타나지 않는다. (ㄴ)에서 '영희'의 이미지로 환기되는 관형절 내용도 '영희가 마당가 팬지꽃 앞에 서 있더니/있다가 ~' 같은 접속문으로 표현되면 세부정황 묘사에 그친다. (48ㄱ)의 미완형 보문은 '석'이 보문 내용을 직접 경험한 경우나 간접적으로 인지했다 하더라도 직접 인지한 것 같은 심리적 밀착의 상태에서 서술하는 경우, 또한 화자가 보문 내용을 심리적 밀착의 태도로 서술하는 경우에 쓰인다. 이에 비해 (ㄴ)의 완형 보문은 '석'이나 화자가 간접 경험, 심리적으로 거리를 둔 객관적 관점에서 서술할 때 쓰인다.

접속의 통사 절차에서는 동일 요소의 생략이 일반적이지만 접속되는 내용 각각을 강조하는 경우에는 생략 규칙이 적용되지 않는다. 의미·화용 면에서 비교될 수 있는 차이로는, 사태 간의 논리적 관련을 명시하여 함축의 여지를 주지 않는 경우와 단순한 나열이나 시간적 관련 표시로써 논리적 관련을 함축시켜 추론의 여지를 주는 경우가 눈에 띈다. 그리고 조건, 가정에서는 '-면, -다면, -다고 하면', '-었으면, -었다면, -었더라면, -었었더라면' 등이 비슷한 상황에 대해 선택적으로 쓰이기도 한다. 한편 접속어미도 문어체, 구어체에 따라 선호되는 부류가 있어서, '-으므로, -거니와, -거늘, -는바, -되, -건대, -은즉, -기로서니' 등은 문어체에 쓰이는 반면 '-길래, -거들랑' 등은 구어체에 쓰인다.

(49) ㄱ. 그것은 자아에 대한, 가정에 대한, 사회에 대한, 온 인류에 대한 소명의식이다.

ㄴ. 그들은 결코 위안 받지 못할 슬픔을, 고달픔을 그대로 지닌 채, 그들의 집으로 그들의 방으로 돌아가지 않으면 안 된다. (박태원, 「소설가 구보씨의 일일」)

(50) 그 여자가 왔고/오자/왔기 때문에 석은 그곳을 떠났다.

(51) ㄱ. 그 여자를 다시 만날 수만 있으면/있다면/있다고 하면 모든 것을 바치겠다.

ㄴ. 그 여자를 다시 만났으면/만났다면/만났더라면/만났었더라면 인생이 바뀌었을 것이다.

(49)는 정상적 접속 규칙에 따르면 '과' 접속문이 되어야 할 것이나 각 내용을 강조하기 위해 동일 요소들을 그대로 살렸다. (50)이 인과적 상황인 경우 '-고' 접속문은 인과적 관련을 숨겨 추론하게 함으로써 사건의 내적 맥락을 환기하고 암시적이고도 긴장된 분위기를 조성한다 하겠다. (51)에서는 가능성의 정도 외에 화자의 기대의 정도, 절실함의 정도 등에 따라 표현의 선택이 가변적이다.

재귀사는 선행사의 경험·인지 시점에서 서술할 때 자연스러워서 3인칭대명사가 거리를 두는 객관적 시점인 경우에 쓰이는 것과 대비된다. 직접 화법, 간접 화법, 화법의 교차나 자유 간접 화법은 인용되는 화자의 시점, 발화의 장면과 인용하는 화자의 시점, 발화 장면의 관계에 따라 나타나는 차이이다. 즉 직접 화법은 인용하는 화자가 인용되는 화자의 시점, 발화 장면의 현장성을 그대로 살려 객관적으로 서술하는 것이요, 간접 화법은 인용하는 화자의 시점에서 인용되는 내용과 장면에 개입하여 시간·공간, 인칭, 대우법 등 상황 관련 요소들을 조정하는 것이며, 화법의 교차나 자유 간접 화법은 두 화자의 시점이 섞이고 넘나드는 것이다.

(52) 석은 자기/그가 쓴 책을 순이에게 주었다.

(53) ㄱ. 석은 "제가 이 책을 내일 순이한테 직접 줄까요?"라고 말했다.

ㄴ. 석은 자기가 그 책을 그 다음 날 순이에게 직접 주는 것이 좋겠느냐고 물었다.

ㄷ. 석은 제가 이 책을 내일 순이한테 직접 주는 것이 어떻겠느냐고 물었다.

(52)에서 재귀사 '자기'는 화자가 '석'의 시점에서 '석'의 행동을 의식하는 것같이 느껴지는 데 비해 '그'는 화자가 객관적으로 '석'의 행동을 서술하는 것으로 느껴진다. (53ㄱ)은 직접 화법, (ㄴ)은 간접 화법, (ㄷ)은 간접 화법 속에 '석'의 시점에서의 직접 화법이 섞여 발화 장면의 현장감이 부분적으로 살아나는 예이다.

시상, 양태 표현에서는 "비가 내리다." 같은 절대 시제 표현, 현재 진행·지속의 '-는-'과 '-고 있-', 추측·의지의 '-겠-'과 '-을 것(이)-', 추측의 '-을 것 같다, -는 모양이다, -는 듯하다/싶다, -는가 보다' 등이 눈에 띈다. 특히 문학 작품에서의 서술 방식을 중심으로 주목된 것은 문장 종결부의 시간 관련 표현으로서, 과거·완료의 '-었-'은 주로 주사건 서사에, '-는-'은 주요 장면의 현장적·전경적 묘사에 쓰인다. 경어법에서는 문어체에서의 '하소서'체, 문어 일반에서의 중립적 대우 '하라'체, 독자를 직접 대면하여 이야기하듯 대우하는 문어에서의 높임체 등이 주의를 끈다. 그리고 선어말어미, 종결어미에서도 통시성과 관련되어 문어체, 구어체에 따른 선호 부류가 나타난다. 즉 미래 양태의 '-리-', 확인의 '-것-', 감탄의 '-도다-', 원칙의 '-느니라', 의문의 '-을꼬, -는고, -느뇨' 등은 문어체에, 접속어미 '-는데, -거든', 인용 조사 '-다고' 등의 문장 종결 형식으로서의 쓰임은 구어체에 나타난다.

4

결어

문체 의미론은 의미론의 모든 층위·영역(음운, 형태·어휘, 통사, 화용, 담화·텍스트)에 걸쳐 문체적 변이, 선택을 중심으로 논의될 수 있다. 그래서 문체 의미론은 의미의 다양한 변이·선택 관계를 종합, 체계화하고 그 조건과 동기를 밝힘으로써 문체론에 긴요한 의미·화용 논리를 제공할 수 있을 것이다. 이에 이 글에서는 우선 기본 층위·영역이라 할 수 있는 어휘와 형태 그리고 통사를 중심으로 문체 의미의 관점에서 주목되는 현상들을 모아 개괄적으로 논의해 보았다.

어휘·형태에서는, 동의·유의 관계에 있는 어휘의 문체적 차이들을 변이 요인에 따라 유형화하고 그 조건과 동기를 밝히는 문제, 접사 파생을 비롯한 형태 요소, 형태론적 절차와 관련된 문체적 의미들을 문법적·어휘적 의미와 차별적으로 기술하는 문제, 어휘 부류 중에서 표현·문체기능이 두드러진 의성·의태어, 색채어, 감각어의 문체 의미 양상, 다의성, 숙어, 수사법, 문학어의 문체 의미적 측면 등에 대해 살폈다.

통사에서는, 통사현상들을 그 의미·화용·문체기능과 유표성·일탈성에 따라 유형별로 점검하고 동의·환언 관계에 있는 문체적 변이 구문들을 짚은 다음, 어순과 어순바꿈, 화제·초점 구문과 분열문, 제시어 구문과 부사적 인용 구문, 격조사와 그 특이형, 피동문, 사동문, 심리형용사 구문과 '-어하다' 타동사 구문, 부정문, 명사화, 관계절과 명사구 보문, 접속문, 재귀사, 인용 화법 등에 대해 살폈다.

여기서의 논의는 대부분 그동안 형태론, 어휘 의미론, 통사 의미론, 기능통사론 등에서 연구된 내용을 문체 의미론의 관점에서 종합, 정리한 것으로서, 필자 나름의 논의는 최소한에 그쳤다. 논의 대상을 어느 정도 망라하려다 보니 일반론에서 더 나아가기 어려웠고 시상, 양태, 경어법, 종결어미 등은 지적하는 데 그쳤으며, 화용, 담화·텍스트의 측면에 대한 본격적 논의도 미루게 되었다. 새롭게 제기된 문체 의미론에 대한 접근 방법과 논의 대상을 원론 수준에서 모색, 시도해 본 것이라 여길 따름이다.

〈참고 문헌〉

김영희(1977),「단언서술어의 통사현상」,『말』2, 연세대 한국어학당.

______(1978),「삽입절의 의미론과 통사론」,『말』3.

______(1989) ,「한국어 제시어의 문법」,『주시경학보』4, 주시경연구소, 탑출판사.

김완진 외(1996),『문학과 언어의 만남』, 신구문화사.

김종택(1973),「어순변환에 따른 표현가치의 변환에 관한 연구」,
『문교부학술연구보고서』(어문학계 6).

______(1977),『국어의 표현구조에 관한 연구』, 형설출판사.

김창섭(1985),「시각형용사의 어휘론」,『관악어문연구』10, 서울대 국어국문학과.

______(1996),『국어의 단어형성과 단어구조 연구』, 태학사.

김흥수(1989),「크기와 수량」,『어문논총』10 · 11, 전남대 국어국문학 연구회.

______(1989),『현대국어 심리동사 구문 연구』, 탑출판사.

______(1990),「국어의 통사현상과 문체」,『기곡 강신항선생 화갑기념논문집』, 태학사.

______(1993),「국어 문체의 통사적 양상에 대한 연구」,『한국언어문학』31,
한국언어문학회.

______(1996),「소설에서 관계절의 텍스트 기능」,『어문학논총』15, 국민대 어문학연구소.

문금현(1989),「현대국어 유의어의 연구」,『국어연구』88, 국어연구회.

박승윤(1990),『기능문법론』, 한신문화사.

배석범(1987),『시에 나타난 일탈의 유형』, 서울대 석사논문.

서정수(1994),『국어문법』, 뿌리깊은나무.

성기옥(1993),「의성어 · 의태어의 시적 위상과 기능」,『새국어생활』3 · 2, 국립국어연구원.

송철의(1992),『국어의 파생어형성 연구』, 태학사.

신현숙(1986),『의미분석의 방법과 실제』, 한신문화사.

심재기(1982),『국어어휘론』, 집문당.

심재기 · 이기용 · 이정민(1984),『의미론 서설』, 집문당.

언어 문학 연구소 언어학 연구실(1963),『말과 글의 문화성』, 과학원 출판사.

이익섭 · 임홍빈(1983),『국어문법론』, 학연사.

이지양(1998),『국어의 융합현상』, 태학사.

임지룡(1992),『국어 의미론』, 탑출판사.

임홍빈(1993),『뉘앙스풀이를 겸한 우리말사전』, 아카데미하우스.

장소원(1986),「문법기술에 있어서의 문어체 연구」,『국어연구』72.

조남호(1988),「현대국어의 파생접미사 연구」,『국어연구』85.

채 완(1993),「의성어 · 의태어의 통사와 의미」,『새국어생활』3 · 2.
최은규(1985),「현대국어 유의어의 의미구조 연구」,『국어연구』67.
홍재성(1992),「동사 먹다의 사전적 처리를 위한 몇 가지 논의」,『새국어생활』2 · 4.
Leech, Geoffrey (1974), *Semantics*, Penguin Books.

김흥수, 국민대학교 국어국문학과, kihs@kookmin.ac.kr

문학 텍스트와 문체론

김흥수

1

문학작품 문체에 대한 어학적 논의

문체론은 언어학과 문학이라는 두 분야를 고려하는 관점에서 크게 어학적 문체론과 문학적 문체론으로 나누어 생각해 볼 수 있다. 이때 어학 문체론은 일상언어의 문체론과 문학작품이나 작가의 문체에 어학적 방법으로 접근하는 문체론을 포괄하며, 문학 문체론은 작품이나 작가의 문체에 문학적 방법으로 접근하는 경우와 문학적 목적에서 어학적 방법을 활용하는 경우를 포괄한다. 이렇게 볼 때 문학작품의 문체론에는 어학적 접근법, 문학적 방법 또는 어학적 방법에 의한 문학적 접근법 들이 있는 셈인데, 여기에서는 어학적 접근법을 다룬다.

작품·작가의 문체에 대한 어학적 접근법은 다시 크게 세 가지 단계로 나누어 볼 수 있다.

첫째는 언어의 문체에 대한 일반적 관심의 연장선에서 작품·작가의 문체도 다양한 문체 현상의 일환으로 살피고 기술하는 것이다. 예컨대 국문 고전소설의 경우 표기체가 순국문체이며 한문 번역투나 문어체인 작품들이 있는가 하면 판소리계 소설처럼 구어체인 것들이 있음을 살핀다. 김소월 시 「진달래꽃」 "사뿐히 즈려밟고 가시옵소서", 이용악 「전라도 가시내」 "불술기 구름 속을 달리는 양 유리창이 흐리더냐"에서 '즈려'가 평북 방언이고 '불술기'가 기차를 뜻하는 함북방언으로서 '火輪車'와 관련되리라 생각한다. 지시대명사 '그'와 'she'나 '彼女'의 대응형인 '그녀'가 소설에서 쓰이기 시작해 선호되는 것을 보고 현대국어 3인칭대명사의 용법이 서양, 일본의 문학어 수용과 그 영향 속에서 발달한 것이라 판단한다.

둘째는 작품·작가의 문체 현상이 일상어와 다른 문학어의 일부임에 유의하여 일상어가 문학어에 관여하는 양상과 문학어의 특성을 살펴 이해하고자 하는 것이다. 예를 들어 「용비어천가」, 「월인천강지곡」의 경우 문장 종결에서 '-니, -리'의 쓰임을 악장 형식과 관련지어 어떻게 이해할지 어미 형태, 대우법, 율조·음악 면에서 생각해 본다. 김영랑 「四行詩」 "님두고 가는 길의 애끈한 마음이여/한숨 쉬면 꺼질 듯한 조매로운 꿈길이여"에서 파격 조어 '애끈하다', '조매롭다'의 일탈과 시적 효과에 유의한다. 「진달래꽃」 "죽어도 아니 눈물 흘리우리다"에서 '아니'의 특이한 어순을 逆說의 강조나 북부 방언 면에서 주목한다. 신소설과 이광수, 김동인의 소설을 중심으로 '-더라, -이라'가 '-엇다, -이다'로 바뀌는 과정을 살피면서 서술자의 주관적 개입에서 객관적 寫實性 확보 쪽으로 서술 방식이 이행되는 것으로 파악한다.

셋째는 작품·작가의 특징적이고 선택적인 언어·문체 현상에 유의하고 어학적 방법에 힘입어 문학어의 특성을 밝히고 작품·작가의 문체와 문학성을 분석, 해석하고자 하는 것이다. 이를테면 정철의 「훈민가」, 「속미인곡」에서 구사, 연출되는 대화적 화법과 장면을 독자에 대한 설득 어조나 극적 분위기 조성 면에서 정철 시가 문학의 주요 태도이자 기법으로 파악한다. 윤동주 「序詩」의 끝 행 "오늘밤에도 별이 바람에 스치운다."에서 '스치운다'의 피동성과 진리적 현재성을 중시해 실존적 자아의 고뇌와 결단이 영속되는 것으로 해석한다. 채만식 「태평천하」의 "이 여섯점 고동에 마추어 우리 늙은 윤장의 영감도 새날을 맞느라고 기침을 했습니다."에서 서술자의 '합쇼'체가 서술자가 이야기에 개입하는 '이야기하기' 기법의 일환으로서 독자의 공감과 참여를 유도하여 풍자 효과를 높이는 것으로 본다. 조세희 「난장이가 쏘아올린 작은 공」의 대화 '도대체 이걸로 뭘 하겠다는 거야?'/내가 물었다./'영호야.'/아버지가 말했다./'너도 형처럼 책을 읽어라.'/'뭘 하겠다는 게 아냐.'/ 형이 말했다.에서 '나'(영호)와 '형'(영수)의 대화 장면에 그 이전 '나'와 '아버지'의 대화 장면이 끼어 겹치는 데에 따르는 비약과 충격, 영화의 몽타주 기법, 갈등의 심화를 주목한다. 이상의 세 단계 접근법을 채만식 소설 문체에 대한 적용 사례로서 정리해 본다. 첫째 단계에서는 그의 작품에 나타나는 작가나 인물의 언어를 1930년대 국어 자료의 일환으로 관찰하고 특히 다양한 어휘·표현(속어, 외래어, 고사성어, 속담 등)과 방언의 쓰임을 살필 수 있다. 둘째 단계에서는 「痴叔」에서 1인칭 화자의 독자 상대 구어체, 「태평천하」에서 서술자의 독자 지향 '합쇼'

체, 작가가 개입해 논평하는 예("이 이애기를 쓰고 있는 당자 역시 절라도 태생이기는 하지만~")들의 쓰임에 유의한다. 또 「치숙」 후반부 '나'와 '아저씨'의 파행적 대화를 담화분석 방법에 따라 살핀다. 셋째 단계에서는 채만식 소설의 특징적 서술 방식으로 고전소설의 설화체와 판소리 구연 방식의 채용, 청자 인물의 존재를 숨기는 대화 소설(「이런 처지」, 「少妄」)들을 주목한다. 그리고 채만식 소설의 작가·언어의식과 문학성 논의 맥락을 염두에 두고 방언의 기능, 서술자의 적극적 관여와 독자 지향성 들을 풍자·반어와 '이야기하기' 기법 면에서 해석한다.

이러한 어학적 접근법의 의의를 생각해 보면, 우선 언어 현상의 논의 대상을 확대, 특화함으로써 문장 이하·구조 중심 기존 어학의 인식과 설명법을 점검, 보완하고 새로운 제재와 영역을 찾는 계기가 될 수 있다. 또 다양하고 특징적인 문체 현상, 일상어와 문학어의 관련과 차이를 집중적으로 살핌으로써 다양한 언어 변이체나 담화·텍스트 유형에 대한 논의를 다원화, 정밀화하고 어학과 문학의 간격을 좁히는 데에 사례나 고리가 될 수 있다. 나아가 문학 쪽의 언어·문체 논의 특히 어학적 방법을 활용하는 문학적 접근법에 참고가 될 수 있을 것이다.

2

논의 대상과 방법

문학작품에 대한 어학적 문체론의 대상을 보면, 그동안 특징적 문체의 경향성과 특이성이 두드러진 일련의 작품·작가를 중심으로 문체의 경향성을 구현하는 일련의 일반적 문체 요인들을 살펴왔다. 주로 거론된 문체 요인은 문장 길이, 통사구조와 문장 서법의 유형, 주어 생략, 품사, 접속어, 수사법(비유, 이미지 등), 어휘(감각어, 색채어, 의성·의태어 등), 문장부호 등이다. 그런데 좀 더 발견적이고 생산적인 논의가 폭넓고 균형있게 이루어지기 위해서는 대상 작품·작가·논점들이 더 다양화, 특화되어야 할 것이다. 그리고 어학적 문체론의 대상은 언어학의 흐름과 성과를 반영하게 되는데, 그동안 전통어학, 구조주의, 변형생성언어학은 문장 이하·구조·문법 중심이어서 문장 이상 층위, 기능, 의미가 중시되는 문체론의 대상 확보와 창출에 어려움이 있었다. 이 점에서 의미·화용론, 담화·텍스트언어학, 기호학, 수사학 등은 문체론의 대상을 풍부하게 하고 특화, 심화하는 데에 기여할 것이다.

이러한 어학 문체론의 대상은 문학어 문체 현상의 어느 면에 주안점을 두는가에 따라 크게 둘로 나누어 볼 수 있다. 그 하나는 랑그 문체로서, 문학어나 문학 장르의 일반적 문체 요소·규칙·원리에 따라 작품·작가의 문체에 나타나는 일반적 경향성과 관습을 규칙화, 유형화하는 것이다. 둘은 파롤 문체로서, 문체 문법으로서의 랑그 문체가 개별 작품·작가의 문체로 특징적으로 실현, 구사되는 양상이다. 이때 일반 일상어 문체, 랑그 문체, 파롤 문체의 관계는 일상어 문법, 시문법, 개인어·작가어 문법의 관계에 견줄 만하다. 시문법은 일상어 문법을 바탕으로 詩學的 동기에 의해 변용, 일탈되고, 진보적이고 실험적인 개인이나 작가의 개신형이 일상어 문법이나 시문법을 변화시키면서 그 일부로 자리 잡게 된다. 이와 비슷하게 문학어의 랑그 문체는 일반 일상어 문체를 바탕으로 문학적 동기에 의해 특화, 일탈되고, 개성적이고 실험적인 개인이나 작가의 새롭고 독특한 파롤 문체가 일상어 문체나 문학어 랑그 문체의 관습과 규약을 변화시키면서 그 일부로 정착되는 것이다. 요컨대 작품의 문체는 문학어 랑그 문체의 영향과 작품·작가 파롤 문체의 자극이 상호작용하는 가운데 지속적으로 다양해지고 새로워진다 하겠다.

구체적 논의 대상은 일단 랑그 문체에서 점검, 설정될 수 있다. 문체는 본래 다양한 실현에서 비롯된 만큼 문법에서 랑그적 측면이 중시되는 것과 달리 파롤적 측면이 중시되지만, 문체의 기본 요인과 논리는 랑그 문체에서 논의·상정되기 때문이다. 논의 대상이 될 만한 문체 요인이나 논점으로는 모든 언어 층위(음운, 형태, 어휘, 통사, 의미, 화용, 담화, 텍스트), 문법의 여러 측면(통사구조와 규칙, 문법 범주와 기능, 의미·화용 기능, 문법 요소 등)에 걸쳐 주요 현상이나 주제들을 두루 고려할 수 있다. 그런 예로 위에서 거론되었던 요인들 외에 운율, 구어·문어체 문법 형태, 핵심 詩語나 상징어의 계열성, 어순, 명사적 구문과 동사적 구문, 능동과 피동, 시상('-었다'와 '-는다'),

부정, 경어법, 화행, 視點, 인용 화법(자유간접화법, 내적 독백), 서술자 개입, 담화 유형과 서술 방식(설명, 서사, 묘사, 논평, 요약), 대화의 격률과 일탈, 배경과 前景, 텍스트의 결속성(cohesion)과 응집성(coherence), 대화·담화·텍스트의 전개 양상, 상호텍스트성(개작, 패러디) 등이 있다.

문학작품에 대한 어학 문체론의 방법은 언어학의 흐름과 성과(구조주의, 변형생성언어학, 기능·인지·화용론, 담화·텍스트언어학 등)에 따라 다양하게 제안, 적용되었으나, 이론적 적용에 이끌려 실질적 문체 논리가 체계적으로 축적되지 못한 감이 있다. 아울러 문체의 특징적 경향성을 객관적, 명시적으로 드러내기 위해 통계적 방법이 사용되었고 최근의 말뭉치언어학은 이러한 방법의 정밀화에 유용할 것으로 기대되나, 통계 적용의 조건과 맥락이 적합하고 타당하게 설정되어야 할 것이다. 또 작가 문체에 내재하는 정신·성격 요인을 밝히기 위해 심리학적 방법이 사용되기도 했는데, 작가의 성격·심리가 문체에 직접 반영된다기보다 창작심리나 언어·표현·문체의식과 맞물려 문체에 투사되는 것으로 볼 수 있다.

언어학의 흐름에 따른 방법 적용 사례를 몇 가지 들어 본다. 구조주의에서는 야콥슨과 레비스트로스의 경우 보들레르의 「Les chats(고양이들)」에 나타나는 운율·문법·의미 각각의 통합·계열 관계와 서로 간의 호응·대립 관계를 분석함으로써 은유·신화적 의미 해석에 이른다. 변형생성론에서는 선호하는 통사구조와 변형 규칙을 근거로 헤밍웨이의 직접적이고 투명한 문체와 헨리 제임스의 복합적이고 모호한 문체를 대비하는가 하면, 문법에서 일탈된 커밍스 시의 심층 구조를 복원해 시문법의 질서를 세우기도 한다. 기능론에서는 핼리데이의 경우 골딩의 「The Inheritors」에 나타나는 자동사·타동사 구문의 분포를 해석해 인간이 자연에서 문명으로 이행하는 과정에 대응시킨다. 인지론에서는 시상 표현 '-었다.'와 '-는다.', 관계절·종속절과 주절에 대해 배경과 전경을 대응시키고, 시에서 시간·공간적 이동이나 은유의 영상도식·전이·원형에 유의해 구조와 의미를 해석하기도 한다. 화용론에서는 김수영 시 「이 한국문학사」의 "이 죽은 순교자들을 어떻게 생각해야 하나 …… 저들의 고요한 숨길을 웃지 마라"에서 문학인을 가리키는 지시사 '이'와 '저'의 대비를 이중적 자의식과 반어적 어조의 표현으로 해석한다. 한용운 「알 수 없어요」의 "그칠 줄을 모르고 타는 나의 가슴은 누구의 밤을 지키는 약한 등불입니까."에서 여성적 어조로 '님'에 대한 내성적 지향을 劇化하는 것에 대해 간접 화행과 경어법을 주목하며, 시의 은유와 상징, 김유정 소설의 해학을 일상 대화의 격률 위배 양상 면에서 해석하기도 한다.

담화 분석론에서는 핀터의 희곡 「The Dumb Waiter」 대사 "뭐 하나 물어 보고 싶은데요." (반응 없다가) "거기서 뭐 하고 있소?" "아, 난 그저 이제 막." "차 한잔 어떻소?"에서 한 인물이 상대방의 말을 무시하고 주도권을 행사하는 지배 관계를 보아 낸다. 채만식 「치숙」의 이야기 구조를, 전반부는 요약적 서사와 일반적 설명·주장인 데 비해 후반부는 특정 대화 장면으로서 구체적 예시인 것으로 파악한다. 텍스트언어학에서는 최명희 『혼불』에서 부분·寄生하는 텍스트들이 어느 정도 독자성을 띠면서 병렬적, 개방적으로 확대되고,

또 비선형적으로 교칙, 방사, 융합되는 점을 주목하고, 희곡의 구성과 대사를 텍스트성의 여러 기준에 따라 분석하기도 한다. 「월인천강지곡」에서 석보상절부 관련 노랫말이 내용·형식·율조상 조건에 맞추어 생략, 축약, 재구성, 첨가 등으로 이루어지는 과정을 상호텍스트성과 修辭 구조면에서 분석한다.

이상 문학작품에 대한 어학 문체론의 대상과 방법은 문학 문체론의 구조주의, 형식주의, 기호학, 原典비평, 바흐친의 대화주의 등 접근법들과도 폭넓게 관련되므로 서로의 대화와 교류가 필요하다. 이제 발표자 나름대로 랑그 문체, 시 문체, 소설 문체의 실례 몇 가지를 보기로 한다.

3

문장 종결 형식에서 '-었-'과 '-느-'계의 쓰임

랑그문체의 사례로, 문장 종결 형식에서의 시간 표현 그중에서도 쓰임이 두드러진 '-었다'와 '-는다(-다)'의 문제를 생각해 본다. 시간 관련 문법 요소들은 많은 경우 그 쓰임이 시제, 상, 양태에 걸쳐 논란이 되었고, 문장 이상의 담화·텍스트 층위에서도 기능을 수행함으로써 새 논의 대상으로 제기되고 있다. 그런데 시간 관련 문법 요소들은 이러한 문법범주 간 내적 관련과 담화·텍스트 기능을 바탕으로 문학 텍스트에서도 뚜렷한 쓰임과 기능을 보임으로써, 어학의 영역을 넓히면서 문학과 연계될 수 있는 논제가 된다. 특히 '-었다'와 '-는다(-다)'는 초기 근대 소설 문체의 형성 과정에서도 문제가 되었고 오늘날에도 서술 기법으로 폭넓게 활용되고 있어서 주목을 받아 왔다. 이러한 쓰임은 비문학 텍스트나 시에서도 나타나, '-었-'은 서사, 서사적 설명, 시의 서사적 맥락이나 서사시, '-느-'계는 묘사, 일반적 설명과 논설, 시의 정서·묘사적 맥락이나 서정시 등에서 선호된다. 그럼에도 그 쓰임이 소설에서 가장 다양하게 복합적으로 나타나서인지 그동안 논의는 소설을 중심으로 전개되었다.

소설에서 시상 요소의 양태 의미와 담화·텍스트 기능에 대한 다양한 논의를 '-었-'과 '-느-'계에 맞추어 정리해 보면 다음과 같다. 즉 시상과 양태 면에서 전체성와 단면성, 외면성과 내면성, 거리감과 직접성·현장성, 인지 면에서 배경과 전경, 정보·담화 구조면에서 평범한 정보와 주요 정보·인상적 내용, 서사와 묘사, 주사건과 일반적 설명·논평, 담화·텍스트·화용 기능 면에서 객관성과 주관적 개입, '-었-'→'-느-'계의 추이와 삽입에 따른 시점 이입, 강조, 전환 등으로 대비되면서 맞물린다. 이때 '-었-'은 중요한 정보인 주사건에 쓰이면서 배경적 서사·설명에서는 평범한 정보에 쓰이고, '-느-'계도 사건 맥락에서는 중요하거나 전경적인 내용·장면에 쓰이면서 설명 맥락에서는 평범하거나 배경적인 내용에 쓰인다. 한편 근대 소설 문체 형성기의 '-느-'계와 '-었-'의 쓰임에 대해, 현재·미완료 서술에서 서술 주체와 대상의 구별에 의한 의식이 미분화되어 있다가 과거·완료 서술로써 주체와 대상의 객관적 거리가 의식,

자각되게 되었다고 보는 경향이 있었다. 그러나 당시에도 '-느-'계가 현장적·전경적·묘사적 서술에 쓰인 경우 그런 해석은 재고되어야 할 것이다.

이러한 쓰임들 중 '-느-'계의 경우, 사건시가 현재 서술시와 동시적인 경우는 (1) 사건을 서술자에게 근접시키기, 일반적·습관적 상황은 (2) 특정사건을 일반적 사건으로 늘이고 넓히기, 장면의 개괄 및 일반적 내용의 구체화, 과거 사건으로서 서술자 시점의 경우는 (3) 서술자가 사건에 외부로 근접하기, 장면의 전경화·초점화 및 知覺·심리적 지속, 인물에게 이입되어 내면화되는 경우는 (4), (5) 인물 내부로 들어가기, 인물에의 주관화나 동일화, 그리고 서술 경위 설명의 경우 (6), 배경·부수 담화로서 제보와 설명의 경우 (7), 서술자의 논평과 심리적 태도 개입의 경우 (8) 등 맥락에 따른 다양한 인지 과정과 담화·텍스트 기능을 볼 수 있다.

그런데 이러한 쓰임은 작가나 작품에 따라 상당한 편차가 있다. 이는 작가의 문체 의식과 취향, 기법적 특징을 드러냄과 아울러 작품의 성격과 내용에 형식·문체가 상응, 통합되는 양상을 보인다는 점에서 본격적인 문학 파롤 문체론의 대상이 될 것이다. 예컨대 황순원, 박경리, 최명희의 소설에서는 작품에 따라 차이가 있기는 하지만 '-느-'계가 선호되는 데 비해 김동인, 황석영, 조세희 등에서는 절제된다. 또 최인훈 소설의 경우 작품의 맥락에 따라 '-었-'과 '-느-'계가 빈번하게 교대되며 특히 의식의 흐름이 중시되는 일련의 작품에서는 '-느-'계가 선호된다.

(1) 타고 오던 때와 거꾸로 햇빛이 곧바로 들어온다. 그녀는 놀란다. 차안에는 아무도 없다. 운전사 옆자리 덩그마하게 솟은 기관부 위에 북어짝이 장작개비처럼 수북이 실려 있다. 허름한 시골 버스다. 마루를 본다. 판자가 들썩한 사이로 자갈이 내려다보인다. (최인훈, 「挽歌」)

(2) 1897년의 한가위.

까치들이 울타리 안 감나무에 와서 아침 인사를 하기도 전에, 무색옷에 댕기꼬리를 늘인 아이들은 송편을 입에 물고 마을길을 쏘다니며 기뻐서 날뛴다. 어른들은 해가 중천에서 좀 기울어질 무렵이래야, 차례를 치러야 했고 성묘를 해야 했고 이웃끼리 음식을 나누다보면 한나절은 넘는다. …… 이 바람에 고개가 무거운 벼이삭이 황금빛 물결을 이루는 들판에서는, 마음놓은 새떼들이 모여들어 풍성한 향연을 벌인다. (박경리, 『토지』)

(3) 그리고 이제 점점 끝나가는 예식을 아쉬워하며, 신랑과 신부가 표주박의 술을 남기지 않고 한번에 마시는지 어쩌는지, 마지막 흥겨움과 긴장을 모으며 여기저기서 한 마디씩 했다.

신랑이 잔을 비운다.

대반은 신랑의 손에서 표주박을 받아 상 위에 놓는다.

신부의 차례에 이르자, 사람들은 저절로 흥이 나서 고개를 빼밀고 꼰지발을 딛는다. ……

그런데도 사람들은 정말로 신부가 한 방울씩 술을 마시기라도 하는 것처럼 흥겹다. 이윽고 수모는 잔을 떼어낸다.

왁자지껄.

사람들은 한꺼번에, 참았던 소리를 터뜨렸다. (최명희, 『혼불』)

(4) 명준은 그녀를 돌아다본다. 발끝을 내려다보면서 모래를 비비적거리고 있다. 푸른 줄이 간 원피스가 눈에 시다. 나무 그늘인데도, 바닷가 햇살은 환하다. 그녀는 흠칫하는 듯했으나, 가만있는다. 오래 그러고 있는다. (최인훈, 「광장」)

(5) 불일 듯하는 목구멍을 식히려고 침대에서 내려 큰 컵으로 물을 따라 마시고 다시 자리로 기어 오른다. 굳이 돋우지 않아도, 얼어마신 술기운이 벌써 스며오는지 스르르 눈꺼풀이 감긴다. 다시 골라잡는다? 다시 골라잡으래도 또 이 자리를 짚겠느냐고? 암 그렇지…… 암.

(6) 나는 이제 나의 탈가한 이유를 군에게 말하고자 한다. 여기에 대하여 동정과 비난은 군의 자유이다. 나는 다만 이러하다는 것을 군에게 알릴 뿐이다. (최서해, 「탈출기」)

(7) 어머니는 애꾸눈 노인과 함께 껍질을 벗겼다. 노인은 주물 공장에서 일하다 한쪽 눈을 잃었다.

그는 삼십 년 동안 한쪽 눈으로만 세상을 보아왔다. 그는 장님 나라의 애꾸눈 왕과는 다르다.

장님 나라의 애꾸눈 왕은 제가 언제나 제일 잘 본다는 확신을 갖는다. 그러나 애꾸눈 왕이 볼 수 있는 세계는 반쪽 세계에 지나지 않는다. 그가 자신의 눈만 믿고 방향을 바꾸어보지 않는다면 다른 반쪽 세계에 대해서는 끝내 알 수 없다. 어머니는 인도네시아산 원목의 껍질을 벗겨 지고 해방동 비탈길을 올라왔다. (조세희, 「클라인씨의 병」)

(8) 그런데도 한씨부인은 그런 일들에 거의 괘념하지 않는 것 같았다. 그저 담담한 기색으로 안방에서 대청으로, 대청에서 장독대로 오가면서 집안일을 살피었다. 천성이 그러한가. (『혼불』)

4

시의 문체

시 문체의 사례로 윤동주, 김수영, 신동엽 시의 단편적 특징 몇 가지를 살핀다.

윤동주의 일련의 시에서는 의문 제기-진단·탐색-대응의 담화구조가 나타난다. 이는 자아에 대한 회의가 성찰, 각성을 통해 자기 갱신의 결의와 행동으로 나아가는 과정에 상응한다. 예를 들면 "하얗게 눈이 덮이었고 電信柱가 잉잉 울어/하나님 말씀이 들려온다.//무슨 啓示일까.…… 無花果 잎사귀로 부끄런 데를 가리고/나는 이마에 땀을 흘려야겠다."(「또 太初의 아침」), "생각해 보면 어린 때 동무를/하나, 둘, 죄다 잃어 버리고//나는 무얼 바라/나는 다만, 홀로 沈澱하는 것일까?//人生은 살기 어렵다는데/詩가 이렇게 쉽게 씌어지는 것은/부끄러운 일이다.…… 나는 나에게 작은 손을 내밀어/눈물과 慰安으로 잡는 最初의 握手."(「쉽게 씌어진 詩」) 들이다.

상황 인식에 따르는 행동성이 청유 화행으로 나타나기도 한다. 자신을 향해 다짐하면서 다그치는 내향적 청유는 강한 실천 의지의 표출이기도 하지만 절박함의 표현이기도 한데, 「또 다른 고향」에서 피동성('쫓기우는')과 맞물림은 이를 반영한다. 즉 "志操 높은 개는/밤을 새워 어둠을 짖는다.//어둠을 짖는 개는/나를 쫓는 것일게다.//가자 가자/쫓기우는 사람처럼 가자/白骨 몰래/아름다운 또 다른 故鄕에 가자."(「또 다른 고향」), "밤이면 밤마다 나의 거울을/손바닥으로 발바닥으로 닦아 보자."(「懺悔錄」), "바닷가 햇빛 바른 바위 우에/습한 肝을 펴서 말리우자,//코카사스 山中에서 도망해온 토끼처럼/들러리를 빙빙 돌며 肝을 지키자."(「肝」) 등과 같다. 이에 비해 다음 김수영의 경우는 역시 내성적 권유이면서도 좀 더 개방적, 외향적이다. "젊은 詩人이여 기침을 하자/눈 위에 대고 기침을 하자"(「눈」).

김수영의 「푸른 하늘을」은 의미·내용과 구조·형식의 인상적인 호응 관계를 보이며, 또 대화지향적인 의문 형식으로 주제나 傳言을 강력하게 효과적으로 비친다. 1연 "푸른 하늘을 制壓하는/노고지리가 自由로왔다고/부러워하던/어느 詩人의 말은 修正되어야 한다."에 서의 '자유'가 낭만적이고 통념적인 반면에, 2, 3연 "自由를 위해서/飛翔하여본 일이 있는/사람이면 알지/노고지리가/무엇을 보고/노래하는가를/어째서 自由에는/피의 냄새가 섞여있는가를/革命은/ 왜 고독한 것인가를//革命은/고독해야 하는 것인가를"에서는 각성과 체험에서 비롯된 새 이념이다. 이때 1연의 통사구조는 관형절, 인용절, 속격 관형구가 중첩된 내포 구조로 구속과 억압의 구질서에 상응하는 데 비해, 2, 3연은 목적어들이 이동되면서 병렬된 자유롭고 열린 구조로 구체제가 무너진 뒤의 개방적 분위기에 호응한다. 그리고 2, 3연에서는 '알지'의 확인 서법으로 미지의 목적어 내용에 대한 관심을 끈 다음 '무엇, 어째서, 왜' 의문문을 단계적으로 배치해 의문에 대한 해답을 추구하도록 이끄는 것이다.

신동엽의 시에서는 역사적 진리를 체현한 정신적 표상이자 역사적 인간상을 추구, 구현한다. 그런 존재는 여러 지칭법이나 표현법으로 나타나 동질적 계열의 의미망을 형성한다. 예컨대 개체 지칭어 '사람'("티 없이 맑은 永遠의 하늘/볼 수 있는 사람"「누가 하늘을 보았다 하는가」), 환유적 표현 '눈', '얼굴'("昇華된 높은 意志 가운데/빛나고 있는, 눈"「빛나는 눈동자」, "얼굴 고운 사람 하나/서늘히 잠들어 있었어요"「진달래 산천」), 인칭대명사 '당신', '그'("하늘,/잠깐 빛났던 당신은 금새 가리워졌지만"「錦江」, "그리운 그의 모습 다시 찾을 수 없어도/울고 간 그의 영혼/들에 언덕에 피어날지어이."「산에 언덕에」), 은유적 표현 '꽃'("우리들이 돌아가는 자리에선/무삼 꽃이 내일 날 피어날 것인가."「이야기하는 쟁기꾼의 大地」) 등이다.

신동엽 시의 주제와 세계관은 핵심적 시어, 이미지, 은유, 상징들을 포함하는 '알맹이' 계열과 '껍데기' 계열의 대립 관계 속에 어느 정도 집약되어 있다. '알맹이' 계열의 의미는 진실, 민족, 민중, 생명, 자연, 사랑, 화해 등으로 이어져 '껍데기' 계열의 허위, 외세, 금권, 폭력, 물질문명, 증오, 분쟁 등과 대립되며, 「껍데기는 가라」를 비롯한 일련의 작품들에서 여러 시어나 표현으로 변주되어 나타난다. 예를 들면 "四月도 알맹이만 남고/껍데기는 가라. …… 東學年 곰나루의, 그 아우성만 살고/껍데기는 가라. …… 漢拏에서 白頭까지/향그러운 흙가슴만 남고/그, 모오든 쇠붙이는 가라."(「껍데기는 가라」),

"우리끼리 익고 싶은 밥에/누군가 쇠가루를 뿌려놓은 것 같구나." (「금강」), "四月이 오면/山川은 껍질을 찢고/속잎은 돋아나고 있는데,"(「四月은 갈아엎는 달」) 등에서 '알맹이, 아우성, 흙가슴, 속잎'은 '껍데기, 쇠붙이, 쇠가루, 껍질'과 대립된다. 특히 '흙가슴'은 대지와 신체의 결합 이미지이자 은유로 '아우성, 향그러운'과 호응해 공감각적 효과를 낳는다. 그리고 이러한 대립은 "祖國아 그것은 우리가 아니었다./우리는 여기 천연히 밭 갈고 있지 아니한가."(「서울」), "오늘은 그들의 巢窟/밤은 길지라도/우리 來日은 이길 것이다."(「밤은 길지라도 우리 來日은 이길 것이다」)에서 대명사 '우리'와 '그들'의 대립, 지시사 '여기'와 '그것'의 대비들과도 호응된다.

5

소설의 문체

소설 문체의 사례로 조세희의 「난장이가 쏘아올린 작은 공」을 집중적으로 살핀다. 「난쏘공」에서 눈에 띄는 조세희 소설의 문체 특징으로, 압축, 생략, 절제되고 속도감 있는 短文體, 인물 · 계층 간의 대립을 반영하는 구조 · 표현 상 계열적 대립, 빈번하고 급격한 장면 전환과 시간 착오, 파격적 장면 · 대화 삽입, 화제의 잦은 교대, 시적 · 환상적 · 우화적 장면과 분위기 활용, 상징성과 추상적 어조 등을 들 수 있다. (9)는 이런 특징들을 보이는 한 대목이다.

(9) "그런데, 이게 뭡니까? 뭐가 잘못된 게 분명하죠? 불공평하지 않으세요? 이제 이 죽은 땅을 떠나야 됩니다."

"떠나다니? 어디로?"

"달나라로!"

"얘들아!"

어머니의 불안한 음성이 높아졌다. 나는 책장을 덮고 밖으로 뛰어나갔다. 영호와 영희는 엉뚱한 곳을 찾아 헤매고 있었다. 나는 방죽가로 나가 곧장 하늘을 쳐다보았다. 벽돌 공장의 높은 굴뚝이 눈앞으로 다가왔다. 그 맨 꼭대기에 아버지가 서 있었다. 바로 한걸음 정도 앞에 달이 걸려 있었다. 아버지는 피뢰침을 잡고 발을 앞으로 내밀었다. 그 자세로 아버지는 종이비행기를 날렸다.

(9)에서는 '아버지'와 '지섭'의 대화에 갑자기 아무 표지 없이 '어머니'의 발화가 이어져 급격하고 파격적인 장면·대화 전환이 이루어졌다. 이때 어머니 발화에 함축된 아버지 실종 관련 내용은 명시되지 않고 있는 가운데 어머니-나(영수)-영호·영희의 화제 교대가 곧바로 이어져 불안하고 긴박한 상황의 분위기를 고조시킨다. 그리고 실종된 아버지에 대한 '나'의 환상은 앞선 아버지와 지섭의 상징적·우화적 대화 내용과 호응해 시적 분위기를 자아낸다.

이러한 맥락에서 인물 지칭법, 관계절 표현, 계열적 대립, 담화·텍스트·화용 면에서의 몇 가지 단면을 본다.

이 작품에서 못 가진 자 계열은 고유 명사, 친족 명사, 1인칭 대명사('나, 우리')로 지칭되는 반면에, 가진 자 계열은 익명의 3인칭 대명사('그, 그들'), 익명성과 비인간성이 두드러진 보통 명사·관계절 표현('사나이, 아파트 거간꾼들, 그의 사람들, 나이 든 사람, 쇠망치를 든 사람들')으로 지칭된다. 이러한 지칭법의 대비는 가진 자 계열에 대한 거리감, 경계심과도 맞물려 계층 간 대립을 강화한다. 한편 같은 인물을 관점과 맥락에 따라 달리 지칭하기도 해서, (10)에서는 '나'(영희)의 시점인데도 자신의 가족을 친족 호칭어나 이름 대신 난장이의 관련항으로 지칭해 자신들의 상황을 냉정하게 객관화, 고발하고 있다. 이에 비해 (11)에서는 철거에 관여한 '쇠망치를 든 사람들'을 동일 반복형으로 지칭해 비인간성과 비정함을 강조한다.

(10) 우리집이, 이웃집들이, 온 동네의 집들이 보이지 않았다. 방죽도 없어지고, 벽돌 공장의 굴뚝도 없어지고, 언덕길도 없어졌다. 난장이와 난장이 부인, 난장이의 두 아들, 그리고 난장이의 딸이 살아간 흔적은 거기에 없었다.

(11) 쇠망치를 든 사람들은 무너진 담 저쪽에서 말없이 지켜보고 있었다. …… 쇠망치를 든 사람들 앞에 쇠망치 대신 종이와 볼펜을 든 사나이가 서 있었다. …… 쇠망치를 든 사람들이 집을 쳐부수기 시작했다.

못 가진 자 계열과 가진 자 계열의 대립은 이미지, 비유, 상징과도 맞물리면서 관계절을 비롯한 여러 표현들에서 인물, 사물, 공간, 감각, 가치 등에 걸쳐 폭넓게 나타난다. 이때 각 영역의 대립 내용들은 영역들 서로 간에도 관련, 호응, 삼투되어 작품 주제의 일관성, 구조의 통일성, 의미의 응집성들에 기여한다. (12)는 인물, (13)은 사물, (14ㄱ, ㄴ, ㄷ)은 공간, 감각, 가치의 예이다.

(12) (공부를) 못한 자, 입주권을 팔려는 사람, 대기권 밖을 날아다니는 사람들('아버지, 지섭'), 진실을 말하고 묻혀 버리는 사람들, 축소된 식구들, 마당가 팬지꽃 앞에 서 있던 영희, 작은 영호, 영양이 나쁜 얼굴들, 고민하는 이상주의자('영수'), 괴로워하는 나의 몸('영희')/공부를 한 자, (입주권을) 사려는 사람, 천국에 사는 사람들, 햄릿을 읽고 모차르트의 음악을 들으면서 눈물을 흘리는 (교육받은) 사람들, 벌겋게 달군 쇠로 인간에게 낙인을 찍는 사람들, 쇠망치를 든 건강한 몸(부동산업자 '그')

(13) 주머니 없는 옷, (고장 난) 라디오, 줄 끊어진 기타, 뽀얀 톱밥 먼지, 탁한 공기와 소음, 책, 팬지 꽃 두 송이, 방죽가 풀섶, 채마밭, 방죽 위 하늘의 별빛, 달, 천문대/주머니가 달린 옷, 그의 금고, 검정색 승용차, 돈과 권총과 칼, 포장 도로, 공장 폐수

(14) ㄱ. 조각마루, 좁은 마당, 좁은 골목, 넓은 공터/큰길, 높은 건물, 큰 회사, 밝고 깨끗한 주택가

ㄴ. 회색에 감싸인 집과 식구들, 까만 된장, 까만 쇠공, 인쇄 공장의 소음, 힘 없는 웃음 소리와 밭은 기침 소리, (집이) 무너지는 소리, 풀냄새, 연기 냄새, 눈물 냄새/하얀 건물, 검정색 승용차, 검은 가방, 푹신한 이불, 고기 냄새

ㄷ. 옳은 것, 훌륭한 일, 좋은 분('아버지')/옳지 않은 것, 미개한

(12)에서 못 가진 자 계열의 열악한 현실, 비현실적 이상 세계, 진실된 가치관, 식물성('팬지꽃'), 왜소함, 병약함, 고통 등은 (13)의 식물성 : 광물성, (14ㄱ)의 협소함 : 거대함과도 맞물리면서 가진 자 계열의 현실적·세속적 풍요, 위선적 가치, 광물성('쇠'), 건강 등과 대비된다. (13)에서는 결핍 : 갖춤, 정신적 가치('책') : 물질('금고'), 식물성 : 광물성, 자연 : 인공, 비현실적 꿈 : 힘과 파괴 등의 대비가 나타난다.

(14ㄱ)에서의 협소함은 (12)의 왜소함과 더불어 가진 자 계열의 높고 큰 속성과 대비되고, (ㄴ)에서는 색채, 청각, 미각 이미지·비유·상징 면에서, (ㄷ)에서는 긍정적·부정적 가치 면에서 대비를 보인다.

담화 면에서는 (15)의 주어 교대, 텍스트 면에서는 (16)의 통합적 결속과 조응, 화용 면에서는 (17)의 전제 부정, (18)의 함축 들을 짚어 본다.

(15) 내가 먼저 내려가 잠갔던 대문을 열었다. 어머니는 밥상을 들고 밖으로 나갔다. 형이 이불과 옷가지를 싼 보따리를 메고 뒤따라 나갔다. 쇠망치를 든 사람들은 무너진 담 저쪽에서 말없이 지켜보고 있었다. 우리는 어머니가 싸놓은 짐을 하나하나 밖으로 끌어냈다. 어머니가 부엌으로 들어가 조리·식칼·도마 들을 들고 나왔다. 마지막으로 아버지가 나왔다.

(16) 어머니는 소중하게 싸두었던 것들을 하나하나 넘겨 주었다. 식칼 자국이 난 표찰, 아침 수저를 놓고 가슴을 세 번 치게 한 철거 계고장, 집을 헐값에 버리기 위해 생전 처음 내본 인감 증명 두 통, …… 내가 가지고 가야 할 것은 이제 없었다. 집을 나올 때 입었던 옷, 뒷굽이 닳은 신발, 큰오빠가 사준 줄 끊어진 기타는 이미 그 집에 없었다.

(17) "그 아저씨와 전에도 일을 했었어. 아주 큰 바퀴를 탔었다."
"아버지, 무슨 말씀을 하시는 거예요? 그런 일이 언제 있었어요?"
…… 간판에 '귀댁의 나무는 건강합니까?'라고 씌어 있었다. 그 밑에는 작은 글씨로 '병충해 구제 진단·생리적 피해 진단·외과 수술·건강 유지 관리'라고 씌어 있었다. 함께 지나던 어린 조역이 말했다. "우리집에는 나무가 없습니다. 나는 건강하지 못합니다."

(18) 영희가 기타를 쳤다. 나는 벽돌 공장 굴뚝 위에 떠 있는 달을 보았다. 나의 라디오는 고장이 났다. 며칠 동안 나는 방송통신고교의 강의를 받지 못했다.

(15)에서는 주어·화제가 계속 교대되어 급박한 철거 상황 속에서의 인물들의 움직임을 속도감 있게 보여 준다. (16)에서 처음 관계절들은 선행 정황들에 조응해 입주권을 헐값에 팔게 된 상실의 상황을 점검하며, 다음 관계절들 역시 선행 정황들에 조응해 '영희'가 자신을 던져 입주권을 되찾게 된 정황과 반어적으로 대비된다.

(17)의 '아버지'와 '영수'의 대화에서는 영수가 아버지가 말한 사실 자체를 의심함으로써 父子 관계의 간격이 드러나며, '조역'이 '나무'의 존재를 부정한 데서는 계층 간의 단절이 풍자된다. (18)에서는 겉으로 잘 연결되지 않는 행동·사건들이 나열되어 행간의 함축, 심층의 의미 공간이 극대화됨으로써 '나'(영수)를 비롯한 난장이 가족의 불안하고 어두운 정황이 추론의 여지로써 암시된다.

6

맺는말

문학작품·작가의 문체에 대한 어학적 접근은 일상어와 문학어의 편차, 어학과 문학의 간격 면에서, 또 논리의 불명확성, 상대성과 주관성 면에서 어려움이 크고 복합적이다. 그럼에도 최근 담화·텍스트언어학, 인지론, 기호학, 현대 수사학, 말뭉치언어학 등의 흐름은 문학에 대한 어학적 문체론의 대상과 방법을 넓히고 다져 나가는 데에 자극과 힘이 되리라 기대된다. 그리고 언어·형식을 중시하는 문학적 방법의 문체론, 그 연장선에서 어학적 방법을 활용하기도 한 문학적 문체론에 대해서도 공유 부분과 접점을 중심으로 공동의 길을 모색해야 할 것이다.

구체적으로는 어학의 대상, 방법, 내용에도 자극과 논점을 제공하고 문학에도 참조와 도움이 될 수 있는 제재들을 찾는 일이 긴요하다. 또 이론 적용과 계량화의 경우에 이론 적용의 의의와 과정, 통계의 명확성에 이끌려 실질적 내용의 축적, 충실한 질적 해석이 소홀히 되는 것도 유의할 점이다. 좀 더 다양한 제재에 다양한 방법으로 접근해 성과가 꾸준히 쌓이고 문학과의 공동 영역도 조금씩 넓어지기를 바란다.

참고문헌

고영근 · 박금자 · 고성환 · 윤민석과 함께(2003), 『월인천강지곡의 텍스트 분석』, 집문당.

국립국어연구원 편(1996), 「특집/언어와 문학」, 『새국어생활』 6-1, 국립국어연구원.

국어문학회 편(1997), 『채만식 문학연구』, 한국문화사.

국어연구소 편(1990), 「특집/작가와 언어」, 『국어생활』 23, 국어연구소.

권영민(1998-2002), 「우리 시의 향기」, 『새국어생활』 8-4~12-1, 국립국어연구원.

김상태(1993), 『문체의 이론과 해석』(증보판), 집문당.

김완진 외(1996), 『문학과 언어의 만남』, 신구문화사.

김정남(1993), 「현대 소설의 지문에 나타나는 시상의 양상과 기능」, 『텍스트언어학』 1, 텍스트연구회.

김태자(1987), 『발화분석의 화행의미론적 연구』, 탑출판사.

김흥수(1988), 「언어학적 문체론의 위상과 과제」, 『국어국문학』 100, 국어국문학회.

김흥수(1989), 「국어 시상과 양태의 담화기능」, 『이정정연찬선생회갑기념 국어국문학논총』.

김흥수(1992), 「국어 문체론 연구의 현단계와 어학적 문체론」, 『국어국문학 40년』, 국어국문학회 편, 집문당.

김흥수(1996), 「담화 분석과 문학적 담론」, 한국언어문학회 제37회 학술발표대회 발표문.

김흥수(1997), 「문체의 변화」, 『국어사연구』, 국어사연구회, 태학사.

김흥수(1998), 「소설에서 계열성과 대립성의 시학적 양상」, 『어문학논총』 17, 국민대 어문학연구소.

김흥수(2002), 「언어 관찰에서 문체와 시학으로」, 『백악의 시간』, 국민대문예창작대학원.

김흥수(2003), 「소설 문체에 대한 어학적 접근」, 『제30회 국어학회 전국학술대회 발표논문집』.

박갑수 편저(1994), 『국어문체론』, 대한 교과서(주).
신현숙(1986), 『의미분석의 방법과 실제』, 한신문화사.
심재기(1986), 「화용론」, 최창렬 · 심재기 · 성광수 공저, 『국어의미론』, 개문사.
이기문 외(2001), 『문학과 방언』, 역락.
이현호 외(1997), 『한국 현대 희곡의 텍스트 언어학적 연구』, 한국문화사.
이홍식(2003), 「한국어 어미 '-더라'와 소설의 발달」, 『텍스트언어학』 14, 한국텍스트언어학회.
정희자(1987), *A Study of the Function of Tense and Aspect in Korean Narrative Discourse*, Ball State Univ, Ph D. dissertation.
조남현(2000-2002), 「우리 소설 우리 말」, 『새국어생활』 10-2~12-1. 국립국어연구원.
한미선(1986), 「문체분석의 구조주의적 연구」, 『국어연구』 74. 국어연구회.
혼불기념사업회 · 전라문화연구소(2004), 『혼불의 언어세계』, 전북대 출판부.
황석자 편저(1985), 『현대문체론』, 한신문화사.
Freeman, D. C.(1981), *Essays In Modern Stylistics*, Methen & Co. Ltd.
Traugott, E. C. & M. L. Pratt(1980), *Linguistics for Students of Literature*, Harcourt Brace Jovanovich, Inc.

김홍수, 국민대학교 국어국문학과, kihs@kookmin.ac.kr

국어문체론 연구의
현 단계와 어학적 문체론

김흥수

1

서론

국어 문체론 연구는 연륜이나 업적 면에서 어느 정도 궤도에 들어섰다고 볼 수 있다. 그럼에도 그만큼 영역이 확고해졌고 성과도 견실한지는 단언하기 어렵다. 여기에는 문체의 개념이 폭넓고 다양해서 논의가 풀어지기 쉬운 점, 문체론이 문학과 어학에 걸쳐 있어서 자체의 영역과 논리가 협소해질 수 있는 점들이 고려될 수 있다. 그러나 이제 그러한 기본문제를 풀어내면서 그 뚜렷한 위치와 성격을 정립할 시점에 이르렀다 하겠다.

이 발표에서는 국어 문체론 전체의 흐름을 염두에 두되 어학적 문체론의 연구 맥락을 중심으로 문체론의 현 단계를 점검하기로 한다. 어학적 문체론은 일상어의 문체현상에 대한 기술과 문학어 문체에 대한 어학적 접근을 포괄하는 데 그 나름의 영역과 역할을 확인할 기회도 드물었으며, 이는 문체론의 기반과 균형을 위해 바람직하지 않기 때문이다.

먼저 어학적 문체론의 관점에서 앞선 연구사 논의를 예시, 검토하기로 한다. 김상태(1982)는 문학적 문체론의 관점에서 어학적 인식의 유용성과 약점을 특기하면서 어학적 문체론이 그 비중에 걸맞게 문체론의 문제에 적응, 대처할 것을 비쳤다. 한미선(1986)은 작가 연구에서 어학적 방법이 잘못 이끌어진 면과 어학적 記述이 일정한 성과에 이른 면을 지적하여 어학적 관점에 충실한 방법론이 문체론에 필요한 부분임을 암시하고 있다. 졸고(1988)는 어학적 문체론의 위상과 방법을 모색하면서 앞선 연구의 문제를 단편적으로 언급하고 언어 층위·분야별 접근법을 예시했다. 박갑수(1990ㄱ)은 시기순으로 연구의 흐름을 갈래 지으면서 표현문체론, 어학적 문체론, 문장론의 영역에 어학적 관점의 업적들을 제시함으로써 그 대상을 살필 수 있게 하였다.

이제 이들에 힘입어, 연구 대상별로 방법과 내용을 개괄한 다음 주된 경향, 문제점들을 논의하면서 문체론 속의 어학적 문체론을 짚어 보기로 한다.

2

본론

우리 전통 속의 문체 인식은 체계적으로 정리되고 있지 않은데, 국어 문체론의 바탕이자 출발점으로서 검토할 만하다. 개화기는 전통·외래 문체의 엇갈림 속에 구어적 국문체가 새롭게 마련되는 시기로서 국어 문체에 대한 인식과 논의가 본격화되는 계기가 되었다. 그때의 문제의식과 실천과제는 오늘날의 복합적·혼태적인 문체상황에도 의미심장한 참조가 될 것이다.

학문적으로는, 서구 문체론이 수사학, 문학의 언어적/형식주의적 접근법, 현대 언어학 등을 배경으로 국어문체론의 목표와 방법론을 이끌면서 印象的·직관적 인식을 체계적·분석적 인식으로 바꿔 놓았다. 따라서 원론적 논의도 서구 문체론에 대한 인식과 정리의 수준에서 이루어졌다. 즉 문체의 정의나 문체관과 관련지어 언어학적 문체론과 문학적 문체론, 또는 표현 문체론과 개인 문체론의 양면적 흐름을 중심으로 논의하였고(최창록 1973, 박갑수 1977ㄱ, 김상태 1982, 김정자 1985 등 저서, 이숭녕 1950, 구인환 1966, 조병춘 1983, 남성우 1987), 방법론의 적용을 위해 문장심리학·성격문체론, 구조문체론을 집중 논의하기도 했다(이인모 1960, 소두영 1976). 일상어의 變異(variation) 양상에 주안점을 두는 일상어 문체론은 어학의 각 분야에서 필요에 따라 단편적인 논의가 이루어지고 있을 뿐 그 틀이나 분야는 정립되지 않고 있다.

이러한 흐름을 염두에 두고 다음에서 구체적인 업적들을 연구 대상별로 개관, 논평하기로 한다.

2.1. 역사적·通時的 연구

국어 문체사에서, 표기와 관련된 구어와 문어의 괴리 현상이나 복합적이고 급격한 변화를 보이는 개화기의 문체 양상이 주목을 끄는 것은 자연스러운 일이다. 그러나 표기방식과 문체 유형, 고대소설·신소설·근대소설 문체의 차이와 일반 문체의 통시적 변화가 혼동될 수는 없다. 주관심사였던 국문체의 정착 과정에서는 종결어미 분포의 변화, 장르 간의 양상의 차이, 국문 표기방식의 섬세한 차이가 특기되었고(안병희 1968, 이기문 1970, 1984, 남기심 1977) 당시 국문체의 문학사적 의의가 강조되기도 했다(권영민 1991). 신소설은 국문체 전개 과정 속에서 파악하되 산문화, 분절화, 長文性 등에 비추어 그 功過를 평가하기도 했다(권영민 1975, 심상태 1982, 1991).

국어 문체사 전반에 대해서는, 시대별로 전형적 문장을 예시하면서 개관한(정한숙 1965, 전광용 1971) 데 이어, 독자의 계층과 개인문체 형성의 배경에 유의하여 문체 선택과 변화의 動因을 밝히려 했다(김완진 1983). 중세·근대국어 문체의 일반적 특징이나 문헌들의 특징에 대한 논의로서는, 관련 문헌들을 비교함으로써 번역양식과 문체의 차이를 확인하는 작업이 두드러졌고(이숭녕 1966, 안병희 1973, 김완진 1975, 1976) 長文性의 동기, 律文性이 논의되기도 했다(여증동 1973, 박종철 1986, 황희영 1979). 언해류 문헌에서 제기된 문어·구어, 직역·의역의 문제는 한문 문법·어휘 요소의 영향 문제(남풍현 1971, 김종택 1983, 심재기 1989)와 더불어 국문체 내의 이질화 요인을 더 신중하게 검토할 수 있는 계기가 되었다. 개화기의 문체는 소설·신문·잡지는 물론 성서 번역(김동기 1961, 김영덕 1969, 1971, 표성수 1971), 일반 번역(김병철 1983), 교과서(강윤호 1968, 심재기 1991) 등 다양한 장르에 대한 기술(민현식 1991)과 구문유형에 대한 검토(김형철 1987)가 이루어짐으로써 좀 더 분명한 윤곽을 잡을 수 있게 되었다. 개화기 이후 근대·현대 문체의 전개 과정은, 개괄적 기술(정한기 1987) 외에 3인칭 대명사 '그, 그녀'나 생산적인 파생요소 '-的'의 외래성(이기문 1978, 송민 1985), 소설 문장에 대한 문학적 분석(이동희 1961, 조연현 1966, 이유식 1970)과 신문 문장에 대한 관찰(이석주 1990)을 중심으로 논의되었고, 문체 관습을 반영하는 개인 문체의 변화가 주목되거나(심재기 1979) 시간 관련 서술기법의 변화에 대한 심층 분석이 시도되기도 했다(김정자 1985).

이상 문체의 통시적 양상에 대한 관심은 주로 국어의 역사적 연구 일반에서 비롯되었고, 그 결과 국어 문체의 통시적 기반과 동인들이 어느 정도 드러나게 되었다. 그러나 전통 구어의 실상을 확인하고 본격적인 문체사를 엮기 위해서는 언해나 특정 시기의 자료 외에 광범하고 다양한 자료를 더 정밀하게 검토해야 할 것이다. 그 위에서 통시성과 공시성의 관련이나 변화의 원리가 논의될 수 있음은 물론이다.

2.2. 문체 유형 연구

문체의 유형적 특성을 범주화한 것으로 먼저 눈에 띄는 것은 어조와 종합적 인상에 따른 분류이다. 직관적·감각적 인식에서 비롯된 것으로 보이는 이태준(1948)류의 분류는 일본학풍의 영향이나 비논리성이 문제가 되면서도 규범적 서술이나 작가·작품 논의에서 원용되었다. 장르 면에서는, 운문체에 대비되는 산문체의 특성(이동희 1972), 내간체·언간체의 특징(심재기 1975, 김기동 1983, 김일근 1983), 판소리 사설의 혼효문체적 특징(심재기 1983) 들이 논의되었고, 사회생활 분야에 따른 규범적 분류도 나타났다(박용순 1978, 최웅구 1978, 김기종 1983, 문동규 1987).

화용적·사회적 문체요인을 종합적으로 반영하고 있는 구어체·문어체, 구어(입말)·문어(글말)의 문제는 문법에 관여하는 측면(조사나 어미의 쓰임, 생략 등)이 단편적으로 지적되기도 하고, 그들 차이를 중심으로 실용적 관점에서의 기술(최웅구 1978, 김기종 1983)이나 어학적·통계적 분석이 이루어지기도 했다(노석기 1984, 김병원 1987, 임성규 1989ㄴ, 노대규 1990). 이에 대한 좀 더 본격적인 논의는 각각의 특성을 집중적으로 밝혀 대비하는 자리에서 찾아볼 수 있는바, 발화상황, 대우법, 통사를 비롯한 층위별 특징들을 중심으로 체계적이고 분석적인 기술이 이루어졌다(장소원 1986ㄱ, ㄴ, 1991ㄱ,ㄴ, 강상호 1989). 아울러 구어·문어 관련 요인들은 다양한 텍스트에 걸쳐 담화의 기저구조와 變人을 찾는 데도 활용되었다(김용진 1990). 한편 문학어체(literary style)의 특성(최창록 1973), 구어의 전형으로서 방언이 작품에서 수행하는 문체기능(졸고 1985), 대화어의 특징(한영목 1986), 말의 속도, 화자의 주의력과 관련된 특징(문경환 1986, 김영기 1987)에 대해서도 논의가 있었다.

문체 유형 논의는 언어의 변이 양상을 화용적·사회적 요인이나 조건에 따라 유형화하는 것으로, 언어학적 문체론의 본령에 속한다. 특히 구어, 구어체 문제는 문어 편향의 문체론을 구어의 역동성과 다양성 속에서 재고, 재편성하는 데 유용한 자극이 된다. 이에 따라 문체론은 문법에서 부분적으로 제기된 격식체와 비격식체, 사회언어학적 현상인 계층어, 직업어, 비속어, 은어, 여성어, 아동어, 문체사적으로 나타나는 평민어, 귀족어, 궁중어, 雅語 등의 문제를 아우를 수 있게 된다.

2.3. 작가·개인의 문체 연구

작가의 문체는 작가에 대한 문학적 연구의 일환으로, 또는 개인 문체의 유형이나 典範을 찾기 위한 방편, 자료로 논의되었는데, 두 논의의 내용이 관련이 깊기 때문에 복합적·절충적 성격을 띠었다. 언어에 대한 인식이나 설명법도 전자는 문학 언어·형식론 일반에 따르고 후자는 어학적 관점에 따르려는 경향이 있으면서도 넘나드는 경우가 많았다. 연구 동기 면에서, 문체를 통해 드러나는 작가의 심리·성격에 주안점을 두기도 했는데, 이는 의식과 문체의 상관성 문제와 관련되어 문학적 작가 연구의 주요 과제가 될 수 있다(이인모 1960, 이동희 1970). 그러나 성격의 유형화가 도식적이고 의식에 대한 접근법이 뚜렷하지 못한 상태여서, 연구 경향이, 특정적인 문체요소·인자들을 밝히는 쪽으로 기울고 있다.

연구방법으로는 문학적 성격이나 문체가 대비되는 두 작가를 비교하는 방법이 두드러졌으나(정한모 1959, 이인모 1960, 이인섭 1966 등) 그 순환론적 오류의 위험과 비교 기준의 편의성, 상식성이 지적되기도 했다(한미선 1986). 한 작가에 대한 집중적 분석에서는, 작가의 문학적 특성과 관련된 문체 기법·특징들을 찾는가 하면 문체의 일반적 특성을 요목별로 분석하여 작가의 문학적·문체적 성격을 귀납·종합하려 하기도 했다(구인환 1967,1973 등, 이동희 1970, 1972 등, 김상태 1972, 1973, 1982 등, 최창록 1973). 통계적 방법은 경향성을 검증·객관화하는 과학적 분석법으로 선호되고 있는데 문체 요목(문장의 길이, 주어 생략, 문장 구조 유형, 품사의 분포, 색채어 등)의 기계적 선정, 처리와 맞물려 일률적이고 피상적인 해석의 부담을 안고 있다.

한편 문학사적 의의를 고려하여 관련이 깊거나 동질적인 작가들을 대상으로 공통 특성을 추출하거나 시기별·개인별 비교에 의해 하위 특징들을 밝힌 업적들이 있다(박갑수 1971, 1978, 구인환 1972). 이에 비해 미시적 분석으로는 작가의 언어의식이나 창작 원리를 밝히기 위하여 原典 해석·비평의 관점에서 개인 문체의 변화를 논의한 예가 주목된다(이기문 1983, 전정구 1990).

작가의 문체 연구는 어학적 방법을 활용하더라도, 작가 연구의 일환으로 문학을 지향하는가, 작가를 예증으로 문체 동기·기법·유형 등을 찾는가에 따라 접근법이 달라져야 한다. 전자에서는 문학적 논의 맥락과 해석·평가의 문제가 좀 더 적극적으로 고려되어야 하고, 후자에서는 작가를 이상적인 화자의 전형이나 특례로 보는 관점이 필요할 것이다. 특히 후자의 관점에서는 논의 대상을 작가 외에 문체론적으로 의의 있는 필자, 화자들에까지 넓힐 수 있게 된다.

2.4. 표현 문체론 연구

국어 표현 문체론은 국문학의 표현기법에 대한 문학 언어·형식론적 접근과 국어의 일상적 표현 논리에 대한 어학적 접근으로 나눌 수 있으나, 두 논의 역시 깊은 관련 속에서 맞물리는 경우가 많다. 예컨대 어학적 관점에서의 감각적 이미지, 共感覺的 轉移, 직유

· 은유 논의(박갑수 1973, 1977ㄴ, 정연규 1976, 김한곤 1981)는 문학적 논의와, 문학적 관점에서의 음성상징, 율격 논의(성기옥 1980, 김진우 1981, 김완진 1987)는 어학적 논의와 만날 수밖에 없으며, 어학적 기술과 수사법 논의는 흔히 공존하는 것이다(최웅구 1978). 시의 형식미를 국어의 구조적 특성과 관련짓거나 인물 간접묘사 방식을 유형화하려 한 논의도 이런 맥락에서 이해될 수 있을 것이다(김용직 1971, 박갑수 1988). 한편 일상어 문법에서 벗어나거나 그것을 뛰어넘는 문학적 표현의 측면을 시문법의 차원에서 해석하려는 노력도 있었다(김완진 1979).

일상어 문법 논리의 연장 속에서 표현·문체기능 논의로 이어질 수 있는 경우로는 同音性, 어순, 詩의 통사구조, 대우법의 推移에 따른 문체기능, 강조, 통사현상의 화용·문체기능 문제들이 있었다(이승명 1971, 김종택 1973, 1977, 이재명 1974, Lukoff 1978, 송기중 1985, 임성규 1989ㄱ, 졸고 1990). 일상어의 논리와 관련이 깊은 논의로 문장의 길이와 그 변이의 진폭, 품사의 분포, 어휘의 어휘론적 분석과 분포 문제를 더 들 수 있다(박갑수 1972, 1976, 김응모 1975). 작가들의 문장이나 詩語를 대상으로 통계적 방법을 적용함으로써 그 경향성을 확인했는데 문장 길이의 경우 실용적 관점에서 適正性 문제가 논의되기도 했다(박갑수 1985). 아울러 담화분석, 화용론, 텍스트언어학에서 자료의 범위를 넓히고 기능적 측면을 중시하게 됨에 따라 텍스트 구성의 원리나 문학의 표현기법에 대한 어학적 논의도 활발해졌다. 그 예로 담화 전개상의 지시성, 주제성 논의, 해학에 대한 話行的 해석, 시상·양태 요소나 관계절의 담화기능 문제, 텍스트의 단위와 구조, 응집성(cohesion) 분석 등을 들 수 있다(주신자 1980, 1990, 황명옥 1983, 1986, 김태자 1987, 정희자 1987, 1989, 이원표 1989, 졸고 1989, 고영근 1990ㄱ, ㄴ).

표현 문체론은 개인·작가의 문체나 특정 담화·텍스트·작품의 문체를 실현하는 기반이 되는 표현의 원리 또는 규칙체계라 할 수 있다. 이때 표현은 일정한 의미나 주제를 다양한 언어형식으로 실현하는 절차 또는 활동으로서, 이는 문학적 표현을 일상적 표현에 접목하는 데 중요한 계기가 된다. 즉 일상어의 표현 논리를 적극적으로 밝히는 가운데 일상어의 시적·문학적 측면을 찾을 수 있으며, 이를 바탕으로, 일상어와의 차이가 강조되어 온 문학어를 어학의 관점에서 설명할 수 있을 것이기 때문이다.

2.5. 작품의 문체 연구

작품의 문체 연구도, 작품에 대한 문학적 해석·분석의 일환으로 문체 특징을 논의하거나 문체론적 방법을 적용하는 경우와, 일반적인 문체 요인·기능을 어학적 측면에서 확인·검증하거나 언어학적 방법을 적용해 보기 위해 작품을 분석·검토하는 경우로 나눌 수 있다. 이때도 두 논의는 상호보완의 관계에 있으며 특히 후자는 작품 해석의 한 접근법으로 평가될 수 있다. 전자에서는 주로 구조주의적·기호학적 방법론이 적용되었는데 미시적 언어분석이 문학적 주체·의미 해석과 심도 있게 만나는 경우가 적지 않다(소두영 1976, 1977, 정효구 1985, 이사라 1987, 최현무 편 1988, 정금철 1990, 이상진 1990). 후자에는 시문법적 해석(김태옥 1976, 심재기 1976, 1986, 박종철 1985, 1989), 기호론적 접근(김태옥 1980), 의미 · 화용적 분석(노대규 1977, 1988), 前景 · 배경 논의(신현숙 1986), 지배적 문체요인 분석(한미선 1986), 텍스트의 통합적 구조 분석(윤석민 1989, 小西敏夫 1992) 등이 있다.

한편 관련이 있는 작품이나 異本을 비교함으로써 문체의 변이 양상이나 작가의 차이를 논의하기도 했다(박갑수 1968, 1980, 최창록 1973, 성광수 1973). 그러나 변형생성론적 관점이나 방법은 소개에 그치고 본격적으로 적용되지는 않았다.

작품의 문체 연구도 문학 연구의 일환인가 작품을 대상으로 화용론, 담화 · 텍스트 분석의 논리를 찾는가에 따라 접근법이 달라진다. 그러나 작품의 경우는 작가의 경우보다 작품의 구조나 텍스트성이 언어 논리와 더 긴밀하게 관련되기 때문에 어학적 설명력이 더 커질 수 있다. 아울러 문학작품도 다양한 텍스트, 장르의 일종이란 점에 유의해 논의 대상을 비문학에까지 넓혀나가야 할 것이다.

2.6. 실용적 · 실천적 논의

문장론 · 창작론에서의 개설적 · 규범적 서술 외에, 국어 순화의 차원에서 외래적 영향을 밝히고 국어다운 표현을 지키고 다듬어나가는 문제(국정기 1971, 이오덕 1989, 1991, 이기문 외 1990, 박갑수 1990ㄴ, 박갑수 · 이주행 · 이석주 1990, 강신항 1991), 외래적 간섭의 주요인인 번역문체의 문제(나채운 1985, 민영진 1985, 황찬호 1988, 정국 1988, 문용 1990, 장진한 1990, 김정우 1990), 북한어 문체의 문제(전수태 · 최호철 1989) 들이 주로 제기 · 논의되었다.

실용적 문제 중에서도 문법적 誤用, 맞춤법, 표준어의 문제들이 기본적 수준에서 규범을 강조하는 데 비해 문체의 문제는 좀 더 심층적으로, 높은 수준에서 화자의 언어의식과 자율성, 창조력을 고양시키는 데 관여한다. 따라서 국어 순화의 영역이 더 깊어지고 단계가 높아질수록 문체의 비중은 커지고 그 문제성 또한 심화될 것이다.

3

결어

그동안의 연구에서 두드러지게 나타나는 경향과 그에 따른 문제점을 몇 가지로 요약하면서 다음 단계를 전망해 본다.

첫째, 어학적 문체론은 일차적으로 일상어가 대상이어야 함에도 문학어에 큰 비중을 두었고 그 때문인지 문어 아닌 구어의 문체현상은 비교적 소홀히 다루었다는 점이다. 그러나 구어, 일상어가 원초적, 본질적이고 문어, 문학어는 조건화, 특수화된 것이라 볼 때 문체론 역시 다른 어학 영역과 같이 일상구어에서 출발해야 할 것이다. 즉 어학적 문체론은 먼저 문학적 문체론에서 다루지 않는 문체현상과 문체론적 문제들을 중심으로 뿌리에서부터 스스로의 영역과 논리를 확보해 가는 데 노력을 집중해야 한다. 이 점에서 꾸준히 축적되고 있는 통시적 논의와, 최근 인식의 깊이와 기술의 정밀성을 더해 가고 있는 문체 유형, 표현, 담화·텍스트 논의는 어학적 문체론의 명분을 찾고 실질을 채워 나가는 데 밑거름이 될 것이다. 아울러 문법 기술에서 고려되었던 문체 요인들(문체법, 문체적 어순바꿈, 문체적 자유변이 등)은 문법과 문체의 관련을 모색하는 실마리가 될 수 있다. 그리고 이러한 노력들이 뚜렷하고 큰 흐름이 되기 위해서는 다양한 동기에서 비롯된 논의들이 흩어지지 않도록 공감대와 대화의 場이 이루어져야 할 것이다.

둘째, 문체론의 위상·영역·성격, 어학·문학 문체론의 관계가 뚜렷하게 정립되고 있지 않다는 점이다. 즉 문학적 문체론은 언어·형식·구조 중심의 문학 일반론이나 작가·작품론과 가깝고, 작가·작품, 표현기법에 대한 어학적 문체론은 문학적 문체론에 이끌리는 경향이 있다. 이는 문체론의 통합적 성격과 문학적·어학적 측면의 유기적 관련성을 보여주는 것이지만, 이때 나타날 수 있는 혼선과 간섭은 각 관점의 논리를 분명히 하고 강화하는 데 장애가 된다.

작가·작품의 언어 논의나 운율, 이미지, 비유를 비롯한 수사법, 상징, 화법, 시점 등 문제에서 문학적 논의 전통에 비해 어학적 인식은 아직 제한되어 있는 편이다. 그래서인지 문학언어론에 대한 어학의 접근은 원론적·試論的 수준에 머무르거나 오히려 다소 무리하게 문학적 논의에 관여하려 한 것으로 보인다. 그러나 원론의 되풀이나 어학적 동기가 약한 문학적 논의는 어학적·문학적 문체론의 진정한 보완관계를 위해서도 바람직하지 않다. 따라서 어학적 문체론은 문학적 문제에 대해서도 어학의 관점에 충실한 나름의 문제제기 방식, 기술방법, 설명의 어조를 마련해야 할 것이다.

셋째, 문체론이 개인문체론, 작품문체론 쪽으로 치우치고 있고 나아가 그에 의해 주도되고 있다는 점이다. 즉 작가·작품 문체론은 일관되고 전형적인 방법, 본격적인 방법론을 적용하는 데 비해, 표현문체론이나 언어논리에 충실한 공시·통시 문체론은 연구 동기나 방법이 제각기이다. 이는 후자가 전자에 비해 더 원론적이고 일차적이라는 점에서 문체론이 든든한 기반 위에 균형있게 나아가는 데 어려움이 될 수 있다.

문체요인, 문체기능에 대한 일반론이 다양화·심화되지 않으면 작가·작품 문체론 또한 피상적·도식적 접근법을 벗어나지 못하고 일반 작가·작품론에 흡수되기 쉽다. 따라서 어학적 문체론은 문체론에 유용한 개념·용어, 문체형성 요인, 실현방식들에 더 눈을 돌려야 한다.

넷째, 연구 대상이 특정 주제·시기·작가·작품에 쏠리는 경향이 있고, 연구 대상이나 논제의 성격상 논지 또는 결론을 쉽게 예상할 수 있는 경우가 적지 않다는 점이다. 물론 문체론의 의의가 큰 문제에 대해서는 연구가 집중될 수 있고 철저한 확인·검증이 반복될 수도 있다. 그러나 동어반복과 아류의 위험, 그에 따른 학문의 불균형과 공백은 우려하지 않을 수 없다.

이는 문체에 대한 문제의식이 새로운 문체사실의 발견이나 문체논리의 모색에 이르지 못하고, 素材 찾기와 記述·분석 방법상의 편의성, 公式性 확보에 머물고 있는 것과 무관하지 않을 것이다. 이 점에서, 문체론적 의의가 큰 명사화, 피동·사동, 어순 등 통사·의미 현상, 텍스트의 구성과 논리 전개를 반영하는 접속방식, 고전문학에서의 다양한 장르, 희곡·記事·공문서 등 장르에 따른 문체특성, 시대의 意識·사조·유행을 반영하는 사회적 문체현상들은 관심을 끄는 예들이다.

다섯째, 비교 방법, 통계적 방법, 문체의 요목으로 선정된 문체인자 분석들이 대표적이고 전형적인 방법으로 쓰이고 있음에 비추어 그 고정적·기계적 경향이 우려된다는 점이다. 이들 방법은 대상이 되는 언어현상이나 작가·작품의 문체 특성을 객관적·명시적으로 드러내는 데 유용하다. 그러나 이때 더 중요한 것은 이들이 어떤 문제의식에서 비롯된 것이며, 그에 비추어 비교 대상이나 비교 항목의 설정 근거·기준, 통계적 분석의 의미·조건·타당성, 문체인자의 설정 준거 등이 얼마나 구체적이고 적합한가이다. 비교 항목의 나열, 차이의 선명성, 통계의 정확성과 세련도는 그러한 문체론적 의의와 문제성을 실증·구현하기 위한 수단으로서의 과정일 뿐이다. 그 방법적 엄밀성이나 수치가 문체론적 논점의 구체성과 정밀성을 보장해 주지는 않는다. 이렇게 볼 때 그동안은 선결조건이 충분치 않은 상태에서 과정만이 강조된 감이 있다.

따라서 이러한 방법들은 문제의식이 좀 더 발견적이고 조건이 더 구체화되고 적절히 통제된 속에서 사용함으로써 그 설명력을 높일 수 있을 것이다. 아울러 기능적 방법을 중심으로 다양한 방법론을 탄력성 있게 적용할 필요성이 절실하다 하겠다.

여섯째, 문학적 문체론은 문학일반론의 흐름에 민감하고 폭넓게 열려 있는 반면 어학적 문체론은 언어학의 흐름에 대해 원론적 수준에서 수용할 정도로 소극적이라는 점이다. 혹시 문학 쪽에서는 어학적 문체론이 어학의 흐름과 논리에 충실하고 적극적일 때 전문화되고 경직되어 문체론의 특성을 잃게 된다고, 그래서 이해하고 활용하는 데 장애가 된다고 생각할지 모른다. 그러나 그런 어려움은 오히려 어학적 문체론의 중심을 어학의 핵심에까지 굳건히 뻗쳐 그 논리를 쉽게 풀어냄으로써 극복될 수 있다. 어학이 본격적으로 관여하지 않아도 될 어학적 문체론은 궁극적으로 문학적 문체론에도 도움이 안 될 것이다.

이 점에서 주목할 것은, 기능통사론, 담화분석, 인지 문법·의미론, 화용론, 텍스트언어학 등 언어학의 다양하고 거시적인 흐름이 국어학의 영역을 문학이나 문체론 쪽으로 넓히는 데 유리하게 전개되고 있다는 점이다. 주제, 초점, 전경과 배경, 감정이입, 시점, 경험, 지각, 유추, 상호협동원리 등 어학의 많은 논제들이 자료나 논리 면에서 문학, 문체 쪽으로 이어지고 있다. 구조시학·기호학류의 문학적 문체론에서 언어학적 인식의 활용이 확대·심화되고 있는 것도 이런 배경에 힘입은 것이 아닌가 한다.

이제 어학적 문체론은, 언어학의 흐름을 배경으로 어학의 관점과 논리에 더 철저할 수 있고 문학 쪽에 더 가까이 다가갈 수 있게 됨으로써, 스스로의 위상을 다지면서 문학과 호흡을 같이할 수 있는 기회를 맞고 있는 셈이다.

참고문헌

강상호(1989), 『조선어입말체연구』, 사회과학출판사.
강신항(1991), 『현대 국어 어휘사용의 양상』, 태학사.

강윤호(1968),「개화기 교과서 도서에 나타난 문체 연구」,『문교부학술연구보고서』 14(어문학계 1).

고영근(1990ㄱ),「텍스트 이론과 국어통사론 연구의 방향」,『배달말』 15, 배달말학회.

_____(1990ㄴ),「문장과 이야기의 관련성에 관한 연구 -중세어를 중심으로-」,『관악어문연구』 15(서울대 국어국문학과).

구인환(1966),「문체비평에서의 문체론」,『이하윤선생회갑기념논문집』.

_____(1967),「춘원의 문체론적 연구」,『국어국문학』 34·35, 국어국문학회.

_____(1972),「한국 여류소설의 문체」,『아세아여성연구』 11, 아세아여성문제연구소(숙명여대).

_____(1973),「노산의 문체론」,『노산이은상박사고희기념논문집』.

국정기(1971),「어문체에 대한 연구 -주로 한자어의 혼용문제를 중심으로-」, 서울대 석사학위논문.

권영민(1975),「개화기 소설의 문체 연구」, 서울대 석사학위논문.

_____(1991),「개화기의 서사양식과 국문체」, 제34회 국어국문학대회 발표 요지.

김기동(1983),「고전소설의 문장과 문체」,『한국문학 문체론·작가작품론 연구』, 집문당.

김기종(1983),『조선어 수사학』, 료녕인민출판사.

김동기(1961),『성서 문체사 소고』, 연세대 석사학위논문.

김병원(1987),「한국말과 글의 특성 비교」,『이중언어학회지』 3, 이중언어학회.

김병철(1983),「개화기 번역문학의 문체」,『한국문학 문체론·작가작품론 연구』.

김상태(1972),「이상의 문체 연구(상)」.『국어국문학』 58-60.

_____(1973),「이광수의 문체 연구」,『문교부학술연구보고서』.

_____(1982),『문체의 이론과 해석』, 새문사.

_____(1991),「변이과정에서 본 개화기 문체」 제34회 국어국문학대회 발표 요지.

김영기(1987), "Fast Speech, Casual Speech, and Restructuring", S.Kuno et al., *Harvard Studies in Korean Linguistics*, 한신문화사.

김영덕(1969),「언해문체와 성서 번역체와의 관계 연구」,『한국문화연구원논총』 14(이화여대).

_____(1971),「한국 초기 성서 번역체 연구」,『한국문화연구원논총』 18.

김용직(1971),「한국의 시문장」,『월간문학』 4-1.

김용진(1990), *Register Variation in Korean: A Corpus-based Study*, Southern California대 박사학위논문.

김완진(1975),「번역 박통사와 박통사언해의 비교연구」,『동양학』 5, 단국대 동양학연구소.

______(1976),『노걸대의 언해에 대한 비교 연구』, 한국연구원.
______(1979),『문학과 언어』, 탑출판사.
______(1983),「한국어 문체의 발달」,『한국어문의 제문제』, 일지사.
______(1987),「어학적 관점에서 본 고전시가의 운율」,『국어국문학』97.
김응모(1975),「현대 시조의 어휘론적 분석 연구」, 고려대 교육대학원 석사학위논문.
김일근(1983),「언간문체의 연구」,『한국문학 문체론 · 작가작품론 연구』.
김정우(1990),「번역문에 나타난 국어의 모습」,『국어생활』21, 국어연구소.
김정자(1985),『한국 근대소설의 문체론적 연구』, 삼지원.
김종택(1973),『어순변환에 따른 표현 가치의 변환에 관한 연구』,
문교부학술연구보고서(어문학계 6).
______(1977),『국어의 표현구조에 관한 연구』, 형설출판사.
______(1983),「국어 표현구조 변천 연구」,『동양문화연구』10.
김진우(1981),「시조의 운율 구조의 새고찰」,『한글』173-174, 한글학회.
김태옥(1976),「시의 언어학적 소고」,『언어』1-1, 한국언어학회.
______(1980),「현대시의 언어 · 기호학적 고찰」,『어학연구』16-1, 서울대어학연구소.
김태자(1987),『발화분석의 화행의미론적 연구』, 탑출판사.
김한곤(1981),「언어의 은유적 확장」,『한글』173-174.
김형철(1987),「19세기말 국어의 문체 · 구문 · 어휘의 연구」, 경북대 박사학위논문.
김홍수(1985),「소설의 방언에 대하여」,『국어문학』25, 전북대 국어국문학회.
______(1988),「언어학적 문체론의 위상과 과제」,『국어국문학』100.
______(1989),「국어 시상과 양태의 담화기능」,『이정정연찬선생회갑기념논총』, 탑출판사.
______(1990),「국어의 통사현상과 문체」,『강신항교수회갑기념 국어학논문집』, 태학사.
나채운(1985),「개역 성서에 있어서의 국어학적인 문제점」,『한글성서와 겨레문화』,
그리스도교와 겨레문화연구회 편, 기독교문사.
남기심(1977),「개화기의 국어문체에 관하여」,『연세교육과학』12.
남성우(1987),「문체연구의 두 방향」,『우리어문학 연구』1, 한국외국어대 한국어교육과.
남풍현(1971),「국어에 미친 중국어 인과관계 표현법의 영향」,『김형규박사송수기념논총』,
일조각.
노대규(1977),「「소나기」의 문체론적 고찰」,『연세어문학』9-10, 연세대 국어국문학과.
______(1988),『국어 의미론 연구』, 국학자료원.
______(1990),「한국어의 입말과 글말의 의미론적 고찰」,『중국에서의
한국어교육논문요약집』, 이중언어학회.

노석기(1984), 「국어의 담화와 문장에 대한 특성 비교」, 『한글』 184.
문경환(1986), "Casual vs Fast Speech: A Rejoinder", 『말』 11, 연세대 한국어학당.
문동규(1987), 「문체의 개념과 그 갈래에 대하여」, 『언어학론문집』 7, 과학 · 백과사전출판사.
문 용(1990), 「번역과 번역 문화」, 『국어생활』 21.
민영진(1985), 「『공동번역 구약』 재평가」, 『한글성서와 겨레문화』.
민현식(1991), 「개화기 국어문체의 다양성과 그 기술의 균형을 위한 재검토」, 제34회 국어국문학대회 발표요지.
박갑수(1968), 「인현왕후전과 사씨남정기의 비교연구 -문체론적 고구를 중심하여-」, 『국어교육』 14, 한국국어교육연구회.
______(1971), 「청록집의 시어고」, 『김형규박사송수기념논총』.
______(1972), 「현대소설 문장의 집필과정」, 『국어교육』 18-20.
______(1973), 「현대소설의 구상적 표현 연구」, 『교육논총』 3.
______(1976), 「현대소설 문장의 품사적 경향」, 『국어교육』 27-28.
______(1977ㄱ), 『문체론의 이론과 실제』, 세운문화사.
______(1977ㄴ), 「한국 현대시의 공감각적 표현」, 아세아여성연구.
______(1978), 「여류작가의 문체론적 단면」, 『국어학자료집』 4, 대제각.
______(1980), 「춘향전의 한 문체 양상」, 『난정남광우박사화갑기념논총』.
______(1985), 「문장의 길이」, 『현대 국어 문장의 실태분석』, 한국정신문화연구원.
______(1988), 「한국 단편소설의 안면묘사」, 『선청어문』 16-17, 서울대 국어교육과.
______(1990ㄱ), 「문체」, 『국어연구 어디까지 왔나』, 동아출판사.
______(1990ㄴ), 「법률용어 문장 왜 이리 어려운가」, 『언론과 비평』 12.
박갑수 · 이주행 · 이석주(1990), 『신문기사의 문체』, 한국언론연구원.
박용순(1978), 『조선어문체론 연구』, 과학 · 백과사전출판사.
박종철(1985), 「문학과 언어학」, 『숭실어문』 2(숭실대 국어국문학회).
______(1986), 「월인석보의 문체적 특징」, 『숭실어문』 3.
______(1989), 「언어학과 시학 Ⅰ -미당의 「뻰디기」를 중심으로-」, 『이정정연찬선생회갑기념논총』.
성광수(1973), 「「춘향전」에 대한 문체론적 고찰 -완판본을 중심으로 한 생성론적 분석-」, 『국어학자료집』 4, 대제각.
성기옥(1980), 「한국시가의 율격체계 연구」, 서울대 석사학위논문.
소두영(1976), 「구조문체론의 방법—한용운의 「님의 침묵」 분석시론」, 『언어학』 1.

______(1977), 「이효석의 문체 연구 -「메밀꽃 필 무렵」의 구조 분석-」, 『숙대논문집』 17.
송기중(1985), 「문장구조」, 『현대 국어 문장의 실태 분석』.
송 민(1985), 「파생어형성 의존형태소 「-的」의 始原」. 『우운박병채박사환력기념논총』.
신현숙(1986), 『의미분석의 방법과 실제』, 한신문화사.
심재기(1975), 「내간체 문장에 관한 고찰」, 『동양학』 5.
______(1976), 「「영산홍」의 시문법적 구성 분석」, 『언어』 1-2.
______(1978), 「만해 한용운의 문체추이」, 『관악어문연구』 3.
______(1983), 「판소리 사설의 혼효문체적 특성」, 『백영정병욱선생환갑기념논총』, 신구문화사.
______(1986), 「화용론」, 『국어의미론』(최창렬, 심재기, 성광수 공저), 개문사.
______(1989), 「한자어 수용에 관한 통시적 연구」, 『국어학』 18, 국어학회.
______(1991), 「개화기의 교과서 문체에 대하여」, 『국어국문학』 107.
안병희(1968), 『국어 문장구조의 현대화에 대한 연구』, 문교부학술연구보고서.
______(1973), 「중세국어 연구자료의 성격에 대한 연구」, 어학연구 9-1.
여증동(1973), 「15세기 한국어 문체 연구」, 『경상대 논문집』.
윤석민(1989), 「국어의 텍스트 언어학적 연구 시론」, 『국어연구』 92.
이기문(1970), 『개화기의 국문 연구,』 일조각.
______(1978), 「국어의 인칭대명사」, 『관악어문연구』 3.
______(1983), 「소월시의 언어에 대하여」, 『백영정병욱선생환갑기념논총』.
______(1984), 「개화기의 국문 사용에 관한 연구」, 『한국문화』 5, 서울대 한국문화연구소.
이기문 외(1990), 『한국어의 발전방향』, 민음사.
이동희(1961), 「한국 현대소설의 특질 -특히 문체론적인 분석 시도-」, 『어문학』 7, 한국어문학회.
______(1970), 「작가의 의식구조와 문체특성 -춘원의 경우-」, 『안동교대논문집』 3.
______(1972), 「산문문체론고」, 『안동교대논문집』 5.
이사라(1987), 『시의 기호론적 연구』, 중앙경제사.
이산석(1966), 「개성에 따른 문장 특성 연구」, 『전주교대 논문집』 1.
이상신(1990), 『소설의 문체와 기호론』, 느티나무.
이석주(1990), 「기사 문장의 변천」, 『신문기사의 문체』.
이숭녕(1950), 「문체의 시대적 고찰」, 『문예』 2-2.
______(1966), 「15세기 문헌의 문체론적 고찰 -월인석보와 법화경언해의 비교에서-」, 『이병기박사송수논문집』.

이승명(1971),「동음어의 제상과 문체론적 기능에 대하여」,『어문논총』6.

이오덕(1989),『우리글 바로쓰기』, 한길사.

_____(1991),『우리글 바로쓰기』2, 한길사.

이유식(1970),「전후 소설의 문장 변천고」,『현대문학』16-7.

이원표(1989), *Referential choice in Korean discourse: Cognitive and social perspective*, Southern California대 박사학위논문.

이인모(1960),『이론과 실천, 문체론』, 이우출판사.

이인섭(1966),「김소월과 김광균의 시에 대한 문체론적 고찰」, 서울대 석사학위논문.

이재명(1974),「시문의 구문론적 연구」, 연세대 교육대학원 석사학위논문.

이태준(1948),『증정 문장강화』, 박문서관.

임성규(1989ㄱ),「현대국어의 강조법 연구」, 충남대 박사학위논문.

_____(1989ㄴ),「글말과 입말의 문체 분석」,『국어국문학』102.

장소원(1986ㄱ),「문법기술에 있어서의 문어체 연구」,『국어연구』72.

_____(1986ㄴ)「문법연구와 문어체」,『한국학보』12-2.

_____(1991ㄱ) *Coréen parlé et coréen écrit: description contrastive au niveau syntaxique*, 파리 제V대학 언어학박사학위논문.

_____(1991ㄴ)「서평: 강상호, 조선어 입말체연구」,『주시경학보』8, 탑출판사.

장진한(1990)「번역과 우리말」,『국어생활』21.

전광용(1971)「한국어 문장의 시대적 변모」,『월간문학』4-1.

전수태·최호철(1989)『남북한 언어비교』, 녹진.

전정구(1990)『김소월시의 언어시학적 특성 연구』, 신아.

정　국(1988)「외국어 투의 우리말과 글」,『국어생활』12.

정금철(1990)『한국 시의 기호학적 유형 연구』, 새문사.

정연규(1976)「한국 은유의 의미론적 고찰」,『응용언어학』8-2.

정한기(1987)「우리 현대문장의 형성과정고」,『한국언어문학』25, 한국언어문학회.

정한모(1959),『현대작가연구』, 범조사.

정한숙(1965),「한국 문장 변천에 대한 소고」,『고려대 60주년기념논문집』.

정효구(1985),「「빼앗긴 들에도 봄은 오는가」의 구조시학적 분석」,『관악어문연구』10.

정희자(1987), *A Study of the Function of Tense and Aspect in Korean Discourse*, Ball State대 박사학위논문.

_____(1989), "The Function of Tense and Aspect in Korean Narrative", *Harvard studies in Korean Linguistics Ⅲ*.

조병춘(1983),「문체와 문학」,『한국문학 문체론 · 작가작품론 연구』.
조연현(1966),「한국 소설문장 변천고」,『현대문학』12-5.
주신자(1980,) "The Referential Structure of a Korean Folktale: The Story of Shim Chung",『어학연구』16-2.
_____(1990), "The Relative Clause in Narrative Discourse",『어학연구』26-2.
최동주(1986),「시적 서술어의 문체론적 기능 연구」,『한국언어문학논총』, 호서문화사.
최응구(1978),『조선어 문체론』, 료녕인민출판사.
최 준(1958),「문장의 변천 -신문을 주로 한 하나의 자료-」,『신문예』2.
최창론(1973),『한국소설의 문체론적 연구』, 형설출판사.
최현무 편(1988),『한국문학과 기호학』, 문학과 비평사.
표성수(1971),「한글 성서 문체의 형성 및 변천과정에 관한 소고」, 고려대교육대학원 석사학위논문.
한미선(1986),「문체 분석의 구조주의적 연구」,『국어연구』74.
한영목(1986),「문장 대화어의 분석적 연구」,『목원대논문집』10.
황명옥(1983), "Topic Continuity/Discontinuity in Korean Written Discourse", *Korean Linguistics* 3, ICKL.
_____(1986), "Deixis in Discourse: The Choice of Demonstratives in Korean Written Discourse", *Korean Linguistics* 4.
황찬호(1988),「외국어식 구문」,『국어생활』14.
황희영(1974),「15세기 대화어체의 한 연구」,『문리대학보』38, 중앙대.
小西敏夫(1992),「「월인석보 제23 목련전」의 텍스트언어학적 분석」,『국어연구』107.
Lukoff, Fred(1978), "Ceremonial and Expressive Uses of the Styles of Address of Korean", 김진우 편,『한국언어학논문집』, Hornbeam Press.

김홍수, 국민대학교 국어국문학과, kihs@kookmin.ac.kr

이른바 개화기의 표기체 유형과 양상

김흥수

1

서론

이른바 개화기의 국어 음운·문법 현상은 후기 근대국어나 현대국어에 비해 한 시기로 설정될 만큼 뚜렷한 특징과 변화를 보인다고 하기 어렵다. 그런데 표기체나 문체, 어휘 면에서는 급진적이고 뚜렷한 변화와, 두드러진 다양성과 混態의 모습을 보임으로써, 개화기가 국어사의 하위 시기로 대두되고 아울러 그 시기의 위상과 특징도 부각되게 된다. 문체·어휘가 개화기 국어의 변화와 특징을 잘 드러낸 것은 이들이, 언어 외적 요인이 특히 강하게 적용했던 이 시기에 그 언어 외적 요인들(시대 사조, 필자의 의식, 국가 정책 등)을 직접 반영하고 또 그 요인들에 크게 영향을 받았기 때문이다. 그리고 이러한 개화기의 문체·어휘 양상은 오늘날 국어의 현실을 제대로 파악하고 선도해 나가는 데에도 유용한 참조가 될 것이다. 지금의 국어 문체와 표현 양상 또한 외래 문화나 분단 문제 외에 다중매체, 정보화 등 여러 외적 요인에 따라 급격한 다양화와 특성화, 간섭과 혼합 들을 보이고 있기 때문이다. 이에 이 글에서는 개화기의 국어 문체 전반을 염두에 두되 우선 개화기의 시대적 특징을 잘 반영하면서 문체의 형식적 틀로 작용하는 표기체의 문제를 살펴본다.

그동안 개화기의 표기체에 대한 논의는 적지 않아서 그 유형과 양상에 대해서도 대개는 파악되어 있는 셈이다. 그리고 논의의 축이 된 한문·한자 표기 여부와 정도의 일반 경향 외에 장르나 문헌에 따른 다양한 차이와 특징, 표면 표기체 현상과 문체 實狀 간의 대응 또는 편차 들도 어느 정도 밝혀지고 있다. 이제 이 글에서는 이러한 논의들(이기문 1984, 민현식 1994, 홍종선 1996, 2000, 김형철 1997 등)에 힘입고 필자 나름의 인식과 관찰을 보태어 개화기 표기체의 유형과 사용 양상, 표기체에 반영된 문체의 실상을 정리해 본다. 먼저 본 논의에 앞서 개화기 문체·표기체 전반에 대한 필자의 생각을 약술해 둔다.

국어사나 문체사에서 개화기는 흔히 갑오경장(1894) 무렵에서 일제 강점기가 시작되는 1910년경까지로 설정된다. 그런데 이미 1880년대에 어문·문체사 면에서 개화기의 특징을 보이면서 주목되는 일들이 나타나 그 시기가 다소 소급될 수 있고, 1910년대의 어문·문체 양상 또한 한동안은 개화기와 연속되는 측면이 있었다. 이 때의 문화 현상 전반에서 그랬듯 문체 면에서도 개화기는 과도적 변혁기의 성격을 띠었으며, 그 변화는 복합적이고 상충되며 급격했다. 이러한 과도적 갈등과 移行의 흐름은 전통 문체의 큰 세 갈래인 한문체·구결·이두문체, 언해체, 국문체가 외래 문화와 근대 사조의 충격과 영향 속에서 공존하면서 주체적·능동적으로 또는 모방적·수동적으로 개신, 변용, 변질되는 양상으로 나타났다. 즉 한문체에서 벗어나기 위해 시도된 현토식 국한문 혼용체는 한문투 직역 언해체에서 비롯된 것으로 점차 의역 언해체에 근사한 국한문체로[1] 자리 잡아 갔다. 서구적 근대 의식을 배경으로 한 언론·신문학 주도의 국문체는 의역 언해체나 전통 국문체를 바탕으로 새로운 어휘, 구문을 실험, 반영하고 구어체의 간결한 표현법을 살리면서 더 다양한 장르로 확대되었다.

개화기의 문체에는 거시적으로 여러 시대적·언어 외적 요인이 작용했다. 요약컨대 주체성과 근대화를 지향하는 국가의 어문 정책과 이에 대한 일본의 개입, 정치·사회적 담론의 多邊化와 개방, 자주·근대 의식과 신문물을 고취, 계몽, 전파하기 위한 신문·잡지 발간, 교과서 편찬, 번역서 간행 등 정부와 민간의 언론·교육·문필 활동, 국어·국자·국문 의식을 일깨우고 언문일치를 선도, 실천하기 위한 『독립신문』, 주시경, 지석영, 『少年』, 作文書 등의 언론·학술·창작 활동, 외국인들의 성서 번역, 사전 편찬, 국어 문법서 간행 등이었다.

문체의 구체적 양상, 그 다양한 전개에는 또 다른 요인들이 작용하기도 했다. 즉 필자의 어문 생활의 교육 배경과 의식, 주도 기관의 의도와 목적, 장르·텍스트 유형, 독자층의 성격 등도 주요 변수였다. 그래서 한문을 벗어나 국문을 살리려는 노력이 漢主國從, 國主

---

1 이하의 보통 문맥에서는 '국한문 혼용체', '국한자 혼용체'를 각각 '국한문체', '국한자체'로 줄여 일컫는다.

漢從, 순국문체에 이르기까지 다양하게 나타났고, 같은 필자의 글, 같은 신문·잡지 속의 글, 같은 公文이라도 의도, 장르, 독자의 차이에 따라 여러 다른 문체를 선택했다.

개화기 문헌 자료는 크게 논설·학술·역사·기행류, 신문, 잡지, 교과서, 성서를 비롯한 기독교 관련 자료, 문법서, 신·구소설·신시·가사 등 문학작품, 그리고 여러 장르에 걸치는 언해·번역류 들로 나누어진다. 이들의 문체를 표기체 면에서 대강 살피면, 논설·학술·역사·기행류는 주로 국한문 혼용, 신문·잡지·교과서, 번역물은 그 성격과 글의 장르에 따라 국한문 혼용, 국한자 혼용, 순국문 등으로, 기독교 자료, 문법서, 문학작품, 언해 등은 주로 순국문체로 쓰여졌다. 한문은 개인 문집이나 한문학 작품 외에는 일부 논설·학술·역사류, 초기 신문 등에서 사용되었고, 일본의 영향력이 커짐에 따라 국일문혼용체도 드물게 나타났다.

본론은 표기체 유형에 따라 국한문 혼용체, 국한자 혼용체, 순국문체, 구결문식 한문체 등의 차례로 논의한다.

2

표기체의 유형과 양상

2.1. 국한문 혼용체

前代로부터 이어져 이 시기에 공존한 여러 표기체 중에서도 현토식 또는 한문투 국한문 혼용체는 이 시기 특유의 과도적 문체로서, 새로운 시대적 의의를 띠고 상당한 비중의 역할을 담당했다. 이는 이두문을 국어 구조 쪽으로 좀 더 접근시키고 문법 요소를 한자 吏讀字 아닌 국문으로 표기했다 할 만한 것으로서, 전통적인 언해문보다 더 한문투여서 국문 지향의 흐름에 역행하는 듯 보이기도 한다. 그러나 언해문 아닌 창작문에 쓰이고, 전 같으면 한문으로 쓰여졌을 논설, 학술, 역사 등 격식있고 고급한 장르에 쓰였음을 주목할 일이다. 이로써 상위 장르를 중심으로 절대시되어 왔던 한문의 지위가 상대화되고, 지식인들의 글쓰기가 한문으로부터 단계적, 점진적으로 벗어날 수 있는, 한 계기가 마련되었을 것이다. 이러한 국한문체는 이미, 박영효의 수신사 기록인 『사화기략』(史和記略 1882), 미발표된 『漢城旬報』 창간사(1883), 『漢城周報』(1886), 정병하의 『農政緝要』(1886) 등에서도 쓰였다. 그러다 갑오경장의 일환으로 그 사용이 공식화되고 유길준의 『西遊見聞』(1895)이 간행된 일 등이 촉매가 되어 그 쓰임이 더욱 확대되었다. 즉 정부는 1895년 "法律勅令은 다 國文으로써 本을 삼고 漢譯을 附하며 或 國漢文을 混用홈"이라 하여 그 전 해에 한문으로 발표했던 내용을 국한문으로 다시 공포했는데, 이를 계기로 官報나 학부 편찬 교과서는 물론 많은 신문, 잡지, 교과서가 국한문체로 쓰여졌다. 또 유길준은 『서유견문』 서문에서 "俗語를 務用ᄒᆞ고 其意를 達ᄒᆞ기로 主ᄒᆞ니", "語意의 平順홈을 取ᄒᆞ야 文字를 略解ᄒᆞᄂᆞᆫ 者라도 易知ᄒᆞ기" 등으로 국한문 혼용체의 취지를 밝혔다. 이는 특히 보수적이고 신중한 지식인 필자들이 관념적인 사상, 추상적 정보를 대중에게 전달하고자 할 때에 큰 공감과 호응을 얻었으리라 여겨진다.

그런데 이 국한문 혼용체는 혼용이나 한문투의 정도 면에서 일률적이 아니어서, 분명히 가르기는 어려울지언정 두세 가지 단계나 유형으로 나누어 볼 수 있다. 그 첫째는 한문체를 국문투로 개신하는 과정에서 한문체가 유지되거나 잔존하는 경우로서, 한문 구문의 어순, 구절, 표현이 국한문체 속에 부분적으로 나타난다. 이는 구결문식 국한문체를 조금 벗어난 단계라 할 만하며, (1ㄱ)이 이에 해당한다. 둘째는 어순을 비롯한 기본 구문, 표현은 국어로 조정된 가운데 관용화될 수 있는 간단한 한문 구성, 표현이 나타나는 경우이다. (1ㄴ,ㄷ)이 그 예이다. 여기까지는 한문 구성이 일부 유지되고 국어는 문법 요소에 제한된다는 점에서 '현토식'이라 할 만한다. 폭넓게 사용될 때에 가능한 것으로 생각된다. 셋째 유형은 (1ㄹ)에서 보듯이 거의 국어 어절, 단어 단위로 분석, 표현되는 단계로서 한문투 표현은 간단한 관용적 어구에 제한된다. 이는 중세의 직역체 불경, 유교 경서의 언해체에 가까운데, 이때의 문법 요소는 현토라기보다 국어 문장의 일부인 것이다. 다만 국어 고유의 요소가 거의 문법 형태에 제한되는 만큼 현토 요소를 거의 그대로 반영한다는 점에서는 '현토식'이라는 표현을 써 볼 수 있을 것이다. 그리고 이런 맥락에서 셋째 경우에도 관용적·상투적 한문투 표현이 지나치게 선호되고 어절·단어의 표현법, 조어법이 한문식이기 때문에, 한문투가 절제되는 국한자 혼용체와 구별되는 것이다. 요약컨대 이들 국한문체는 한문에 의존하고 이끌린다는 점에서 漢主國從이라 할 만하다.

(1)[2] ㄱ. 降及于秦ᄒᆞ야 廢井開阡에 雖七國의 最雄ᄒᆞ나 焚書坑儒에 遽至二世而亡ᄒᆞ니 此ᄂᆞᆫ 四業을 均施치 못홈이라 漢興에 秦의 弊政을 厭ᄒᆞ야 使賈人으로 不得衣絲乘車ᄒᆞ고 詔開籍田ᄒᆞ며 更擧賢良ᄒᆞ야 (『皇城新聞』 1898.11.19 논설)

ㄴ. 물읏 農業之大義ᄂᆞᆫ 天地化育之理를 바다 人生必受之資를 供ᄒᆞᄂᆞᆫ 緊要라 엇지 疎忽이 홀 빅리요 大抵 寒暖之中和를 어더 土地가 肥沃ᄒᆞ며(『농정촬요』 上1)

ㄷ. 兵勇을 練習하며 器用이 便利하야 退守進攻에 必勝不敗라야 軍政이 可以無誤하깃고 理學氣學이며 化學光學等許多學術의 普通專門을 次第設始라야 敎育之効가 全國에 擴張하깃고 (『황성신문』 1899.2.20 논설)

ㄹ. 大抵 人이 世間에 處ᄒᆞᆫ則 其生活ᄒᆞ기에 三條大綱領이 有ᄒᆞ니 曰飮食과 衣服과 宮室이라 古를 仰ᄒᆞ며 今을 俯ᄒᆞ야 賢愚貴賤의 經營ᄒᆞᄂᆞᆫ 바와 周施ᄒᆞᄂᆞᆫ 者를 考察ᄒᆞ건ᄃᆡ 其是非와 曲直이 實狀은 此三條에 不脫ᄒᆞ나 然ᄒᆞ나 (『西遊見聞』, 生涯 求ᄒᆞᄂᆞᆫ 方道)

(1ㄱ)에서는 국어 구문이나 한자어와 더불어 한문의 動賓 어순, '而' 접속문, '使, 雖' 같은 구문·어휘 요소 등이 상당한 정도로 나타

2 띄어쓰기는 개화기에도 국한문체를 중심으로 쓰이지 않는 경향이 있으나, 제시 예문에서는 편의상 반영한다. 다만 개화기에는 국문체를 중심으로 띄어쓰기가 다양하게 쓰이기 시작해 점차 확대되는데, 이 같은 원문 표기의 세부적 차이는 제시 예문에서 구별되지 않는다.

났다. (ㄴ)에서는 한문의 '之' 구성, (ㄷ)에서도 한문의 '以', '之' 구성, '許多學術, 次苐設始' 같은 무리한 수식 구성, '兵勇, 器用' 같은 생경한 어구가 쓰이나 비교적 간단하고 관용의 개연성이 있는 표현에 나타났다. (ㄹ)에서는 한문투 표현이 더욱 정형화되면서 제한되어 주로 상투적 부사어 '大抵', 인용 동사 '曰', 지시어 '其, 此', 접속 요소 '則, 然' 등에 나타나나, 또한 한문식 한자어 '人, 古', '有ㅎ-, 仰ㅎ-' 등의 쓰임이 일반화되어 한문투를 벗어나지 못했다.

2.2. 국한자 혼용체

국한자 혼용체는 넓게는 한문과 한자를 포괄적으로 생각하여 국한문 혼용체에 넣기도 한다. 그러나 문장으로서의 한문과 표기 문자로서의 한자를 구별한다면, 한문 구문이나 어휘 요소를 억제하고 국어를 살리는 문장은 한문 구문·어휘가 문체의 일부가 되는 국한문체와 구별하여 국한자체라 할 수 있을 것이다. 이러한 차이 때문에 국어 문장이 한문에서 벗어나 자유로워진 오늘날, 국한문체는 거의 쓰이지 않지만 국한자체는 권위와 격식을 중시하는 장르나 한자의 표의성을 중시하는 보수적 필자층에서 쓰이고 있는 것이다. 그리고 바로 이러한 차이로 말미암아 국한자체는 국한문체의 한계를 넘어 國主漢從의 방식으로 진정한 국문체를 향한 질적 변화에 기여할 수 있었다. 개화기의 국한자체는 순국문체와 더불어 언문일치의 근대 국문체를 이끄는 한 축으로서, 한자 표기를 병행하는 방식으로 국문체를 모색, 실천하고자 한 산물이었다.[3]

그런데 당시의 국한자체는 대체로 언해투 문어체를 벗어나지 못하고 있었다. 한문투 억제와 국어 사용의 정도에 따라 국한문체에서 국한자체로 넘어가면서 진전되는 양상을 보였다. 또한 거의 한자어는 한자로 표기했는바, 평이한 구어체 문맥이나 대화체에서도 굳이 한자를 밝혀 적었다. 前代의 국한자 언해문(소학 언해류 등)에서 한자어를 한자로 표기하지 않은 예가 종종 나타남에 비추어, 이는 결벽이라 할 만큼 철저한 편이었다. 이러한 한자 표기 중시 경향은 고유어보다 한자어를 선호하는 표현 관습을 반영하는 것이기도 했다. 이러한 한문투의 간섭과 한자 표기 추구는 당시의 국한자체를 국한문체의 일환으로 생각하게 되는 데에도 주요 요인으로 작용했을 것이다. 요컨대 국한자체는 국한문체와 마찬가지로 한자어를 한자로 표기하는 반면 순국문체는 한자어도 철저히 한글로 표기하는 양극화의 구도 속에서, 국한자체는 그 영역을 분간하기 어려운 부분도 있고 그 입지도 넓지 못했다 하겠다.[4] 그런 가운데서도 국한자체는 평이한 내용, 구어체 어조의 글, 國字 專用에도 신중하지만 지나친 한문투도 경계하는 잡지, 교과서, 장르들을 중심으로 그 나름의 영역을 찾아 나갔다. 다음은 국한문체와의 境界面에서 서로 넘나들며 쓰이는 경우로부터 제한된 한자어만 한자로 표기하는 경우에 이르기까지 조금씩 달리 나타나는 국한자체의 예들이다.

---

3 이광수가 당시 한문투의 국한문체를 비판하고 국한문체의 새 방향을 제시했던 것은 바로 이러한 의미의 국한자체와 맥을 같이한다. 즉 그는 『황성신문』의 「今日 我韓 用文에 對ᄒᆞ야」(1910. 7)에서 "國文으로 쓰지 못ᄒᆞᆯ 것만 아직 漢文으로 쓰고 그 밧근 모다 國文으로 ᄒᆞ쟈"라고 주장한 데에 이어 『每日新報』의 「文學이란 何오」(1916. 11) 등에서도 "國漢文을 用하더라도 말하는 模樣으로 最히 平易하게 最히 日用語답게 할 것"을 강조했다.

4 특이하게 한 한자어에 한글과 한자 표기가 공존하는 경우도 있다. ("尙동 敎堂ᄂᆡ에

(2) ㄱ. 吾人이 決코 靈魂을 無視치 아니ᄒᆞᄂᆞ 쏘ᄒᆞᆫ 現生을 泛看치 아니ᄒᆞ노니 試問ᄒᆞ노라 身體ᄂᆞᆫ 極히 等閒케 ᄒᆞ고 靈魂만 僅히 快樂케 흠은 果然 何種의 奇癖인가 (『畿湖興學會 月報』1호: 30 1908.8)

ㄴ. 官立英語學校에서 昨年에 頒佈ᄒᆞᆫ 新學制를 依ᄒᆞ야 舊規ᄂᆞᆫ 一切 廢止ᄒᆞ고 新規則으로 一一施行ᄒᆞᄂᆞᆫ 故로 該校 五學年이 端縮ᄒᆞ야 三學年이 된 結果로 今年 春期에 五年, 四年, 三年生을 一幷 卒業ᄒᆞ기로 確定ᄒᆞ얏더니 (『萬歲報』1907.3.17 雜報)

ㄷ. 昨年에 法國 ᄒᆞ란스에서 이 公使를 緬甸에 派遣ᄒᆞ여 緬甸으로 더부러 密約 五條를 定ᄒᆞ니 다 英人의게 不利ᄒᆞᆫ지라 英人이 이를 듯고 大怒ᄒᆞ여 印度에 잇ᄂᆞᆫ 者가 印度 政府에 알게 ᄒᆞ니 印度 政府는 곳 英國의 둔 배라 (『漢城周報』1886.1.25)

ㄹ. 바람은 順이든 逆이든 快走駛行할 수 잇슴을 듯고 크게 깃거하야 이것을 본밧어 小艇 두어 隻을 디어 江물에도 띄워 보고 못물에도 띄워 보아 여긔 滋味를 엇은故로 하야 이 마음이 漸漸 다라서 終乃 海上에 雄飛할 壯志를 일희켯더라。(『少年』2호: 521908.12)

ㅁ. 무지개ᄂᆞᆫ 아참 或 져녁에 비가 개인 뒤에 ᄒᆡ와 相向處 구름

設ᄒᆞᆫ 國文夜학校에셔"(『大韓每日申報』1908. 5. 14)) 이 경우의 한글 표기는 문맥상 자명하거나 반복적으로 나타나는 한자 요소에 쓰였는데 독해에 시각적으로 지장을 주기는 하나, 한자 전용이나 한글 전용의 일반적 경향 속에서 국한자 혼용의 극치를 보인 예라 하겠다.

ᄉᆞ이에 쌧침ᄂᆞ이다。(『新訂 尋常小學』 一 7b 1896)

ㅂ. 房안이 캄캄ᄒᆞ야 아모것도 分辨ᄒᆞ기 極難ᄒᆞ고 ᄯᅩ 衛生에 ᄆᆡ오 맛당치 못ᄒᆞᆫ지라。그런 故로 門을 내고 窓을 열어 日光을 引導ᄒᆞ야 드리ᄂᆞ니라。(『國語讀本』 二 16 1906)

ㅅ. 글세, 野가 좃치마ᄂᆞᆫ 學校에 아니 가면 先生님 수중과 工夫ᄅᆞᆯ 엇지ᄒᆞ게, 我ᄂᆞᆫ 學校로 가겟소。(『初等小學』 五 3b 1906)

ㅇ. 그들은 헛된 名譽와 한ᄣᅢ 利害를 較計티 아니하고 自由를 恢復한다 하면 남모르게 골ㅅ속에 가서 둑난다 하야도 딜겨하야 손톱만한 일에도 新聞에 그 일홈이 오르기를 바라디 아니하얏스며, (『少年』 2호: 73)

ㅈ. 氣體란 것도 ᄯᅩ한 흘너 움닥이난 것인데 밧그로서 눌느난 것이 업스면 닥구 넓흐러디려 하난 性質이 잇고 이를 담으면 뎍으나 크나 그릇이 가득하야디난 것이니 空氣 香내 갓흔 것이 이오, (:18~19)

ㅊ. 아참에 일즉 이러나서 ᄒᆡ 돗ᄂᆞᆫ 景致ᄅᆞᆯ 보ᄂᆞᆫ 것보담 더 爽快ᄒᆞᆫ 일은 업ᄉᆞ오리이다。(『신정 심상소학』 一 4a)

ㅋ. 兄님 보시오 汽車가 烟氣ᄅᆞᆯ 내면셔 ᄲᆞᆯ니 가니 汽車ᄂᆞᆫ 大段히 긴 車이오。(『국어독본』 二 33)

ㅌ. 數日 뒤에 ᄯᅩ 當한 困厄에 比하면 어림도 업난 적은 고생이로대 나이 아즉 어리고 경란 못한 나는 요만하야도 몹시 겁을 삼켜서 산 갓흔 물ㅅ결이 배를 ᄯᅡ리는 대로 나를 할퀴려 오난 듯하게 생각되고 (『少年』 4호 : 23 1909. 2)

ㅍ. 이 册은 순국문으로 「썰니버 旅行記」의 上卷을 번역한 것

인데, 우리의 주머니에도 열아문 스무나문ㅅ식 집어너흘 만 한 알사람 사난 곳에 드러가 그 닌군의 사랑을 밧고 행세하던 이약이라 긔긔묘묘한 온갓 경력이 만소。(同 광고)

(2ㄱ)은 한문투의 직접 수용이 다소 완화된 국한문체로서, 한문 어구는 '何種'같이 관용화될 만한 간단한 표현 정도에 나타났다. 심한 한문투 문어체이기는 하되 국어 구문과 조어에 적응하고 있다는 점에서 국한자체로서의 가능성을 보인다. (ㄴ)은 한문투 표현이 국어 문어체 요소로 활용, 해석되기 시작한 단계로서, 한문투 문어체의 국한자체라 할 만하다. '~-ㄴ故로'는 언해에서 비롯된 문어체 요소로 쉽게 수용되나 '該校, 春期' 등 어휘 요소는 다소 생경하게 느껴진다. (ㄷ)은 전통 언해체 비슷하게 한문 언해투('~의 둔 바')가 국어 문어체 요소로 용해된 단계로서, 언해투 표현이 생경하지는 않으나 국어 표현에 소극적인 편이다. (ㄹ)은 국어 표현에 적극적이면서도 또한 한문투('快走駛行'), 언해투('-ㄴ故로 하야') 표현이 부분적으로 나타나는 단계이다. (ㅁ)은 평이한 설명의 구어체에 한문투 표현이 끼어든 경우, (ㅂ)은 역시 평이한 설명이 언해투 문어체로 표현된 경우이다. (ㅅ)은 대화문에 한문 요소('野, 我')가 나타나는 작위적 발화의 예이다.[5] (ㅇ)은 국어 표현과 한자 표현이 균형있게

5 이 예가 나타나는 『초등소학』의 「卷二」에서는 지문에도 이 같은 한자 표기가 나타난다. ("手로는 물건을 잡으며 足으로는 걸어다니오。"(:25)) 국문 독해 외에 기초 한자 점검도 고려한 조치로 생각되기는 하나, 한자어로 쓰일 수 없는 한자를 국어 문장 표현에 사용한 것은 당시 국문과 한자에 대한 의식의 미분화와 혼선을 드러낸다 하겠다.

공존하는 단계로서, 각각 구체적 표현, 개념·추상적 표현에 주로 쓰였다. (ㅈ)은 구어적 어조로 구체적 내용을 설명한 경우로서, 국어 표현이 한자 표현보다 우세하게 나타났다. (ㅊ)은 일상적 내용의 구어체 표현에 한자가 표기된 예, (ㅋ)은 대화문에 한자가 표기된 예, (ㅌ)은 한자어의 한자 표기가 부분적으로 억제된 예('고생, 경란, 겁, 산'),[6] (ㅍ)은 강조할 한자어만 한자로 표기한 예이다.

국한자체는 국한문체에 비해 한문에 익숙지 못한 필자나 독자를 위해 제안, 사용되었다. 그래서 한문은 물론 한자에도 소양이 부족한 초학자나 대중을 위한 교과서, 신문에서는 독해의 편의와 효율을 위한 배려로 한자에 독음을 작은 활자로 부기하기도 했다. 한자 주음 부기는 국한문체에도 보이는데, 이 또한 한자에 대한 소양이 부족한 독자라도 나름대로 국한문체의 글을 이해할 수 있도록 돕는 조치였다. 특이하게 『萬歲報』(1906)의 신소설을 비롯한 여러 欄, 유길준의 『勞動夜學讀本』(1908) 등에서는 한자 독음 부기 외에 훈을 부기하는 훈독 표기를 활용하여 한자와 국어 문장의 독해에 도움이 되도록 했다.[7] 한자 음·훈 표시의 소활자 표기는 국어의 음독, 훈독

---

6 『유년필독』은 한자어를 선호한 언해투 문어체이면서도 한자어('위엄, 진동, 정병')를 한글로 표기하기도 했다. ("위엄이 世上(세상)에, 진동ᄒᆞ야, 사ᄅᆞᆷ마다, 무셔워ᄒᆞ고 手下(슈하)에, 정병이 數萬名(슈만명)이오이다" (二 9~10)) 아동, 대중을 위한 계몽적 내용의 교과서인 점에 비추어 음·훈 부기와 같이 한자에 대한 부담을 덜어 주기 위한 조치로 생각된다.

7 이능화는 『大韓自强會月報』(6호 1906. 12)에 발표한 「國文 一定法 意見書」에서 당시 사용되던 문체를 순한문('唯人最貴'), 순국문('오직 ᄉᆞ람이 가장 귀ᄒᆞ니'), 國漢交用('唯人이 最貴ᄒᆞ니'), 漢文側附書諺文('唯人(오직ᄉᆞ람)이 最貴(가장 귀)ᄒᆞ니') 등으로 나누고, 그 또한 타협적 표준안으로 넷째의 음·훈 부기 방식을 제안했다. 비실용적이기는 하나 식자층의 한문투 문어체와 민

전통을 배경으로 일본의 표기 방식에 영향을 받은 것으로서, 신문의 경우 초기 『만세보』에서 일시 쓰인 후 『每日新報』(1928~1930)에서 한동안 쓰였다. 다음은 이상의 예들이다.

(3) ㄱ. ᄯᅩ 近時로 言ᄒᆞ면 禍亂이, 더욱 層生疊出ᄒᆞ얏스니(幼年必讀 四 15 1907)

ㄴ. 萬歲報라 名稱ᄒᆞᆫ 新聞은 何를 爲ᄒᆞ야 作ᄒᆞᆷ이뇨(만세보 1호 사설)

ㄷ. 갈팡질팡ᄒᆞᄂᆞᆫ 一婦人이 年히 三十이 되락말락ᄒᆞ고 얼골은 粉을 ᄡᅡ고넌듯이, 흰 얼골이ᄂᆞ, 人情 업시 쓰겁게, ᄂᆞ리ᄶᅩ히ᄂᆞᆫ 秋볏에 얼골이, 익어셔, (同 23호 「血의 涙」)

ㄹ. 「비에로스돗구」에셔 格鬪及掠奪이 愈甚ᄒᆞ야 戒嚴ᄒᆞᄂᆞᆫ 令을 行ᄒᆞᄂᆞᆫᄃᆡ (同 2호 외보)

ㅁ. 日本이 淸露兩國과 大戰爭이 起ᄒᆞ얏스니 我韓國民된 者ㅣ, 엇지 其苦心을 不知ᄒᆞ오릿가 (유년필독 四 38)

ㅂ. 사람의 직업은 其命과 한가지라, 남이 奪지 못ᄒᆞ며 나도 息지 못ᄒᆞ나니 그러ᄒᆞᆫ고로 직업 無는 사람은 목심이 잇셔도 生涯가 업심인즉 生는 功效가 업다 ᄒᆞᆯ지오녀 (노동야학독본 7~8)

(3ㄱ)의 한문투 문어체에서 독음 부기가 주이면서 드물게 훈독

중·아녀자층의 국문 구어체 간의 괴리를 해소하고 서로를 포괄하려는 노력이었다 하겠다.

부기가 쓰였고, (ㄴ)의 국한문체에서는 일관되게 독음 부기가 쓰였다. (ㄷ)의 초기 신소설에서는 간혹 쓰인 한자 표현에 음·훈 부기가 두루 쓰였는데 훈독 부기의 경우 본래의 한자 표현 아닌 훈독으로 읽어야 국어 표현으로 성립되었다. (ㄹ,ㅁ)의 국한문체에서 훈독 부기는 한자의 훈 표시 외에 단어 대치('싸홈, 노략'), 뜻풀이 및 국어 구문 표현('아지 못-')에도 쓰였다. 특히 (ㅂ)에서는 용언 훈독 어형의 어미가 본래 한자 요소에 연결되어 훈독으로 읽어야 정상의 국어 문장이 되었다.

2.3. 순국문체

순국문체(한글체)는 前代의 전통을 이어 언해, 언간, 소설, 가사 등에서 쓰이는 한편 새롭게 등장한 매체인 신문, 잡지, 그리고 초등 교과서류로 그 쓰임이 확대되었다. 비문학 창작문 출판물의 예를 들건대, 대중 독자층을 폭넓게 확보하고자 한, 헐버트의 지리서 『스민필지』(士民必知 1889), 지석영의 의학서 『신학신설』(1891), 『독립신문』(1896), 『그리스도 신문』(1897), 『협셩회 회보』 및 그 후신 『미일신문』(1898), 『뎨국신문』(1898), 여성을 대상으로 한 『녀즈초학』(1894), 『가뎡잡지』(1906), 『녀즈독본』(1908), 아동을 주 대상으로 한, 『樵牧必知』(1909), 주시경의 『국문초학』(1909), 『蒙學必讀』 등이 있었다. 이들에는 전 시기 같으면 국문체를 피했을 논설, 사상, 학술적 내용도 다수 포함되어 국문체의 위상을 높여 가는 계기가 되었다. 이 같은 분위기에서 국한문체였던 『大韓每日新報』(1904)는 독자의 확대를 위해 1907년 5월부터 국문판 『대한미일신보』를 내기도 했다. 이러한 국문체의 확대에는 근대적 민주 의식과 외세에 대한 자주 의식의 성장, 대중 독자층의 浮上 등이 배경이 되었다. 특기하자면, 정부는 1894년 11월의 칙령에서 '法律勅令 總以國文爲本'이라 하여 국문 사용의 명분을 공식화하고, 같은 해 12월(음력) 고종이 선포한 바 「洪範十四條」를 포함한 독립의 「誓告文」은 국문, 한문, 국한문의 세 가지로 작성했다. 『독립신문』 창간호 사설에서는 "모도 언문으로 쓰기는 남녀 상하귀천이 모도 보게홈이요 …… 이글이 죠션글이니 죠션 인민 들이 알어셔 빅ᄉᆞ을 한문ᄃᆡ신 국문으로 써야 상하 귀천이 모도보고 알어보기가 쉬흘터이라" 하여 국문 사용을 민주·자주 의식 고취와 실천의 주요 방책으로 삼았으며, 『ᄉᆞ민필지』 서문, 지석영이 『大朝鮮獨立協會會報』 1호(1896.11)에 쓴 「국문론」, 신채호가 『대한매일신보』(1908.3)에 쓴 「國漢文의 輕重」 등에도 비슷한 취지의 주장이 피력되었다.

국문체에 대한 새로운 자각과 모색은 한글 전용 표기와 아울러, 한문투나 한자어를 억제하는 대신 국어 구문이나 고유어를 살리려는 노력으로 이어졌다. 그러나 당시의 국문체 문장은 아직 언해투 문어체에 가까웠던 만큼 한자어 표현이 많았기 때문에 국문만으로는 의미 독해에 어려운 점이 있었다. 국문 지향의 명분 속에서도 국한문·국한자 혼용체가 필요성을 인정받고 지속된 데에는 표기와 의미 간의 간격이 크게 작용했다. 이런 사정과 관련되어, 『서유견문』 서문에서도 '我文 純用'의 난점이 지적되었고, 정부 칙령에서 국문을 기본으로 삼는다 했으면서도 이후의 관보에서는 국한문체가 쓰였다. 또 「국문론」에서는 국문만으로는 동음이의어의 의미를 분간하기 어려움이 지적되었으며, 이광수는 『太極學報』 21호(1908.5)의 「國文과 漢文의 過渡時代」에서는 국문 전용을 주장했으나 『황성신문』(1910.7)의 「今日 我韓 用文에 對ᄒᆞ야」 이후 구어체의 국한문체에 대해 논의했다. 국문 전용의 난점이 거론되는 가운데 의미 독해와 한자 이해를 위한 한자 부기, 병기도 나타났다. 이는 『월인천강지곡』의 방식에 흡사한 것으로, 장지연의 『녀ᄌᆞ독본』에서는 부기 방식이, 『초목필지』에서는 같은 크기 활자의 병기 방식이 쓰였고, 『ᄆᆡ일신문』, 『뎨국신문』, 『태극학보』에서는 괄호에 한자를 병기하는 방식도 쓰였다.[8] 다음은 국문체의 여러 가지 예들이다.

(4) ㄱ. 구라파졔국이 모다 화ᄅᆞᆯ 닙고 그 형셰 난호여 웅거ᄒᆞ엿더니 그후의 영국과 법국이 셔로 빠혼 지 ᄇᆡᆨ년에 밋ᄎᆞᆫ지라 이러므로 로심쵸ᄉᆞᄒᆞ야 비로쇼 큰ᄇᆡ와 대포ᄅᆞᆯ 지어 풍랑의 험ᄒᆞ믈 가바야이 너겨 직히고 빠홈ᄒᆞᄂᆞᆫ 방략을 쥰비ᄒᆞ더니 (『易言언해』 一 1b~2a 1883)

ㄴ. 두 사람이 하느님의 압페셔 올운 쟈라 쥬의 게명과 네를 좃차 ᄒᆡᆼᄒᆞ여 흠이 업스되 다못 아들이 업스문 이니사ᄇᆡᆨ이 잉ᄐᆡ 못ᄒᆞ고 두 사람의 나이 ᄯᅩ한 늘그미라 마즘 사카랴 그 반녈을 의지ᄒᆞ여 제사의 직분을 하느님의 압페 ᄒᆡᆼᄒᆞ고 제사의 규례를 좃차 제비를 어더 쥬의 뎐에 들어가 분향ᄒᆞ니

8 괄호에 한자를 병기하는 방식은 쓰임이 매우 절제되어 있어서 주로 난해한 한자, 한문어구나 핵심어 등에 쓰였다. 특이하게 『만세보』의 신소설에는 "밧삭마른(大蝦)식우, (鴻濛天地)홍몽천지"(『鬼의聲』 1907. 3. 14)같이 표기된 예가 보인다.

(『예수셩교 누가복음젼서』 데일장 1882)

ㄷ. 이다리 국왕 안베르도 졔일셰가 일즉 인자ᄒᆞᆫ 일흠이 잇셔 내외신민이 다 어진 인군이라 칭ᄒᆞ더니 작년에 그 나라 례브르란 고을에 호열ᄌᆞ라 ᄒᆞᄂᆞᆫ 병이 젼염ᄒᆞ여 ᄇᆡᆨ셩 죽는 지 심히 만은지라 국왕이 그 고을에 친림ᄒᆞ야 그 질고를 위문ᄒᆞ엿더니 (『한성주보』 1886. 1. 25)

ㄹ. 글시 보고 야간 무탈ᄒᆞᆫ 일 든〻ᄒᆞ고 예ᄂᆞᆫ 셩후 문안 만안ᄒᆞ오시고 동궁 제졀 태평ᄒᆞ시니 츅슈〻ᄒᆞ며 나ᄂᆞᆫ 시방도 씨슷지 아니ᄒᆞ니 답〻 괴롭다 (『明成王后』 언간, 고종代)

ㅁ. 오젼 경과 여젼ᄒᆞ다. 졈심 후에 주스당과 갓치 양지젼의 가셔 양지 다셧 더즌 ᄉᆞ다. (오각) 오후 오시의 주스당으로 더부러 가 목욕ᄒᆞ고 반졈에셔 져녁 먹다. (『윤치호 일기』 1887. 11. 23)

ㅂ. 일긔를 의론컨대 ᄆᆡ우 고로르고 ᄒᆞᆼ샹 구름이 만하 ᄒᆡ를 자조 ᄀᆞ리우고 적은비가 자즈며 (『ᄉᆞ민필지』)

ㅅ. ᄒᆞᆫ 샹젼만 잘 셤긴다고 그다음 샹젼을 잘못 셤기면 잘못 셤긴 샹젼이 반ᄃᆞ시 죄를 주ᄂᆞ니 그런 고로 님군을 잘못 셤기면 님군이 죄를 주실터이요 ᄇᆡᆨ셩을 잘못 셤기면 ᄇᆡᆨ셩이 죄를 주되 그형률인즉 졍부에셔 쓰ᄂᆞᆫ 형률보다 더 혹독ᄒᆞᆫ지라 엇지 삼가ᄒᆞ지 아니 ᄒᆞ리요 (『독닙신문』 1896. 4. 16)

ㅇ. 병을 다ᄉᆞ리는 근본은 음식 의복 거쳐를 졍ᄒᆞ게ᄒᆞ고 몸에 맛도록 ᄒᆞ며 졍ᄒᆞᆫ 공긔와 조흔 물을 마시며 자고 ᄭᆡ며 일ᄒᆞ고 쉬기를 뎍당ᄒᆞ게 ᄒᆞ며 뎨일 욕심을 바리고 마ᄋᆞᆷ을 편안

이ᄒᆞ여 병 날일이 업도록ᄒᆞ면 평ᄉᆡᆼ을 지내여도 병의 근심을 보지안이ᄒᆞᆯ지라 (『가뎡잡지』 3호 : 19 1906. 8)

ㅈ. 대뎌, 인ᄉᆡᆼ, 이라, ᄒᆞᄂᆞᆫ 거ᄉᆞᆫ, 남녀, 두셩픔이, 합ᄒᆞ여, 된거ᄉᆞ로, 쟝ᄅᆡ의 샤회문명을, 기ᄃᆞ려, ᄇᆞ라ᄂᆞᆫ, 것이니, 넷사ᄅᆞᆷ이, 말ᄒᆞᄃᆡ, 문명이라, ᄒᆞᄂᆞᆫ, 거ᄉᆞᆫ, 음ᄌᆞᆨ이고, 고요ᄒᆞᆫ, 두가지힘이, 합ᄒᆞ여, 고로럽게, 된거슬, 닐ᄋᆞᆷ이라ᄒᆞ니, (『태극학보』 1호: 38 1906. 8)

ㅊ. 종로에셔 뎐동으로 올나가면 안동네거리가 잇고 네거리에셔 대안동으로 올나가면 즁앙총부가 잇슴니다 (『몽학필독』 — 85)

ㅋ. 일쳥젼장의 춍쇼리ᄂᆞᆫ 평양일경이 ᄯᅥᄂᆞ가ᄂᆞᆫ듯ᄒᆞ더니 그 춍쇼리가 긋치ᄆᆡ 사ᄅᆞᆷ의 ᄌᆞ취ᄂᆞᆫ ᄭᅳᆫ너지고 샨과들에 비린 ᄯᅴᄭᅳᆯᄲᅮᆫ이라

평양셩외모란봉에 ᄯᅥ러지ᄂᆞᆫ 져녁볏은 누엿〻〻 너머가ᄂᆞᆫᄃᆡ 져 ᄒᆡ빗을 붓드러ᄆᆡ고시푼 마ᄋᆞᆷ에 붓드러ᄆᆡ지ᄂᆞᆫ 못ᄒᆞ고 숨이 턱에 단드시 갈팡질ᄑᆞᆼᄒᆞᄂᆞᆫ ᄒᆞᆫ 부인이 나히 삼십이 되락말락ᄒᆞ고 (『혈의루』 1)

ㅌ. 녀ᄌᆞ는 나라 ᄇᆡᆨ셩(百姓)된 쟈의 어머니될 사ᄅᆞᆷ이라 녀ᄌᆞ의 교육(教育)이 발달(發達)된 후에 그 ᄌᆞ녀로 ᄒᆞ여곰 착ᄒᆞᆫ 사ᄅᆞᆷ을 일울지라 그런고로 녀ᄌᆞ를 ᄀᆞᄅᆞ침이 곳 가뎡(家庭)교육을 발달ᄒᆞ야 국민(國民)의 지식(智識)을 인도(引導)ᄒᆞᄂᆞᆫ 모범(模範)이 되ᄂᆞ니라 (『녀ᄌᆞ독본』 상 1~2)

ㅍ. 아바지ᄂᆞᆫ ᄒᆞᆫ집의 하ᄂᆞᆯ이오 어마이ᄂᆞᆫ ᄒᆞᆫ집의 ᄯᅡ이니 텬지(天地) 아니면 엇지 써 만물(萬物)을 ᄂᆡ며 부모(父母) 아니면 엇지 써 나의 몸

이 잇스리오 (『초목필지』 上 1)

ㅎ. 또 근일에 구쥬 각국에 비록 젼졔졍치(專制政治)라도 샹하의원(上下議院)을 셜치ᄒᆞ와 써 국시(國是)를 뭇ᄌᆞ오며 말 길을 널니 여오니 (『ᄆᆡ일신문』 1898. 7. 5)

(4ㄱ)은 서양 문물을 소개한 중국 한문書의 언해, (ㄴ)은 성서 번역, (ㄷ)은 기사문으로서, 구문이나 長文性은 전통 언해체의 문어체적 측면을 보이되 어휘는 전통성의 기반 위에 구어체를 살리면서 외래어, 신어를 다수 반영했다. (ㄹ)의 언간은 전통 언간 형식과 표현법을 따르고 있는데, (ㅁ)의 일기는 요점식의 짧은 문장, 절대 시제형, 구어적 표현 등으로써 실용문의 특징을 보인다. 서양인에 의한 (ㅂ), 신문 논설인 (ㅅ), 순국문 잡지에 주시경이 쓴 설명문 (ㅇ) 등은 전통 문어체의 구문과 호흡에서 크게 벗어나지 못하면서도 고유어와 구어적 표현을 常用하고 있다. (ㅈ)은 국한문체가 主인 잡지의 논설문으로서 문어체의 구문과 어조가 두드러진 반면, 초등 교과서인 (ㅊ)은 실제의 구어를 반영한다. (ㅋ)의 신소설에서는 고대소설의 구문, 표현법, 장문성이 적잖이 남아 있는 가운데 고유어, 신어, 구어적 표현이 더욱 활발해지고 있다. (ㅌ)은 한자 부기, (ㅍ)은 병기, (ㅎ)은 괄호 속 병기의 예이다.

이상의 문자 표기체 양상과 그 국어 문체 양상의 관련을 보면, 대체로 국한문체, 국한자체, 순국문체 순으로 한문투가 가시면서 국어 표현을 살리는 경향을 보인다. 그러나 반드시 그런 것은 아니어서, (2ㅅ~ㅍ)의 국한자체는 (4ㄱ~ㄷ)의 순국문체보다 덜 문어적이거나 고유어를 선호하는 면이 있다.

2.4. 구결문식 한문체

국어 문장의 표기체라 할 수는 없지만 한문이나 이두문과 구별되는 것으로, 한문에 국문으로 현토한 듯한 방식도 종종 쓰였다. 이는 구결문과 흡사하고 국문 요소를 포함한다는 점에서 구결문식 한문체라 할 수 있는데, 한문체에서 국한문체로 바뀌는 과정에서 잠정적으로 나타난 표기체라 하겠다. 한문체가 선호되는 격식 있는 글의 경우, 순한문 독해에 능숙하지 못한 독자들을 위해 언해 과정이나 한문 학습에서 쓰였던 구결문 방식을 채용함으로써 독해의 편의를 도모했을 것이다. 이는 국한문체의 진전과 맥이 닿아 있는 만큼 현토가 좀 더 분석적으로 이루어지기도 하고 국한문체의 형성, 전개 과정 속에 나타나기도 했다.

(5) ㄱ. 客이 有問於主人曰 子之讀新刊文字라가 必於同胞之說에 默然不語者ᄂᆞᆫ 何也오 (『황성신문』 1899. 1. 25 논설)

ㄴ. 天無二天ᄒᆞ고 道無二道ᄒᆞ니 今天之日月星辰이 即古之天이라 (『天道教月報』 1호: 8 1910. 8)

ㄷ. 抑或形式上으로 腐敗ᄅᆞᆯ 攻擊ᄒᆞ되 實地情衷은 徒藉美名ᄒᆞ고 終無事行之可能結局者ᄅᆞᆯ 是云歟아 於此三者에 有一焉이면 其已强者도 必衰弱乃已어늘 況如今萎微懦弱之吾人이 奚暇에 有自强之希望哉아 (『大韓自强會月報』 1호: 1 1906. 7)

ㄹ. 哀哉라 無國之民이여 後世讀史者도 慷慨의 淚를 難禁ᄒᆞ려던

而況, 身親當之者呼아 (『伊太利建國三傑傳』 5)

(5 ㄱ, ㄴ)은 구결문과 다름없고 이러한 구결문식 문체는 글 전체에 걸쳐 거의 일관되게 쓰였다. 그런데 (ㄷ,ㄹ)에서는 구결문식 문체가 主이면서도 문맥에 따라 부분적으로 국어 구조에 가까운 현토가 이루어졌다.

한편 이두문은 전대에 이어 공문서에서 쓰였다. 주로 한문으로 쓰이던 啓目에도 '亦爲白有臥乎所' 같은 용법이 보이며 手標에도 '段, 是置, 爲去乎' 등이 쓰였다. 1894년 칙령 이후 공문서에 국한문, 국문이 쓰이게 된 뒤에도 告示, 狀啓 등에 '是遣, 向事' 등의 용법이 나타났다. 이 당시의 공문서에는 한문, 이두, 국한문, 국문체가 다 쓰인 셈인데, 갑오경장 이후 공문서를 대표하는 관보에서는 점차 국한문체가 일반화되었다.

3

맺는 말

이른바 개화기에 나타나는 문체의 다양성과 복합성은 오랫동안의 언문불일치에서 벗어나 언문일치를 지향해 힘쓰고 실천해 가는 궤적을 보여준다. 여기에는 혼란에 가까운 혼태, 한문투에 매이는 한계, 현토식 국한문체 같은 작위, 일본어 표기체의 영향 같은 외래 요소 등 문제들도 있었지만, 이런 과정은 근대적 구어체 쪽으로 이행, 발달해 가는 데에 밑거름이자 디딤돌이 되었다. 오늘날에도 국어 문체는 다중·영상 매체와 전자 통신, 매체나 텍스트 유형의 분화와 통합, 포스트모더니즘과 하이퍼텍스트, 세대와 이념 차이 등으로 심한 다양성과 혼태를 보이고 있다. 이런 때에 개화기 국어 문체의 전개와 갈등 과정은 현재를 타개하고 미래를 가늠하는 데에 교훈을 줄 것이다. 다음에 주요 내용을 요약해 둔다.

현토식 또는 한문투 국한문 혼용체는 이 시기 특유의 과도적 문체로서 漢主國從이라 하겠다. 혼용이나 한문투의 정도 면에서, 한문 구문이 부분적으로 나타나는 경우, 간단한 한문 구성·표현이 나타나는 경우, 한문투 표현은 간단한 관용적 어구에 제한되는 경우 등으로 나누어 볼 수 있다.

국한자 혼용체는 國主漢從의 방식으로, 대체로 언해투 문어체를 벗어나지 못하고 한자어의 한자 표기를 선호하되 국한문체에 가까운 경우부터 제한된 한자어만 한자로 표기하는 경우에 이르기까지 다양하게 나타났다. 한자 독음 부기가 사용되었고 특이하게 훈독 부기도 쓰였다.

순국문체는 국어 구문이나 고유어를 살리려는 노력으로 이어지면서도 아직 언해투 문어체에 가까운 경우가 많아서 한자 부기나 병기도 쓰였다. 즉 장르나 문헌에 따라 국한자체가 순국문체보다 덜 문어적인 경우도 있었다.

구결문식 한문체는 한문체에서 국한문체로 바뀌는 과정에서 잠정적으로 나타났다.

〈참고 문헌〉

국립국어연구원 편(1999), 『국어의 시대별 변천 연구4-개화기 국어-』, 국립국어연구원.

김형철(1997), 『개화기 국어연구』, 경남대 출판부.

민현식(1994), 「개화기 국어 문체 연구」, 『국어국문학』 111, 국어국문학회.

심재기(1992), 「개화기 문체 양상에 관한 연구」, 『한국문화』 13, 서울대 한국문화연구소.

이기문(1984), 「개화기의 국문 사용에 관한 연구」, 『한국문화』 5, 서울대 한국문화연구소.

장은하(2000), 「개화기 시대 이후 문장의 문체 변화」, 홍종선 외, 『현대국어의 형성과 변천』 3, 박이정.

조규태(1991), 「서유견문의 문체」, 『들메서재극박사 환갑기념논문집』, 계명대출판부.

홍종선(1996), 「개화기 시대 문장의 문체 연구」, 『국어국문학』 117, 국어국문학회.

______(2000), 「현대 국어 문체의 발달」, 홍종선 외, 『현대국어의 형성과 변천』 3, 박이정.

김흥수, 국민대학교 국어국문학과, kihs@kookmin.ac.kr

소설의 방언에 대하여

김홍수

1

서언: 현실모사 언어로서의 방언

문학작품의 의미와 가치를 밝히고 평가하는 데 있어서 언어의 양상과 현실인식 및 模寫[1]의 양상은 문학작품의 여러 양상들 중에서도 가장 보편적이고 기본적인 것이라고 할 수 있다. 그래서인지 이들 문제는 전통적 문학 논의나 현대 문학연구와 비평에서, 각각 修辭, 형식, 미학, 구조, 기법, 그리고 모사, 현실성, 사회, 역사, 이념 등의 논의들과 관련되면서 두 큰 흐름을 이루어 왔다. 이들은 다 문학예술의 본질적인 측면으로서 어느 작가·작품, 어떤 문학관이나 이념에서든 아울러 중요성을 가질 수 있고, 그런 만큼 둘의 관련을 찾고 두 접근법 간에 대화를 갖는 일은 긴요하다 하겠다.

그런데 실제 논의에서 둘은 제각기 또는 피상적인 관련 속에서

1 여기서 '모사'란 리얼리즘 예술의 현실 접근과 추구의 노력을 포괄하는 것으로 '미메시스'란 술어를 두고 '모방'이나 '재현' 대신 써 본 것이다.

다루어지거나, 문학관·세계관의 차이에 따라서는 대립적으로 인식될 수 있는 것처럼 파악되기도 했다. 언어 문제를 이념에 종속시키거나 현실성을 떠나 언어의 독자성을 찾는 것, 어떤 작품은 언어 문제, 어떤 작가는 현실 문제 하는 식으로 논점을 고정시키는 것은 극단적인 예라 하겠다. 그러나 이 두 측면은 예술성과 이념 또는 형식과 내용의 관계가 그렇듯 필연적으로 긴장과 통일의 관계에 놓일 수밖에 없으며, 따라서 문체론의 한 목표가 형식과 의미의 대응관계를 밝히는 데 있듯, 언어와 현실성의 문제를 일관된 시각에서 관련짓고 통합적으로 추구하는 것은 작가와 작품을 보는 유용한 한 관점이 될 수 있다. 언어나 문체가 현실인식의 시각·수준·내용 들을 어떻게 반영하고 있는지, 현실을 충실하게 그리고 현실성을 정확하게 붙잡아 효과적으로 드러내는 데 어떤 언어나 문체가 적합한지 하는 문제들은 리얼리즘 작가나 비평가들에게 있어서는 중요한 관심거리였던 것이다. 이에 비하면 문학언어의 일반 이론이란 면에서 현실모사의 기능과 원리를 찾으려는 노력은 미약했다고 볼 수 있는데, 이러한 경향은 문학에서의 언어 논의가 거의 현실[2]에 대해 가치중립적이고 비관여적인 문학내적 논리를 추구하는 입장에 속한다고 볼 때 자연스러운 일이다.

2 이때 '현실'은 형상화 이전의 비언어적 실재로서, 가령 루카치의 '객관적 현실의 합법칙성', '매개된 사회현실의 연관성'이나 레이몽 윌리엄스의 "개인은 사회적 제관계를 매개로 하여 근본적으로 사회적 차원 속에서 그려진다"에서 문제되는 시대현실을 뜻한다(두 이론가의 말은 여균동 편역(1982). 『리얼리즘의 歷史와 理論』(한밭출판사) p.159, 180에서 재인용).

그러나 현실모사의 정신과 방법이란 면에서 언어의 문학성과 전달력을 논하는 일은 문학과 언어학의 관련을 모색하는 일이 그렇듯 아직 당위일 뿐 충분한 논의 기반을 확보하고 있지 못하다. 현실모사의 언어가 지녀야 될 일반적 속성이나 현실모사에 효과적인 언어 자산에 대해서도 뚜렷한 논거가 밝혀진 것은 아니지만[3] 특히 그 운용의 실제에 있어서는 모사대상과 표현 간의 대응 또는 일치, 현실과 문학적 진실의 관계, 모사의 수준과 기법, 문학 언어의 원리와 기법 활용 등 좀 더 원론적인 문제들에 새롭게 부닥치게 되는 것이다.

이렇게 볼 때 이 글에서 다룰 소설의 방언이란 소재의 의미는 다음과 같이 요약될 수 있다. 즉 소설이란 장르에서 방언은 문학언어 또는 현실모사의 언어로서 어떻게 활용되며 그때 언어미학적 기능과 현실모사적 기능은 어떤 관계에 있는가. 특히 현실모사의 소설에서 방언의 현실모사적 기능은 현실인식의 시각·수준·내용을 어떻게 드러내주며 그 양상은 언어미학적 기능과 어떻게 관련되는가. 한 작가나 작품에 있어서 방언이 작가의식이나 문학관과 관련해 가질 수 있는 의미는 무엇이며 리얼리즘의 성취라는 면에서 기여하고 실패한 점은 어떤 것인가 하는 문제들을 언어와 현실성 논의의 유기적 통합이란 면에서 음미하고 특히 현실에 강력하게 대응하는 문학이

---

3 가령 우리는 이에 대해 플로베르 식의 '一物一語說'이나 헤밍웨이 소설의 '직접성'을 떠올릴 수도 있고 다음 柳宗鎬의 평론에서 강조한 '토착어지향', '모국어' 문제를 제기할 수도 있는데, 이때 문학이론과 실천 간에 제기될 수 있는 입장과 시각의 차이는 매우 크다 하겠다. 柳宗鎬(1981), 「시와 토착어지향」, 『世界의 文學』 21, 民音社. 柳宗鎬(1984), 「시인과 모국어」, 『오늘의 책』 3, 한길사.

지향해야 할 문체와 어조를 생각해 보는 계기로 삼자는 뜻이다.

논의의 순서는 방언의 개념에 비추어 일상언어로서의 구어나 방언이 문학언어 또는 문체의 관점에서 어떻게 평가될 수 있고 또 그들 전통 속에서 어떻게 달라져왔으며 그 문학사적 의미는 무엇인지 리얼리즘의 현재라는 시각에서 살펴본 다음, 전북 출신으로 우리의 대표적인 리얼리즘 작가 중 한 사람인 蔡萬植의 전북방언을 중심으로 그의 리얼리즘의 특성과 한계를 소략하게 다뤄보는 것으로 하겠다.

2

일상어와 문학어로서의 방언

방언은 한 언어가 갖는 다양한 變異들을 포괄한다. 우리는 지역어는 물론 사회방언, 개인어(idiolect)까지 방언의 영역에 끌어들임으로써 사투리(patois), 속어, 은어에 대한 고정관념에서 벗어나 유동하면서 교류하는 언어의 실상을 폭넓은 시각에서 바라볼 수 있고 또한 문체의 문제와도 만날 수 있게 된다. 언어학에서 방언은 표준어의 작위적 통일성에 비해 자연의 이질성[4]과 역사성을 갖는 점이

4 여기서 '이질성'(heterogeneity)이란 언어의 수행·실현(performance, parole)에 나타나는 다양·혼합성을 말하는 것으로, 촘스키류의 변형생성문법이 이상적 화자의 동질적인(homogeneous) 언어능력·추상적 체계(competence, langue)를 가정하고 추구하는 것과

주목되었는데 이러한 방언의 가치는 문학적 관점에서도 음미할 만하다. 전래의 사적 맥락과 분위기 속에 생동하는 언어 현실을 그대로 담고 있는 방언은 현실인식과 모사의 관점에서 추구하는 현실성 있는 소재와 생동감 있는 어조에 비할 만한 것이다. 이 같은 방언의 개념과 특징적 가치에 비추어 볼 때 방언은 현실인식과 모사의 유용한 방법일 수 있고 따라서 리얼리즘 문학의 중요한 자산일 수 있다. 방언이 생활언어의 전통 속에 깃든 토착민들의 언어적 상상력을 발굴하고 한 시대 한 지역의 생생하고 다채로운 모습을 선명하게 그려내는 데 얼마나 중요한 바탕이 되는지, 현실의 전체적 구도에 대응되는 언어지도로서 방언이 사회의 여러 분화와 삶의 다양성, 상호교류와 갈등을 파악하고 드러내는 데 얼마나 효과적인 방법이 되는지, 단순한 지방색 노출이라는 소재주의를 벗어나 한 시대상황의 전형을 제시하는 데 방언이 동원될 때 그 극적 효과와 충격이 얼마나 큰지, 우리는 드물기는 하지만 방언에 의해 탁월한 문체상의 효과를 얻을 수 있었던 예[5]들에서 리얼리즘 문체의 발전에 있어서 방언이 담당할 몫을 실감하게 되는 것이다.

그러나 언어학이 일상어에 존재하는 문법의 논리를 밝히는 것이

대비된다.

5 이 점은 문학사에서 별로 다뤄지지 못했으나 Leech & Short (1981)의 5·4·2 Dialect and idiolect절. Traugott & Pratt(1980)의 8장은 서양소설의 흥미있는 예들을 보여주고 있으며, 우리 문학에서도 完板계 春香傳, 金裕貞, 方榮雄, 李文求 그리고 민요, 설화의 예들이 주목받았었다. 특히 李基文(1983), 「소월시의 언어에 대하여」. 백영 정병욱선생 환갑기념논총(신구문화사)에서 관찰된 평북방언의 시적 효과나 1926년 『조선의 얼굴』에 실린 현진건의 단편 「고향」에서 볼 수 있는 경상방언의 효과는 인상적인 것이다.

라 할 때 방언을 보는 언어학적 관점을 문학어로서의 방언에 대해서도 그대로 적용할 수는 없다. 문학어가 일상어에 비해 여러 다른 특성들을 갖는다는 것은 잘 알려진 사실로서,[6] 문학작품의 방언은 문학의 논리 속에서 그 기능과 가치가 검토되어야 한다. 작가·작품의 방언에 대한 논의가 방언 요소의 관찰과 확인에 그치지 않고 그 문학성의 해석과 평가에까지 이르러야 하는 것도 바로 이 점 때문이다. 그리고 방언이 일상어의 자연 구어적 특성을 가장 잘 드러내는 반면 문학어는 자연 구어의 상태를 넘어서서 비일상성을 추구하기 때문에, 방언의 문학성 논의에는 일상어와 문학어에 대한 논의가 앞서야 한다. 일상어와 문학어의 관계를 어떻게 달리 보고 문학에 일상어를 어떻게 끌어들이는가에 따라 방언의 문학적 기능과 중요성 또한 달라질 것이기 때문이다. 사실 그동안의, 언어현상에 대한 과학적 인식과 언어논리와 의미에 대한 철학적 인식이 문학의 언어 양상에 무관심했거나 설명력에 있어 미흡했던 점을 생각할 때, 문학어 특유의 독자적 구조와 논리를 밝히려 한 문학어 연구의 전통과 성과는 문학이론은 물론 언어학에 대해서도 적지 않은 자극이 되었다고 할 수 있다. 이제 언어학도 문학어를 특이하면서도 의미심장한 언어 양상으로 주목하고 그 문학적·미학적 기능과 의미를 밝히는 데 참여하게 되었고 따라서 문학의 언어 연구도 시학과 문체론의 전통 속에서 언어학과 좀 더 폭넓게 만나게 된 것이다. 그리고 이러한 추세

6 가령 일상어 문법과는 다른 시문법의 차원을 상정하거나 시적 긴장, 시적 기능, 낯설게 하기의 수법, 체계적 일탈 등에 의해 문학어의 특성을 설명하는 것을 말한다.

에 따라 일상어와 문학어의 차이와 대립적 측면을 강조하던 종래의 인식에도 변화가 일어나 일상어의 연장 위에서 둘의 관련과 문학어가 보여주는 차이의 의미를 설명하려는 노력들도 많아졌다.[7]

한편 일상어와 문학어의 문제는 문학 창작과 이념의 중요한 양상이기도 해서 그에 대한 인식의 변화는 주로 문체의 면에서 문학사의 한 줄기를 보여준다. 귀족문학 성향의 기록문학이 일상어와 다른 문학어의 규범과 관습을 따른 반면 평민문학으로서의 구비문학은 일상어의 기반 위에 민중 나름의 문학어를 생산해 냈는데, 이러한 두 경향은 근대에 언문일치와 문학의 대중화가 이루어진 뒤에도 문학관과 문학사조의 두 다른 흐름으로 이어지고 있다.

오늘날 서구적 모더니즘 문학과 민중·민족문학을 지향하는 리얼리즘 문학은 문학사에 나타나는 두 경향의 새로운 양상으로서, 문학어의 면에서 보면 전자가 전문화, 특수화, 개인화, 난해성을 합리화함으로써 일상어로부터 벗어나려고 하는 반면 후자는 집단현실과 공동의 예술체험 과정을 추구하기 때문에 일상어에 한껏 열려 있다. 물론 후자의 일상어에 대한 새로운 인식은 문학어가 당연히 지향해야 할 고유함과 새로움을 더불어 겨냥한 것으로서, 문학어가 일상어의 타성에 대해 긴장, 대립, 부정의 위치에 있던 것을 뒤집어 문학어의 타성에 대해 일상어가 자극과 충격을 줄 수 있다고 보는 것이다. 문학적 진실을 지향하는 언어의 새로움이 언어상

7 최근의 문체 연구와 문학에 대한 언어학적 접근에서 심층구조, 변형, 피동·타동성, 시상, 격, 의미자질 등 문법적 개념을 직접 활용하게 된 것도 이러한 추세의 반영이라 하겠다.

의 기교와 조작만으로는 얻어질 수 없고 삶의 현실에 대한 인식과 대응방식이 진전됨으로써 비로소 달성된다고 볼 때, 일상어는 삶과 밀착되고 직결되어 있기 때문에 문학어가 특수한 관습에 빠져 자족하는 것을 경계하면서 언어의 싸움이 삶의 현장을 떠날 수 없음을 상기시켜 준다 하겠다. 세련된 문학적 장치, 기법, 난해한 시적 의미 들이 언어유희로 떨어지지 않기 위해서는 그만한 어려움에 상응하는 정신적 폭과 깊이가 따라야 한다는데, 어떻게 일상어를 문학어로 승화시키고 있는가는 작가의 현실에 대한 의식 수준과 방향을 재는 한 척도가 될 수 있는 것이다.

문학어도 언어의 한 국면인 한 일상어와 분리된 것으로 보기보다 연속선상에서 보아야 한다는 입장에서, 문학어가 시적 효과와 창조력에서 탁월하고 일상어가 의사전달의 기능에 충실한 것은 언어 속성과 기능의 상대적 차이로 해석된다. 그리고 이 같은 문학어관 위에서 일상어는 소극적으로는 문학어의 衒學性과 난해성을 극복하는 방법이 되고 적극적으로는 현실의 움직임에 더 민감하게 대응하고 더 광범한 언어공감대를 형성할 수 있는 정신자산이 된다. 아울러 이러한 논의를 배경으로 구어나 방언도 문학어 논의의 전면에 나서게 된다. 예컨대 리얼리즘의 강도, 분위기, 전달력 면에서 구어, 방언의 효과는 특기할 만한 것이다. 그런데 오늘날 우리의 문학어가 처한 상황에서 방언의 문제를 제기하고 새롭게 논의하기 위해서는 몇 가지 먼저 논의될 것들이 있다. 방언은 말이지만 문학작품은 글이기 때문에 생기는 문제, 장르와 관련된 문제, 표준 문학어의 전통에서 구어, 방언이 담당했던 기능이 근대 이후 어떻게 유지되고 또 달라졌는지의 문제 들은 현대문학에서 방언이 처한 현실을 점검하고 정당한 방향을 준비하는 데도 필요하고 유용하기 때문이다.

3

문학어로서의 구어·방언의 특성과 그 역사적 양상

구어체의 문학작품이라도 생생하면서도 난삽한 구어의 실상 그대로를 옮기지는 않는다. 실제 일상대화에는 핵심적 의미와는 거리가 먼 상투적 말버릇, 군더더기말, 부주의에 따른 실수, 불명료한 말, 쉼이나 단절들이 섞이기 마련인데 이들은 특별한 의도가 없으면 글에서는 무시하는 것이 의미 전달과 파악에 효과적이기 때문이다. 반면에 대화는 발화 당시 화자·청자의 심리적·정서적 태도, 상호간의 접촉, 분위기와 정황 들을 여실히 반영하는데 이러한 현장성과 話用的 의미는 정상 서술에서는 기대하기 어렵다. 따라서 좀 더 풍부한 시적 의미와 전달의 효과를 의도하는 문학작품에서는 대화체를 활용함으로써 장면 제시의 극적 효과와 호소력을 높일 수 있다. 특히 구비문학이나 연극, 연희 장르에서 구어의 중요성은 사뭇 커지는데 구비전승이 왕성한 우리 문학에서는 더욱 그렇다.

일반적으로, 내면적 어조와 고도의 형상화를 지향하는 시에서 구어 사용은 억제된다. 개방되고 신축성 있는 담화공간을 갖는 소설에서는 작가의 의도나 작품의 성격에 따라 융통성 있게 사용되며, 발화장면과 대화행위가 필수적인 희곡이나 대본에서는 구어 그대로가 재현된다. 이렇게 볼 때 시에서 작중화자의 성격을 개방하거나 서정시의 전형을 탈피하여 서사성을 도입하는 것, 판소리조, 이야기조의 전통적 구연방식을 계승하거나 다성적 어조를 통해 극적 효과를 높이는 것들은 장르의 한계를 뛰어넘어 구어나 방언 사용이 본격화될 수 있는 계기로서 주목된다.

한편 글은 표기의 시각적 특성 때문에 그 정상 표기가 어렵고 시각적으로 낯선 구어나 방언을 꺼리는데 작품 속의 구어나 방언도 독자에게 생소한 느낌을 준다. 표기법은 공통어와 표준어에 의거하고 있고 언어수행 아닌 언어능력을 기반으로 하기 때문에 구어나 방언은 표기나 이해에 어려움이 따르는 것이다. 따라서 구어나 방언을 사용할 때는 독자들의 이해수준과 수용태도를 염두에 두고 그 사용이나 표기의 정도와 방법을 결정해야 한다.[8] 같은 작품의

8 현대국어의 일반 표기법은 형태소를 살려 적는 형태적 표기원리를 중시하고 있으나 작품의 구어·방언 효과를 위해서는 이례적으로 음성·음소적 표기원리를 따른다. 특히 지문보다 대화에서, 중앙어에 가까운 방언보다 독특한 어휘와 문법형태가 풍부한 방언에서는 소리나는 대로 적기 마련이어서 그런 데 익숙지 못한 독자는 무슨 뜻인지 식별하기 어려울 때도 있는데 이때는 생소한 어휘에 괄호를 쳐서 대응되는 표준어를 적어주기도 하고 특별히 어떤 어휘의 뜻을 강조하고 싶을 때는 주를 달기도 한다. 또 대화에서는 통사적 수준까지 자유롭게 방언을 구사하나 지문에서는 어휘에 한정되는 것이 보통이다. 한편 에밀리 브론테의 『Wuthering Heights』에서 Joseph의 북부방언이 나중 판(1850)에서 남부 화자들이 알기 쉽게 손질된 것은 방언과 독자층의 관계를 보여주는 한 예다. Leech & Short, 앞책 p. 169.

방언이라도 그것이 독자의 방언과 같은 경우, 독자가 여러 방언에 접촉되어 있는 경우, 전혀 어두운 경우마다, 또는 독자가 방언 일반이나 특정 방언에 대해 어떤 태도를 갖고 있는가에 따라 그 반응과 효과는 전혀 달라질 것이기 때문이다. 그리고 방언의 수용성과 문학적 가치는 미묘한 관계에 있는바, 특정 지역이나 특정 언어권에 제한되지 않는 보다 광범한 독자층을 확보하는 데는 방언이나 소수민족어보다도 공통어나 세력있는 국제어가 유리하겠으나, 한 지역의 현실문제가 보편성과 전형성을 지닌다면 그 여실한 모습을 그 지역 방언이나 토착민족어를 살려 작품화함으로써 미지의 현실과 문화자산에 대한 이해와 교류의 길을 여는 것이 예술적 당위에 가까운 길일 것이다.

구어나 방언은 정제된 글을 기대하는 독자들에게 색다른 흥미나 주의, 신선한 충격, 거리감과 혐오감을 불러일으킬 수도 있는데 작가는 이러한 독서심리에 호응하여 구어나 방언의 효과를 의도하기도 한다. 어떤 인물의 성격이나 지역의 이미지를 강화하는 것,[9] 특정 인물과 정황에 대한 거리감을 조장하여 풍자와 희극의 효과를 높이는 것, 친숙한 회화체를 써서 독자와, 작가·화자·장면과의 간격을 좁혀 직접 참여하는 듯한 효과를 낳는 것 등은 그 예들이다. 일상어에서는 더 친숙한 구어나 방언이 글이나 문학어에서 더 낯설게 느껴지는 데서 우리는 문학어의 문어적 전통을 떠올리게 되

9 이때 방언을 쓰는 인물이나 특정 방언의 성격을 고정시키거나 상투화하는 것은 특히 경계할 점이다.

는데, 이때 구어나 방언의 미학적 효과는 이른바 낯설게 하기나 돋보이게 하기의 수법에 비견될 만하다. 그리고 이를 리얼리즘 미학에 비추어 보면 거칠고 난삽한 일상 회화를 그대로 옮김으로써 寫實性을 얻을 수 있는 것이 아니고 일정한 미학적 의도와 목표에 의해 순화·통제함으로써 진정한 사실주의의 이상에 이를 수 있다고 보는 입장과 통한다. 이상에서 문학어의 비구어적 특성과 그에 따른 구어나 방언의 효과를 살폈는데 이제 그 문학사적 맥락을 더듬어보기로 한다.

전통적으로 문학어의 주류는 표준 문어로서 이상적인 문학어란 정제된 규범적 문어와 순화된 교양 구어의 모범이기도 했다. 고전 라틴어나 한문 고문은 그 예이며, 한문학의 비중이 크고 우리 말과 문자가 제대로 대우받지 못했던 우리 문학에서 문어와 구어의 괴리는 특히 심해서 구어나 방언이 자연 그대로 기록될 수 있는 기회는 적었을 것으로 생각된다. 그리고 문어의 전통 안에서도 표기 양식과 장르, 번역양식과 내용 또는 번역 의도, 문체와 독자층 또는 장르들 간에 일정한 관련을 찾아볼 수 있는데,[10] 이러한 문체관습은 문어와 구어의 뚜렷한 대비가 문어 내에서도 다양한 국면에 걸쳐 나타남을 보여주는 한편 각 시대의 사회·문화적 조건 속에서

---

10 이에 대해서는 다음 글들을 참조할 수 있음.
安秉禧(1973),「中世國語 硏究資料의 性格에 대한 硏究」,『語學硏究』 9·1
沈在箕(1975),「口訣의 生成 및 變遷에 대하여」,『韓國學報』 1
金完鎭(1983),「한국어 文體의 발달」,『韓國語文의 諸問題』, 一志社.
한편, 朴趾源의 산문체와 丁若鏞의 토속어 사용은 시대인식과 주체적 표현에의 욕구가 한문학의 문체에까지 힘을 뻗친 예로 특히 주목된다.

언어·문자의 조건이 문학에 어떻게 작용할 수 있는가의 문제도 제기해 준다. 아울러 문체관습의 좀 더 뚜렷한 대비는 기록문학의 구어·방언 기피와 구비문학의 풍부하고도 효과적인 사용에서 볼 수 있는 바, 그 귀족·개인 성향과 민중·집단 성향의 대비에 견주어 볼 때 예술의 정신과 방법의 차이가 형식 면에 드러난 것이라는 점에서 특기할 만한다.

그러나 아무래도 구비문학이 기록문학에 비해 부차적 위치에 있었고 우리의 논의 또한 기록문학의 현실과 장래에 관한 것이라는 점을 고려한다면, 기록문학의 전통 속에서 구어나 방언이 어떻게 사용되었고 그 근거가 되는 문학이념과 방법은 어떤 것이었는지가 사적 논의의 초점이 되겠다. 서구 고전주의에서 잘 알려진 이른바 스타일 분리의 법칙은 당시의 문학어가 귀족 중심의 세계관과 심미적 이상에 어떻게 지배·통제되고 있는가를 보여 주는 바, 구어나 방언은 그들의 숭고한 생의 이념과 고양된 미의식을 구현하는 비극 구성의 주된 사건·인물에는 끼어들 수 없었고 기분전환과 오락의 효과, 반어적 분위기 조성, 사건의 추이 설명 등을 위해 등장하는 잡다한 인물들에게 사용되는 것이 고작이었던 반면 희극·소극 구성에서는 부정적 성격과 비속함이 과장되는 희화적 인물에게 대담한 수법으로 쓰였다. 이같이 숭고한 것과 비속한 것, 귀족적인 것과 평민적인 것을 엄별하여 각각 높고 낮은 스타일로 표현하는 전통은 문체 혼합의 경우에도 비슷해서 평민들의 평범한 생활 소재는 궁정·귀족 계층의 세계에 대한 조명 가운데 상대적 가치만을 가졌고 구어나 방언은 속어와 비어를 주로 하여 추악하고 기괴한 것이나 교양 없고 볼품없는 평민의 이미지를 그릴 때 쓰임으로써 부정적이고 비합리적인 인간관과 기존질서와 보수적 세계관을 강화하는 전근대적 민중관을 드러냈던 것이다. 그러나 스타일 분리는 근대 시민사회가 형성되면서 소재와 인물을 중류의 계층과 직업에서 구하는 중간 스타일이나 여러 지역·계층에 걸친 삶의 다양성을 포괄하는 본격적 문체 혼합을 거쳐 훨씬 완화된다. 구시대의 미학적 규준이 작가를 묶기는 어렵게 된 것이다. 특히 낭만주의 선언인 『서정시집』(*Lyrical ballads*) 서문에서는 평범한 농민의 생활과 언어의 가치를 재발견했고 사실주의의 대변인 『인간희극』(*Comédie humaine*) 서문에서는 숨가쁜 변환기에 처한 평범한 소시민들을 통해 역사의 동력과 사회학적 진실을 붙잡겠다고 했는데, 이들은 문학어의 면에서도 문학어가 특정 계층과 편벽된 세계관에 더 이상 종속되어서는 안 된다는 자각의 표현이란 점에서 기억될 만하다. 이로써 문학어와 문체의 이상은 체제와 관습의 미화된 굴레를 벗어나 오로지 작가의 창조의 몫으로 인식되게 되었고, 아울러 제국주의에 맞선 민족주의와 근대적 민족국가의 대두, 서구화·산업화에 대처하기 위한 토착문화의 재인식 등 추세에 맞춰 문학어에 대한 제한되고 편벽된 시각은 더욱 널리 열리게 되었다.[11] 요컨대 구어나 방언은 문어적 문학어의 전통 속에서는 현실성과는 동떨어져 미학적 기능과 효과를 위해 쓰였으나 근대 사실주의 이후 현실모사와 풍

---

11 이에 대해서 柳宗鎬(1984)도 그 일부인 다음 특집을 참조할 수 있음.
高銀 외 (1984), 「민족공동체와 모국어(특집)」, 『오늘의 책』 3, 한길사.

자에서 강력한 힘을 발휘하기 시작했다고 볼 수 있다.

이런 맥락에서 다음 예들은 시대 변화와 문학어·문체의 대응관계를 보여준다는 면에서 주목된다. 즉 디포가 『몰 플랜더즈』(*Moll Flanders*)에서 비극성을 살리기 위해 비천한 여주인공이 표준어를 쓰게 한 것, 디킨스, 조지 엘리엇, 하디 등이 방언 사용에 일관성을 갖지 못하고 빅토리아조의 관습에 따라 주인공들의 언어를 순화한 것, 하디, 에밀리 브론테, 디킨스의 지역·사회방언이 영국의 산업화·도시화의 과정을 인상 깊게 그리고 있는 것, 조르주 상드의 지방색 묘사와 발작의 파리 하층민 묘사, 마크 트웨인의 미국 남부 풍속 묘사, 제삼세계의 문학, 흑인문학의 토착적 상상력과 고발성이 토착어와 방언의 힘을 입고 있는 것이다.[12] 그리고 문학어의 사적 전통에 비추어 우리는 지금의 문학어에 대해 다음 의문들을 제기할 수 있다. 이른바 모더니즘과 리얼리즘 미학의 대립적 양상[13]은 고전주의적 이상과 근대적 현실모사의 의지가 다시금 부딪치고 있는 것이 아닌가. 우리 근대문학사에서도 세련되고 정제된 문학어·문체의 구사와 시어의 조탁은 형식미·기법의 면에서는 물론 작가·작품의 문학 수준을 평가하는 데 중요한 측면으로 강조되어 왔는데, 그런 미학적 측면이 창작과 평가의 가장 중요한 목표로 강조될수록 당대 삶의 핵심적 문제에서 멀리 벗어나거나 그릇되거나 피상적인 현실·역사 인식에 머문 것은 어떻게 보아야 할 것인가, 구어나 방언이 현실 문제를 자연스럽고 逼

---

12 이 예들은 주로 Leech & Short(앞책), Traugott & Pratt(앞책)에서 인용함.

13 이러한 인식과 시각은 白樂晴編(1984), 『리얼리즘과 모더니즘』(創作과 批評社)에서 볼 수 있다.

眞하게 드러내는 방법이 되지 못하고 일상성에 동화되기 위한 방편이나 특이한 인물, 이색적 소재를 내세우는 기법 또는 토속적·전원적 소재의 분위기와 배경을 꾸미는 수단에 그칠 때 이 모두가 미학적 효과라는 명분 밑에 같은 기능과 의미를 지닌다고 할 수 있을까.

4

방언의 현실모사 기능과 미학적 기능

그러면 이러한 문제의식 속에서 방언의 현실모사 기능과 그 미학적 기능과의 관련은 어떻게 설명될 수 있을까. 이에는 먼저 방언과 상응할 수 있는 현실 내용을 생각해 보아야 한다. 문학어 전반에 걸쳐 방언에 대한 통념과 편견이 바뀌었다고는 하지만 어떤 주제·소재에 있어서든 그 가치와 중요성이 같을 수는 없기 때문이다. 즉 한 시대, 한 지역에 처한 전형적 인물들을 통해 역사의 움직임과 현실세계의 객관적 조건과 모습을 집중적으로 드러내고자 하는 리얼리즘 소설에서 그 영역과 전망이 가장 넓어질 수 있는 반면, 방언의 지리적·사회적 조건과 무관하거나 그를 뛰어넘는 문제 이를테면 철학·종교·신화·심리의 문제를 추구하는 소설에서 방언은 주제에 장애로 작용하기 쉽다.[14] 방언이 유효할 수 있는 현실이 잡힌 다음에는 어떤 종류의 방언이 어느 정도로 또 어떤 식으로 쓰이는지와 그 현실·현실인식과의 관련은 어떤지에 의해 현실과 방언의 함수관계에 접근할 수 있다. 즉 각 방언의 섬세한 차이와 미묘한 혼합 양상이 문제될 만큼 현실의 세부·바닥까지 보고 있는가, 방언이 두드러진 인물과 그렇지 않은 인물이 어떻게 설정되어 있는가, 사설자는 어떤가 등은 현실모사의 시각을 반영하고, 각 지역·계층을 대표하는 인물의 방언이 얼마나 정확하고 전형적 현실과 얼마나 긴밀하게 만나고 있는가는 수준을 반영하며, 방언의 실제를 통해 얻어지는 지역·집단 현실의 세부, 그 현실에 걸맞는 분위기와 어조 등은 현실인식의 내용을 반영한다고 보는 것이다.

이때 작가의 방언과 작중인물의 방언은 구별될 것으로서 작가의 시점과 입장이 작품의 현실에 적극적으로 관여하고 작중인물에 동화되거나 같이 어우러진다면 지문에 작가의 방언을 드러냄으로써 자연스럽게 독자를 현실에 끌어들이고 작중인물의 문제성을 강화해 줄 수 있지만 작가가 관찰자나 설명자의 위치에 머무르고 있다면 작가의 방언은 오히려 작중현실과 인물의 현장성을 약화시킬 수 있다. 그리고 전형적인 특정 지역방언만을 일반화된 상투형으로 즐기고 좀 더 섬세한 지역차나 개인차 또 표준어와 다른 방언의 관계, 이중언어 사용 등은 소홀히 하기 쉬운데,[15] 인물들의 화법이 사

14 물론 토속적인 정신세계와 심리 묘사에서 방언은 토속적인 어조와 분위기를 강화하기도 한다. 그러나 이때도, 시대초월적인 주제도 역사적·사회적 맥락에서 추구되어야 한다고 보는 입장이 아니라면 지역적·사회적 특성이 두드러진 방언이 종교적·심리적 주제를 형상화하는 데 얼마나 기여할 수 있을지 의문이다. 가령 金東里, 鄭飛石, 朴常隆 등의 토속적 세계를 다룬 소설에서 방언은 배경에 그친다.

15 가령 蔡萬植, 李無影에서 보는 농촌 출신 지식인이나 李文求, 玄基榮의 작중화자

회의 전체 구도와 접촉 양상을 밀도 있게 드러낼 수 있는 방식이라면 방언에 대한 관점도 상대적 의미와 관계의 역학을 세밀하게 살려나갈 수 있도록 한껏 개방되어야 할 것이다.

한편 여기서 미학적 기능과의 관련 문제는 현실모사의 면에서 방언의 특별한 미학적 기능이나 특히 방언에 유효한 미학적 기법을 찾는 관점을 유보하고 미학적 의도에 방언이 종속되었던 종래의 문체 전통을 현실모사의 관점에서 반성·평가한다는 뜻에서 제기된다. 방언의 최선의 미학적 기능은 어떤 특정한 미학적 의도보다도 최선의 현실모사 기능에서 얻어질 수 있다고 볼 때, 방언이 특수화나 배경에 머무르고 특정 기법이나 장치에 쓰임이 제한되는 것은 방언이 아직도 제대로의 문학어로 대우받고 있지 못하다는 증거로 여겨지는 것이다. 이같이 방언이 작가의식이나 주제와 제대로의 관련을 갖지 못할 때 그 효과는 스타일 분리에서처럼 미학적·장식적 의도에 의해 제한되고 특수화된다.[16] 농촌이 역사와 생활의 현장으로서보다도 과거지향의 토속적·낭만적·비역사적 공간으로 흔히 왜곡되었듯이 방언도 역사성과 생활의 토착성·현장성을 갖는 의식의 줄기로서보다도 향수 어리고 퇴색한 유물로 대우받기 쉬웠던 것

는 이중언어를 사용할 수 있는 처지에 있는데, 이런 사정은 이들의 자전적 소설에서 느껴지는 작가의 이중적 어조와도 무관하지 않을 것이다.

16 가령 李光洙의 「無明」에서 희극적 인물인 윤의 전라방언은 그의 유형적 성격을 과장하고 있으며 金東仁의 「감자」, 「곰네」에서 비극적 여주인공들의 평안방언은 그들의 유형적 성격을 강조하는 대신 사회 속에 잘 통합되고 있지 못하다. 「붉은 산」의 익호가 혼합 방언과 多國語를 쓰는 인물이라는 점이 식민현실의 대변과 고발에 있어 추상에 머무른 것도 작가의 제한된 방언의식 때문이 아닌가 한다.

이다.[17] 방언이 으레 배운 것 없고 현실과 역사의 주류로부터 소외된 시골사람들의 전유물인 것처럼 취급되었던 것은[18] 미학적 사용에서 파생된 역기능의 결과라 하겠다. 물론 풍자·골계의 희극 정신 구현에 방언이 효과적이었던 점은 리얼리즘에 역행하지 않는 한 충분히 수용·계승되어야 하겠으나, 소설의 방언이 구비전승의 생활어에서 보는 민중성을 체득하고 시대의 핵심적 문제를 안고 있는 지역과 인물의 목소리를 대변할 수 있을 때 그 문학적 가치는 언어적 가치와 이상적으로 만날 수 있다.

5

채만식 소설의 방언 사용

우리 근대소설의 문체에서 방언의 역할이 그리 크다고 보기는 어렵다. 그러나 방언 사용의 양이나 효과가 적지 않은 廉想涉, 金裕貞, 蔡萬植 등이 모두 현실인식이나 문체에 있어 당대 리얼리즘의 가장 성숙된 면을 보여준 작가들이란 점에서 우리는 방언이 현실모사와

17 吳有權의 농촌의 인습과 인정을 다룬 소설이나 朴木月, 徐廷柱의 시에서 보이는 방언적 요소들이 토착적 정서와 세계관을 드러내 주면서도 과거지향적인 느낌을 주는 것은 이 때문이 아닌가 한다.

18 채만식이 「上京半折記」에서 촌사람에 대한 경멸적 체념을 나타낸 것, 이광수의 「할멈」에서 보는 시골사람에 대한 편벽되고 소박한 시각은 그런 예다.

갖는 관련을 추측할 수는 있다. 특히 채만식은 전통적 구연방식과 관련지어 사설자의 화법이나 방언과 관련된 풍자적 수법, 흥미있는 여러 문체 특징에 대해 다양하고 깊은 논의가 있었는데,[19] 여기서는 그가 많은 작품에서 식민지 현실의 예증으로서 전북지역을 염두에 두고 전북방언을 구사했다는 점에 주목하여 당대의 현실인식과 모사에 있어 어떤 특징과 한계를 갖는지 알아본다.

그는 당대 소설의 문체관습과 중앙지식인으로서의 자신의 처지[20]에 비추어 이례적으로 농도짙은 방언을 구사하고 있는데, 우리는 이에 대해 그의 일반화자로서의 방언의식과 작가로서의 방언의식은 어떻게 관련되는지, 공통어나 표준어만으로 자신의 문체·문학어를 구사하는 데 부족함이나 어긋남을 느꼈는지, 작품의 소재와 미학적 요구에 들어맞는 언어기법으로 채용한 것인지 하는 의문들을 갖게 된다.

논의의 출발점으로 일제말에 쓰인 「말 몇個」[21]란 작은 수필은 그의 방언의식을 드러낸 예로 흥미를 끈다. 여기서 그는 전북방언 '무지금ㅎ고', '뭇디리고'가 표준어나 다른 방언으로 대치하기 어려운 독특한 의미를 가지고 있음을 지적하고 일본어에 그에 상응하는 어구가 있음을 신통해하고 있는데, 이는 그가 우리말에 대한 각

---

19 그 한 예로 김성수(1983), 「이야기의 전통과 채만식 소설의 짜임새」(韓國精神文化研究院附屬大學院 석사논문)를 들 수 있다.

20 그는 全北 沃溝郡 臨陂面 邑內里에서 출생했으나 청년기부터는 주로 중앙에서 언론·문필 활동에 종사했다.

21 『文章』 8호(1939)에 실린 글로, 당시 미묘한 입장에 처한 그의 심경이 잘 드러나 있다.

별한 관심을 가지면서도 방언의 현실성·토착성보다는 의미 표현상의 가치에 더 큰 매력을 느끼지 않았을까 하는 추측을 가능케 한다. 이 같은 단편적 예가 그의 방언의식을 대표한다고 보기는 어렵지만 일본어와의 비교의미론까지 펴면서 국어 화자들의 언어적 유대와 공감대를 손상시킨 것은 작위적인 느낌마저 주는 것이다. 또 같은 글에서 '마도로스'와 '船夫', '사공'의 예를 들어 외연적 의미는 같더라도 외래어와 토착어의 내포적 의미나 분위기는 다름을 지적하고 있는데, 이때도 한 어휘의 문화적 배경과 사회·문화적 함축에 대해 예민한 감각을 보임으로써 적확한 표현과 의미해석의 중요성을 깨우친 것은 좋으나, 서구 외래어는 개방적이고 생동하는 세계와, 토착어는 시대착오적이고 정체된 세계와 맞는 듯한 편벽된 토착어관을 전해 줄 위험도 없지 않다. '호텔'의 이미지가 '客主집', '주막'으로 대치될 수 없는 것은 자명하지만 외래어 선호는 자칫 토착어의 복고적·감상적 사용이 무기력한 민족문학의 징표이듯 서구풍 모더니즘 문학의 병폐일 수도 있는 것이다. 당대현실에 비추어 '마도로스', '호텔'은 왜곡되고 미화된 국제·선진문화의 상징들로서 수탈무역과 이식된 도시 소비문화를 용인하는 것으로 느껴짐으로써, 농촌의 실상을 담고 있는 '만도리', '개똥배미', '멧갓' 같은 토착어에 비해서는 물론 당시 세태에 대한 인식의 반영인 '레디메이드', '인텔리', '부르조아지' 같은 외국어·외래어와도 그 의미가 뚜렷이 대조된다.[22] 이같이 그의 외래어에 대한 감각을 당대 정치·

---

22 여기서의 예들은 모두 그의 작품에 있는 것이다. 한편 '포퓰러리티'니 '신시어리

문화상황의 정곡을 찌르지 못한 신문화·신어에 대한 호기심과 흥미로 해석한다면, '사공'의 전형적 문맥을 묘사하거나 '신발이 날이 났다'는 숙어적 표현의 소재를 '짚신', '미투리' 같은 토속적 생활방식에서 찾는 것도 우리 생활 전통의 역사적 기반에 대한 신뢰에서 우러나왔다고 하거나 식민문화에 대처할 수 있는 정신자산으로 농촌·전통의 소재를 구했다고 보기는 어렵다. 요컨대 이 수필에서 우리는 그의 우리 말에 대한 남다른 감각과 관심이 현실 문제에 대한 비판적 시각과 잘 통합되고 있지 못한 것을 알 수 있다.

그러면 이러한 언어관은 문학관과 어떻게 관련되고 문학어에 어떻게 작용하고 있을까, 그가 문학의 목표와 기능을 현실을 개선하고 역사를 추진해 나가는 데 있다고 본 점[23]을 상기한다면 그의 문학어 역시 현실성과 미래지향적 역사성을 강하게 반영했을 것이 기대되는데, 실제 그의 문체 특징으로 알려진 풍자, 반어, 전통장르의 구연방식, 구비전승의 요소, 방언 등은 그의 문학관을 실현하는 문학적 장치로 활용되었다고 볼 수 있다. 특히 당시의 문화적 탄압과 검열을 고려할 때 복선적 의미맥락과 입체적 화용장면을 만들어냄으로써 고발·공격의 의도를 요설·재담으로 감싸 특이한 긴장과 해방의 효과를 낳고 있는 것은 리얼리즘의 한 성취로 평가될 수

티'니 하는 외국어는 그의, 서울 생활을 다룬 일련의 소설에 등장하는 소시민 지식인의 생리와 작가 자신의 현학적 취향을 드러내는 예들이라 하겠다.

23 그가 「自作案內」(『靑色紙』 1939)에서 "문학이 적으나마 인류 역사를 밀고 나가는 한 개의 힘일진대, 閑人의 消長꺼리나 아녀자의 玩弄物에 그칠 수는 없을 것"이라고 한 것은 그의 문학관을 피력한 대목으로 즐겨 인용된다.

있는 것이다. 그런데 이러한 수법은 그의 문학관과 장르의 관계, 특히 촌극, 희곡 문제와 관련해 당대 리얼리즘 행위의 새로운 방법과 방향을 모색하는 관점에서는 발전적일 수 있으나, 근대 리얼리즘 소설의 주된 방법이자 목표인 현실 모사의 관점에서는 약점을 가질 수 있다. 즉 작가나 사설자가 군말·설명·평가 등을 통해 지나치게 끼어듦으로써 현실과 직접 대면하는 데서 주어지는 객관적 진실성이 약해지고 인물·상황에 대해 특정한 시각이나 편견이 생길 수 있으며, 풍자 대상의 부정적 측면이 과장됨으로써 진지한 삶이 자리 잡기 어려운 느낌을 주고 인물의 전형성 또한 그 특이성으로 인해 객관적 조건은 뒷전으로 밀리는 것이다. 이때 한 인물이나 인물들 간의 관계에 있어 내적·심리적 성격과 사회적·역사적 성격은 유기적 관련과 필연적 과정 속에서 만나고 부딪치기보다는 어느 한 쪽에 다른 쪽이 종속된 결과 그런 인물들은 유난히 파행적이어서 설득력을 잃게 된다. 또 인물들에 대한 작가의 입장도 이원화되어 긍정적 인물과 부정적 인물의 뚜렷한 대조가 인간의 천성·환경결정론을 옹호하는 듯한 느낌을 주고 특히 부정적 인물이 강력하고 꿋꿋하며 합리적이고 역사와 세태에 깊이 개입되는 반면 긍정적 인물은 유순하고 감정적이며 역사와 세태에서 동떨어져 있다.[24] 「太平天下」, 「痴叔」에서 부정적 인물의 삶과 어조가 전면에 나서 살아 움직이는 반면 역사감각과 행동의 면에서 긍정적인 인물의 삶과 어조는 배후의 암시나 평면적 서술에 절제되고 있는데,

24 가령 『濁流』에서 장형보, 고태수와 남승재, 정초봉의 대조를 볼 수 있다.

당시 상황 속에서 역사의 정당한 방향을 대변하는 인물을 확신을 가지고 창조하는 일이 쉽지는 않다 하더라도 그의 소설에서 역사에 적극 참여하는 긍정적 인물의 모습을 잘 찾을 수 없는 것은 역시 아쉬운 점이다.

일본어, 서구 외국어, 외래어가 방언이나 전통적 언어요소와 공존함으로써 빚어지는 혼합과 대조도 작위와 감각적 취향에 이끌려 시대적 갈등 양상을 첨예하게 드러내거나 독자를 포용하는 데 집중되지 못하고 있다. 이러한 대조의 양상은 작품배경과 인물에서도 두드러져서 도시 대 농촌, 지식인 대 농민·노동자·대중의 대조는 지역·직업·계층에 따른 삶의 양분화·이질화 현상을 드러내준다. 이 점은 그의 사관의 주조를 이루는, 권력·지배·유산계층과 그에 묶이면서도 맞서는 계층의 대립관계에 대한 인식선상에서 이해될 수 있는 것으로, 식민지 시대의 경제 수탈과 사회·의식 구조의 파행적 양상에 다름 아니다. 그러나 이들 문제에 대한 그의 인식은 육화된 체험이 아닌 관념과 보고의 수준에 머물고 있기 때문에 빈궁과 이농이 농촌 풍경·세태의 일부로 묘사될 뿐 식민현실에 대한 발전적 인식으로 통합되지 못하고 있으며 정치·경제적 시각과 입장도 역사의 현장과 거기서의 사건과 인물로 제시되지 못하고 르포, 시국정담, 약식 연대기 등에 요약·설명된다.[25] 농촌·민중

---

25 그가 「似而非農民小說」(『朝光』 1939.7)이나 「自作案內」에서 니힐리즘을 극복하기 위해 쓴, 농촌을 배경으로 한 소설의 실패를 토로한 것은 그의 리얼리즘의 한계를 드러낸 것이며, 「貨物自動車」, 「歷路」, 「논 이야기」에서 보는 현실·역사인식이 소설 미학으로 승화되지 못한 것도 그의 지식인으로서의 제한 때문이라 하겠다. 그리고 이렇게 본다면 해방후

·현장과의 거리는 문화적인 면에서도 느껴지는데 가령「太平天下」에서 농촌의 민요와 기생의 잡가를 동렬에 놓고 있거나 윤직원의 풍류에 정악, 판소리, 잡가 들이 싸잡아서 등장하는 것을 볼 때 전통문화의 소재들이 무성격하게 박제화되고 완상용이나 재담용으로 떨어졌다는 느낌을 갖지 않을 수 없다. 이상에서 그의 문학은 시대의 부정적 측면에 대한 관념적 인식, 고발과 풍자에서 성공한 반면 좀 더 구체적인 인식과 대응, 성격의 창조와 농촌현실의 제시에서는 실패했음을 보았는데 이제 이런 문제가 방언사용과는 어떻게 관련되는지 알아본다.

지문의 방언은 그것이 작가·사설자·작중인물 중 누구의 태도를 어떻게 반영하고 있는가에 따라 그 의미와 효과가 달라지는데, 그의 지문의 구어는 극적인 전달방식(「少妄」, 「이런 處地」), 사설방식에서 큰 효과를 얻고 있는 데 비해 방언의 몫은 뚜렷하지 못하고, 현실모사와 심리적 분위기와 친화감 조성이라는 면에서 방언의 효과가 기대되는 농촌을 배경으로 한 작품들에서도 그 인상은 생경한 편이다. 그는 당위로서 농촌을 다루고는 있지만 농촌의 분위기와 농민의 마음에 동화·일치될 수 없었으며, 방언 구사에 있어서도 방언에 젖어들어 토착방언에 대한 의식을 환기시키기보다는 재기발랄한 표현에의 의욕과 전달력에 이끌렸던 것이다. 따라서 그의 방언은 어디서나 보는 농촌풍경과 농민의 성격을 피상적으로 소묘할 뿐 한 지역현실과 거기서의 삶을 그곳 방언의 고유한 분위

세태를 풍자한 「도야지」의 교외 농촌묘사가 장식적인 것도 우연이 아니라 하겠다.

기와 억양을 통해 극화하지 못한다. 작가가 사설자로 개입하는 「太平天下」에서 전라도 말씨에 대해 언급한 것, 방언 사용이 부정적인 인물이나 시대변화와 현실에 어두운 농촌 인물들에 거의 국한된 것,[26] 「濁流」에서 충남 서천이 고향인 정주사 가족이 토착방언을 거의 쓰지 않고 남승재가 서울출신인 데다가 방언에 둔감한 점, 「痴叔」의 아저씨가 출신지역도 불확실한 데다가 스스로를 추상화하는 문어투인 점 들에서는 그가 중앙 표준어의 관점에 이끌려 있지 않은가 하는 느낌마저 드는 것이다. 아울러 농촌을 다룬 소설을, 남녀·부부관계를 주로 해 일상적·전통적 생활을 다룬 것(「정자나무 있는 揷話」, 「얼어죽은 모나리자」, 「쑥국새」 등), 이농·귀향 등 현실문제를 소극적으로 반영한 것(「童話」, 「鄕愁」 등), 본격적으로 경제현실을 다룬 것 등으로 나눌 때, 방언 사용이 거의 첫째 부류에 치우쳐 있는 점은 현실인식의 수준과 방언 사용이 오히려 반비례 관계에 있지 않은가 하는 짐작도 가능케 한다. 촌극 형태이기는 하지만 소작 문제를 다룬 「富村」이 방언을 쓰지 않고 농민의 경제사적 시각을 대변한 「논 이야기」가 방언을 절제한 점, 계급적 갈등을 다룬 「山童이」와 농촌 지식인의 문제를 다룬 「黃金怨」이 방언이 뚜렷치 않고 「太平天下」의 화적패 습격장면에서 방언이 쓰이지 않은 점, 공장노동자 문제를 대변할 수 있는 「病이 낫거든」에서 여공의 말씨 등은 그 현실인식상의 중요성에 비추어 윤직원의 완벽한 방언이나 현실

---

26 「집」에서 작중화자의 고향친구인 득수는 걸지게 방언을 쓰는 만큼 무지하고 열등한 인물인 듯 묘사되고 있으며, 「불효자식」에서 칠복의 어머니 최씨의 방언은 칠복이 사기패의 출신지역과 묘하게 관련됨으로써 지역현실을 흐리는 대신 인간의 결함을 과장한다.

성이 약한 농촌 인물들의 방언과 사뭇 대조된다. 요컨대 그는 방언을 비역사적 공간과 분위기, 토속적·전통적 인물에 적합한 것으로 보았다 하겠다.

이렇게 볼 때 역사의식과 현실비판의 시각을 반어적으로 드러낸 윤직원의 경우도 적어도 방언의 관점에서는 현실모사보다 미학적 의도에 비중이 더 놓인다 할 수 있고, 윤직원을 중심으로 식민지 시대의 타락상과 인간성 및 가족의 파멸과정을 여지없이 폭로하는 주변 인물들의 방언 역시 풍자성 강화에 동원됨으로써, 이들 반어적·풍자적 인물들의 방언은 그 현실성을 잃고 미학적 기능에 봉사하게 된다고 볼 수 있다. 조롱과 풍자의 대상이 되는 인물들의 방언이 경멸되기는 쉽고 따라서 우리는 윤직원류 인물들의 발언과 행위를 통해 역사적 진실과 비극성을 절감하면서도 부정적 인간관에 이끌리게 된다. 지역현실의 역사성과 현실성보다도 호기심과 혐오감을 강조할 때 방언의 기능은 문학어의 귀족적 전통에서 보았던 미학적 효과를 좇게 되는 것이다. 따라서 구어의 현장성이나 같은 풍자효과라 하더라도 구비문학의 구어나 방언에 살아 있는 현장성과 민중적 풍자정신에는 못 미치거나 그와 이질적일 수밖에 없다.

그리고 이러한 문제점이 오히려 작가의 언어적 재능과 역사의식을 의도적으로 표출하려는 데서 빚어진 것으로 본다면, 우리는 방언의 또 다른 문학적 가능성을 그러한 예술적·정치적 의도가 느껴지지 않으면서도 현실을 자연스럽게 담고 있는 화맥에서 찾을 수 있지 않을까 한다. 이런 예들을 든다면 첫째, 지역의 생활과 분위기 묘사의 경우로 윤직원과 전대복의 추수에 관한 대화에서 떠

올려지는 전북농촌, 「정자 나무 있는 揷話」, 「암소를 팔아서」, 「童話」 등에 나오는 농사와 관련된 어휘, 둘째, 인물의 사회적 성격과 심리묘사의 경우로 윤직원과 석서방의 시국에 관한 대화에서 말의 어울림과 부딪침, 윤직원과 동기아이의 방언에 대한 사설자의 지적에서 환기되는, 토착적 삶과 서울에서의 욕망에 찬 삶의 대비, 옥화·며느리·딸 간의 대화에 반영된 친족관계의 심리적 양상, 「敗北者의 무덤」, 「摸索」, 「明日」 등에서 소시민, 지식인의 의식 저변에 간간이 깔리는 방언적 요소, 「濁流」에서 기생 행화의 구수한 경상방언이 그녀의 균형잡힌 성격을 돋보이게 하는 것, 셋째, 사회적 관점에서 삶을 묘사하는 경우로 윤직원과 춘심이의 연령·감각상의 거리 못지 않은 토착·중앙 간의 거리, 「鄕愁」에서 강선달의 전통적 농민의 삶과 삼준의 도시적 삶의 대조, 「미스터 方」에서 해방직후의 복합적 상황이 어법에 반영된 것, 「明日」에서 문간방 색시의 충청방언에서 선명해지는 도시노동자의 삶, 「四號一段」의 충청도 출신에 유학경력이 있고 경제에 둔감한 박주사 말에서 지역방언이 잘 느껴지지 않는 것을 윤직원의 투박한 전라방언과 비교해 볼 때, 그들의 치부 과정으로 대표되는 바 식민경제에 대한 인식과 고발이라는 면에서는 후기작에서의 방언의 퇴조가 풍자·공격정신의 약화와 관련될 수 있는 점, 넷째, 지역현실의 소재를 통해 일반문제를 구체화하는 경우로 「정자나무 있는 揷話」에서 변화에의 의욕이 이농으로 나타나는 관수, 을녜와 농사를 고수하는 갑쇠패의 대조, 「農民의 會計報告」, 「車中에서」에서 농민의 전형적 문제나 농촌출신 여공과 방언과의 만남 등이다.

이상에서 우리는 채만식 소설의 방언 양상이 현실인식과 어떻게 관련되고 현실모사 면에서는 어떻게 활용되고 있는지를 개관함으로써, 특히 농촌을 다룬 소설의 경우 시대상황에 맞서 역사를 타개해 나가는 문학으로서는 미흡하다는 점과 방언의 기능 또한 진지한 현실모사보다는 미학적 효과에서 더 뚜렷하다는 점을 보았다. 물론 이 결과는 그의 문학적 맥락 전체와 작품 각각에 대한 논의에 통합됨으로써 비로소 정당한 의미를 갖게 될 것이다. 예증의 과정에서 방언과 리얼리즘의 관계에 대한 필자의 당위적 논리에 이끌린 감이 있으나 이로써 지식인문학으로서 채만식 소설이 갖는 문제점이 다소 선명해질 수 있는 측면도 있었으리라 본다.

6

결어

문학어가 표준문어의 전통을 고수해 온 이면에도 문화 생산과 보급이 전제적 정치형태에 의해 통제되었다는 역사적 사정이 있지만, 현대에 있어서도 중앙집권의 정치적 의도와 대량 소비문화에 따른 문화의 표준화, 획일화는 또 다른 의미에서 문학어의 존재방식을 규정하고 그 생명력을 위축시킨다. 오랫동안 문학어가 지배층의 심미의식과 세계관에 이끌려 다양한 부류의 삶과 의식을 제대로 반영하고 대변하지 못했다고 볼 때, 오늘의 문학이 이 시대상황에 대응해 나가는 데서 부딪치는 어려움은 그 또 다른 모습으로 보이기도 한다. 특히 현대소설 장르의 현실모사 기법상의 한계는 종종 지적되어 왔는데 이 점에서 소설 문체의 문제는 새롭게 제기될 필요가 있다.

이 글은 이러한 문학상황과 소설 문체의 현실을 염두에 두고 방언 문제를 생각해 본 것이다. 따라서 이 글의 방언 논의는 추상·피상적 현실 인식에 그치기 쉬운 중앙의 문학에 대해 지역·계층 현실의 그대로의 모습을 통해 살아 있는 전형에 이르는, 토착의 리얼리즘을 주장하고, 소설 문체의 현안에 비추어 방언이 발휘할 수 있는 현실모사의 기능과 전달상의 강력한 효과를 제안하는 것이 된다.

덧붙여 방언 논의가 문학이론이나 작가·작품의 핵심과 얼마나 어떻게 관련될 수 있는지, 부분적이고 특수한 의미만을 갖는 것이 아닌지 하는 점은 언어학이 문학에 대해 무엇을 할 수 있는가와 관련해 의문이자 과제라 하겠다.

참고문헌

金允植編(1984),『蔡萬植, 作家論叢書』12, 文學과 知性社.

文元閣刊(1974),『蔡萬植』(2권), 現代韓國短篇文學全集 A-17·18.

語文閣版(1976),『蔡萬植選集』, 新韓國文學全集 4.

Auerbach, Erich(1974년판), *Mimesis*, Princeton University Press.

Leech, Geoffrey N. and Short, Michael H.(1981), *Style in Fiction*, Longman.

Traugott, E. C. and Pratt, M.L.(1980), *Linguistics for Students of Literature*, Harcourt Brace Jovanovich. Inc.

김홍수, 국민대학교 국어국문학과, kihs@kookmin.ac.kr

제 2 부

〈김주필논평〉

국한문체

국어학에서 문체의 역사적 변화와 관련하여 많이 논의된 내용 중의 하나는 현대국어 문장, 그중에서도 국한혼용체 문장의 형성에 관한 것이다. 그리고 국한혼용체의 문장과 관련해서는 국한문이 많은 주목을 받아 왔다. 국한문은 19세기 말에 나타나기 시작하여 20세기 전후에 공문서나 교과서에 사용되어 널리 확산된 문장 유형으로서 한문을 우리말 문장으로 전환하여 사용하는 과도기적인 성격의 문장으로 간주해 오고 있다.

조선 시대에는 한글이 창제된 이후에도 공적인 성격을 갖는 문서를 한문이나 이두문으로 작성해 왔다. 그렇지만 조선시대 중후기에 이르면 한글 사용이 널리 확산되고 서구 문화의 유입에 따라 근대적인 국가 의식이 싹트게 되자, 한글이 우리 민족의 정체성을 나타내는 글자로 인식되기에 이른다. 그래서 갑오개혁을 추진하던 군국기무처에서는 1894년 11월 21일에 "법률·칙령은 모두 국문을 기본으로 하고 한문 번역을 붙이거나 혹은 국한문(國漢文)을 혼용한다(공문식 제14조)."라고 하여, 한글을 공식적인 문자 체계로 인정하였다. 그러나 실제의 어문 생활에서는 '순정한 국문'보다 '국한문'을 혼용하는 방향으로 나아왔다.

이러한 관점에서 현대국어 문장의 역사적 변화를 이해하기 위해서는 장소원(2005)를 살펴볼 필요가 있다. 장소원(2005)는 '현대국어와 역사성'이란 대주제 하에서 '음운론, 문법론, 어휘론, 문체'로 나누어 진행된 2005년 국어학회 공동 토론회에서 「현대국어와 역사성 -문체」라는 제목으로 발표된 논문으로서, 그동안에 이루어진 국어학계의 연구 성과를 중심으로 문체의 개념, 범위, 종류 등을 정리하고, 우리말을 표기하는 방법과 관련하여 한문체, 한글체와 국한혼용문체, 이두체 등을 시대적 흐름에 따라 살펴보았다. 이어서 우리나라에서 이루어진 텍스트를 시간의 흐름에 따라 6기로 나누고, 시기적으로 다소 차이가 있는 『병자일기』(1636~1640), 『윤치호 일기』(1887~1889), 『가람일기』(1919~1920) 등 3종의 일기를 문체적 관점에서 검토하였다.

그런데 19세기 말에 사용된 '국한문'은 현대국어를 대상으로 할 때 표기와 관련하여 말하는 '국한혼용체'와 다소 차이가 있다. 현대 국어에서 말하는 '국한혼용체'는 한 어절 내 실사가 한자어나 한자 어근일 경우 그 한자어나 한자 어근을 한자로 표기한 것을 말하지만, 19세기 말의 '국한문'은 한문과의 밀접한 관계하에서 만들어진 문장 유형으로서, '한문 문장을 단어 수준의 형태로 분단하여 그 한문의 구성 요소들을 우리말 문장 구조에 따라 배열한 다음, 그 뒤에 조사나 어미를 첨가하여 만들어진 유형의 문장'을 말한다. 물론 이러한 문장이 한문투를 우리말 자립어 수준으로 전환하면 전자의 문제로 나아갈 가능성은 있다. 그러나 19세기 말이나 20세기 초에는 양자를 구분할 필요가 있다. 김흥수(2004), 「이른바 개화기의 표기체 유형과 양상」(『국어문학』 39, pp. 58~77)에서는 전자는 '국한자 혼용체', 후자를 '국한문혼용체'로 나눈 바 있다.

김흥수(2005)에서는 갑오경장 무렵부터 1910년경까지 전통 문체의 세 갈래인 한문체·구결·이두문체, 언해체, 국문체가 공존하면서 다양한 방식으로 개신·변용·변질되는 양상을 검토하여 한문체에서 국한문체로 자리를 잡아 가는 과정을 유형화하여 그 양상과 특성을 살펴보았다. 이와 같이 개화기 이래 한문의 해체화 과정에서 나타나는 다양한 문체의 유형과 특성을 논의한 연구는 적지 않다. 그런데 김흥수(2004)는 제1부에서 게재되었으므로 여기에서는 같은 시기의 자료를 구체적으로 검토하여 또 다른 시각에서 논의를 전개하고 있는 한영균(2013), 즉 「근대계몽기 국한혼용문의 유형·문체 특성·사용 양상」을 게재하기로 하였다.

한영균(2013)에서는 '근대계몽기 국한혼용문 코퍼스'를 구축해서 모집단이 될 만한 텍스트를 선정하고 그 텍스트 중에서 코퍼스에 포함할 표본을 추출하는 준거가 될 만한 언어 특성에는 어떤 것들이 있으며, 근대계몽기 국한혼용문 텍스트에서 그러한 언어 특성이 구체적으로 어떻게 시현되는가를 확인하고자 하였다. 이를 위해 현대 한국어의 국한혼용문 문체 성립과 관련하여 검토할 필요가 있다고 생각되는 네 유형의 텍스트를 ① 한문의 요소를 그대로 사용하는 경우, ② 한문 문법의 간섭 결과가 체언구에 반영된 경우, ③ 한문 문법의 간섭 결과가 용언구에 반영된 경우, ④ 기타 등 4가지 유형으로 구분하여 이들 텍스트에서 나타나는 문체 특성과 사용 양상으로 나타나는 준거들이 '『신단공류』류, 『시일야방성대곡』류, 『서유견문』류, 『국민소학독본』류'의 네 유형에 구체적으로 어떻게 반영되어 있는가를 살펴보았다. 이러한 작업을 바탕으로 국한혼용문의 유형을 분석하는 데에 원용할 수 있는 요소들을 정리하고, 근대 계몽기의 초기에 이들 네 유형의 국한혼용문이 어떻게 수용되었는가를 살펴본 결과, '현토체〉직역언해체〉의역언해체〉현대의 국한혼용문'이라는 기존의 이해와 다른 양상을 보인다고 주장하였다.

그런데 김주필(2014), 즉 「국한문의 형성과 기원」(『반교어문연구』 38, 2014, pp. 131~161)에서는 국한문이 반드시 한문의 해체화 과정에서만 나타나는 것이 아니라는 관점에서 논의를 전개하였다. 즉 19세기 말에 사용된 국한문의 성격은 경서의 언해문, 경서 언해문을 풀이한 경서의 석의문, 나아가 음독 구결과 석독 구결과 유사한 부분이 있어서 19세기 말에 사용된 국한문의 기원은 차자표기로 거슬러 올라간다고 논의한 것이다. 이러한 작업을 위해 김주필(2014)

에서는 유길준이 『칠서언해』의 법(法)을 효칙(效則)하여 『서유견문』을 국한문으로 작성한다고 한 『서유견문』의 「서문」을 바탕으로 『칠서언해』의 언해문은 『서유견문』의 국한문과 대동소이하다는 사실을 확인하고 『七書諺解』의 언해문은 『경서석의』의 '석의문(釋義文)'으로 거슬러 올라간다는 사실에 주목하였다. 그리고 『경서석의』의 '석의문'은 석독 구결문을 음독 구결 방식으로 풀어서 쓴 것이라고 할 수 있다는 점에서 국한문의 기원은 멀리는 석독 구결에 기원하는 것이라 할 수 있다고 주장하였다.

박성종(2011), 즉 「조선 전기 이두 번역문의 문체와 어휘」(『한국어학』 53, 2011)는 조선 전기에 한문을 이두로 번역한 『大明律直解』, 『牛馬羊猪染疫治療方』, 『養蠶經驗撮要』와 필사물 『農書輯要』 등을 대상으로 이들 자료에 나타나는 문체 및 어휘 사용상의 특징을 한문을 이두로 번역하는 단계를 바탕으로 설명하고자 하였다. 이 논문에서는 한문을 이두로 번역하는 과정을 4단계로 나누어 이들 자료에 나타나는 문체 특성과 어휘 사용 양상을 다음과 같이 설명하였다.

제1단계는 텍스트 단위로 절단하는 단계인데 이 작업은 句讀 또는 標點 작업보다는 더 큰 범위에서 이루어진다고 하였다. 제2단계는 한문의 각 의미 요소들을 국어 어순에 맞추어 한문의 SVO형 구조를 국어의 SOV형 구조로 재배열하는 단계이다. 이때 한문의 구성 요소를 국어 단어 개념에 준하는 형태로 분리하기도 하지만 번역의 번거로움을 피하기 위해 한문식 구성을 그대로 옮기는 경우가 많다고 설명하였다. 제3단계는 재배열된 한자 또는 한자 복합체들의 의미 요소를 국어의 단어 형태로 바꾸는 단계이다. 이 단계에서 어휘의 수용과 대치가 발생한다고 보았다. 제4단계는 토를 다는 마지막 단계로서, 토로써 단어를 연결하고 문법 범주를 결정하고 문법적 의미를 부여함으로써 우리말 문장 구조에 맞추고, 잔존한 한문의 허사류도 이 단계에서 그에 대응하는 토로 대체되거나 삭제된다고 설명하였다.

박성종(2011)에서 설명한 한문의 이두 번역 단계는 한영균(2013)에서 설정한 국한혼용문체의 유형과 유사한 특성이 보인다. 또한 김주필(2014)에서 한문을 우리말로 전환하여 국한문을 만드는 과정으로 설명한 국한문의 특성과 유사한 측면이 있다. 이런 점에서 19세기 말의 '국한문'이 한문체의 해체화 과정에서 결과된 과도기적인 결과의 최종 종착점이라 할 수 있을지 또는 일각에서 말하듯이 일본의 가나에 영향을 받은 시대적인 산물이라고 할 수 있을지, 아니면 한문과 우리말의 끊임없는 교섭을 통하여 차자표기의 연장선에서 이루어진 부단한 노력의 산물인지 앞으로 심도 있는 논의가 필요하다.

김주필, 국민대학교 국어국문학과, jpkim@kookmin.ac.kr

현대국어와 역사성:
문체

장
소
원

1

들어가기

'현대국어의 역사성'을 논의하기 위한 분과로 국어학의 대표적인 하위분야인 음운, 문법(형태, 통사), 어휘와 더불어 문체가 설정된 것은 다소 예외적이다. 그동안 '문체'란 국어학자만의 전유물이 아니었을 뿐더러, 국어학을 전공하는 학자들도 저마다 다른 개념을 가지고 각기 다른 대상을 연구해 왔기 때문이다. 우리나라의 문체론 연구는 일차적으로 어학적 문체론과 문학적 문체론으로 나눌 수 있다. 그 가운데는 문학적 문체론이 상대적으로 많이 연구된 편이며, 특히 작가 개인 문체론의 기초 작업이 될 작품론에 많은 관심이 쏠리고 있는 형편이며 국어학적 문체론의 연구 대상은 음운, 어휘, 통사, 의미·화용, 텍스트의 층위로 크게 구분되어 연구가 이루어지고 있다.[1]

---

1 우리나라의 문학적 문체론과 어학적 문체론의 시대별 연구 내용과 국어학적 문체론 연구의 개관은 장소원(1998) 참조.

본고에서는 현대국어 문체의 역사성을 논의하기 위해 연구의 범위를 문장과 텍스트로 한정한다. 그리하여 문장 층위에서는 표기 요소별 문체의 차이를 검토하고, 텍스트 층위에서는 문체의 역사성을 보여 주는 대표적인 유형으로 '일기'를 선정하여 검토하기로 한다. 그러나 문체는 국어학의 다른 하위영역과 비교할 때 개념의 정립조차 확실하게 되어 있지 않은 실정이므로 먼저 문체의 개념과 종류, 대상을 간단히 정리하고 본격적인 논의로 들어가도록 한다.

2

문체의 개념, 종류, 대상

2.1. 문체의 개념

문체는 영어와 불어의 'style', 독어의 'Stil'에 해당하는 단어로 '양식(樣式)'이라는 뜻이다. 문체는 글의 문체와 아울러 말체, 즉 화체(話體)를 포함하기도 하지만 주로 문헌을 구성하는 문어 자료를 중심으로 이해된다. '문체'라는 표현은 생각한 바를 말 또는 글로써 표현하는 방법과 관계되기 때문에 문체론이 독자적인 학문 영역으로 성립되기 훨씬 오래 전부터 존재해 왔다.

문체라는 개념의 기원은 고대의 수사학으로까지 올라가는데 그 정의도 바라보는 이의 관점에 따라 다양하다. 문체의 원 의미는 '쓰는 기술'로 수사학의 문예적 표현기법인 동시에 작품을 평가하는 비평적 기준이었으며 초기 단계에는 모든 문학의 기초가 된 장르 개념과 구별되지 않았다. 그러다가 낭만주의 시대에 접어들면서 이러한 문체의 개념은 인간의 개성, 영감, 사고의 결정체로 바뀐다. 즉 문체는 인간 개성의 발로로 여겨지며 이와 연계되어 다양한 정의들이 내려졌다.[2] 이런 정의는 수사학에 대한 반동인 동시에 문학적 관점의 표현이기도 한데, 낭만주의에서 대두된 이와 같은 문체의 개념은 이어 분석적이고 체계적인 것으로 변화한다.[3]

문체의 개념은 수사학, 문학, 언어학의 관점에 따라 변천을 겪었는데 분야별로 서로 상이하게 정의되는 문체의 개념은 문체를 보는 관점의 차이에서 그 이유를 찾아야 할 것이다. 문학을 전공하는 사람들은 문장으로부터 받는 다분히 주관적인 인상을 바탕으로 간결체, 만연체, 강건체, 우유체, 건조체, 화려체 등을 분류하기도 하고 (이태준 1939) 문장의 리듬 또는 이미지의 문제를 문체 연구의 대상으로 삼기도 했다. 그 후 문체의 연구는 현대 언어학의 발전으로 인해 다양한 방법론적 접근을 가능하게 했고, 글의 문체를 결정짓는 요인으로 순한글체와 국한문혼용체, 문어체와 구어체, 문체 인상(印象), 표기·번역 양식, 어휘와 구문, 글의 장르나 텍스트 유형, 사회적 요인, 작가와 작품 등 여러 가지가 지적되었다. 지금까지 우리나라

2 대표적으로 뷔퐁, 구르몽, 샤또브리앙, 플로베르, 프루스트, 쇼펜하우어 등의 정의가 있다. 자세한 내용은 장소원(1998:690) 참조.

3 Bally(1951)에 따르면 문체론은 情意的 내용의 관점에서 언어 표현을 연구하는 것으로 언어에 의한 감성적인 여러 현상의 표현과, 감수성에 끼치는 언어 표현의 작용을 연구하는 것이며 Rifaterre(1978)는 언어에 의해 전달되는 정보에, 의미의 변질이 없이 부가된 표현적·情意的·수사적 강세이다.

에서 행해진 언어적 연구에서 '문체'에 대하여 내린 학자들의 정의도 무척 다양하다(이인모 1960, 박갑수 1977, 김완진 1983, 서정수 1991, 박영순 1994, 김흥수 1997, 김영자 1997 등).

2.2. 문체의 범위와 종류

구체적인 문체의 범위와 종류를 국어학에 한정한다고 하더라도 그 결과는 학자에 따라 큰 차이가 있다. 대표적으로 박갑수(1977)은 주로 단어 층위에서 문체를 다루었고, 김상태(1993)은 문장, 담화, 텍스트 전체에서까지도 문체를 논의하고 있다. 김영자(1997)은 문장이 가지고 있는 독특한 형식적 특성을 개인적 차원에서뿐만 아니라 사회적 차원이나 시대적 차원에서도 파악할 수 있다고 보았다.

대표적인 문체의 종류로는 고대의 수사법을 딴 이태준(1939)의 6대 문체, 즉 간결체, 만연체, 강건체, 우유체, 건조체, 화려체가 가장 많이 알려졌으며, 박갑수(1977)은 개인 문체와 표현 문체로, 김완진(1983)은 순한글체와 국한 혼용체로, 김상태(1993)은 언어적 환경에 따른 문체, 주제나 형식에 따른 문체, 청자와 상황에 따른 문체, 작가의 품성에 의하여 결정되는 문체로 나누었다. 김상태 · 박덕근(1994)는 개성을 나타내는 문체, 수사학상 문장의 유형을 나눌 때 쓰이는 문체, 특수한 용도로 쓰일 때의 문체, 문예 양식의 문체, 문법 및 어휘의 특징에 따른 문체로 나누었다. 김흥수(1997)은 개인의 특이성으로의 문체, 표현 기법으로서의 문체, 문학상 최상의 성과로서의 문체로 나누어 파악하였다. 그런가 하면 북한의 박용순(1978)은 적용 분야에 따라, 사회 정치 문체(당정책해설론문, 보고문, 호소문 등의 문체), 공식 사회 문체(법률문서, 외교문서, 군사문서, 일반사무문서 등의 문체), 과학기술 문체, 신문 문체, 문학 문체, 생활 문체(편지, 기행문, 일기, 감상문 등의 문체) 등 6대 문체론을 설정하였으며, 일반화된 개념으로 쓰이는 문화어 문체 이외에 개별적인 테두리 안에서 표현 방식상 일련의 특성을 가지고 나타나는 개인의 문체를 문체의 변종으로 이해하였다. 중국의 김기종(1983)은 크게 언어 행위의 유형에 따라서 말체와 글체로, 교제의 분야와 목적에 따라 문학 예술체, 사회 정론체, 과학 기술체, 공식 사무체 등으로 분류하기도 하는 등 문체의 분류는 문체에 대한 정의 못지않게 다양하다.

3

문장과 문체 – 표기요소별 문체

우리말을 적는 방법을 '문체'라는 용어로 칭하자면 훈민정음 창제 이후 우리의 문체는 한문체, 한글체와 국한문혼용체, 이두체로 나눌 수 있다.[4] 한문체는 사대부층의 전용문체였고 국한문체는 일부 양

4 김형철(1987:10-12)은 문체별 연구를 진행하기 위해서는 문체를 구성하는 요소를 결정하는 작업이 먼저 이루어져야 한다고 하며 문체를 구성하는 요소로 '문체소(styleme)를 설정하고 한문체, 국한문혼용체, 한글체 등의 표기 요소별 특징을 논의하는 문체 형식소와 운율요소, 어휘요소, 통사요소를 논의하는 표기요소로 나눈 바 있다. 이에 따르면 본 장은 문체 형식소에 관한 역사적 논의가 되는 셈이다.

반이나 중인 계층 일부의 문체, 한글체는 일부 양반층의 시가집, 고대소설, 서민층 및 부녀자의 문체이고 이두체는 삼국시대 이래 공사 행정문서에서 사용되던 문체이다. 이와 같은 우리의 표기 방식은 각기 향유층을 달리하였는데 이를 시대적 흐름에 따라 정리해 보면 다음과 같다.

훈민정음 창제 이전의 문자 생활은 한자를 매체로 하였지만 한자로 표기된 문장이 모두 한문이었던 것은 아니다. 우선 향찰은 한자의 음과 훈을 빌어 완전한 우리말 문장을 적는 방법이므로 진정한 국문체 문장이라고 할 수 있는 반면 이두문은 체언, 용언의 어간은 한문투로 남겨 둔 채 조사나 어미, 부사 등을 우리말로 표현하는 절충식의 문체라 할 수 있다. 이는 어휘적으로는 한문과 다름이 없지만 어순을 포함한 문법적인 면에서는 국문 문장이라 하겠다.

한문은 훈민정음 반포 이후에도 공식문장의 문체로 유지됨으로써 훈민정음 이전의 한문, 직해체, 국문체의 정립상태도 흔들리지 않았다. 그러나 세종, 세조, 성종 대를 거쳐 오며 국어 문장의 용도가 착실히 확장되어 나갔다. 시가(용비어천가, 월인천강지곡)와 산문문장(석보상절)이 우리말로 쓰이게 되었으나 역사, 법률 등을 위시한 주요저술에는 여전히 한문만을 사용하였다. 즉 훈민정음 출현 이후 우리나라의 문자 생활은 순수한 한문이 상층을 차지하고 순수한 언문은 하층을 차지하는, 층위가 가장 뚜렷한 대립을 이루었던 것으로 파악된다.[5]

5 이기문(1970)에 따르면 이 두 층위의 중간에 이들보다 뚜렷하지는 못했지만 두 개

훈민정음 창제 이후 우리의 문헌 표기 방식은 크게 세 부류로 나눌 수 있다.[6]

(1) 제1부류: 혼용의 방식으로 한자어는 한자로 쓰되 한글로 음을 달지는 않는 방식. 용비어천가류

(2) 제2부류: 한자어를 한자로 적지만 한자 하나하나에 한글로 주음하는 방식. 한글로 된 한자음이 큰 글자로 앞서 있고 한자는 그 아래 약간 오른쪽에 작은 글씨로 적힘. 월인천강지곡류

(3) 제3부류: 한자에 주음하는 것은 제2부류와 같지만 주음하는 방식은 한자가 큰 글씨로 먼저 나오고 한글로 된 음이 작은 글씨로 뒤따름. 석보상절, 월인석보류

이 세 부류의 차이는 독자로 누구를 상정하느냐에 따른 것으로 제1부류의 독자는 한문에 통달한 사람들이므로 가사 속에 들어 있는 한자에 음을 달아주는 것은 무의미하다. 반면 석가모니의 일생을 기술한 석보상절이나 성덕을 칭송한 월인천강지곡은 그 성격상 한문이 아닌 우리글로 발간되는 것이 당연하며 그 문장 중에 한자로만 된 부분이 있어 독자의 이해를 방해해서도 안 되었다. 그런데 문제는 불교 서적의 독자는 일반 서민만이 아니라 한문에 익숙한 지식 계급도 포함된다는 것이었고 그 결과 월인천강지곡에서 석보

의 중간 층위가 있었는데 하나는 이두문이고 다른 하나는 언문에 한자를 섞은 이른바, 언해본의 문체로, 이러한 문체 층위들의 구성은 19세기 후반 개화기까지 이어진다.

6 이에 대해 이기문(1970)은 언문에 한자를 섞었다는 점에서 제2부류와 제3부류를 통틀어 언한문(諺漢文)이라 불렀다.

상절, 월인석보에 이르는 서적들에는 일종의 절충식 표기가 이루어졌던 것이다. 그러므로 제2부류의 체제는 일반 서민 독자를 우위에 두고 한문에 익숙한 독자를 부차적인 위치에 둔 반면, 제3부류의 체제는 양자의 비중이 바뀐 것으로 파악해야 한다.[7] 월인천강지곡과 석보상절 사이의 체재가 월인석보에서 전도되는 것은 동국정운식 한자음으로 주음한 데 그 이유가 있다.[8] 그러므로 한글로 주음을 하느냐 하지 않느냐 하는 차이는 간행에 임하는 편찬자가 어떤 부류의 독자를 기대하는가에 의해 결정되는 것이지 내용이 고급한 책은 무조건 주음을 하지 않았다거나 모든 언해류들이 획일적인 형태로 간행이 이어진 것은 아니다.[9]

개화과정에서 우리 문자의 기능은 종래와 같은 언문이치의 상태로는 감당이 되지 않던 그전까지의 문자생활의 모습을 바꾸어 놓았다. 각종 공문서와 사문서의 양이 증대하고 관보, 신문, 잡지가 쏟아져 나왔으며 교과서를 비롯한 단행본의 출판이 나날이 늘어나게 되었기 때문이다. 특히 19세기 중엽 동학과 천주교가 관련 문헌의 출판에 한글체를 택했고 기독교 역시 한글체를 취함으로써 한글체는 우리나라의 종교와 깊은 관련을 맺게 되었다. 그런데 이 시기에 와

---

7 이를 한글에 대한 존중도가 약화된 것으로 볼 수는 없다. 그 이유는 월인천강지곡과 석보상절은 세종 31년에 간행되었고 후에 월인천강지곡의 체재를 본떠 월인석보로 합본이 되기 때문이다. 이것이 바로 김완진(1983)의 입장이다.

8 기괴하고 발음이 어려운 동국정운식 한자음을 월인천강지곡처럼 앞에 크게 내세우는 것은 오히려 독자들이 문면을 이해하는 데 장애로 작용하였을 것이기 때문이다.

9 한자마다 독음을 단 국한문혼용체 문헌이 중간본에서는 순한글체로 언해의 체재를 바꾼 경우도 있다. 김완진(1983:241) 참조.

서 시조와 가사의 표기에 국한되었던 국한문체가 한성주보(1886년 1월 25일 창간)에서 다시 나타나기 시작했다. 초기에는 한문, 한글체, 국한문체의 기사가 섞여 쓰였으나 나중에는 한글체의 기사는 사라지고 국한문체의 기사가 남게 된 것이다. 결국 19세기 말, 20세기 초의 우리나라에는 한문이 물러나고 한글체와 국한문체의 대립이 나타나게 되었다.

갑오경장과 함께 1894년 11월 21일 '공문식(公文式)'에 관한 칙령이 내려졌다. 그 내용은 법률과 칙령에는 국문으로 본을 삼되 한문은 번역해서 덧붙이거나 국한문을 혼용하라는 것(法律勅令 總之國文爲本 漢文附譯 惑混用國漢文)이었는데, 한문을 덧붙인다고 한 것으로 보아 아직 한글만으로는 만족할 수 없었다는 것과, 대안으로 국한문을 든 것을 보아 유길준에서 시작된 이 문체의 실용성이 당시에 인정받고 있었음을 알 수 있다. 이 칙령이 공포된 후 당시의 공문들에서는 여전히 한문이 사용되었고 처음에는 상당히 사용되던 한글체는 점차 위축되었으며 국한문체의 사용이 일반화 되었다.[10]

신문 및 잡지에서 이 두 종류의 문체가 어떻게 나타났는가 하는 것은 이기문(1970)에 잘 나타나 있는데 이를 간단히 정리하면 다음 〈표 1〉과 같다.

---

10 이기문(1984:67-68)은 당시 공문서류의 표기에 큰 변동이 있었음을 구체적인 예를 들며 보이고 있다.

〈표 1〉 신문과 잡지에서의 문체

시기	신문 또는 잡지명	문체
1883년 10월	한성순보 창간	한문
1886년 1월	한성주보 창간	한문체, 국한문체, 한글체
1886년	農政撮要(정병하)	최초의 국한문체 단행본
1895년	西遊見聞(유길준)	국한문체
1895년	텬로력뎡(게일)	한글체
1896년	泰西新史(학부)	한문본, 한글본
1896년 4월 7일	독립신문 창간	한글체
1898년 1월	협성회회보 (4월 매일신문으로 발전)	한글체
1898년 3월	京城新聞	한글체
1898년 8월	뎨국신문	한글체
1898년 9월	황셩신문	국한문체
1904년 8월	大韓每日申報	국한문체
1907년 5월	대한매일신보	국문판 간행
1940년대 후반	호남신문, 서울신문	한글전용(3년간만 지속)
1953년	연희춘추(반월간)	한글전용, 가로쓰기
1968년	한글판 서울신문	한글판 채택 후 1973년 국한문 혼용으로 전환
1988년	한겨레신문 등	한글전용으로 전환

신문의 문체가 국한문체로 된 것은 당시의 다른 간행물들의 문체와도 관련지어 이해해야 한다. 특히 당시의 각급학교의 모든 교과용 도서의 문체가 국한문체로 통일되어 있었던 사실은 주목할 만하다. 또 이 시기의 대부분의 잡지는 국한문체를 채택하였지만 예외적으로 필자의 특별한 의지에 따라 한글체의 글이 실린 경우도 있었고 부녀자를 대상으로 한 '가뎡잡지'는 한글체를 채택하였다.

또 소설은 전통적으로 한글로 표기되어 온 반면 시조나 가사에는 한자가 혼용되었다. 그러나 소설의 문체는 고전소설의 전통을 배경으로 한 장편소설과 일본의 모형에 사로잡힌 단편소설에서 다른 모습을 보인다. 장편소설은 국문체를 고수하고 있던 반면 한자를 혼용하여 간행되던 일본 단편소설의 영향으로 단편소설은 오랫동안 국한문체를 사용했던 것이다.[11] 그 후 우리의 단편소설에 한글체가 확립된 것은 1924년으로, 이때부터 나도향, 현진건, 박종화 등이 한글체로 단편소설을 쓰기 시작하였다. 그러나 1920년대와 1930년대에 우리나라의 문학적 기틀을 잡았던 이광수, 최남선, 김동인은 모두 일본에 유학한 경험이 있고 문어의 학습은 일본어가 우선하여 이루어졌으며 실제 일본어로 작품을 쓸 수 있을 정도로 일본어 문장을 구사하는 능력이 뛰어났음을 간과해서는 안 된다. 또 1930년대에 활약한 정비석, 이무영, 염상섭, 전영택, 현진건, 이상 등도 어려서부터 일본어를 배웠고 유학을 경험했으며 일본어로 작품을 발표한 일이 있다(정광 1995).

현대적인 문체라고 이름 붙일 수 있는 문체의 등장을 3·1운동이 일어난 1919년 전후로 보는 것은 강화된 민족의식 덕분에 한문투의 문장으로부터 탈피가 가능했으리라고 추측하기 때문이기도 하지만, 이 시기의 문학계를 이끌던 이들이 현대적 의미의 서구문학의 이입을 추구한 데서도 그 원인을 찾을 수 있다. 그런데 이 당시 서구문학의 이입은 직접적인 서구로부터의 이입이 아니고 일본 유학을 통한 번역 작품의 수용이었던 것이 그 특징이다. 당시는 서구

---

11 이기문(1984:73-75)에 따르면 이광수는 1910년부터 1918년 사이에 「소년」잡지에 발표한 단편은 모두 국한문체로 썼던 반면 1917년 매일신보에 연재한 장편소설 '무정'과 또 다른 장편소설 '개척자'는 완전한 국문체를 채택했다.

문물의 수용도 일본과 일본어의 영향을 받을 수밖에 없었던 상황이었고 언문일치 운동도 실은 이 시기에 이식되어 온 것이다. 현재 우리나라의 서점에 나와 있는 세계 문학 전집이나 사상전집은 대체로 60-70년대에 일본어 번역판을 이용한 재번역들이다. 이러한 재번역의 과정은 오역이나 의미 전달상의 제약을 가져올 뿐 아니라 일본의 냄새나 언어습관까지도 함께 수입함으로써 일본어의 언어체계가 독자에게 영향을 미치게 된다.[12] 그리고 해방과 함께 세계의 문물을 자유롭게 접하게 되면서 우리는 더 이상의 거부감 없이 다른 외국어의 영향을 받아 스스로의 문체를 변화시켜 가고 있다.[13]

4

텍스트와 문체

4.1. 텍스트 유형

모든 텍스트는 그 성격과 유형에 따라 각각 구별되는 기능을 지

---

12 그 범위는 우리말에 불필요한 조사 '의'의 남용과 지나친 피동표현의 사용, 일본식 한자어의 유입에서 시작하여 속담, 격언의 유입에 이르기까지 광범위하다. 장진한(1990) 참조.

13 서구 언어, 특히 영어가 우리의 언어생활에 미친 영향은 일차적으로 번역 작품을 통한 것인데 그 결과 우리는 인칭대명사의 남용, 주격과 주제격의 혼란, 화법 수용의 혼란, 경어법, 시제 사용의 혼란, 문장 길이의 조정 등과 같은 다양한 문제들을 안게 되었다. 김정우(1990) 참조.

니고 그에 따른 상이한 문체를 지닌다. 이 말은 많은 텍스트들이 하나 이상의 통보 기능을 지니며, 그 기능에 따라 텍스트 유형들의 문체도 복합적인 특징을 지닌다는 뜻이다. 텍스트 유형의 문체는 각 영역의 텍스트에서 텍스트 문체만으로, 또는 텍스트 내용 및 상황의 자질과 결합하여 다양한 기능을 수행한다. 텍스트 유형의 측면에서 문체의 역사적 변화과정을 검토하는 작업은 시대적인 변화에 따라 우리나라에 나타난 텍스트로 어떤 것들이 있는지를 살펴보는 것으로 시작되어야 한다. 우리나라에서 이루어진 텍스트의 시대별 유형을 간단히 정리해 보면 다음과 같다.[14]

(5) 텍스트의 시대별 유형

제1기: 초기 텍스트의 태동기 - 중국의 문장분류법을 거의 그대로 답습한 한문텍스트

제2기: 한문이 한국식으로 변모된 텍스트 - 서기체 텍스트, 이두 텍스트, 향찰 텍스트, 석독 구결 텍스트, 음독 구결 텍스트

제3기: 훈민정음의 창제와 더불어 나타난 언해 텍스트

제4기: 갑오경장을 계기로 한 국한문혼용 텍스트, 한글 텍스트

제5기: 외국문화의 접촉에 의한 새로운 텍스트의 탄생

① 한글 내지 국한문혼용으로 쓰인 공문과 교과서, 신문의 출현

14 한문텍스트의 유형화 문제와 전통시대의 한글텍스트의 유형화 문제는 고영근(1990)의 제 7장에 잘 정리되어 있다.

② 신문의 창간으로 인한 사설과 광고의 출현
③ 다양한 성격의 본격적인 실용 텍스트의 탄생(졸업증서, 모임의 발기취지서, 선언문, 표어, 성명서, 취지문 등)
④ 문학 장르의 확정

제6기: 해방 후 한글텍스트와 국한문텍스트의 공존기를 거쳐 1980년도부터는 한글텍스트의 압도적 우세기

현대적 의미에서 우리나라에서 문학 장르가 확정된 것은 이윤재의 문예독본(1931)이지만 이 책이 문학적인 문장을 유형화시키면서도 본격적인 유형화의 단계에 접어들지 못했다면 이태준의 문장강화(1940)는 비록 일본식의 분류이기는 하지만 당시에 실용되던 대표적인 텍스트(문장)의 유형을 열 가지로 나누고 각각의 작성법을 설명하고 있음이 비교된다.

제6기에 해당하는 사건으로 볼 수 있는 텍스트언어학의 확립과 더불어 시도된 텍스트의 유형화 작업은 텍스트가 지닌 외형적 특성과 내재적 특성을 모두 고려하여 시도되었다는 점에서 이전까지의 장르론이나 문장분류론과 대조된다. 이때 외형적 특징을 고려한다는 말은 상황적 특징, 즉 텍스트의 작성자, 텍스트의 독자가 누구이며 어떤 계층에 속하는가를 고려함과 더불어 텍스트의 생성 시기, 텍스트의 길이, 분량, 매체적 특성을 중요 기준으로 다룬다. 또 해당 텍스트와 다른 텍스트의 연관성을 고려하기도 한다. 다음으로 텍스트의 내재적 특징을 고려한다는 말은 텍스트의 기능과 텍스트 주제의 전개 방식, 주요 등장 화행 및 화행 연결 구조를 살피는 등의 구

조적인 특징을 점검하는 것이다.

한 예로 실용텍스트의 유형화 작업을 시도했던 롤프(1993)는 텍스트기능을 하위분류함에 있어서 텍스트 유형 범례의 성공조건 또는 충족조건으로 발화수반 목적·행위 목적, 목표달성 방법, 준비조건의 세 가지를 설정하고 2,200여 개의 텍스트를 살펴 크게 다섯 종류의 텍스트 유형을 구분하기도 했다.[15] 우리나라에서도 중세국어의 문헌을 대상으로 그리고 현대의 문헌을 대상으로 텍스트의 유형화 작업은 다양하게 이루어지고 있다.[16] 우리가 달성하려고 하는 목적에 따라 선택하는 법률문, 연설문, 조문, 편지, 계약서 등등의 텍스트 유형들은 각각 구별되는 문체를 지니고 있다. 지금까지 개별 텍스트 유형들이 지닌 문체와 기능에 대해서는 기사문, 광고문, 시, 소설 등 몇 가지 유형에 대해서만 선별적으로 연구가 행해졌는데 개별적인 텍스트 유형들이 지닌 독특한 문체를 검토함으로

---

15 Rolf(1993)에서 나타나는 실용텍스트의 유형화 결과는 다음과 같다.

화행유형	행위목표	텍스트 유형
단언적	청자는 명제를 그의 고유한 인지적 관점으로 만드는 기회를 얻는다.	보도문, 보고서, 설명서, 추천서, 서평
지시적	청자는 일정한 행위를 행해야 한다.	광고문, 논평, 작업안내문, 요리설명서, 규정집
위임적	청자의 이해관계와 연관된 화자의 미래행위.	계약서, 보증서, 서약서
표현적	청자에게서 추측되는 감정적 상태에 영향을 준다.	축전, 조전, 연애편지, 펜팔 편지
선언적	제도적/관습적 실제가 계속해서 존속하거나 이러한 제도/관습에 의해 대치된다.	임명장, 유언장, 위임장

16 한 예로 고영근·남기심(1997:21)은 중세국어 연구의 주종이 되는 한글자료들을 그 성격에 따라 악장, 번안산문자료, 언해자료, 협주자료, 서간자료, 고려가요의 여섯 갈래로 나눈 바 있다.

써 우리는 각 텍스트별로 관용화된 형식적 특성을 추출해 낼 수 있을 것이다.[17]

4.2. 일기를 통한 문체의 비교

먼저 '일기'라고 하는 텍스트 유형을 문체의 측면에서 국어의 역사성을 살피는 대상으로 선정한 이유는 일기가 다른 텍스트 유형과 비교할 때 독특한 성격을 보이기 때문이다. 그 이유는 먼저 텍스트 생산자가 분명히 드러나며 특정한 청자를 상정하지 않고 철저하게 텍스트 생산자 혼자만을 독자로 하여 텍스트의 생산이 이루어진다는 특성을 지닌다. 반면 편지와 같은 텍스트 유형에 대해서는 훈민정음 창제 이전부터 다양한 형식의 자료가 전해지고 있기는 하지만 '편지'라는 형식을 공유하고 있을 뿐 너무나 다양한 상황에서 쓰여짐으로써 도리어 그 텍스트 유형의 성격을 파악하는 데 장애가 되는 경우가 있다. 예를 들면 분재에 관한 편지의 경우 텍스트별로 공문서의 성격을 지니는 편지와 사문서의 성격을 지니는 편지가 섞

---

17 텍스트의 문체는 텍스트의 기능을 직접적으로 표현하는 '알리다', '보고하다', '요구하다', '청구하다', '선언하다', '신청하다', '계약하다', '보증하다', '감사하다', '축하하다' 등의 수행 동사에 의해 특성화되기도 하고, 특정 어휘나 문장 유형에 의해 특성화되는 경우도 있으며, 계약서, 합의서, 보증서, 서약서, 맹서 등의 책무 텍스트나 유언장 등의 선언적 텍스트는 그 기능이 명시적인 수행 동사에 의해 직접적으로 표출되는 동시에, 엄격하게 제도화되어 있다는 특징을 지닌다. 또 법률 조항, 캠페인 등에서 볼 수 있듯이 '-야 한다'는 규범적 입장을 전달하거나, '-기를 바랍니다', '-이 필요합니다'로 표현되는 관심(필요, 소망, 선호)을 전달하거나 사건에 대한 긍정, 부정의 평가적 입장을 알리는 간접적인 수행 형식이 문체의 특징이 되기도 한다. 광고 문체도 텍스트 기능이 간접적인 표현을 통하여 실현되는 대표적인 예이다.

여 있고 하나의 편지가 이 둘의 성격을 공유하는 것도 있어서 그 성격을 파악하기가 쉽지 않다는 문제점이 있다.[18] 또 19세기~20세기 초에 나온 방각본 언간독은 일찍이 집안에서 필사본으로 전해 오던 한글 편지 규식이 매매를 목적으로 방각본의 형태로 대량 간행되어 나온 것으로, 상대에 대한 호칭, 문장구성법, 편지의 구성 등이 이미 규식화되어 있었음을 알 수 있다.[19]

이 글은 필사본 한글체 일기가 존재하지 않는 15-16세기를 제외하고 세 종류의 일기를 대상으로 각각 17세기 중반, 19세기 후반의 일기 그리고 20세기 전반기의 한글체 일기가 보이는 문체적인 측면을 검토하는 셈이 된다. 문체적인 측면의 검토는 전체적인 내용, 일기의 구성, 문장의 구성, 종결어미 그리고 기타 사항으로 나누어 점검하기로 한다. 우리가 분석의 대상으로 삼은 일기는 다음과 같다.

(6) 분석대상 일기

ㄱ. 丙子日記(인조 14년 ~인조 18년, 1636~ 1640)

ㄴ. 尹致昊日記(1887년 11월 25일~1889년 12월 7일)

ㄷ. 가람日記(1919년 8월 12일~1920년 5월 12일)

---

18 한 예로 태조 이성계가 자식에게 남긴 분재기를 보면 어떤 것은 이성계 사가의 분재가 중추원과 도승지라는 공적인 루트를 통해 행해지고 있다는 점에서 형식상 공문서의 성격을 띠는 반면, 다른 것은 아버지와 딸 두 사람 사이에 개인 차원에서 수수된 문서라는 점에서 사문서의 성격을 띤다.(안승준 1998:31) 참조.

19 19세기~20세기 초에는 일찍이 집안에서 필사본으로만 전해져 오던 한글 편지 규식이 편지를 받는 상대에 따라 구별해야 하는 호칭, 문체, 편지의 구성법 등으로 규식화하여 방각본 언간독으로 대량 간행되었다. 홍은진(1998) 참조.

4.2.1. 전체적인 내용

위에서 든 세 종류의 일기는 모두 한글로 쓰여진 텍스트라는 공통점을 가지고 있다. 『병자일기』는 조선 인조 때 좌의정을 지낸 춘성부원군 시북 남이웅의 부인인 정경부인 남평 조씨(南平 曺氏)가 인조 14년 12월부터 인조 18년 8월까지,(서기로는 1636년부터 1640년), 즉 본인이 63세였던 해부터 67세가 되던 해까지 근 4년간 기록한 한글 필사본 일기로, 작자와 연대가 명확한 최초의 사가(私家) 일기라는 점이 특징이다. 이 작품과 비슷한 시기에 나온 한글 필사본 일기로 『산성일기』와 『계축일기』가 있지만 이 두 작품은 특정한 정치적 사건을 그 주변에서 지켜본 궁녀가 기록한 것으로 사가의 일기가 아닐뿐더러 작자도 명확하지 못하다는 점에서 성격을 달리한다. 『병자일기』의 내용은 남평 조씨가 겪은 병자호란이라는 큰 정치적 사건뿐 아니라 일상생활의 주변에서 일어난 잡다한 일들로 생생하게 채워져 있다. 문체는 비교적 당대의 구어체에 가까운 것으로 판단되며 대화로 되어 있는 부분도 눈에 띄어 기존의 역어체 문장과는 거리가 있고 고전소설과도 문체와 어법의 차이를 보인다. 『병자일기』는 표지 1장 본문 72장(144면)으로 되어 있으며 앞부분이 소실되었다. 원래 4책으로 분책되어 있던 것을 1책으로 합한 듯 크기가 다른 2책이 중간에 끼어 있다.

윤치호는 1883년 1월 1일(음력 1882년 11월 22일)부터 1943년까지, 그러니까 18세에서 78세에 이르는 60년 동안 대부분의 일기를 영어로 썼다.[20] 유길준, 박영효가 한글의 필요성을 자각하면서도 한문

20 윤치호가 영어로 일기를 쓴 이유는 '자유' '권리' '의회' 등 서구 시민사회의 산물을

문화의 무게를 이기지 못하고 한문 문장에 한글로 토를 다는 국한문체를 벗어나지 못하고 있을 때, 같은 일본 유학생 출신인 윤치호는 상해와 미국에서 유학하던 기간 중인 1887년 11월 25일부터 1889년 12월 7일(음력 십월 십일일부터 십일월 십오일)까지 한글로만 이루어진 일기를 쓰게 된다.[21] 거의 전 평생 동안 일기를 쓰면서 이렇게 짧은 기간 동안만 한글로 일기를 쓴 까닭은, 1880년대 후반 한글체로 글을 쓴다는 것이 당시로서는 너무도 새로운 문체의 시험작업에 해당되어 개인적으로 힘이 들었기 때문이다.[22] 이 시기의 일기는 출판된 책으로 약 120쪽에 달한다. 1880년대 초 일본유학기의 일기는 전문이 한문으로 쓰여졌고 단지 메이지유신[明治維新] 이후 발전된 일본의 모습과 도쿄에 머물고 있던 한국인의 동향 등이 내용이며, 83~84년 국내체류기의 일기는 미국공사관·개화당·갑신정변 등에

번역할 만한 마땅한 국문이 존재하지 않았고, 국문에는 언문일치나 고백체가 없어 '고백적 글쓰기'가 어려웠기 때문이라고 스스로 적고 있다. 윤치호가 한글로 일기를 쓴 시작일과 마지막일의 내용은 김인선(1991:8) 참조.

21 한글일기 중에도 고유명사를 적을 때는 가나문자와 알파벳, 한자를 사용하기도 했다. 일본 사람의 이름을 적을 때는 가나문자만을 사용하거나 한글이름 아래 이를 병기했고, 미국사람의 이름이나 고유명사를 적을 때는 한글로 적고 'Mr. Gunn 또는 Mrs.Mac Tyeier, 미국사은일(謝恩日, Thanksgiving day)'과 같이 병기하기도 했다. 또 한글의 아래 한자를 적어 주는 경우도 뒤로 갈수록 늘어났다.

22 실제로 윤치호는 한글로 일기를 쓴 마지막 날인 1889년 12월 7일의 일기에서 '오늘부터 영어로 일기를 쓰기로 작정하다. 그 이유는 첫째, 우리말로는 지금의 모든 일을 다 세세히 쓰기 어렵고 둘째는 모든 일을 세세히 쓰기 어려운 까닭에 매일 빠뜨리는 일이 많아 일기가 불과 일수(날짜)와 음청(날씨의 흐리고 맑음)을 기록할 뿐이고, 셋째는 영어로 일기를 쓰면 특별히 필묵(필기도구)을 바꾸지 않아도 되고 넷째는 영어를 배우는 일이 더 빠르므로 이리 한다'고 적고 있다.

관해 기록한 것으로 국내외 정세가 주를 이루고 있다. 84년~88년 중국 유학기의 일기에는 상하이의 대학생활과 중국의 사정, 한국인의 동정 등이 기록되어 있고 88년에서 93년은 미국유학기로 대학생활과 신앙활동, 미국의 문명 및 인종차별 문제 등이 담겨 있다.

『가람일기』는 이병기 선생이 1919년 4월 14일부터 1968년 별세 시까지 쓴 약 50년의 일기를 쓴 것을 모은 것이다. 이 일기는 1919년 4월 14일부터 8월 9일까지는 한문으로 쓰여졌고 1919년 8월 12일부터 1920년 5월 12일까지는 한글로, 그리고 1920년 7월 21일부터 1962년 및 1968년, 가람선생의 별세 시까지는 국한문혼용으로 되어 있다. 그러므로 이 글에서는 다른 두 종류의 일기와 마찬가지로 전체 일기를 분석의 대상으로 하지 않고 한글로 집필된 위의 기간의 일기만을 대상으로 하였다. 이 기간의 일기는 출판된 책으로 약 100쪽에 달한다. 형식은 주로 하루 동안 일어난 일을 순차적으로 서술하고 있으며 내용은 가람선생이 일상생활에서 겪은 여러 가지 일과 이에 대한 생각을 간결한 문체로 솔직하게 적은 것이 주를 이룬다. 3.1운동 후 국문학에 대한 사랑과 관심이 특히 잘 드러난다.

4.2.2. 일기의 구성

우리가 검토해 보려는 세 종류의 일기는 적힌 시대를 달리하고 있고, 작자의 신분과 출생, 성장환경 등이 서로 달라 공통점을 찾기 어려워 보인다. 그러나 이들이 우선 '일기'라는 텍스트 유형을 같이하고 있다는 점과 모두 한글로 적혔다는 점에서 공통점을 지닌다. 이 자리에서는 '일기'라고 하는 텍스트 유형이 시대별로 어떤 차이를 보이는지 날짜 적는 방법, 날씨 표시 방법 등을 중심으로 검토해 보고자 한다.

먼저 날짜를 적는 방법을 보면, 세 작품 모두 날짜를 성실하게 적고 있다. 먼저 『병자일기』는 해가 바뀔 때에는 새 장에서 시작하거나 줄을 바꾸면서 앞부분을 큰 글씨로 적고, 달이 바뀔 때에는 줄을 바꾸거나 여백을 많이 남겨 구별하였다. 또 날이 바뀔 때에는 예외 없이 가로로 길이가 긴 동그라미 표시를 하여 구분한 후 날짜를 적고 바로 이어 날씨를 기록하는 일을 거르지 않았다. 해가 바뀔 때에는 '뎡튝경월대건 임인신튝삭'과 같은 식으로 표기했는데 이는 '丁丑年 正月 大健 壬寅 辛丑 朔'을 한글로 적은 것으로 '서기 1637년 큰달(30일까지 있는 달), 60갑자의 壬寅에 해당하는 달, 辛丑의 간지에 해당하는 날, 음력 초하루'를 뜻한다. 특이한 점은 월의 간지는 다른 글들이 모두 세로쓰기를 하고 있는 것과 대조적으로 작은 글자로 가로쓰기를 하고 있다는 점이다. 각 달의 이름과 날짜 적는 방법은 〈표 1〉, 〈표 2〉와 같다.

〈표 1〉 병자일기의 달 표기 방법

달	1636년(병자)	1637년(뎡튝)	1638년(무인)	1939년(긔묘)	1640년(경진)
1월		경월대건임인	원월대건갑인	원월건병인[23]	경월대건무인
윤1월					윤경월쇼
2월		이월쇼건계묘	이월	이월쇼건뎡묘	이월대기묘
3월		삼월대건갑진	삼월대건병진	삼월대건무진	삼월대건경진
4월		ᄉᆞ월쇼건을ᄉᆞ	ᄉᆞ월쇼건뎡ᄉᆞ	ᄉᆞ월쇼건긔ᄉᆞ	ᄉᆞ월쇼

23 '健' 앞에 '大'자가 빠진 것임.

윤4월		윤ᄉᆞ월			
5월		오월대	오월쇼건무오	오월대건경오	오월대건임오
6월		뉵월쇼	뉵월대	뉵월쇼건신미	뉵월쇼건계미
7월		칠월쇼건	칠월쇼건경신	칠월대건임신	칠월대건갑신
8월		팔월대	팔월쇼건신유	팔월쇼건	팔월쇼건을유
9월		구월쇼	구월대건임술	구월쇼건갑슐	
10월		시월대	시월쇼건계ᄒᆡ	시월대건을ᄒᆡ	
11월		동지월대	동지월대건갑ᄌᆞ	지월쇼건병ᄌᆞ[24]	
12월	(12월)	납월대건계튝	시이월대건을튝	시이월대건뎡튝	

〈표 2〉 **병자일기의 일자 표기방법**

일자	이름
1일	삭[25], 초ᄒᆞᄅᆞ, 초길[26], 초삭[27]
2일	초이
3일	초삼
4일	초사
5일	초오, 단오일(5월)
6일	초뉵
7일	초칠
8일	초팔
9일	초구, 구일
10일	초슌
11일	열ᄒᆞᄅᆞ, 열ᄒᆞᄅᆞᆫ날
12일	십이일, 이일, 열이틀
13일	십삼, 열사흘
14일	십ᄉᆞ일, 십ᄉᆞ

24 '至月', '동지가 있는 달'의 뜻.

25 '朔'으로 음력 매월 초하루를 의미한다.

26 '初吉'으로 음력 매월 초하루를 일컫는 다른 이름.

27 '初朔'

15일	망일
16일	십뉵일, 십뉵
17일	십칠일, 십칠, 칠일
18일	열여ᄃᆞ랜날, 십팔일
19일	십구, 십구일
20일	이십일, 념일[28]
21일	스므ᄒᆞᄅᆞ, 이십일, 이십일々[29], 념일々, ᄒᆞᄅᆞ,
22일	스므이틀, 념이일, 이틀
23일	념삼
24일	념ᄉᆞ, 이십ᄉᆞ
25일	념오, 이십오, 이십오일
26일	이십뉵, 념뉵
27일	념칠, 스무닐웨
28일	념팔, 여ᄃᆞ래
29일	념구
30일	회일[30]
이어진날	초이초삼
4-8일	초ᄉᆞ초오초뉵초칠초팔
5-6일	초오초뉵
7-8일	초칠초팔
8-10일	초팔초구초슌
10-12일	초슌ᄒᆞᄅᆞ이틀
10-14일	초슌일々이일삼일ᄉᆞ일

28 '念日'로 그 달의 스무날을 나타냄. 중국의 고어에서 '念'이 '20'을 의미하는 '卄'과 그 발음이 [십]으로 같았던 데서 사용되기 시작했다. 원중국한자로 11세기 중국에서 편찬된 운서인『集韻』에도 나타나는 '卄'은 '日'과'執'이 합쳐진 日母子이다. 현재 우리 옥편에는 '스물 입'으로 나타난다.

29 이승훈(1999)의 부록을 보면 구두점의 일종으로 '々'를 첩자부(疊字附, 자거듭표)로 같은 글자가 겹쳐 나올 때 사용한다고 하면서 이를 '동상부(同上附, ' " ')와 구분하고 있다.

30 '晦日', 그믐날

11-12일	열ᄒᆞᄅᆞ이틀
12-13일	십이일십삼일
12-14일	이틀사ᄒᆞᆯ십ᄉᆞ
13-14일	열사ᄒᆞᆯ십ᄉᆞ
13-15일	십삼일십ᄉᆞ망일
14-15일	십ᄉᆞ망일
16-17일	십뉵십칠
19-20일	십구념일, 십구이십일
20-21일	념일스므ᄒᆞᄅᆞ
21-22일	스므ᄒᆞᄅᆞ이틀, ᄒᆞᄅᆞ이틀, 일〻이일
22-23일	념이념삼
23-24일	념삼ᄉᆞ일, 념삼념사, 념삼ᄉᆞ, 삼일ᄉᆞ일
25-26일	념오념뉵
28-29일	념팔념구

『윤치호일기』는 음력과 양력의 날짜를 병기하고 있음이 특징적이다. 한문체로 일기를 쓸 때도 음력 날짜를 적고 괄호 속에 '晴' 또는 '陰'의 날씨를 적은 후 반드시 '愼'자와 더불어 양력 날짜를 한자로 적어 넣었다. 그 뒤에 요일을 표시하는데 초기에는 '月, 火, 水 ... 日'의 한자로 적다가 1883년 9월부터 영어로 적기 시작한다. 영어의 요일 표시도 초기엔 철자를 전부 표기하다가 1885년 6월 29일부터 S., M., T., W., Th., F., Sa.와 같이 약자로 표기하는데 이런 요일 표기 방식은 한글 일기에도 그대로 이어지고 있다. 한글체로 일기를 적는 기간 동안 단 한 번의 예외도 없이 음력 날짜를 적고 괄호 속에 '청, 음'의 날씨 표시를 한 후 양력 날짜를 한글로 적고 영어 약자의 요일 표시가 뒤따르고 있다.

그런데 영어로 일기를 적기 시작하면서는 아라비아 숫자로 날짜를 적는 방법을 택하고 있음이 눈에 띈다. 『윤치호일기』에서 표기된 월표시는 '정월, 니월, 숨월, ᄉᆞ월, 오월, 육월, 칠월, 팔월, 구월, 십월, 십일월, 십이월'로 '6월'과 '10월'의 표기가 현재와 다름이 눈에 띈다. 당시로서는 한글과 아라비아 숫자를 동일한 문서에 섞어 적을 생각은 가히 할 수 없었던 듯하다. 일자의 표기방법은 〈표 3〉과 같다.

〈표 3〉 『윤치호일기』의 일자 표기방법

	음력 일자 표시 방법	양력 일자 표시 방법
1일	초일일, 초일, 초길	초일일, 초일
2일	초니일, 초이	초이일
3일	숨일, 초숨	초숨
4일	ᄉᆞ일, 초ᄉᆞ	초ᄉᆞ일, 초ᄉᆞ, ᄉᆞ
5일	오일, 오, 초오	오일, 오
6일	육일, 륙, 초육	뉵일, 륙
7일	칠, 초칠	칠일, 칠
8일	팔, 초팔	팔일, 팔
9일	구, 초구	구일, 구
10일	십일, 십, 초십	십일, 십
11일	십일일, 십일	십일일
12일	십이일, 십이	십이일, 십이
13일	십숨일, 십숨	십숨일, 십숨
14일	십ᄉᆞ일, 십ᄉᆞ	십ᄉᆞ일, 십ᄉᆞ
15일	십오일, 십오	십오일, 십오
16일	십육일, 십육, 십뉵	십뉵일, 십육
17일	십칠일, 십칠	십칠일, 십칠
18일	십팔일, 십팔	십팔일, 십팔
19일	십구일, 십구	십구일, 십구
20일	이십일, 니십, 이십	입일, 이십
21일	입십일일, 이십일일, 입일	입일일, 입일
22일	입이일, 입니, 입이	입니, 입이

23일	입ᄉᆞᆷ일, 입ᄉᆞᆷ	입ᄉᆞᆷ
24일	입ᄉᆞ일, 입ᄉᆞ	입ᄉᆞ
25일	입오일, 입오	입오일, 입오
26일	입뉵일, 입육, 입뉵	입뉵일, 입뉵
27일	입칠일, 입칠	입칠일, 입칠
28일	입팔일, 입팔	입팔일, 입팔
29일	입구일, 입구	입구일, 입구
30일	삼십일, ᄉᆞᆷ십	삼십일, ᄉᆞᆷ십일, ᄉᆞᆷ십
31일		ᄉᆞᆷ십일일, ᄉᆞᆷ일

『가람일기』의 날짜를 적는 방법은 현대화되어 있다. '8/12(화)'와 같이 월과 일을 '/ '으로 분리하여 표기하고 괄호 안에 요일의 약자를 적는 식이다.

다음으로 현대에 와서는 일기의 필수요소가 된 날씨를 적는 방법에 있어서 『병자일기』는 몇 가지 유형을 보여 준다.

(7) ㄱ. 청, 음, 우

ㄴ. 대셜, 대우, 풍셜, 청온, 청ᄒᆞᆫ, 혹음, 혹청우, 야우풍, 됴잠우, 혹우혹청, 야우만청, 대우시야우

ㄷ. 년ᄒᆞ여대우, 청밤의쇠나기

ㄹ. 혹청쇠나기오다, 음우오후개다, 대셜이라, 죵일음나죄비브리다, 어제나죄쇠나기오다, 식젼비온후개다, 우셜이교작ᄒᆞ다, 됴무(아침안개)지척을분변티몯ᄒᆞᆯ다, 죵일우나죄안 개금즉다, 비시작ᄒᆞ여새아오다, 죵일우오후안개로지척을불변ᄒᆞᆯ다

ㅁ. 흐리락ᄆᆞᆯ그락, 됴음

(7ㄱ)은 한 글자의 한자로 간단히 표시한 것이고 (7ㄴ)은 한자를 이어 적어 조금 더 자세히 날씨를 표현한 것이며, (7ㄷ)은 한자와 우리말을 섞어 구의 형태로 표현한 것이며 (7ㄹ)은 서술어 구성을 취했고 (7ㅁ)은 우리말로만 이루어진 표현으로 어근만 적거나 동명사형을 이용한 것이다.

『윤치호일기』도 날씨를 적는 방법은 비슷하다.

(8) ㄱ. 청(청), 음

ㄴ. 심히 칩다, ᄆᆡ우 칩다, 음ᄂᆡᆼᄒᆞ다

ㄷ. 오밤의 눈오다, 밤의 비오다, 달박다, 일긔 조금풀니다, 죵일 종야비오ᄃᆞ, 일긔 어졔와 갓다, 바ᄅᆞᆷ이 ᄆᆡ우 칩다, 수일 일긔 ᄆᆡ오 온화ᄒᆞ다, 연일 일긔 ᄆᆡ우 온화ᄒᆞ다

ㄹ. ᄆᆡ우 청명ᄒᆞ고 쌋듯ᄒᆞᄃᆞ, 낫의넌 음산ᄒᆞ고 밤은 청명ᄒᆞ다, ᄆᆡ오 치워 방내물이 ᄃᆞ을다

(8ㄱ)은 일기의 제일 앞부분 괄호 속에 양력 날짜를 적은 후 예외 없이 '청(청)' 또는 '음' 가운데 하나를 적은 것이고 (8ㄴ~ㄹ)은 본문 속에서 날씨를 표현한 것으로 거의 예외 없이 매일 나타나는 표현들이다. (8ㄴ)은 부사어+서술어의 단순 구성이고 (8ㄷ)은 주어+서술어 구성이며 (8ㄹ)은 복합문구성으로 접속구성과 내포구성을 다양하게 보여준다.

『가람일기』도 다양한 방식으로 날씨를 적고 있다.

(9) ㄱ. 비, 맑다, 흐렸다, 덥다, 다습다, 몹시 춥다

ㄴ. 눈 뿌리다, 비가 종일 오다, 오래간만에 비가 개었다, 하늘에 구름 끼었다, 비가 지나다, 일기가 맑고 밝다, 봄날 모양으로 다습다, 구름끼어 비가 곧 쏟아질 듯, 비가 올 듯

ㄷ. 아침 해 돋기 전에는 제법 춥다가 해가 높이 오르니 고맙게 따습다, 구름 하늘이 비를 곧 내릴 듯하다가 저녁 나절에는 볕이 조금 났다, 아침나절은 맑고 다습다가 저녁 나절은 모진 바람이 일어나며 우뢰가 요란하며 비가 한 줄기 지내다

(9ㄱ)은 가장 단순한 표현으로 한두 단어로 표현되기도 하고 이어서 날씨와 관계된 다른 서술이 더 이어지기도 한다. (9ㄴ)은 주어+서술어 구성으로 종결어미로 마무리된 것이 있는가 하면 '하다'를 생략한 채 '-ㄹ듯'으로 마무리된 경우도 있다. (9ㄷ)은 날씨에 대한 화려한 묘사로 수필투의 문장을 보여주는 예들이다.

이처럼 시대를 달리하는 세 종류의 '일기'에서 우리는 공통적인 텍스트유형을 설정할 수 있게 하는 요소로 날짜와 날씨 표현을 추출할 수 있게 되었다.

4.2.3. 문장의 구성

일반적으로 우리의 옛 문헌에서 보이는 문장은 역어류 등과 같

은 회화체의 문장을 제외하면 대단히 길고 복잡한 구조를 보여준다. 이처럼 우리 문장의 길이가 전통적으로 길게 표현된 원인으로는 우리 언중들이 갖는 인식의 체계, 국어의 통사 구조, 한문 번역문의 영향 그리고 구어와 비교할 때 문어는 더 장중한 느낌을 지녀야 한다는 인식 등을 들 수 있다(홍종선1996:45-46). 글의 유형에 따라서는 단문이 주로 사용되는 경우도 있고, 복문이 주로 사용되는 경우도 있는데, 이러한 차이는 글의 인상과 속도감 등에 영향을 미친다(김홍수 1990). 그러나 우리가 살펴보는 일기류는 극도로 짧은 문장과 긴 문장이 공존한다는 특징을 지닌다. 각 텍스트별로 예를 들어보면 다음과 같다.

(10) ㄱ. 『병자일기』 요ᄉᆞ이게(거기)잇다, 소허셤의셔묵다, 셕희ᄆᆞ올희와자다

ㄴ. 『윤치호일기』 일과쉬이다, 오전 경과 여전ᄒᆞ다, 영견군 ᄎᆞ져 보다, 야소 승탄이라, 오후에 목욕ᄒᆞ다

ㄷ. 『가람일기』 집은 벽돌로 지어 높고 튼튼하다, 그러나 깨끗지는 못하다. 그 사이에 청메뚜기가 운다.

(11) ㄱ. 『병자일기』 병자년 12월16일: 판관ᄃᆡᆨ 힝ᄎᆞ과 세ᄃᆡᆨ일힝이되여 고족골죵의지븨가니 신시ᄂᆞᆫᄒᆞ더니 판관ᄃᆡᆨ은농인으로가시고 우리두집힝ᄎᆞᄂᆞᆫ 이튼날무거김뵈간듕ᄒᆞᆫ짐과글월이나 가져오려ᄒᆞ며 근쳐곡ᄉᆡᆨ뫼화 량식디허길나려ᄒᆞ더니 져물ᄈᆡ예 일봉이산셩으로셔나와 녕감유무가져와 긔별ᄒᆞ시되 이

리급ᄒᆞ여시니 짐브티란ᄉᆡᆼ각디마오망듀야ᄒᆞ여 청풍으로가라 ᄒᆞ여겨시거ᄂᆞᆯ 휴헐의대복의믈거두고 션탁,대복도ᄃᆞ려양식슬허(쓸어) 그날삼경은(삼경쯤에) 길나니 덕ᄉᆡᆼ이ᄂᆞᆫ 그리울고 니거지라ᄒᆞᄂᆞᆫ거ᄉᆞᆯ ᄌᆞ식을나케되여시니 로듕의가나ᄒᆞ면 주글가ᄒᆞ여 죵ᄒᆞᆫ듸셔 피란ᄒᆞ라 ᄒᆞ고 량식이 마히이시…다두고 다만 ᄡᆞᆯ각 ᄒᆞᄂᆞ홀 가져오다가 샹ᄌᆞ 다 게뭇고

ㄴ. 『윤치호일기』 1888년 4월 30일: 그말의 부모형뎨가 신교ᄒᆞ넌 것을 ᄃᆡ로ᄒᆞ여 상ᄒᆡ 온후 일푼도 보내지 안고 그 붓처잇던 다구지씨ᄀᆞ 또 ᄉᆞ셰 부득이 ᄒᆞ여 귀국ᄒᆞ기를 ᄌᆡ촉ᄒᆞᄆᆡ 노비 일푼 읍서 고뢰워 ᄒᆞ거ᄂᆞᆯ 풍선ᄉᆡᆼ 돈 십원과 학교 외구교회의서 돈 육원을 거두어 준고로 오늘 ᄯᅥ나니ᄅᆞ.

ㄷ. 『가람일기』 1919년 8월 19일: 이 병은 콜레라란 벌레가 더러운 곳에서 일어나, 혹 먼지에 혹 냉수에 혹 찬 음식에 혹 공중에 섞여 있다가 사람의 입으로 들어가 빨리 승하게 번식하여 나중에는 걷잡을 수 없이 되며, 두통도 나고 몸도 노곤하고 오한도 하고 배 아프고 토하고 설사하다가 생명이 위태하기도 하나니, 만일 이 병에 걸린 이가 있으면 그의 대소변과 토사한 것은 석회나 석탄산수로 소독하고, 냉수는 결단코 마시지 말지며 반드시 팔팔 끓인 뒤에 쓰고, 생채와 익지 않고 혹 곯은 과실을 먹지 말고, 채소는 먹으려면 잘 익히어 고추나 마늘을 맵게 넣으며, 익은 과일을 먹으려면 끓인 물로 깨끗이 씻어 먹을지요, 병인의 의복, 거처, 용구는 소독할지요, 차리를 박멸하여 음식에 붙지 못하게 할지요,

> 더러운 물을 흐르는 데와 진테미 쌓은 데는 아무쪼록 깨끗이하고 소독도 할지며, 변소는 석회를 뿌려 가끔가끔 소독하고, 여러 사람이 한데 모이지 말지요, 술은 백병의 근원이 되나니 마시지 아니함이 가장 좋으며, 먹이는 적당하게 일정한 시간에 먹을지요, 침구를 더운 볕에 내어 널고, 방, 뜰팡, 마당, 마루, 헛청, 광을 말갛게 쓸어 영이 돌게 할지니라.

『병자일기』는 날씨만 간단히 적을 정도의 단문이 있는가 하면 하루에 일어나 사건이 하나의 문장으로 표현될 만큼 긴 문장이 자주 보인다. 그래도 15세기의 문장과 비교해 보면 한 문장이 한 쪽을 넘어 갈 정도로 긴 문장은 발견하기 힘들어서 문장의 길이에 대한 의식이 생겨나고 있음을 알 수 있다. 『윤치호일기』는 영어로 쓴 일기와 비교해 볼 때 한글 일기의 길이가 현저히 짧다. 거의 매일 일기를 적고는 있지만 한 줄로 끝나는 일기가 한 달에 9-10일 정도나 되는 것을 볼 때 앞에서 밝혔듯이 필자 자신이 한글로 문장을 쓰는 일을 무척 힘겨워했던 데 그 이유가 있는 듯하다. 『가람일기』는 1919년 8월 9일까지 쓴 한문일기의 길이가 아주 짧았던 것과 대조적으로 한글일기부터 그 길이가 매우 길어졌다. 이처럼 하루의 일기가 한 편의 수필이 될 수 있을 정도로 길이가 길어진 이유는 한글 문장을 적기 시작하면서(그리고 그뒤 국한문혼용의 문장을 적을 때에도 마찬가지로) 필자의 생각과 말을 글로 그대로 옮겨 적는 '언문일치'가 가능해졌기 때문으로 해석된다. 가람일기는 가람의 하루 일과를 기록하는 목적으로만 사용된 것이 아니라 필요한 정보를 기록하는 메모장 역할을 하기도 하고, 다른 삶으로부터 들은 이야기를 기록해 두는 비망록이기도 했으며, 그날 지은 시를 기록해 두는 연습장이기도 했으니[31] 다양한 용도로 사용되었음을 알 수 있다.

4.2.4. 어미의 사용

『병자일기』에서 사용되는 문장종결법을 살피면 다음과 같다.

(12) ㄱ. 월탄 홍판ᄉᆞᄃᆡᆨ사ᄅᆞᆷ오니뎡숙이오다ᄒᆞᆫ다, 요ᄉᆞ이하슈々ᄒᆞ여티부티몯ᄒᆞᆫ다, ...ᄆᆡᆼ근다 님천 셔방 샹업이도 부러와보고 가다, 니산 눈소리 공목두필 썩ᄒᆞ여왓다, 셔산막셔 기ᄉᆞᆯ이 ᄒᆞ고 민어 ᄒᆞ나 보내여다 니민화시 와 유무드리더라

ㄴ. 평시도 이런변란이잇던가, 션셰 덕분으로이런가 이리 ᄒᆞᆫ마ᄋᆡ 모다 ᄒᆡᆼ호미 만々ᄒᆞ나 튱쥐 곳가면 눌로더브러 말이나 ᄒᆞᆯ고 망국듕의 나라 이리되신 이ᄅᆞᆯ 부녀의 아롤이리 아니로ᄃᆡ 엇디아니 통곡々々ᄒᆞ리오 그려도 벗디아녀 얼고데디 아니ᄒᆞ니 다 죵곳아니면 엇디리, 망극툭々ᄒᆞ기ᄅᆞᆯ 다니ᄅᆞ랴

ㄷ. 아이고 ᄒᆞᆳ분이로다, 온 ᄉᆞᆱ의 녀쥐며ᄂᆞ리 보니 어엿블샤

(12ㄱ)은 평서법, (12ㄴ)은 의문법, (12ㄷ)은 감탄법의 예인데 일기문인 관계로 다른 문장종결법은 보이지 않는다. 특이한 사실은

31 1920년 4월 23일은 그날 방문한 박물관, 동물원, 식물원에 대해 자세히 묘사한 후 '경복궁의 봄', '이별(봄)', '창경원의 봄', '우리가 할 일'이라는 4편의 시를 지어 적어두기도 했다.

하루의 일기가 반드시 종결법으로 마무리되지 않는 경우가 흔하다는 점이다. 먼저 아래의 (13ㄱ)은 연결어미로 문장을 끝내며 하루의 일기를 마무리 지은 예로 글을 적다가 중단한 것으로 보기에는 너무 많은 예들이 보인다.

(13) ㄱ. ①(연결어미 -고) ᄒᆞᆷᄭᅴ ᄆᆞ이 드러가 함양ᄃᆡᆨ ᄌᆞᆼ의 지븨 자고,

②(연결어미 -니) 큰길희(큰길에)나기ᄅᆞᆯ 결단몯ᄒᆞ여더니,

③(연결어미 -어) 새배(새벽에)ᄇᆡ건너드러오니 일개통곡ᄉᆡᆫ이오 그 망극기 엇더ᄒᆞᆯ고 즉시출혀, 말ᄉᆞᆷᄒᆞ노라ᄒᆞ니 새ᄂᆞᆫ줄을 ᄭᆡᄃᆞᆺ디 몯ᄒᆞ여 파루후의 ᄌᆞᆷ을드러

④(연결어미 -매) 시야ᄋᆡ ᄇᆡ알파 곽란긔운 이매,

ㄴ. ①(한자어구성) 새배문안(새벽에 대궐문안하셨다), 별시당듕(별시가 있어 과거장에 들어가셨다), 슉ᄇᆡᄒᆞ시다 거동(임금님께 숙배하셨다, 임금님의 나들이가 있었다),

②(어근만 남음) 니현담 니뎡닙 다진지(드시다), 신셔방ᄌᆞᆼ 조차밥(먹다), 남두셩이 와 참제(하다)(제사에 참여), 호판ᄃᆡᆨ의 가 취(ᄒᆞ시다), 의정부의 약차ᄒᆞᆯ일로 좌긔(하셨다)(의정부에 약차할 일로 좌기하셨다), 홍승지ᄃᆡᆨ의 가 잠취(하셨다)(홍승지댁에가서 조금 취하셨다), 명패로 드러가시더니 인견(하셨다)(명패받으시고 대궐에 들어가셔서 임금님을 뵙고 오셨다), 거동으로 일가시다 대례이날(임금님의 나들이 때문에 일찍 가셨다. 이날 임금님께

서 대례를 지내셨다),

③(우리말 구 구성) 기음닐굽(사람 일곱이 김매었다)/기음 여둛,

④(우리말 절 구성) 한님천 변삼근 혜진 와 세잔식 어울미 조정즈 와 세잔(을 마셨다), 남명평 형데 죠유도 신판관 서너잔식(마셨다),

⑤(선어말어미까지 표기, 어말어미만 생략) // 시ᄉᆞᄒᆞᆸ(시 제지냈다)//동지일이라차례ᄒᆞᆸ

(13ㄴ)은 『병자일기』에서 종결어미를 갖추지 않고 문장이 마무리된 예들이다. 소형문의 성격을 띠고 있다고 볼 수 있으나 일반적인 소형문과 다른 점은 전체적으로 명사구의 형식을 취하지 않고 앞부분은 완성문의 형태로 써 나가다가 뒷부분에 가서 소형문의 형태로 마무리되고 있음이 특이하다. 텍스트의 유형 가운데 '메모'의 형식을 지닌다고 하겠다.

『윤치호일기』는 거의 대부분의 문장이 '-하라'체를 유지하고 있음이 특징적이다. 평서문은 '일과 여전ᄒᆞᄃᆞ'와 같이 '-다'를, 의문문은 미래시제 형태소와 결합한 '-리오(요)'만 보일 뿐이다.(…그 국가가 타인의 노복이 되기 무ᄉᆞᆷ 어려운 일 잇스리요) 미래시제의 표시에는 '-리'만 사용되고 과거시제의 표시에는 'ᄆᆡ우 청명ᄒᆞ여 춘일 긔ᄉᆞᆼ 잇더라'와 같이 '-더라'만을 사용하고 있다. 감탄문에서는 '나가미근일이질노ᄒᆞ여 고로이 지ᄂᆞ니 가엽도ᄃᆞ'와 같이'-도ᄃᆞ'를 쓰는데 평서문에서는 '-다'와 '-ᄃᆞ'가 혼용되는 데 반해 항상 '-도

ᄃ'로 아래 、를 사용하고 있음이 특이하다.

『가람일기』는 '입던 옷과 보던 책을 싸 집에 보내다'처럼 시제형태소가 결합되지 않은 '하라'체를 많이 사용하지만 한 종류의 종결법만 사용하지 않고 '해라체'를 혼용하고 있음이 특징적이다. 이어진 문맥에서 '하라체와 해라체'의 다양한 시제형태가 뒤섞인 예를 들어보면 다음과 같다.

(14) 제주 친구 고순흠군은 벌써 와 기다리다. 전기등이 환하여 낮같이 밝다. 차 타러 온 사람은 정거장 출입구 앞에나 대합실 안에 다복하게 있다. 더구나 보내러 온 이와 맞으러 온 이가 아울러 많이 모이었다. 그리 안하야도 더운 때 하물며 사람들이 삼대같이 들어 있는 곳에야 더윈들 오죽하리. 샘솟듯 나 흐르는 땀에 적삼은 등에 딱 들러붙고 속곳 가랑이는 다리에 회회 감긴다. 오후 11시가 거의 온다. 차표 살 사람들은 출찰구 열리기만 기다리고 퍽 모여 섰다.

4.2.5. 기타 사항

단일 유형의 텍스트에서 문체적 측면의 통시성을 검토하려면 지금까지 살펴본 것 이외에도 문장부호의 사용 여부를 검토하여야 하고 경어법의 양상을 살펴야 한다. 문장부호부터 간단히 이야기하자면 『병자일기』에는 날짜가 바뀔 때 붓으로 동그라미 표시를 한 것을 제외하고는 어떤 부호도 사용하고 있지 않다. 『윤치호일기』는 쉼표와 마침표가 사용되고 있다. 전체적으로 문장의 길이가 짧아 쉽표가 많이 보이지는 않으나 긴 문장에서는 구절이 바뀜을 표시하기 위해 쉼표를 삽입하였다.

> (15) 오늘은 졍ᄒᆡ년 말일이라, 금년 내 일신 ᄉᆞ경을 도라보ᄆᆡ 하ᄂᆞᆫ님 은혜ᄅᆞᆯ 감ᄉᆞᄒᆞᆯ 일 여러 가지라. 졔일, 금년의 ᄂᆡ ᄒᆡᆼ실이 젼년의 비ᄒᆞ면 ᄆᆡ우 졍결ᄒᆞ니 이거시 ᄂᆡ 심이 아니라, 야소구주의 도와주신 덕ᄐᆡᆨ이요, 졔니, 신ᄉᆞᆼ 무병ᄒᆞ엿스며, 졔삼, 의식의 걱졍 읍셧고, 졔ᄉᆞ, 공부의거침 읍셔 일년중 비록 ᄂᆡ가 심약하고 게울너 하늘이 주신 ᄊᆡ와 돈을 다 잘씨지 못ᄒᆞ엿으나 웃지 하늘이 내게 박ᄒᆞᄃᆞ 하리요.

마침표로는 예외 없이 고리점을 사용했고 몇 개의 항목을 나열할 경우에는 가운뎃점(·)을 사용했다.(예: 종ᄌᆞ준·종문광·보연항·고이유와 한담[32] ᄒᆞᆯ ᄉᆡ이…)

『가람일기』에서는 쉼표와 마침표가 자연스럽게 사용되었고[33] 드물게 긴 줄표를 사용하기도 했다. ("나는 우리 부모를 어떻게 봉양하며 어떻게 사랑하며, 어떻게 위로하였는가— 하는가—할는가.) 또 따옴표 대신 '「 」'를 사용했고 말줄임표(……)를 사용한 예도 보인다.

---

32 뒤의 영어일기에서는 마침표도 고리점 외에 물음표와 느낌표 - 3개를 이어 쓴 경우도 보인다- 따옴표, 세미콜론, 줄표 등을 자유자재로 사용했다.

33 단 한 번 느낌표가 보이는데 그것은 1919년 9월 22일 일기의 중간에 있는 "오늘가는 그네들은 악마를 대적할 이 몇이나 있나, 없나!"라는 문장에서이다. 이 일기에서는 의문문은 가끔 보이지만 어떤 경우에도 물음표를 사용하지 않은 것이 주목된다.

다음으로 경어법의 표현은 『병자일기』에서는 존칭선어말어미 '시'가 불규칙하게 사용되었고 겸양의 선어말어미는 종결어미에서는 '읍'과 '습'이 같이 나타나고 연결어미에서는 '-오-'만 보인다.

(16) ㄱ. 신평뉴ᄉᆡᆼ원오라바님오시니반갑습다, 약쥬가져다잡습다

ㄴ. 양조긔졔디내읍다, 양부ᄉᆡᆼ일다례ᄒᆞ읍다

ㄷ. 오ᄂᆞᆯ이내의대긔라참졔도몯ᄒᆞ오니ᄯᆞᆯᄌᆞ식ᄀᆞ티불용이어듸 이시리(1638.9.5-6),

최감ᄉᆞ ᄃᆡᆨ 형님가보오라가니 게가니심회더사오납다 (1638.10.19-20)

『윤치호일기』에서는 자신의 부모와 더불어 하나님, 예수에 대하여만 경어법을 사용하고 있음이 특징적이다.

(17) 오후의 자친 하서 밧ᄌᆞ오니 오월 십뉵의 ᄒᆞ신 편지요. ᄌᆞ근아버님 ᄒᆞ서도 뵙고 상데게 부모 일가와 왕실 인민을 보호ᄒᆞ시기를 축수ᄒᆞᄃᆞ.(1888.7.6)

아침의 부모양당·ᄃᆡᄂᆡ각젼·일가친척·일국 ᄇᆡᆨ셩, 금년 만ᄉᆞᄃᆡ길 하옵기를축수ᄒᆞᄃᆞ(1888.1.1.)

Mrs Wightman이 임선ᄉᆡᆼ의 편으로ᄂᆡ게 ᄎᆡᆨ ᄒᆞᆫ권Invitation of christ 보ᄂᆡ시니 곰ᄉᆞᄒᆞ도ᄃᆞ. ᄃᆞ믄 하누님이 도와 주ᄉᆞ 이 ᄎᆡᆨ을 잘 고부ᄒᆞ기를 축수ᄒᆞ노ᄅᆞ(1999.3.3)

『가람일기』에서 사용된 경어법은 현대의 일기문과 큰 차이를 보이지는 않지만 문장종결법은 절대문의 사용이 대부분이며 행동의 주체가 '나'인 경우에는 대부분 문장의 주어가 생략되는데 이는 일기문의 특성에 기인한 것으로 보인다.

그 밖에 특이한 사항은 『병자일기』에서 '기음여덟, 덟이 세홰우더라, 흙 당논여덟기음'에서 보듯이 합용병서자를 받침에 사용할 때 현재 표기와 좌우가 반대로 되어 있는 점이다. 이러한 표기방식은 매우 독특한 것으로 이것이 작가의 개인적인 성향에서 비롯된 것인지 당대의 일반적인 발음대로 표기한 것인지는 알 수 없다.

5

맺는말

문체를 통해 현대국어가 지니는 역사성을 파악하는 일은 결코 단순한 작업이 아니다. 이는 하나의 구체(球體)를 꿰뚫는 직선의 수가 무수히 많은 것에 비견될 정도로 대상을 바라보는 각도에 따라 전혀 다른 해석이 나올 수 있음을 의미한다. 예를 들어 국어학에서 다룰 수 있는 문체의 연구로 범위를 한정한다고 하더라도 방언과 표준어의 관계를 무시할 수 없으며 문장 내부로 범위를 좁히는 경우에는 문장의 길이를 볼 것인지, 구조를 논할 것인지가 다시 문제된다. 우리 고유의 문체와 구별되는 번역투의 문체로 대상을 한정하여도 다시 일본어투인지 한문투인지 아니면 영어투인지에 따라 논의의 초점이 옮겨 가게 될 것이다.

현대국어에 특정한 문체가 존재한다는 인식을 공유하고 그에 대한 논의를 진행하기 위해서는 이 글에서 이루어진 것과는 방법을 달리함으로써, 예를 들어 우리 문장의 단문화라든지 어문정책의 존재 여부와 같은 사건 중심의 관찰을 하는 것이 불가결하다. 그리고 이러한 모든 논의는 또한 컴퓨터 사용의 확대와 같은 언어외적 요인을 반영하지 않고는 제대로 이루어졌다는 평가를 받기 힘들 것이다. 그런 점에서는 이 글은 완벽하게 둥근 구체에 단 하나의 직선을 관통시켰다고 말하기에도 부족함이 있음을 인정하지 않을 수 없다. 특히 거시적인 문체의 변화에 이어 바라본 일기 텍스트를 통한 문체의 변천은 수많은 텍스트 유형들 가운데 단 한 종류의 텍스트 유형을 예로 든 미시적인 논의임에 분명하지만 너무 넓은 시각으로 문체의 흐름을 조망하고 마는 것보다는 구체적인 한 텍스트 유형을 잡아 그 흐름을 살펴보는 작업이 의의를 지닌다고 보아 시도한 것이다.

〈참고문헌〉

고영근(1998), 『한국어문운동과 근대화』, 탑출판사.

고영근(1999), 『텍스트이론-언어문학통합론의 이론과 실제』, 아르케.

고영근·남기심(1997), 『중세어 자료 강해』, 집문당.

국정기(1971), 「국어 문체에 대한 연구」, 서울대 석사논문.

권영민(1991), 「개화기의 서사양식과 국문체」, 제34회 국어국문학대회 발표요지.

권재일(2004), 「20세기 초기 국어의 문장구성론 연구」, 『2003년도 성루대학교 한국학 장기기초 연구보고서』.

김광해(1994),「문체와 어휘」,『국어문체론』, 대한교과서주식회사.
김기종(1983),『조선어수사학』, 료녕인민출판사.
김병원(1987),「한국 말과 글의 특성 비교」,『이중언어 학회지』 3.
김봉군(1994),「문체론과 수사학」,『국어문체론』, 대한교과서주식회사.
김봉좌(2003),「조선시대 방각본 언간독 연구」, 한국정신문화연구원 한국학대학원석사논문.
김상태(1993),『문체의 이론과 해석』, 새문사.
김상태(편역)(1988),『윤치호일기』, 역사비평사.
김상태 · 박덕근(1994),『문체론』, 법문사.
김영자(1997),「북한의 문체」,『남북한 언어 연구』, 박이정.
김완진(1983),「한국어 문체의 발달」,『한국어문의 제문제』, 일지사.
김인선(1991),「갑오경장(1894-1896) 전후 개화파의 한글사용」,『주시경학보』 8.
김정우(1990),「번역문에 나타난 국어의 모습」,『국어생활』 21, 국어연구소.
김형철(1987),「19세기말 국어의 문체, 구문, 어휘의 연구」, 경북대 박사논문.
김형철(1997),『개화기 국어 연구』, 경남대학교 출판부.
김흥수(1997),「문체의 변화」,『國語史硏究』, 國語史硏究會, 태학사.
김흥수(1988),「언어학적 문체론의 위상과 과제」,『국어국문학』 100.
김흥수(1990),「국어의 통사현상과 문체」,『국어학논문집, 강신항선생 화갑기념논문집』.

김흥수(1993),「국어 문체의 통사적 양상에 대한 연구」,『한국언어문학』 31.
남기심(1977),『개화기 국어 문체에 대하여』, 연세교육과학.
노대규(1996),『한국어의 입말과 글말』, 국학자료원.
문용(1990),「번역과 번역 문화」,『국어생활』 21, 국어연구소.
민현식(1994ㄱ),「개화기 국어 문체에 대한 종합적 연구(1)」,『국어교육』 83 · 84.
민현식(1994ㄴ),「개화기 국어 문체 연구」,『국어국문학』 111.
민현식(1994ㄷ),「개화기 국어 문체에 대한 종합적 연구(2)」,『국어교육』 85.
박갑수(1977),『문체론의 이론과 실체』, 세운문화사.
박갑수(1990),「문체」,『국어 연구 어디까지 왔나』, 동아출판사.
박갑수(1994),「 국어 문체의 연구사」,『국어문체론』, 대한교과서주식회사.
박영순(1994),「문체론의 본질」,『국어문체론』, 대한교과서주식회사.
박용순(1978),『조선어 문체론 연구』, 과학 · 백과사전출판사.
서정수(1991),『생각하는 힘을 기르는 문장력 향상의 길잡이』, 한강문화사.
심재기(1991),「개화기의 교과서 문체에 대하여」,『국어국문학』 107.

안승준(1998), 「태조 이성계가 자식에게 남긴 분재기」, 『문헌과 해석』, 봄호(통권 2호), 태학사.
왕문용(1994), 「문체와 통사」, 『국어문체론』, 대한교과서주식회사, 71-80.
윤치호(1863-1943), 『윤치호일기』, 국사편찬위원회(1973-1989).
이기문(1970), 『개화기의 국문 연구』, 일조각.
이기문(1984), 「개화기의 국문 사용에 관한 연구」, 『한국문화』 5.
이윤재(1931, 1969), 『문예독본』, 한성도서주식회사.
이인모(1960), 『문체론(이론과 실천)』, 동화문화사(삼문사, 1975).
이승훈(1999), 『글을 어떻게 쓸 것인가』, 문학아카데미.
이태준(1939, 1948), 『증정 문장강화』, 박문서관.
임성규(1989ㄴ), 「글말과 입말의 문체분석」, 『국어국문학』 102.
장경희(1994), 「문체와 의미」, 『국어문체론』, 대한교과서주식회사, 80-101.
장소원(1986ㄱ), 「문법기술에 있어서의 문어체 연구」, 『국어연구』 72.
장소원(1991ㄴ), 「서평 : 강상호, 조선어입말체연구」, 『주시경학보』 8, 탑출판사.
장소원(1995), 「국어학에서의 구어성」, 『남학 이종철선생 회갑기념 한일어학논총』, 국학자료원.
장소원(1998), 「문체, 국어 문법과 자료」, 『이익섭 선생 회갑기념논문집』, 태학사.
장진한(1990), 「번역과 우리말」, 『국어생활』 21, 국어연구소.
전형대·박경신 역주, 남평조씨 지음(1991), 『병자일기』, 예전사.
정광(1995), 「1920-30년대 문학작품에 보이는 일본어 구문의 영향」, 『한국어학』 2.
정길남(1997), 『개화기 교과서의 우리말 연구』, 도서출판 박이정.
조규태(1992), 「일제시대의 국한혼용문 연구」, 『배달말』 17, 배달말학회.
조연현(1958), 『언문일치 이후의 우리 문장의 변천』, 사조.
최석재(2000), 「개화기 시대 이후 단문화의 과정」, 『현대국어의 형성과 변천』 3, 박이정.
한재영(2000), 「17세기 국어자료와 국어연구의 현황」, 『문헌과 해석』 봄호(통권 10호), 문헌과해석사.
홍은진(1998), 「일가 친척 중 남성간의 언간 규식 1」, 『 문헌과 해석』 봄호(통권 2호), 태학사.
홍종선(1996), 「개화기 시대 문장의 문체 연구」, 『국어국문학』 117.
홍종선(2000), 「현대국어 문체의 발달」, 『현대국어의 형성과 변천』 3, 박이정.
황석자(1987), 『현대 문체론』, 한신문화사.
Bally, C.(1951), *Traité de stylistique française*(3rd edition), Paris.
Guiraud, P.(1957), *La Stylistique*, Univ. of Paris Press.

Murry, J. M.(1956), *The problem of style*, 최창록 번역(1992), 『문체론강의』, 현대문학.

Rifaterre, M.(1978). *Semiotics of poetry*, Bloomington: Indiana University Press.

Rolf, R.(1993), *Die Funktionen der Gebrauchstextsorten, Berlin*, New York.

Sebeok, T. A.(ed., 1960), Style in Language, Cambridge: M.I.T. Press.

Taylor, T. J. (1981), *Linguistic theory and structural Stylistics*, 양희철 · 조성래 공역(1996), 『구조문체론』, 보고사.

Ullmann, S.(1964), *Language and Style*, Oxford: Basil Blackwell.

장소원, 서울대학교 국어국문학과, sowon@snu.ac.kr

近代啓蒙期 國漢混用文의 類型·文體 特性·使用 樣相

한영균

이 논문은 2010년도 정부재원(교육과학기술부 인문사회연구역량강화사업비)으로 한국연구재단의 지원을 받은 연구(NRF-2010-327-A00268)의 일부임.

1

序論

1.1. 研究 目的

이 글은 近代啓蒙期[1] 國漢混用文의 여러 유형이 지니고 있는 文體上의 특성을 확인하고, 그러한 특성들을 近代啓蒙期의 國漢混用文 텍스트의 유형 분류에 적용하기 위한 方法論을 모색하는 것을 목적으로 한다. 이는 일차적으로는 「近代啓蒙期 國漢混用文 코퍼스」[2] 구축에서 母集團이 될 텍스트를 선정하고 그 텍스트 중에서

---

1 구체적으로 어느 기간 동안을 近代啓蒙期로 볼 것인가는 논자에 따라 다르다. 이 글에서 다루는 近代啓蒙期 國漢混用文 資料는 江華島條約(1876)부터 大韓帝國의 滅亡(1910년) 사이의 것에 한정한다.

2 「近代啓蒙期 國漢混用文 코퍼스」는 近代啓蒙期에 새로운 書寫方式으로 등장한 國漢混用文의 言語學的 特性을 종합적으로 檢討하기 위해 구축하는 것이다. 이 작업은 1880年代~1900年代에 간행된 각종 單行本, 新聞·雜誌의 論說 및 記事, 教科用 圖書, 文學作品 등을 포괄하는 한편, 國漢混用文의 類型을 고려한 하위 코퍼스를 구축함으로써 균형

코퍼스에 포함할 표본을 추출하는 데에 準據가 될 만한 言語 特性에는 어떤 것들이 있으며, 近代啓蒙期 國漢混用文 텍스트에서 그러한 언어 특성이 구체적으로 어떻게 示顯되는가를 확인하기 위한 것이다.

이와 함께 文體의 차이를 보여주는 여러 유형의 近代啓蒙期 國漢混用文 텍스트가 그 출현 초기에 실제 어떻게 사용되었는가를 살펴 近代啓蒙期 國漢混用文의 각 類型이 現代 韓國語 文體의 成立과 어떻게 연계되는가도 간단히 정리하려 한다. 現代 韓國語 文體가 기본적으로 近代啓蒙期의 國漢混用文에 그 뿌리를 두고 있다는 사실에 동의한다면,[3] 近代啓蒙期 國漢混用文 중 어떤 유형이 현대 한국어 문체와 직접적으로 연계되는지를 확인하는 일 또한 現代 韓國語 文體 成立史를 밝히는 데에 중요한 과제의 하나가 될 것이기 때문이다.

1.2. 研究 背景

지금으로부터 40여 년 전, "言文一致와는 도시 거리가 먼, 漢文을 풀어서 거기에 토를 단 정도에 지나지 않는 것이었다(이기문, 1970 : 17)"는 짤막한 언급에서 시작된 近代啓蒙期 國漢混用文의 文體에 대한 연구는 김상대(1985) 심재기(1992) 민현식(1994) 김형철(1994)

성을 지닌 역사 코퍼스를 구축하는 것을 목적으로 한다.

3 現代 現代 韓國語의 文體가 近代啓蒙期의 國漢混用文에 뿌리를 둔다는 견해는 김상대(1985), 심재기(1992) 등 초기 연구에서 비롯된다. 그러나 이는 사실과 조금 다르다. 4장 참조.

등 초기의 논의를 거쳐 홍종선(1996, 2000) 김흥수(2004) 임상석(2008) 김영민(2012) 등의 후속 연구를 통해 그 文體 類型을 서너 가지로 구분할 수 있다고 보기에 이르렀다.

그런데 홍종선(1996, 2000) 김흥수(2004) 임상석(2008) 등 近代啓蒙期 國漢混用文의 類型을 다룬 연구에서 공통적으로 언급하고 있는 類型 分類上의 難點이 있다. 첫째는 國漢混用文의 類型을 어떻게 구분하더라도 항상 類型의 境界를 넘나드는 텍스트가 있다는 점이고, 둘째는 어떤 기준을 세워 유형을 나누든 해당 유형 안에 다양한 하위 유형의 문장들이 포함된다는 점이며, 셋째는 임상석(2008 : 126-142)에서 구체적으로 예를 통해 언급하고 있듯이 동일한 텍스트 안에도 여러 類型의 國漢混用文 文章이 뒤섞여 나타나는 경우가 적지 않다는 점이다.

近代啓蒙期 國漢混用文 텍스트가 지니고 있는 이러한 특징은 國漢混用이라는 書寫方式의 典範이 미처 확립되지 않았기 때문이라고 할 수도 있고,[4] 다양한 유형의 國漢混用文을 의도적으로 시험해 보려 한 데에서 온 것으로 볼 수도 있는데(주승택 2004 : 302), 본 연구의 출발점이 여기에 있다. 텍스트에 따라서 다양한 변이를 보이는 언어 현상이 정도성을 가지고 나타나면 그 정도성을 기준으로 텍스트의 類型性을 確認할 수 있으며, 이때 硏究者의 主觀을 排除한 客觀的인 準據를 마련하는 데에 코퍼스 언어학적 분석이 상대적으로

4 이 시기 國漢混用文이라는 書寫方式의 典範이 확립되지 않았었다는 사실은 당대에도 이미 인식하고 있었다. 『大韓每日申報』의 「文法을 宜統一」이라는 1908년 11월 7일자 논설이 그것을 잘 보여준다.

효율적이라는 사실은 이미 국어를 대상으로 한 연구를 통해서도 입증된 바 있는 것이다(민경모 2000, 2008, 최운호 · 김동건 2012 등).

중요한 것은 이러한 코퍼스 언어학적 분석을 위해서는 유형 분류의 기준이 될 언어 특성을 구체적으로 시현하는 예들의 하위범주화가 필요하다는 점이다. 코퍼스의 문법 주석에 주석 대상 언어 단위의 범주화와 범주화된 문법 단위에 부가될 표지인 태그 세트를 설정하는 일이 선행되어야 하는 것과 마찬가지로, 近代啓蒙期 國漢混用文의 문체 분석을 위한 주석에서도 대상 텍스트의 문체 특성의 드러내는 요소를 어휘, 형태, 구문 등의 범주별로 구분하고, 그것을 국한혼용문의 유형 분류에 적용할 구체적 기준이 마련되어야 하는 것이다.

2

類型別 文體 特性 分析을 위한 몇 가지 前提

2.1. 近代啓蒙期 國漢混用文의 下位 類型

앞선 연구들을 통해 밝혀진 사실들과 필자가 검토한 이 시기 텍스트의 문체 특성을 종합할 때, 近代啓蒙期의 國漢混用文은 크게 여섯 유형으로 구분할 수 있을 것으로 판단된다.[5] 그것은 다음과 같다.

5 각주 1에서 언급한 대로 이 글에서 논의의 대상으로 삼은 것은 1880년대~1900년

① 漢文 構文法을 기반으로 하되 國語 文法의 干涉 結果가 섞인 경우(『神斷公案』類)[6]

② 國語 構文法이 기본이지만 構文的으로나 語彙的으로 漢文 文法의 干涉 結果가 개재되는 경우(『是日也放聲大哭』類)

③ 構文的으로는 漢文 文法의 干涉이 해소되지만 語彙的으로 漢文 文法의 干涉 結果가 남아 있는 경우(『西遊見聞』類)

④ ③에 속하는 텍스트와 유사한 문체이지만 한영균(2011)에서 漢文句 用言이라고 지칭한 예들이 쓰이지 않고, 고유어 혹은 한글 표기 한자어가 사용되는 경우(『國民小學讀本』類)

⑤ ④에 속하는 텍스트와 유사한 문체이지만 韓國에서의 訓讀法을 보여주는 두 가지 이상의 표기 방식이 함께 쓰인 경우(『勞動夜學讀本』類)

⑥ 기타 : 텍스트별로 獨自的 方式에 의한 國漢混用文을 보여주지만 그 방식을 사용한 다른 예들이 유형을 이룬다고 할 정도로 많지는

대의 國漢混用文 資料들이다. 그런데 1910년대에 들어서면(구체적으로는 1912년부터) 古小說(漢文小說 및 순한글소설)을 國漢混用文으로 바꾸어 활판본으로 간행하는 예가 급증한다(이윤석 2011 :372). 이들 1910년대의 舊活字本 國漢混用文 小說은 그 표기 방식이 아주 다양한데, 그 國漢混用文은 그 생성 과정이나 국한혼용문의 유형론적 관점에서 現代 韓國語 文體와 무관하지 않은 것으로 보인다. 별도의 검토가 필요할 것이다. 이 글에서는 1910년대 고소설의 국한혼용문은 다루지 않는다.

6 ①~⑤ 유형의 마지막에 괄호 안에 보인 'XXX類' 라는 표현은 각 유형의 전형적인 문체를 지닌 것으로 판단되는 텍스트의 이름을 사용함으로써 각 유형의 특징을 이해하는 데에 도움을 주려 한 것이다. 『神斷公案』, 『是日也放聲大哭』, 『西遊見聞』, 『國民小學讀本』은 상대적으로 그 이름이 널리 알려져 있는 텍스트이므로 이들 텍스트의 문체 특성을 바로 머리에 떠올릴 수 있을 것으로 기대한 것이다.

않은 경우

이 글에서의 논의의 초점은 이들 중 ①~④의 네 유형의 國漢混用文이 보여주는 문체 특성을 밝히는 데에 둔다. ⑤, ⑥의 유형에 속하는 텍스트는 별도의 하위 코퍼스를 이룰 수는 있겠지만 실제 그 자료의 양이 많지도 않고, 후대에 미친 영향이라는 관점에서도 ①~④의 것들과 구분되기 때문이다.

그런데 여기서 지적해 둘 것은(3.1.에서 구체적으로 설명하겠지만) ①의 『神斷公案』類 國漢混用文은 문장 구성 원리가 ②~④의 것과는 전혀 다르는 점이다. 결국 近代啓蒙期 國漢混用文의 類型을 分類하고 그들 유형을 구분할 준거를 확인하는 작업은 ②~④ 類型의 國漢混用文이 지니고 있는 문체 특성을 드러내는 요소에는 어떤 것들이 있는지를 밝히고, 그를 바탕으로 ②~④ 類型의 國漢混用文을 구분할 수 있는 언어 요소를 확인하는 데에 초점이 놓여야 할 것이다. ②~④ 類型의 國漢混用文은 국어 문법을 기반으로 문장을 구성하지만 문장 구성 단위에 한문 문법의 간섭 결과가 반영된다는 공통점을 지니고 있어서, 그 유형별 특성과 문체의 차이를 구체적으로 확인할 필요가 있는 것이다.

물론 ①~④의 유형 구분은 각 유형의 전형적인 텍스트를 상정할 때 앞에서 기술한 것과 같은 특성을 가진다는 것이고, 실제 近代啓蒙期의 國漢混用文 텍스트에는 각 특성들이 복합적으로 나타나는 경우가 많다. 그렇기 때문에 각 유형의 특징을 상대적으로 잘 드러내주는 대표적인 텍스트를 분석해서, ①의 경우에는 국어 문법의 간섭을 반영하는 언어 요소가 무엇인지를, ②~④의 경우에는 構文的으로나 語彙的으로 한문 문법의 간섭이 어떤 방식으로 시현되는가를 정리하여, 近代啓蒙期 國漢混用文 텍스트를 가능하면 적은 노력과 시간을 들여 유형별로 구분할 수 있는 방안을 모색하려는 것이다.

2.2. 類型別 文體 分析을 위한 準據의 確認

민현식(1994), 홍종선(2000), 김흥수(2004), 임상석(2008) 등 앞선 연구에서 近代啓蒙期 國漢混用文의 유형을 구분하는 기준을 논의하기는 했지만, 지금까지의 연구 결과를 바탕으로 실제 근대계몽기의 국한혼용문 텍스트가 어떤 유형에 속하는가를 판별하기는 부족한 부분이 있다. 그것을 정리해 보면 다음과 같다.

첫째, 지금까지의 近代啓蒙期 國漢混用文의 유형을 다룬 연구에서는 어떤 언어적 특징이 '자주, 종종' 나타난다든가(홍종선), '조금씩' 달리 나타난다(김흥수), '조금, 어느 정도' 차별성이 있다(임상석)는, 구체적으로 어느 정도인지를 特定하기 힘든 주관적 표현으로 文體 特性을 기술해 왔다. 둘째, 각 연구의 논의에서 유형을 나누는 데에 기준이 되는 '구절, 어절'(민현식 1994), '한문구, 한문어, 한자어(홍종선 2000)', '한문투, 구절, 관용적 어구'(김흥수 2004) 등의 용어가 지칭하는 대상에는 구체적으로 어떤 것들이 있는지 충분한 예를 보이지 않았다. 따라서 해당 용어가 가리키는 것이 구체적으로 어떤 것인지에 대한 해석이 달라질 수 있다. 셋째, 논자에 따라서는 동일한 용어를 다른 대상을 지시하는 데 사용하거나, 용어의 시대성 때문에 구체적으로 그 지시 대상을 이해하기 어려운 경우가 있다. 민현식(1994)의 '어절', 홍종선(2000)의 '한문어, 한자어'라는 용어를 그 예로 들 수 있다. 현대 한국어 문법에서의 '어절'은 띄어쓰기로 구분된다. 그러나 민현식(1994)에서의 '어절'은 구체적으로 무엇을 가리키는지 서술 내용만으로는 파악하기 어렵다. 近代啓蒙期의 國漢混用文은 띄어쓰기를 사용하지 않는 경우가 대부분이기 때문이기도 하고, 한문 문장을 어절 단위로 해체한다는 것이 어떤 과정을 가리키는지 분명하게 설명하지 않고 있기 때문이다. 홍종선(2000)의 '한문어, 한자어'는 당대 언어에 대한 직관이 없는 현대어 화자가 어떻게 한문어와 한자어를 구분할 수 있느냐 하는 문제와 함께, 동일한 단어가 한문어도 될 수 있고 한자어도 될 수 있다는 점이 문제라고 할 것이다.

이러한 점을 고려하여, 이 글에서는 가능한 한 近代啓蒙期 國漢混用文 資料 중에서 각 類型의 文體 特性을 잘 보여준다고 판단되는 텍스트를 선정하여, 해당 텍스트에서 논의에 필요하다고 판단되는 예들을 들 수 있을 정도의 예문을 제시하고, 각 예문의 構文的·語彙的 特性을 分析한 후, 검토된 개별 특성을 종합하여 近代啓蒙期 國漢混用文 텍스트의 類型을 구분하는 데에 적용할 準據로 원용될 수 있는 것들을 정리하기로 한다.

우선 다음에 ②~④類 近代啓蒙期 國漢混用文에 나타나는 漢文文法의 干涉 結果가 어떤 言語 特性으로 반영되는가를 정리해 보인다. 그것은 크게 다음 네 가지로 나눌 수 있다.[7]

---

7 당연한 것이지만 ①의 『神斷公案』類 國漢混用文에는 漢文 文法의 干涉 결과가 아

가) 한문의 요소를 그대로 사용한 경우

① 漢文 文章을 그대로 사용한 경우

② '有XX' 構文(存在文)의 사용

③ 漢文 副詞의 사용

④ 漢文 感歎詞의 사용

⑤ 漢文 接續詞의 사용

⑥ 漢文 終決辭의 사용

나) 한문 문법의 간섭 결과가 체언구 형태로 나타나는 경우

⑦ 漢文 冠形 構成이 國語의 冠形 構成(用言의 冠形詞形, 屬格 助詞) 대신 쓰인 경우

⑧ 漢文 用言(句)에 國語 助詞가 결합한 경우

⑨ '-이-'系 述語句

다) 한문 문법의 간섭 결과가 용언구 형태로 나타나는 경우

㉠ 동일(유사)한 의미를 가지는 漢字의 重疊으로 만들어진 2음절 用言

㉡ '2音節 漢字+2音節 漢字+ᄒᆞ-'형 用言

㉢ '副詞+漢字+ᄒᆞ-' 형 用言

㉣ '述目 構成 漢文句+ᄒᆞ-' 형 用言

닌 국어 문법의 간섭 결과가 반영된다. 따라서 이들 漢文 文法의 간섭 결과는 ②~④類 國漢混用文에만 적용되는 것이다.

㉤ 樣態 表現의 漢文句 用言

㉥ '單音節 漢字+ᄒᆞ-'형 用言

라) 기타

㉦ 吏讀式 表現

㉧ 重複 表現

이들 漢文 文法의 干涉을 보여주는 예는 앞에서 구분한 國漢混用文의 類型에 따라 반영되는 양상이 다르다. 장을 달리하여 그 구체적인 文體 特性을 살피기로 한다.

3

國漢混用文 類型別 文體 特性

3.1. 『神斷公案』類 國漢混用文(제1형)의 文體 特性

『神斷公案』類 國漢混用文이란 대체로 앞선 연구들에서 '순한문에 한글로 연결한 식의 國漢文體(第一形)'(김상대 1985), '懸吐體'(심재기 1992), '구절현토식 국한문체(구결식 국한문체)'(민현식 1994), '한문체(홍종선 2000)'[8] '한문문장체'(임상석 2008) 등으로 지칭했던 유형과

8 홍종선은 '한문체'를 "사실상 한문 문장 구조에 우리말 토가 대개 잉여적으로 보충

비슷하다.[9] 문제는 지금까지의 연구에서는 口訣文과 『神斷公案』類 國漢混用文을 동일하거나 유사한 것으로 다루었다는 점이다. '현토식'이라는 용어에서 드러나듯 漢文 原文에 한글로 토를 단 구결문과 같은 것으로 보아 왔던 것이다. 그러나 필자는 口訣文과 『神斷公案』類 國漢混用文을 같은 것으로 다루지 않는다. 뒤에서 다시 언급하겠지만 『神斷公案類』 國漢混用文은 口訣文과는 분명히 구분되는 國語 文章으로서의 특징을 지니고 있기 때문이다.

필자가 이러한 유형의 國漢混用文을 『神斷公案』類라고 지칭하는 데에는 세 가지 이유가 있다. 다음에 간단히 정리한다.

첫째, 『神斷公案』이 이런 유형의 國漢混用文을 이용한 저작 중에서 상대적으로 잘 알려져 있는 작품이라는 점이다. 이른바 漢文懸吐小說[10]이라고 일컬어지는 일군의 國漢混用文 小說 중에서 가장

된 문체(홍종선 : 2000:13)"로 보며 "自近日學校蔚興以來로 筭術新編이 不過幾種이나 此亦博約不一ㅎ야 爲後學之指南者ㅣ 盖甚少矣라"는 『皇城新聞』 기사를 예로 들고 있다(홍종선 2000 : 19).

9 김홍수(2004)에서는 『神斷公案』類 國漢混用文은 近代啓蒙期 國漢混用文에 들지 않는 것으로 다룬 것으로 판단된다. 3.2. 참조.

10 '漢文懸吐小說'이라는 용어는 문학연구자들이 주로 사용하는 것으로 『神斷公案』類 國漢混用文을 이용하여 창작되거나 번안된 것들을 가리키는데, 文學史的으로는 1906년에 처음 나타난 것으로 알려져 있다(권영민 1997, 김형중 1998, 2011, 정환국 2003, 박소현 2010 등). 『一捻紅』, 『龍含玉』, 『岑上苔』, 『神斷公案』 등이 지금까지 확인된 1900년대에 출판된 작품인데, 이러한 『神斷公案』類 國漢混用文에 의한 소설 창작이 후대로 이어지지는 않지만, 순한글 古小說을 다양한 유형의 國漢混用文으로 개작한 작품은 1910년대 이후에도 舊活字本으로 계속 출간된다(권순긍 1991, 이주영 1998, 이윤석 2011 등). 본격적인 「近代啓蒙期 國漢混用文 코퍼스」의 구축을 위한 母集團의 분포를 확인하기 위해서는 이 글에서 다루는 각 類型의 近代啓蒙期 國漢混用文의 사용 양상에 대한 包括的인 資料 調査와 類型 分析이 필

널리 알려진 작품이면서 이를 대상으로 한 연구가 상당량 축적되어 있다. 역주본까지 출간되어 있는 것이다.[11] 둘째, 하나의 텍스트이면서 상대적으로 텍스트의 규모가 커서,[12] 『神斷公案』 텍스트 하나만으로도 다른 유형의 텍스트에서 나타나는 構文的·語彙的 特性과 대조가 가능할 정도의 계량화가 가능하다는 점이다. 셋째, 『神斷公案』 텍스트가 漢文 原文에 吐를 붙인 口訣文과 차이점을 분명히 보여 준다는 점 때문이다. 여기에는 보완 설명이 필요할 것이다.

『神斷公案』類 國漢混用文은 漢文 原文에 吐를 붙인 口訣文과는 몇 가지 점에서 구분된다. 그 예가 많지는 않지만, 漢文의 語順을 國語의 語順으로 바꾼 부분이 섞인다든가((1)a ①, b ①~⑥),[13] 漢文 接續詞를 국어 조사로 바꾼다든가((1)a ②),[14] 漢文의 虛辭 대신 국

요할 것이다.

11 한기형·정환국(2007), 『역주 신단공안』, 창비.

12 박소현(2010)에 따르면 『神斷公案』은 『皇城新聞』에 1906년 5월 19일부터 12월 31일까지 190회에 걸쳐 연재되었다. 필자가 확인한 『皇城新聞』 연재분은 총 182회로 약 20,000 句節 분량이다.

13 (1) a ①의 예는 語順 再配列을 이야기할 때 가장 먼저 이야기되는 述目構造가 아니라 '存在文(有XX 構文)'이라는 점에도 유의할 필요가 있다. 述目構造가 目述構造로 바뀌는 語順의 國語文章化는 『神斷公案』類 國漢混用文에서는 드물게 나타나며, '有XX' 構文을 'XX이 有ᄒᆞ-'로 재배열하는 경우가 가장 흔하다. 이는 '有ᄒᆞ-' 동사의 빈도가 유형 분류의 척도 중 하나가 될 수 있음을 시사한다. 아울러 (2)의 ①~⑥에서 보이는 어순의 재배열 중 ①, ⑤만이 述目構造→目述構造의 어순 재배열을 보이는 예고, ②는 '生於X→X에 生ᄒᆞ-' ③은 '全昧於X→X에 全昧ᄒᆞ-' ④는 '不勝激感於X → X에 不勝激感ᄒᆞ-' ⑥은 '雖不及涓埃之補於巨大經費'를 재배열한 것이라는 점도 주목된다. 『神斷公案』類 國漢混用文에서 對格助詞보다 處格 助詞의 頻度가 클 것임을 시사하기 때문이다.

14 口訣文이라면 '許生之父母ᄂᆞᆫ' 정도가 될 것이다.

어의 어미를 사용한다든가((1)a ③)[15]하는 부분들이 섞여 있다. 漢文 文章 作法이 글쓰기의 기본이 되지만, 國語 文法이 간섭한 결과가 반영되는 것이다. 따라서 한글로 된 토만 없애면 그대로 漢文이 된다는 기술은 이들 『神斷公案』類 國漢混用文에는 적용되지 않는다. 게다가 문장 형태상으로는 口訣文과 유사하지만, 개별 텍스트에 따라서는 당대의 시대적 상황을 반영한 새로운 語彙들을 포함하는 경우가 있기 때문에((1)b 敎育機關, 文明하-, 經費), 국어 어휘사적인 측면에서도 간과할 수 없는 부분이 있다.[16] 다만, 1900년대~1910년대에는 漢文 原文이 있는 텍스트에 토만 붙여서 『(漢文)懸吐XXX』라는 명칭으로 출판하는 경우가 적지 않은데, 이러한 텍스트는 『神斷公案』類 國漢混用文을 사용한 텍스트와 구분해야 할 것이다. (1) c.의 경우가 그 한 예인데 1796년에 간행된 『增修無冤錄大典』의 大文에 토를 붙여 1907년 舊活字本으로 廣學書舖에서 간행한 『增修無冤錄大典』의 첫 부분이다. 이는 1792년 간행된 『增修無冤錄諺解』[17]의 口訣文과는 句點이나 토가 달라진 부분이 있어 새로이 토를 붙인 자료로 보이는데, 본 연구에서나 향후의 「近代啓蒙期 國漢混用文 코퍼스」 구축에서는 이런 유의 텍스트는 『神斷公案』

15 口訣文이라면 '雖年近伍旬이ᄂ'가 될 것이다.

16 『神斷公案』類 國漢混用文을 사용한 後期의 著作 중 현대적 어휘를 많이 담고 있는 것으로 李能和의 『朝鮮基督教及外交史』(1928)를 들 수 있다.

17 『增修無冤錄諺解』의 간행 연대는 일반적으로 1792년으로 알려져 있는데, 장윤희(2001 : 2)에서는 1796년에 『增修無冤錄大典』을 언해하여 간행한 것이라고 이야기하고 있다.

類 國漢混用文으로 다루지 않는다.[18]

(1) a. 却說 肅宗大王卽位十六年에 慶尙道晉州府城內에 ①**一個士族이 有ᄒᆞ니** 姓은 許오 名은 憲이니 年方十八에 眉目이 淸秀ᄒᆞ고 丰神이 俊雅ᄒᆞ야 軒昂風采를 人皆艶賞ᄒᆞ고 兼且才藝夙成ᄒᆞ야 文詞大噪라 以故로 城內城外에 養成閨秀底人은 紛紛遣媒通婚이로ᄃᆡ ②**許生의 父母는** 恒嫌早婚不利ᄒᆞ야 倂皆辭拒了ᄒᆞ더라 其鄰家에 有一富戶ᄒᆞ니 姓名은 河景漢이라 ③**年近五旬이는** 膝下에 無充閭之丁ᄒᆞ고 只有一個女息ᄒᆞ니 名은 淑玉이오 年方二八에 姿色이 嬋娟이라 父母愛之를 如掌中珠玉ᄒᆞ야 於後園에 搆一層小樓ᄒᆞ고 繞植名花異草ᄒᆞ야 使淑娘으로 枕處樓中이러니(『皇城新聞』 1906. 5. 19. 『神斷公案』 第一段)

b. 敬啓者 夫團合則成ᄒᆞ고 渙散則敗은 理固然也라 故로 百川이 成海ᄒᆞ며 群蚊이 作雷은 何也오 川之發源이 初不過一線細流로ᄃᆡ 必須合派而後에 能就其深ᄒᆞ고 蚊之爲物이 卽不過極微最小로ᄃᆡ 必須作隊而後에 大放其聲者는 燎然可見이온 況乎人者은 以最靈最貴底物로 其心이 相契ᄒᆞ고 其力이 相并則何患乎事不成功不竣也리오 竊惟貴會는 以忠君愛國之心으로 ①**教育**

18 이 자료 이외에 漢文本 古小說의 原文에 토를 붙여 간행한 것으로 보이는 舊活字本이나 筆寫本들이 있다. 『懸吐謝氏南征記』(1914, 영풍서관), 『懸吐彰善感義錄』(1917, 한남서림), 『懸吐天君演義』(1917, 한남서림), 『懸吐漢文春香傳』(1917, 동창서옥), 필사본 『閑中漫錄』(버클리大 아사미(淺見) 문고본) 등이 그 예이다. 이들 소설류는 아직 그 文體를 구체적으로 검토하지 못하였으므로 近代啓蒙期 國漢混用文의 연구 자료에 포함할 수 있을 것인가 하는 판단은 유보한다.

機關을 擴張ᄒᆞ시니 卽我二千萬 團合ᄒᆞᆯ 精神이오 三千里 文明할 基礎라 本會員은 ②**白屋貧窶에 生ᄒᆞ야** ③**時局觀念에 全昧ᄒᆞ나** ④**秉彝攸在에 不勝激感ᄒᆞ야** ⑤**金三圜을 忘些仰呈ᄒᆞ오니** ⑥**其於巨大經費에 雖不及涓埃之補오나** 勿咎查納爲要(『西北學會月報』 제14호 1909. 7. 1. 「崔齊祥 崔齊三 兩氏가 各 參圜式 義捐ᄒᆞᆫ 公函」)

c. 刑名之重이 莫最於殺人이라 獄情之初에 必先於檢驗이 蓋, 事體多端ᄒᆞ고 情態萬狀ᄒᆞ야 有, 同謀共毆로ᄃᆡ 而莫知, 誰是下手, 重者ᄒᆞ며 有, 同謀殺人이로ᄃᆡ 而莫定, 誰爲初造意者ᄒᆞ며 有, 甲, 行凶, 而苦主, 與乙, 讎嫌ᄒᆞ야 而妄執, 乙, 行凶者ᄒᆞ며 有, 乙, 行凶, 而令, 在下之人으로 承當者ᄒᆞ야 毫釐之差에 謬以千里니라(『增修無冤錄大典』 1~2, 1907, 廣學書舖刊)

이러한 유형의 國漢混用文이 지니고 있는 構文的 修辭的 特徵 및 하위 유형에 대해서는 임상석(2008 : 126~132)에서 예와 함께 상당히 구체적으로 다루고 있다.[19] 그런데 임상석(2008 : 128)의 예문 중 하나가 본고와의 분류 기준의 차를 보여주는 것으로 생각되어 여기에 다시 인용하여 필자와 임상석(2008)의 분류 방식상의 차이를 분명히 드러내 보이기로 한다.[20]

---

19 거기에서의 논의를 정리하면 '口訣文'과 같은 수준의 문장에서 '문구' 단위의 배열을 국어의 통사구조로 바꾸는 수준의 문장까지 나타난다는 것인데, '口訣文'과 『神斷公案』類 國漢混用文을 같은 유형으로 다룬 점이 본고에서의 분류와 크게 다른 점이다.

20 굳이 이 예를 인용하여 대비하는 까닭은, 문학연구자들이 근대계몽기의 국한혼용문 소설을 다룰 때 임상석(2008)의 분류가 종종 원용되는데, 문장 형성 원리가 전혀 다르다고 할 수 있는 『神斷公案』類 國漢混用文과 『是日也放聲大哭』類 國漢混用文을 통틀어 懸吐

…… 物은 人을 待ᄒᆞ야 需用의 資를 成ᄒᆞ고 人은 物을 逐ᄒᆞ야 欲望의 感이 生ᄒᆞ나니 人與物의 相資相須가 切重焉ᄒᆞ며 切緊焉ᄒᆞ야 須臾도 不可相離ᄒᆞᆯ 者라. …… 人界에 產業的 主義가 無ᄒᆞ면 生活이 無路ᄒᆞ고 產業界에 經濟的 實力이 無ᄒᆞ면 生產이 無望ᄒᆞᆯ 거시니 [人於經濟界活動이 若魚之游於江海ᄒᆞ고 獸之捿於山林이니 可不注意處也아.](『大韓協會會報』 7, 23 ~ 24, (생략 부분은 임상석(2008)에 따른 것임))

위의 인용문을 임상석(2008 : 128)에서는 한문문장체의 하나로 보았다. 그러나 필자의 기준으로는 예문의 텍스트는 2.2.에서 다룰 『是日也放聲大哭』類 國漢混用文에 속한다. 임상석(2008)에서 위의 예문을 한문문장체에 속하는 것으로 본 까닭은 음영으로 표시한 '焉, 也' 등의 漢文 終止辭와 '之, 與'와 같은 漢文 接續語가 쓰였다는 점 등 때문인데, 필자는 전체 글의 構成 原理가 『神斷公案』類 國漢混用文과는 달리 국어 문법에 기반한 것으로 판단하기 때문에 『是日也放聲大哭』類 國漢混用文에 속하는 것으로 본다. 밑줄 친 부분과 같이 漢文 構文을 國語 語順으로 再配列한 예들이 텍스트의 대부분을 차지하기 때문이다.[21]

體 國漢混用文으로 지칭하는 경우가 많기 때문이다.

21 임상석(2008 : 130)에서도 예문 중 [ ] 안의 부분만이 한문문장체의 예이고, 그 앞 부분은 한문구절체에 속하는 것으로 보고 있다. 그러나 이 예문이 각주 20)에서 언급한 바와 같이 문학연구자들이 『神斷公案』類 國漢混用文과 『是日也放聲大哭』類 國漢混用文을 구분하지 않는 데에 큰 영향을 주었다고 보아 여기에 예를 들었다.

『神斷公案』類 國漢混用文 텍스트는 형태상 다른 유형의 國漢混用文과 분명히 구분되기 때문에 口訣文 텍스트와 구분할 준거를 찾는 일이 중요한데, 앞에서 언급한 몇 가지 특징을 살펴보는 것만으로도 충분할 것으로 생각된다. 그것을 다시 정리하면 다음과 같다. ① '單音節/2音節 漢字+ᄒᆞ-'형 用言의 출현 유무, 종류, 결합관계, ② 속격 조사 '의'와 결합한 명사구의 존재 유무와 그 용법, ③ 한글로 표기된 어미류가 포함된 어절 중 漢文 虛辭의 기능과 중복되는 예들의 용법. 이 이외에 각주 13에서 언급한 것들도 고려할 수 있을 것이다.

3.2. 『是日也放聲大哭』類 國漢混用文(제2형)의 文體 特性

『是日也放聲大哭』類 國漢混用文은 김상대(1985) 심재기(1992) 민현식(1994) 김형철(1994) 등 初期 國漢混用文 類型 硏究에서는 따로 구분하지 않았다. 이런 유의 텍스트를 따로 한 유형으로 세운 것은 홍종선(1996, 2000)이다. 즉 이러한 유형의 텍스트를 '한문구 국한문체'라고 지칭하여 '한문체, 한문어체'와 구분되는 것으로 본 것이다. 김흥수(2004)에서는 '국한문혼용체'의 하위 유형 중 "한문 구문의 어순, 구절, 표현이 국한문체 속에 부분적으로 나타나는 구결문식 국한문체를 조금 벗어난 단계"라고 기술하면서 구체적으로 구분하지는 않았다.[22] 임상석(2008)에서는 홍종선(2000)의 분류를 받

22 밑줄 친 부분의 기술은 적절하지 않다. 『是日也放聲大哭』類 國漢混用文은 口訣文이나 口訣文과 유사한 구조를 가진 『神斷公案』類 國漢混用文과는 근본적으로 문장 구성 원리가 다르기 때문에 전혀 다른 유형의 글이라고 할 수 있다. 후술 참조.

아 들여 이러한 유의 텍스트를 '한문구절체'로 구분하여 '한문문장체'와 다른 것으로 다루었다. 또한 이런 유 國漢混用文의 構文的 特性으로 "한문 종결사와 접속사의 사용이 적어 한문 문장은 구절의 형태로 해체되어 나타난다"는 점을 들었으며, "4자 대구로 연결되는 한문구절에서 한문 특유의 수사법이 그대로 실현되는 것"을 수사법상의 중요한 특징으로 보았다.[23]

우선 『是日也放聲大哭』類 國漢混用文은 『神斷公案』類 國漢混用文과는 전혀 다른 방식으로 만들어진다는 사실을 지적할 필요가 있을 것이다. 『神斷公案』類 國漢混用文은 漢文 文法에 따라 문장을 구성하는 것이 기본이지만, 『是日也放聲大哭』類 國漢混用文은 국어의 통사 구조가 기본이다. 다만 국어의 문장 성분이 되는 요소 중 일부를 한문 문법에 따라 漢文句로 만들고 거기에 국어의 문법형태소를 첨가하는 방식으로 형성된 體言句나 用言句가 섞인다는 점이 현대 한국어 문장과 다른 점이라고 할 수 있다.

다음 (2)의 예문은 『是日也放聲大哭』類 國漢混用文에서의 한문 문법의 간섭 결과를 보여주는 예들을 유형별로 주석한 결과이다.

---

23 임상석(2008)에서 지적하고 있는 漢文 修辭法의 특징은 『是日也放聲大哭』類 國漢混用文만이 아니라 『西遊見聞』類 國漢混用文에서도 확인할 수 있다(한영균 2011 : 257-258). 漢文 修辭法의 영향은 國漢混用文의 類型과 함께 글이 발표된 시기와도 관련이 있는 것으로 보인다. 그러나 이 글에서는 修辭法은 논의에 포함하지 않는다. 계량적·객관적 측정이 어려운 요소이기 때문이다.

각 예들이 近代啓蒙期 國漢混用文의 類型 분류에 어떻게 적용될 수 있는지를 정리하기로 한다.

(2) a. 曩日 伊藤侯가 韓國에 ㉥來ᄒᆞᆷᄋᆡ ⑦**愚我人民이** ③**逐逐相謂** 曰 侯ᄂᆞᆫ 平日 東洋 三國의 鼎足安寧을 ㉡自擔周旋ᄒᆞ던 人이라 今日 來韓ᄒᆞᆷ이 ③⑥**必也** 我國獨立을 鞏固히 扶植할 方略을 勵告ᄒᆞ리라 ᄒᆞ야 自港至京에 官民上下가 歡迎ᄒᆞᆷ을 ㉤不勝ᄒᆞ얏더니 天下事가 ㉤⑦**難測者ㅣ** ㉥多ᄒᆞ도다 千萬夢外에 五條件이 何로 ㉥自ᄒᆞ야 提出ᄒᆞ얏ᄂᆞᆫ고 此 條件은 ⑨非旦我韓이라 東洋 三國의 ㉠分裂ᄒᆞᄂᆞᆫ 兆漸을 釀出ᄒᆞᆷ인즉 伊藤侯의 原初 主意가 何에 ㉥在ᄒᆞᆫ고 ㉧雖然이나 我 大皇帝陛下의 ㉠强硬ᄒᆞ신 聖意로 ㉠拒絶ᄒᆞᆷ을 ㉤不已ᄒᆞ셧스니 該約의 ㉤不成立ᄒᆞᆷ은 ㉠想像컨ᄃᆡ 伊藤侯의 ㉡自知自破ᄒᆞᆯ 바어ᄂᆞᆯ ④**噫** ㉦彼豚犬不若ᄒᆞᆫ ⑦**所謂我政府大臣者가** 營利를 ㉠希覬ᄒᆞ고 假嚇를 ㉠恇刼ᄒᆞ야 ③**逡巡然** ③**觳觫然** 賣國의 賊을 ㉢甘作ᄒᆞ야 四千年 疆土와 伍百年 宗社를 他人에게 ㉠奉獻ᄒᆞ고 二千萬 生靈으로 他人의 奴隷를 ㉢敺作ᄒᆞ니 ㉦彼等豚犬不若ᄒᆞᆫ 外大 朴齊純 及 各大臣은 足히 ㉢深責ᄒᆞᆯ 것이 ㉥無ᄒᆞ거니와 ⑦**名爲參政大臣者ᄂᆞᆫ** 政府의 首揆라 ㉧但以否字로 ㉣塞責ᄒᆞ야 要名의 資를 ㉥圖ᄒᆞ얏던가 金淸陰의 裂書哭도 ㉤不能ᄒᆞ고 鄭桐溪의 刃刲腹도 ㉤不能ᄒᆞ고 ③**偃然** ㉠生存ᄒᆞ야 世上에 ㉢更立ᄒᆞ니 何面目으로 ㉠强硬ᄒᆞ신 皇上陛下ᄅᆞᆯ ㉢更對ᄒᆞ며 何面目으로 二千萬 同胞ᄅᆞᆯ ㉢更對ᄒᆞ리오 ④**嗚乎** ⑥**痛矣며** ④**嗚乎** ⑥**憤矣라** 我 二千萬 ①⑦**爲人奴隷**

之同胞여 ⑥生乎아 ⑥死乎아 檀箕以來 四千年 國民精神이 一夜之間에 ③猝然 ⑤⑥㉠滅亾而止乎아 ⑥痛哉 ⑥痛哉라 同胞아 同胞아(『皇城新聞』 1905. 11.20, 논설 「是日也放聲大哭」)

b. ㉥居ᄒᆞᆫ지 四日에 ③忽 一老人이 ⑤㉣被褐而來ᄒᆞ야 曰 此處는 毒虫과 猛獸가 ㉥多ᄒᆞ니 ⑦可畏之地를 ⑦貴少年이 ⑧爰來獨處는 ⑥何也오 庾信이 其 ⑦非常人인 줄을 ㉥知ᄒᆞ고 再拜 曰 僕은 新羅人이라 國讎를 ㉥見ᄒᆞ고 ㉡痛心疾首ᄒᆞ야 此에 ㉥來ᄒᆞᆫ 거슨 ⑦所學이 ㉥有ᄒᆞᆷ을 ㉠冀望ᄒᆞᆷ이로이다 老人이 ㉡黙然無言ᄒᆞ거놀 庾信이 ㉡垂涕懇請ᄒᆞᆫᄃᆡ 老人이 曰 子의 年이 ⑧尙幼에 三國을 統合ᄒᆞᆯ 志가 ㉥有ᄒᆞ니 ①不亦壯乎아 秘法으로써 ㉥授ᄒᆞ고 ⑤言訖而去ᄒᆞ니 ⑧⑤進而望之에 ㉤不見ᄒᆞ고 ②山上에 有光ᄒᆞ야 ①⑨爛然若五色이러라(『西友』 제4호 1907. 3. 1. 朴殷植, 「金庾信傳」 中)

c. ⑤今之伊太利는 ⑤古之羅馬也니 歐洲 南部에 突出ᄒᆞᆫ ⑥半島國也라 船琶西沙兒 以來로 阿卡士大帝의 時에 ㉥至ᄒᆞ기ᄭᆞ지 歐羅巴 亞細亞 阿非利加의 三大陸을 倂呑ᄒᆞ고 大帝國을 建設ᄒᆞ야 宇宙文明의 宗主가 되던 羅馬로셔 一朝에 北狄의 蹂躪을 ㉥經ᄒᆞᆫ 以後로 ㉡日削月蹙ᄒᆞ야 今日에는 西班牙、明日에 法蘭西, 又明日에는 日耳曼 等國의 前虎後狼이 ㉡彼退此進ᄒᆞ고 左刀右鋸가 ㉡朝割暮剝ᄒᆞ야 及十九世紀 初期에 ㉥至ᄒᆞ야는 ⑧山河破碎에 慘狀이 ㉢尤劇ᄒᆞ니 伊太利 三字가 ③僅是 地理上의 名詞로 ⑦若存實亡者ㅣ ⑦①千餘年於玆矣라 加西士의 火燄을 ㉥望ᄒᆞ며 法羅의 悼歌을 ㉥吟ᄒᆞᄆᆡ 薤露가 蒼凉ᄒᆞ고 劫灰가 零

落ᄒᆞ니 昔人 詩에 ⑭謂ᄒᆞᆫ 바 ①**卷中正有家山在어만 一片傷心畫不成이로다** ④**哀哉라** ⑤⑦**無國之民이여** 後世 ⑦**讀史者도** 慷慨의 涙ᄅᆞᆯ ⑪難禁ᄒᆞ려던 ①③⑥**而況, 身親當之者乎아**(『伊太利建國三傑傳』 第一節 中, 신채호 역, 1907, 廣學書舖刊)

가)-①의 예로는 '卷中正有家山在어만 一片傷心 不成이로다, 爲人奴隷之同胞여, 而況, 身親當之者乎아, 若存實亡者ㅣ千餘年於玆矣라' 등을 들 수 있다. 이렇게 한문 문장을 그대로 삽입하는 예는『是日也放聲大哭』類 國漢混用文에서 나타나는 것이 일반적이지만 이른 시기의『西遊見聞』類 國漢混用文에서도 드물게 쓰이는 경우가 있다. 3.3.의 예문 (3) b.에 보인 '①'請君은 試聽하라'의 경우가 그 한 예이다.

가)-②의 예는 그리 흔하지 않다. 각주 13)에서 언급한 바와 같이 존재문은 'XX가 有ᄒᆞ-'로 해체된 형태로 나타나는 경우가 많기 때문이다. 한편 (2) b.의 '山上에 有光ᄒᆞ야'의 예에서의 '有Xᄒᆞ-'와 같이 單音節 名詞와 결합한 형태는 현대국어에서 '有德하-, 有力하-, 有望하-, 有病하-, 有福하-, 有事하-, 有識하-, 有實하-, 有要하-, 有日하-, 有情하-, 有香하-'와 같이 하나의 용언으로 굳어져 사전에 등재된 예들도 적지 않다.[24] 이렇게 하나의 단어로 굳어진 경우는 이미 국어에 동화되어 한문 문법과는 무관한 단위가 된 것이라고 이야기할 수 있을 것인데, 그 同化 時期를 구체적으로 판정

24 예로 든 것들은 모두『표준국어대사전』에 표제항으로 등재되어 있다.

하기 어렵다는 점이 문제가 된다. 따라서 가-②의 예 중, 단음절 명사와 결합한 예들은 近代啓蒙期 國漢混用文의 類型 分類에 준거로 사용하기 어려운 것으로 판단된다.

가)-③의 漢文 副詞는 『西遊見聞』類 國漢混用文이나 『國民小學讀本』類 國漢混用文에서는 부사화 접사가 결합한 형태로 나타나는 것이 일반적이다. 3.3.의 예문 (3) b.의 '喟然이', (4) a.의 '泛然이' 등이 그 예이다. 따라서 漢字語 혹은 漢文 副詞의 副詞化 接辭의 출현 여부가 『是日也放聲大哭』類 國漢混用文과 『西遊見聞』類 國漢混用文/『國民小學讀本』類 國漢混用文을 구분해 주는 준거가 될 수 있음을 의미한다.[25]

가)-④(感歎詞), 가)-⑤(接續詞) , 가)-⑥(終決辭)의 사용은 임상석(2008 : 129-130)에서는 '한문 문장체'의 특성으로 지적한 것인데, 필자의 분석 결과에 따르면 임상석(2008)에서 '한문 문장체'라고 지칭했던 『神斷公案』類 國漢混用文의 특징으로서 중요하기보다는 『是日也放聲大哭』類 國漢混用文과 『西遊見聞』類 國漢混用文을 구분해 주는 중요한 지표 중 하나가 된다는 점이 중요하다. 『是日也放聲大哭』類 國漢混用文에서는 그 종류도 다양하고 사용 빈도가 높지만, 『西遊見聞』類 國漢混用文에서는 쓰이지 않는 것이 일반적이기 때

25 한편 이러한 특성을 다)-ⓒ의 '한문 부사+단음절 한자+ᄒᆞ-'형 용언의 형태 분석에도 참조할 수 있다. 다)-ⓒ의 예는 『西遊見聞』類 國漢混用文과 『國民小學讀本』類 國漢混用文에 많이 나타나는데, 그 형태 분석에서 부사와 후행 용언을 분리할 것인지 아니면 하나의 어기로 볼 것인지를 결정하기는 쉽지 않다. 그러나 『西遊見聞』類 國漢混用文에서는 부사화 접사가 결합하지 않은 형태로 한문 부사가 쓰이는 경우가 없음을 감안하면 하나의 어기로 다룰 수 있는 것이다.

문이다.

나)-⑦ 漢文 冠形 構成이 國語의 冠形 構成 대신 쓰인 예로는 '愚我人民이(어리석은), 難測者ㅣ(짐작하기 어려운), 讀史者도(사서를 읽는)' 등을 들 수 있는데, '可畏之地를'과 같이 屬格助詞 '-의'가 쓰일 자리에 '之'를 사용하는 경우도 있다. 전자의 예는 『西遊見聞』類 國漢混用文에서는 漢文句가 해체되어 'XX훈/홀' 구성으로 나타나며, '之'를 사용하는 構成은 '多聞博學의 士, 新見奇文의 書, 紅毛碧眼의 才藝見識'과 같이 국어 조사 '-의'가 사용되는 것이 일반적이다.

그런데 '한자 관형어+체언' 구성 중에서 '단음절+단음절' 형식일 때는 가)-②의 예 중 '유X훈-'형 용언과 마찬가지로 하나의 단어로 굳어지는 경우도 있다. (2) b.의 '所學'이나 3.3.의 예문 (3)에 쓰인 '實境, 爾來, 諸邦, 長技, 蠻種, 狂夫, 傑士, 片舟, 閑情' 등이 그 예인데, 이들은 모두 『표준국어대사전』에 표제항으로 등재되어 있다. 따라서 '有X훈-'의 경우와 마찬가지로 '단음절+단음절' 형태의 '한자 관형어+체언' 구성은 출현 여부만으로 國漢混用文의 類型 分類의 준거로 활용하기 어렵다고 할 것이다.[26]

나)-⑧ 漢文 用言(句)에 國語 助詞가 결합하는 예로는 '爰來獨處는(여기 와 홀로 머묾은), 尙幼에(아직 어린데), 進而望之에(나아가 그것을

---

26 그렇다고 해서 이들을 近代啓蒙期 國漢混用文의 유형 분류에 원용할 수 없다는 의미는 아니다. 이들의 경우는 1.2.에서 언급했던 정도성을 지니고 나타나는 언어 현상의 예로서, 이들은 다음에 이야기할 다)의 예들과 함께 近代啓蒙期 國漢混用文의 類型 分類를 위한 계량적 분석에서 초점이 놓여야 할 언어 단위가 된다고 이야기할 수 있다. 후술 참조.

바라보니), 山河破碎에(산하가 무너져)' 등을 들 수 있다. 이렇게 어떤 漢字가 用言으로서의 의미와 기능을 그대로 지니면서 句 혹은 節을 이루고 거기에 국어의 조사가 결합하는 것은 口訣文的 特性의 하나라고 할 수 있다.[27] 이러한 예는 『是日也放聲大哭』類 國漢混用文에서 주로 나타난다. 『西遊見聞』類 國漢混用文에서는 이러한 경우 '無以爲償홈을, 囚之홈을, 發改홈을, 欺홈을 見하야' 등과 같이 'ᄒᆞ/하-'와 결합한 형태로 나타나는 것이 일반적이고, 『國民小學讀本』類 國漢混用文에서는 이런 구성이 나타나지 않는다. 따라서 나)-⑧은 세 유형의 國漢混用文을 구분해 주는 중요한 지표가 된다.

나)-⑨의 '-이-'系 述語句도 口訣文의 영향을 보여주는 예라고 할 수 있는데, '此 條件은 非旦我韓이라(한국만이 아니라), 爛然若五色이러라(오색으로 찬연하더라), 此事가 豈非遺憾이리오(어찌 유감이 아니리오)'처럼 용언구 자리에 쓰인 漢文句에 繫辭가 결합하여 述語句를 이룬 것이다. 『是日也放聲大哭』類 國漢混用文에서 주로 확인되지만, 드물게 『西遊見聞』類 國漢混用文에도 나타난다. 그러나 『國民小學讀本』類 國漢混用文에서는 나타나지 않는다. 나)-⑧과 같이 『是日也放聲大哭』類, 『西遊見聞』類, 『國民小學讀本』類 國漢混用文을 구분하는 척도가 될 수 있을 것이다.

---

27 『孟子諺解』의 口訣文과 諺解文을 하나만 예로 들어 둔다.
東面而征에 西夷怨ᄒᆞ며 南面而征에 北狄이 怨ᄒᆞ야
東으로 面ᄒᆞ야 征ᄒᆞ심애 西夷ㅣ 怨ᄒᆞ며 南으로 面ᄒᆞ야 征ᄒᆞ심애 北狄이 怨ᄒᆞ야
(『맹자언해』 권06 : 16b)

다)-㉠~㉣의 예들은 그 語基 部分이 漢文의 造語法에 따라 만들어진 용언인데, 그 방식이 조금씩 다르다.

예문에서 확인되는 다)-㉠의 예는 '夥多ᄒᆞ-, 廣闊ᄒᆞ-, 擯斥ᄒᆞ-, 蒐輯ᄒᆞ-, 繁殖ᄒᆞ-, 量度ᄒᆞ-, 抵當ᄒᆞ-, 採拾ᄒᆞ-, 便宜ᄒᆞ-, 浩大ᄒᆞ-' 등이며, 다)-㉡의 예는 '自擔周旋ᄒᆞ-, 自知自破ᄒᆞ-, 痛心疾首ᄒᆞ-, 默然無言ᄒᆞ-, 垂涕懇請-, 日削月蹙ᄒᆞ-, 彼退此進ᄒᆞ-, 朝割暮剝ᄒᆞ-, 論議唱酬ᄒᆞ-, 反覆審究ᄒᆞ-, 修好通商ᄒᆞ-, 草衣木食ᄒᆞ-, 夏巢冬穴ᄒᆞ-, 參互調査ᄒᆞ-' 등이다.

다)-㉠의 경우는 單音節語의 二音節化라는 변화와 유관한 것인데, 모두 동일한(혹은 유사한) 의미를 가진 한자를 중첩하여 만들어낸 것들이다. 한편 예로 든 것들은 모두 『표준국어대사전』에 등재되어 있어서 한문 문법의 영향이 현대 한국어에 잔존하고 있음을 보여주는 예가 된다.

다)-㉡의 경우는 의미적으로 유사하거나 대립적인 두 음절 한자어의 결합으로 4자 한자어를 이루고, 거기에 '-ᄒᆞ-' 접사를 첨가하는 방식으로 만들어진 것이다. 對立과 重疊이라는 한문 수사법을 바탕으로 만들어진 예라고 할 것이다. 한편 앞에서 본 다)-㉠의 예와는 달리 이들 4자 한자어는 대부분 사전에 등재되지 않는다. 그러나 그 구성요소가 되는 2음절 한자어는 사전에 등재되어 있는 것이 많다. '自擔, 周旋, 自知, 疾首, 默然, 無言, 論議, 唱酬' 등이 그 예가 된다. 국어사전의 표제항 선정 방식과 유관할 것이다.

다)-㉢의 예는 '深責ᄒᆞ-, 最要ᄒᆞ-, 已久ᄒᆞ-' 등이고, 다)-㉣의 예는 '塞責ᄒᆞ-, 爲君ᄒᆞ-, 治病ᄒᆞ-,' 등이다. 이 예들 중에는 가)-②

의 예 중 '有X호-'형 용언이나 나)-⑦의 예 중 '단음절+단음절' 형태의 '한자 관형어+체언' 구성처럼 『표준국어대사전』에 표제항으로 등재된 것들도 있고, 당대에만 쓰이다가 사라진 것들도 있다. 따라서 이들 유형의 출현 여부를 바탕으로 近代啓蒙期 國漢混用文의 유형을 분류하기는 어렵다. 그러나 이들은 각주 26에서 언급한 것들과 마찬가지로 텍스트의 유형에 따라 정도성의 차이를 보이는 단위이다. 近代啓蒙期 國漢混用文의 유형에 따라 전체 텍스트 안에서의 출현 頻度 및 種數와 占有率이 달라지는 경향을 보이기 때문이다. 앞의 (2)의 예문과 2.3.의 (3)의 예문, 2.4.의 (4)의 예문의 주석 결과도 그러한 사실을 확인할 수 있게 해 준다. 예문이 충분치 않아서 단언할 수 없지만 다)-㉠~㉣의 예는 『西遊見聞』類 國漢混用文의 예문인 (3)에서 가장 많이 나타나며 『國民小學讀本』類 國漢混用文類, 『是日也放聲大哭』類 國漢混用文의 순으로 빈도가 높다고 이야기할 수 있는 것이다. 유형 분류 대상이 되는 텍스트별로 이러한 용언류의 종수와 점유율을 확인하여 전형적인 텍스트의 분석 결과와 대조함으로써 텍스트의 유형을 결정할 수 있음을 시사하는 것이다.

다)-㉤은 예들은 한영균(2011 : 244)에서 樣態 表現의 補助用言 構成의 구조를 바꾸어 漢文句를 구성한 후, 거기에 '-호-'를 결합하여 생성된다고 한 漢文句 用言이다. 不成立홈은(성립할 수 없음), 不可無호다(없을 수 없다), 不止홈이라(그치지 않음), 不勝호얏더니(이기지 못하였더니)가 그 예들이다. 이에 대한 구체적인 논의는 한영균(2011 : 244-246)에 미루기로 하는데, 이들 漢文句 用言의 種類와 텍스트 占

有率에 대한 계량적 분석이 필요하다는 사실만 지적해 두기로 한다. 『是日也放聲大哭』類 國漢混用文과 『西遊見聞』類 國漢混用文의 계량적 특성의 차이를 보일 가능성이 높은 요소이기 때문이다.

다)-ⓗ의 예는 한영균(2008, 2009)에서 近代啓蒙期 國漢混用文의 중요한 특성의 하나로 밝힌 바 있는 '單音節 漢字+ᄒᆞ-' 구성의 用言이다. 구체적 논의는 한영균(2008, 2009)에 미루기로 하는데, 여기서 한 가지 지적해 둘 것은 『是日也放聲大哭』類 國漢混用文에서 나타나는 '單音節 漢字+ᄒᆞ-' 構成 用言의 텍스트 점유율이 상대적으로 『西遊見聞』類 國漢混用文의 그것보다 낮다는 사실이다. 漢文句의 解體가 많이 이루어진 텍스트일수록 單音節 漢字語 用言이 많이 쓰일 것임을 생각하면 당연한 일이다. 이 역시 『是日也放聲大哭』類 國漢混用文과 『西遊見聞』類 國漢混用文의 계량적 차이를 보여줄 수 있는 언어 요소라고 판단된다.

라)-ⓢ의 예는 그리 많지 않다. 『神斷公案』類 國漢混用文의 경우에는 오히려 중국의 白話文的 요소가 많이 나타나는 것으로 알려져 있으며, 『是日也放聲大哭』類 國漢混用文에서도 吏讀式 表現은 극히 드물게 나타난다고 할 수 있는 것이다. 따라서 라)-ⓢ을 국한혼용문 유형 분류에 원용하기는 어려울 것으로 판단된다.

라)-ⓞ은 『是日也放聲大哭』類 國漢混用文이나 『西遊見聞』類 國漢混用文, 『國民小學讀本』類 國漢混用文에서 모두 그 예를 확인할 수 있다. 이에 대해서는 심재기(1992)나 임상석(2000)에서도 언급된 바 있는데, 한영균(2011 : 243)에서는 "漢字가 지니고 있는 文法的 機能과 같은 機能을 가진 韓國語 文法形態素가 중복되어 나타나는 구성을 가리킨다. '~~나 然ᄒᆞ나(然이나/그러나), ~~고 且 / ~~고 又, ~~과 及(및), 萬若/萬一/若 ~~면/則, 雖 ~~나, ~~도 亦X' 構成 등을 들 수 있다"고 하였다. 그러나 그 구체적 목록과 출현 양상은 아직 정리되지 않은 것으로 보인다.

3.3.『西遊見聞』類 國漢混用文(제3형)의 文體 特性

『西遊見聞』類 國漢混用文이란 한영균(2011 : 241-258)에서 논의한 바와 같은 문체 특성을 지닌 것들을 가리킨다. 간단히 요약하면 韓國語와 漢文 文法의 混淆에 의해 만들어지는 다양한 유형의 構造的 變形과, 그 구조적 변형을 극복하는 과정으로서의 倒置 構成의 還元과 漢文句의 解體, 漢文 爲主의 文語生活을 통해 익숙했던 漢文 修辭法의 빈번한 사용 등을 보여주는 것이다. 중요한 점은 앞에서 논의한 한문 문법의 영향 중에서『西遊見聞』類 國漢混用文에서는 주로 다) 유형의 것들이 나타난다는 점이다. 우선 예문과 그 주석 결과를 보이고 논의를 진행하기로 한다.

(3) a. 聖上 御極ᄒᆞ신 十八年 辛巳 春에 余가 東으로 日本에 ㉥遊ᄒᆞ야 其 人民의 ㉠勤勵ᄒᆞᆫ 習俗과 事物의 ㉠繁殖ᄒᆞᆫ 景像을 ㉥⑧'見ᄒᆞᆷ이 竊料ᄒᆞ든 배 아니러니 ⑤及 其國中의 ⑦'**多聞博學의** 士ᄅᆞᆯ ㉥從ᄒᆞ야 ㉡論議唱酬ᄒᆞ든 際에 其意ᄅᆞᆯ ㉥揣ᄒᆞ고 ⑦'**新見奇文의** 書ᄅᆞᆯ ㉥閱ᄒᆞ야 ㉡反覆審究ᄒᆞᄂᆞᆫ 間에 其事ᄅᆞᆯ ㉥考ᄒᆞ야 實境을 ㉠透解ᄒᆞ며 眞界ᄅᆞᆯ ㉠披開ᄒᆞᆫ 則 其 施措規矱이 泰西의 風을 ㉠摹倣ᄒᆞᆫ 者가 十의 八九ᄅᆞᆯ 是居ᄒᆞ니 盖 日本이 歐洲 和蘭

國과 其交를 ⓑ⑧´通홈이 二百餘 年에 ⓑ過ᄒᆞ나 夷狄으로 ㉠擯斥ᄒᆞ야 邊門의 關市를 ⓑ許홀 ᄯᆞ름이러니 爾來 歐美 諸邦의 約을 訂結ᄒᆞᆫ 後로브터 交誼의 ㉠⑧´敦密홈을 ⓑ隨ᄒᆞ며 時機의 ⑧´**發改홈을** ⓑ察ᄒᆞ야 彼의 長技를 是取ᄒᆞ며 規製를 是襲홈으로 三十年間에 如斯히 其富强을 ⓑ⑧´致홈이니 ⑤**然則** ⑦´**紅毛碧眼의** 才藝見識이 人에 ⓑ過ᄒᆞᆫ 者가 ㉢⑧´必有홈이오 余의 舊日 ㉠量度ᄒᆞᆫ 바 ᄀᆞᆺ치 純然ᄒᆞᆫ 蠻種에 ㉤⑧´不止홈이라 余의 此遊에 一記의 ⓑ⑧´無홈이 ㉤不可ᄒᆞ다 ᄒᆞ야 遂乃見聞을 ㉠蒐輯ᄒᆞ며 亦或 書籍에 ㉠傍考ᄒᆞ야 一部의 記를 ⓑ作홀ᄉᆡ 時ᄂᆞᆫ 壬午의 夏라(兪吉濬『西遊見聞』序, 1895)

b. 漢北 木犀山 下에 ⑦**一窮措大가** 有ᄒᆞ니 自稱은 狂夫오 人謂호ᄃᆡ 傑士라 其磊落ᄒᆞᆫ 心을 世路에 ㉠牽碍치 ⓐ아니하더니 一日은 其友人을 ⓑ對ᄒᆞ야 時事를 ㉢略評ᄒᆞ다가 ③´**喟然이** ⓑ起하야 書案을 ⓑ擊ᄒᆞ야 曰 吾四十平生에 ⑦**所經을** 遡想ᄒᆞ니 一笑一歎이오 一快一樂이라 今에 其所然을 說明ᄒᆞ리니 ①´**請君은 試聽하라** 吾 十歲에 入學하야 二十四에 ⓑ至토록 ⓑ讀ᄒᆞᆫ 바ᄂᆞᆫ 經史오 ⓑ作ᄒᆞᆫ 바ᄂᆞᆫ 科文이라 一代 儒林에 聲名을 ㉢敢恃하고 百試場屋에 風雨를 ㉤不避하엿드니 功名이 數가 ⓑ⑧´有홈으로 歲月에 ⓑ⑧´欺홈을 見하야 十年에 工夫가 一笑만 ⓑ餘하엿도다 ⓞ於是에 紅塵에 顔이 ⓑ汗ᄒᆞ고 碧山이 夢에 ⓑ甘하야 短簡敗篇을 片舟에 ⓑ載ᄒᆞ고 白雲流水에 佳鄕을 ⓑ尋하야 栖身이 ㉠⑧´便宜홈을 ⓑ⑧´得하ᄆᆡ 閑情을 ㉢傲遊ᄒᆞᄂᆞᆫᄃᆡ ⓑ寄ᄒᆞ엿더니 ⑧**奈之何로** 世情이 忽地에 ⓑ變ᄒᆞ야 人心이 潮ᄀᆞᆺ치 ⓑ

沸ᄒᆞ더니 八域 東徒가 亂萌을 ⓑ起ᄒᆞ야 一場化翁의 劇戱를 ⓑ成ᄒᆞ니 餘生의 計活이 一歎을 ⓑ作ᄒᆞ엿ᄂᆞᆫ지라 隻杖을 ⓒ倒執ᄒᆞ고 洛城을 ⓒ便尋ᄒᆞ니 此時ᄂᆞᆫ 卽 甲午十月也라 (『皇城新聞』 7호, 1898. 9. 13. 論說)

c. 此塔이 上三層은 該側 下地에 ⓑ在ᄒᆞ니 文獻이 ⓓ無徵ᄒᆞ야 其故를 ⓓ不可知라 或云 日本人이 日本에 持去코져 ᄒᆞ야 此를 ⓑ下ᄒᆞ엿다가 重量을 ⓓ不堪ᄒᆞ야 其側에 ⓑ置ᄒᆞ얏다 ᄒᆞ더라. 此塔이 何時 何人이 ⓐ엇썩케 ᄒᆞ야 此에 ⓑ置ᄒᆞ엿다ᄂᆞᆫ지 其 由來에 ⓑ至ᄒᆞ야ᄂᆞᆫ 塔도 ⓓ不語ᄒᆞ고 石도 ⓓ不言ᄒᆞ야 ⑤**尙且世에** ㉠明著치 ⓐ못ᄒᆞ니 此事가 ⑨**豈非遺憾이리오.** 此塔의 製作年代를 ⓑ知ᄒᆞ면 此塔이 其時代의 藝術의 好標本이오 其文明의 程度도 推測홀지라. ③⑥**今也** 內外國人의 此塔에 ⓑ關ᄒᆞᆫ 記錄을 ㉠採拾ᄒᆞ야 左에 ⓑ載ᄒᆞ노라(『西友』 제11호 1907. 10. 1. 「京城古塔」 中)

예문의 주석 결과를 보기 쉽게 하기 위해서 가), 나)의 예들은 원문자 ①~⑨를 앞에 붙이고 굵은 글씨로 나타내었고, 다), 라)의 예들은 원문자 ㉠~㉦을 앞에 붙이고 밑줄을 그었다. 예문 (2)와 (3)을 비교해 보면 일견해서 숫자가 붙은 굵은 글씨의 비율이 전혀 다른 것을 확인할 수 있을 것이다. 이는 2.2.에서 제시한 漢文 文法의 干涉 結果를 보여주는 것들 중에서 『西遊見聞』類 國漢混用文에는 가), 나) 유형의 것은 잘 나타나지 않고 다) 유형의 것들이 중심을 이룬다는 사실만 지적해 두기로 한다.

3.4.『國民小學讀本』類 國漢混用文(제4형)의 文體 特性

『國民小學讀本』類 國漢混用文이란 1894년~1899년 사이에 學部가 주관하여 편찬·간행한 일련의 教科用 圖書[28] 및 같은 시기 公文書/法規類에 주로 쓰인 國漢混用文을 가리킨다. 우선 몇 텍스트를 예로 들고 논의를 진행하기로 한다.

(4) a. ⓐ우리 大朝鮮國은 亞細亞洲 中의 一 王國이라 其形은 西北

---

28 기존 연구에서도 학부 간행 도서를 다룬 것이 적지 않지만, 대한제국 시기 학부에서 간행한 교과용 도서 목록은 제대로 정리된 적이 없는 것으로 보인다. 서지적 연구인 강윤호(1973), 김봉희(1999)에서는 일부만 소개하고 있고, 近代啓蒙期의 교과서를 다룬 허재영(2011 : 192)에서는 1910년까지 학부에서 편찬한 교과용 도서가 13종 42책이라고 하고 있는데, 구체적인 목록은 제시하지 않았다. 박주원(2006 : 140)에서는 1894년~1899년 사이에 학부 주관으로 간행된 교과용 도서가 26종이라고 정리하였다. 그러나 박주원(2006)의 목록도 연구 주제와의 관련성 때문에 제외한 것도 있고, 중복해서 나열한 것도 있어 필자가 확인한 것과는 목록에 차이가 있다. 필자가 확인한 바에 따르면 1894년~1899년 사이에 학부 주관으로 간행된 교과용 도서는 모두 31종이다. 이 중에서『東輿地圖(미상)』,『朝鮮地圖(미상)』,『世界地圖(미상)』,『小地球圖(미상)』는 圖錄인 것으로 보이며(이들 4종은 실물을 확인하지는 못했다.『東輿地圖』는『新訂尋常小學』3권의 말미에서 이름을 확인할 수 있으며, 나머지 3종은『皇城新聞』1899년 1월 14일자 논설에서 확인한 것이다),『世界萬國年契(1894)』,『泰西新史攬要(1895)』,『公法會通(1896)』,『西禮須知(1896)』4종은 중국본을 다시 간행한 漢文本,『輿載撮要(1894)』,『朝鮮歷代史略(1895)』,『大韓歷代史略(1899)』,『東國歷代史略(1899)』4종은 국내 저술의 漢文本,『士民必知(1895)』는 한글본『ᄉᆞ민필지(1889)』를 번역한 漢文本,『틱셔신ᄉᆞ(1897)』는 漢文本『泰西新史攬要(1895)』를 번역한 한글본,『地璆畧論(1896)』은 漢字併記本이다. 이들을 제외한 나머지가 國漢混用文으로 되어 있는 것인데, 대부분『國民小學讀本』類 國漢混用文을 사용하고 있다. 총 16종으로, 그 목록과 간행 연대는 다음과 같다.『簡易四則問題集(1895)』『國民小學讀本(1895)』,『近易筭術(1895)』,『萬國歷史(1895)』,『小學讀本(1895)』,『小學萬國地誌(1895)』,『夙慧記略(1895)』,『朝鮮歷史(1895)』,『朝鮮地誌(1895)』,『新訂尋常小學(1896)』,『朝鮮歷史十課(1896)』,『牖蒙彙編(1896)』,『中日略史合編(1897)』,『俄國略史(1898)』,『種痘新書(1898)』,『普通教科東國歷史(1899)』.

으로셔 東南에 ⓗ出훈 半島國이니 氣候가 西北은 寒氣 ⓗ甚ᄒᆞ나 東南은 溫和ᄒᆞ며 土地ᄂᆞᆫ 肥沃ᄒᆞ고 物産이 饒足ᄒᆞ니라 世界 萬國 中에 獨立國이 許多ᄒᆞ니 ⓐ우리 大朝鮮國도 其中의 一國이라 檀箕衛와 三韓과 羅麗濟와 高麗ᄅᆞᆯ 지난 古國이오 太祖大王이 開國ᄒᆞ신 後 五百有餘 年에 王統이 連續ᄒᆞᆫ ⓐ나라이라 吾等은 如此ᄒᆞᆫ ⓐ나라에 ⓗ生ᄒᆞ야 今日에 ⓐ와셔 世界 萬國과 ⓛ修好通商ᄒᆞ야 富强을 ⓐ닷토ᄂᆞᆫ ⓐ ᄯᅢ에 ⓗ當ᄒᆞ얏시니 ⓐ우리 王國에 ⓐ사ᄂᆞᆫ 臣民의 最急務ᄂᆞᆫ ⓐ다만 學業을 ⓐ힘쓰기에 ⓐ잇ᄂᆞ니라 ⓐᄯᅩᄒᆞᆫ ⓐ나라의 富强이며 貧弱은 一國 臣民의 學業에 關係ᄒᆞ니 汝等 學徒ᄂᆞᆫ ③'泛然이 ⓐ알지 ⓐ말며 學業은 ⓐ다만 讀書와 習字와 算數 等 課業을 ⓗ修ᄒᆞᆯ ᄲᅮᆫ ⓐ아니오 平常 父母와 教師와 長上의 教訓을 ⓐ조차 言行을 ⓐ바르게 ᄒᆞ미 ⓒ最要ᄒᆞ니라 (『國民小學讀本』 第一課, 1895, 學部)

b. 檀君紀 檀君은 ⓐ東方에 ⓐ쳐음에 君長이 ⓗ無ᄒᆞ더니 神人이 ⓗ有ᄒᆞ야 太白山 壇木下에 ⓗ降ᄒᆞ거ᄂᆞᆯ 國人이 奉立ᄒᆞ야 ⓡ爲君ᄒᆞ니 號ᄅᆞᆯ 檀君이라 ᄒᆞ고 國號ᄅᆞᆯ 朝鮮이라 ᄒᆞ니 初에 平壤에 ⓗ都ᄒᆞ고 後에 白岳에 ⓗ都ᄒᆞ니라 (『朝鮮歷史』 卷之一 1a, 1895, 學部)

b′ 東方이 初에 君長이 ⓗ無ᄒᆞ야 人民이 ⓛ草衣木食ᄒᆞ며 ⓛ夏巢冬穴ᄒᆞ더니 神人이 太白山 壇木下에 ⓗ降ᄒᆞ야 聖德이 ⓗ有ᄒᆞ거ᄂᆞᆯ 國人이 推尊ᄒᆞ야 王을 ⓐ삼고 ⓗ號ᄒᆞ야 曰 檀君이라 ᄒᆞ니((普通教科 東國歷史』 卷首, 「檀君朝鮮記」, 1899, 學部)

b″ 東方初無君長、**有九種夷**。**草衣木食夏巢冬穴會**。神人降于太白山壇木下、國人立而爲君。號曰檀君盖以其孕生於壇木下故也。國號朝鮮、初都平壤 後都白岳。『朝鮮歷代史略 卷之一, 1a「檀君紀」, 1895, 學部)

c. 地球의 表面은 水와 陸 二者로 된 ⓐ거시니 水ᄂᆞᆫ 陸에 三倍가 ⓐ되ᄂᆞ니라 ⑤然이나 水陸의 大小廣狹을 ⓗ因ᄒᆞ야 數多ᄒᆞᆫ 名이 ⓗ有ᄒᆞ니라(『萬國地誌』 1b, 1895, 學部)

d. 古者에 ⑧**男子ㅣ 生에** 桑弧와 蓬矢로 天地와 四方을 ⓗ射홈은 男子의 立志가 上下와 四方의 ⓗ有홈으로써 홈이니라 是故로 幼時에 學習은 愛親과 敬兄에 ⓐ지남이 ⓐ업고 ⑦長後에 事業은 愛君과 爲國에 ⓐ더홈이 ⓐ없ᄂᆞ니라(『小學讀本』 1a, 1895, 學部)

e.「地方制度 改正ᄒᆞᄂᆞᆫ 請議書」全國을 ⓗ分ᄒᆞ야 區域을 ⓗ定ᄒᆞ고 管轄이 ⓗ有ᄒᆞᆷ은 行政上에 實施ᄅᆞᆯ ⓗ要ᄒᆞ미라 開國五百四年에 地方制度ᄅᆞᆯ 改正ᄒᆞ야 從前 八道의 區域을 二十三府로 ⓗ定ᄒᆞ고 管轄區域을 分置ᄒᆞᆷ은 八道의 區域이 ㉠廣闊ᄒᆞ고 管轄이 ㉠浩大ᄒᆞ야 政令의 宣布ᄒᆞ미 均洽치 ⓐ못ᄒᆞᄆᆞ로 道ᄅᆞᆯ ⓗ分ᄒᆞ야 府ᄅᆞᆯ 置ᄒᆞᆷ은 便宜ᄅᆞᆯ ⓗ從코져 ᄒᆞ미러니 現今 實施가 ㉢已久ᄒᆞ나 民情이 便利타 ᄒᆞᆷ은 ⓗ小ᄒᆞ고 煩冗ᄒᆞᆫ 弊가 ⓗ有ᄒᆞ며 國財의 歲入이 ㉤不贍ᄒᆞᆫ 際에 該地方 所出로 諸府 經費ᄅᆞᆯ ㉠抵當치 ⓐ못ᄒᆞᄂᆞᆫ 理由도 ㉢或有ᄒᆞ며 ⑤**且 各府에** 人員數가 ㉠夥多ᄒᆞ야 事務上에 ㉠簡便치 ⓐ못홈도 ⓗ有ᄒᆞ기로 得已치 ⓐ못ᄒᆞ야 地方의 制度와 區域의 管轄과 人員의 增減과 經費의 概筭ᄅᆞᆯ ㉡參互調査ᄒᆞ야 說明을 ㉠添附ᄒᆞ고 改正ᄒᆞᄂᆞᆫ 勅令

案을 閣議에 提出홈 建陽 元年 八月 二日 內部大臣 朴定陽, (地方調查案, 1895, 內部)

f. 今年 正月 二十五日에 總理衙門에서 聖諭를 ⓑ奉ᄒᆞ야 病院을 齋洞 西邊에 刱達ᄒᆞ고 院號는 濟衆이라 ᄒᆞ고 官員을 ⓑ設ᄒᆞ며 學徒를 ⓐ모와 院中의 ⓐ두고 美利堅 教師 哉蘭과 憲論 兩人를 延請ᄒᆞ며 西國에 各種 藥水를 ⓐ만이 ㉠購貿ᄒᆞ여 本院에 ⓐ두고 民間 各樣 病人를 ⓐ자셔이 看■ᄒᆞ야 ⓐ극진이 ㉠治療ᄒᆞ니 每日 ⓐ와셔 ㉣間病ᄒᆞ고 ⓐ가는 ⓐᄉᆞᄅᆞᆷ이 或 二十人 或 三十人도 ⓐ되고 院中에 ㉢恒留ᄒᆞ여 ㉠治療ᄒᆞᄂᆞᆫ ⓐᄉᆞᄅᆞᆷ이 或 十餘人 或 二十餘人도 ⓐ되는ᄃᆡ 醫師의 ㉣治病ᄒᆞ는 法은 機械로도 ⓐ다ᄉᆞ리고 藥水도 ⓐ먹이는ᄃᆡ ③**大抵** 遠骨과 腫瘡等 症에는 效驗이 神通ᄒᆞ니 ⓐ이는 ⓐ곳 國家예 ㉠發政施仁ᄒᆞ는 一端이요 ᄯᅩᄒᆞᆫ ㉠博施濟衆ᄒᆞ는 功德이니 그 院中 規則을 左에 記載ᄒᆞ노라(『漢城周報』 2호 1886. 2. 1.「設濟衆院」)

지면 관계상 『國民小學讀本』類 國漢混用文의 문체 특성을 전반적으로 다루기는 어렵고, 『西遊見聞』類 國漢混用文과의 변별성을 보여주는 특성 두 가지만을 지적해 두기로 한다.

우선 (4) a. 예문에서 전체 99개 어절 중에서 19개가 한글로 표기된 점이 눈의 띈다. 워낙 예문이 짧아서 전형적이라고는 이야기할 수 없겠지만, (4) f.의 경우에도 84개 중 16개가 한글로 표기된 것과 함께 近代啓蒙期 초기의 國漢混用文이 지니고 있는 문체 특성으로 한글 표기 실사의 존재를 들 수 있을 것이다.

이와 아울러 다)-ⓜ의 漢文句 用言이 잘 쓰이지 않는다는 점도 『國民小學讀本』類 國漢混用文의 중요한 특성이다. 한영균(2011 : 255-257)에서 지적한 漢文句의 解體가 『國民小學讀本』類 國漢混用文에서는 보다 적극적으로 진행되고 있음을 의미하는 것이기 때문이다. 『西遊見聞』類 國漢混用文과의 계량적 대비가 필요한 부분이라고 할 것이다.

3.5. 近代啓蒙期 國漢混用文 텍스트의 類型 分類를 위한 辨別的 準據

이 절에서는 3.1.~3.4.에서의 검토 결과를 바탕으로 近代啓蒙期의 國漢混用文 텍스트가 앞에서 구분한 ②~④ 중 어떤 유형에 속하는가를 판별하는 데에 원용할 수 있는 준거들을 정리하기로 한다.

첫째는 출현 여부만으로도 유형 분류에 적용할 수 있는 것들이다. 여기에 속하는 것으로 다음 다섯 가지를 들 수 있다.

가)-③의 漢文 副詞와 부사화 접사의 출현 여부 : 漢字語 혹은 漢文 副詞의 副詞化 接辭의 출현 여부는 『是日也放聲大哭』類 國漢混用文과 『西遊見聞』類 國漢混用文/『國民小學讀本』類 國漢混用文을 구분해 주는 준거가 될 수 있다.

가)-④(感歎詞), 가)-⑤(接續詞), 가)-⑥(終決辭)의 사용 : 『是日也放聲大哭』類 國漢混用文과 『西遊見聞』類 國漢混用文을 구분해 주는 중요한 지표가 될 수 있다.

나)-⑦ 漢文 冠形 構成 :『是日也放聲大哭』類 國漢混用文과『西遊見聞』類 國漢混用文를 구분하는 지표가 될 수 있다. 다만 단음절+단음절 구성의 경우에는 계량적 분석이 필요하다.

나)-⑧ 漢文 用言(句)에 國語 助詞가 결합하는 경우 :『是日也放聲大哭』類 國漢混用文에서 주로 나타난다.『西遊見聞』類 國漢混用文에서는 'ᄒᆞ/하-'와 결합한 형태로 나타나는 것이 일반적이고,『國民小學讀本』類 國漢混用文에서는 나타나지 않는다.

나)-⑨의 '-이-'系 述語句 :『是日也放聲大哭』類 國漢混用文에서 주로 확인되지만, 드물게『西遊見聞』類 國漢混用文에도 나타난다. 그러나『國民小學讀本』類 國漢混用文에서는 나타나지 않는다.

둘째, 계량적 분석이 필요한 경우이다.

1.2.에서 언급한 바와 같은 近代啓蒙期 國漢混用文의 특성상, 한두 가지의 예만으로 텍스트의 유형을 결정하기 어려운 경우가 대부분이다. 앞에서 제시한 다섯 가지 유형이 뚜렷이 드러나는 경우를 제외하고는 대체적인 경향성을 파악할 수 있는 것이다. 결국 앞에서 언급한 한문 문법의 영향 중에서 특히 다)의 경우를 중심으로 한 계량적 분석이 필요하다고 할 것이다. 물론 이러한 계량적 분석 결과를 바탕으로 한 유형 분류에는 전형적 텍스트의 분석 결과가 대비자료로 제공되어야 할 것이다. 앞으로 해결해야 할 과제라 할 것이다.

4

남은 問題들

近代啓蒙期 國漢混用文에 대한 연구는 아직까지 연구 결과가 축적된 것이 그리 많지 않다. 그만큼 해결해야 할 과제가 많다고 할 것이다. 여기서는 그중에서 近代啓蒙期 國漢混用文과 현대 한국어 문체의 상관성이라는 문제에 대해서만 언급해 두기로 한다.

現代 韓國語의 文體가 近代啓蒙期의 國漢混用文과 유관할 것이라는 견해는 김상대(1985 : 8-9)에서 처음 언급된 이래, "오늘날의 國文體 文章이 일단 漢文體 文章의 解體化 過程의 最終終着點이라고 하는 視覺에서 만들어 볼 수 있다"는 전제를 바탕으로 '懸吐體 〉 直譯諺解體 〉 意譯諺解體 〉 現代 韓國語 文體'라는 발달 과정을 밟았다는 심재기(1992 : 192-194)의 견해가 당연한 것으로 받아들여지고 있다. 김형철(1994), 민현식(1994), 김흥수(2004), 김주필(2007) 등이 그러한 견해를 보인다. 그러나 近代啓蒙期 國漢混用文의 사용 양상을 검토한 결과는 이와는 다른 가능성을 시사한다.

우선, 이 글에서 검토 대상으로 삼았던 近代啓蒙期 國漢混用文의 4 유형 중에서 이른바 懸吐體로 불리었던 近代啓蒙期의 『神斷公案』類 國漢混用文의 사용 양상이 그러하다.

아직 初期의 近代啓蒙期 國漢混用文 텍스트 전체를 대상으로 한 검토가 끝난 것이 아니어서 단언하기는 어렵지만, 『神斷公案』類 國漢混用文은 近代啓蒙期 國漢混用文이 출현한 初期(1885~1897)에는 거의 쓰이지 않았던 것으로 보인다. 이 시기에 최초 國漢混用文의 용례를 보여 주는 출판물인 『漢城周報』나 初期 國漢混用文 雜誌인 『大朝鮮獨立協會會報』, 『親睦會會報』에서는 이러한 유형의 國漢混用文이 거의 쓰이지 않으며,[29] 최초의 國漢混用文 新聞인 『皇城新聞』에서도 그 간행 초기(1898~1899)에는 官報를 轉載하는 경우에나 쓰일 뿐,[30] 論說·別報·雜報 등 자체에서 작성한 記事에는 漢文이나 『是日也放聲大哭』類, 『西遊見聞』類에 속하는 國漢混用文이 주로 사용된다. 『神斷公案』類 國漢混用文이 1900년대에는 그 사용폭이 書簡文까지 확대되는 것을 고려하면((1) b), 近代啓蒙期 國漢混用文의 淵源 및 使用 分布와 관련하여 기억해 두어야 할 점이라 할 것이다.

이와 함께, 국어사 연구자들이 간과하고 있는 사실을 하나 지적해 두어야 하겠다. 그것은 1880년대에 國漢混用文이 새로운 書寫方式으로 등장하기 이전 약 150년간, 즉 18세기 중반 이후부터 19세기 중반까지는 국한혼용문으로 만들어진 자료가 없다는 점이다. 예외라면 16세기 말 이후 지속적으로 중간되는 四書三經의 諺解類가

---

29 1886년에 간행된 『漢城周報』와 1896년~1897년에 간행된 『大朝鮮獨立協會會報』에는 『神斷公案』類 國漢混用文의 예가 하나도 없으며, 1896년에 창간되어 약 700쪽 분량의 자료가 남아 있는 『親睦會會報』에서도 4호에 실린 「時務之大要」 단 하나뿐이었다(創刊號에 실린 「親睦會序說」, 「朝鮮論」 두 기사는 口訣文이다). 전체 기사 수가 800개가 넘으므로 『神斷公案』類 國漢混用文은 거의 쓰이지 않았다 해도 좋을 것이다. 이에 대해서는 4장에서 다시 다룰 것이다.

30 官報의 轉載에 쓰인 國漢混用文에 口訣文이 더 많은지 아니면 『神斷公案』類 國漢混用文이 쓰인 것인지 아직 검토가 끝나지 않았다. 前者일 가능성이 높은 것으로 보인다.

있을 뿐이다.

따라서 國漢混用文은 開港 以後 새로운 書寫方式으로 등장한다고 할 수 있는데, 이렇게 근대계몽기에 들어서 간행된 최초의 國漢混用文 資料는 이수정의 『신약 마가젼 복음셔 언히(1885)』인데(히로다까시 2004), 이후 『漢城周報(1886)』의 國漢混用文 記事, 『農政撮要(1886)』 등을 초기 國漢混用文 資料로 볼 수 있다.

그러나 國漢混用文 텍스트가 본격적으로 등장하는 것은 1894년 甲午更張 이후라고 할 수 있다. 특히 보통교육의 실시에 따라 교과용 도서가 필요하게 되었는데, 『ᄉᆞ민필지』, 『틱서신사』 등 일부 선교사에 의해 집필된 순한글 자료 이외에는 漢文 혹은 國漢混用文으로 만들어진 교과용 도서가 대거 보급된다.

각주 28에서 간단히 정리한 바 있지만, 1894년~1899년 사이에 학부 주관으로 모두 31종의 교과용 도서가 간행되고, 그중 16종이 國漢混用文으로 만들어지며, 그것들은 모두 『國民小學讀本』類 國漢混用文으로 되어 있다. 이러한 점을 감안하면 '懸吐體 〉 直譯諺解體 〉 意譯諺解體 〉 現代 韓國語 文體'라는 현대 한국어 문체와 近代啓蒙期 國漢混用文의 상관성에 대한 기존의 견해는 그대로 받아들이기 어려운 부분이 있다. 어째서 『國民小學讀本』類 國漢混用文이나 『西遊見聞』類 國漢混用文이 『是日也放聲大哭』類 國漢混用文이나 『神斷公案』類 國漢混用文보다 먼저 쓰였는지, 그리고 1900년대에 들어서면 오히려 『國民小學讀本』類 國漢混用文을 사용한 國漢混用文 텍스트의 존재를 확인하기 어려운가 하는 문제가 제기되는 것이다.

〈참고문헌〉

강윤호(1973), 『開化期의 教科用 圖書』, 교육출판사.

권순긍(1991), 「1910년대 활자본 고소설 연구」, 성균관대학교 박사학위논문.

권영민(1997), 「신소설 「일념홍」의 정체」, 『문학사상』 6월호.

김문웅(1986), 『十伍世紀 諺解書의 口訣 硏究』, 형설출판사.

김봉희(1999), 『한국 개화기 서적문화 연구』, 이화여대출판부.

김상대(1985), 『中世國語 口訣文의 國語學的 硏究』, 한신문화사.

김상대(1993), 『口訣文의 硏究』, 한신문화사.

김승렬(1991), 「近代轉換期의 國語 文體」, 『近代轉換期의 言語와 文』, 高麗大學校 民族文化硏究所.

김영민(2009), 「근대 계몽기 문체 연구 -유길준을 중심으로-」, 『동방학지』 148, 연세대학교 국학연구원.

김영민(2012), 『문학제도 및 민족어의 형성과 한국근대문학(1890-1945) -제도, 언어, 양식의 지형도 연구-』, 소명출판.

김완진(1983), 「한국어 文體의 발달」, 『韓國 語文의 諸問題』 中, 일지사.

김주필(2007), 「19世紀末 國漢文의 性格과 意味」, 『震檀學報』 103, 震檀學會.

김형중(1998), 「개화기 한문소설 연구 -신문 연재소설을 중심으로-」, 『한국언어문학』 40.

김형중(2011), 「근대전환기 漢文小說의 성격 연구」, 『한어문교육』 24.

김형철(1994), 「갑오경장기의 문체」, 『새국어생활』 4권 4호.

김형철(1997), 『개화기 국어 연구』, 경남대학교 출판부.

김흥수(2004), 「이른바 개화기의 표기체 유형과 양상」, 『국어문학』 39, 국어문학회.

민경모(2000), 「국어 어말어미류의 텍스트 장르별 사용 양상에 대한 연구」, 연세대학교 대학원 석사논문.

민경모(2008), 「한국어 지시사 연구」, 연세대학교 대학원 박사논문.

민현식(1994), 「開化期 國語 文體에 대한 綜合的 硏究 (1)」, 『국어교육』 83, 국어교육학회.

박소현(2010), 「과도기의 형식과 근대성 -근대계몽기 신문연재소설 『신단공안』과 형식의 계보학-」, 『중국문학』 63.

박주원(2006), 『1900년대 초반 단행본과 교과서 텍스트에 나타난 사회 담론의 특성』, 이화여자대학교 한국문화연구원.

심재기(1992), 「開化期의 教科書 文體에 대하여」, 『국어국문학』 107, 국어국문학회, 심재기(1999) ,『국어 문체 변천사』, 집문당, 재수록.

이기문(1970), 『개화기의 국문 연구』, 일조각.

이기문(1984),「開化期의 國文 使用에 관한 硏究」,『韓國文化』 5, 서울대학교 한국문화연구소.
이병근 외(2005),『한국 근대 초기의 언어와 문학』, 서울대학교 출판부.
이윤석(2011),「고소설의 표기방식」,『古小說硏究』 제32집, 韓國古小說學會.
이주영(1998),『구활자본 고전소설 연구』, 월인.
이화여자대학교 한국문화연구원(2006),『근대계몽기 지식의 발견과 사유지평의 확대』, 소명출판.
이현희(1999),「개화기 국어자료」,『국어의 시대별 변천연구』 4, 국립국어연구원.
이현희(2005),「개화기와 국어학」,『한국어학』 29, 한국어학회.
임상석(2008),『20세기 국한문체의 형성 과정』, 지식산업사.
임형택(1999),「근대계몽기 국한문체(國漢文體)의 발전과 한문의 위상」,『민족문학사연구』 14호.
장윤희(2001),「近代語 資料로서의『증수무원록언해』」,『한국문화』 27.
정환국(2003),「애국계몽기 한문현토소설의 존재방식 -신문연재소설의 경우-」,『고전문학연구』 24.
주승택(2004),「국한문 교체기의 언어생활과 문학활동」,『大東漢文學』 20, 大東漢文學會.
최운호·김동건(2012),「「십장가」 대목의 어휘 사용 유사도와 계층적 군집 분석 방법을 이용한 판본 계통 분류 연구」,『한국정보기술학회논문지』 10-2.
한기형 외(2006),「근대어·근대매체·근대문학 -근대매체와 근대 언어질서의 상관성-」, 성균관대학교 대동문화연구소.
한영균(2008),「國漢 混用 文体의 定着과 語彙의 變化 -'單音節 漢字 + 하(ᄒᆞ)-'형 用言의 경우-」,『國語學』 51, 國語學會.
한영균(2009),「文體 現代性 判別의 語彙的 準據와 그 變化 -1890년대~1930년대 논설문의 한자어 사용 양상을 중심으로-」,『口訣硏究』 23, 口訣學會.
韓榮均(2011),「西遊見聞 文體 硏究의 現況과 課題」,『國語學』 62, 國語學會.
허재영(2011),「근대 계몽기 교과서를 대상으로 한 연구의 경향」,『국어사연구』 13, 국어사학회.
洪一植(1991),『近代 轉換期의 言語와 文學』, 高麗大學校 民族文化硏究所 出版部.
홍종선(2000),『현대국어 문체의 발달』.
홍종선 외(2000),『현대국어의 형성과 변천 3 -문체, 어휘, 표기법-』, 박이정.
히로 다까시(2004),「李樹廷譯『마가젼』의 底本과 飜譯文의 性格」,『국어사연구』 4.

한영균, 연세대학교 국어국문학과, yghan@yonsei.ac.kr

대한제국 시기 國漢文의 형성과 기원

– 諺解와 관련하여 –

김주필

이 논문은 반교어문학회에서 "현대국어 문장의 형성"이라는 대주제로 개최한 제147차 정기학술발표회(성균관대학교 퇴계인문관, 1914년 8월 22일)의 기획발표 중 하나로서, 필자에게 주어졌던 과제 "국한문혼용체의 형성과 언해와의 상관성"을 수정한 것이다.

1

서론

대한제국 시기[1]의 '國漢文'을 현대국어 문장과 대비하면 상당히 특이한 측면이 있다. 문장의 통사 구조는 우리말이지만 문장을 구성하는 각 어절의 실사는 한문 구절, 비자립적 1음절 한자 어근, 접두사처럼 사용된 1음절 한자 부사나 관형사 등 한문투가 대거 사용되어 구결문이나 향찰과 유사한 특성을 보이기 때문이다(김주필 2007, 한영균 2013). 당시의 국한문은 한문투 사용 정도에 따라 실로 다양하지만, 문서 작성에 사용된 국한문은 형태·통사적인 측면에서 일정한 전형성을 보인다. 이러한 국한문에서 한문투가 점차 자연스러

---

1 대한제국은 1897년 10월부터 1910년 8월 22일까지 존속한 조선왕조의 국가를 말한다. 그러므로 엄밀하게 말하면 '대한제국 시기'는 이 국가가 존속한 기간을 가리키는 용어로 사용되어야 할 것이다. 그러나 본 연구에서는 편의상 이러한 시대 구분을 엄격하게 적용하지 않고, 필요에 따라 이 시기와 연계된 시기, 예를 들어 갑오개혁 기간의 자료도 일부 포함할 것이다.

운 우리말 단어로 대체되어 현대국어 문장과 유사해진다는 점에서 이 시기 국한문의 특성을 살펴보는 것은 현대국어 문장의 형성과 관련하여 중요한 의미가 있을 것으로 생각된다.

사실, 훈민정음이 15세기 중엽에 창제되었지만 그것이 조선시대의 공적인 문자생활에 별다른 영향을 끼치지 못하였다. 조선시대 후기에 이르기까지 문서는 한문이나 이두문으로 작성되었기 때문이다. 그런데 19세기 후기에 이르면 어문생활에도 변화가 일어난다. 1876년 2월에 작성한 朝日修好條規에 '國文'이 처음 사용되고, 1883년 창간된 『한성순보』에 國漢文으로 된 글이 게재된다. 1888년 7월 13일에 러시아와 맺은 「陸路通商條約文」에서는 '朝鮮國文'과 '俄文'(러시아문자)으로 조약문을 작성하고 朝鮮國文으로 작성한 문건도 인정된다. 그리고 1894년 11월 21일 발표된 공문식에서는 '國文'을 공식적인 문자의 지위로 올려놓기에 이른다.

그런데 이러한 변화의 흐름을 타고 나타나는 대한제국 시기 어문생활의 특징 중의 하나는 國漢文이 대거 사용된다는 사실이다. 1894년 11월 21일에 공문식이 발표된 후, 이 공문식에 따르면 문서는 국문이 아니라 국한문으로 작성하는 것이 일반화되었던 것이다. 이런 점에서 이 시기 문서에 사용된 국한문은 조선시대 문서 작성에 사용된 이두문을 계승한 것이라고 할 수 있다. 물론 국한문이 조선시대의 이두문을 직접 대체한 것은 아니기 때문에 이두문의 직접적인 계승이라 할 수는 없겠지만, 이두문이 한문과 언문 사이에 위치하며 문서 작성에 사용된 것과 같이 이 시기의 국한문도 한문과 국문 사이에 위치하며 공문서 작성에 사용되었다는 점에서 조선시대의 이두문을 계승했다고 할 수 있다.

'國漢文'은 문장의 형태·통사적 측면에서 중국어를 바탕으로 한 한문과 우리말 문장을 표기한 국문의 중간에 위치한다. 단어형성의 관점에서도 '국한문'은 '국문'과 '한문'의 결합으로서, 문장 구조의 측면에서는 국문과 유사성을 가지며, 한자어나 한문투의 사용은 한문과 유사성을 가지는 특징이 있다. 국한문의 이러한 공시적인 특징은, 통시적인 관점에서 한문을 언해하는 과정에 나타나는 중간 단계로서, 한문을 우리말로 풀어서 해독하던 차자표기의 연장선에 있을 가능성이 있다. 이에 본 연구에서는 이러한 관점에서 한문의 언해, 또는 한문의 국어화 과정과 관련하여 대한제국 시기 국한문의 형성과 기원에 대하여 살펴보고자 한다.

2

國漢文의 形成

'國漢文'이란 단어는 '國文'과 마찬가지로 갑오개혁을 주도한 軍國機務處에서 공식적으로 사용된다. 군국기무처에서 갑오개혁을 단행하면서[2] '國文 綴字', '俱以國文繙繹施行事', '國文漢文寫字…' 등

2 '國文'이란 말은 「朝日修好條規」(1876. 2. 3)의 '日本用其國文'에 처음 나타난다. 여기에서의 '國文'은 '(日本)國文'으로 분석되는 통사적 구성으로서 '어떤 나라의 文' 정도의 뜻이다(이병근 2005). 단어로서의 '國文'은 군국기무처의 문서에 처음 나타난다(김주필

에서 '國文'을 우리 문자 또는 그 문자로 쓴 글, 시험과목, 교과목 등을 가리키는 단어로 사용하였는데, 이때 '國漢文'이란 말도 나타나 사용된다.

(1) 巡檢試驗之法 必通解刑法訟法,警務法概略及國漢文往復式 乃許入選 警務使與總巡二人以上 在本廳開試 (1894. 7. 14, 「회계심사국 직무, 경무청 관제 등에 관한 의안」)

(1)에서는 '國漢文往復式'을 '刑法訟法, 警務法概略' 등과 함께, '國漢文往復式'을 반드시 通解해야 시험에 합격한다고 하여 '國漢文'이란 말을 사용하였다. '往復'은 왕복문서를 말하므로 '國漢文往復式'이란 '국한문으로 된 공문서 쓰기' 정도로 생각된다. 1894년 7월에 순검 선발 시험과목을 '國漢文往復式'으로 정하였다는 사실은 당시에 이미 국한문이 사용되고 있었음을 말해 주며, 나아가 '國漢文往復式을 通解해야 순검이 될 수 있다.'는 선발 기준은 순검이 다루어야 할 문서를 國漢文으로 작성하고 있었거나 앞으로 국한문으로 작성할 것임을 말해 주는 것으로 생각된다. 이러한 문서 작성의 방향은 같은 해 11월 21일 공포되는 공문식 제14조와 궤를 같이 한다.

2007). 예: ①編輯局 掌國文綴字各國文繙繹及敎課書編輯等事(각 아문의 관제 개정 의안, 1894. 6. 28), ②凡國內外公私文字 遇有外國國名 地名人名之當用歐文者 俱以國文繙繹施行事(구라파 문자의 국문 번역에 대한 의안, 1894. 7. 8), ③國文漢文寫字算術內國政外國事情內情外事 俱發策(「銓考局條例」, 1894. 7. 12) 등.

(2) 第十四條 法律勅令 總以國文爲本 漢文附譯 或混用國漢文

(2)에서는 "법률·칙령은 국문으로 작성하고 한문역을 첨부하는 것을 원칙으로 하고 국한문으로 작성하는 것도 허용한다."고 하였다. 그러나 이 공문식의 발표 후에 국문으로 작성된 문서는 거의 없고 국한문으로 작성된 문서가 나타나 시간이 흐를수록 많아진다.

(2)에 따른 최초의 문서는 12월 11일자 관보의 '勅令 第十三號 巡檢懲罰例'이다. 이 칙령도 국한문으로 작성되었다. 해당 칙령의 내용을 일부 보이면 다음과 같다.

(3) 巡檢의懲罰ᄒᆞᄂᆞᆫ例

勅令 朕裁可巡檢懲罰例使之施行總理大臣 內務大臣 法務大臣 奉勅

巡檢의懲罰ᄒᆞᄂᆞᆫ例

第一條 巡檢職務上의 過失은 警務使가 懲罰ᄒᆞᄂᆞᆫ 法을 行ᄒᆞ미라

第二條 懲罰ᄒᆞᄂᆞᆫ 法을 分別ᄒᆞ야 四種으로 區定ᄒᆞ미라

一 譴責, 二 罰金, 三 降級, 四 免職

第三條 譴責은 警務使가 譴責書를 付與ᄒᆞ며 罰金은 少ᄒᆞ야도 月俸 百分의 一에셔 不減ᄒᆞ고多ᄒᆞ야도 一月 俸에셔 不加ᄒᆞᆫ 金額으로 其等을 分ᄒᆞ며 降級은 一級에 一元俸을 減ᄒᆞ므로 定ᄒᆞ며 免職은 二年間을 經過아니ᄒᆞᆫ 則 다시 收用ᄒᆞ지 못ᄒᆞ미라[이하 생략]

(3)은 '巡檢의 懲罰하는 例'를 칙령으로 반포한 것이다. 이 문서는 (2)의 공문식 제14조 '국문으로 작성하고 한문역을 첨부하는' 원

칙에 따르지 않고, '國漢文을 混用할 수 있다.'는 허용 규정에 따랐다. 이것은 (1)에서 순검 선발 시험과목으로 '國漢文往復式'을 정하고 '國漢文往復式'을 通解해야 순검이 될 수 있다.'고 하여 순검이 작성하는 문서를 이미 國漢文으로 작성하도록 결정하였을 것이라는 추정을 지지해 준다.

(3)에 사용된 국한문은 각 문장을 구성하는 성분의 실사는 대부분 한자어를 사용하고 한자어는 한자로 표기하였다. 巡檢, 警務使, 譴責(書), 譴責, 罰金, 降級, 免職' 등은 新語로서 자립적인 단어로 사용되었으나 '少ᄒᆞ야도, 不減ᄒᆞ고, 多ᄒᆞ야도, 不加ᄒᆞᆫ, 其等을, 分ᄒᆞ며' 등의 실사는 비자립적 1음절 한자 어근이거나 접두사처럼 사용된 1음절 관형사 등으로 구성되어 있다. 그리하여 (3)은 형태·통사적으로 향찰이나 이두문과 유사한 특성을 보인다.

12월 12일자 官報에 실린 「大君主展謁宗廟誓告文」도 공문식에 따라 작성되었다. 이 문서는 한문, 한글, 국한문의 세 종류로 작성하고 그 배열도 한문, 한글, 국한문 순서로 하였다.[3] 이들 문서를 제시하면서 국문 문서에 한문 문서를 첨부하는 형식을 취하지 않아 (2)를 그대로 따랐다고 하기 어렵다. 12월 13일자 관보의 「大君主若曰咨需百執事庶士暨庶民敢聽朕誥」도 마찬가지이다. 이 문서도 한문, 한글, 국한문으로 작성하여 한문 문서를 먼저 제시하여 「大君主展謁宗廟誓告文」과 별 차이가 없다. 1894년 관보나 실록 기사에는 이들 문서 외에 (2)에 따라 작성된 문서는 보이지 않는다.

3 이 문서도 같은 날짜의 고종 실록에는 한문으로 된 것만 실려 있다.

1895년에 이르면 국한문으로 작성된 문서가 나타나 시간의 흐름에 따라 점차 증가한다. 국한문 문서는 1월 5일에 1건, 1월 29일에 1건 나타나며 2월부터 조금씩 증가한다. 이러한 상황에서 1895년 3월에 '공문식 개정 안건'이 나오고 5월 8일에 공포된 '개정 공문식'도 (4)와 같이 국한문으로 작성된다.

(4) 第九條, 法律命令은 다 國文으로써 本을 삼고 漢譯을 附ᄒᆞ며 或 國漢文을 混用홈.

(4)는 (2)의 공문식 제14항을 개정한 것으로서 그 골자는 '法律勅令'을 '法律命令'으로 국문과 국한문의 사용 범위를 확대한 것이다. 그러나 (2)나 (4)에서 문서를 '국문'에 한문역을 첨부하도록 하거나 혹 '국한문'으로 쓸 수 있도록 한 내용은 그대로 하였다. 이러한 조치, 다시 말해 국문과 한문 2종으로 문서를 작성하는 것과 '국한문' 1종으로 작성하는 것을 등가로 간주한 (2)와 (4)의 조치는 국한문을 '국문+한문=국한문'으로 간주한 것으로서, 현실적으로 문서를 '국한문으로 작성하는' 쪽을 선호한 것으로 추정된다. 실제로 개정 공문식이 공표된 이후 국문으로 작성된 문서는 1건도 보이지 않고 오히려 국한문으로 작성된 문서가 점차 늘어나 1900년대가 되면 국한문으로 된 문서가 일반화된다는 점에서 이러한 추정은 사실과 부합될 가능성이 큼을 말해 준다.

이 시기 문서에 사용된 국한문은 문장 구조가 우리말 문장이지만 문장을 구성하는 각 어절의 실사는 비자립적인 1음절 한자 명사나 용언 어근, 한문 구절, 접두사처럼 사용된 한자 1음절의 부사나 관형사 등 한문투가 대거 사용된다. 한 예로서 한문, 국한문, 국문으로 작성된 「大君主展謁宗廟誓告文」을 살펴보기로 한다.[4]

(5) 大君主展謁宗廟誓告文

1) 大君主展謁宗廟誓告文

□維開國五百三年十二月十二日□□□□敢昭告于

皇祖列聖之靈惟朕小子粤自中年嗣守我

祖宗丕丕基迄今三十有一載惟敬畏于天亦惟我

祖宗時式時依屢遭多難不荒墜厥緖朕小子其敢曰克

□享天心亶由我

祖宗眷顧보佑惟皇我(이하 생략)

2) 大君主게셔□宗廟에□展謁ᄒᆞ시고誓告ᄒᆞ신文□□

□維開國五百三年十二月十二日에敢히□□□□□

皇祖列聖의靈에昭告ᄒᆞ노니朕小子가이에沖年으로

븟터我□祖宗의丕丕ᄒᆞᆫ基를嗣守ᄒᆞ야惟天을敬畏ᄒᆞ

며亦惟我□祖宗을時式ᄒᆞ며時依ᄒᆞ야多難을屢遭ᄒᆞ

나厥緖을荒墜치아니ᄒᆞ니朕小子가其敢히曰호ᄃᆡ天

心에克享ᄒᆞ다ᄒᆞ리오惟皇ᄒᆞ신我□祖게셔我王家를肇

造ᄒᆞᄉᆞ我後人을啓ᄒᆞᄉᆞ歷ᄒᆞ야五百三年이有ᄒᆞ더니

4 이 자료는 김주필(2007)의 자료로 논지 전개에 맞추어 내용을 일부 수정하여 사용한 것이다.

朕의世에逌ᄒᆞ야時運이丕變ᄒᆞ고人文이開暢ᄒᆞᆫ지라(이하 생략)

3) 대군쥬계셔 죵묘에젼ᄋᆞᆯᄒᆞ시고ᄆᆡᆼ셔ᄒᆞ야고ᄒᆞ신글월

□유ᄀᆡ국오ᄇᆡᆨ삼십년이월십이일에

□밝히

황됴렬셩의신령에.고ᄒᆞ노니.짐소ᄌᆞ가

됴죵의큰긔업을.니어.직힌지.셜흔한ᄒᆡ에.오작.하ᄂᆞᆯ을.

□공경ᄒᆞ고.두려ᄒᆞ며.ᄯᅩ한.오쟉.우리

됴죵을.이.법바드며.이.의지ᄒᆞ야.쟈죠.큰어려움을.당ᄒᆞ

□나.그긔업은.거칠게바리지아니ᄒᆞ니.짐소ᄌᆞ가그감

□히ᄀᆞᆯᄋᆞᄃᆡ.능히.하ᄂᆞᆯ마ᄋᆞᆷ에.누림이라ᄒᆞ리오.진실로.

□우리

됴죵이.도라보시고.도으심을.말미ᄋᆞᆷ이니.오쟉.크오신

□우리

태됴계셔.비로쇼우리왕가를.지으ᄉᆞ.뼈우리후셰를.도(이하 생략)

(5.1)은 한문 원문이다. (5.2)는 (5.1)을 국한문으로 바꾼 것이고 (5.3)은 (5.2)를 국문으로 바꾼 것이다. 먼저 (5.1)의 한문과 (5.2)의 국한문을 대비해 보면, (5.2)의 국한문은 (5.1)의 직해라 할 만하다. (5.2)의 문장은 우리말의 통사 구조로 되어 있지만 이들 문장을 구성하는 각 어절의 실사는 (5.1)의 것을 거의 그대로 끌어와 활용하고 있기 때문이다. 말하자면 (5.2)는 (5.1)의 한자를 적절한 실사로 분단하여 우리말 문장 구조에 맞추어 분단된 한자들을 재배열하고 그 실사들이 문장에서 하는 기능을 고려하여 조사나 어미를 첨가한

것이다(김주필 2007). 이와 같이 (5.1)의 한문을 (5.2)의 국한문으로 바꾸는 과정을 정리하면 다음과 같다.

(6) 한문에서 국한문으로 전환하는 단계

1) 제1단계: 한문 구절에서 문장 성분이 될 수 있는 적절한 단위의 실사로 분단한다.

2) 제2단계: 분단된 실사들을 우리말 문장 성분의 배열 순서에 따라 재배치한다.

3) 제3단계: 문장에서 분단된 각 실사가 하는 기능을 고려하여 접미사, 조사, 어미 등을 결합하여 문장을 만든다.

(6)의 제1단계로 (5.1)에서 '大君主展謁宗廟誓告文'을 최소의 실사 단위인 '大君主', '展謁', '宗廟', '誓告', '文'으로 분단하였다. 제2단계로 이 구성 요소들을 우리말 문장 성분으로 바꾸기 위해 각 문장 성분이 될 요소들의 기능과 순서를 고려하여 '大君主, 宗廟, 展謁, 誓告, 文'의 순서로 재배치하였다. 이어서 제3단계로 이들 각 형태들이 우리말 문장에서 수행하는 문장 성분으로서의 기능을 고려하여, '大君主' 다음에 주격조사 '게셔', '宗廟' 다음에 처격 조사 '에', '展謁' 다음에 동사파생 접미사 '-ᄒᆞ-', 주체존대 선어말어미 '-시-', 연결어미 '-고'를 결합한 다음, 이 수식어를 받는 '誓告' 다음에 동사파생 접미사 '-ᄒᆞ-', 관형형 어미 '-은' 등을 결합하여 "大君主게셔 宗廟에 展謁ᄒᆞ시고 誓告ᄒᆞ신 文"으로 만든 것이다.

이러한 방법으로 만들어진 국한문인 (5.2)에는 한문투가 적지 않다. '文, 基를, 曰호ᄃᆡ, 啓ᄒᆞᄉᆞ, 歷ᄒᆞ야, 有ᄒᆞ더니, 世에, 迨ᄒᆞ야' 등과 같이 비자립적인 1음절 한자 어근이 자주 나타난다. 이러한 1음절 한자 어근이 국한문에 많이 나타나는 이유는 한문 구절을 최소의 의미 단위로 분단할 때 1음절 한자로 나누어 그대로 우리말 문장에서 실사로 활용하였기 때문이다. "維開國五百三年十二月十二日, 我祖宗, 惟天을, 亦惟我□祖宗, 厥緖을, 其敢히, 惟皇ᄒᆞ신, 我□祖게셔, 我王家, 我後人을"의 '維, 我, 惟, 亦, 厥, 其' 등과 같이 한문에서 '부사, 관형사, 대명사'로 사용되는 형태들이 국한문에서 접사처럼 사용되기도 하였다. 이것은 한문에서 부사, 관형사, 대명사로 사용된 '維, 我, 惟, 亦, 厥, 其'가 후행 요소와 밀접한 관련을 맺을 뿐만 아니라 곡용이나 활용을 하지 않기 때문에 후행 요소와 하나의 단위로 묶어서 사용하였기 때문에 나타나는 현상이다.[5]

김홍수(2004; 60~63)에서는 이 시기의 국한문을 한문 구절, 한문적 어순, 한문투의 표현 등의 사용 정도에 따라 세 유형으로 나누었다. 첫째 유형은 한문체를 국문투로 개신하는 과정에서 구결문식 국한문체를 조금 벗어나기는 하였으나 한문체가 유지되거나 잔존하는 유형으로서 한문 구문이나 어절, 한문식 어순, 한문투의 표현이 부분적으로 나타나는 경우이다. 둘째 유형은 어순을 비롯한 기본 구문, 표현은 국어로 조정된 가운데 관용화된 간단한 한문 구성

---

5 이 밖에도 국한문에는 한문의 VO 구성을 보이는 어순, '而, 使, 雖, 以, 之' 등의 사용, 한문 구절로 된 수식 구성 등 한문투가 나타나기도 한다. 이러한 특징은 한문을 우리말 문장으로 전환하기 위해 적절한 의미 단위로 분단할 때 한문 문장과 우리말 문장의 형태·통사적인 차이로 인하여 나타나는 현상이다.

이 일부 유지되고 국어는 문법요소로 제한되는 경우이다. 셋째는 대부분 국어 의미 단위로 분석, 표현되는 단계로서 한문투는 일부 관용적 어구에 제한되는 경우이다.[6] 유교 경서의 언해문과 같이 문법 요소는 현토라기보다 국어 문장의 일부로 볼 수 있을 정도이다. 이 유형에서는 국어 고유의 요소가 주로 문법 형태에 제한되므로 한문의 현토를 거의 그대로 반영한다. 흔히 이 유형을 현토식이라 하는데 이 경우 관용적·상투적 한문 표현이 지나치게 선호되고 어절·단위의 표현법, 조어법 등이 한문식이기 때문에 한문투가 절제되는 국한 혼용체와 구별된다고 하였다.

(5.2)의 국한문과 (5.3)의 국문을 대비해 보면 국문은 국한문에서 만들어졌음을 알 수 있다. 국한문과 국문은 문장 구조에 차이가 없지만, 단어 사용에 있어서 차이를 보이는데, 단어 사용의 차이는 국한문의 비자립적인 1음절 한자 어근을 국문에서는 자립적인 2음절 한자어나 고유어로 바꾸고, 2음절 이상의 한문 구절은 우리말 단어 수준으로 분단하여 자연스러운 우리말 문장을 만들어 사용한 것이다. 국한문의 동사나 형용사 같은 서술어는 고유어로 바꾸고, '惟, 我, 亦, 厥, 其' 등과 같이 한문 구성에서 '부사, 관형사, 대명사'로 사용되던 말들이 우리말의 '오쟉, 또ᄒᆞᆫ, 우리, 그' 등으로 바꾸어 사용하였다. '유ᄀᆡ국오ᄇᆡᆨ삼십년이월십이일에'의 '유(惟)와 같이 한문투

6 김홍수(2004)에서는 첫째 유형에 『황성신문』의 1898년 11월 19일자 논설이 해당하는 것으로 보았다. 둘째 유형에는 정병하의 『農政撮要』(1886)와 『황성신문』의 1899년 2월 20일자 논설이 해당하는 것으로 보았으며, 19세기 말과 20세기 초기의 공문에 사용된 국한문, 兪吉濬의 『西遊見聞』 등이 셋째 유형에 속하는 것으로 보았다.

가 일부 남아 있기도 하지만, (5.2)에 비하면 (5.3)은 상당히 자연스러운 우리말 문장이다.

이와 같이 대한제국 시기의 문서 작성에 사용된 국한문이 한문에서, 국문이 국한문에서 일정한 절차를 거쳐 형성되었다고 하더라도 그것이 당시의 모든 국한문이나 국문이 한문이나 국한문을 전제로 하여 만들어진 문장이라고 하는 것은 아니다. 「大君主展謁宗廟誓告文」이나 「大君主若曰咨需百執事庶士曁庶民敢聽朕誥」와 같이 한문본이 있는 경우에는 당연히 한문 문서가 먼저 만들어지고 국한문 문서가 만들어졌다고 할 수 있으나 모든 국한문 문서가 한문 문서를 만들고 그로부터 국한문 문서가 만들어졌다고 할 수는 없기 때문이다. 그러나 당시에 식자들은 자유롭게 한문을 구사할 수 있었기 때문에 한문으로 하던 어문 생활에서 설사 한문 문서를 만들지 않았다 하더라도 국한문의 한문 문장에서 사용하던 한문투가 적지 않게 나타난다는 사실은 국한문으로 문서를 작성하는 경우에도 한문 문장이 간섭한 것이라는 점에서 한문을 전제로 당시의 국한문을 설명하지 않을 수 없다는 것이다.

이와 같이 국한문 문장은 통시적으로 한문 문장에서 만들어져 한문투가 포함된 국문 문장을 형성하는 바탕이 되었으며 궁극적으로 이러한 국한문이 자연스러운 국문 문장을 형성하는 바탕이 되었다고 할 수 있다. 이러한 국한문을 공시적인 관점에서 보면 한문 문장에서 국문 문장으로 전환하는 중간 단계에 위치하며 그리하여 국한문은 통사적으로 우리말 문장과 같은 특성을 가지며 한문 문장의 어휘 사용과 유사한 특성을 갖는다고 설명할 수 있다. 대한제국 시기의 문서 작성에 사용된 국한문 형성의 이러한 특성은 통시적으로 국한문이 어디에 유래하며 어떠한 절차를 거쳐서 만들어지는지에 대해 중요한 시사점을 던져주는 것으로 생각된다. 그러면 국한문의 이러한 공시적 특성을 바탕으로 제3장에서는 역사적으로 국한문이 어디에 기원하는지 그 통시적인 과정을 논의해 보기로 한다.

3

國漢文의 起源

1894년의 공문식 제14조의 제정에는 兪吉濬이 주도적인 역할을 한 것으로 추정되어 왔다(강신항 2001, 송철의 2005). 兪吉濬은 1880년대 초기에 일본 유학을 가서 우리의 국한문과 흡사한 일본의 假名文을 접한 상태였다. 사실 유길준은 이미 「新聞創刊辭」와 「解說文」(신문에 대해 설명의 글)을 국한문으로 작성한 경험이 있으며. 이후에도 「國債種類」, 「競爭論」, 『西遊見聞』(1895) 등을 국한문으로 작성할 만큼 국한문에 남다른 관심을 가져 왔다(李光麟 1993; 110~111).

유길준은 특히 갑오개혁이 진행되던 1894년 6월 22일에 參議交涉通商事務라는 직책으로 군국기무처에 특별 채용되어,[7] 1894년 6

7 命扈衛副將申正熙, 爲統衛使兼帶。以李鳳儀爲總禦使, 經理使兼帶。趙義淵爲壯衛使, 李元會爲左邊捕盜大將, 安駉壽爲右邊捕盜大將, 金鶴鎭爲兵曹判書, 朴齊純爲全羅道觀察使, 李奎奭爲春川府留守, 魚允中爲宣惠廳提調。特擢金嘉鎭, 爲協辦交涉通商事務; 特除兪

월 25일부터 매일 군국기무처 회의에 참석하여 크고 작은 사무를 보았다고 한다.[8] 유길준이 군국기무처에서 활동하던 이 시기와 맞물려 공문서에 국한문이 사용되기 시작하여 1900년대에 이르면 국한문 문서가 일반화되기에 이른다는 사실을 우연의 일치로 돌리기는 어렵지 않은가 생각된다.

유길준은 『西遊見聞』의 「序文」에서 『서유견문』을 국한문으로 작성하는 이유를 국한문은 작성하기가 쉽고, 한문에 익숙하지 않은 사람도 국한문으로 작성된 것을 읽고 이해하기 쉽기 때문이라고 하였다. 또한 『七書諺解』의 法을 效則하고 詳明하게 하기 위하여 『西遊見聞』을 국한문으로 작성한다고 설명하였다.[9] 여기에서 유길준은

吉濬, 爲參議交涉通商事務。李源兢爲參議內務府事。朴準陽爲承政院同副承旨, 尋命內務參議差下(『고종실록』 1894년 6월 22일자)

8 敎曰: 軍國機務處會議總裁, 領議政金弘集爲之。內務督辦朴定陽、協辦閔泳達、江華留守金允植、內務協辦金宗漢、壯衛使趙羲淵、大護軍李允用、外務協辦金嘉鎭、右捕將安駉壽、內務參議鄭敬源 · 朴準陽 · 李源兢 · 金鶴羽 · 權瀅鎭 外務參議兪吉濬 · 金夏英、工曹參議李應翼、副護軍徐相集, 竝會議員差下, 使之課日來會, 妥商大小事務, 稟旨擧行。(『고종실록』 6월 25일자)

9 어떤 사람이 쓰는 문장의 특성을 결정하는 요인에는 여러 가지가 있겠지만 그 가운데 가장 먼저 생각할 수 있는 것은 그 사람이 어떠한 글을 읽고 어떤 문장을 많이 보아 왔는가 하는 문제일 것이다. 인간의 언어 생활 자체도 그렇지만 문장 생활도 창조적인 특성을 가지고 있지만 그러면서도 다른 사람의 것을 모방하는 특성을 가지고 있다는 사실을 부인할 수 없을 것이기 때문이다. 이러한 관점에서 볼 때 19세기 말에 국한문이 공문서 작성이나 개인의 저술 활동에 주역으로 등장하게 된 것은 주목할 만한 일임에 틀림없지만 이러한 문장이 경서의 언해문에서 흔히 볼 수 있었던 것이라는 점에서 한문 수업을 통하여 자연스럽게 도달하는 결과라 해도 지나치지 않을 것이다. 한문을 배우던 당시 사람들에게 한문에 토를 붙여 우리말식으로 해석을 하는 훈련은 곧 한문 문장을 우리말로 전환하는 방법을 훈련하는 것으로서, 그러한 훈련을 받은 사람이 이러한 국한문을 만들어 쓰는 것은 자연스러

『칠서언해』의 法을 본받아 국한문으로 작성했다고 설명하여 『서유견문』의 국한문은 『칠서언해』의 한문을 언해하는 법을 효칙하였다고 하였다. 이 말의 의미를 파악하기 위하여 먼저 『서유견문』에 사용된 국한문의 특징을 보면서 구체적으로 살펴보기로 한다(띄어쓰기는 필자, 주).

(7) 我文과 漢字를 混集ᄒᆞ야 文章의 體裁를 不飾ᄒᆞ고 俗語를 無用ᄒᆞ야 其意를 達ᄒᆞ기로 主ᄒᆞ니 元來 累歲의 聽覩ᄒᆞᆫ 實事와 學習ᄒᆞᆫ 苦工을 糢糊糚出ᄒᆞᆷ인 則 疏漏ᄒᆞᆫ 譏를 逃ᄒᆞ기 是難ᄒᆞ며 差誤ᄒᆞᆫ 失이 存ᄒᆞ기 亦易ᄒᆞ나 然ᄒᆞ나 譬ᄒᆞ건ᄃᆡ 山을 畵ᄒᆞᆷ과 同ᄒᆞ야 繪事의 巧拙이 手勢의 運用과 意匠의 經營에 在ᄒᆞ니 —『西遊見聞』의 (序: 5)

(7)은 『西遊見聞』의 「序文」에서 끌어온 일부 내용이다. (7)의 문장을 보면 당시 공문서에 썼던 국한문과 별로 다르지 않다. 통사적으로는 분명히 우리말 문장이지만 '糢糊糚出ᄒᆞᆷ'의 한문구절, '譏를, 失이' 등의 비자립적인 1음절 한자 명사, '達ᄒᆞ기로, 主ᄒᆞ니, 逃ᄒᆞ기, 存ᄒᆞ기, 譬ᄒᆞ건ᄃᆡ, 畵ᄒᆞᆷ, 同ᄒᆞ야, 在ᄒᆞ니' 등의 비자립적인 1음절 한자 어근, '我文과, 其意를, 是難ᄒᆞ며, 亦易ᄒᆞ나'의 '我, 其, 是, 亦' 등의 비자립적인 1음절 관형사나 부사가 후행하는 실사 앞에 사용되어 상당히 많은 한문투가 사용되고 있는 것이다.

운 과정이었다고 할 수 있을 것이다(김완진 1983: 244).

이러한 한문투는 유길준이 말한 『七書諺解』, 즉 四書三經의 諺解文에도 똑같이 나타난다. 다음 (8)과 (9)는 16세기 후기의 『論語諺解』와 『周易諺解』 일부이다.

(8) 1) 子貢問君子ᄒᆞᆫ대 子曰先行其言이오 而後從之니라 子曰君子ᄂᆞᆫ 周而不比ᄒᆞ고 小人은 比而 不周ㅣ니라 子曰學而不思則罔ᄒᆞ고 思而不學則殆니라 子曰攻乎異端이면 斯也害已니라 ―(『栗谷論語諺解』 卷二: 14b~15b)

2) 子貢이 君子ᄅᆞᆯ 問ᄒᆞᆫ대 子ㅣ ᄀᆞᄅᆞ샤ᄃᆡ 몬져 그 言을 行ᄒᆞ고 後에 從ᄒᆞᄂᆞ니라 子ㅣ ᄀᆞᄅᆞ샤ᄃᆡ 君子ᄂᆞᆫ 周코 比티 아니ᄒᆞ고 小人은 比코 周티 아니ᄒᆞ니라 子ㅣ ᄀᆞᄅᆞ샤ᄃᆡ 學ᄒᆞ고 思티 아니ᄒᆞ면 罔ᄒᆞ고 思코 學디 아니ᄒᆞ면 殆ᄒᆞᄂᆞ니라 子ㅣ ᄀᆞᄅᆞ샤ᄃᆡ 異端을 攻ᄒᆞ면 이害ᄒᆞᄂᆞ니라 ―(『栗谷論語諺解』 卷二: 14b~15b)

(9) 1) 井은 改邑호ᄃᆡ 不改井이니 無喪無得ᄒᆞ며 往來ㅣ井井ᄒᆞᄂᆞ니 [本義]不改井이라 無喪無得ᄒᆞ야 (『周易諺解』 卷之四, 1a)

2) 井은 邑은 改호ᄃᆡ 井을 改티 몯ᄒᆞᄂᆞ니 喪도 업스며 得도 업스며 往ᄒᆞ리 來ᄒᆞ리 井을 井ᄒᆞᄂᆞ니 [本義] 井을 改티 아닌ᄂᆞᆫ 디라 喪도 업스며 得도 업서 (『周易諺解』 卷之四, 1a)

(8)은 16세기 후반에 율곡이 詳定하여 1749년에 간행한 『論語諺解』 권 2에서 뽑은 것이고[10] (9)는 선조대 교정청에서 펴낸 『周易諺解』에서 끌어온 것이다. (8.1)과 (9.1)은 한문 원문이고 (8.2)와 (9.2)는 각 한문을 언해한 것이다. 이들 (8.2)와 (9.2)의 언해문을

『西遊見聞』의 국한문인 (6)과 대비해 보면 『西遊見聞』을 국한문으로 작성한 이유를 설명하면서 유길준이 『七書諺解』의 法을 효칙하였다고 한 말의 의미를 추정할 수 있다.

(8.2)와 (9.2)는 (8.1)과 (9.1)의 언해문이지만 사실 대한제국 시기의 국한문과 대동소이하다. 『西遊見聞』의 국한문과 같이 이들 언해문에는 『西遊見聞』의 한문투도 거의 같은 방식으로 나타난다. 한문으로 된 (8.1)과 (9.1)의 원문을 최소 단위의 한자 실사로 분단하여 '言을, 井은, 邑은, 井을, 喪도, 得도, 井을, 喪도, 得도' 등의 비자립적인 1음절 명사, '問ᄒᆞᆫ대, 行ᄒᆞ고, 從ᄒᆞᄂᆞ니라, 周코, 比티, 比코, 周티, 學ᄒᆞ고, 思티, 罔ᄒᆞ고, 思코, 學디, 殆ᄒᆞᄂᆞ니라, 攻ᄒᆞ면, 害ᄒᆞᄂᆞ니라, 改호ᄃᆡ, 改티, 往ᄒᆞ리, 來ᄒᆞ리, 井ᄒᆞᄂᆞ니, 改티' 등 비자립적인 한자 용언 어근을 그대로 언해문에 사용한 것이다. 여기에서는 오히려 '몬져, 그, 이' 등의 부사나 관형사, 'ᄀᆞᄅᆞ샤ᄃᆡ, 아니ᄒᆞ고, 몯ᄒᆞᄂᆞ니, 업스며' 등의 용언은 우리말로 바꾸어 사용한 점에서 원문의 한자어 실사를 우리말로 바꾸어 사용하기도 하였다.

(7)을 (8), (9)의 문장과 대비해 보면 『西遊見聞』의 국한문은 四書三經을 우리말 문장으로 바꾸는 (6.1)~(6.3)의 절차를 적용한 것이라고 할 수 있다. 말하자면 한문을 우리말로 전환하는 (6)의 절차는 곧 경서를 우리말로 바꾸어 이해하는 한문 학습 방법이라 할 수 있다. 그러므로 국한문은 경서를 배울 때 사용한 언해 방법을 바탕

10 (7)은 교정청 관찬본이 간행된 1628년보다 앞서 율곡이 생존해 있던 시기에 언해한 것으로서, 대체로 (8)과 함께 16세기 후반 자료로 이용해 오고 있다.

으로 하며, 『경서』의 언해 방법은 한문 문장의 구성 요소를 우리말 문장에서 실사가 될 수 있는 적절한 의미 단위로 분단하여 그것을 우리말 문장 성분의 순서에 맞추어 재배열하고, 각 한자 실사 뒤에 조사나 어미 등의 문법 형태소를 결합한 것이다. 그러므로 19세기 말 국한문은 한문으로 된 『경서』의 한문을 우리말로 바꾸어 이해하는 한문의 학습 방법에 기인한다고 할 수 있다(김주필 2007).

그런데 『경서』의 언해문이 다른 일반 언해와 달리 한문의 원문을 끌어와 우리말 문장의 실사로 사용한 근거는 어디에 있을까? 그것은 『경서』 원문의 난해한 한문 구절을 풀이한 '석의문'을 바탕으로 언해를 하였기 때문이다.[11] 말하자면 『경서』의 언해는 '釋義'에 바탕을 두고 행해지는데, '釋義'란 경서의 원문 중에서 난해한 구절을 여러 학자들의 訓註와 解釋들을 변별하거나 門人들의 질문에 대한 바른 해석을 考究하여 풀이한 것이다(남풍현 1993: 120). 이러한 석의의 방식으로 『논어』, 『맹자』, 『중용』, 『대학』을 풀이한 퇴계의 『四書釋義』가 여러 권 전한다. 여기에서 퇴계의 『經書釋義』를 살펴보기로 한다.

퇴계의 『四書釋義』에서는 『경서』의 어려운 구절을 다음과 같이 풀이해 놓았다('밑줄'과 '∵'은 필자 주).

11 『경서』의 釋義는 경전 가운데 난해한 곳을 가려서 해석한 것으로서 하나의 해석만을 하는 것이 원칙이지만 둘 이상의 해석을 실어 비교하기도 한다고 한다. 이는 釋義가 언해를 하기 위한 선행 작업의 성격을 띠기 때문이다(남풍현 1993: 120). 말하자면 釋義는 "구결보다 한문의 배달삼기(朝鮮化)가 한 걸음 더 나아간 것"이라 하기도 하고(『한글갈』 (최현배, 1942)), "釋義는 口訣과 諺解의 中間에 位置한다"고(『경서언해연구』 (李忠九, 1990)), 그 성격을 규정하기도 한다. 이에 대해서는 남풍현(1993)의 각주 1번을 참고.

(10) 知止而后有定이니: 止를 안 后에, 定而后能靜ᄒᆞ고: 能히 靜ᄒᆞ고, 靜而后能安ᄒᆞ고: 能히 安ᄒᆞ고, 安而后能慮ᄒᆞ고: 能히 慮ᄒᆞ고, 慮而后能得이니라: 能히 得홀 디니라 —(『四書諺解』 卷之二, 1a)

(10)은 퇴계의 『四書釋義』 '卷之二'의 '經一章'의 시작 부분이다. 이 부분은 「大學」의 어려운 구절에 대하여 학자들의 제설을 종합하여 (10)과 같이 풀이한 것이다. (10)에서 경서의 난해한 구절을 풀이한 문장, 다시 말해 『경서』의 '釋義文'을 보면 원문의 한자를 대부분 1음절인 최소 단위로 분단하여 우리말 문장의 실사로 활용하였다. (10)의 예들을 보면 '知止而后'에 대하여 '止를 안 后에', '能靜ᄒᆞ고'를 '能히 靜ᄒᆞ고', '能安ᄒᆞ고'를 '能히 安ᄒᆞ고', '能慮ᄒᆞ고'를 '能히 慮ᄒᆞ고', '能得이니라'를 '能히 得홀 디니라'로 풀이를 하였다. (10)의 석의문에서 한문 구절의 구성요소들을 한자 1음절 실사로 분단하여 한문의 '동사(V)+목적어(O)' 구성은 국어의 '목적어(O)+동사(V)' 순서로 바꾸고 각 실사에 조사나 어미를 첨가하여 'O를 Vᄒᆞ-' ('부사(X)+동사(V)'의 순서이면 'X히 Vᄒᆞ-')로 만든 것이다. 이러한 석의문의 특징은 『四書諺解』의 언해문, 『西遊見聞』이나 대한제국 시기 문서에 사용된 국한문과 다르지 않은 것이다.

결국 대한제국 시기의 국한문은 『西遊見聞』의 국한문과 같고, 『西遊見聞』의 국한문은 『四書諺解』의 언해문과 같고, 『四書諺解』의 언해문은 『경서석의』의 釋義文과 같다. 말하자면 『사서삼경』의 '석의문', 『경서』의 언해문, 『서유견문』의 국한문, 대한제국 시기의 문서 작성에 사용된 국한문은 모두 동일한 성격을 갖는 것이다. 그러므로 유길준이 『서유견문』의 「서문」에서 "『七書諺解』의 언해를 효칙하여" 국한문을 사용한다는 말은 곧 경서의 석의문이나 『七書諺解』의 언해문을 따른다는 말로서 한문으로 된 경서의 내용을 우리말로 전환하여 가르치고 배우는 조선시대 한문 학습의 일반화된 방법을 활용한다는 말이라고 할 수 있다.

경서의 난해한 구절을 뽑아 釋義를 다는 방법을 적용하여 누구나 석의문과 같은 문장을 만들 수 있다. 이것이 주석가에게는 경서를 풀이하는 방법이고, 서당의 스승에게는 경서를 가르치는 방법이고 서당의 학생들에게는 경서를 배우고 익히는 방법이었던 것이다. 이 방법에 따라 언해를 하기 위해 구결을 단 『훈민정음』의 「서문」을 經書 釋義의 方法을 적용하면 다음 (11.3)과 같이 풀이할 수 있을 것이다.

(11) 1) 國之語音異乎中國與文字不相流通故愚民有所欲言而終不得伸其情者多矣予爲此憫然 新制二十八字欲使人人易習便於日用矣 (『훈민정음』 한문본, 「서문」)

2) 國之語音이 異乎中國ᄒᆞ야 與文字로 不相流通ᄒᆞᆯᄊᆡ 故로 愚民이 有所欲言ᄒᆞ야도 而終不得伸其情者ㅣ 多矣라 予ㅣ 爲此憫然ᄒᆞ야 新制二十八字ᄒᆞ노니 欲使人人ᄋᆞ로 易習ᄒᆞ야 便於日用矣니라 (『언해본』 구결문, 「서문」)

3) 國의 語音이 中國에 異ᄒᆞ야 文字와로 서르 流通ᄒᆞ디 아니ᄒᆞᆯᄊᆡ 故로 愚ᄒᆞᆫ 民이 言ᄒᆞᆯ 바ㅣ 有ᄒᆞ야도 ᄆᆞᄎᆞᆷ내 其情을 伸티 몯

ᄒᆞᄂᆞᆫ 者ㅣ 多이라 予ㅣ 此ᄅᆞᆯ 爲憫ᄒᆞ야 二十八字ᄅᆞᆯ 新制ᄒᆞ노니 人人 ᄋᆞ로 ᄒᆞ여곰 易習ᄒᆞ야 日用에 便킈 慾고져 ᄒᆞᆯ ᄯᆞᄅᆞ미니라

4) 나랏 말ᄊᆞ미 中國에 달아 文字와로 서르 ᄉᆞᄆᆞᆺ디 아니ᄒᆞᆯᄊᆡ 이런 젼ᄎᆞ로 어린 百姓이 니르고져 ᄒᆞᇙ배 이셔도 ᄆᆞᄎᆞᆷ내 제 ᄠᅳ들 시러 펴디 몯ᄒᆞᇙ 노미 하니라 내 이ᄅᆞᆯ 爲ᄒᆞ야 어엿비 너겨 새로 스믈여듧 字ᄅᆞᆯ ᄆᆡᇰᄀᆞ노니 사ᄅᆞᆷ마다 ᄒᆡᅇᅧ 수ᄫᅵ 니겨 날로 ᄡᅮ메 便安킈 ᄒᆞ고져 ᄒᆞᇙ ᄯᆞᄅᆞ미니라 (『언해본』「언해문」, 「서문」)

(11.1)은 『훈민정음』 「서문」의 한문 원문이다. (11.2)는 한문 원문의 구절을 분단하여 음독 구결을 붙인 구결문이다. (11.3)은 (11.2)를 바탕으로 경서의 석의의 방법을 적용하여 만든 일종의 언해문이다. (11.4)는 『월인석보』 권 1의 앞에 실려 있는 언해문이다. 언해문인 (11.4)는 19세기 말이나 20세기 초의 국문에 해당하는 정도의 자연스러운 우리말 문장으로서, '훈민정음'을 창제한 이후의 일반적인 언해문이다. 『훈민정음』의 「언해본」에는 (11.2)와 (11.4)로 되어 있어서 (11.3)이 없지만 사실 『經書諺解』의 釋義 방법을 고려하면 구결문을 바탕으로 우리말 문장을 만드는 과정으로 (11.3)을 거치는 것이다. (11.3)이 (11.2)와 (11.4) 사이에 있다는 사실은 「언해본」의 주석을 통해 알 수 있다. 「언해본」을 보면 한문을 전환한 구결문 (11.2)와 언해문 (11.4) 사이에 언해를 하기 위한 주석을 달아 놓았는데, 주석의 대상은 대부분 (11.3)의 실사들인 것이다.

(11.1)을 (11.2)로 만들기 위해서는 한문 문법과 각 한자의 어휘

적 의미, 나아가 한문의 문장 구조를 파악하고 있어야 한다. 가령 '國之語音' 다음에 '이'라는 구결을 달기 위해서는 이 구절이 전체 문장에서 '語音'이 주어라는 사실을 알아야 한다. '異乎中國' 다음에 'ᄒᆞ야'를 달기 위해서는 용언 '異'가 마지막에 해석된다는 사실, '乎'의 기능, 비교의 기준 축인 '中國'이 '異乎-'보다 먼저 해석되어야 한다는 점 등을 알아야 한다. 나아가 이들 한문을 구성하고 있는 한자의 어휘적, 문법적 지식을 활용하면 (11.2)에서 (11.3)을 만들 수 있다. (11.2)에서 실사를 적절한 단위로 나누어 (11.2)의 구결을 골격으로 하는 'X1이 X2ᄒᆞ야 X3로 X4ᄒᆞᆯ씨'로 문장의 틀을 만들고, '國之語音'을 적절한 실사로 분단하여 X1에 배치하면 '國의 語音이'가 되고 X2에 '中國에 異ᄒᆞ야', X3에 '文字와로', X4에 '서르 流通ᄒᆞ디 아니ᄒᆞᆯ씨'로 만들 수 있다. (11.2)에서 분단한 실사들을 끌어와 우리말 문장 성분들의 실사 자리에 배치하고 그 실사의 어휘적·문법적 특성을 고려하여 조사나 어미를 달면 (11.3)이 되는 것이다.[12]

그런데 (11.1)은 한문으로 된 『훈민정음』의 「서문」이고 (11.2)는 구결문으로 된 언해본 「서문」이다. (11.3)은 구결문을 『經書』의 釋義文이나 언해문으로 바꾼 것으로서 대한제국 시기의 국한문과 같다. (11.4)는 『훈민정음』 「서문」의 언해문이다. 『훈민정음』의 「언해본」에서는 (11.2) 다음에 (11.4)를 제시하고 (11.3)은 제시하지 않

12 (11.4)는 (11.3)을 바탕으로 만든다. 즉 (11.3)에서 비자립적인 1음절 한자어 용언 어근, 비자립적인 1음절 명사, 접두사처럼 사용된 관형사나 부사, 한문 구절 등 한문투라고 하는 형태론적인 요소들을 자립적인 우리말 단어로 바꾸면 자연스러운 우리말 문장, 즉 (11.4)가 만들어진다.

았다. (11.2)에서 곧바로 (11.4)로 간 것처럼 보이지만, 그렇지 않다. (11.2)에서 (11.1)의 각 한자나 한문 구절에 대한 어휘적·문법적 지식을 활용하여 한문 해독에서 흔히 쓰는, 다시 말해 어문생활의 전통적 관점에서 그 이전의 차자표기 방식으로 말하면 석독 구결의 한문 해독 방식을 활용하면 (11.3)을 만들 수 있다.

(11.2)의 구결문에서 석독 구결의 한문 해독 방법[13]을 적용하여 한문 문장의 구성 요소들을 적절한 단위의 실사로 나누어 이 실사들을 우리말 문장 성분으로 삼아 우리말 문장에 맞추어 일정한 순서로 재배열하고 각 실사에 조사나 어미를 첨가하면 (11.3)이 만들어진다. 『경서』의 석의문이나 언해문은 이러한 절차에 따라 만든 문장이라 할 수 있다. 이 경우 한문의 실사들을 일정한 의미 단위로 분단하여 그것을 실사로 하는 우리말 문장을 만드는 방법은 석독 구결의 방법을 따르되 한문에서 분단하여 우리말 문장의 성분으로 활용한 실사는 음독한다는 점이 석독 구결과 다르다. 조선시대에는 이미 석독 구결의 전통이 사라지고 모든 한문은 음독하는 것이 관습화되어 있었기 때문이다.

한문을 우리말로 이해하고자 하면 먼저 음독을 하고 그 다음에 우리말로 해석하는 과정을 거쳤을 것으로 추정된다(남풍현 1999). 그

---

13 석독 구결의 특징은 여러 가지가 있지만 무엇보다 먼저 지적할 수 있는 특징은 한문 문장의 최소 단위의 실사를 최소의 단위로 분단하여 분단된 각 실사의 해당 한자 우측이나 좌측에 구결을 달았으며, VO구성인 경우 앞으로 다시 가서 역독해야 하므로 해당 부분의 구결 뒤에 점을 찍어 앞으로 다시 가서 읽으라는 것을 표시해 놓았다는 점이다. 역독점이 없으면 순차적으로 읽어 나가다가 역독점이 있으면 앞으로 가서 읽어야 하는데 역독점 뒷부분은 한자 좌측의 구결을 보고 읽는다는 것도 특징이다.

러나 남풍현(1999)에서는 한문 학습 방법으로 석독의 방법이 음독보다 더 이해하기 쉬었을 것이므로 석독하는 방법이 자리를 잡으면 음독하지 않아도 해석을 할 수 있어서 음독보다 먼저 석독의 방법이 사용되었을 것으로 추정하고 이 방법이 보편화되어 석독 구결이 형성되었을 것으로 추정하였다. 그런데 이와 달리 음독 구결은 한문을 원문의 순서대로 음독하면서 그 구절이나 문장이 분단되는 곳에 우리말 구결을 달아 읽는 방법이다. 이것은 한문의 음독과 석독이 융합되어 발달한 것으로서 한문의 구문을 분단하지 않고도 읽어갈 수 있어서 한문을 암송하는 데에 효과적인 방법으로 알려져 있다(남풍현 1999: 25~26).[14]

석독 구결은 한문 문장을 해독할 때, 한문 초보자들에게 한문 구절을 최소의 실사 단위로 분단하여 각 실사마다 해독의 순서와 방법을 표시해 준다는 점에서 한문 구절 단위로 구결을 달아주는 음독 구결과 차이가 있다. 그러므로 석독 구결을 쉽게 풀어서 우리말 문장 성분의 순서에 따라 재배열한다면 그것은 향찰이나 이두와 같은 우리말 문장이 된다. 일본의 가나문도 이 상태라고 할 수 있다. 이와 달리 한문 독법을 명기하지 않고 석독 구결에서 한문을 우리말 문장으로 해독하는 절차를 자동적으로 일어나는 것과 같은 방식으로, 한문의 구두 단위로 구절을 분단하여 구결을 단 것이 음독 구결이다. 한문에 익숙한 사람이라면 석독 구결을 달지 않아도, 또

14 석독 구결이나 음독 구결을 달기 위해서는 모두 한문 구절의 내부 구성 요소들의 어휘 의미나 문법 기능을 알아야 하지만 양자 사이에는 한문 해독의 과정과 방법을 구결자로써 얼마나 구체적으로 표시하는가의 정도 차이가 있다.

는 석독 구결에 따라 한문의 실사를 분단하여 우리말 문장 배열 순서에 따라 재배열하지 않더라도 한문 문장을 자동적으로 해독할 수 있을 것이다. 그러므로 음독 구결은 한문에 익숙한 식자층에 유용한 독법인 반면, 석독 구결은 한문에 익숙하지 못한 사람들에게 유용한 한문독법이 된다.

우리나라에서는 고려 시대 중·후기, 조선 초기 자료로서 향찰 자료는 물론, 석독 구결 자료도 거의 전하는 것이 없다. 조선시대에 이르면 전하는 것은 대부분 이두 자료와 음독 구결 자료이다. 이러한 사실은 고려 중·후기부터 석독 구결 방식이 쇠퇴하고 음독 구결이 일반화되어 갔음을 의미한다. 그러나 구결 사용의 변화로 말미암아 한문 문장을 구성하는 단위를 실사 단위로 세분화하여 문장이나 구절을 구성하는 실사들의 해독하는 과정과 방법을 기호로 명기한 석독 구결의 전통이 사라졌다고 하더라도 음독 구결의 문장을 해석하기 위해서는 석독 구결의 해독 방법을 일부 적용하지 않으면 안 되는 것이다.

조선시대 초기만 하더라도 이미 석독 구결 자료가 나타나지 않으므로 석독 구결이 당시에 사용되고 있었다고 보기 어렵다. 그러나 음독 구결이 가진 석독과 음독의 융합적인 독법을 고려하면 음독 구결의 방식으로 문장을 해독할 때에도 한문의 구성 요소를 적절한 의미 단위로 나누어 그것을 우리말 문장 성분의 배열 순서에 따라 재배열하고, 그 뒤에 조사나 어미를 결합하는 석독 구결의 방법은 꾸준히 활용해 왔다고 해도 틀리지 않을 것이다. 『경서』의 내용을 이해하고자 할 때에도 원문을 우리말로 바꾸어 이해하는 석독 구결의 방식을 원용하였기 때문이다. 그러나 석독 구결에서는 한문 문장의 구성요소를 적절한 의미 단위로 나누어 그것을 우리말 문장 성분의 실사로 사용하되 한문투는 자연스러운 우리말 단어로 바꾸어 완전한 우리말 문장으로 전환하지만, 『경서』의 석의문이나 언해문에서는 석독 구결의 방법을 원용하되 한문 문장의 구성 요소인 실사를 우리말 단어로 바꾸지 않고 그대로 끌어와 우리말 문장 성분의 실사로 사용하기 때문에 한문투가 많이 나타난다는 차이가 있다.

이런 점에서 『서유견문』이나 대한제국 시기의 문서에 사용된 국한문은 고려시대 중기부터 전통화된 음독 구결을 달아 한문을 이해하던 음독 구결 방법의 연장선에 있지만 석독 구결의 문장 해독 방법을 활용한 것이라 할 수 있다. 다시 말해 이 시기의 국한문은 한문 문장을 우리말 문장으로 전환하는 석독 구결의 방법을 원용하되 한자어나 한문투의 한자를 음독한 『경서』의 석의문이나 언해문을 계승한 것이라 할 수 있다. 이러한 관점에서 『경서』의 석의문이나 언해문도 국한문과 같은 성격의 문장으로서 대한제국 시기의 국한문이 갑자기 나타난 문장의 유형이라 하기는 어려운 것이다. 말하자면 조선시대에도 한문 문장을 우리말로 전환하는 과정에서 완전한 언해문에 이르기 이전의 단계였던 『경서』의 석의에 사용된 문장도 국한문이라고 할 수 있으므로 조선시대에도 이러한 국한문은 한문 학습 방법으로 널리 사용되고 있었던 문장 유형이라 할 수 있다.

그러나 국한문은 그 자체로 적지 않은 문제점을 가지고 있었다. 문장은 우리말 구조였으나 문장 성분을 이루는 실사는 국어답지 않은 한문투, 예컨대 비자립적인 1음절 한자 어근, 한문 구절, 접사처럼 사용된 한자어 부사나 관형사, 한문의 허사 등이 많이 사용되어 자연스러운 국어라고 하기는 어려웠던 것이다. 사회가 복잡하고 다양화되면서 여러 종류의 대중매체가 널리 확산되면서 읽기와 쓰기에 대한 사회의 요구가 점점 많아지자 국어답지 않은 문제점을 가진 국한문은 당연히 자연스러운 우리말 문장으로 다듬어지지 않으면 안 되었을 것이다. 이러한 흐름을 타고 대한제국 시기의 국한문은 한문 중심의 문장에서 자연스러운 국어 문장으로 이행되어 가는 과정에 사용된 과도기적 문장 유형이었다고 할 수 있다.

그렇다면 오랜 전통을 가진 국한문이 왜 대한제국 시기에 하나의 뚜렷한 흐름을 형성하면서 문서 작성에 사용될 수 있었을까? 그 이유는 실로 다양하고 복잡한 이유가 있었을 것으로 생각된다. 먼저 사회적으로 신문, 잡지, 다양한 종류의 책이 유통되어 한문만으로 다양한 독자들의 요구를 충족하지 못하게 된 사회 변화에서 그 이유를 찾을 수 있을 것이다. 그리고 서구의 민주주의가 유입되어 누구나 문자 생활을 영위하는 것이 필요하다는 사고를 바탕으로 언문일치에 대한 사회적 요구가 일어나 우리말을 바탕으로 하는 문자 생활에 대한 관심이 점차 많아지던 시기라고 할 수 있다. 이러한 사회적 요구는 정치, 사회, 문화의 변화에 기인하는 것이지만 이러한 언어 외적인 변화로 인하여 문자관도 구어를 중시하는 방향으로 변화가 일어나고 있었던 것으로 보인다.

이러한 관점에서 정치, 사회, 문화적 상황이 바뀌어 언문일치에 대한 사회적 요구가 점차 강해지고 어문 민주주의를 실현할 수 있는 한글에 대한 관심이 높아지면서 이두를 대체하는 수단으로서 국한문이 부각된 것으로 보인다. 한문, 이두, 한글로 이루어지던 조선 시대의 3중적 어문 생활이 이어지던 19세기 말의 상황에서 문서 작성의 수단이었던 이두를 대체한 것은 국문이 아니라 국한문이었던 것이다. 그러나 이 시기의 국한문은 계층적으로 이루어진 3중적 어문 생활이 그대로 이어진 것이 아니라 한문의 특성을 국문에 가미함으로써 만들어진 것이라는 점에서 당시의 사정에 맞도록 한문과 국문의 특장점을 중층적으로 융합한 상당히 효과적인 문장 유형이었던 것으로 보인다.

국문이나 국한문이란 말의 공식적인 사용이 갑오개혁을 주도하던 군국기무처에서 제도를 개혁하면서 사용되기에 이르렀다는 점에서 군국기무처의 구성원들이 일본의 영향을 받았다는 사실을 부인하기 어려울 것이다. 일본의 假名가 우리의 국한문과 거의 같다는 점에서 일본 문화를 일찍 접한 유길준, 박영효 등은 국한문을 널리 보급하는 데에 상당히 중요한 역할을 한 것으로 보인다. 당시의 서구 문명을 보다 일찍 받아들인 일본에서 서구 문화의 유입에 따른 새로운 용어와 명칭, 전문어, 추상적인 개념어들을 만들어 사용하였고 그러한 내용을 담은 일본어 문장을 자연스럽게 접한 당시 지식인들에게 일본의 假名와 유사한 우리의 국한문이 자연스럽게 사용되기에 이른 것으로 보인다.

假名는 일본의 전통적인 어문 생활 위에서 만들어진 일종의 차자표기이다. 우리의 국한문도 석독 구결의 방법, 음독 구결, 또는 이두문을 계승한 것이다. 이러한 양자의 유사성으로 인하여 국한문으로 된 글은 假名으로 전환하기 쉽고 假名으로 된 글 또한 국한문으로 전환하기 쉽다. 그러므로 일제의 간섭이 시작된 19세기 말에 국한문으로 공문서를 작성하게 된 것도 우연이라 하기는 어려울 것이다. 그리고 일제가 조선을 합병한 후 1910년 9월 2일자 공문서 취급과 관련하여 "府外 각 관청에 대한 공문은 모두 일본문을 사용해야 한다. 단 府內에 조회하는 왕복 문서는 종전과 같이 국한문을 사용해도 무방하다."라고 한 것도 國漢文과 假名의 유사성을 바탕으로 한 것이라고 할 수 있다. 이러한 관점에서 우리의 차자표기 방식을 계승한 국한문과 일본식 차자표기인 假名 사이에 어떠한 길항작용이 일어나는지, 그리하여 일제시대 이후의 문장이 어떠한 특징을 보이며 전개되는지 앞으로 현대국어 문장의 형성과 관련하여 심도 있는 연구가 이루어져야 할 것이다.

4

마무리

이상 대한제국 시기 문서에 사용된 국한문의 형성 과정과 기원에 대하여 살펴보았다. 논의된 내용을 정리하면서 본고를 마무리하고자 한다.

대한제국 시기의 문서 작성에 사용된 국한문은 원칙적으로 한문의 언해 과정의 중간 단계에 만들어진 문장 유형으로 추정하였다. 한문, 국한문, 국문으로 된, 1894년 12월 12일자의 「大君主展謁宗

廟誓告文」를 상호 대비해 보면, 국한문 문장은 우리말 구조로 되어 있지만 이들 문장을 구성하는 각 어절의 실사는 한문의 실사를 그대로 끌어와 활용하고 있다. 그리하여 '國漢文'은 문장의 형태·통사적 측면에서 한문과 우리말 문장의 표기인 국문의 중간에 위치한다. 이러한 국한문의 공시적인 특징은, 통시적으로 한문을 우리말 문장으로 언해하는 중간 단계에서 만들어진 유형일 것으로 추정하고 국한문의 기원에 대하여 논의하였다.

갑오개혁의 과정에서 문서 작성에 국한문을 쓰도록 하는데 기여한 것으로 추정되는 兪吉濬은 『七書諺解』의 法을 效則하여 『西遊見聞』을 국한문으로 작성하였다고 하였다. 실제로 율곡이 상정한 『七書諺解』의 諺解文이나 『周易諺解』의 내용을 학습한 문장을 대비해 보면 이들은 『西遊見聞』의 國漢文과 거의 같다. 그런데 이들 『七書諺解』의 언해문은 『경서』의 난해한 구절을 뽑아 그 내용을 쉽게 풀이한 『경서석의』의 釋義文으로 거슬러 올라간다.

『경서』의 석의문은 한문의 각 한자를 최소의 실사 단위로 분단하여 우리말 문장을 구성하는 각 어절의 실사로 활용하여 만들어진 문장 유형이다. 우리의 어문생활사적 관점에서 말하면 석의문은 석독 구결문을 음독 구결 방식으로 풀어서 쓴 것이라고 할 수 있다. 그러므로 대한제국 시기의 국한문은 한문 문장을 석독 구결 방식으로 풀어 음독 구결 방식으로 읽었다는 점에서, 멀리는 석독 구결이나 그 이후의 음독 구결에 기원하지만, 직접적으로는 『경서』의 석의문, 또는 이를 바탕으로 한 『경서』의 언해문을 계승한 것이라고 추정하였다.

이러한 논의를 바탕으로 하면 『경서석의』의 석의문, 『경서언해』의 언해문, 『주역언해』의 내용을 필사하여 학습한 문장은 모두 『서유견문』의 국한문과 같고, 『서유견문』의 국한문은 대한제국 시기의 문서에 사용한 국한문과 같다. 그러므로 유길준이 『서유견문』의 「서문」에서 "『七書諺解』의 法을 效則하여"라고 한 말은 곧 경서의 석의문이나 『칠서언해』의 언해문을 말하는 것으로서, 이 시기의 국한문은 한문을 우리말로 전환하여 학습하던 당시의 한문 학습 방법에 바탕을 두고 만들어졌다는 사실을 증언한 것으로 보인다.

이러한 관점에서 볼 때 국한문은 조선시대에도 널리 사용되었을 것으로 추정된다. 이러한 국한문이 어떻게 대한제국 시기에 하나의 큰 흐름을 형성하면서 문서 작성에 활용되기에 이르렀는지 그 과정에 대한 구체적인 설명이 필요하다. 이에 대해서는 당시의 정치, 사회, 문화적 상황을 바탕으로 다양한 각도에서 접근될 수 있을 것으로 전망된다. 앞으로 이에 대한 심도 있는 연구가 이루어져야 할 것이다.

참고문헌

姜信沆(1957), 「李朝初 佛經諺解 經緯에 대하여」, 『國語硏究』 1, 서울대국어연구회.

姜信沆(2001), 『增補改訂版 國語學史』, 普成文化史.

고영근(2000), 「개화기 한국어문운동: 국한문혼용론과 한글전용론을 중심으로」, 『冠嶽語文硏究』 25, 서울대학교 국어국문학과.

김완진(1960), 「능엄경언해에 관한 몇 가지 과제」, 『한글』 27, 한글학회.

김완진(1983), 「한국어 문제의 발달」, 『韓國語文의 諸問題』, 일지사.

김정우(1990), 「15세기 불경언해의 문체와 어휘」, 『팔리대장경 우리말 옮김』(논문모음 I), 경전연구소 편.

金周弼(1992), 「國語表記史에 있어서 歷史性의 認識」, 『語學硏究』 17, 서울대학교 語學硏究所.

김주필(2005), 「차자표기와 훈민정음 창제의 관련성 재고」, 『한국어의 역사』, 보고사.

김주필(2007), 「19세기 말 국한문의 성격과 의미」, 『진단학보』, 진단학회

김주필(2014), 「최만리 등 집현전 학사들이 올린 갑자 상소문의 내용과 특성」, 제5회 훈민정음학회 전국발표대회.

김채수(2002), 「한국과 일본에서의 언문일치운동의 실상과 그 의미」, 『韓國과 日本의 近代言文一致體 形成過程』(김채수 편저), 보고사.

김형철(1994), 「갑오경장의 문체」, 『새국어생활』, 국립국어연구원.

김홍수(2004), 「이른바 개화기의 표기체 유형과 양상」, 『國語文學』 第39輯, 국어문학회.

남풍현(1993), 「借字表記의 『詩經釋義』에 대하여」, 『퇴계학연구』 제7집, 단국대 퇴계학연구소.

남풍현(1996), 「언어와 문자」, 『조선시대 생활사』(한국고문서학회 편), 역사비평사.

남풍현(1999), 「석독 구결의 기원」, 『국어사를 위한 구결 연구』, 태학사.

민현식(1994), 「개화기 국어 문체 연구」, 『국어국문학』 111, 국어국문학회.

송철의(2005), 「한국 근대 초기의 어문 운동과 어문 정책」, 『한국 근대 초기의 언어와 문학』, 서울대학교출판부.

兪吉濬全書編纂委員會 編(1971), 『兪吉濬全書』 [Ⅰ] 「西遊見聞」(全)(兪吉濬 著), 一潮閣.

兪吉濬全書編纂委員會 編(1971), 『兪吉濬全書』 [Ⅳ](兪吉濬 著), 一潮閣.

兪東濬(1987), 『兪吉濬傳』, 一潮閣.

윤용선(2003), 『15세기 언해자료와 구결문』, 역락.

李光麟(1979), 『韓國開化思想硏究』, 一潮閣.

李光麟(1993), 「開化期의 人物」, 『국학연구원(연세대) 다산기념강좌』 5, 延世大學校 出版部.

李基文(1970), 『開花期의 國文硏究』, 一潮閣.

이기문(1985), 「개화기의 국문 사용에 관한 연구」, 『한국문화』 5, 한국문화연구소(서울대).

이병근(1978), 「愛國啓蒙主義時代의 國語觀」, 『韓國學報』 12.

이병근(1986), 「開花期의 言語政策과 表記法 問題」, 『국어생활』 4.

이병근(2005), 「근대국어학의 형성에 관련된 국어관」, 『한국 근대 초기의 언어와 문학』, 서울대학교출판부.

鄭晋錫(1983), 「최초의 近代新聞 漢城旬報와 漢城周報」, 『漢城旬報』, 漢城周報飜譯版, 寬勳클럽信永硏究基金.

한영균(2013), 「近代啓蒙期 國漢混用文의 類型·文體 特性·使用 樣相」, 『구결연구』 30,

구결학회.

홍윤표(1992),「周易諺解 解題」,『周易諺解 宣祖本』, 弘文閣.

김주필, 국민대학교 국어국문학과, jpkim@kookmin.ac.kr

조선 전기 이두 번역문의 문체와 어휘

박성종

1

머리말

이 글은 조선 전기에 한문을 이두로 번역한 글, 즉 이두 번역문의 문체 및 어휘의 몇 가지 특징을 살펴보는 것을 목표로 한다.

책자 형태의 이두 번역물은 현재 넷이 알려져 있다. 1395년의 『大明律直解』, 1415년의 『養蚕經驗撮要』, 1541년의 『牛馬羊猪染疫病治療方』,[1] 그리고 『農書輯要』가 그것이다. 앞의 셋은 모두 刊本이나 『農書輯要』는 1987년 書誌家 朴永弴씨에 의하여 발견 소개된 筆寫物이다. 이 필사물은 총 146면으로서 이 중 『農書輯要』는 42면을 차지하며 이 밖에 養馬에 관한 내용과 碁譜 등 여러 가지 다른 내용들이 포함되어 있다(李鎬澈 1990:4 및 嗚仁澤 1993:259). 필사자와 필사 연대가 현재 정확히 알려지지 않았을 뿐만 아니라 이 필사물이 어

1 이하 판심제에 준하여 간략히 『牛疫方』으로 일컫는다. 1541년 원간본의 表題와 卷首題에서는 '馬' 자가 없고, 일부 판본에 따라서는 '病'자를 생략하였으나 이 글에서는 개의치 않는다.

떤 저본들을 바탕으로 한 것인지, 그리고 필사 과정에서 저본에 따라 내용과 형태 면에서 필사하는 방식이 똑같지 않은 점 등 몇 가지 문제점들이 남아 있다. 『農書輯要』를 베낀 부분만 하더라도 卷尾題 '農書輯要終' 바로 전에 5행의 필사후기를 한문으로 적어 넣은 것이 있는데 이 農書는 八道에 두루 통용되긴 하나 각 지방별 차이를 반영하지 않았으므로 嶺南 지방의 농서와는 별도로 기록하였다는 내용이 적혀 있다. 이러한 몇 가지 문제점에도 불구하고 이 필사물 중 『農書輯要』에 적힌 이두문은 빠르면 15세기 초인 조선 太宗代, 늦잡아도 1517년 中宗代 자료임에 틀림없으므로 함께 묶어 다룬다.

따라서 본고에서는 조선 전기에 해당하는 14세기 말로부터 16세기 중엽에 이루어진 한문의 이두 번역문 4종을 대상으로 그 문체와 어휘에 관한 몇 가지 특징을 논의하고자 한다.

2

諺解와의 관련

훈민정음이 창제되기 이전 시기에는 이두문이 곧 우리나라 글과 말을 가리키는 것이었다. 이두로 작성하거나 번역한 것을 일컬어 '方言' 또는 '俚語'로 호칭한 사례들이 발견된다.

이두 번역을 일컬어 方言으로 번역한다고 한 대표적인 예는 鄭道傳이 1394년에 편찬한 『朝鮮經國典』 중의 憲典摠序이다.

今我 殿下 …… 又慮愚民無知觸禁 爰命攸司 將大明律譯以方言 使衆易曉 凡所斷決 皆用此律 所以上奉帝範 下重民命也 (『三峰集』 8.9 憲典摠序)

(지금 우리 전하는 …… 또 어리석은 백성이 법을 잘 모르고 금법을 어기는 일이 있을까 염려해서 주무 관아에 명하여 『大明律』을 방언으로 번역케 해서 대중으로 하여금 쉽게 깨우치게 하였고, 무릇 처단과 판결에 있어서는 모두 이 법률에 의거하였으니, 위로는 황제의 규범을 받들고 아래로는 백성의 생명을 소중히 한 것이다.)

위 인용문은 훈민정음 창제보다 50년 앞선 시기의 기록이므로 이때 '譯以方言'이라 한 것은 결국 이두로 번역한 것을 가리킨다. 明의 법률을 여러 사람들이 알기 쉽도록 이두로 번역하게 하였다는 내용이다. 이 왕명에 따라 다음 해인 1395년 2월에 간행된 것이 이른바 『大明律直解』이다. 이 책의 金祗 跋文에서는 薛聰이 지은 '方言文字'를 '吏道'라 하며 이 '吏道' 즉 이두문으로 옮겼음을 좀더 분명히 하였다.

이두문을 方言으로 호칭한 사례는 다음의 실록 기사에서 좀더 분명하게 드러난다.

上又曰 今觀河崙所修元六典 易俚爲文 間有窒碍難曉, 趙浚所撰方言六典 則人皆易曉 無乃可用乎。喜對曰 用方言六典 亦可。摠制河演曰 今續六典旣以文撰之 元六典亦當用文 不可用方言, 其窒碍難曉處 宜令改正。上曰 元續六典各異, 雖竝用方言與文, 何害。(『세종실록』 12년

(1430) 4월 12일 辛巳條)

(임금이 또 말하기를 "지금 河崙이 지은 『元六典』을 보니 우리말을 한문으로 바꾸어서 간혹 막히고 알기 어려우나, 趙浚이 편찬한 『方言六典』은 사람들이 다 알기 쉬우므로 쓰는 것이 옳지 않으냐?" 하니, 황희가 대답하기를, "『方言六典』을 쓰는 것도 가합니다." 하였고, 총제 河演은 아뢰기를 "지금 『續六典』을 이미 한문으로 편찬하였으니 『元六典』 또한 마땅히 한문으로 써야지 방언을 쓸 수 없습니다. 막히고 알기 어려운 곳은 고치게 함이 마땅합니다." 하니, 임금이 말하기를 "『元六典』과 『續六典』이 각각 다르니, 비록 방언으로 된 것과 한문으로 된 것을 함께 쓸지라도 무엇이 해롭겠느냐?" 하였다.)

위 기사에서의 『方言六典』은 趙浚이 1397년(태조 6)에 편찬 간행한 『經濟六典』을 일컫는다. 이 법전은 한문이 아니라 이두로 작성되었기 때문에 방언육전으로 부르게 된 것이며, 다른 한편으로는 『吏讀元六典』[2]으로도 불렸다. 위 기사 중의 『元六典』은 하륜이 1412년(태종 12) 4월에 편찬한 『經濟六典元集詳節』 3권을, 『續六典』은 『經濟六典續集詳節』 3권을 각각 가리킨다. 두 법전이 모두 한문으로 쓰였는데 특히 『元六典』은 조준의 『經濟六典』을 바탕으로 하여 그 뜻

2 『세종실록』 13년 5월 13일 丙子條 참조. 태백산사고본과 정족산사고본 모두 공교롭게도 『吏讀元六典』의 讀를 續으로 잘못 적었음이 흥미롭다. 이 날 기사 중의 『詳定元六典』은 하륜이 1412년(태종 12)에 편찬한 『元六典』을 개수하여 李稷 등이 1429년(세종 11) 3월에 펴낸 법전을 가리킨다. 따라서 한문으로 쓴 『元六典』들과 달리 이두로 쓰인 『元六典』이라는 뜻에서 『吏讀元六典』으로 호칭한 것이다.

은 살리고 '俚語'를 삭제하여 편찬한 것이라 한다.[3] 위 기사를 통해 알 수 있듯이 세종은 법전을 굳이 한문으로만 만들 필요가 없고 오히려 여러 관리들이 보고 들어 익혀 준수하기가 쉬운 우리말 즉, 이두문으로 만들어야 한다는 견해를 갖고 있었던 듯하다. 결국 세종은 다음 해인 1431년 5월에 이두로 된 조준의 『經濟六典』 즉, 『吏讀元六典』의 강원도 刻板을 보수하여 인출 반포하고 종전에 사용하던 한문으로 된 『元六典』은 쓰지 말도록 명하게 된다[4](『세종실록』 13년 5월 13일 丙子條 참조).

'方言' 대신에 '俚語'로 호칭한 사례도 때때로 발견된다.

> 尙德又啓曰 元朝農桑輯要 有益於民 但其文古雅 人人未易通曉, 願譯以本國俚語 令鄕曲小民無不知之。上從之 命前大提學李行與檢詳官郭存中成書板行。(『태종실록』 14년(1414) 12월 6일 乙亥條)
> (尙德이 또 아뢰었다. "元 나라의 『農桑輯要』는 백성들에게 유익하나, 다만 그 글이 어려워서 사람마다 쉽게 깨달아 알지 못하니, 원컨대 우리나라의 俚語로써 번역하여 鄕曲의 小民들로 하여금 알지 못하는 것이 없게 하소서." 하였다. 임금이 그대로 따라서, 전 대제학 李行과 檢詳官 郭存中에게 명하여 책을 만들어 판각하여 반행케 하였다.)

---

3 『태종실록』 12년(1412) 4월 14일 戊辰條 및 13년(1413) 2월 30일 己卯條 참조.

4 세종 대에서의 법전 정비 및 편찬 작업은 2년 뒤인 1433년 1월에 황희 등이 편찬하여 經濟續六典이라 칭한 『正典』 6권과 이와 별도로 만든 『謄錄』 6권을 鑄字所에서 인쇄 간행함으로써 마무리된 듯하다.

이것은 右代言[5] 韓尙德이 태종에게 農書의 간행을 품신하여 재가 받은 내용의 기사이다. 元의 『農桑輯要』를 우리나라의 '俚語' 즉 이두로 번역하고자 한 것이다. 이 기사에 따라 간행된 책이 1415년 5월의 『養蚕經驗撮要』인지, 아니면 이보다 2년 뒤에 李行이 주관하여 간행한 『養蠶方』[6]인지는 분명하지 않다. 전자의 간기에는 韓尙德이 왕명을 받들어 『飜譯蚕書』 즉 누에치는 법을 적은 책을 번역하였고 安騰이 각수를 모집하여 간행 사업을 완료하였다고 하였다. 그리고 후자는 李行이 『農桑輯要』의 내용을 가려 뽑아 만든 내용을 본인이 실제 체험해 본 결과 수입이 배로 늘어나는 것을 보고 널리 배포할 필요성을 느껴 위 기사 중의 郭存中으로 하여금 '本國俚語'로 구절마다 협주를 달아 간행하였다고 한다(『태종실록』 17년 5월 24일 己酉條). '華語' 즉 한문을 민간이 잘 모를 것을 염려하여 '本國俚語'인 이두로 번역 또는 설명하였다는 것이다.

이상 살펴본 바와 같이 조선 건국 초기에는 이두가 곧 方言 또는 俚語 즉, 우리말이요 우리글로 지칭되었음이 분명하다. 그 이전 시기에도 사정은 거의 마찬가지였을 법하다. 현전하는 문헌이 없고 기록상으로 분명히 확인되지 않을 뿐이라 생각된다. 훈민정음 창제 이전에는 이두가 우리말을 직접 글로 드러내는 유일한 수단으로서의 지위를 차지하고 있었다고 본다. 그런데 이두로 편찬하거나 번역한

---

5 왕명의 출납을 맡은 承旨에 해당한다. 麗末鮮初에 사용되었던 관직명이다.

6 이 책은 『養蚕經驗撮要』와 함께 한동안 유포되어 활용되었던 듯하다. 『단종실록』 9년(1454) 9월 16일 甲子條 기사에서 이 책을 언급하면서 그 내용을 해독하고 부지런한 사람을 監考로 임명하여 농민들에게 가르쳐야 한다고 하였다.

문헌들을 가리켜 諺解라 한 예는 발견되지 않는다는 사실에 유념할 필요가 있다. 이두로 된 문헌들을 '譯以方言' 또는 '譯以本國俚語'라 한 점을 감안한다면 養蚕經驗撮要諺解라는 서명을 기대해 봄 직하나 이 역시 그렇지 않다. 흔히 大明律直解로 호칭되고 있는 문헌만 하더라도 원래의 책명은 거의 언제나 大明律였다.[7] 16세기 중반에 간행된 『牛疫方』의 예 역시 마찬가지다. 한문 원문과 함께 이두와 한글로 된 두 가지 번역문을 함께 수록한 책임에도 불구하고 언해라 이름하지 않았다. 따라서 諺解는 언문으로 번역하거나 譯解한 것만을 지칭하고, 이두의 경우엔 사용하지 않았던 것으로 이해된다.

이두 번역물 서명에 번역물임을 밝히지 않은 까닭은 이 밖에도 두 가지를 더 들 수 있다. 하나는 동일한 서명의 書册이 존재하지 않는다는 점이요, 다른 하나는 대상 원문을 함께 수록하고 있는 점에 기인한다고 본다. 논의 대상인 네 문헌 모두 동일한 서명의 다른 책을 찾을 수 없다. 『大明律』의 경우만 하더라도 비록 明 나라에서 유입된 法律을 저본으로 한 이두 번역물이지만, 원전에 해당하는 『大明律』을 조선에서 따로 간행하지 않았을 뿐만 아니라 원전의 내용을 함께 수록하였기 때문에 그 명칭을 그대로 사용할 수 있었다

---

7 大明律直解라는 서명은, 安秉禧(2003)에서 잘 밝혔듯이, 일제시대에 우리 古圖書를 해설한 『朝鮮圖書解題』(1915)의 1919년 증보판에서 처음 붙여졌다. 증보판 원고에서도 標目이 '大明律'였는데 어떤 이유에서인지 출판 과정에서 '大明律直解'로 바뀌었다고 한다. 그 후 1936년 조선총독부에서 이본을 대교하여 활자본을 펴내는 과정에서 『大明律講解』와 같은 類書들과의 구별을 쉽게 하기 위해 『校訂 大明律直解』라 함으로써 大明律直解라는 서명이 널리 퍼지게 된 것이다. 『大明律直解』의 또 다른 서명으로서 16세기에 이미 直解大明律이 있었던 사실도 위 논문에서 밝히고 있다.

고 판단된다. 아무튼 大明律이라 할 때 그것이 원전을 지칭하는 것인지 아니면 원문과 함께 이두 번역문을 수록한 번역물을 지칭하는 것인지 혼돈을 야기해 왔음은 물론이다.

필사물 『農書輯要』의 경우는 몇 가지 짚어볼 문제가 있다. 세종대에 편찬 간행한 『農事直說』 서문에 따르면 태종이 儒臣들에게 명하여 옛 農書들에서 발췌하여 鄕言으로 註를 붙여 간행하였다고 하였다.[8] 이 책은 현재 전해지지 않아서 확언하기 어려우나, 한문으로 된 본문에 농사기구를 비롯한 몇 단어들에 대하여 鄕名을 한자로 표기한 것이 아닌가 추측된다. 농서 원문과 그에 대응하는 이두 번역을 함께 수록한 책은 아니었을 것이다.

그런데 1429년 5월에 『農事直說』을 간행하기 직전의 실록 기사들 중에 몇 개의 農書 관련 내용들이 주목된다.[9] 함길도와 평안도의 농업 생산성을 높이기 위해 세종이 경상감사에게 농경법과 토지의 성질 등을 경험 많은 농부에게 물어 요점을 모아 책을 만들어 올리고 또 1,000부를 인쇄하여 진상하도록 명하였을 뿐만 아니라 10개월 후에는 의정부와 六曹의 신하들에게 農書를 한 秩씩 하사하였다는 내용이다.

이 농서와 관련하여 음미해 볼 것은 金安國의 언급과 현전 필사물에서의 서문 내용이다.

---

8 "嘗命儒臣 取古農書切用之語 附註鄕言 刊板頒行 敎民力本". 『農事直說』 서문 및 『세종실록』 11년(1429) 5월 16일 辛酉條.

9 『세종실록』 10년(1428) 윤4월 11일 壬辰條 및 同月 13일 甲吾條와 11년 2월 6일 壬吾條 참조.

如農書蠶書 乃衣食之大政 故世宗朝翻以俚語 開刊八道 今亦頗致意 務本之事 故臣亦加諺解 (『중종실록』 13년(1518) 4월 1일 己巳朔條)

(農書와 蠶書는 衣食에 관한 정사의 근본인 까닭에 세종조에 俚語로 번역하고 팔도에서 개간하였습니다. 지금 역시 농업에 힘쓰는 일에 뜻을 두기 때문에 신 또한 諺解를 덧붙였습니다.)

『農事直說』은 1429년에 한문으로 간행한 책이다. 그러므로 위 기사에서 언급한 세종 대에 俚語로 번역한 책이 아니다. 따라서 이 때의 번역은 훈민정음 창제 이전 시기에 이두로 된 것이 아닌가 하는 추측을 하게 되는데 이에 대한 논거로서 현전 필사물 『農書輯要』의 서문이 매우 중요한 의의를 지닌다.

필사물은 서문 2장에 한문 원문과 이두문을 필사한 19장으로 구성되어 있다. 서문은 '新刊農書輯要序'라 제목을 붙였으며 1517년(중종 12년) 8월 17일에 안동도호부사 李堣가 쓴 것으로 되어 있다. 그런데 본문 첫 시작 행의 권수제는 '農書輯要'이고 권미제 역시 '農書輯要'로 적혀 있다. 서문 중의 다음 내용은 매우 주목된다.

是書 舊有吏釋 監司金相公安國 深體國家務農桑之意 幷蚕書皆益以諺譯 命吳府 鍥梓以廣

(이 책은 예전에 이두로 새긴 것이 있는데 감사 김안국 상공께서 국가가 농상에 힘쓰는 뜻을 깊이 헤아려 잠서와 더불어 언문으로 번역함으로써 도움이 되게 하셨고 우리 안동대도호부에서 판각하여 널리 배포하도록 명하신 것이다.)

예전에 '吏釋'이 있었다는 사실, 그리고 잠서와 함께 農書인 이 책을 김안국이 언해하였다는 사실이 정확히 위 실록 기사와 일치하기 때문이다. '吏釋'이라 한 것은 세종 대에 이두로 새겼다는 것으로 해석된다. 따라서 세종 대에 『農事直說』 간행 직전에 경상감사로 하여금 農書를 편찬 및 간행하도록 하고 신하들에게 농서를 하사하였다는 책은 김안국이 언급하고 필사물의 李堣 서문에서 밝힌 책일 개연성이 높다고 판단된다.

현전 필사물 『農書輯要』는 한문 원문과 한 칸씩 낮추어 쓴 이두문만 적혀 있다. 이두문 안에서 爲有如可, 庫乙良, 須只 등과 같은 이두토들은 小字로 적은 특징을 보인다. 서문 내용으로 미루어 현전 필사물은 김안국이 주관하여 안동에서 1517년에 간행한 책을 저본으로 한 것이 거의 틀림없다. 그럼에도 불구하고 언해문이 없는 것은 필사하는 과정에서 번거로움을 덜기 위해 필사자가 언해문을 생략했기 때문으로 이해된다. 지역에 따라 토질과 농법이 다른 점을 반영한 嶺南農書와는 별도로 적었다는 필사후기로 미루어 볼 때 필사자는 한문에 상당히 밝은 영남 지역의 識者라고 추측된다. 따라서 필사 과정에서 언해문을 생략했을 개연성이 높다. 이것은 條目 또는 소제목 밑에 간간이 쓰인 小字雙行의 한글 표기들[10]

---

10 耕地 ᄯᅡ긔경ᄒᆞ기, 收穀種 곡식종ᄌᆞ간슈ᄒᆞ기, 大小麥 보리밀, 胡麻 ᄎᆞᆷ ᄢᅢ 등등. 李丞宰(1992:181)는 명사형 어미 '-기'를 근거로 정음 표기는 17세기 이후에 적어 넣은 것으로 추정하였으나, 『석보상절』 및 『두시언해』 초간본 등에서의 용례가 확인되므로 저본을 그대로 옮긴 것으로 보는 편이 더 낫다고 생각한다. 李鎬澈(1990:9-10)도 『訓蒙字會』의 한글 표기와 대비한 것을 근거로 간행 당대에 적힌 것으로 파악하고 있다.

에 의해서도 방증된다. 필사물 전체에서 한글은 오직 이 경우에만 쓰였다. 『牛疫方』에서도 권수제와 본문 처음에 쓰인 染疫病에 대한 주석은 小字雙行으로 한글로 풀이하고 있다. 필사물 『農書輯要』에서는 이두문 안에 한글 표기가 전혀 없다. 이것은 『牛疫方』과 크게 다른 점이다. 『牛疫方』에서는 언해문보다 이두 번역문을 앞세웠으며 약재명에 대한 鄕名의 차자 및 한글 표기가 이두문 안에서 小字雙行으로 부기되어 있다. 예컨대, '獺肉汝古里叱同너고릐좋'과 같이 쓰여 있다.

이를 종합해 볼 때 필사물 『農書輯要』는 1517년에 간행된 책을 저본으로 하되 언해문을 생략한 채 필사한 것으로 추정된다. 그리고 1517년 간본은 1429년 『農事直說』 간행 직전의 이두 번역본에다가 金安國이 추가한 언해문을 덧붙여 편찬한 것으로 판단된다. 한문 원문과 이두문은 그대로 두고 언해문만을 덧붙인 것으로 이해된다. 후대의 필사자는 언해문만 빼고 전재하는 과정에서 이두토들을 小字로 구별하였는데 이 구별이 정확하지 않은 것[11]은 저본에서는 이두토를 구별 표기하지 않았을 뿐만 아니라 그것이 저본 이전 시기의 이두[12]였기 때문이라고 판단된다. 또한 권수제와 권미제에서 '新刊'이라는 표현을 쓰지 않은 사실도 이와 관련있다고 판단된다. 이두 번역본이 실재했으며 그 책명이 農書輯要였을 개연성은 실록 기

11 이두토 凡矣(8ㄱ, 9ㄴ)와 每如(12ㄱ, 15ㄴ) 등은 오히려 大字로, 土色乾白(8ㄱ)에서는 이두토가 아닌 白을 小字로 적는 등 이두토의 구별이 정확하지 않은 곳이 비교적 많은 편이다.

12 李丞宰(1992)도 필사물의 이두문이 15세기 초에 작성되었다고 추정하고 있다.

사에서 확인된다.[13] 한편 1517년 간행 冊板이 安東大都護府에 존재했었던 것이 아닌가 의문시된다. 『攷事撮要』 임진왜란 이전 本들엔 冊板目錄 安東에 蠶書와 더불어 農書가 기재되어 있기 때문이다.[14]

3

意譯과 飜案의 문제

『대명률직해』에는 때로 원문을 번역하지 않은 곳도 있고, 원문은 그대로 둔 채 원문에 없는 내용을 덧붙인 곳도 적잖다. 전자에 해당하는 대표적인 예는 戶律 課程인데 이 밖에 卷首 부분의 내용들도 일부 번역되지 않았다. 후자의 대표적인 예로서는 名例律 徒流遷徙地方을 들 수 있다. 이것은 원문에 적힌 地方이 모두 중국 지명이어서 우리나라 지명을 수록한 조목을 새로 다시 덧붙인 후에 우리나라에 해당되는 부분만을 이두로 번역한 경우이다. 때로는 戶律 立嫡子違法에서와 같이 원문 일부를 번역하지 않고 대신 원문에 없는 내용을 이두문에 덧붙여 놓기도 하였다. 따라서 "『대명률직해』는 『대명률』을 번역한 책이라기보다, 이두로 번안하여 만든 우리나라의 刑

13 『세종실록』 21년(1439) 7월 16일 壬戌條. 책명을 農書緝要로 적고 있음에 유의할 필요가 있다.

14 安東에서 유일하게 나타나는 책판 農桑集撮은 이 간본과 직접 관련 없다고 본다.

典이라 할 만하다. 그 정도로 번역이 원문과 어긋난 것이다."[15] 이와 같이 『대명률직해』의 번역을 번안에 가까울 정도라고 규정하는 견해는 여러 연구물에서 산견된다.

한편, 『양잠경험촬요』와 『牛疫方』에 대해서도 대체로 의역으로 보고 있다. 전자의 경우 收種 항목의 번역이 단적인 예이다. 이두문 번역 과정에서 자세히 부연함은 물론 원문에 없는 내용을 이두문에서는 말미에 덧붙여 수록하고 있다. 이에 비해 『牛疫方』은 상대적으로 덜한 편이나 원문의 '灌之'를 이두문에서는 '牛口良中 灌注爲乎事'이라 하여 원문에 없는 '牛口'를 첨가하였고, 언해문에서도 '이베 브스라'로써 부연하여 번역한 것과 같은 요소들이 발견된다. 따라서 "『양잠경험촬요』도 『대명률직해』보다는 못하나 번안에 가까운 번역, 다시 말하면 심한 의역으로 된 책이라 할 것"(安秉禧 1985/2009: 29)이요, 『牛疫方』과 더불어 "逐字譯이 아니라, 意譯이라 하겠다"(安秉禧 1977: 4)고 하였다.

이와 같이 이두문에서 원문과 조금 다르게 번역되는 예는 『農書輯要』[16]에서도 찾을 수 있다. 예를 들어 水稻 항목 중의 이두문 '種子乙良 洗淨去雜物爲置 在前農人矣 使內如乎 貌如 浸種落種爲乎矣 天旱水種不得爲去等 浸種 除良 落種爲齊'(16장)은 원문에 없는 내용을 덧붙인 것이다.

그러나, 이두 번역물을 대상으로 하여 의역 또는 번안으로 보는

15 安秉禧(1985/ 2009: 28)에서 인용. 편의상 安秉禧(2009)를 활용한다.
16 현전하는 필사물을 가리킨다. 이하 별다른 언급 없을 때엔 이에 따른다.

견해에는 다소 무리가 있다고 생각한다. 무엇보다도 우선 현전 이두 번역물이 원전에 대한 깊이 있는 이해라든가 감상을 위한 것이 아니라는 점을 들 수 있다. 가령 『三國志演義』를 이두로 번역하였다고 가정해 보자. 이 경우에는 원전의 모습을 온전하게 그대로 옮기는 것이 당연할 것이다. 등장인물 및 지명 등의 고유명사는 물론 제도라든가 작품의 배경 등 어떤 요소이든지 굳이 독자의 입장이나 이해를 돕기 위해 변개할 필요가 거의 없을 것이다. 따라서 明律 그 자체에 대한 소개와 이해만을 목표로 하였다면 名例律 徒流遷徙地方만 하더라도 원문의 지명과 내용을 그대로 번역했을 터이다. 農書와 蠶書 및 醫書 등의 기술서적의 경우에도 원전에 대한 직접적인 이해가 목표였다면 이와 마찬가지일 것이다. 농기구와 약재, 사용법 등의 용어와 명칭 등이 우리 실정에 맞지 않고 또 그에 대응하는 고유어가 없다손 치더라도 그대로 옮기면 된다.

이와 달리 현전 이두 번역물들은 모두 우리 실정에 맞추어 실제로 시행하는 데 초점을 둔 것들임에 유의할 필요가 있다. 말하자면 실용적인 목적에 따라 간행된 것들이다. 우리 실정에 맞지 않거나 우리나라에 없는 제도와 관습, 약재 및 기구 등은 번역 대상이 아니다. 꼭 필요할 때에는 그에 대응하거나 유사한 것으로 바꾸어 번역하여야 하는 당위성이 있다. 이두로 번역하는 과정에서 원전의 내용과 달리 나타나는 현상들은 오히려 제도와 기법 등의 토착화라는 관점에서 면밀히 고찰해 보아야 한다.

또한, 이두 번역물들의 원문은 原典을 그대로 옮긴 것이 아닌 경우가 더 많다. 『養蚕經驗撮要』는 『農桑輯要』 권4 養蠶條 전체의 1/4

또는 1/5 정도밖에 되지 않으며(이광린 1965: 35), 『農書輯要』 역시 『農桑輯要』 중의 耕墾篇을 약 1/3로 요약하여 이두로 번역을 붙인 農書(오인택 1993:261)이다. 『牛疫方』은 소를 중심으로 한 가축의 전염병을 치료하기 위해 本草, 牛馬醫方, 事林廣記 등의 漢籍에서 추려 뽑은 내용을 대상으로 번역한 것이다. 이런 이두 번역물들의 경우엔 원전으로부터 발췌한 한문 원문이 대상언어이지, 원전 그 자체가 대상언어가 아니다.

따라서 현전 이두 번역물을 대상으로 의역과 직역, 번안 여부를 논의하는 일은 적절하지 않은 면이 있다. 다른 諺解物 및 일반적인 번역물과는 상당히 다른 성격을 띠고 있기 때문이다. 그럼에도 불구하고 굳이 가르자면 『養蚕經驗撮要』와 『農書輯要』는 원문과 다르게 번역한 곳[17], 원문에 없는 내용을 이두문에서 덧붙인 곳,[18] 원문 일부를 번역하지 않은 곳[19] 등이 적잖으므로 逐字譯이 아니라 意譯이라 할 수 있다. 이와 달리 『大明律直解』와 『牛疫方』은 비록 대상 원문과 조금 다른 면이 있다 하더라도 전체적으로 보아 直譯에 가깝다고 하겠다.

---

17 예컨대 『養蚕』에서 원문의 '再浴'을 이두문에서는 '六七度乙 浴洗'(10ㄴ)로, 또 蠶室 마련에 관한 내용 일부가 다르게 되어 있다. 『農書輯要』에서도 '牛羊'을 우리 실정에 맞게 '牛馬'로 옮기는 등 여러 곳에서 발견된다.

18 『養蚕』의 경우 이두문만 있는 곳(8ㄱ, 14ㄴ)이 있는가 하면, 여러 가지 금기사항을 적은 雜忌條와 蠶神에 대한 제사 드리는 법을 적은 祀先蠶神條는 한문만을 덧붙여 놓았다.

19 예컨대, 『養蚕』의 收牛糞條(14ㄴ)와 用葉條(36ㄴ)는 번역하지 않았음.

4

텍스트 개념과 名詞文 종결 방식

이두로 번역할 때 대상 한문을 어떤 단위로 끊었는가를 살펴볼 필요가 있다. 이때의 단위란 어디서 어디까지를 하나의 話題로 삼았는가와 거의 같은 개념이다. 이때의 각 단위를 일단 텍스트라 명명하기로 한다.

『牛疫方』의 경우엔 비교적 텍스트의 길이가 짧다. 각각의 치료 方文이 텍스트가 되기 때문이다. 이에 따라 텍스트가 한 행을 넘지 않는 경우가 거의 대부분이다. 얼핏 보면 한 문장 정도를 번역의 대상으로 삼은 듯하다. 그러나 두 行 이상으로 된 긴 텍스트들도 있음은 물론이다. 대상 텍스트의 길이가 짧든 길든 텍스트의 마지막은 이두문에서 늘 '…爲乎事' 또는 '…爲臥乎事'로 끝맺는 점이 매우 시사적이다.

(1) ㉮ 治牛疫 狐腸燒灰 和水 灌之

㉯ 牛矣 傳染病乙 治療爲乎矣 狐腸火燒成灰 和水 牛口良中 灌注爲乎事 (1ㄴ)[20]

20　한문 원문은 句讀에 따라, 이두문은 단어 또는 어구별로 사이띄기를 하여 옮기되 이두자는 필요한 경우 밑줄을 긋는다. 이두문 안의 藥名 아래 쌍행으로 주석한 한자와 한글 鄕名 표기는 생략한다. 출전은 편의상 1578년(선조 11) 중간본인 晩松文庫本에 따른다.

(2) ㉮ 灸法 牛馬疫初發時 身體中有少腫 仔細審之 腫處以燒鐵條烙之 又冷水浸竪 令體寒爲度 又以艾炷如小指大 灸神闕穴三十뷔土 神闕卽臍中[21]也 (7ㄴ)

㉯ 牛果 馬矣 傳染病乙 治療爲乎矣 身體良中 腫處 有去等 仔細審見 鐵條乙用良 火燒烙之爲齊 又 冷水良中 身寒爲限 立置爲齊 又 臍中 三十뷔土乙 灸之爲乎矣 艾炷[22]乙 如手小指頭爲乎事 (7ㄴ-8ㄱ)

한문 원문 (2㉮)는 적어도 세 문장[23]으로 나눌 수 있다. 그럼에도 불구하고 이두문에서는 전체를 한 단위로 보고 (1㉯)와 마찬가지로 爲乎事로 끝맺는다. 한문을 기준으로 볼 때 문장이 끝날 만한 곳에는 이두문에서 爲齊를 사용하고 있음도 주목된다. 爲齊는 『牛疫方』에서 텍스트의 마지막 종결 위치에 사용되지 않았다.

『牛疫方』 이두 번역문에서의 텍스트 개념은 『直解』[24]에서도 유효하다. 텍스트를 명사문 형식의 爲乎事로 마감하는 종결 형식 또한 원칙적으로 동일하다. 『直解』의 편찬 체계는 대략 다음과 같이 정리할 수 있다. 각각의 법률 조목은 陰刻된다. 明律의 원문 즉 한문으로 된 律文은 일단 條文과 註釋文으로 나눌 수 있다. 條文은 條目

21 臍中의 鄕名 한글 표기는 '빗복가온딕'이다.

22 艾炷의 鄕名 한글 표기는 '뿍붓글'이다. 영남대 필사본에는 '쑥붓글'(7ㄴ)로 되어 있다.

23 끄트머리에 나오는 '神闕卽臍中也'는 일종의 주석문이므로 번역에서 생략하되, 이두문에서는 神闕 대신에 臍中으로 바꾸어 번역하였다.

24 『大明律直解』를 가리킨다. 이하 동일하다.

바로 아래부터 大字로 적힌다. 이와 달리 註釋文은 한 칸씩 낮추어 大字로 적는다. 大字로 적히는 한문과 달리 이두문인 '直解'는 한 칸씩 낮추어 小字雙行으로 적힌다. 따라서 하나의 條는 '條文 - 直解 - 註釋文 - 直解'[25]와 같은 순서로 되어 있다. 이때 각각의 條가 이두 번역문에서의 텍스트 단위가 되며 텍스트는 爲乎事로 마감하는 원칙[26] 아래 번역된다.

條目에 이어지는 明律 한문 條文은 반드시 '凡……'으로 시작한다. 이것은 이두문에서 그대로 '凡……'으로 전재되나, 凡을 이두어 凡矣로 번역한 곳이 8회 출현한다.[27] 한문으로 된 條文의 내용이 긴 경우에는 텍스트를 몇 개의 작은 구성요소로 절단하게 된다. 이때 각각의 작은 구성요소는 圓圈 즉 ○를 붙여 구분한다. 이 경우의 작은 구성요소는 이두문에서의 텍스트 개념에는 부합하지 않는다. 따라서 절단된 작은 구성요소는 이두문에서 '…(爲)齊'를 사용하는데, 이것은 『牛疫方』에서의 예 (2㉯)에서 본 바와 전적으로 똑같다.

텍스트의 마지막을 爲乎事로 종결하는 원칙이 제대로 적용되지 않는 것은 대체로 다음과 같은 경우에 限한다. 가장 일반적인 유형의 예외는 條文이 한 덩어리로 묶여 있지 않거나 准條文이 달리는 경우에 주로 발생한다. 준조문이란 제약 또는 부대조건 등을 담은

---

25 한문 원문의 條文 및 註釋文에 대하여 양자를 묶거나 어느 하나를 생략하는 등 이두로 直解하는 여러 가지 양상에 대하여는 朴盛鍾(2003ㄱ: 314-317) 참조.

26 예외는 刑律에서 주로 많이 나타난다(예: 21.1-3, 22.3ㄴ). 이 경우엔 한문식 성구로 끝맺는다.

27 출전은 보경문화사에서 영인한 晩松文庫本에 따른다. 권17.2의 첫 행 용례 凡矣는 텍스트의 시작을 알리는 용례가 아니다.

내용으로서, 이들 또한 조문을 나누었을 때와 마찬가지로 『直解』에서 行을 달리하여 첫 칸부터 수록된다. 이런 경우에는 텍스트의 개념이 다소 모호해져서 准條文이 나오기 전까지를 텍스트로 받아들이는가 하면(예: 1.42ㄴ), 준조문이든 조문의 중간 부분이든 텍스트 마감 형식인 爲乎事를 사용하는(예:1.16ㄱ, 20.2ㄴ) 등 혼란된 모습을 보인다. 그럼에도 불구하고 准條文의 경우엔 대체로 이두 번역문에서 爲乎事로 마감하지 않고 한문 원문의 成句를 그대로 옮겨놓음으로써 마감한다. 두 번째 유형의 예외는 주석문이 달려 있는 경우이다. 한문으로 된 明律 주석문은 원칙적으로 이두문에서 條文과 함께 텍스트에 포함된다. 그런데 때때로 주석문을 텍스트에 포함하지 않고 准條文과 마찬가지로 한문식 구성으로 끝맺곤 한다. 이에 따라 텍스트의 개념이 분명하지 않아 爲乎事로 종결하는 형식이 나타나지 않는 경우도 있다(예: 22.3ㄱ).

『養蚕』 이두 번역문에서의 텍스트 개념 또한 『直解』의 경우와 거의 같다. 『養蚕』의 한문 원문은 본문과 주석문으로 나눌 수 있다. 본문은 行마다 첫 칸부터, 주석문은 첫 칸을 띄우고 둘째 칸부터 싣는다. 이두 번역문은 셋째 칸부터 실린다. 이때 한문의 본문과 주석문을 합한 것이 이두 번역문에서의 텍스트 단위가 된다. 텍스트의 분량이 많을 경우엔 圓圈 ○를 이용하여 몇 개의 작은 구성요소로 절단한다. 圓圈 ○는 한문의 본문과 주석문에도 사용된다. 그런데 圓圈 ○를 이용하여 한문 원문을 끊는 곳과 이두문 텍스트를 절단하는 곳이 반드시 일치하지는 않는 면모를 보인다.

『養蚕』에서의 텍스트 종결 방식은 『直解』와 『牛疫方』처럼 한 유형으로 나타나지는 않는다. 『養蚕』에서의 텍스트 종결 방식은 다음과 같이 셋으로 나뉜다.

(3) ㄱ. 如前 不解爲去等 解凍爲限 換水 再浸. (養蚕13ㄱ)

ㄴ. ① 三十日 已過後 蚕子亦 復生 不冬. (養蚕9ㄴ)

② 萬一 禁忌 不冬爲乎 第亦中 後次 乾死分 不喩 生長 不得. (養蚕10ㄱ)

③ 簇蚕時段 尤長天氣熱時是去 有等以 吾時 上薪 安徐. (養蚕39ㄴ)

ㄷ. 茅草 無去等 乾正 無臭氣爲在 穀草乙 用良 使內. (養蚕39ㄱ)

(3ㄷ)의 말미에 쓰인 使內는 동사 어간이 아니다. 동사 어간 使內-는 『養蚕』에서 '爲齊, 是齊, 使內齊'에서 보듯 爲-와 是-와 계열관계를 형성한다. 그러나 이두자 爲 및 是로 텍스트를 종결하는 예는 없다. 따라서 텍스트 종결 위치에 쓰인 (3ㄷ) 使內의 '內'는 확인법 선어말어미와 유사한 형태소에 동명사 어미 '-ㄴ'이 통합된 형태를 표시하기 위한 借字로 해석된다(朴盛鍾 2007 참조). 따라서 (3ㄷ)은 이른 시기에 명사문으로 종결하던 형식의 화석일 가능성이 높다고 보는데, 이 형식은 『牛疫方』의 서두에 실린 병조 계목에서도 확인된다. 명사문 종결 형식은 (3ㄴ)에도 확대 적용할 수 있을 것이다. 安徐의 경우엔 뚜렷하지 않으나 不冬과 不得은 명사적인 용법을 가지고 있기 때문이다.

다만 (3ㄱ)의 경우는 다르다. '再浸'과 마찬가지로 '分明(4ㄴ), 埋

置(7ㄴ), 立置(12ㄱ), 肥大(13ㄴ)' 등으로 텍스트를 마감하는 예들이 있는데 이들은 문맥상 동사구로 해석된다. 따라서 이 한문 성구들에 뒤따르는 爲乎事 또는 爲臥乎事과 같은 이두토가 생략된 것일 개연성이 있다. 소제목 '蚕事五備'에 대한 이두 주석이 '養蚕凡事乙曾只 五備'로 끝맺고 있음을 감안해서다.

그럼에도 불구하고『養蚕』의 이두 번역문을 대상으로 텍스트 개념을 설명하기에는 다소 무리가 있다. 이것은 주로 逐字譯이 아니라 意譯인 데 기인하는 듯하다. 한문 원문에다가 자세히 부연 설명하여 번역한 경우가 빈번하기 때문이다. 텍스트의 개념 또한 圓圈을 기준으로 정해야 할 소지도 많기 때문이다. 예컨대, (3ㄷ)과 같은 종결 형식이 ○ 표지를 단위로 하여 나타나기도 한다(예: 38ㄱ).

필사물『農書輯要』는 半葉 7행17자의 行款을 갖추고 있다.[28] 이두 번역문과 小題目은 한 칸씩 내려 적음으로써 한문 본문과 구별하고 있다. 한 예를 보이면 다음과 같다.

(4) 大小麥보리밀

濟民要術大小麥皆須伍月六月暵地○崔

寔曰凡種大小麥得白露節可種薄田秋分

種中田後十日種美田正月可種春麥盡二

月止

---

28 5장 후면에서 한문 본문의 첫 행은 17자이나 다음 행부터는 16자로 되어 있어 예외적이다.

兩麥田乙良須只伍月良中反耕爲有如
可瘠薄田乙良白露節良中更良反畊依
法落種爲齊中品田是去等秋分時如前
落種爲齊上品田乙良秋分後十日如前
落種○節氣早晩亦每年不同爲乎等用
良右例以一定使內乎所未便爲去有等
以節氣乙看審隨宜使內乎矣兩麥段加
于新舊間最要穀食是乎等用良須只數
多入糞 (『農書輯要』13ㄴ-14ㄴ)[29]

위 예에서 보듯 圓圈 ○의 사용법이 한문과 이두문에서 같지 않다. 또한 한문과 이두문의 내용이 1:1 대응을 보이지 않을 뿐만 아니라 이두문의 후반부는 한문 원문에 없는 내용이다. 그리고 이두문에서의 텍스트 개념이 『直解』 및 『牛疫方』과는 달리 크지 않고 ○을 단위로 하고 있음이 고찰된다. 爲乎事 또는 爲臥乎事과 같은 텍스트 종결 형식은 없고 거의 대부분 한문 성구로 끝맺는다. 그런데 앞서 『養蚕』의 (3ㄷ)과 같이 使內로 끝맺는 방식이 네 군데 보이는데(9ㄱ, 10ㄱ, 17ㄴ, 19ㄴ), 이 중 (9ㄱ) 용례는 ○ 앞에 쓰였으므로 작은 단위를 텍스트로 인식함을 드러내 보인다. 이것은 『養蚕』과 마찬가지로 의역인 까닭에 그러한 경향을 보인다고 이해된다. 그러므로 『農書輯要』 이두문의 텍스트 개념은 작은 단위를 기준으로 하

29 이두자는 모두 小字로 적었다. 편의상 밑줄로 대신한다.

는 경향이 뚜렷하고, 명사문 종결 형식은 원칙적인 면에서 유지되고 있는 것으로 간주할 수 있다.

5

이두 번역의 절차

필자는 한문을 이두로 뒤치는[30] 과정을 네 단계로 설정해 본 바 있다.[31] 논의의 진전을 위해 朴盛鍾(2011ㄱ,ㄴ)을 일부 인용하여 부연 설명하고자 한다.

(5) 대상 원문(漢文) : 治牛疫狐腸燒灰和水灌之

句讀 : 治牛疫 狐腸燒灰 和水 灌之

이두로 뒤치는 단계

① 텍스트 절단하기 : 治牛疫 / 狐腸燒灰 和水 灌之

② 어순의 재배열 : 牛疫 治 / 狐腸 燒 灰 和水 之 灌

③ 국어 단어로 뒤침 : 牛 傳染病 治療 / 狐腸 火燒 成灰 和水 (牛

30 최현배(1960: 101)는 "언해는 그 주안이 그 본글(原文)인 한문의 이해에 있지마는, 뒤침은 반드시 그 한문의 이해를 주안으로 하지 아니하고, 다만 그 내용의 포착을 위주한다."고 하였다. 이두로의 번역이 주로 실용적인 목적 아래 이루어진 점에서 언해보다는 뒤친다는 표현이 적확하다고 생각한다. '드위티다 〉 뒤티다 〉 (뒷치다) 〉 뒤치다'로 변천해 온 단어로서 '드위-'는 翻의 의미에 해당된다.

31 朴盛鍾(2011ㄱ, 2011ㄴ) 참조.

ㅁ) 灌注

④ 토 달기 : 牛矣 傳染病乙 治療爲乎矣 / 狐腸 火燒 成灰 和水 牛口良中 灌注爲乎事 (우역방 1ㄴ)

한문을 이두로 뒤치는 작업은 먼저 한문에 대한 句讀를 전제로 한다. 이때 한문의 句讀를 이두 번역의 단계에 포함시킬 수도 있을 것이다. 그러나 諺解 역시 이러한 句讀 작업을 전제로 하고 있기 때문에 분리하는 편이 온당하다. 이두로 뒤치는 첫 번째 단계인 텍스트 절단하기는 句讀 또는 標點 작업보다는 더 큰 범위에서 이루어진다. 텍스트 절단하기는 긴 텍스트의 경우 몇 개의 하위 구성요소로 자르는 일을 포함하여 문장 차원의 작은 단위까지 이루어진다 할 수 있다. 하위 구성요소는 圓圈 ○와 같은 부호를 사용하여 그 경계를 표시하기도 한다.

두 번째 단계는 (5②)에서 보듯 한문의 각 의미요소들을 국어 어순에 맞추어 재배열하는 단계이다. SVO형 언어 구조를 SOV형 언어 구조로 바꾸는 작업이 주된 내용이다. 예컨대 원문의 '治牛疫'을 '牛疫 治'로 재배열하는 것이다. 어순의 재배열 단계는 단순히 단어별로 재배치하는 것만이 아니라 단어별로 떼어놓는 작업까지를 포함한다. (5②)에서 보듯 한문의 狐腸燒灰를 국어 단어 개념에 준하여 '狐腸 燒 灰'로 분리하는 작업이 포함된다. 여기서 한 걸음 더 나아가 狐腸 또한 '狐 腸'으로 분리할 수도 있을 것이다. 그러나 번역의 번거로움을 피하기 위해서라는 면도 있고 한문을 저본으로 한 번역인 까닭에 한문식 구성을 그대로 옮기는 경우가 오히려 더 많다. 예컨대, 위 원문 중의 '灌之'만 하더라도 이두 번역문에서 그대로 사용하는 예가 적잖다. 『養蚕』과 『農書輯要』에서 한문 成句로 끝맺는 방식이 많은 것도 이로 말미암은 것으로 이해된다.

국어 단어로 뒤치는 단계는 재배열된 한자 또는 한자복합체들의 의미요소를 국어의 단어 형태로 뒤치는 것이다. 이 단계에서 어휘의 수용과 代置가 발생한다. 漢字는 단음절 단어 형태소이다. 국어에서 1음절 한자어가 자립성을 갖는 경우엔 그대로 차용되거나 원문 한자에 대응하는 국어의 1음절 한자어로 대치된다. 그러나 자립성을 가진 1음절 한자어가 국어에서는 적기 때문에 원문의 한자 대신에 2음절로 만들게 된다. 이 과정에서 원문 한자의 의미를 좀 더 뚜렷하게 하기 위해 다른 한자를 끼워 넣거나, 또는 유사한 의미를 지닌 다른 한자를 덧붙이게 된다. (5③)의 '燒→火燒, 灰→成灰'는 전자의 예이고, '治→治療'와 『直解』에서의 '相→互相, 毆→毆打(20.6ㄴ), 罵→罵詈(21.2ㄱ)'는 후자에 속하는 예이다. 명사류 1음절 한자의 경우엔 그에 대응하는 국어 단어로 뒤치는 일이 흔하다. (5③)의 '疫→傳染病'과 『直解』에서의 '媒→中人'(25.1ㄴ)이 그 예이다. 한문 원문에서의 多音節 복합어 또한 차용 또는 대치의 과정을 겪게 된다. 국어 단어로 뒤치는 단계에서 한문의 虛詞類가 있을 경우엔 잔존하게 된다.

한문을 이두로 뒤치는 마지막 단계는 토 달기이다. 이두토는 단어를 연결할 뿐만 아니라 문법 범주를 결정하고 문법적 의미를 부여하기 때문에 무척 중요한 역할을 한다. 앞선 단계에서 적절한 단어로 변환 대체되지 못한 채 잔존했던 한문의 虛詞類는 그에 대응하는 이두토로 대체되면서 삭제된다. 그리고 텍스트의 마지막 종결부는 명사문으로 종결하는 것이 원칙이다. 텍스트 종결부에 쓰인 使內는 이른 시기의 명사적 용법의 잔재로 해석된다. 종결부에는 대체로 『直解』와 『牛疫方』에서 보듯 이두토 爲乎事 또는 爲臥乎事을 덧붙인다. 이러한 이두토를 생략할 경우엔 한문식 成句를 그대로 전재하는 것으로 끝맺게 된다. 이것은 특히 한문 원문과 상당히 다르고 또 종종 부연하여 이두로 번역한 『養蚕』과 『農書輯要』에서 많이 발견되는 문종결 형식이다.

참고로 위 가설에 따라 긴 예문의 번역 과정을 살펴보면 다음과 같다. 대상 예문은 텍스트 첫 부분이다. /는 절단 표지, ( )는 삽입 표지, ×는 삭제자, [ ]는 자리를 옮긴 표지, 밑줄은 토를 단 것을 가리키며 이탤릭체는 국어 단어로 뒤친 것을 가리킨다. 원문의 '非奉'을 '無亦'로 옮긴 것은 축자역이 아닌 경우이다.

(6) ① 凡有司官吏人等 非奉上司明文 擅自科歛所屬財物 / 及管軍官吏總旗小旗 科歛軍人錢粮賞賜者 / 杖六十 (刑律 受贓 因公擅科歛)

② 凡 有司官吏人等 上司明文 非奉 擅 所屬財物 科歛 / 及 管軍官吏總旗小旗 軍人錢粮 科歛 [自] 賞賜 者 / 杖六十

③ 凡 (×有司)官吏(×人)等 *仰屬官*明文 *無亦* (因公) *趣便以* (×所屬)財物 *收斂* / (×及) 管軍官吏*頭目統主*(等) 軍人 錢粮 *收合 自意* 賞賜 (×者) / 杖六十

④ 凡 官吏等亦 *仰屬官* 明文 *無亦* 因公爲 *趣便以* 財物乙 *收斂*爲

旀 / 管軍官吏*頭目統主*等亦 軍人矣 錢粮乙 *收合*爲 *自意*以 賞賜爲在乙良 / 杖六十爲乎矣 (23.6ㄱ)

6

이두 번역문의 어휘

이두 번역문에 나타나는 각종 어휘들을 분류하여 보면 다음과 같다.

6.1. 중국계 한자어의 차용

1음절 한자어가 국어에서 자립성을 가진 단어로 그대로 차용된 대표적인 예들로는 病(직해 20.4ㄱ)과 驛(직해 17.6ㄴ) 등을 들 수 있다. 현대어와 달리 人은 자립성을 가진 단어로 차용되어 사용되었다. 이두 계사 -是-와 직접 통합된 예(직해 18.19ㄴ)가 있을 뿐만 아니라 고유어와 통합된 혼종복합어 捧上人(직해 23.3ㄱ)도 발견되기 때문이다.

2음절 이상의 한자복합어로서 국어에 차용된 단어들은 헤아릴 수 없을 만큼 많다. 특징적인 단어들을 『直解』에서 몇 개만 보이면 (7)과 같다.

(7) ㉮ 同僚(1.14ㄱ 1.33ㄴ), 明文(23.6ㄱ 28.2ㄱ), 誣告(19.7ㄴ 22.4ㄴ), 本色(1.28ㄴ 7.5ㄱ), 信牌(3.11ㄴ 3.11ㄴ), 實封(1.8ㄱ

28.12ㄴ), 良人(1.12ㄱ 1.17ㄱ), 言語(3.5ㄱ 20.3ㄱ), 人口(1.17ㄱ 28.19ㄴ), 印信(1.28ㄴ 3.2ㄴ), 住持(4.3ㄴ 6.7ㄴ), 親聞(1.37ㄱ 2.6ㄴ), 通奸(9.2ㄱ 19.3ㄱ), 行移(3.5ㄱ 3.10ㄴ)

㉯ 買休人(25.2ㄴ 25.2ㄴ), 下手人(19.5ㄱ 20.3ㄴ)

차용어라 할지라도 그 용법과 의미가 전적으로 동일한 것인지는 세밀히 고찰할 필요가 있음은 물론이다. '印信'의 경우, 印信을 찍는다는 뜻으로 쓰일 때에는 원문과 달리 직해에서는 '踏印'이라는 한국한자어를 사용하였다. 그리고 賣買와 買賣는 한문과 이두문에서 둘 다 사용되고 있음이 흥미롭다(직해 1.24ㄴ, 23.5ㄴ).

『養蚕』에서 발견되는 중국계 한자차용어 중에는 '沐浴(22ㄱ), 摘取(3ㄴ), 聞香(3ㄴ)' 등이 있다. 『農書輯要』에서도 春耕(3ㄱ, 9ㄱ), 秋耕(3ㄴ, 8ㄴ), 白露(13ㄱ) 등의 차용 한자어들이 보인다. 菉豆는 『養蚕』과 『農書輯要』에 다 같이 쓰였는데, 후자에는 소제목 아래 '록두'라는 한글 표기도 나온다(18ㄱ). 『衿陽雜錄』에서는 '녹두'로(李基文 1975:103), 『訓蒙字會』에서는 '록도'(叡山本 7ㄱ)로 표기되었다.

6.2. 한국한자어[32]

1음절 한국한자어로서는 문서를 세는 단위인 원문의 宗 대신 쓴 道(직해 3.7ㄱ)가 주목된다. 고문서에서도 그 용례가 발견된다(예:

32 한국한자어에 관해서는 『校訂 大明律直解』의 吏讀略解가 참고된다. *표를 붙인 표제어들이 한국한자어에 해당하기 때문이다. 총 274개가 수록되었는데 제외할 것, 추가할 것 등 면밀히 다듬어야 할 것이다. 朴盛鍾(2003ㄴ) 참조

1463년 李禎妻金氏所志).

한문 원문의 1음절 한자어를 이두로 뒤치는 과정에서 2음절 한자어가 양산되는 것이 이두 번역의 큰 특징이라 할 만하다. 단음절 단어 형태소인 각각의 한자가 국어에서 자립성을 가진 경우가 많지 않기 때문이다. 다만, 이 과정에서 생성된 2음절 한자어들 모두가 한국한자어로 자리매김하지는 않는다. 원문의 1음절 한자를 이두문에서 2음절 한자어로 뒤치는 용례를 몇 개 보이면 다음과 같다.

앞서 예시한 『牛疫方』에서의 용례 (1) 治→治療, 灌→灌注가 바로 이에 해당한다. 원문의 '相毆'를 직해문에서 '互相 毆打'[33]로 뒤친 것도 대표적인 예 중의 하나인데(직해 20.6-7), 이와 같이 원문의 한자에다가 한 字를 덧붙여 2음절로 만드는 예는 곳곳에서 발견된다. 『農書輯要』에서 보이는 春→春節(4ㄱ), 牛→牛隻(7ㄴ, 8ㄴ), 人→人巭(7ㄴ), 燒→火燒(16ㄱ)는 주목할 만하다. 이 중 春→春節과 牛→牛隻은 접미사와 유사한 성격의 한자를 덧붙인 것이며, 巭는 일꾼을 나타내던 한국한자로서 船巭, 丁巭 등과 같이 사용된 예가 있고, 燒→火燒는 『牛疫方』 이두문에서도 나타난다.

이상과 같은 2음절 한자어들 중 한국한자와 통합된 人巭는 한국한자어로 귀속된다. 그러나 나머지 것들에 대해서는 면밀히 살펴보아야 할 것이다. 互相을 『校訂 大明律直解』의 吏讀略解에서는 한국한자어로 등재하여 놓았다. 그러나 이른 시기의 중국 詩 - 이를테면 杜甫의 시에도 이것이 쓰여 있어 다소 문제시된다. 중국 시에 互相

33 互相은 『農書輯要』 14ㄴ에서도 그 용례가 발견된다.

이 쓰였다손 치더라도 그것이 하나의 독립된 단어 즉 합성어로서의 기능을 갖고 있는지에 관해서도 따져 볼 소지 또한 남아 있다. 이 글에서는 잠정적으로 국어에서 자립성을 가진 한자어들을 묶어 다루는 입장을 취하되, 각각의 2음절 한자어가 엄밀한 의미에서의 한국한자어에 부합하는지에 대한 판정은 과제로 남겨 둔다.

한문 원문의 다음절 복합어를 뜻이 비슷한 다른 한자어로 변환하는 경우는 그 수효가 그다지 많지 않은 편이다. '詐欺→欺罔(직해 1.24ㄴ), 換易/抵換→回換(직해 5.4ㄱ, 7.6ㄱ)' 등이 눈에 띈다. 이 중 回換은 『農書輯要』에서도 몇 번 쓰였다(15ㄱ, 16ㄴ). 이것은 번역 당시 한국인의 언어 의식에 좀더 가까운 형태로 바꾸는 과정에서의 산물인 듯하다.

원문의 한자 음절수에 상관없이 적절한 한국한자어가 있을 경우엔 당연히 그것으로 대체하게 된다. 남의 혼인이나 남녀를 중매하는 사람의 뜻으로 쓰인 中人이 그 한 예이다. 中人은 명률 원문의 媒, 媒人, 媒合人의 역어로 사용되었다(직해 25.1ㄴ, 6.10ㄴ, 25.4ㄴ). 재산의 분배나 매매 등의 사실을 확인하고 증명하는 일 또는 그 사람을 가리키는 證保의 용례도 주목된다. 증명하는 일 또는 증거의 의미로 쓰인 證佐, 그리고 증인의 뜻으로 쓰인 牙保를 모두 證保로 옮기고 있다(직해 1.40ㄱ, 4.5ㄴ). 之次 또한 빈번히 사용되는데 『農書輯要』에서의 용례도 발견된다(9ㄴ). 이 밖에도 '御事→內賜(12.3ㄱ), 奏聞→申聞(1.8ㄱ), 花利→邊利(5.5ㄴ)' 등이 『直解』에서 확인된다. 次第는 『直解』에서 여러 번 쓰였는데 『養蚕』에서도 그 용례가 발견된다.

우리말 통사구조에 맞춘 造語도 있어 흥미롭다. 『直解』의 원문 守門人을 이두문에서 門直人으로 번역한 것이 대표적인 예이다. 이것은 이미 통일신라 시대의 「華嚴經寫經造成記」(755년)에서 보인 紙作人과 같은 성격의 한국한자어이다.

6.3. 고유어

『養蚕』 이두문에는 '高致, 飛介, 佐伊, 波獨'(2ㄱ, 3ㄱ, 30ㄱ)과 같은 한자표기들이 나온다. 이들은 각각 고유어 '고티, ᄂᆞᆯ개, 자리, 바둑'에 대응한다. 이와 같이 고유어 명사를 한자를 빌려 표기한 예들이 이두문에서 적잖이 발견된다. 『直解』에서의 '德應'(12.2ㄱ)도 고유어 표기의 좋은 예가 된다. 『農書輯要』에서는 '推介, 所訖羅, 手愁郎, 仇耳, 刀叱古亇伊, 于音, 心音' 등의 표기가 쓰였는데 이들은 각각 고유어 '밀개, 써레, 쇠스랑, 구ᅀᅵ, 돗고마리, 윰, ᄆᆞᅀᆞᆷ'에 대응한다. 『牛疫方』에도 약재명들이 꽤 출현하지만 이들은 小字雙行으로 주석에 실린다. 예컨대, '千金木葉火乙叱羅毛葉븕나모닙'(4ㄴ)과 같이 표기된다. 이러한 한글 표기는 이두문에 포함된 어휘 자료는 아니므로 논의 대상에서 배제된다.

이두문에 쓰인 고유어라 하면 결국 이두자 중에서 문법 형태 표기만을 뺀 나머지가 모두 대상이 된다. 명사류는 물론 부사어와 동사 어간들 모두 해당된다. 따라서 이에 대한 상세한 논의는 지면 관계상 생략한다.

고유어와 관련하여 면밀히 고찰할 대상은 喫破와 같은 표기들이다. 이것은 『直解』에서 4회(5.7ㄱ, 16.5ㄴ), 『養蚕』에서는 1회 쓰였다. 원문에서 동사로 쓰인 食 또는 毁食의 역어로 사용되었는데 단순한 한자어로 처리하기가 망설여진다. 현대어의 '먹어 치우다'에 해당하는 말이기 때문이다. 이와 유사한 성격의 표기 喫持는 고문서에서 매우 빈번히 사용된다. 『養蚕』에서 특히 이러한 성격의 복합 한자표기들이 비교적 많이 발견된다. '毁破(4ㄱ), 驚動(22ㄱ), 移來(5ㄱ)' 등이 그 예이다. 이들은 한문 원문의 1음절 한자에 대한 이두 번역 과정에서 단순히 유사한 다른 한자를 덧붙여 2음절 자립성 한자어를 만드는 유형들과는 다른 면이 있다. 驚動과 移來만 하더라도 각 한자의 의미에 해당하는 우리말로 새겨 '놀라 움직이다, 옮겨 오다'로 읽으면 문맥의 흐름에 딱 들어맞기 때문이다. 이런 관점에서 볼 때 『養蚕』 이두문에서 동사 어간 '두-'를 표기한 置의 용법이 매우 광범위하게 나타나는 점에 유의할 필요가 있다. '移置(20ㄱ, 38ㄴ), 立置(5ㄱ, 10ㄱ), 棄置(7ㄱ, 37ㄱ), 埋置(7ㄴ, 37ㄱ), 卷置(12ㄴ), 藏置(14ㄴ), 在置(5ㄱ, 20ㄱ)'과 같은 예들이 발견된다. 따라서 置는 보조동사에 가까운 모습을 보여 준다. 이러한 사정은 이두 복합동사로 쓰인 爲置(3ㄴ, 6ㄴ)와 令是置(34ㄱ)의 경우에도 마찬가지다. 본래의 의미를 살려 '하여 두다, 시켜 두다'의 뜻으로 풀이하든 置를 보조동사로 인식하든 그 어느 쪽이나 문맥에 부합된다. 따라서 이두문에 나타나는 이런 유형의 표기들은 고유어를 바탕으로 하고 있다는 점을 인식하여 적극적으로 검토할 필요가 있다.

6.4. 混種語

고유어와 한자어가 혼합된 어형들이 이두 번역문에서 간간이 발견된다. '별ᄒᆞᆫ'으로 읽히며 동사와 명사적 용법을 지닌 別爲(직해 17.7ㄱ)와 같은 것이 혼종어에 속한다. 이와 관련하여 특히 주목되는 것은 假捧上와 捧上人이다.

원문의 '收支'를 '捧上上下'[34]로, '正受正支'를 '正數以 捧上上下'(직해 7.7ㄱ)로 번역한 것이 있는데, 이 중 上下 역시 혼종어에 귀속된다. 上下에 대하여 『經世遺表』에서는 위에서 아랫사람에게 주는 것이며 上은 次(차) 또는 玆(자)로 읽히는 이두자로 설명하였다(권 12 地官修制 倉廩之儲 1). 上下의 上은 尺文의 尺과 동일한 기원 '*잫'에서 유래한 이표기일 가능성이 높다(朴盛鍾 1996:146-150, 103-105). 捧上은 이와 달리 고유어 '받자'로 읽히는 이두어이다. 그럼에도 불구하고 한자어 접사 假-와 1음절 한자어로 쓰였던 人과 직접 통합한 점이 주목된다.

7

마무리

본고는 한문을 이두로 번역한 글의 문체 및 어휘의 몇 가지 특징을 현전하는 4종의 刊本 및 필사물을 대상으로 살펴보았다. 이두 번

34 전성호(2011)에서는 이 밖에도 重記 등의 용어를 토대로 복식부기의 시행과 관련하여 해석하고자 하였다.

역은 대상언어를 일정한 단위 즉 텍스트로 나누어 인식함을 바탕으로 이루어지며, 명사문으로 텍스트를 종결하는 특징을 갖는 것으로 파악하였다. 이러한 특징은 『大明律直解』와 『牛馬羊猪染疫病治療方』에서 두드러지게 나타난다. 『養蚕經驗撮要』와 필사물 『農書輯要』에서도 비록 텍스트의 개념이 축소되는 경향을 보이고 있기는 하나 근본적으로 그 원칙이 유효하다고 판단된다.

또한 이두 번역은 한문 원문에 대한 句讀를 전제로 하여 네 단계로 이루어진다는 가설을 제기하였다. 이 중 특히 주목되는 것은 단어 형태소로 기능하는 원문의 1음절 漢字에다가 유사한 의미의 한자를 덧붙이거나 개념을 분명히 하기 위한 補足 기능의 한자를 덧붙여 2음절 한자어를 다량으로 생성한다는 사실이다. 두 字로 만든 이두 번역어 중에는 고유어 복합동사의 표기로 추정되는 것들이 적잖이 발견되는데 이에 관해서는 좀더 면밀히 살펴볼 필요가 있다. 이두문에 나타나는 한국한자어 및 고유어 표기들에 대한 여러 학문 분야에서의 심도 있는 고찰 또한 요청됨은 물론이다.

논의 과정에서 필사물 『農書輯要』는 1517년 刊本을 底本으로 하되 언해문을 생략한 채 전재한 것이라는 점, 그리고 이 저본은 1429년 『農事直說』 간행 직전에 이두로 번역한 책을 바탕으로 하여 언해만을 덧붙인 형태로 편찬되었을 것으로 추정하였다. 저본의 발굴을 기대해 본다.

참고문헌

大明律直解, 고려대학교 晩松文庫 소장본, 보경문화사 영인 1986.

校訂 大明律直解(1936), 조선총독부 中樞院調査課 編.
養蚕經驗撮要, 書誌學 6(1974)에 영인, 한국서지학회, 李喆洙(1989)에 수록.
牛馬羊猪染疫病治療方, 고려대학교 晩松文庫 소장본, 여강출판사 영인 1988,
세종대왕기념사업회 영인 2009.

金容燮(1988),『朝鮮後期農學史研究』, 일조각.
김치우(2007),『고사촬요 책판목록과 그 수록 간본 연구』, 아세아문화사.
檀國大 東洋學研究所(1992),『韓國漢字語辭典』 卷 1-4.
朴秉濠(1974),『 韓國法制史攷』, 법문사.
朴盛鍾(1996),「朝鮮初期 吏讀 資料와 그 國語學的 研究」, 서울대 박사학위논문.
朴盛鍾(2003ㄱ),「『大明律直解』 吏讀의 예비적 고찰」,『震檀學報』 96, 진단학회.
朴盛鍾(2003ㄴ),「大明律直解의 韓國漢字語 一考察」,『民族文化論叢』 28, 영남대
민족문화연구소.
朴盛鍾(2007),「吏讀字 '內'의 讀法」,『口訣研究』 19, 구결학회.
朴盛鍾(2011),「『牛馬羊猪染疫病治療方』과 그 吏讀에 대하여」,『국어사연구』 12,
국어사학회.
朴盛鍾(2011),「조선 시대의 이두와 그 연구 방법의 편모」,『제41회 구결학회 전국학술대회
발표논문집』.
法制處(1964),「大明律直解」,『法制資料誌』 제13집.
심경호(2008),「이두식 변격한문의 역사적 실상과 연구과제」,『어문논집』 57,
민족어문학회.
安秉禧(1973),「중세 국어 연구 자료의 성격에 대한 연구」,『어학연구』 9-1, 서울대
어학연구소.(安秉禧(1992)에 수록)
安秉禧(1977),「養蠶經驗撮要와 牛疫方의 吏讀의 연구」,『東洋學』 7, 단국대 동양학연구소.
安秉禧(1985),「大明律直解 吏讀의 研究」,『奎章閣』 9, 서울대 규장각.
安秉禧(1985),「諺解의 史的 考察」,『민족문화』 11, 민족문화추진회(安秉禧(2009)에 수록)
安秉禧(1992),『國語史 資料 研究』, 신구문화사.
安秉禧(2003),「『大明律直解』의 書名」,『韓國語研究』 11, 태학사.
安秉禧(2009),『國語史 文獻 研究』, 신구문화사.
嗚仁澤(1993),「朝鮮初期의『農書輯要』 刊行에 대하여」,『釜大史學』 17.
오인택(1999),「『農書輯要』를 통해서 본 조선 초기의 耕種法」,『지역과 역사』 5,
부경역사연구소.

李光麟(1965),「養蠶經驗撮要」에 對하여」,『歷史學報』 28, 역사학회.
李基文(1974),「「養蠶經驗撮要」 解題」,『書誌學』 6, 한국서지학회.
李基文(1975),「衿陽雜錄의 穀名에 대하여」,『東洋學』 5, 단국대 동양학연구소.
李丞宰(1992),「『農書輯要』의 吏讀」,『震檀學報』 74, 진단학회.
李喆洙(1989),『養蠶經驗撮要의 吏讀研究』, 인하대학교 출판부.
李鎬澈(1990),「『農書輯要』의 農法과 그 歷史的 性格」,『經濟史學』 14, 경제사학회.
張允熙(2003),「『大明律直解』의 書誌學的 考察」,『震檀學報』 96, 진단학회.
전성호(2011),「『大明律直解』에 투영된 고려회계의 특징」, 한국고문서학회 2011년 5월 월례발표문.
鄭肯植·趙志晩(2001),「大明律 解題」, 大明律講解(서울대학교규장각), 규장각자료총서 법전편.
鄭亨愚·尹炳泰(1995),『韓國의 冊板目錄』 上, 下, 補遺·索引, 保景文化社.
조지만(2007),『조선시대의 형사법 - 대명률과 국전』, 景仁文化社.
최식(2008),「『句讀解法』, 漢文의 句讀와 懸吐, 口訣」,『民族文化』 32, 한국고전번역원.
최현배(1960),『고친 한글갈』, 정음사 (초판 1940).

박성종, 관동대학교 국어교육과, psjpsj-2@hanmail.net

〈임근석논평〉

계량적 문체 연구

계량적 문체 연구는 국내 문체 연구에서 아직까지 활성화되지 않은 대표적인 분야 중 하나라고 할 수 있다. 그러나 동시에 학문적 발전 가능성이 가장 높은 분야 중 하나라는 특성도 가지고 있다고 판단된다. '문체'를 어떻게 정의할 것인가는 상당히 어려운 문제이기는 하나, 거칠게나마 '글에 나타나는 지은이의 개성적 특색' 정도로 설명할 수 있을 것이다. 그런데 글의 어느 측면에 초점을 둘 것이며, 어느 정도의 특성을 글 전체의 특색이라고 할 수 있는가 하는 점은 쉽사리 결정하기 어렵다. 다만 글에서 전체적으로 드러나는 특색 정도라고 다시 환언해서 설명하는 정도의 모호한 수준을 벗어나기 어렵다. 이는 필연적으로 직관적 설명 못지않게 객관적 자료 제시가 중요하다는 점을 확인시켜 준다. 더욱이 최근의 인문학 연구에서는 컴퓨터로 대변되는 전산학적 방법론을 원용하는 사례가 늘고 있는데, 문체론 역시 이러한 흐름과 같이한다고 할 수 있다.

본서에서는 계량적 방법론을 동원하되 2010년 이후에 발간된 문체 연구들 중에서 4편을 선정하여 한자리에 모아 두기로 하였다. 대체로 국내의 계량적 문체 연구가 앞으로 어떻게 발전해 나가야 하는지에 대한 고민을 담고 있다고 할 수 있다. 다만 여기에 밝혀 두어야 할 점은, 박진호(2017)은 본서에 처음 수록되는 논문이라는 것이고, 임근석(2014)는 정년퇴임을 하게 되는 김흥수 교수와 같은 학교에서 필자가 근무했다는 개인적 인연으로 선정되었다는 점이다.

문한별(2015) 「한국 현대소설의 기계적 문체 분석 가능성을 위한 계량적 방법론 -1930년대 작가를 중심으로-」는 기존의 현대소설 문체 연구가 주로 특정 작가의 작품만을 대상으로 진행되었다는 점을 문제로 지적하고, 이를 극복하기 위한 방안으로 개별 작가의 문체 형성의 기본 요인인 어휘를 기계적 분석을 통하여 계량화하고, 통계적으로 접근할 것을 주장하였다. 특히 기존의 현대소설 문체 연구가 이상, 이문구, 김유정, 김승옥, 서정인 등의 작품에 집중된 이유를 이들 작품이 개별 작가의 특수성을 보여주기 때문이라고 밝히고 있다. 문한별(2015)에 따르면, 토속성, 향토성, 판소리계 문체 등으로 설명되거나 서정적 문체, 다성적 문체라고 언급되는 표현의 이면에는, 단일 작가만의 개별적 특수성을 도출하기에는 다른 작가들보다 이들의 작품이 더 적절하다는 판단이 깔려 있다는 것을 알 수 있다. 그러나 진정 작가들의 작품이 보여 주는 문체적 특징이 현대소설 작품 일반에서 구분되는 개별적 특징인가는 의문이라는 것이 그의 주장이다. 이러한 문제를 해결하는 하나의 방안으로 기계적 형태소 분석과 통계적 방법론을 이용한 분석을 제안하고 있다.

김일환·이도길(2015)「저자 판별을 위한 전산 문체론 -초기 현대소설을 대상으로-」는 1930~40년대에 출간된 초기 현대 소설 70편(14명의 저자)을 대상으로 언어 사용 양상을 계량적으로 살펴보고 통계적인 방법을 이용하여 작가별 문체의 특성을 규명한 논문이다. 저자 판별(author attribution)은 서구에서는 이른 시기부터 문체론의 주요한 관심 대상이 되어 왔으나 국내에서는 상대적으로 주목을 받지 못했던 분야이다. 김일환·이도길(2015)는 저자당 5편의 소설을 선정한 후, 문체 분석과 관련이 없는 분몬 이외의 부분을 제거하고, 자동 형태소 분석과 수정 작업을 통해 형태소 단위로 자료화하였다. 그런 연후에, 저자별 문체의 특성을 밝히기 위해 문장 길이를 포함하여 일반명사, 동사, 형용사, 부사와 같은 어휘 범주, 그리고 조사, 어미, 보조용언과 같은 기능 범주로 나누어 그 사용 양상을 t-점수를 토대로 고찰하였다. 그리고 작가 간 문체상의 유사도를 보이기 위해 그 결과를 시각화하여 제시하였다. 이 논문에서 특징적인 점은 저자의 문체적 특징을 분석하기 위해 다양한 자질을 동원하였다는 점인데, 특히 어휘적 요소에 한정되지 않고 기능적 요소까지 저자 판별에 적극적으로 도입하였다는 점이다.

박진호(2017) 「계량적 문체 분석 시론」은 계량적 방법을 통해 저자의 문체적 특징을 추출하고 저자들 간의 문체의 차이를 비교해 보는 방안에 대해 탐구하고 있다. 논문의 전반부에서는 대표적인 사이버 논객 세 명(홍세화, 진중권, 김규항)의 문체적 특색을 비교하고 있는데, 검토 대상 자료가 소규모이기에 일차적으로 자동 형태소 분석기를 이용해 형태소 분석을 한 후, 분석 오류를 수작업을 통해 수정하는 방법을 사용하였다. 세 명의 문체적 특징을 비교하기 위해서 준거의 틀로 세종 말뭉치를 사용하였는데, 세종 말뭉치를 준거로 한 세 말뭉치의 상태적 엔트로피 결과값에 따르면, 진중권의 단어 사용 빈도 패턴이 가장 특이하고, 홍세화의 단어 사용 빈도 패턴은 세종 말뭉치에서 크게 벗어나지 않으며, 김규항은 그 중간적 성격을 띠는 것으로 나왔다. 논문의 후반부에서는 106편의 대규모 현대 한국 소설을 대상으로 계량적 문체 분석의 가능성을 탐색하고 있다. 자료가 대규모이기에 자동 형태소 분석기만을 이용하여 말뭉치를 구축하였다. 검토 과정에서 각 작품들이 가지는 접속과 내포의 상대적 사용빈도, 서사적 문체와 묘사적 문체의 상대적 사용빈도, 문장 길이, 타입-토큰 비율에 따른 어휘 다양성 등이 사용되었고, 최종적으로는 작품들의 문체적 유사도를 다차원척도법과 군집 분석 방법을 이용하여 시각적으로 제시하였다.

임근석(2014) 「광고 언어에 대한 코퍼스 언어학적 분석 시고」는 기존의 광고 언어 연구를 비판적으로 검토한 후, 광고 언어에 대한 새로운 연구 방법으로 계량적 연구(코퍼스 언어학적 연구)가 유의미할 수 있다는 점을 보이고자 한 논문이다. 이를 위해 임근석(2014)에서는 800개의 TV 광고를 대상으로 형태소 분석을 한 후 얻은 말뭉치를 문어 말뭉치, 구어 말뭉치 그리고 문어와 구어를 통합한 말뭉치와 비교하였다. 비교의 기준으로는 흔히 구어와 문어를 구별해 주는 언어적 특성이라고 일컬어지는 형태가 광고 언어에서 어떻게 사용되고 있는지를 Z-score를 이용하여 통계적으로 검토하였다. 그 결과 TV의 광고 언어는 문어와 구어의 중간적 성격을 띨 뿐 그 자체를 구어라고 보는 것에는 조심할 필요가 있다는 점을 확인하였다.

국내에서 이루어지는 계량적 문체 연구가 이제 갓 시작되었다는 점을 고려할 때, 앞으로 이 분야의 연구가 어떤 방향으로 전개될 것인가는 쉽사리 예견하기 어렵다. 다만 지금도 수많은 언어 자료가 말뭉치의 형식으로 구축되고 있고, 국어학계를 비롯한 언어학계 전반에서 계량적 언어 연구가 양적으로 증가하고 질적으로 진화하고 있다는 점에서 계량적 문체 연구 역시 문체 연구의 중요한 한 분야로 자리매김할 것으로 기대된다.

임근석, 국민대학교 국어국문학과, gslim@kookmin.ac.kr

한국 현대소설의 기계적 문체 분석 가능성을 위한 계량적 방법론

-1930년대 작가를 중심으로-

문한별

1

문제제기

현대소설 연구에 있어서 작가나 작품의 문체에 대한 고찰은 대부분 개별 작가의 특수한 문체적 경향을 밝히는 데에 집중되었다.[1] 연구자들이 개별 작가의 문체적 특질에 집중한다는 것은, 몇 가지 문제적 고민을 던져준다.

---

1 김주현(1998), 「이상 소설의 기호학적 접근」, 『어문학』 제64호, 한국어문학회, 203-222쪽.
이정화(2002), 「이상 소설 문체의 수사학과 서사 구조 연구」, 『한국학보』 제28호, 일지사, 194-214쪽.
이병헌(2011), 「이상 소설의 문체」, 『국제어문』 제53호, 국제어문학회, 107-144쪽.
장석원(2005), 「김승옥 소설의 문체 연구」, 『어문론집』 제52호, 민족어문학회, 281-300쪽.
최용석(2004), 「이문구 소설의 문체 형성 요인 및 그 특징 고찰」, 『현대소설연구』 제21호, 현대소설학회, 299-322쪽.
이 외에도 많은 연구자들이 개별 작가의 문체 분석을 통해 문체론 연구의 성취를 보여 주고 있다.

우선 현대소설에 있어서 '문체'라 부를 수 있는 특질을 정의할 때, 문체란 다른 작가와 구별되는 특징을 말하는 것인가 아니면 한 작가에게 나타난 특징을 뽑아 일반화한 것인가에 대한 문제이다.[2] 이를 논의하기 위해서는 소설의 문체에 대한 몇 가지의 개념적 입각점이 전제되어야 한다. 우선 문체란 개별 작가의 작품이 드러내고 있는 특수하거나 일반적인 어휘의 사용 양상을 바탕으로 각각의 어휘가 결합하여 일정하게 구별되는 특징적 지점을 말하는 것이라고 정의하는 것이다. 이 경우 어떤 작가의 '문체'란 특정하거나 일반적인 어휘들이 개별적으로 혹은 복합적으로 결합되어 작품의 분위기, 이미지, 주제의식 등에 영향을 미치고 있는 것을 말한다고 할 수 있다.

다른 하나는 어떤 특정한 어휘를 사용하여 작품 내에 조직된 '문체'가 다른 작가들이 사용하는 어휘 사용의 양상과 현격하게 차이를 드러내어 대비적으로 구분되는 특징을 보이는 경우를 말한다. 이는 앞에서 언급한 개별 작가의 작품에 사용된 어휘의 특수성이 그 작가만의 특징인지 그렇지 않은지의 문제를 구분하는 데에 판단

---

2 문체 연구의 일반론을 정립하기 위한 연구자들의 노력도 상당수이다.
구인환(1965), 「문체론적 비평고」, 『동악어문논집』 제1호, 동악어문학회, 43-91쪽.
김상태(1982), 『문체의 이론과 해석』, 새문사.
김정자(1985), 『한국 근대소설의 문체론적 연구』, 삼지원.
우한용(2007), 「소설 문체론의 방법 탐구를 위한 물음들」, 『현대소설연구』 제33호, 현대소설학회, 7-32쪽.
이병헌(2002), 「한국 현대소설의 문체 분류 시론」, 『한국문학연구』 제3호, 동국대학교 한국문학연구소, 203-225쪽.

기준으로 작용하는 것이며, 이를 확장하면 유사한 문체적 특질을 보이는 경우의 작가와 작품, 시대별 유사한 문체적 특질의 양상 등을 고찰할 수 있게 하는 근거가 될 수 있다.

그러나 이 같은 개념적 차이가 가진 가능성에도 불구하고 지금까지의 한국 현대소설의 문체 연구는 후자보다 전자에 집중되어있으며, 연구 성과 역시 개별 작가의 특수한 문체를 드러내는 데에 초점이 맞추어져 있었다. 이상, 이문구, 김유정, 김승옥, 서정인의 작품들에 문체 연구가 집중되는 이유는 이 같은 개별 작가의 특수성을 보여주기에 그들의 작품이 특수성을 보여주고 있기 때문이다. 토속성, 향토성, 판소리계 문체 등으로 설명되거나 서정적 문체, 다성적 문체라고 언급되는 표현의 이면에는 단일 작가만의 개별적 특수성을 도출하기에 이들의 작품이 효과적이었기 때문이다.

그럼에도 '문체' 연구에서 해명되지 않는 지점은 후자에 집중되어있다. 진정 그들의 작품이 다른 작가들의 작품들이 보여주는 문체적 특질과 현격하고 상이하게 구분되는 특징인가. 혹은 토속성, 향토성, 다성성, 서정성 등으로 언급되는 연구자들의 '문체'적 특질 부여가 충분한 대별적 근거를 지닌 판단인가의 질문과 대답이 남아 있는 것이다.

본 연구는 이 같은 문제점을 보완하기 위하여 전산언어학에서 활용되는 기계적 형태소 분석과 통계적 방법론을 이용하여 각 작가들의 작품들에 사용되고 있는 어휘를 수치화하여 정리하고, 이를 바탕으로 개별 작가들의 특수성으로만 고립된 섬처럼 지적되고 있었던 '문체'에 대한 서로 다른 작가 사이의 대별적 구분 가능성과 계량적 어휘 정보의 활용 가능성에 대해 고찰하고자 한다.

한편, 지금까지 한국 현대소설 연구 분야에서 계량적 문체 분석 방법론은 많이 활용되지 못했으며 성과도 부족한 편이다. 이는 기존의 연구 시각에서 작가나 작품의 문체를 연구자 개인의 분석력과 이에 따른 해석적 결과에만 의존하여서 정보를 정량화하는 것에 대해 큰 관심을 보이지 않았기 때문이다. 하지만 이 같은 연구의 한계는 판단의 불확실성에 관련된 것이 아니라 문체 분석의 기준을 이론적으로 만들기 어렵다는 데에 있으며, 개별 작가의 문체 연구를 총체적으로 적용하더라도 일반화된 대별적 문체 연구의 가능성이 생기지 못한다는 데에 있다.

그러나 한국문학 연구에 비해 다른 나라들은 계량적 문체 분석과 작가 판별과 관련한 연구가 상당히 진전되어왔다. 대표적으로 Joseph Rudman(1998)[3]의 연구에서는 전산문체론의 가능성과 문제 오류의 해결법에 대해 집중적으로 다루고 있고, John Burrows(2003)[4]은 16세기 영국 시인 25명의 작품에 드러난 어휘 양상을 통계적으로 구분하는 연구 등을 진행하기도 하였으며, Ayaka Uesaka, Masakatsu Murakami(2014)[5] 등은 일본의 근대소

3 Rudman, J.(1998), "The state of authorship attribution studies: some problems and solutions", *Computers and the Humanities*, 31(4): pp. 351-65.

4 John Burrows(2003), "Questions of Authorship: Attribution and Beyond", *Computers and the Humanities*, 37: pp.5-32.

5 Ayaka Uesaka, Masakatsu Murakami(2014), Uesaka, Ayaka, and Masakatsu Murakami. "Verifying the authorship of Saikaku Ihara's work in early modern Japanese literature; a quantitative approach", *Literary and Linguistic Computing* (2014):

설을 대상으로 하여 통계적인 분석을 통해 저자 판별을 진행하기도 했던 것이다.[6]

한국 현대소설 연구에서 계량적 접근 가능성을 타진하기 위하여 본 연구자는 지금까지 몇 단계에 걸쳐서 통계적 방법론을 활용한 소설 어휘의 사용 양상을 시론으로 발표하였다. 그중 하나는 카프 해산을 전후로 하여 작가들의 어휘 사용이 어떤 변화를 가지고 있는가를 계량적 어휘 분석 방식으로 접근한 「카프 전후 소설의 어휘 사용 양상-계량적 방법론을 중심으로」[7]이며, 다른 하나는 「한국 현대소설의 문체 분석을 위한 계량적 연구 시론」[8]이다. 이 연구를 통하여 현재까지 확인된 전산문체론의 가능성은 다음과 같다.

첫째, 특정한 시기의 대표적인 작가들이 작품에서 사용하는 어휘는 주제어와 비주제어를 나누어 접근하였을 때에 현격하게 차이를 보이고 있으며, 특히 동사와 형용사, 부사의 사용에 있어서 다른 작가들과 뚜렷하게 구분되는 특징을 보인다. 둘째, 카프계열의 작가들이 작품에서 보이는 주제적 경향은 유사하더라도 각각의 작가들이 보이는 어휘의 양상은 주제의식의 유사성과는 상관없이 개별적인 특수성을 보인다. 셋째, 명사와 대명사, 종결 어미의 사용 양상 등을 계량적으로 고찰할 경우, 개별 작가들이 어떤 시점을 선호하는지를

---

fqu049.

6 주로 세익스피어의 작품의 어휘 분석과 성경 저자에 관한 문체 분석, 신문의 칼럼과 기사문을 활용한 분석 등이 이루어졌다.

7 『한국언어문학』 제69호, 한국언어문학회, 2009, 245-269쪽.

8 『어문론집』 제70호, 민족어문학회, 2014, 93-116쪽.

구분할 수 있으며, 이는 작가의 고유한 특질 중 한 가지로 수치화하여 환산할 수 있다 등이다.

미리 언급하는 바이지만 이 같은 계량적 문체 연구는 기존의 개별 작가의 문체론 연구를 대체하는 것이 아니라는 점을 확실하게 밝혀둔다. 계량적 문체 연구의 목적은 대안이 아닌 보완이며, '문체' 연구의 새로운 방법론을 도입하고 보다 과학적인 근거를 제시하는 데에 있다.

2

계량화 대상 소개 및 어휘의 일반 현황

본 연구에서 계량적 연구 대상으로 삼은 작가는 1930년대를 전후로 하여 상당수의 작품을 발표한 5명이며, 각각의 대표작 5편을 선정하여 분석 대상으로 삼았다.[9] 1930년대를 전후로 한 작가와 작품을 우선 분석 대상으로 삼은 것은 현재 연구를 위한 소설어 코퍼스가 가장 많이 구축되어있기 때문이며, 코퍼스 가운데 동일 시대에 활동한 작가의 다수의 작품이 이 시기에 위치하고 있기 때문이다.

---

9 보다 분명한 대별적 계량 문체론을 위하여 현재 8명의 추가 작가의 작품들을 코퍼스로 구축하고 있으며, 향후의 연구에서는 보다 많은 작가들의 계량적 어휘 사용의 특질을 밝힐 수 있을 것으로 기대한다. 추가 연구에서 코퍼스로 구축하고 있는 작가는 채만식, 이상, 박태원, 김남천, 이기영, 나도향, 염상섭, 현진건 등이다.

한편, 계량적 연구를 위해서는 각 작품들에 대한 코퍼스 구축이 선행되어야 하고, 이를 형태소 분석기를 통하여 분석한 후 이를 통계화 하는 작업이 진행되어야 하기 때문에 전처리 작업이 필수적이다. 본 연구에서 사용한 도구는 『한국어 형태소 분석과 품사 부착을 위한 확률 모형』[10]과 형태소 분석기이며, 분석의 정확도는 95% 이상을 상회한다. 5% 내외의 분석 오류에 대해서는 이후 개별 확인 작업을 거쳐 품사를 확정하였다.

〈표 1〉 대상 작가와 작품의 어절 수

작품 번호	제목	발표 시기	어절 수	작가
01	금따는 콩밭	1935	2,681	김유정
02	노다지	1935	2,455	김유정
03	만무방	1935	11,856	김유정
04	봄봄	1935	3,008	김유정
05	소낙비	1935	2,963	김유정
부분 합			22,963	
06	최서방	1927	2,743	계용묵
07	인두지주	1928	1,632	계용묵
08	백치 아다다	1935	3,498	계용묵
09	장벽	1935	3,180	계용묵
10	청춘도	1938	3,093	계용묵
부분 합			14,146	
11	약령기	1930	4,538	이효석
12	노령 근해	1931	1,620	이효석
13	도시와 유령	1931	2,989	이효석
14	모밀꽃 필 무렵	1936	2,001	이효석
15	성화	1939	7,968	이효석

10 이도길(2005), 「한국어 형태소 분석과 품사 부착을 위한 확률 모형」, 고려대학교 박사논문.

부분 합			19,116	
16	달밤	1933	1,841	이태준
17	복덕방	1935	2,987	이태준
18	까마귀	1936	3,235	이태준
19	장마	1936	4,267	이태준
20	패강냉	1938	2,045	이태준
부분 합			14,375	
21	오월의 구직자	1929	6,124	유진오
22	밤중에 거니는 자	1931	2,401	유진오
23	여직공	1931	6,870	유진오
24	김강사와 T교수	1932	4,353	유진오
25	행로	1934	7,639	유진오
부분 합			27,387	

각 작가의 대상 작품이 5편으로 동일하더라도 개별 작품의 어휘 수가 차이가 있기 때문에 본 연구에서는 이 같은 문제를 극복하기 위하여 표준 편차를 통한 보정 지수를 활용하였으며, 기준점이 동일한 상태에 비교할 수 있도록 표준화하여 %로 결과를 보여줄 수 있게 하였다.

코퍼스로 구축하면서 먼저 확인된 5명 작가의 작품들이 보여주는 대별적 특징은 문장의 길이에서부터 드러난다. 문장의 길이는 작품에서 사용된 어휘의 결합 양상을 보여주는 가장 기본적인 차이에 해당한다. 각 작가의 작품별 문장 길이는 다음과 같다.

〈그림 1〉을 통해 확인할 수 있는 것처럼, 문장 길이가 가장 짧은 작가는 김유정이며, 가장 긴 경우는 계용묵이다. 이태준, 유진오, 이효석은 문장 길이에서 차별되는 유의미한 결과가 산출되지 못하였다.

물론 문장 길이와 어휘의 수량은 계량적인 층위에서 단일 인자

〈그림 1〉 작가별 작품의 문장 길이와 어휘 사용량 비교

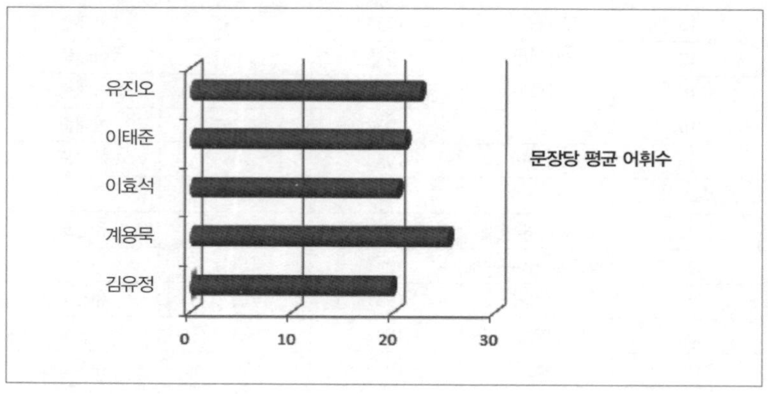

로 문체를 구분하거나 작가를 구분하는 특징이라고 단정하는 근거는 되지 못한다. 문장 길이가 평균적으로 가장 짧은 김유정의 경우 「봄 봄」과 같은 작품은 문장 길이가 제법 길다고 판별된 다른 작가의 작품들이 보이는 평균과 유사한 수치를 보이기도 하기 때문이다. 반대의 경우는 상이한데, 문장 길이가 가장 긴 계용묵의 작품들은 다른 작가들의 평균을 대부분 넘어서는 특징을 보이기도 한다.

계량적 문체론이 정립되기 위해서는 이처럼 단일 인자만의 특징을 가지고 일반화하는 오류를 극복해야 한다. 이를 위해서는 개별 작가의 작품들이 가지고 있는 다양한 품사를 분석하여 통계화하여야 하고, 의도적인 어휘의 사용에 해당하는 주제어의 측면과 기능어의 비의도적인 사용, 즉 특정한 작가가 문장을 구축하기 위해 사용하는 어미나 접속사 등의 비주제적인 측면도 함께 고찰하여야 한다. 이 같은 요소들의 전체적인 비교를 통하여 특정한 작가의 대별적 문체의 경향이 도출되는 것이다.

3

주제어 사용 양상

어휘 분석에 있어서 주제어는 글의 주제의식은 물론 다루고 있는 소재와 제재에 밀접하게 연관되어있으며, 문장과 단락, 배경과 상황의 분위기, 화자나 인물의 가치 판단 등에 관계가 있다. 또한 주제어는 작가에 의해 의도적으로 선택되어 사용되는 것이어서 작품 속의 인물이나 사건, 배경, 상황 등에 작가의 가치와 판단이 들어간 어휘라고 할 수 있다.

용언에 해당하는 동사와 형용사, 부사 등은 크게는 문장의 종결에 활용되어 대상과 사건, 인물 등의 행동과 판단 등에 관여하고, 작게는 작가가 그리고 있는 대상에 대한 가치 판단의 영역에 영향을 미친다.

3.1. 동사의 사용 양상

먼저 대상 작가의 동사 사용 양상을 계량화하여 제시하면 다음과 같다.

〈표 2〉 비교 대상 작가 작품의 동사 사용 양상

작가	빈도	전체어절	절대 사용 비율	어휘 종류	어휘의 다양성 비율
계용묵	3502	14,146	24.76%	778	22.22%
김유정	6032	22,963	26.27%	998	16.55%

유진오	5993	27,837	21.53%	862	14.38%
이태준	3443	14,375	23.95%	706	20.51%
이효석	4124	19,116	21.27%	894	21.68%
평균			23.56%	847.60	19.07%

〈표 2〉를 통해 확인되는 각 작가의 동사 사용 양상은 특징적인 몇 가지 양상을 보인다. 어휘의 절대 사용 비율에서 김유정과 계용묵의 경우 다른 작가들에 비해 상당히 많은 수의 동사를 사용하고 있는 것으로 확인되는 데에 비하여, 동사를 얼마나 다양하게 사용하고 있는가에 있어서는 서로 다른 차이를 보이고 있기 때문이다. 계용묵은 김유정처럼 다른 작가들에 비해 동사를 많이 사용하지만, 계용묵이 다양한 종류의 동사를 사용하는 것에 비하여, 김유정은 다양성에서 계용묵보다 5% 이상 낮은 비율을 보인다.[11] 이는 김유정이 동사를 사용함에 있어서 계용묵보다 유사한 어휘를 반복적으로 사용하고 있다는 것을 보여주는 것이며, 계용묵은 다른 작가들에 비해 비교적 다양한 동사를 작품 속에 활용하고 있다는 것을 의

11 김유정 소설 문체의 대표적인 특징으로 지적되고 있는 향토성와 토속적 분위기 등에 대한 계량적 접근은 일정한 논점의 보완이 필요하다. 어휘의 다양성이나 빈도만을 가지고 김유정과 같은 특수한 문체적 특질을 드러내는 경우를 단순 수치화하기 어렵기 때문이다. 이는 두 가지 가정을 전제로 하는데, 하나는 김유정 소설의 특수한 문체적 성격이 어휘보다 묘사와 서술 방법의 특수성에서 비롯되었을 것이라는 가정과 어휘가 지닌 이미지, 분위기 등의 개별적 성격의 조합에서 비롯되었을 것이라는 가정이다. 이를 위해서는 통계적 기법에 추가하여 공기어의 활용과 지역 방언의 사용 등을 함께 고려하여 판단해야 할 것이라 생각한다. 또한 현 방법론은 다른 작가들과의 어휘 기반 문체적 대별성을 고찰하는 것이므로, 이 같은 방법론의 적용은 이후 연구에서 보완하여 제시하기로 한다.

미한다.

〈표 3〉 김유정과 계용묵의 동사 사용 빈출 순위 15

빈도 순위	김유정		계용묵	
	Total_frequency	6032	Total_frequency	3502
01	하	518	하	247
02	가	137	되	115
03	되	134	있	108
04	있	134	보	65
05	먹	126	모르	62
06	보	121	가	59
07	들	100	알	59
08	오	78	그러	47
09	모르	73	오	42
10	치	72	살	41
11	알	67	치	34
12	그러	64	들	32
13	나	63	사	30
14	나오	56	서	30
15	앉	53	그리	28
동사 종류		998		779
다양성 비율		16.54%		22.24%

절대 어휘 사용 양상에서 유사한 비율을 보이는 유진오와 이효석도 그러하다. 두 작가는 21.53%와 21.27%의 동사를 작품에 활용하고 있는데, 그 다양성은 이효석이 유진오에 비해 훨씬 큰 수치를 보여준다. 이효석의 작품이 다양한 동사를 활용하고 있다고 판단할 수 있는 것이다.

동사의 사용은 인물의 행위와 화자의 서술 행위에 직결되는 것이기 때문에 다른 작가들에 비해 통계 결과가 대별적으로 큰 차이를 보인다면, 그것은 다음과 같이 가정될 수 있다. 계용묵과 이효석은 김유정과 유진오에 비해 행위 중심의 서술이 많으며, 서사 중심의 서술이 진행되고 있을 확률이 높다.

① 계용묵, 「백치 아다다」, 첫 부분.

질그릇이 땅에 부딪치는 소리가 났다고 들렸는데, 마당에는 아무도 없다.

부엌에 쥐가 들었나? 샛문을 열어 보려니까,

"아 아 아이 아아 아야!"

하는 소리가 뒤란 곁으로 들려 온다. 샛문을 열려던 박씨는 뒷문을 밀었다.

장독대 밑, 비스듬한 켠 아래, 아다다가 입을 헤 벌리고 넙적 엎더져, 두 다리만을 힘없이 버지럭거리고 있다.

그리고 머리 편으로 한 발쯤 나가선 깨어진 동이 조각이 질서 없이 너저분하게 된장 속에 묻혀 있다.

② 유진오, 「김강사와 T교수」, 첫 부분.

문학사 김만필(金萬弼)은 동경제국대학 독일문학과를 우수한 성적으로 졸업한 수재이며 학생시대는 한때 문화비판회의 한 멤버로 적지 않은 단련의 경력을 가졌으며 또 학교를 졸업한 후에는 일년 반 동안이나 실업자의 쓰라린 고통을 맛보아 왔지만 아직도 '도련님' 또는 '책상물림'의 티가 뚝뚝 듣는 그러한 지식청년이었다.

작품에 따라 행위 중심의 서술을 선택할 것인지 화자를 통한 해석적 서술을 선택할 것인지의 문제는 작품의 주제 및 소재와 관련된 것이어서 선불리 문체적 차이로 판단하기는 어렵다. 그러나 위의 ①, ② 예문에서 보이는 것처럼 작가별로 동사의 사용 양상이 현격하게 차이를 보이는 것은 작가의 어휘 선택이 대별적인 문체적 차이로 연결될 수 있는 가능성을 확인하게 하는 결과라는 점에서 통계적 분석은 이를 구분할 수 있는 방법이 된다.

3.2. 형용사의 사용 양상

소설에서 형용사는 인물이나 사건, 대상 등의 속성을 드러내는 데에 관여하며, 여기에는 작가의 일정한 가치가 투영될 수 있다. 동사가 행위와 관련되지만 그 의미에 부여되는 가치적 의미가 한정된 반면 형용사는 대상 자체의 속성은 물론 자체로서도 가치적 의미를 드러낼 수 있다는 점에서 주목되는 품사이다. 게다가 형용사는 문장의 서술어로도 사용될 수 있기 때문에 소설 속 문장의 주체가 되는 인물이나 사건, 대상 등의 서사 내 성격을 파악하는 데에 활용될 수 있다.

각 작가의 작품에 사용된 형용사의 사용 양상을 보면 다음과 같다.

〈표 4〉 비교 대상 작가 작품의 형용사 사용 양상

작가	빈도	전체어절	절대 사용 비율	어휘 종류	어휘의 양성 비율
계용묵	998	14,146	7.05%	280	28.01%
김유정	1394	22,963	6.07%	383	27.47%

유진오	1655	27,837	5.95%	370	22.36%
이태준	915	14,375	6.36%	256	27.98%
이효석	1613	19,116	8.44%	429	26.57%
평균			6.77%	343.60	26.48%

〈표 4〉를 통해서 확인되는 것처럼 형용사도 동사처럼 각 작가의 어휘 사용의 특징을 드러내준다. 먼저 형용사의 절대 사용 양상을 보면 이효석이 다른 작가에 비해 현저하게 형용사를 많이 사용하고 있으며, 유진오는 형용사의 사용이 상대적으로 적은 편이다.

다양성의 측면에서는 이 같은 결과가 특징적으로 구분되는데, 주목되는 것은 이효석이 형용사를 많이 사용하고 있긴 하지만 어휘의 다양성에서는 계용묵, 김유정, 이태준 등과 유사한 결과를 보여준다는 점이다. 이는 절대 사용 비율은 높지만, 한정된 형용사를 반복적으로 사용해서 나온 결과이다. 이들과 대별되는 유진오는 형용사의 절대 사용 비율도 제일 낮고, 다양성의 비율에 있어서도 가장 낮은 비율을 보여주고 있다. 이를 통해서 가정하자면 유진오는 대상에 대한 가치 부여나 판단, 성질 부여 등에 상대적으로 소극적이며, 한정된 가치 개념이 투영된 어휘들을 반복적으로 사용할 가능성이 높은 것으로 보아 작품이 일정한 주제의식과 가치의 폭 안에서 추동하고 있을 가능성이 높다.

① 유진오, 「김강사와 T교수」

"허…… 무어, 어련허실 거 아니지만 그래두 당신은 교단에 서시는 것이 처음이 되니까. 더구나 우리 학교로 말하면 학생이 섞여 있으니까 한층더 해나가기가 어렵습니다. 그리고 학생들의 버릇이란 처음 오는 선생, 더군다나 당신같이 젊은 선생에게는 쓸데없는 질문을 자꾸 해 **괴롭**게 굽니다. 나도 역시 그전에 당한 일입니다만 말하자면 학생이 선생을 시험하는 게랄까요. 이 시험에 급제를 해야만 학생들을 다스려 나가지, 만일 떨어지는 날이면 뒤가 몹시 **괴롭**습니다. 허…… 어허……."

② 유진오, 「행로」

한 사날 동안이나 그런 생활을 반복하고 있으려니까…… 얼굴이 다 못되었어요. 소냐도 홀쭉해지고 종혁 씨도 잠을 잘 못 자는 모양이었어요. 나는 어떻게 괴로운지 그런 시기와 질투와 의심의 생활을 하루바삐 청산하고 싶었으나 별안간 소냐를 나와 종혁 씨 사이로부터 없앨 수도 없고 또 내가 그곳을 떠나 버리는 것도 못할 노릇이었어요. 우리들은 말 없는 중에 서로가 서로를 **괴롭**히면서 하루를 보내고 있었어요.

위의 두 예문은 유진오의 소설 가운데 사용된 빈출 형용사가 반복되어 다른 작품 내에 사용되는 예이다. '괴롭'다는 형용사는 그의 작품에서 22번째 순위로 자주 사용되었는데, 이효석은 동일한 형용사를 빈출 34번째로 사용하고 있으며, 김유정은 빈출 46번째, 이태준은 44번째로 사용되고 있다. 이는 앞에서 이야기한 것처럼 유진오가 한정된 형용사를 다른 작가들에 비해 반복적으로 사용하고 있는 예라고 할 수 있다.

3.3. 부사의 사용 양상

소설 작품에서 부사는 용언에 특질을 부여하고, 동작과 대상의 성질에 대해 강조하거나 특색을 드러내는 데에 활용된다. 특히, 부사는 동사와 형용사를 수식하는 성질을 가지고 있으므로 이 두 종류와 함께 파악할 경우, 각 작가의 작품이 동적 서사를 지니고 있는지 그렇지 않은지, 사건이나 인물의 행위를 다채롭게 그려내고 있는지 그렇지 않은지, 대상과 행위가 중심이 되는 서술을 가지고 있는지 등을 파악하는 근거가 될 수 있다.

〈표 5〉 비교 대상 작가 작품의 부사 사용 양상

작가	빈도	전체어절	절대 사용 비율	어휘 종류	어휘의 다양성 비율
계용묵	1427	14,146	10.09%	476	33.36%
김유정	3042	22,963	13.25%	795	26.13%
유진오	2801	27,837	10.06%	555	19.81%
이태준	1279	14,375	8.90%	392	30.65%
이효석	1690	19,116	8.84%	551	32.60%
평균			10.23%	553.80	28.51%

〈표 5〉를 통해 확인한 각 작가의 부사 사용 양상을 보면, 앞에서 형용사를 통해 1차적으로 확인한 유진오의 경우, 어휘의 절대 사용 비율은 다른 작가들의 평균값의 범위 내에서 활용되고 있지만, 다양성의 비율에서는 매우 낮은 비율을 보이고 있음이 확인된다.

〈표 6〉 비교 작가별 부사 빈출 순위 10

빈출 순위	계용묵		김유정		유진오		이태준		이효석	
	총 빈도	1427	총 빈도	3042	총 빈도	2801	총 빈도	1279	총 빈도	1690
01	못	64	못	125	또	148	또	51	없이	58

02	다시	58	좀	110	안	110	좀	45	더	51
03	없이	49	안	98	더	76	안	37	안	47
04	아니	45	또	78	다	73	다시	36	같이	45
05	또	40	다	76	못	65	못	36	또	41
06	안	36	다시	61	벌써	58	다	30	다	37
07	같이	34	왜	44	좀	55	잘	27	다시	33
08	더	28	잘	43	왜	53	왜	24	너무	28
09	왜	24	없이	36	지금	53	아직	22	못	28
10	벌써	18	더	35	다시	48	모두	21	문득	25

작가별 부사의 사용 양상이 드러난 〈표 6〉을 살펴보면, 용언의 내용을 부정 의미로 만드는 부사의 사용이 서로 다르다는 점을 확인할 수 있다. 계용묵의 경우 '못', '없이', '아니', '안'과 같은 부정적 의미를 가지고 있는 부사가 상위에 집중적으로 포함되어있으나 유진오나 이태준의 경우는 그렇지 않다. 이는 계용묵의 작품이 표면적인 진술에 부정적 가치판단이 자주 들어가 있을 것임을 예상하게 하는 것이며, 다른 작가들은 이 같은 가치부여가 일정 부분 유보되거나 적게 진술되고 있음을 보여준다고 생각할 수 있다.

또한 부사의 사용 양상을 형용사와 동사와 같은 용언과의 결합 측면에서 연계하여 보았을 때, 상대적으로 다양하지 않은 동사와 형용사를 사용하고 있으나 이를 수식하는 부사는 평균 이상으로 사용하고 있는 유진오의 작품은 다른 작가의 작품에 비해 정적인 성격을 가지고 있으며, 사건이나 인물, 행위 등에 대해 정적인 가치부여에 집중하고 있을 가능성을 보여준다. 다른 네 명의 작가들이 사건 중심의 서술을 선호하고 있는 것에 비해 유진오는 사건보다는 인물의 생각이나 심리, 정적인 상황 등에 서술을 집중하고 있다는

〈그림 2〉 비교 대상 작가의 동사-형용사-부사 사용 양상

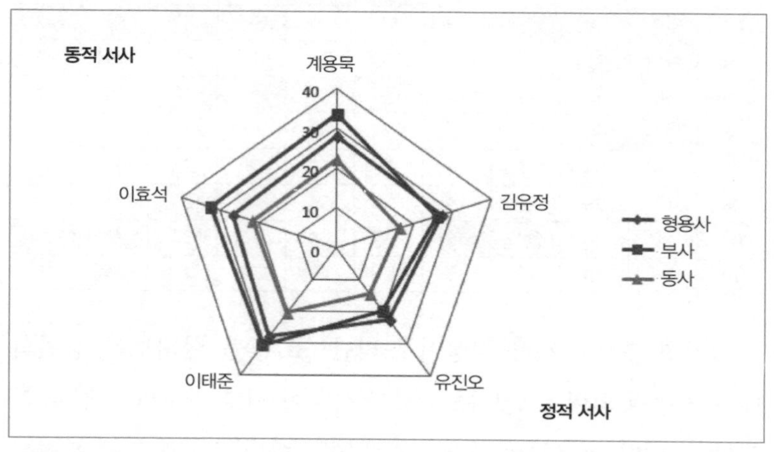

사실을 통계적으로 보여주는 것이기 때문이다. 특이한 점은 유진오가 동사와 형용사의 절대 비율이 낮은 것에 비해 부사는 평균 이상의 절대 비율을 보여주고, 다양성은 현격하게 낮기 때문에 동일한 인물이나 상황 등에 반복적으로 유사한 가치 부여와 판단을 하고 있을 것임을 확인하게 해 주는 것이다. 각 작가의 용언과 관련한 어휘의 사용 양상을 그림으로 보이면 〈그림 2〉와 같다.

3.4. 명사와 대명사의 사용 양상

일반명사와 고유명사는 작가의 작품에 드러나는 소재와 제재의 다양성은 물론 어휘 사용의 특수성을 보여주는 대표적인 예이다. 이에 비해 대명사는 작품 서술에 있어서 화자의 시점을 드러내주는 주요 지표가 된다. 일반명사는 서사의 성격을 드러낼 수 있으며, 고유명사는 작가의 특정한 선택적 어휘의 양상을 보여준다.

우선 일반명사와 고유명사의 사용 양상을 보이면 다음의 〈표 7〉, 〈표 8〉과 같다.

〈표 7〉 비교 대상 작가 작품의 일반명사 사용 양상

작가	빈도	전체어절	절대 사용 비율	어휘 종류	어휘의 다양성 비율
계용묵	4912	14,146	34.72%	1559	31.74%
김유정	7444	22,963	32.42%	1836	24.66%
유진오	9640	27,837	34.63%	2269	23.54%
이태준	4847	14,375	33.72%	1858	38.33%
이효석	7804	19,116	40.82%	2272	29.11%
평균			35.26%	1,958.8	29.48%

〈표 8〉 비교 대상 작가 작품의 고유명사 사용 양상

작가	빈도	전체어절	절대 사용 비율	어휘 종류	어휘의 다양성 비율
계용묵	420	14,146	2.967%	31	12.92%
김유정	461	22,963	2.001%	46	9.98%
유진오	1521	27,837	5.464%	154	10.13%
이태준	438	14,375	3.047%	134	30.60%
이효석	687	19,116	3.594%	91	13.25%
평균			3.41%	91.20	15.38%

어떤 작가가 작품에서 일반명사와 고유명사를 다른 작가와 차이가 있게 사용하고 있다면 그것은 작품이 다루고 있는 소재와 제재가 얼마나 다양한가와 유사한 소재 및 제재를 집중적으로 다루고 있는가의 문제와 관련이 있다. 명사의 사용이 다채롭다면 그의 작품은 다양한 이야기를 구축하고 있다는 것이고, 서사에 투영된 인물과 사건, 배경, 상황 등이 다른 작가에 비해 다채롭다는 것을 보여주는 것이다.

〈그림 3〉 비교 대상 작가별 명사의 사용 양상 비교

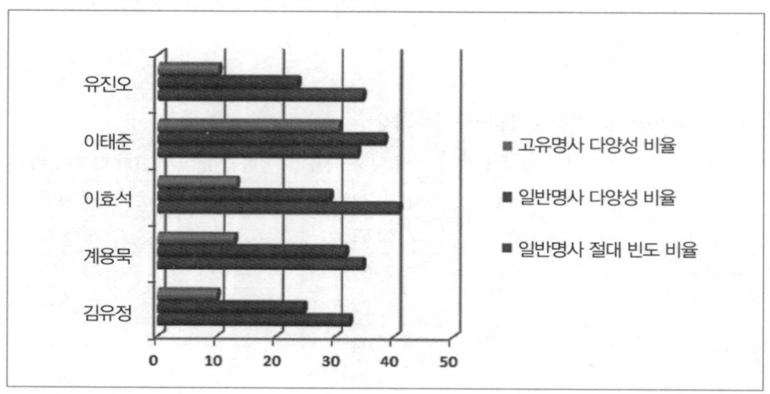

위의 〈표 7〉을 보면 일반명사의 사용에 있어서 평균값을 벗어나는 두 작가를 확인할 수 있다. 이태준의 경우 일반명사의 절대 사용 비율은 평균 범위에 들어가지만, 어휘의 종류는 다른 작가들의 평균값의 30% 이상의 증가 비율을 보인다. 이는 그가 작품 내에서 상당히 다양한 소재와 제재를 활용하고 있다는 점을 보여주는 것이다. 이에 비해 이효석의 작품은 이와는 반대의 경우를 보여주는데, 절대 사용 비율에서 평균값 이상으로 사용하는 것에 비해 다양성에서는 평균값 안에서 움직이고 있으므로 소재와 제재가 반복되어 사용되거나 몇몇 소재에 집중하고 있다는 점을 보여준다.

이는 고유명사의 사용에 있어서도 현격하게 구분되어 도출되는데, 이태준이 평균값의 2배에 가까운 다양한 고유명사를 사용하고 있다는 점은 일반명사와 연계하여 볼 때 재차 확인되는 그의 소설이 지닌 소재의 다양성을 보여주는 것이다.

이에 비해 김유정의 작품에 사용되는 명사는 고유명사와 일반명

〈그림 4〉 각 작가의 명사 사용 양상

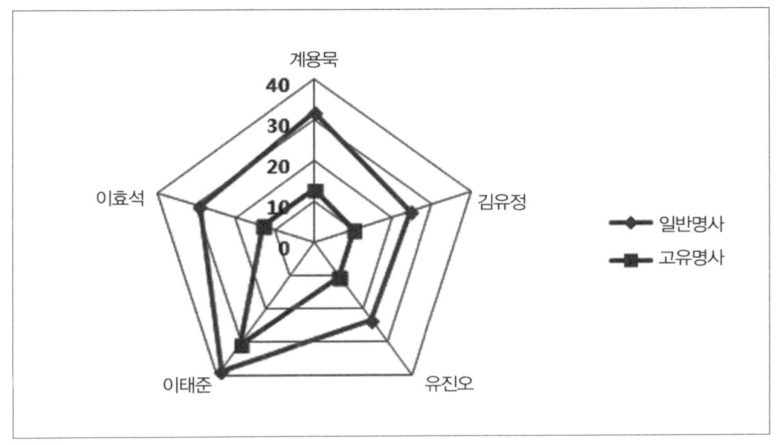

사 모두 다른 작가들에 비해 현격하게 적다. 이는 그가 작품에서 사용하는 어휘가 한정되어있으며, 소재가 한정되어있기 때문으로 판단할 수 있는데, 개별 작가의 문체론 연구에서 그의 문체가 토속적, 향토적 등으로 표현되었던 점에서 미루어 보았을 때, 다른 작가들이 사용하지 않는 다양한 어휘를 구사할 것이라는 기대와는 배치된다. 오히려 그는 한정된 대상이나 배경을 활용하여 특정한 소재를 집중적으로 탐구한 작가이자 문체적 성향을 보인다고 설명하는 것이 타당하다.

결국 고유명사와 일반명사의 사용이 동시대의 작가에게 있어서 차이를 보이는 것은 각 작가의 주된 관심이 어떻게 분산되고 집중되는가를 보여주는 통계이다. 이를 그림으로 제시하면 〈그림 4〉와 같은 작가별 차이를 보인다.

4

비주제어 사용 양상

소설에 사용되는 비주제어는 작가가 무의식적으로 활용하는 어미와 접두사, 접미사, 조사 등의 관계언 등에 해당하는 것이다. 이들 어휘들은 주제나 소재에 관여하지는 않지만 개별 작가들의 특징적이면서도 무의식적인 차이를 드러낸다는 점에서 대별적인 문체 인자의 하나로 언급할 수 있다. 그렇다면 이 같은 특징적 차이를 보여주는 어휘에는 무엇이 있는가. 각 작가별로 자주 사용되는 종결어미, 연결어미를 정리하면 다음과 같다.

〈표 9〉 비교 대상 작가 작품의 통계적으로 유의미한 상위 빈출 어미

작가	종결어미	연결어미	선어말	작가	종결어미	연결어미	선어말
계용묵	네, 누나, ㄹ까	간, 게, 디	갔	유진오	ㄴ가/는가, 습니까, 지요	러, 아도, 으나	었
김유정	ㄴ다, 다, 게유, 지유, 아유, ㄴ가, 람, 리라, 세, 수	고, 도록, 는지, 니, 니까, 며		이태준	ㄴ다, ㄴ뎁쇼, 네, ㄹ세, 라, ㅂ쇼, 습죠,	나, 더니, 라	
이효석	다						

종결어미의 사용에 있어서 작가별로 두드러지는 차이는 김유정과 이태준의 경우이다. 김유정이 '게유', '지유', '아유' 등의 사투리를 사용하여 화자와 인물의 특수성을 보여주고 있다면, 이태준은 'ㄴ뎁쇼', '습쇼', 'ㅂ쇼' 등의 어휘를 사용하여 인물이 처해있는 조건과 관계성을 보여주는 데에 집중하고 있기 때문이다.

① 이태준의 「달밤」 중.

그러나 신문 사장은 이내 잊어버리고 원배달만 마음에 박혔던 듯, 하루는 바깥마당에서부터 무어라고 떠들어 대며 들어왔다.

"이선생님? 이선생님 겝쇼? 아, 저도 내일부턴 원배달이올시다. 오늘 밤만 자면입쇼……."

한다. 자세히 물어 보니 성북동이 따로 한 구역이 되었는데, 자기가 맡게 되었으니까 내일은 배달복을 입고 방울을 막 떨렁거리면서 올 테니 보라고 한다. 그리고 '사람이란 게 그러게 무어든지 끝을 바라고 붙들어야 한다'고 나에게 일러주면서 신이 나서 돌아갔다. 우리도 그가 원배달이 된 것이 좋은 친구가 큰 출세나 하는 것처럼 마음속으로 진실로 즐거웠다. 어서 내일 저녁에 그가 배달복을 입고 방울을 차고 와서 쫄럭거리는 것을 보리라 하였다.

② 김유정의 「봄 봄」 중.

"그래, 거진 사 년 동안에도 안 자랐다니 그 킨 은제 자라지유? 다 그만두구 사경 내슈……."

"글쎄, 이 자식아! 내가 크질 말라구 그랬니, 왜 날 보구 떼냐?"

"빙모님은 참새만한 것이 그럼 어떻게 앨 낳지유?(사실 장모님은 점순이보다도 귀때기 하나가 작다.)"

두 인용문은 종결어미가 실제로 사용되고 있는 부분을 제시한 것이다. 종결 어미의 사용은 인물 사이의 관계성은 물론 인물과 화자의 위치 등을 확인할 수 있는 근거이다. 위에 제시한 종결어미는 어휘가 특수하게 사용된 예에 해당하지만, 일반적으로 기능어에 해

〈그림 5〉 각 작가별 주격조사 사용 양상 비교

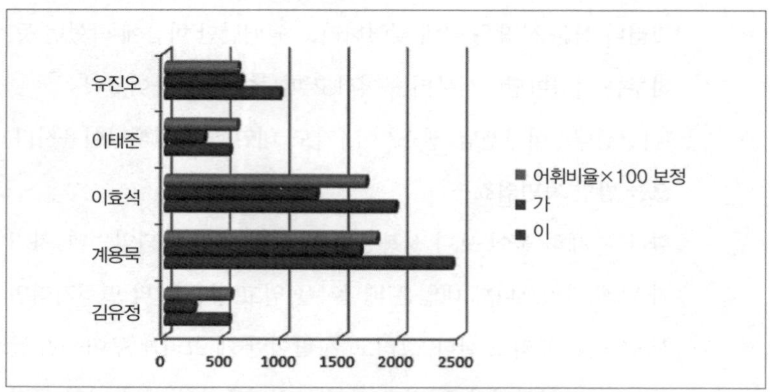

※사용빈도와 비교하기 위해 어휘 사용 비율을 표준화하여 제시함

당하는 어휘들은 작가가 분명하게 의도한다고 선택되는 것이 아니라 비의도적인 경우가 대부분이다. 조사의 사용과 어미, 접속사와 전치사 등은 작가의 평소 습관에서 나오는 것이므로 주제어에 비해 보다 분명한 작가별 특징을 가질 수 있다. 그렇다면 이 같은 비의도적인 어휘의 사용은 어떤 차이를 보이는가.

주격조사의 사용 양상을 살펴보면, 작가가 어떤 주격조사를 집중적으로 사용하는지는 물론 작품의 시점도 확인할 수 있다. 위의 〈그림 5〉를 통해서 확인되는 작가별 특징은 먼저 주격조사인 '이/가'의 사용이 김유정과 이효석이 다른 작가들에 비해 현격하게 많다는 점이다. 이는 주어의 의미를 만드는 보조사인 '은/는'의 사용과 비교하여 보았을 때, 이 두 작가가 주체가 중심이 되는 서술을 즐겨한다는 의미이며, 행위 내용이 행위자에 대해서만 의미가 부여되도록 만들고 있다는 것을 말한다. 이에 비해 '이/가'의 활용이 적은 계용묵, 이태준, 유진오는 앞의 두 작가에 비해 상대적으로 '은/는', 즉 보조사를 통해 주어를 많이 만들고 있으며, 이는 작가가 보조사에 결합된 대상에 대해서만 의미를 제한적으로 사용하도록 만들고 있다는 특징을 보이는 것을 말한다. 이 같은 점은 다음의 예문을 통해서도 확인할 수 있다.

① 계용묵, 「인두지주」

이때 경수는 듣기만 하여도 뻐에 사무쳤다. 그러나 경수는 다시 그를 데려갈 집이 없음을 슬퍼하였다.

② 유진오, 「여직공」

옥순이는 다시 동무들을 생각해 보았다. 근주, 강훈이, 경옥이, 보배, 정숙이…… 모두들 믿음직한 사람이다. 그들은 일신을 바치고 온 세상의 가난한 사람을 위해 일하는 사람이 아닌가?

③ 김유정, 「노다지」

네가 노다지를 만나든, 내가 만나든 둘이 똑같이 나눠 가지고 집을 사고 계집을 얻고, 술도 먹고, 편히 살자고.

①번 예문의 첫 주어인 '경수'는 보조사인 '는'과 결합하여 주어가 되었지만, "뻐에 사무"친다는 내용에만 그 의미의 한정을 갖는다. 이에 비해 ③의 예문에서 '네'와 '네'라는 주어는 주격조사인 '가'와 결합하여 문장 내의 행위에 그 의미가 걸리며 한정과 제한의 조건을 갖지 않는 것이다. 만일 '나는 노다지를 만났다'라고 서술되었다면 이는 '나' 혹은 '나' 만이라는 제한된 대상 쪽에 그 의미가 한정되

는 반면, '내가 노다지를 만났다'라고 서술되었다면 행위 자체에 보다 초점이 맞추어지는 것이다. 이 같은 주격조사 사용을 통해서 확인하는 작가별 차이는 비의도적인 서술 태도가 반영된 특징이다. 또 다른 비의도적 기능어의 사용 양상을 살펴보면 다음과 같다.

〈표 10〉 각 작가별 접속부사 사용 양상 비교

빈출 순위	계용묵		김유정		유진오		이태준		이효석	
	총 빈도	182	총 빈도	278	총 빈도	228	총 빈도	123	총 빈도	104
01	그러나	73	그러나	100	그러나	123	그러나	45	그러나	54
02	그리고	40	그리고	95	그리고	24	그리고	30	그리고	16
03	그래서	23	그런데	23	그럼	16	그럼	12	하나	8
04	그리하여	18	그럼	12	하지만	15	그래서	10	그러면	5
05	그러면	12	그러면	11	허지만	11	그런데	10	그럼	4
06	그럼	8	하기는	7	그러면	8	그리구	6	그러므로	3
07	그런데	5	하지만	7	그런데	5	그러면	3	따라서	3
08	그러니까	1	하긴	6	그렇지만	5	그러니까	2	하긴	3
09	그렇지만	1	그래서	5	그래서	4	허긴	2	그런데	2
10	하지만	1	하나	3	그러니까	4	그나	1	그리구	2
11			하기야	2	하기는	3	그렇지만	1	하기는	2
12			한데	2	그러므로	2	한데	1	그나	1
13			그렇지만	1	그리구	2			그러니까	1
14			근대	1	따라서	2				
15			근데	1	한데	2				
16			이리하여	1	하기야	1				
17			허지만	1	헌데	1				

주제어에 비해 비의도적 속성을 갖는 기능어의 경우 자주 활용되거나 출몰하지는 않지만 작가별로 서로 다른 특징적인 사용 양상을 확인해 준다는 점에서 중요하다. 〈표 10〉을 통해 확인할 수 있는 것처럼 접속부사의 사용에 있어서 다른 작가가 사용하지 않는 특수

〈그림 6〉 비의도적 기능어 사용의 작가별 차이 양상

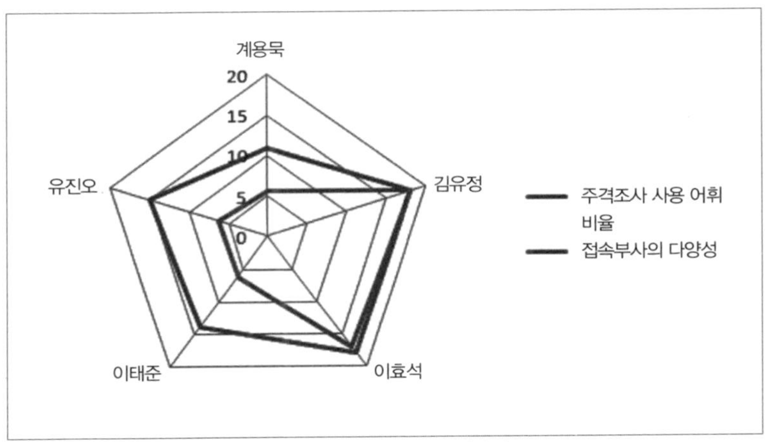

(안쪽 선은 주격조사의 비율, 바깥쪽 선은 접속부사의 다양성)

한 어휘를 사용한다면 이는 그 작가의 상대적이고 대별적인 특징을 확인하게 하는 요소이다. 위의 표에서 색을 칠한 부분을 보면, 김유정은 다른 작가가 사용하지 않는 '그런데'의 축약형이자 오류인 '근대'와 '근데'를 활용하고 있으며, 유진오는 '그리구', '허지만', '헌데' 등의 특수한 어휘를 사용하고 있음을 볼 수 있다. 이 같은 특수한 어휘가 사용되었다면 그 작품은 특정한 작가가 창작한 것임을 가정할 수 있으며, 대별적 문체의 특징 요소 가운데 하나라고 볼 수 있는 것이다.

5

결론

계량적 문체론의 가능성은 앞에서 제시한 일반적 어휘 사용 양상의 통계는 물론, 어휘의 실제 사용 양상을 함께 분석적으로 접근해야만 그 타당성을 충분히 인정받을 수 있다. 이는 어휘만을 쪼개어 통계를 만들었을 경우, 개별 작품이 지니고 있는 특수성과 어휘와 어휘의 결합, 또한 문맥을 통해서 전해지는 문체적인 특질을 충분히 확인하기 어렵기 때문이다. 이를 보완하기 위해서는 문장 내에 함께 사용되는 공기어의 결합 양상과 분위기와 이미지, 행위 등을 세밀하게 구분할 수 있도록 용언 등에 대한 세분화된 분류 작업이 진행되어야 한다. 또한 보다 많은 작가의 작품들을 코퍼스로 구축하여 그 신뢰도를 높이는 일도 추진되어야 한다. 현재 이 같은 보완 작업은 현재진행형임을 밝혀둔다.

현재 통계를 통해 확인된 계량적 문체 지수는 전적으로 기존의 직관적 문체론을 보완하는 증거로 활용되어야 한다. 이는 계량에 따른 일반화의 오류를 피하기 위해서이기도 하며, 통계나 수학만으로 설명되지 못하는 문학이라는 양식의 특수성에 기인하는 것이기도 하다. 본고 역시 이 같은 문제점에 대해 충분히 인식하고 있으며 이를 보완하기 위한 다양한 방법론에 대해 탐구 중이다. 지금 다른 나라에서 진행되고 있는 기계적 방법을 활용한 전산문체론 연구와 통계적 방법론은 작가별 특징을 벡터로 구현하여 보여주는 방법은 물론 특정한 한 작품이 비교 대상군과 어떤 통계적 유사성을 가지고 있는가를 살피는 연구까지 나아가고 있다. 단순히 문학 작품만이 문체를 가지고 있는 것이 아니기 때문에 비문학적인 글이나 저자가 판별되지 않은 글들을 통계로 만들어 다른 대상과 비교하는 방법은 전산문체론에 기반을 둔 새로운 연구 영역이 될 수 있을 것이다. 한국 현대문학 연구에서 아직까지는 낯설거나 불편한 연구 방법론일 수 있으나 적절하게 활용할 수 있으면 상당히 많은 시사점을 줄 수 있을 것이라 생각한다. 특히 저자가 불분명하거나 필명만 남아 있는 작품을 기계적이고 통계적인 방법을 사용하여 추적하는 것도 충분히 가능하다.

물론 한국 현대소설 연구에 있어서 계량적 방법론은 단순히 보조적인 특성만 가지고 있는 것은 아니다. 어떠한 특정 시대의 작품들을 코퍼스로 구축하고, 이를 바탕으로 작가별 어휘 사용은 물론 시대별 어휘 사용 양상을 도출하고 이를 다른 시대의 작품 속 어휘 사용 양상과 비교한다면 앞으로는 이 같은 방법론의 거시적인 결과도 충분히 나올 수 있으리라 예상한다. 특히 한 작가의 작품에 사용된 어휘를 모두 코퍼스로 구축하여 주제어와 기능어의 사용 양상과 특징적 비율을 대별적 문체의 기준으로 삼아서 벡터로 표시한다면 다른 작가의 작품들과의 어휘적 유사성과 문체적 차이점을 보여줄 수 있을 것이다.

계량화를 통한 문체 특질에 대한 연구는 서구의 경우 그 역사가 오래되었고, 매우 활발하게 진행되고 있는 실정이다. 이에 비해 한국 문학 연구에 있어서 계량적 문체론의 시작은 매우 미미할뿐더러

〈그림 7〉 통계적 방법으로 구현한 작가별 어휘 사용의 차이 양상

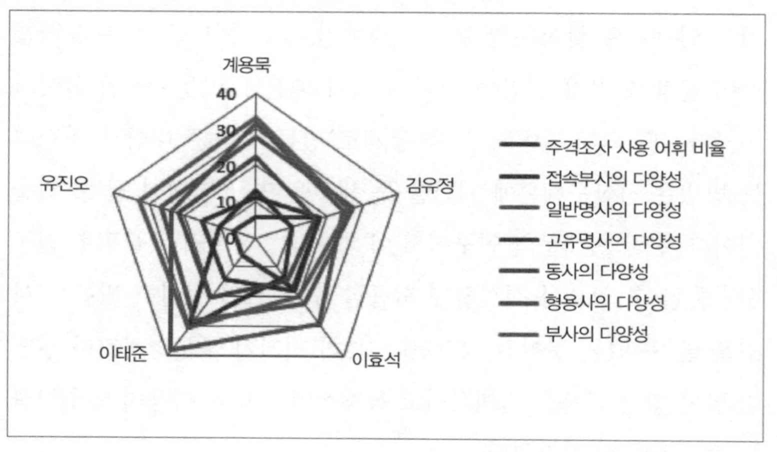

문학답지 않은 문학 연구로 치부되어 소외받는 경향이 있다. 본 연구는 그런 의미에서 계속되어야 할 시론에 해당한다.

참고문헌

강남준·이종영·최운호(2010), 「『독립신문』 논설의 형태 주석 말뭉치를 활용한 논설 저자 판별 연구」, 『한국사전학』 제15호, 한국사전학회.

구인환(1965), 「문체론적 비평고」, 『동악어문논집』 제1호, 동악어문학회.

김명철·허명회(2012), 「최소거리법과 기계학습법에 의한 한국어 텍스트의 저자 판별」, 『조사연구』 제13-3호, 한국조사연구학회.

김상태(1982), 『문체의 이론과 해석』, 새문사.

김정자(1985), 『한국 근대소설의 문체론적 연구』, 삼지원.

김주현(1998), 「이상 소설의 기호학적 접근」, 『어문학』 제64호, 한국어문학회.

문한별·김일환(2009), 「카프 전후 소설의 어휘 사용 양상-계량적 방법론을 중심으로」, 『한국언어문학』 제69호, 한국언어문학회.

문한별·김일환(2014), 「한국 현대소설의 문체 분석을 위한계량적 연구 시론-1930년대

김남천, 이기영, 채만식 소설을 중심으로-」, 『어문논집』 제70호, 민족어문학회.
우한용(2007), 「소설 문체론의 방법 탐구를 위한 물음들」, 『현대소설연구』 제33호, 현대소설학회.
이도길(2005), 「한국어 형태소 분석과 품사 부착을 위한 확률 모형」, 고려대학교 박사논문.
이병헌(2002), 「한국 현대소설의 문체 분류 시론」, 『한국문학연구』 제3호, 동국대학교 한국문학연구소.
이병헌(2011), 「이상 소설의 문체」, 『국제어문』 제53호, 국제어문학회.
이정화(2002), 「이상 소설 문체의 수사학과 서사 구조 연구」, 『한국학보』 제28호, 일지사.
장석원(2005), 「김승옥 소설의 문체 연구」, 『어문론집』 제52호, 민족어문학회.
최용석(2004), 「이문구 소설의 문체 형성 요인 및 그 특징 고찰」, 『현대소설연구』 제21호, 현대소설학회.
한나래(2009), 「빈도 정보를 이용한 한국어 저자 판별」, 『인지과학』 제20권 2호, 한국인지과학회.
Rudman, J.(1998), "The state of authorship attribution studies: some problems and solutions", *Computers and the Humanities*, 31(4).
John Burrows.(2003), "Questions of Authorship: Attribution and Beyond", *Computers and the Humanities* 37.
Ayaka Uesaka, Masakatsu Murakami(2014), "Verifying the authorship of Saikaku Ihara's work in early modern Japanese literature; a quantitative approach", *Literary and Linguistic Computing*.

문한별, 선문대학교 국어국문학과, amaranth337@naver.com

저자 판별을 위한 전산 문체론
- 초기 현대소설을 대상으로 -

김일환
이도길

이 논문은 2014년도 11월 국어국문학회 전국학술대회에서 발표한 내용을 수정, 보완한 것이다. 학술대회에서 지정토론자로서 귀중한 조언을 해 주신 서울대학교 국어국문학과의 박진호 선생님을 비롯한 학회 회원 분들께 감사드린다. 한편 이 논문은 2007년도 정부(교육과학기술부)의 재원으로 한국연구재단의 지원을 받아 수행된 연구이다(NRF-2007-361-AL0013).

1

서론

최근 들어 정보 처리 기술이 급속도로 발전하고 대규모의 언어 자원의 구축과 활용이 가능해지면서 소위 '디지털 인문학'(Digital humanities)이 국내외적으로 주목을 받고 있다.[1] 특히 언어학과 관련하여서는 다양한 통계적 분석 기술을 도입한 '저자 판별' 문제가 중요한 이슈로 제기되고 있다. 저자 판별과 관련한 국내의 연구는 아직 초보적인 수준에 머물러 있을 뿐 아니라 저자 판별을 위한 기반이 되는 '문체'에 대한 연구도 충분히 합의되지 않은 것으로 보인다.

이 연구는 저자 판별을 위한 기반으로서 '문체'에 대해 계량적으로 접근한 것이다. 즉 초기 현대소설에 사용된 언어 사용 양상을 통

---

1 Digital Humanities라는 학술대회가 매년 미국과 유럽에서 번갈아가며 성황리에 개최되고 있다. 이 학회에서는 기존의 언어학, 문학뿐 아니라 자연어 처리를 포함한 전산학, 도서관학, 역사학, 예술학 등의 다양한 영역의 학술 발표가 이루어지고 있다. 이 가운데 저자 판별과 관련한 문제도 중요한 주제로서 포함되어 있음은 물론이다.

계적인 방법을 활용하여 비교, 분석함으로써 작가별 문체의 특성을 계량적으로 밝히고 어떠한 언어 특성이 저자간의 문체적 차이를 드러내는지를 제안해 볼 것이다. 이러한 결과는 궁극적으로 개별 저자의 문체적 특성으로 종합될 수 있을 뿐 아니라 저자 판별을 위한 자질(feature)을 선정하는 데에 활용될 수 있을 것이다.

사실 문체라고 하면 그동안 다양한 관점에서 폭넓게 정의되기도 하였으며 그러한 정의들은 일정 부분 '문체'의 특성을 밝히는 데 기여해 왔음은 주지의 사실이다. 이를테면 문체는 조선시대 문체, 일제 강점기의 문체, 개화기 문체 등과 같이 시대적인 측면에서 규정될 수도 있고, 남성의 문체나 여성의 문체와 같이 성(性)에 의한 문체, 소설의 문체, 신문의 문체, 수필의 문체와 같이 문학 장르에 따른 문체, 격식체, 비격식체 등과 같은 상황에 의한 문체, 그 밖에 건조체, 화려체, 간결체, 만연체 등과 같은 표현 인상에 따른 문체 등도 논의될 수 있다(박갑수 외 1994). 그러나 이 논문에서는 '문체'를 개인적인 차원에서만 접근하기로 한다.[2] 특히 개인적 차원에서 드러나는 언어적 특성에 주목하고 이들의 사용 양상을 통계적 방법을 통하여 특성화함으로써 개인별 문체의 특성을 계량적으로 밝히고 이를 통해 주요 문학 작품에 대한 저자 판별의 가능성을 모색해 볼 것이다.

2 개인적인 차원에서의 '문체'에 대한 논의는 이미 서구에서는 일반화된 것으로 보인다. 이는 텍스트의 최초 생산자가 '개인'이라는 점을 중시한 결과로 해석된다. 이러한 측면에서 개인적 차원에서 '문체'에 주목하는 본고의 논의는 크게 상론에서 벗어나는 것은 아니다.

이 연구에서 다루는 소설은 주로 1930~40년대에 출간된 초기 현대소설로서 모두 14명의 저자가 포함되어 있다. 작품의 편중을 피하기 위해 저자당 각 5편의 소설을 선정하였고 가급적 같은 시기에 출판된 작품을 포함하려고 노력하였다.

사실 문체론에 대한 계량적 접근이 필요하다는 제안은 국내에서도 1990년대부터 꾸준히 제기되어 왔다(박갑수 외 1994). 이는 서구에 비해 국내의 문체론 연구가 정성적 연구에만 치우친 나머지 문체론 연구의 기반이 될 수 있는 객관적, 계량적 연구가 매우 부족하였기 때문이다.[3] 그럼에도 불구하고 국내에서는 문체에 대한 계량적 연구는 크게 주목받지 못해 왔으며 그 성과도 매우 미미한 수준이다.

한편 저자 판별(authorship attribution)과 전산 문체론(computational stylistics)의 개념을 분명히 할 필요가 있다.[4] 저자 판별은 익명의 저작물 혹은 저자 불명의 저작물에 대해 저자를 할당하는 일련의 절차라고 할 수 있다(한나래 2009:226). 저자 판별의 초점은 어떠한 특성이 저자를 판별해 내는 데 중요한 자질(feature)인지를 밝혀내는 데 있다고 할 수 있다. 이와 같이 저자 판별을 위해 활용되는 결정적인 인자(factor)들은 정성적인 방법에 의해서나 정량적인 방

---

3 국내에서 저자 판별과 관련한 계량적 연구의 시초는 Greeve(2007)의 방법을 한국어 신문의 사설에 적용한 한나래(2009)라 할 수 있다. 이에 대한 상론은 다음 장을 참조할 것.

4 저자 판별과 전산 문체론을 구분할 필요가 있다는 본고의 논의는 전혀 새로운 것이 아니다. 여기서는 단지 이와 관련한 국내의 연구가 미진한 상황에서 이들이 자칫 혼동될 수 있음을 사전에 방지하고자 한 것이다.

법에서 의해 규명될 수 있다. 이에 비해 전산 문체론은 개인별로 나타나는 문체의 특성을 계량적인 방법에 의해 온전히 밝혀내는 데 초점을 둔다. 즉 저자 판별에서는 작품별 차이를 드러내는 결정적 인자를 찾는 데에 주목하는 반면 전산 문체론은 계량적 방법에 의해 개인의 문체를 특성화하는 데에 초점이 있다. 다시 말해 저자 판별은 저자의 판별에, 전산 문체론은 개인의 문체 자체에 주된 관심이 있다고 할 수 있다.

2

연구 동향

서양의 문체에 대한 관심은 이미 기원전 300여 년 전으로 거슬러 올라간다. 이미 고대에서부터 문체 연구에 대한 관심이 싹터 이를 위한 학문적 기반이 마련되었던 것이다. 우리에게 일리아드와 오딧세이의 저자로 알려진 호머(Homer)의 작품을 판별해 내려는 시도에서부터 시작하여 중세에는 성경의 원저자와 관련한 폭넓은 연구가 이미 활발히 이루어졌다. 이러한 연구는 셰익스피어의 문학 작품의 진본 여부를 판별하려는 시도에까지 이어져 현대에 이르러서는 그 밖에 필명의 작품에 대한 원저자 판별을 위한 연구가 지속되었다(Love 2002).

그러나 서양에서도 컴퓨터를 활용한 계량적 문체 연구는 20세기 중반 이후에나 본격화되었다. 특히 영어를 대상 언어로 한 저작물의 저자 판별이 활발하였는데 그러다 보니 '어순'과 같은 위치 정보가 저자 판별의 요소로서 주목되기도 하였다. 반면 한국어와 같은 교착어에서는 조사나 어미와 같은 문법 형태가 저자 판별을 위해 더욱 중시될 가능성이 높다. 서양에서의 저자 판별에 대한 연구는 역사적 연원이 깊은 만큼 상당히 높은 정확도를 보이는 것으로 알려져 있는데 이러한 성과는 문학뿐 아니라 서지학, 역사학, 법률학 등에서도 활용되고 있다고 한다.

이에 비해 국내에서의 문체론 연구는 연구자의 주관, 즉 직관과 내성에 의한 연구가 주류를 이루었으며 이마저도 특정 작가의 문체적 특성을 밝히는 제한된 범위에 국한되었다. 문체론 전반에 대한 논의는 박갑수(1994)에서 종합적으로 정리된 바 있는데 이 연구에서도 국내 문체론 연구의 취약함, 특히 계량적 연구 풍토가 마련되지 못한 것에 대한 지적이 이미 제기되고 있다. 한편 한나래(2009)에서는 Greeve(2007)에서 사용한 저자 판별 기법을 그대로 적용하여 주요 일간지 신문 사설의 저자 판별을 시도한 바 있다. 이는 저자 판별과 관련한 연구로는 시초라 할 수 있다. 그 밖에 최운호 외(2010)과 김명철 외(2012) 등에서도 계량적 방법론을 적용한 저자 판별이 시도되기도 하였다. 그러나 이들의 논의는 저자 판별이 비교적 용이한 신문을 주된 대상으로 하였거나 단일한 자질만을 활용하였다는 점 등에서 일정한 한계를 보이기도 하였다. 결과적으로 국내의 저자 판별에 대한 논의는 이제 막 시작 단계에 불과하다고 할 수 있다.

김일환·이도길·문한별(2013), 문한별·이도길(2014)은 현대 소설을 대상으로 어휘의 사용 빈도를 추출하고 이를 통해 작가 문체의 계량적 특성을 구명하려고 시도하기도 하였다. 이러한 시도는 정성적 문체 연구에 국한되었던 국어 문체론 연구의 범위를 확장한 시론으로서의 의의를 가지는 것이기는 하지만 한편으로는 많은 한계도 드러내었다. 이를테면 대상 작품들로부터 추출된 다양한 어휘 빈도를 제시하고 비교하기는 하였으나 객관적으로 측정된 결과값에 비해 그 해석은 직관적이고 임의적이라는 점이다. 즉 다양한 빈도 차이가 의미하는 바를 시각화를 통해 가시적으로 포착하려고 하거나 종합적이고 체계적인 분석을 제시하지는 못하였던 것이다.

이러한 한계는 전산 문체론이나 저자 판별에서 추구하고 있는 계량적 방법론에 대한 회의적인 시각과도 관련된다. Rudman(1998)에서는 통계적 기법을 활용한 계량적 저자 판별이 가지는 한계를 '실험적, 기술적인 방법상의 불일치, 스타일 마커(저자 판별을 위한 언어 특성)에 대한 불일치, 편의주의적인 연구 태도, 빈약한 통계적 기술, 엉성한 기반 자료, 완결된 연구의 부족' 등으로 지적하기도 하였다. 특히 통계적 방법에 의한 문체 연구는 문체의 민감한 뉘앙스나 문맥 등에 대한 고려가 부족하기 때문에 그 자체로 한계를 지닌다는 비판도 있다(김상태 1982).

그러나 통계적 기법을 활용한 계량적 문체 연구에 대한 비판적 견해는 다소 과장된 측면이 있다. 또한 통계적 결과만으로 모든 문체적 특성을 결정하려는 것도 아니다. 더구나 국내에서는 통계적 방법론에 의한 문체 연구나 저자 판별이 본격적으로 시도되지도 못했기 때문에 통계적 방법론에 대한 비판은 성급한 감이 있다. 박갑수(1994)에서도 지적하였듯이 작가의 언어 사용에 대한 통계적 결과 자체는 무시할 수 없는 객관적, 과학적 자료임은 부정될 수 없기 때문이다.

저자 판별을 위해서는 저자 개인의 문체적 특성을 결정하는 요인이 무엇인지에 대한 연구가 선행될 필요가 있다. 이러한 특성은 어휘적인 것일 수도 있고 기능적인 것일 수도 있다. 지금까지의 문체론 연구는 저자의 어휘적인 특성에 기반하여 해당 저자의 문체론에 접근하려는 연구가 주류를 이루었는데 이는 어휘적인 단어들이 실질적인 의미를 가지고 있으므로 그만큼 직관적으로 접근하기 용이했기 때문이었을 것이다. 이에 비해 저자 판별에서는 기능적인 단위들(한국어에서는 조사나 어미가 대표적)에 더욱 관심을 둔다. 한 저자가 사용하는 어휘의 선택은 대체로 의식적으로 이루어지는 데 반해 기능적인 단위의 선택은 저자 자신도 의식하지 못한 결과일 수 있기 때문이다. 서구에서 진행된 저자 판별 연구에서 기능 형태가 주목을 받은 것은 바로 이러한 특성에 기인한 것이다.

3

대상 자료와 방법

3.1. 대상 자료의 선정

전산 문체론과 계량적 저자 판별은 비록 추구하는 지향점에는

〈표 1〉 전산 문체론 및 저자 판별을 위한 소설 작품 목록

파일명	원전 제목	출판년도	어절수	저자	파일명	원전 제목	출판년도	어절수	저자
AA01	레디메이드 인생	1934	5,890	채만식	HA01	오월의 구직자	1929	6,124	유진오
AA02	치숙	1943	3,445	채만식	HA02	밤중에 거니는 자	1931	2,401	유진오
AA05	논이야기	1948	4,255	채만식	HA03	여직공	1931	6,870	유진오
AA06	미스터 방	1946	2,738	채만식	HA04	김강사와 T교수	1932	4,353	유진오
AA10	염마	1934	54,174	채만식	HA05	행로	1934	7,639	유진오
BA01	금따는 콩밭	1935	2,681	김유정	IA01	공장신문	1931	2,485	김남천
BA02	노다지	1935	2,455	김유정	IA02	물	1933	2,000	김남천
BA03	만무방	1935	11,856	김유정	IA03	춤추는 남편	1937	2,262	김남천
BA04	봄봄	1935	3,008	김유정	IA06	이리	1939	3,867	김남천
BA05	소낙비	1935	2,963	김유정	IA10	어머니삼제	1940	2,653	김남천
CA01	최서방	1927	2,743	계용묵	JA01	가난한 사람들	1925	7,003	이기영
CA02	인두지주	1928	1,632	계용묵	JA02	개벽	1946	6,221	이기영
CA03	백치 아다다	1935	3,498	계용묵	JA03	농부 정도령	1926	8,851	이기영
CA04	장벽	1935	3,180	계용묵	JA04	민촌	1925	8,313	이기영
CA05	청춘도	1938	3,093	계용묵	JA06	설	1938	3,759	이기영
DA01	약령기	1930	4,538	이효석	KA01	무녀도	1936	5,274	김동리
DA02	노령 근해	1931	1,620	이효석	KA02	驛馬	1948	4,534	김동리
DA03	도시와 유령	1931	2,989	이효석	KA03	蜜茶苑時代	1955	6,451	김동리
DA04	모밀꽃 필 무렵	1936	2,001	이효석	KA04	흥남철수	1955	6,562	김동리
DA05	성화	1939	7,968	이효석	KA05	등신불	1961	4,090	김동리
EA01	날개	1936	5,835	이상	NA01	뉘치려 할 때	1940	10,178	나도향
EA02	봉별기	1936	1,314	이상	NA02	환희	1922	3,584	나도향
EA03	동해	1937	4,276	이상	NA03	어머니	1925	18,003	나도향
EA04	종생기	1937	4,365	이상	NA04	물레방아	1925	3,131	나도향
EA05	단발	1939	1,634	이상	NA05	벙어리 삼룡이	1925	2,891	나도향
FA01	달밤	1933	1,841	이태준	PA01	臨終	1949	3,307	염상섭
FA02	복덕방	1935	2,987	이태준	PA05	자취	1956	3,730	염상섭
FA03	까마귀	1936	3,235	이태준	PA06	離合	1948	5,021	염상섭
FA04	장마	1936	4,267	이태준	PA09	엉덩이에 남은 발자욱	1948	3,153	염상섭
FA05	패강냉	1938	2,045	이태준	PA12	老炎 뒤	1938	3,122	염상섭
GA01	적멸	1930	10,971	박태원	SA01	B사감과 러브레터	1925	3,348	현진건
GA02	소설가 구보씨의 일일	1934	12,257	박태원	SA02	술 勸하는 社會	1921	2,654	현진건
GA03	비량	1936	3,889	박태원	SA03	적도	1939	3,775	현진건
GA04	성탄제	1936	2,180	박태원	SA04	무영탑	1939	4,741	현진건
GA05	낙조	1939	8,947	박태원	SA05	운수 좋은 날	1924	2,646	현진건

차이가 있으나 저자의 문체적 특성을 기반으로 한다는 점에서는 유사하다. 이 연구에서는 전산 문체론의 가능성을 모색하고 저자 판별을 위한 언어 특성을 제안하기 위해 모두 14명의 작가, 70편의 소설 작품을 연구의 대상으로 삼았다. 이 저자들은 모두 한국 현대소설을 대표하는 작가들로서 다수의 작품을 남기고 있다는 점에서 좋은 후보가 된다. 이들이 저술한 작품 중 5편을 각각 선정하였는데[5] 이 소설들은 대체로 21세기 세종계획에 의해 일차적으로 텍스트가 전산화되어 있어 자료 구축을 위한 사전 노력을 덜어주었다. 70편의 소설은 모두 371,766 어절로 구성되어 있으며 이에 대한 세부적인 내용은 〈표 1〉에 정리되어 있다.

3.2. 연구 진행 방법

선정된 소설 작품을 대상으로 일련의 전처리 과정을 거치는 것은 필수적이다. 전처리 과정에서는 문체 분석과 관련이 없는 본문 이외의 성분들, 즉 각주, 제목, 출판정보 등과 같은 텍스트 외적인 요소들을 모두 제거하였다. 전처리가 완료된 70편의 소설을 대상으로 자동 형태소 분석을 수행하였다. 이후 자동 형태소 분석 결과에 포함된 오류를 일일이 찾아 수정하여 분석의 정확성을 확보하였다.

이와 같이 형태소 정보가 분석된 70편의 소설을 대상으로 다음과 같은 8개의 언어 특성을 관찰하였다.

---

5 5편으로 작품 수를 제한한 것은 임의적인 성격이 짙다. 동일한 저자의 작품 수가 많을수록 해당 저자의 문체적 특징을 더욱 포괄적으로 살필 수 있을 것이다. 그러나 다른 저자의 작품 수와 균형을 맞추기 위해서는 5편 정도가 가장 적당하였다.

(1) 가. 문장 길이

나. 일반명사, 동사, 형용사, 일반부사

다. 조사, 어미, 보조용언

(1가)는 문장에 포함된 단어의 개수로 측정되는데 이는 전통적으로 간결체와 만연체를 판단하는 기준으로 작용한 것이다. (1나)는 어휘 범주에 해당하는 품사들로서 직관적인 문체 분석에서 주로 활용했던 자질이라 할 수 있다. 한편 (1다)는 국어의 대표적인 문법 형태들을 대표하는 것으로서 저자 판별에서 매우 유효한 것으로 알려져 있는 언어 특성이라 할 수 있다.

사실 어휘 범주는 개방 범주로서 폐쇄 범주인 문법 범주에 비해 선택의 폭이 매우 넓기 때문에 동일한 작가라 하더라도 작품에 따라 상이한 어휘를 선택할 가능성이 높다. 그 결과로 저자 판별을 위해서는 어휘 범주는 종종 의미 있는 언어 특성으로 다루어지지 않기도 한다. 그러나 어휘 범주는 작품의 내용을 형성하는 실질적인 단위라는 점, 그리고 개방 범주라 하더라도 작가의 어휘 사용 총량에는 한계가 있다는 점 등을 감안하여 저자별 문체의 특성을 고려하는 과정에서는 함께 논의하도록 할 것이다.

4

작가별 문체의 계량적 특성

무엇이 작가의 문체적 특징을 결정하는가?

한 작가의 저작물은 크게 형식적인 요소와 내용적인 요소로 구성되어 있다. 형식적인 요소는 조사, 어미와 같이 문법적인 형태들을 말하는 것이고 내용적인 요소는 명사, 동사, 형용사 등과 같이 실질적인 내용을 담고 있는 어휘들을 말한다. 즉 한 저작물의 구체적, 실질적인 내용을 이루는 것은 어휘적인 것에 의존하므로 작품 분석에 있어서 어휘 범주의 중요성은 일찍이 주목되어 왔다(박갑수 1994 등).

그러나 이러한 어휘적인 차이가 작품별 내용을 결정하는 것이지만 이것이 그대로 작가의 특성으로 연결될 수 있을 것인지는 재고의 여지가 있다. 앞 장에서도 논의한 바와 같이 어휘범주는 문법범주에 비해 개방적이며 그만큼 선택의 범위가 넓기 때문에 작품별 어휘의 차이가 작가의 차이로 귀납되는 것이 아니라 단지 해당 작품의 차이로만 해석될 수 있기 때문이다. 즉 저자 판별이라는 측면을 고려한다면 어휘의 차이가 저자 판별에 유용한 인자인지의 여부는 신중히 판단될 성질이다.

작가별 문체의 계량적 특성을 밝히기 위한 첫 단계로서 먼저 '문장의 길이'에 대해 논의해 보자. 작가별 문장의 길이는 기존의 연구에서도 모두 고려의 대상으로 포함한 바 있다.

4.1. 문장 길이

전통적인 문체 연구에서 문장의 길이는 간결체나 만연체의 판단 기준으로 활용된다. 그러나 어느 정도가 간결한지의 여부는 주관적인 판단의 결과일 뿐이다. 14인의 소설 작품의 문장 길이를 계량한 결과 박태원의 소설이 문장 길이가 가장 길고(평균 33.15개), 현진건의 소설이 가장 짧은 것으로 조사되었다(18.22개). 작품별 문장 길이를 정리하면 〈표 2〉와 같다.[6]

작가별 평균으로 계산하였을 때 문장 길이가 긴 순으로 작가를 나열하면 다음과 같이 정리된다.

> 박태원〉염상섭〉김동리〉김남천〉계용묵〉유진오〉채만식〉이상〉이기영〉이태준〉나도향〉이효석〉김유정〉현진건

물론 이러한 결과는 5개 작품의 평균치를 기준으로 한 것이므로 문장의 길이만으로 작가의 특성을 단정하기는 어렵다. 작가마다 작품별로 문장 길이를 얼마든지 다르게 할 가능성은 언제든지 존재하기 때문이다. 그럼에도 불구하고 일관되게 측정되는 작가의 문장 길이는 문체적 특성의 일부를 구성할 수 있을 것이다. 즉 다른 언어

---

6 익명의 심사자께서는 문장 길이를 '어절' 단위가 아닌 '형태소' 단위로 측정한 근거에 대한 문제점을 지적하기도 하였다. 그러나 어절 단위의 문장 길이 측정과 형태소 단위의 문장 길이 측정은 결과에서 유의미한 차이를 보이지 않는다. 저자들이 실험한 바에 의하면 두 값은 0.995의 일치도를 보였으므로 형태소 단위의 문장 길이 측정에 별다른 문제가 없는 것으로 보인다.

〈표 2〉 작품별 문장 길이(한 문장에 포함된 형태소의 수)

작품	전체 문장 수	문장당 형태소 수	평균 형태소 수	작품	전체 문장 수	문장당 형태소 수	평균 형태소 수
AA01.tag(채만식)	613	21.09	22.63	HA01.tag(유진오)	565	23.77	22.64
AA02.tag	370	20.34		HA02.tag	259	21.00	
AA05.tag	406	24.04		HA03.tag	905	17.06	
AA06.tag	230	26.11		HA04.tag	421	23.24	
AA10.tag	5539	21.60		HA05.tag	567	28.14	
BA01.tag(김유정)	353	16.17	19.79	IA01.tag(김남천)	308	18.12	27.00
BA02.tag	319	16.27		IA02.tag	168	25.71	
BA03.tag	1316	18.86		IA03.tag	196	25.15	
BA04.tag	255	24.35		IA06.tag	195	42.99	
BA05.tag	266	23.30		IA10.tag	259	23.02	
CA01.tag(계용묵)	262	22.79	25.41	JA01.tag(이기영)	660	23.64	21.30
CA02.tag	121	28.59		JA02.tag	693	20.08	
CA03.tag	260	28.62		JA03.tag	913	20.72	
CA04.tag	268	24.82		JA04.tag	871	20.45	
CA05.tag	306	22.26		JA06.tag	384	21.61	
DA01.tag(이효석)	516	19.61	20.39	KA01.tag(김동리)	508	22.21	28.73
DA02.tag	167	20.84		KA02.tag	342	28.34	
DA03.tag	317	20.91		KA03.tag	443	33.40	
DA04.tag	248	18.65		KA04.tag	461	30.89	
DA05.tag	819	21.97		KA05.tag	313	28.79	
EA01.tag(이상)	611	20.36	22.58	NA01.tag(나도향)	1042	20.08	20.76
EA02.tag	165	18.23		NA02.tag	312	24.38	
EA03.tag	463	21.26		NA03.tag	1973	19.88	
EA04.tag	342	29.22		NA04.tag	430	16.15	
EA05.tag	156	23.81		NA05.tag	268	23.31	
FA01.tag(이태준)	198	20.93	21.12	PA01.tag(염상섭)	202	35.96	29.55
FA02.tag	303	22.17		PA05.tag	378	21.93	
FA03.tag	294	23.86		PA06.tag	410	27.10	
FA04.tag	432	22.38		PA09.tag	230	29.95	
FA05.tag	295	16.27		PA12.tag	209	32.82	
GA01.tag(박태원)	824	30.01	33.15	SA01.tag(현진건)	359	20.17	18.22
GA02.tag	1064	26.06		SA02.tag	382	15.12	
GA03.tag	132	65.93		SA03.tag	456	17.44	
GA04.tag	198	23.64		SA04.tag	543	18.72	
GA05.tag	1010	20.10		SA05.tag	293	19.67	

특성과 조합적으로 해석된다면 작가의 문체적 특성을 드러내는 데 활용될 수 있다.

한편 작품별로 계산하면 박태원의 「비량」(GA03.tag)이 65.93개로 가장 길고 현진건의 「술 권하는 사회」(SA02.tag)가 가장 짧은(15.12개) 것으로 조사되었다.

4.2. 어휘 범주

작가별 혹은 작품별 언어 사용 양상을 비교할 때 가장 배타적으로 사용되는 것은 고유명사이다. 때때로 우리는 특정한 인명만 갖고도 작가와 작품을 추정할 수도 있다. 이를테면 고유명사인 '점순이'가 등장한다면 그 소설은 김유정의 소설일 가능성이 높다. 그러나 이는 극단적인 경우에 속한다. 고유명사의 출현은 특별한 경우를 제외하고는 작가별로 일관성을 보이지 않기 때문에 이러한 일치는 우연적인 것으로 보아야 한다는 점은 너무나 자명하다.

14인의 저자, 70편에 사용된 어휘의 사용 양상을 모두 비교하기 위해서는 통계적인 기법을 동원할 필요가 있다. 저자별로 포함된 작품의 규모도 다를 뿐 아니라 유의미하게 높은 빈도로 사용된 단어들을 객관적으로 비교하기 위해서는 수치화된 통계 정보가 요구되기 때문이다.

이 연구에서는 통계적인 방법에서 자주 사용되는 통계값인 로그우도비(Log-likelihood ratio), 카이스퀘어(Chi-square), t-점수 등의 통계 수치를 비교한 결과 저빈도로 사용되었을 경우에도 통계값의 오류가 가장 적은 t-점수를 활용하여 작가별 어휘 사용의 특성을

〈표 3〉 '이상'의 소설에서 유의미하게 높은 빈도로 사용된 일반명사의 통계값

일반명사	상대빈도A	상대빈도 비율	상대빈도B	상대빈도 비율	LL	Chi-sq	t-score
아내	497.5	0.00497	717.7	0.00059	1030.109	1910.947	19.643
소녀	174.4	0.00174	50.3	0.00004	666.271	1559.167	12.891
방	187.2	0.00187	822.4	0.00068	125.449	170.113	8.709
외출	64.1	0.00064	2.9	0	306.292	735.720	7.976
이불	76.9	0.00077	100.6	0.00008	168.655	320.273	7.820
결혼	61.5	0.00061	65.2	0.00005	151.165	300.320	7.154
내객	48.7	0.00049	1	0	250.307	588.501	6.978
세월	48.7	0.00049	32.5	0.00003	146.346	315.139	6.593
여인	43.6	0.00044	36.2	0.00003	120.074	249.740	6.149
이상	64.1	0.00064	186.4	0.00015	74.41	114.353	6.080
아달린	35.9	0.00036	1	0	184.47	433.782	5.992
아스피린	35.9	0.00036	1	0	184.47	433.782	5.992
잠	71.8	0.00072	259.3	0.00021	64.267	92.554	5.942
애정	41	0.00041	35.9	0.00003	110.324	227.328	5.939
남자	48.7	0.00049	114.9	0.00009	69.528	113.503	5.616
종생	30.8	0.00031	1	0	158.24	372.137	5.550
연구	35.9	0.00036	36.4	0.00003	90.212	180.833	5.489
신부	33.3	0.00033	20.2	0.00002	103.563	226.013	5.481
미닫이	35.9	0.00036	49.3	0.00004	76.492	143.657	5.311
포즈	28.2	0.00028	1.7	0	132.265	318.273	5.284

추출하였다.[7] 〈표 3〉은 '이상'의 소설에 사용된 일반명사를 대상으로 다양한 통계값의 일부를 제시한 것이다.

〈표 3〉에서 상대빈도 A는 해당 작가의 소설에서 10만 단어당 출

7 통계 수치를 계산하는 도구는 고려대학교 언어학과의 최재웅 교수가 구현한 프로그램을 활용하였다. 이 자리를 빌려 감사를 드린다.

현한 빈도를 표시한 것이고, 상대빈도 B는 해당 작가의 소설을 제외한 나머지 소설에서의 상대적인 출현 빈도를 나타낸 것이다. 작가와 작품에 따라 규모에 다소 차이가 있기 때문에 빈도 비교를 위해서는 상대화한 값이 더 적절하다.

〈표 3〉을 보면 '이상'의 소설에서는 '아내'가 약 497회 사용되었는데 그 밖의 13인의 소설에서는 '아내'가 약 717회 출현하였다. '이상'의 소설은 전체 14인의 소설의 1/14에 불과하므로 '이상'의 소설에서는 상대적으로 '아내'라는 일반명사가 높은 빈도로 쓰인 것이다. 이러한 수치는 통계값인 로그우도비, 카이스퀘어, t-점수에서도 반영된다. t-점수를 기준으로 할 때 '아내'는 '이상'의 소설에서 가장 유의미하게 높은 빈도로 쓰인 것이 된다.

4.2.1. 일반명사

일반명사는 표준국어대사전에 실린 명사만 하더라도 25만 종을 넘어설 정도로 그 종류가 가장 풍부한 어휘 범주에 속한다. 따라서 작가에 따라, 또 작가별 작품에 따라 그 명사의 사용 양상도 다양하게 나타나는 것은 당연한 결과이다. 여기서는 일반명사 중 t-점수가 높은, 즉 유의미하게 사용된 명사를 가장 많이 포함하는 것으로 계량된 김남천과 가장 적게 그러한 명사를 포함한 나도향에 쓰인 일반명사를 비교해 보도록 한다. 김남천에서는 t-점수 3.0 이상의 높은 유의미성을 보이는 일반명사가 159개나 포함된 반면, 나도향은 82개만 포함하고 있다는 점에서 두 저자는 일반명사 사용에서 대조적인 양 극단을 보여주고 있다.

〈표 4〉 김남천과 나도향 소설에 쓰인 t-점수 기준 3.0 이상의 일반명사 중 상위 20개

김남천	상대빈도A	상대빈도B	t-score	나도향	상대빈도A	상대빈도B	t-score
어머니	243.4	727.9	11.747	때	444.8	2134.1	12.736
물	198.8	433.9	11.557	가슴	171.7	399.8	10.584
직공	126.8	71.9	10.733	사람	481.8	3054.7	10.460
사나이	120	133.1	9.951	말	590.6	4207.8	10.006
아들	137.1	347.6	9.256	마음	212.5	890.1	9.536
변호사	78.8	4.5	8.835	사랑	129.7	355.3	8.813
계집	116.5	368.7	7.971	어머니	181.6	789.7	8.637
이혼	65.1	35.8	7.702	술	132.2	510.7	7.830
아버지	130.3	549.6	7.437	속	240.9	1455.4	7.779
뒤	174.8	996.5	6.994	말슴	55.6	1	7.456
조합	48	13.1	6.772	세상	111.2	444.7	7.063
박수	44.6	4.9	6.618	주인	87.7	263.2	7.044
공장	68.6	174.5	6.542	벙어리	61.8	85.6	6.962
안	123.4	616	6.527	아버지	122.3	557.6	6.896
경관	44.6	14.1	6.504	오라버니	39.5	3.1	6.244
교섭	44.6	44.8	6.124	계집	91.4	393.8	6.159
머리	116.5	614.4	6.091	눈	236	1758	5.914
며느리	41.1	24.9	6.090	피	59.3	177.9	5.793
군중	41.1	28.1	6.049	고개	106.3	576.7	5.692
부채	37.7	15.6	5.930	힘	72.9	345.1	5.201

〈표 4〉에서는 김남천과 나도향의 소설에 쓰인 일반명사 중 유의미하게 높은 빈도로 사용된 일반명사를 t-점수를 기준으로 정리한 것이다.

〈표 4〉의 명사를 살펴보면 '어머니, 아버지, 계집'은 두 작가의 소설에서 모두 높은 사용 빈도를 공유하지만 그 외의 명사들에서는 특징적인 차이가 드러난다. 김남천의 소설에서는 유의미하게 사용된 상위 명사 중 사람과 관련한 명사가 유독 많을 뿐 아니라 '직공,

변호사, 경관, 군중' 등 사회와 관련된 명사가 많이 포함된 반면, 나도향의 소설에서는 '말, 마음, 사랑'과 더불어 '술, 오라버니, 고개' 등에서 보듯이 서정적인 정서와 관련된 명사가 많이 분포하고 있다. 이들을 통해 두 저자의 일반 명사 사용상의 한 경향을 포착할 수 있을 것으로 보이며 이는 두 저자의 문체적인 차이를 유발하는 데 크게 기여할 것으로 여겨진다.

4.2.2. 동사

동사는 일반명사에 이어 가장 다양한 단어를 포함하는 어휘범주로서 특히 문장의 유형을 결정하는 서술어로 기능하는 품사라는 점에서 작가의 문체적 특성을 나타내 주는 자질(feature)이 될 수 있다. 이런 점에서 14명의 저자 중 동사 사용에서 가장 극적인 대조를 보이는 김유정과 박태원의 동사 사용 양상을 비교해 볼 필요가 있다. 우선 두 저자의 소설에서는 유의미한 빈도 차이를 보이는 동사의 유형이 크게 다른데, 김유정에서는 192개, 박태원 45개의 동사가 특징적인 양상을 보이는 것으로 나타났다. 이는 김유정의 소설에서 다양한 동사가 높은 빈도로 쓰인다고 해석할 수 있다.

〈표 5〉에서는 유의미하게 높은 빈도로 쓰인 동사 20개씩을 정리하였는데, 상위 20개에 속하는 동사들에서도 일정한 차이가 있음을 확인할 수 있다. 즉 김유정의 소설에서는 '먹다, 따다, 털다, 내리다, 뽑다' 등과 같이 구체적인 행위와 관련한 동사들이 주로 포착되는 데 비해 박태원의 소설에서는 '느끼다, 깨닫다, 모르다' 등과 같이 지각과 관련한 동사의 비중이 높다. 이러한 동사 사용의 차이는

〈표 5〉 김유정과 박태원 소설의 주요 동사(상위 20개)

김유정	상대빈도A	상대빈도B	t-점수	박태원	상대빈도A	상대빈도B	t-점수
먹다	261.8	1503.6	8.493	느끼다	117.2	376.1	7.951
따다	76.9	58.1	8.221	가지다	130	679.3	6.472
털다	70.7	88.7	7.536	깨닫다	63.8	156	6.372
내리다	103.9	328.3	7.529	있다	536.3	4735.2	6.24
뽑다	62.3	52.5	7.343	모르다	217.1	1603.9	5.728
치다	149.6	853.7	6.458	맛보다	38.3	45.3	5.583
넘다	64.4	229.5	5.659	대하다	78.9	359.2	5.537
들이다	52.0	166.5	5.301	갖다	55.7	202	5.224
베다	35.3	53.8	5.192	걸어가다	26.7	76.4	3.944
자라다	37.4	69.6	5.174	지나다	63.8	406.4	3.778
찌르다	39.5	89.4	5.108	들르다	24.4	70.8	3.754
지르다	49.9	173	5.038	입다	54.6	332.4	3.667
내던지다	33.3	56	4.968	불구하다	15.1	15.9	3.547
기어오르다	24.9	8.3	4.852	자시다	15.1	21.7	3.424
이러다	39.5	123.8	4.656	품다	20.9	64.4	3.406
썩다	31.2	65.1	4.622	달려가다	15.1	24.8	3.358
내려오다	45.7	175.6	4.612	즐기다	17.4	42.4	3.33
훔치다	24.9	26.8	4.546	구하다	23.2	93.8	3.205
다녀오다	27.0	43.7	4.5	중얼거리다	24.4	104.4	3.191
뱉다	22.9	23.7	4.376	비하다	13.9	24.8	3.178

결국 두 저자의 문체적 차이의 일단을 보여주는 것으로 해석된다.

4.2.3. 형용사

형용사는 동사와 함께 서술 기능을 담당하는 어휘범주로서 한국어의 경우 형용사 단독으로 서술어가 될 수 있다는 점에서 동사와 유사한 특성을 가진다. 물론 동사와 달리 대상의 성질이나 사태 등을 주로 기술한다는 점에서는 차이가 있다. 우선 형용사는 동사에 비해

〈표 6〉 '이상'과 채만식 소설의 주요 형용사(상위 10개)

이상	상대빈도A	상대빈도B	t-점수	채만식	상대빈도A	상대빈도B	t-점수
어렵다	71.8	178.3	6.733	헙수룩하다	28.9	4.4	5.308
없다	505.2	4903.8	4.426	이상하다	37.2	119.1	4.488
겉다	18.0	2.3	4.198	그렇다	234.2	2143.8	3.748
가련하다	18.0	4.1	4.163	조그마하다	16.0	22.5	3.536
점잖다	20.5	21.8	4.129	분명하다	16.0	43.9	3.095
슬프다	25.6	81.9	3.720	이렇다	134.1	1251.8	2.663
치사스럽다	12.8	1.0	3.577	우울하다	6.4	1.0	2.529
그만하다	18.0	37.8	3.506	보드랍다	6.4	2.7	2.442
자지레하다	12.8	3.3	3.501	침울하다	6.4	11.3	2.161
고프다	15.4	20.3	3.496	웬만하다	6.4	11.6	2.152

그 유형이 다양하지 않다(사전 표제어 기준으로 동사의 약 1/3에 불과).

형용사의 사용은 '이상'과 현진건의 소설과 채만식, 이기영의 소설에서 대조적인 양상을 보였다. '이상'과 현진건의 소설에서는 각각 83개, 81개의 유의미한 형용사가 사용된 것에 비해 채만식과 이기영의 소설에서는 각각 11개, 21개만이 유의미하게 사용되었다. 특히 '이상'과 채만식의 형용사 사용이 극단적인 대조를 보이고 있다는 점이 특징적이라 할 만하다. 유의미하게 사용된 고빈도의 상위 형용사를 비교해도 그 목록의 상이함을 확인할 수 있다(〈표 6〉 참조).

〈표 6〉을 살펴보면 두 작가의 형용사 사용상의 특징이 단적으로 드러난다. 우선 '이상'의 소설에는 '어렵다, 없다'와 같은 부정적인 상태를 표현하는 형용사와 더불어 '가련하다, 슬프다'와 같은 감정 형용사의 두드러진 사용이 특징적으로 관찰된다. 이에 비해 채만식

의 소설에서는 '협수룩하다'라는 다소 특이한 형용사 이외에 '그렇다, 이렇다'와 같은 대용적인 쓰임을 가지는 형용사가 두드러지며 감정 형용사로는 '우울하다, 침울하다'의 높은 사용이 주목된다. 이러한 형용사의 개별적인 특이성은 작가 개인의 문체적 특성을 형성하는 데 중요한 단서가 될 것으로 보인다.

4.2.4. 일반부사

부사는 문장에서 필수적인 성분은 아니지만 그 유형의 다양성을 고려할 때 간과할 수 없는 어휘 범주에 속한다. 우선 김유정의 소설은 부사 사용에서 가장 특징적인 모습을 보이는데, 유의미하게 높은 빈도로 쓰이는 부사의 유형이 245개에 이른다. 이는 35개의 부사만이 유의미한 쓰임을 보이는 나도향의 소설들과 가장 대조된다. 이러한 부사 사용 양상의 극명한 차이는 문체에 미치는 영향이 클 것으로 예상된다. 부사의 다양하고 높은 쓰임은 부사의 종류에 따른 차이가 있겠으나 대체로 현장의 생생한 묘사에 주로 사용될 것이기 때문이다.

〈표 7〉에서 확인할 수 있듯이 김유정의 소설에는 '못, 안'과 같은 부정부사의 사용 빈도가 특징적으로 높다는 점뿐 아니라 다른 작가의 작품에서는 쓰임이 잘 발견되지 않는 특이한 부사(거반, 되우, 떡 등)의 쓰임도 발견된다는 점에서 문체적 차이를 잘 드러낸다고 할 수 있다. 반면 나도향의 소설은 전체적으로 유의미한 부사의 사용이 높지는 않지만 그럼에도 불구하고 '다시, 또는'과 같이 특정한 부사는 사용 빈도가 유난히 높다는 점에서 특징적이라고 할 수 있다.

〈표 7〉 김유정과 나도향 소설의 주요 일반부사(상위 20개)

김유정	상대빈도A	상대빈도B	t-점수	나도향	상대빈도A	상대빈도B	t-점수
못	259.8	1210.5	9.906	다시	355.8	1369.5	12.868
좀	228.6	1169.2	8.723	또는	64.2	101.4	6.968
썩	52.0	33.6	6.826	여태	34.6	54.4	5.119
안	203.7	1304.5	6.712	다만	53.1	196.2	5.064
다	157.9	960.0	6.246	같이	107.5	707.1	4.737
고만	41.6	55.0	5.744	참으로	33.4	78.1	4.663
딱	37.4	88.0	4.925	공연히	28.4	72.4	4.207
거반	22.9	2.8	4.737	벌서	23.5	43.0	4.115
꼭	56.1	262.4	4.592	마치	46.9	242.9	3.920
되우	20.8	1.0	4.561	가끔가끔	12.4	1.0	3.521
대뜸	20.8	10.6	4.368	잠간	16.1	33.1	3.331
어쩌다	20.8	11.0	4.361	어떻든	14.8	28.2	3.242
탁	27.0	54.9	4.322	그대로	65.5	478.1	3.216
잔뜩	24.9	49.4	4.171	퍽	23.5	101.0	3.127
허둥지둥	18.7	8.9	4.154	또다시	19.8	74.3	3.071
언제나	31.2	101.0	4.090	너무	43.2	284.6	2.998
설렁설렁	16.6	1.0	4.074	조금	25.9	131.5	2.956
선뜻	20.8	29.0	4.035	오늘	16.1	51.4	2.955
떡	18.7	16.8	4.003	멀리	21.0	94.7	2.876
잠자코	29.1	94.0	3.953	가까이	22.2	106.2	2.851

4.3. 문법 범주

문법 범주는 어휘 범주와 달리 폐쇄된 목록만을 가지고 있을 뿐 아니라 실질적인 의미가 아닌 기능적, 형식적인 역할을 담당하기 때문에 작품에 따른 편차가 크지 않다고 볼 수 있다. 즉 동일한 작가는 작품에 따라 다양한 어휘를 선택할 수 있기 때문에 작품별로 어휘 사용 양상이 다르게 나타날 수 있지만 문법 범주는 선택의 폭이 넓지 않아서 같은 작가의 문법 범주 사용은 비교적 일관된 양상을 보일 것으로 기대된다. 실제로 저자 판별과 관련해서는 어휘 범주보다는 문법 범주에 주된 초점을 두는 것은 이러한 이유에 근거한 것이다.

여기서는 조사, 어미, 보조용언의 순으로 14명의 작가의 문법 범주 사용 특성을 고찰해 보기로 한다.

4.3.1. 조사

조사는 일반적으로 문법적 관계를 표시하는 격조사와 의미적인 효과를 더해 주는 보조사로 분류된다. 이들 조사 중 격조사는 생략이 빈번하며 특히 구어 상황에서는 더욱 그러한 것으로 알려져 있다. 또한 조사 중 일부는 방언형이나 구어 상황 등에서 구별되는 형

〈표 8〉 작가별 주요 조사(t점수 5.0 이상, 형태순 정렬)

저자	표지	형태	상대빈도A	상대빈도B	t-점수
채만식	JKS(주격)	가	1328.70	12724.70	7.66
염상섭	JKS(주격)	가	1974.80	20590.50	6.13
나도향	JKS(주격)	가	2064.50	20500.80	8.18
이기영	JKB(부사격)	같이	122.10	789.40	5.16
유진오	JKB(부사격)	같이	121.60	789.90	5.10
김동리	JKB(부사격)	과	399.90	2123.80	11.22
이태준	JX(보조사)	그려	61.80	122.50	6.57
김남천	JX(보조사)	다	75.40	72.10	8.00
채만식	JKB(부사격)	더러	42.30	106.80	5.15
염상섭	JX(보조사)	도	1051.70	10575.30	5.47
계용묵	JX(보조사)	도	1048.40	10578.60	5.37
염상섭	JX(보조사)	두	155.90	600.60	8.51
박태원	JX(보조사)	두	118.40	638.10	6.03

현진건	JKQ(인용격)	라고	59.60	22.50	7.48
채만식	JKB(부사격)	로	484.40	4497.60	5.15
이기영	JX(보조사)	마는	41.60	59.40	5.69
나도향	JX(보조사)	마다	85.20	390.70	5.74
이태준	JX(보조사)	만	482.30	3019.30	10.59
김유정	JX(보조사)	만	386.50	3115.10	6.55
염상섭	JX(보조사)	만	368.70	3132.90	5.71
현진건	JKB(부사격)	보담	35.20	19.10	5.67
염상섭	JX(보조사)	야	128.70	630.90	6.75
김남천	JKB(부사격)	에	2001.80	20240.40	7.37
이상	JKB(부사격)	에게	328.20	2434.20	7.00
박태원	JKB(부사격)	에게	312.30	2450.10	6.20
유진오	JX(보조사)	은	2181.70	21721.80	8.24
이상	JX(보조사)	은	2477.20	21426.30	14.15
이태준	JX(보조사)	은	423.60	1653.10	13.94
김남천	JX(보조사)	은	294.80	1781.90	8.60
이기영	JX(보조사)	은	1302.50	12042.70	8.55
김유정	JX(보조사)	은	293.00	1783.70	8.50
유진오	JX(보조사)	은	1272.40	12072.80	7.68
김유정	JKO(목적격)	을	286.80	871.10	12.68
계용묵	JKO(목적격)	을	2894.60	27576.80	11.43
이태준	JKO(목적격)	을	225.70	932.20	9.89
나도향	JKO(목적격)	을	2735.30	27736.10	8.51
김남천	JKO(목적격)	을	2694.20	27777.20	7.69
이상	JKG(속격)	의	1987.40	15977.90	14.93
박태원	JKG(속격)	의	1728.50	16236.80	9.26
나도향	JKG(속격)	의	1639.50	16325.80	7.20
이효석	JKG(속격)	의	216.60	17748.70	5.50
이태준	JX(보조사)	이나	136.00	923.90	5.11
이태준	JKB(부사격)	처럼	182.40	708.50	9.17
이상	JKB(부사격)	처럼	153.90	737.00	7.49
이태준	JKQ(인용격)	하고	244.20	1685.10	6.71
김유정	JKQ(인용격)	하고	239.00	1690.30	6.42

태를 사용하기도 한다. 〈표 8〉에서는 작가의 조사 사용 양상 중 특별히 유의미한 대상들을 정리한 것이다.

먼저 채만식, 염상섭, 나도향의 소설에서는 주격조사 '가'의 사용이 두드러지게 나타난 것에 비해 유진오, 이상, 이태준, 김유정, 김남천, 이기영의 소설에서는 화제나 대조의 의미를 가지는 '은'의 사용이 유의미하게 높은 빈도로 관찰되었다. 또한 유사한 기능을 하는 여격조사라 하더라도 작가별로 선호하는 조사에는 차이가 있었는데, 이상과 박태원의 소설에서는 '에게', 채만식의 소설에서는 '더러', 유진오의 소설에서는 '한테', 이태준의 소설에서는 '헌테', 이기영의 소설에서는 '보고'가 여격조사로 활발히 쓰인다는 특징적인 모습을 보였다. 비유에서 자주 활용되는 부사격조사인 '같이, 처럼'도 이기영, 유진오의 소설에서는 '같이'가, 이상, 이태준의 소설에서는 '처럼'이 유의미하게 높은 빈도로 사용되었다. 인용격조사도 현진건의 소설에서는 '라고'가 주로 쓰인 반면, 이태준과 김유정의 소설에서는 '하고'가 많이 나타난다는 특징을 보였다. 그 밖에 보조사의 사용도 작가마다 특징적인 양상을 보였는데 '이나'는 이태준의 소설에서, '만'은 이태준, 김유정, 염상섭의 소설에서, '마다'는 나도향의 소설에서 특징적으로 쓰였다. 이러한 조사 사용의 특징적인 모습은 저자를 판별하는 데 중요한 자질이 될 수 있을 것으로 보인다.

4.3.2. 어말 어미

어말 어미는 문장의 종결이나 연결에 주로 관여하는 문법 형태로서 선어말어미와 결합하여 시제나 서법 등을 표시하기도 한

〈표 9〉 작가별 주요 어미(t-점수 7.0 이상, 형태순 정렬)

저자	형태	상대빈도A	상대빈도B	t-점수
김유정	고	2113.50	20881.50	8.40
나도향	고서	103.80	122.10	9.20
김동리	곤	66.10	79.10	7.33
염상섭	구	220.20	824.60	10.25
박태원	구	173.00	871.80	7.67
이태준	구	170.00	874.80	7.49
김유정	ㄴ다	1051.50	4722.00	20.38
현진건	ㄴ다	883.60	4889.90	16.14
이태준	네	102.00	359.10	7.16
이기영	는데	189.10	950.60	8.05
김유정	니	276.40	1922.60	7.06
이태준	니	275.20	1923.80	7.00
김유정	다	2803.40	27522.50	9.95
이상	다	2682.30	27643.60	7.63
이태준	더니	204.10	1024.40	8.36
박태원	든	87.10	101.80	8.43
나도향	든지	126.00	451.40	7.91
이태준	라	225.70	1290.20	7.92
김유정	며	488.40	3358.60	9.53
나도향	며	437.40	3409.60	7.45
현진건	며	436.40	3410.60	7.40
김유정	면	374.10	2553.40	8.42
이상	면서	246.20	1151.30	9.62
김남천	수	65.10	70.40	7.35
박태원	ㅂ니다	232.20	434.70	12.88
염상섭	아서	574.10	3480.70	11.95
김남천	아서	383.90	2484.50	9.12
이기영	아서	347.40	2521.00	7.48
김동리	어	1516.40	13819.00	9.60
계용묵	어	1444.00	13891.40	7.78
유진오	어요	586.20	915.60	21.08
나도향	요	173.00	853.20	7.80
염상섭	요	170.70	855.50	7.65
이태준	으나	247.30	1490.50	7.89
유진오	으나	183.20	930.50	7.85
박태원	을지	59.20	60.30	7.05
염상섭	죠	71.80	133.40	7.17
염상섭	지마는	198.00	164.70	13.10
유진오	지요	149.90	488.80	8.94

다. 어말 어미는 조사보다 다양한 형태를 가지고 있으며 방언에 따른 변화도 많다는 점에서 문체의 특성을 결정하는 중요한 인자가 된다.

〈표 9〉에서는 t점수 7 이상의 어말 어미만을 정리한 것으로 배타적인 쓰임이 더욱 주목된다. 우선 김유정과 현진건의 소설에서는 평서형 종결어미 중 '-ㄴ다'의 사용이 압도적으로 높게 나온 데 비해 유진오의 소설에서는 '어요', 박태원의 소설에서는 '-ㅂ니다'와 같이 상대경어법의 위계가 다른 종결어미를 주로 사용하고 있다. 한편 연결어미의 사용이 더욱 주목되는 경우도 있는데, 채만식 소설에서는 '-고', 김동리, 계용묵 소설에서는 '-어', 이상 소설에서는 '-면서', 이태준의 소설에서는 '-더니', 염상섭, 김남천, 이기영의 소설에서는 '-아서', 이기영의 소설에서는 '-는데', 나도향의 소설에서는 '-고서' 등이 유의미하게 높은 빈도로 사용되어 문체적인 차이를 보이고 있다.

4.3.3. 보조용언

보조용언은 용언의 일종이지만 어휘적 의미를 잃고 문법적인 의미를 표시한다는 점에서 문법 범주에 가깝다. 특히 보조용언은 제한된 목록만이 사용되므로 보조용언의 사용 양상의 차이는 개인의 문체적 특징을 살피는 데 유용할 수 있다.

우선 작가별로 유의미하게 높은 빈도로 사용된 보조용언을 제시하면 〈표 10〉과 같다.

〈표 10〉에 의하면 작가별로 선호하는 보조용언의 일단이 잘 드

〈표 10〉 작가별 주요 보조 용언(t-점수 5.0 이상 내림차순 정렬)

저자	형태	상대빈도 A	상대빈도 B	t-점수
채만식	아니하다	302.20	133.50	16.75
김동리	있다	637.10	2966.00	15.52
김남천	있다	531.30	3071.80	12.04
박태원	있다	458.50	3144.60	9.26
이상	않다	556.50	4086.00	9.26
나도향	못하다	223.60	1150.70	8.60
염상섭	보다	398.40	2877.40	8.04
박태원	싶다	166.00	882.70	7.22
이상	싶다	164.10	884.60	7.10
이상	버리다	153.90	825.60	6.90
염상섭	가다	220.20	1122.10	8.59
채만식	가지다	117.40	313.10	8.45
염상섭	하다	509.80	3924.70	8.21
염상섭	나가다	59.40	194.90	5.62

러나는데 이러한 보조용언 사용상의 특성은 작가의 의도적인 선택이라기보다는 의도적이지 않은 선택의 결과로 해석될 수도 있다. 보조용언을 비롯한 기능 범주들은 실질적인 의미를 가지지 않다는 점에서 이러한 해석은 더욱 설득력이 있으며 이는 기능 범주를 저자 판별의 주요한 자질로 설정하는 한 근거가 되기도 한다.

우선 염상섭의 소설의 경우 '가다, 나가다'와 같은 진행상과 관련한 보조용언이 특히 두드러지게 높은 빈도로 쓰이고 있으며 나도향의 소설에서는 능력 부정의 '못하다'의 높은 관련성이 주목된다. 같은 부정의 보조용언이라고 하더라도 채만식의 소설에서는 '아니하다'의 부정형이 많이 쓰이는 반면 '이상'과 박태원의 소설에서는 '아니하다'의 축약형인 '않다' 부정이 선호된다. '이상'과 박태원의 소설에서는 소망의 뜻을 더하는 '싶다' 보조용언이 높은 빈도로 쓰이고 있다는 점에서도 유사한 양상을 보여 두 작가의 보조용언 사용에 공통점이 있음을 보여준다. 한편 김동리, 김남천, 박태원의 소설에서는 '있다' 보조용언이 특징적으로 쓰인 반면, 염상섭의 소설에서는 '보다, 하다'의 보조용언이 높은 빈도로 사용되고 있어 다른 작가의 언어 사용과 좋은 대조를 보이고 있다.

4.4. 언어 특성에 기반한 저자들 사이의 문체 유사도

지금까지 우리는 8개의 언어 특성을 기준으로 14명의 작가가 쓴 70편의 소설에서 드러나는 특징적인 차이를 분석해 보았다. 이러한 언어 특성의 유사성과 차이점을 토대로 각 소설 문체의 유사도를 시각화할 수 있다. 이 연구에서는 Cox & Cox(1994)에서 제시한 다차원 척도법(Multidimentional Scaling, MDS)을 이용할 것인데, 이 방법은 다차원 공간상의 벡터를 2차원 평면으로 시각화하는 통계적 데이터 분석 기법이다. MDS의 기본 원리는 서로 유사한 개체일수록 가깝게 배치되도록 하려는 것이다. 모든 개체들 간의 거리(distance)를 입력으로 받아 각 개체들의 상대적인 위치 정보 즉, 좌표값을 출력한다. 본 연구에서는 개별 소설을 하나의 개체로 간주함으로써, 이들 소설들의 유사도에 따른 분포를 2차원 평면에 제시하여 보았다. 그러나 주의할 점은 MDS를 통해 얻은 점들의 좌표나 점들 사이의 거리값은 특별한 의미를 부여하거나 해석할 수 없다. 다만 각 점들의 상대적인 위치를 비교하는 데에 유용하다.

두 벡터 간의 유사도를 계산하는 척도에는 여러 가지가 있다. 그

중에서 코사인 유사도(cosine similarity)는 텍스트 처리 분야에서 가장 많이 사용되는 척도이다. 문서 A와 B의 자질 벡터를 각각 $\vec{\boldsymbol{a}}$와 $\vec{\boldsymbol{b}}$라 할 때, 두 벡터의 코사인 유사도는 다음과 같이 구한다.

$$\cos(\vec{\boldsymbol{a}}, \vec{\boldsymbol{b}}) = \frac{cos(\vec{\boldsymbol{a}} \cdot \vec{\boldsymbol{b}})}{|\vec{\boldsymbol{a}}|\,|\vec{\boldsymbol{b}}|} = \frac{\sum_{i=1}^{n} a_i b_i}{\sqrt{\sum_{i=1}^{n} a^2_i}\ \sqrt{\sum_{i=1}^{n} b^2_i}}$$

코사인 유사도는 두 벡터의 유사도가 높을수록 1에 가깝고, 낮을수록 0에 가까운 값을 갖는다. 그러나 MDS는 유사도가 아닌 모든 개체쌍들의 거리값을 다룬다. 유사도와 거리는 서로 반비례 관계에 있다. 즉, 유사도가 높을수록 두 개체 사이의 거리는 가깝다. 본 논문에서 사용한 거리 척도는 다음과 같이 1에서 코사인 유사도를 뺀 값으로 계산한다.

$$Dist(\vec{\boldsymbol{a}}, \vec{\boldsymbol{b}}) = 1 - \cos(\vec{\boldsymbol{a}}, \vec{\boldsymbol{b}})$$

본 연구에서는 기능 범주에 속한 형태소[8]들을 자질로 사용하여 개별 소설들을 각각 벡터로 표현하였다. 전체 작품에서 가장 자주 출현한 5,000개의 기능 형태소들로 이루어진 벡터이며, 벡터의 값은 각 자질 즉, 해당 형태소의 빈도에 기반하여 z-점수를 구하여 사용한다. 어떤 자질 $\boldsymbol{x}$의 z-점수는 다음과 같이 구한다.

---

8 본 연구에서 기능 형태소는 일반명사, 고유명사, 동사, 외국어, 한자를 제외한 나머지 형태소로 간주하였다.

$$z(\boldsymbol{x}) = \frac{freq(\boldsymbol{x}) - \boldsymbol{\mu}}{\boldsymbol{\sigma}}$$

여기서, $freq(\boldsymbol{x})$는 해당 문서(소설)에서의 자질 $\boldsymbol{x}$의 출현 빈도이고, $\boldsymbol{\mu}$와 $\boldsymbol{\sigma}$는 각각 모든 문서에서의 자질 $\boldsymbol{x}$의 출현 빈도에 대한 평균값과 표준편차를 의미한다.

〈그림 1〉은 70편 소설 전체를 대상으로 한 문체상의 유사도를 표시한 것이다. 각 소설들의 위치(좌표)에 해당 소설의 표지가 표시되

〈그림 1〉 전체 소설(70편)의 분포

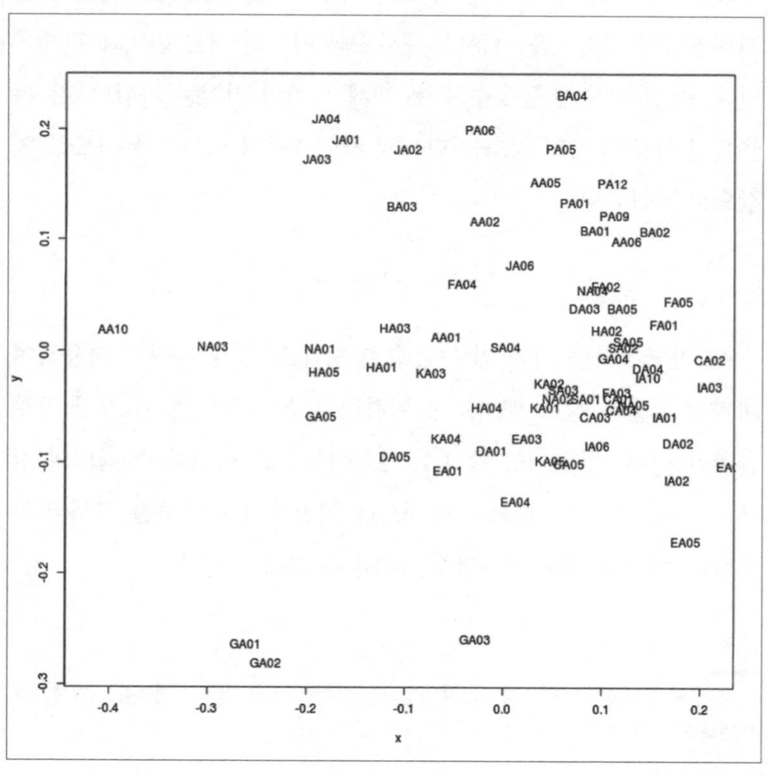

어 있다.

〈그림 1〉은 전체 70편의 소설을 하나의 평면에 나타내었기 때문에 개별 저자에 따른 분포를 확인하기가 어렵다. 〈그림 2〉에서는 동일 작가의 소설들이 비교적 넓게 분포되는 즉, 작품 간 문체의 변이가 크다고 판단되는 5명(채만식, 박태원, 김유정, 나도향, 이효석)의 작가의 분포를 보여준다.

〈그림 2〉와는 달리, 〈그림 3〉은 작품 간 문체의 차이가 비교적 적

〈그림 2〉 문체의 변이가 큰 작가들의 분포

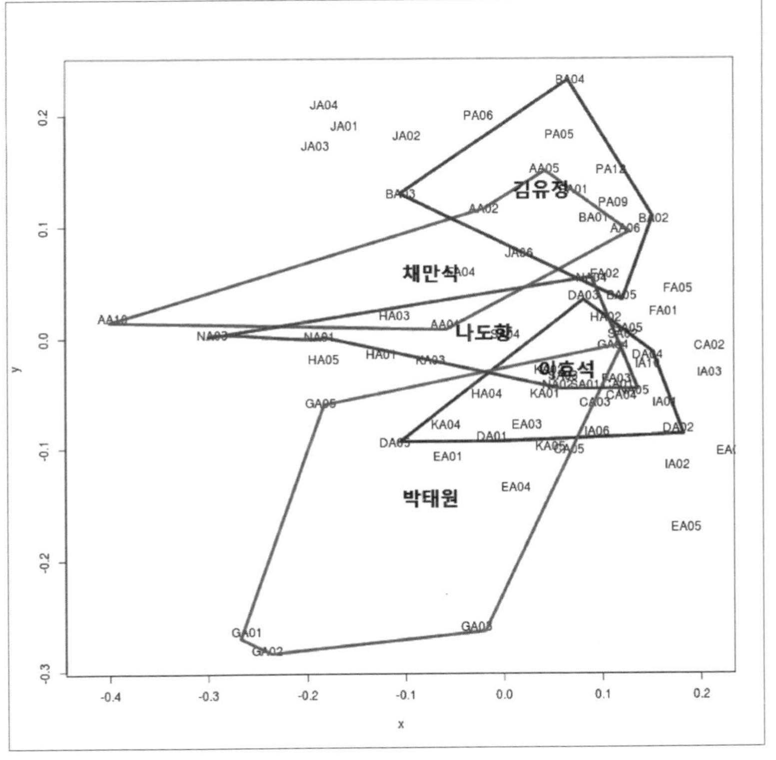

〈그림 3〉 문체의 변이가 작은 작가들의 분포

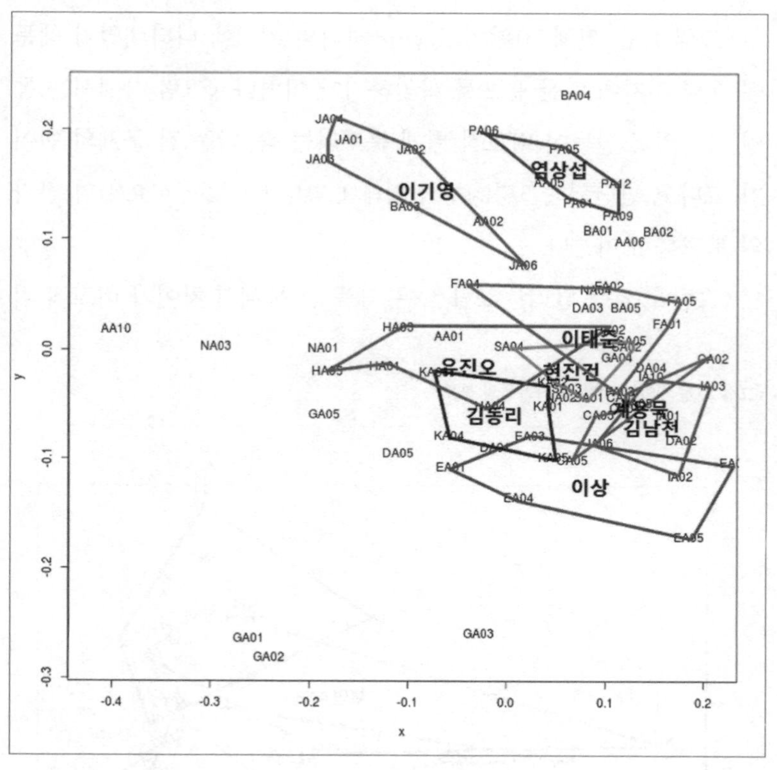

다고 판단되는 나머지 9명의 작가의 분포를 보여준다.

특히 〈그림 3〉을 통해 동일 작가의 소설들이 넓게 분포되지 않는 모습을 보여주는 현상은 작가별로 다른 작가와 구별되는 문체를 지니고 있다는 것을 확인할 수 있다. 이러한 유사도 거리에 의한 문체적인 특징을 귀납하는 방법은 저자 미상 혹은 필명으로 된 텍스트의 저자를 판별하는 데 매우 유용하게 활용될 수 있을 것이다.

5

결론

이 연구에서는 초기 현대소설 70편(14명의 저자)을 대상으로 하여 언어 사용 양상을 계량적으로 살펴보고 통계적인 방법을 이용하여 저자별 문체의 특성을 규명해 보았다. 특히 저자별 문체의 특성을 밝히기 위해 문장 길이를 포함하여 일반명사, 동사, 형용사, 부사와 같은 어휘 범주, 조사, 어미, 보조용언과 같은 기능 범주들의 사용 양상을 t-점수를 토대로 고찰하고 작가 간 문체상의 유사도를 시각화하여 제시하였다. 그 결과로 우리는 각 언어 특성이 저자의 문체적 특성을 밝히는 데 유효함을 보일 수 있었는데 그 가운데서도 어휘 범주에 비해 폐쇄적이고 저자의 의도적인 선택이 덜 개입된 기능 범주의 사용 특성이 저자 판별에 더욱 유용할 것임을 제안하였다.

이 연구는 저자 판별을 위한 사전 연구의 일환으로서 본고에서 밝혀진 개별적인 정보들이 향후 저자 판별을 위한 경험적 연구에 활용될 수 있을 것으로 기대하고 있다. 전산 문체론과 저자 판별은 기존의 정성적 연구 성과를 부정하는 것이 아니며 직관과 통찰에 의존한 전통적인 연구 성과를 더욱 풍부히 할 수 있는 분야로 판단된다. 특히 이 분야는 범죄 언어학(forensic linguistics) 등을 비롯하여 국어학과 국문학을 비롯한 다양한 분야에 활용될 수 있다. 학문 간의 통섭이 어느 때보다 중시되는 현 시점에서 전산 문체론과 저자 판별이라는 분야는 충분히 도전할 가치가 있다.

참고문헌

김명철 · 허명회(2012), 「최소거리법과 기계학습법에 의한 한국어 텍스트의 저자 판별」, 『조사연구』 13-3, 한국조사연구학회

김일환(2013), 「텍스트 유형과 어휘의 사용 빈도」, 『언어와 정보사회』 19, 서강대학교 언어정보연구호.

김일환 · 문한별(2011), 「김남천 소설의 어휘 사용 양상에 대한 계량적 연구」, 『현대소설연구』 48, 한국현대소설학회.

김일환 · 이도길 · 문한별(2013), 「계량적 전산 문체론 시고」, 『한말연구』 33, 한말연구학회.

문한별 · 김일환(2014), 「현대소설의 문체 분석을 위한 계량적 연구 시론」, 『어문논집』 70, 민족어문학회.

박갑수 편저(1994), 『국어문체론』, 대한교과서주식회사.

이도길(2005), 「한국어 형태소 분석과 품사 부착을 위한 확률 모형」, 고려대학교 박사학위논문.

최운호 외(2010), 「『독립신문』 논설의 형태 주석 말뭉치를 활용한 논설 저자 판별 연구」, 『한국사전학』 15, 한국사전학회.

한나래(2009), 「빈도 정보를 이용한 한국어 저자 판별」, 『인지과학』 제20권 2호, 한국인지과학학회

Cox, T. F. & Cox, M. A. A.(1994), *Multidimensional Scaling*. London: Chapman & Hall.

Hall, M., Frank, E., Holmes, G., Pfahringer, B., Reutemann, P., Witten, I. H.(2009), The WEKA Data Mining Software: An Update, SIGKDD Explorations, Volume 11, Issue 1.

Juola, P.(2008), Authorship attribution, *Foundations and Trends in Information Retrieval*, 1(3).

Love, H.(2002), *Attributing Authorship*, Cambridge University Press.

Platt, J.(1998), *Fast Training of Support Vector Machines using Sequential Minimal Optimization*. In B. Schoelkopf and C. Burges and A. Smola, editors, Advances in Kernel Methods - Support Vector Learning.

Rudman, J.(1998), The state of authorship attribution studies: some problems and solutions, Chum 31.

Vapnik, V.N.(1998), *Statistical Learning Theory*, Wiley: New York.

김일환, 고려대학교 민족문화연구원, haigh@korea.ac.kr
이도길, 고려대학교 컴퓨터학과, motdg@korea.ac.kr

계량적 문체 분석 시론

박진호

이 논문은 국어전산학회(한국어문정보학회) 재창립 기념 학술대회(2010년 9월 3일), 서울대학교 한국어문학연구소 학술대회(2010년 12월 14일)에서 발표한 것을 수정·보완한 것이다. 도움 말씀을 주신 최재웅 선생님, 최운호 선생님, 유현조 선생님께 감사드린다.

본고는 계량적 방법을 통해 글쓴이의 문체의 특징을 추출하고 여러 글쓴이의 문체의 차이를 비교해 보려는 초보적 시론이다. 이를 위해 전반부에서는 홍세화, 진중권, 김규항의 글을 자료로 삼았고, 후반부에서는 106편의 현대 한국 소설을 자료로 삼았다.

1

진보 논객의 문체

1.1. 자료 수집

요즘은 인쇄 매체보다는 인터넷을 통한 글쓰기와 글 읽기가 활발히 이루어지고 있기 때문에, 소설가나 시인 같은 전통적인 작가보다는 사이버 논객이 대중에게 더 큰 영향력을 지니게 된 듯하다. 이에 따라 본고에서도 인터넷 매체에 활발하게 글을 발표하고 있는

〈그림 1〉 정치인의 성향 좌표(『한겨레 21』 조사)

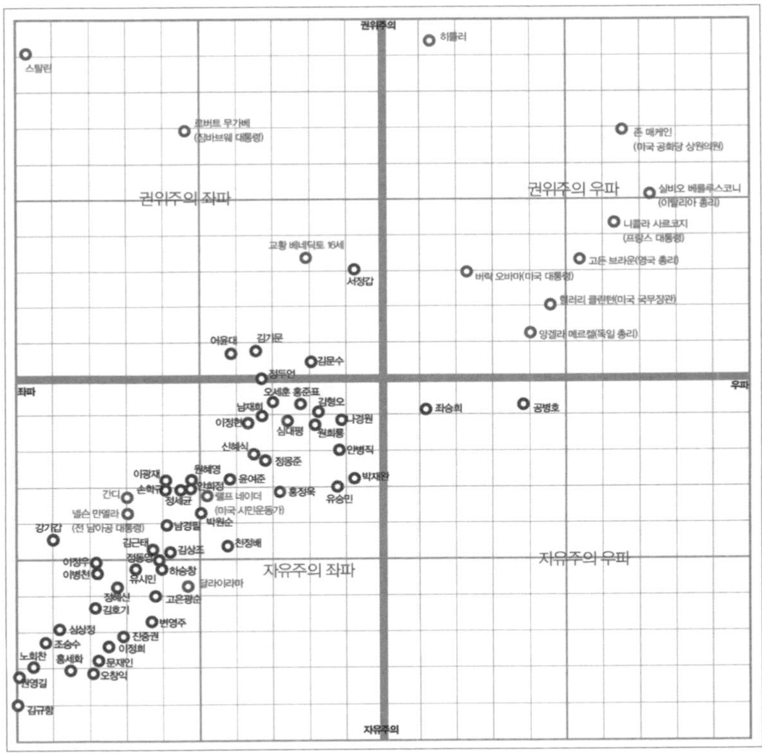

진보적인 논객을 조사 대상으로 삼았다.

『한겨레 21』에서 정치인들의 성향에 대한 설문조사를 실시한 적이 있는데(2010.3.5.), 김규항이 가장 좌파, 자유주의 쪽에 있고, 홍세화가 그다음, 진중권이 그다음이다.

홍세화의 글은 『한겨레신문』에 정기적으로 기고한 칼럼(홍세화 칼럼, 2007.1.9. ~ 2010.8.22.)을 주대상으로 하였고, 그 밖에 '레디앙' 등의 인터넷 매체에 기고한 글과 『생각의 좌표』 등의 저서에서 발췌한 글이 소량 첨가되었다. 진중권의 글은 인터넷 매체 '오마이뉴스'에 기고한 글만으로도 홍세화 말뭉치에 상당하는 양이 되므로, 이것으로 자료를 구성하였다(2006.4.21.~2010.1.29.). 김규항은 『한겨레신문』에 기고한 칼럼(야! 대한민국, 2008.12.17.~2010.8.18.)을 우선적으로 수집하였는데, 그 분량이 홍세화·진중권 말뭉치에 비해 너무 적어서 김규항이 운영하는 블로그(규항넷, http://gyuhang.net)에서 자료를 추가로 수집하였다(2010.1.12.~2010.8.20.) '규항넷'에서는 가능한 한 길이가 길고, 개인적인 신변잡기보다는 대중을 향한 공적인 발언의 성격이 강한 글을 뽑았다. 세 글쓴이의 말뭉치 분량을 가능한 한 같게 하였다. 수집한 자료의 개황은 〈표 1〉과 같다.

〈표 1〉 조사 대상 날말뭉치 개황

말뭉치	홍세화	진중권	김규항
바이트 수	223,080	222,900	223,393
문자 수	129,725	133,521	130,016
어절 수	30,683	31,504	31,145
단락 수	1,020	1,532	1,004

1.2. 자료 가공

원시 말뭉치를 기초 자료로 하여 빈도 통계를 추출하면, 체언에 다양한 조사가 붙은 형태, 용언의 다양한 굴절형들이 모두 별개의 타입으로 간주되며, 각 타입의 빈도가 대체로 매우 낮아지게 된다. 이것을 data sparseness problem이라 한다. data sparseness problem이 심각할 경우 유의미한 통계를 추출하기가 어려울 수도 있다. 원시 말뭉치를 형태 분석하면, data sparseness problem이 상당히 완화될 수 있다. 체언과 조사, 용언 어간과 어미를 따로 떼어서 통계를 추출하기 때문이다. 또한 형태 분석 말뭉치를 바탕으로 함으로써, 체언 · 조사, 용언 · 어미 각각에 대한 좀 더 정밀한 빈도 정보를 추출할 수 있다.

문제는 형태 분석 말뭉치를 구축함에 있어서 정확성과 비용(시간, 노력) 사이에 trade-off 관계가 있다는 것이다. 자동 형태소 분석기를 이용하면 비용이 적게 드나 정확도가 떨어지고, 수작업을 가미하면 할수록 정확도는 높아지나 비용이 많이 든다. 본고의 전반부에서는 비교적 적은 자료에 대해 수작업을 통해 형태소 분석의 정확도를 높이는 접근법을 시도하고, 후반부에서는 비교적 많은 자료에 대해 자동 형태소 분석기를 이용하여 비용을 줄이는 접근법을 시도한다.

21세기 세종계획 결과물인 '지능형 형태소 분석기'를 이용하여 태깅한 후, 수작업으로 오류를 수정하였다. '지능형 형태소 분석기'는 1음절로 된 어절을 대부분 보통명사(NNG)로 태깅하고, 연결어미(EC)의 범위가 너무 넓고, 연결어미로 태깅된 것 뒤에 오는 용언은 거의 무조건 보조용언(VX)으로 태깅하는 등, 많은 문제점이 있어 수작업에 엄청나게 많은 시간과 노력이 소요되었다.[1]

---

1 수작업으로 태깅 오류를 수정하는 작업을 한 뒤, '지능형 형태소 분석기'보다는 울산대 한국어 처리 연구실에서 개발한 UTagger가 성능이 더 우수하다는 것을 알게 되었다. http://nlplab.ulsan.ac.kr/doku.php?id=utagger에서 다운로드할 수 있다. 본고의 전반부 작업은 수작업을 통한 수정이 이미 마쳤기 때문에 '지능형 형태소 분석기'를 바탕으로 할

조사 대상이 된 세 말뭉치의 특징을 추출하기 위한 비교 준거 말뭉치는 21세기 세종계획의 결과물인 '세종 형태분석 말뭉치'(이하 '세종 말뭉치'라 약칭)를 이용하였다. 따라서 태깅 지침도 이 준거 말뭉치를 따랐다. 이 네 말뭉치의 개황은 아래와 같다.

〈표 2〉 조사 대상 형태분석 말뭉치 개황

말뭉치	세종	홍세화	진중권	김규항
문장 수	2,263,642	2,271	2,908	2,467
어절 수	12,496,012	30,683	31,504	31,145
형태 수	28,408,393	68,380	70,561	69,786

1.3. 형태(morph)의 확률 분포

형태분석 말뭉치에서 '+' 기호로 연결된 각각의 요소를 형태(morph)라 부르겠다. 말뭉치의 기초 통계 자료 중 가장 기본적인 것은 각각의 형태의 빈도라 할 수 있다. 어떤 작가가 어떤 형태를 많이 사용하는가를 알아볼 수 있는 가장 기초적인 자료이다. 세종 말뭉치를 비교의 준거로 하여, 세 말뭉치의 빈도 분포가 이로부터 얼마나 벗어나 있는가를 알아볼 수 있다. 많이 벗어나 있을수록 형태 사용 양상이 특이한 것이고, 일치할수록 형태 사용 양상이 평범하다고 할 수 있다.

여기서 잠시 확률 분포의 비교를 위한 통계적인 기초 사항을 살펴보겠다. 어떤 사건이 발생할 때 일어날 수 있는 모든 경우(in-

수밖에 없었지만, 후반부 작업에서는 UTagger를 사용하였다.

stance)의 수를 통틀어서 사건 공간(event space)이라고 한다. 예를 들어 주사위를 1번 던질 때 일어날 수 있는 경우는 눈이 1이 나오는 경우부터 6이 나오는 경우까지 모두 6개의 경우가 있는데, 이 6개의 경우를 모아 놓은 것이 사건 공간의 예가 된다. 사건 공간 내의 각 경우가 발생할 확률을 표시하는 변수를 확률 변수(random variable)라고 하고, 확률 변수가 각 경우에 취하는 확률값을 명시해 주는 함수를 확률 밀도 함수(probability density function) 또는 확률 분포(probability distribution)라고 한다. 확률 변수가 각 경우에 취하는 값을 모두 더하면 1이 된다.

이 개념을 이제 언어 현상에 적용해 보자. 한국어의 문장 내에서 문법 규칙에 따라 동사가 출현할 수 있는 위치가 주어졌다고 가정할 때, 이 위치에는 이론상 한국어의 모든 동사가 올 수 있다. 그렇다면 이것은 한국어에 존재하는 동사의 수만큼의 경우의 수를 갖는 사건 공간이라고 할 수 있을 것이다. (어떤 동사이든지 상관없이) 동사가 출현하는 사건을 V라 하고, 특정 동사 vi(예를 들면 '가-'나 '먹-')가 출현하는 사건을 vi라고 하면, 동사가 출현할 수 있는 위치에 vi라는 특정 동사가 출현할 확률은 조건부 확률 P(vi|V)로 나타낼 수 있는데

$$\sum_{vi \in V} \mathbf{P}(\mathbf{v}_i \mid \mathbf{V}) = 1$$

의 식이 성립하는 것이다. 한편, 한국어의 문장 내에 vx라는 특정 보조용언이 출현했다고 할 때, 이 보조용언 구성 앞에는 본동사가

출현할 것이다. vx라는 보조용언이 출현했고 그 앞에 동사가 온다고 가정하자. 이 때 vx 앞에 vi라는 특정 동사가 출현할 확률은 조건부 확률 $P(v_i|vx,V)$로 나타낼 수 있고 역시

$$\sum_{vi \in V} \mathbf{P}(\mathbf{v}_i\,|\mathbf{vx},\,\mathbf{V}) = 1$$

의 식이 성립한다. 이 두 확률 분포가 얼마나 많이 차이가 나는지를 어떻게 측정할 수 있을까?

몇 개의 동사만을 가지고 간단한 예를 만들어서 확률 분포의 비교 작업을 예시해 보이겠다. 한국어에 동사는 '가-', '오-', '먹-', '살-', '죽-' 5개밖에 없다고 하고, 보조용언은 '-어 있-'과 '-지 않-' 둘밖에 없다고 가정하자. 그리고 이 5개 동사의 말뭉치 전체에서의 출현 빈도, 두 보조용언 앞에서의 출현 빈도가 다음 〈표 3〉과 같다고 가정하자.

〈표 3〉 '-어 있-' 및 '-지 않-' 앞에서의 동사의 확률 분포

	가-	오-	먹-	살-	죽-	합
말뭉치 전체 빈도	100	80	70	60	50	360
$P(v_i\|V)$	0.28	0.22	0.19	0.17	0.14	1
'-어 있-' 앞 빈도	14	12	1	10	3	40
$P(v_i\|$어있$,V)$	0.35	0.30	0.025	0.25	0.075	1
'-지 않-' 앞 빈도	20	14	16	14	12	76
$P(v_i\|$지않$,V)$	0.26	0.18	0.21	0.18	0.16	1

〈그림 2〉 동사의 확률 분포

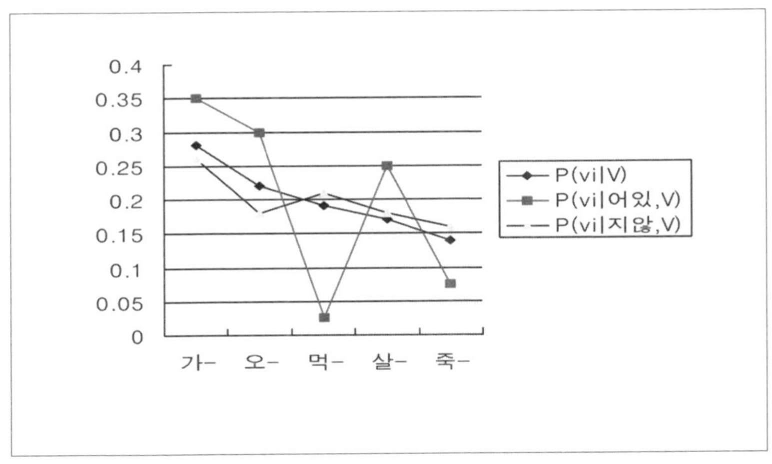

〈표 3〉에 나타난 수치를 그래프로 그려 보면 〈그림 2〉와 같다.

〈그림 2〉의 그래프에서 쉽게 관찰할 수 있듯이, '-지 않-' 앞의 동사의 확률 분포[P(vi|지않,V)]는 말뭉치 전체에서의 동사의 확률 분포[P(vi|V)]와 매우 비슷하고, 반면에 '-어 있-' 앞의 동사의 확률 분포[P(vi|어있,V)]는 말뭉치 전체에서의 동사의 확률 분포와 상당히 차이가 있음을 알 수 있다.

P(vi| V)나 P(vi|vx,V) 같은 구체적인 확률값을 어떻게 구할 수 있을까? 사실 한국어라는 모집단(population) 전체에 대해 이러한 확률값을 정확히 알 수는 없다. 다만 이 모집단을 대표할 수 있는 표본(sample)으로부터 모집단의 모수(母數, parameter)를 추정(estimation)할 수 있을 뿐이다. 모수 추정 방법에도 여러 가지가 있지만, 가장 단순하고 일반적인 방법은 최대 가능도 추정법(maximum likelihood estimation)이다. 이 방법은 표본의 사건들이 발생했을 가능성을 최대로 만들어 주게끔 모수를 추정하는 방법이다. 즉 표본(우리의 경우에는 말뭉치)에서 추출한 상대 빈도(relative frequency, 빈도의 비율)를 그대로 이용하여 모수를 추정하는 것이다. 예컨대 세종 말뭉치의 총 형태 토큰 수는 28,408,393이고 세종 말뭉치에서 '사회/NNG'의 출현 빈도는 22,591이므로, 세종 말뭉치에서 '사회/NNG'의 출현 확률은 P(사회/NNG) = 22,591 / 28,408,393 ≒ 0.000795 라고 추정하는 것이다. 반면에 홍세화 말뭉치에서 '사회/NNG'의 출현 확률은 P(사회/NNG) = 427 / 68,380 = 0.0062445 라고 추정할 수 있다. 홍세화는 다른 사람에 비해 '사회'라는 단어를 약 7.8배 많이 사용한다고 할 수 있다.

두 확률 분포가 얼마나 차이가 나는지를 나타내는 통계적 척도로 교차 엔트로피(cross entropy), 상대적 엔트로피(relative entropy; Kullback-Leibler divergence, KL divergence), information radus(IRAD) 등이 있다.

교차 엔트로피 $H(p, q) = -\sum_{x} p(x) \log q(x)$

상대적 엔트로피 $D(p||q) = \sum_{x} p(x) \log (p(x)/q(x))$

$IRad(p, q) = D(p|| \frac{p+q}{2}) + D(q|| \frac{p+q}{2})$

본고에서는 세종 말뭉치를 준거(q)로 하여 위의 3가지 값을 모두 구해 보았는데, 교차 엔트로피와 IRad는 아마도 bufferunder run(소수점 이하의 너무 작은 수를 계산할 때 컴퓨터에서 實數 데이터를 표상하기 위한 메모리가 부족할 때 발생하는 현상)으로 인하여 NaN나 Infinity 등의 별로 의미 없는 결과가 나왔으나, 상대적 엔트로피는 다음과 같이 나왔다. 상대적 엔트로피를 계산할 때 q(x)가 0일 경우 분모에 0이 오게 되어 계산에 문제가 발생한다. 이를 피하기 위해 q(x)가 0일 경우 Float::EPSILON(= 2.220446049250313e-16)으로 조정하여 계산하였다.

〈표 4〉 조사 대상 세 말뭉치의 상대적 엔트로피

말뭉치	홍세화	진중권	김규항
상대적 엔트로피	1.118868	1.39846	1.2107089

진중권, 김규항, 홍세화의 순으로 상대적 엔트로피가 높게 나왔다. 즉 진중권의 단어 사용 빈도 패턴이 가장 특이하고, 홍세화의 단어 사용 빈도 패턴은 표준(세종 말뭉치)에서 크게 벗어나지 않는다는 것이다. 세 사람 중 홍세화가 가장 차분하고 점잖은 문체를 사용하며 진중권이 가장 특색 있는(속된 말로 '톡톡 튀는') 문체를 사용한다는 일반인의 직관과 부합되는 결과이다. 김규항의 문체가 차분한 편인데도 상대적 엔트로피 값이 높게 나온 원인을 추측해 보면, 그가 기독교·아동교육 등의 특정 분야에 깊은 관심을 가지고 있고 그런 특정 주제를 많이 다루다 보니 이들 주제 특유의 어휘가 많이 사용되었기 때문인 듯하다. 실제로 김규항은 『예수전』이라는 책을 썼고,

이 책의 일부 내용이 '규항넷'에 올라 있어 본고의 김규항 말뭉치에 포함되어 있다.

다른 작가의 상대적 엔트로피도 구해 봐야 더 정확한 것을 알 수 있겠지만, 진중권의 상대적 엔트로피 값은 상당히 높은 수치인 것으로 추측된다. 이것은 말뭉치에 포함된 텍스트가 특정 주제에 치우쳐 있기 때문일지도 모른다. 그리고 말뭉치 규모가 작을수록 어휘 선택의 편향이 커서 상대적 엔트로피 값이 크게 나올 것이다. 따라서 좀 더 큰 규모의 말뭉치를 가지고 조사해 볼 필요가 있다.

1.4. 글쓴이가 사용한 특징적인 형태

그럼 좀 더 구체적으로 이 세 작가가 즐겨 쓴 단어/형태에는 어떤 것이 있을까? 단순무식하게 생각하면 그냥 빈도순으로 형태를 소팅하여 고빈도 형태를 살펴보면 될 것 같지만, 기준 말뭉치에서도 고빈도인 형태는 조사 대상 말뭉치에서 고빈도로 나타나더라도 그 가치를 축소해서 이해해야 한다. 예컨대 홍세화 말뭉치에서 '의미/NNG'와 '사익/NNG' 모두 26회 나타나지만, 세종 말뭉치에서 '의미/NNG'는 10714회, '사익/NNG'은 64회 출현하므로, 26이라는 절대 빈도 자체만 봐서는 안 된다.

절대 빈도가 지닌 이런 문제를 해결하기 위해서는 통계적 검정 방법을 사용해야 한다. 여기서 우리가 검정하고자 하는 것은 세종 말뭉치에서의 '의미/NNG'의 출현 확률 P0(의미/NNG) = 10,714 / 28,408,393 ≒ 0.000377 에 비해 홍세화 말뭉치에서 '의미/NNG'의 출현 확률 P(의미/NNG) = 26 / 68,380 ≒ 0.00038 이 통계적으로 유의미한 정도로 더 높은가, 그리고 세종 말뭉치에서의 '사익/NNG'의 출현 확률 P0(사익/NNG) = 64 / 28,408,393 ≒ 0.00000225에 비해 홍세화 말뭉치에서 '사익/NNG'의 출현 확률 P(사익/NNG) = 26 / 68,380 ≒ 0.00038 이 통계적으로 유의미한 정도로 더 높은가 하는 것이다.

이것은 '모비율의 (차이) 검정'에 해당하는데, n×P(w)가 5 이상일 때에는 정규분포에 의한 Z 검정을 사용할 수 있고, n×P(w)가 5 이하일 때에는 포아송 분포에 의한 이항검정법을 사용할 수 있다. 본고에서는 특정 형태가 특정 회수 출현한 것이 통계적으로 유의미한가 하는 문제 그 자체보다는, 여러 형태들의 빈도의 통계적 유의성을 비교하는 데 관심이 있으므로, Z 검정만 사용해서 Z-score를 상대적으로 비교하는 데만 이용하도록 한다. Z-score를 구하는 공식

$$Z = \frac{P(\omega)-P0(\omega)}{\sqrt{P(\omega)(1-P0(\omega)/n}}$$

(P(w) = 조사 대상 말뭉치에서 형태 w의 출현 확률
P0(w) = 기준 말뭉치에서 형태 w의 출현 확률, n = 조사 대상 말뭉치의 토큰 수)

에 의해 세 말뭉치에서 Z 값을 구하였다. Z 값이 높은 형태들 중 빈도 1인 것을 제외하고 제시하면 아래와 같다.

〈표 5〉 홍세화 말뭉치에서 Z값이 높은 형태

순위	형태	세종 빈도	홍 빈도	Z 값
1	조중동/NNP	0	20	1289.09
2	신자유주의/NNG	0	20	1289.09
3	괴담/NNG	0	14	902.36
4	지/XSN	0	13	837.90
5	도/XSN	0	13	837.90
6	자유무역협정/NNG	0	12	773.45
7	미누/NNP	0	12	773.45
8	천안함/NNP	0	11	708.99
9	이든/JX	0	11	708.99
10	허접/XR	0	9	580.08
11	피디수첩/NNP	0	8	515.63
12	진보신당/NNP	0	8	515.63
13	불관용/NNG	0	8	515.63
14	참여연대/NNP	0	7	451.17
15	에프티에이/NNG	0	7	451.17
16	앵톨레랑스/NNG	0	7	451.17
17	법무부/NNP	0	7	451.17
18	짝퉁/NNG	0	5	322.26
19	주이란/NNP	0	5	322.26
20	옆짱구/NNG	0	5	322.26
21	뒤짱구/NNG	0	5	322.26
22	대기업/NNG	0	5	322.26
23	공정택/NNP	0	5	322.26
24	증/XSN	0	4	257.81
25	자/XSN	0	4	257.81
26	사르코지/NNP	0	4	257.81
27	말이다/IC	0	4	257.81
28	국가보안법/NNP	0	4	257.81
29	이명박/NNP	52	84	237.08
30	이라도/JX	1	11	224.16
31	프렌들리/NNG	0	3	193.35
32	차례/NNB	0	3	193.35
33	임채진/NNP	0	3	193.35
34	일제고사/NNG	0	3	193.35
35	인/XSN	0	3	193.35
36	운동권/NNG	0	3	193.35

37	올드라이트/NNG	0	3	193.35
38	심상정/NNP	0	3	193.35
39	스펙/NNG	0	3	193.35
40	보에티/NNP	0	3	193.35
41	문화부/NNP	0	3	193.35
42	대도시/NNG	0	3	193.35
43	뉴라이트/NNG	0	3	193.35
44	구조조정/NNG	0	3	193.35
45	교육과학기술부/NNP	0	3	193.35
46	·/SL	0	3	193.35
47	KTX/SL	0	3	193.35
48	김예슬/NNP	1	8	163.01
49	허세욱/NNP	1	7	142.63
50	쬡/SH	0	2	128.90
51	후순위/NNG	0	2	128.90
52	한대련/NNP	0	2	128.90
53	카이리/NNP	0	2	128.90
54	체험학습/NNG	0	2	128.90
55	진학률/NNG	0	2	128.90
56	조세부담률/NNG	0	2	128.90
57	조건반사/NNG	0	2	128.90
58	절집/NNG	0	2	128.90
59	장/XSN	0	2	128.90
60	일인시위/NNG	0	2	128.90
61	유수프/NNP	0	2	128.90
62	오이시디/NNP	0	2	128.90
63	오바마/NNP	0	2	128.90
64	액/XSN	0	2	128.90
65	아마디/NNP	0	2	128.90
66	신분제/NNG	0	2	128.90
67	선거권/NNG	0	2	128.90
68	비례대표제/NNG	0	2	128.90
69	부담률/NNG	0	2	128.90
70	버락/NNP	0	2	128.90
71	무장해제/NNG	0	2	128.90
72	랭동/NNP	0	2	128.90
73	라가르데르/NNP	0	2	128.90
74	똘레랑스/NNG	0	2	128.90

75	또다른/MM	0	2	128.90
76	떡검/NNG	0	2	128.90
77	단답형/NNG	0	2	128.90
78	뉴타운/NNG	0	2	128.90
79	국세청/NNP	0	2	128.90
80	고로/MAJ	0	2	128.90
81	건강권/NNG	0	2	128.90
82	가압류/NNG	0	2	128.90
83	국방부/NNP	1	6	122.25
84	불가능/XR	1	5	101.86
85	면서도/EC	1	5	101.86
86	마다하/VV	1	5	101.86
87	르펜/NNP	1	5	101.86
88	와이티엔/NNP	2	7	100.82
89	홀로서기/NNG	5	11	100.16
90	탈레반/NNP	8	12	86.34
91	기득권/NNG	3	7	82.29
92	노회찬/NNP	5	9	81.93
93	톨레랑스/NNG	1	4	81.48
94	창경/NNP	1	4	81.48
95	중고생/NNG	1	4	81.48
96	꼴등/NNG	1	4	81.48
97	김용철/NNP	5	8	72.81
98	전방위/NNG	2	5	71.99
99	루저/NNG	2	5	71.99
100	조경란/NNP	4	7	71.24
101	본디/MAG	7	9	69.21
102	자유인/NNG	47	23	68.05
103	-/SO	30	18	66.72
104	사익/NNG	64	26	65.85
301	삼성/NNP	750	86	62.66
302	프레시안/NNP	1	3	61.10
303	중하위/NNG	1	3	61.10
304	어/XSN	1	3	61.10
305	참칭/NNG	4	6	61.05
306	물신주의/NNG	4	6	61.05
307	대학생/NNG	26	15	59.71
308	구성원/NNG	553	68	57.79
309	이/XSN	2	4	57.58

310	김상봉/NNP	2	4	57.58
311	민주노총/NNP	8	8	57.51
312	용산/NNP	162	36	57.03
313	카불/NNP	11	9	55.15
314	공용/NNG	51	19	53.88
315	저당/NNG	30	14	51.83
316	내강/NNG	4	5	50.86
317	사회/NNG	22591	427	50.55
318	시사저널/NNP	8	7	50.31
319	나라말/NNG	6	6	49.81
320	세력/NNG	2489	127	49.44
321	뻔뻔/XR	130	27	47.71
322	잘하/VV	9	7	47.41
323	민주노동당/NNP	47	16	47.23
324	멀리하/VV	3	4	46.99
325	촛불/NNG	257	37	46.26
326	미네르바/NNP	7	6	46.09
327	능력껏/MAG	7	6	46.09
328	ㄴ지/EF	195	32	46.02
329	마름/NNG	57	17	45.53
330	어린/NNG	5	5	45.47
331	우파/NNG	91	21	44.40
332	진보/NNG	789	63	44.34
333	직/XSN	2	3	43.17
334	주도권/NNG	2	3	43.17
335	에서/NNG	2	3	43.17
336	떡값/NNG	15	8	41.91
337	배반/NNG	158	26	41.54
338	리베라시옹/NNP	6	5	41.49
339	몰상식/NNG	20	9	40.80
340	회색인/NNG	1	2	40.72
341	프리모/NNG	1	2	40.72
342	평당원/NNG	1	2	40.72
343	조/MM	1	2	40.72
344	일해/NNP	1	2	40.72
345	오마이뉴스/NNP	1	2	40.72
346	아이엠에프/NNP	1	2	40.72

〈표 6〉 진중권 말뭉치에서 Z 값이 높은 형태

순위	형태	세종 빈도	진 빈도	Z 값
1	한예종/NNP	0	88	5583.70
2	디워/NNP	0	80	5076.09
3	문화부/NNP	0	75	4758.84
4	정지민/NNP	0	69	4378.13
5	인미협/NNP	0	30	1903.53
6	빅뉴스/NNG	0	23	1459.37
7	PD수첩/NNP	0	21	1332.46
8	피디수첩/NNP	0	19	1205.56
9	이라/JKQ	0	19	1205.56
10	variant/SL	0	18	1142.11
11	추부길/NNP	0	15	951.75
12	변희재/NNP	0	14	888.30
13	대한늬우스/NNP	0	14	888.30
14	뉴라이트/NNG	0	14	888.30
15	MB/SL	15	166	859.82
16	아우어뉴스/NNP	0	12	761.40
17	삽질/NNG	0	12	761.40
18	문화체육관광부/NNP	0	12	761.40
19	문광부/NNP	0	12	761.40
20	신자유주의/NNG	0	11	697.95
21	2009/SN	11	106	641.12
22	원/XSN	0	10	634.50
23	디빠/NNG	0	10	634.50
24	국립오페라단/NNP	0	10	634.50
25	、/SL	0	10	634.50
26	구조조정/NNG	0	9	571.05
27	법무부/NNP	0	7	444.14
28	국세청/NNP	0	7	444.14
29	아레사/NNP	1	21	421.32
30	빈슨/NNP	1	21	421.32
31	종북파/NNG	0	6	380.69
32	조중동/NNP	0	6	380.69
33	듣보잡/NNG	0	6	380.69
34	감사원/NNP	0	6	380.69
35	BBK/SL	0	6	380.69
36	국립/NNP	2	24	340.45

37	블로그/NNG	0	5	317.24
38	과/XSN	0	5	317.24
39	진중권/NNP	7	41	310.81
40	.../SE	20	58	260.01
41	한겨레21/NNP	0	4	253.79
42	프렌들리/NNG	0	4	253.79
43	쿱스펠트/NNP	0	4	253.79
44	총/XPN	0	4	253.79
45	진보신당/NNP	0	4	253.79
46	조재환/NNP	0	4	253.79
47	이든/JX	0	4	253.79
48	야커/NNP	0	4	253.79
49	명박/NNP	0	4	253.79
50	김진춘/NNP	0	4	253.79
51	국정홍보처/NNP	0	4	253.79
52	국정원/NNP	0	4	253.79
53	경찰청/NNP	0	4	253.79
54	KTX/SL	0	4	253.79
55	CJD/SL	8	32	226.87
56	손석춘/NNP	1	11	220.67
57	라/JKQ	1	10	200.60
58	유인촌/NNP	18	41	193.69
59	허접/XR	0	3	190.34
60	트랜스포머/NNP	0	3	190.34
61	지/XSN	0	3	190.34
62	자/XSN	0	3	190.34
63	임준희/NNP	0	3	190.34
64	여기저기/NP	0	3	190.34
65	씨네21/NNP	0	3	190.34
66	실/XSN	0	3	190.34
67	섬뜩하/VA	0	3	190.34
68	빅뉴스/NNP	0	3	190.34
69	부라퀴/NNP	0	3	190.34
70	부라퀴/NNG	0	3	190.34
71	레시피/NNG	0	3	190.34
72	노컷뉴스/NNP	0	3	190.34
73	나라사랑/NNP	0	3	190.34
74	꼴/NNB	0	3	190.34

75	suspect/SL	0	3	190.34
76	possibly/SL	0	3	190.34
77	contracted/SL	0	3	190.34
78	Aretha/SL	0	3	190.34
79	합창단/NNG	54	62	168.93
80	이라도/JX	1	8	160.47
81	프레시안/NNP	1	7	140.41
82	졸지에/MAG	4	13	130.32
83	이/XSN	2	9	127.62
84	오역/NNG	18	27	127.48
85	好惡/SH	0	2	126.89
86	浪漫/SH	0	2	126.89
87	회/XSN	0	2	126.89
88	홈피/NNG	0	2	126.89
89	헤럴드경제/NNP	0	2	126.89
90	허걱/IC	0	2	126.89
91	합성음/NNG	0	2	126.89
92	하은지/NNP	0	2	126.89
93	하/NNB	0	2	126.89
94	폴리뉴스/NNP	0	2	126.89
95	평균치/NNG	0	2	126.89
96	퍼포머/NNG	0	2	126.89
97	통섭/NNG	0	2	126.89
98	컴퓨터그래픽/NNG	0	2	126.89
99	촌사마/NNP	0	2	126.89
100	차례/NNB	0	2	126.89
101	쪽글/NNG	0	2	126.89
102	지지층/NNG	0	2	126.89
103	조/XSN	0	2	126.89
104	재교육/NNG	0	2	126.89
105	장하준/NNP	0	2	126.89
106	일용직/NNG	0	2	126.89
107	이석우/NNP	0	2	126.89
108	유영철/NNP	0	2	126.89
109	오스트랄로피테쿠스/NNG	0	2	126.89
110	열광자/NNG	0	2	126.89
111	연좌제/NNG	0	2	126.89
112	에피알테스/NNP	0	2	126.89

113	신경의/NNG	0	2	126.89
114	술/XSN	0	2	126.89
115	소쿨족/NNG	0	2	126.89
116	사법권/NNG	0	2	126.89
117	법하/VX	0	2	126.89
118	발/XSN	0	2	126.89
119	밖/NNB	0	2	126.89
120	바라기/NNG	0	2	126.89
121	물/XSN	0	2	126.89
122	문공부/NNP	0	2	126.89
123	무장해제/NNG	0	2	126.89
124	면/NNB	0	2	126.89
125	마리오네트/NNG	0	2	126.89
126	댓글/NNG	0	2	126.89
127	대학로/NNG	0	2	126.89
128	대통령제/NNG	0	2	126.89
129	닭짓/NNG	0	2	126.89
130	뉴데일리/NNP	0	2	126.89
131	뇌병변/NNG	0	2	126.89
132	김선욱/NNP	0	2	126.89
133	김경한/NNP	0	2	126.89
134	국/XSN	0	2	126.89
135	공정택/NNP	0	2	126.89
136	고로/MAJ	0	2	126.89
137	경제성장률/NNG	0	2	126.89
138	speculated/SL	0	2	126.89
139	been/SL	0	2	126.89
140	../SE	0	2	126.89
141	오마이뉴스/NNP	1	6	120.34
142	그동안/MAG	7	15	113.63
143	2008/SN	23	26	108.54
144	vCJD/SL	7	14	106.04
145	그리하/VV	1	5	100.28
146	..../SE	1	5	100.28
147	의뢰서/NNG	3	8	92.59
148	하/VA	3	7	81.01
149	일하/VV	4	8	80.16
150	이명박/NNP	52	27	74.77

〈표 7〉 김규항 말뭉치에서 Z 값이 높은 형태

순위	형태	세종 빈도	홍 빈도	Z 값
1	진보신당/NNP	0	70	4466.17
2	신자유주의/NNG	0	40	2552.09
3	../SE	0	39	2488.29
4	이라/JKQ	0	17	1084.63
5	디빠/NNG	0	15	957.03
6	이든/JX	0	14	893.22
7	갈릴래이아/NNP	0	13	829.42
8	이명박/NNP	52	260	727.11
9	말이다/IC	0	11	701.81
10	디워/NNP	0	10	638.01
11	심상정/NNP	0	9	574.21
12	헤로데/NNP	0	8	510.41
13	ㅎ/IC	0	8	510.41
14	진중권/NNP	7	66	503.18
15	라/JKQ	1	24	484.18
16	사민주의/NNG	2	32	456.47
17	스펙/NNG	0	6	382.80
18	고래가그랬어/NNP	0	6	382.80
19	좌파/NNG	130	204	360.43
20	지/XSN	0	4	255.20
21	조중동/NNP	0	4	255.20
22	조갑제/NNP	0	4	255.20
23	운동권/NNG	0	4	255.20
24	안티파스/NNP	0	4	255.20
25	아무것/NP	0	4	255.20
26	세/XSN	0	4	255.20
27	강기갑/NNP	0	4	255.20
28	트윗/NNP	0	3	191.39
29	트위터/NNP	0	3	191.39
30	태춘/NNP	0	3	191.39
31	종일/MAG	0	3	191.39
32	우열반/NNG	0	3	191.39
33	씨네21/NNP	0	3	191.39
34	시나퍼/NNG	0	3	191.39
35	쇄/NNB	0	3	191.39
36	사민주의자/NNG	0	3	191.39

37	또다른/MM	0	3	191.39
38	대안학교/NNG	0	3	191.39
39	닭짓/NNG	0	3	191.39
40	예수전/NNP	2	12	171.13
41	갈릴래아/NNP	2	12	171.13
42	자유주의자/NNG	40	51	162.38
43	이라도/JX	1	8	161.36
44	노회찬/NNP	5	16	144.26
45	히친스/NNP	0	2	127.59
46	편해문/NNP	0	2	127.59
47	펜타포트/NNP	0	2	127.59
48	통계청/NNP	0	2	127.59
49	진학률/NNG	0	2	127.59
50	제베대오/NNP	0	2	127.59
51	정치권/NNG	0	2	127.59
52	일제고사/NNG	0	2	127.59
53	인/XSN	0	2	127.59
54	유의미/XR	0	2	127.59
55	에피큐리언/NNG	0	2	127.59
56	에프티에이/NNG	0	2	127.59
57	아켈라오/NNP	0	2	127.59
58	아니/NNP	0	2	127.59
59	순혈주의자/NNG	0	2	127.59
60	순/XSN	0	2	127.59
61	삽질/NNG	0	2	127.59
62	법하/VX	0	2	127.59
63	배타성/NNG	0	2	127.59
64	면/NNB	0	2	127.59
65	메타노이아/NNP	0	2	127.59
66	말째/NNG	0	2	127.59
67	디치킨스/NNP	0	2	127.59
68	든/JC	0	2	127.59
69	다스베이더/NNP	0	2	127.59
70	꼴/NNB	0	2	127.59
71	김길태/NNP	0	2	127.59
72	그리스어/NNG	0	2	127.59
73	규항넷/NNP	0	2	127.59
74	권용철/NNP	0	2	127.59

75	구조조정/NNG	0	2	127.59
76	경찰청/NNP	0	2	127.59
77	게만/EC	0	2	127.59
78	강신준/NNP	0	2	127.59
79	BBK/SL	0	2	127.59
80	그래서/MAG	1	6	121.01
81	9980/SN	1	6	121.01
82	~/SS	4	11	110.87
83	어선/EC	1	5	100.83
84	면서도/EC	1	5	100.83
85	들/JX	1	5	100.83
86	김규항/NNP	2	7	99.80
87	자유주의/NNG	265	81	99.59
88	하/VA	3	8	93.10
89	일하/VV	4	9	90.69
90	노무현/NNP	296	74	85.93
91	루저/NNG	2	6	85.53
92	진보/NNG	789	110	77.62
93	이를테면/MAJ	54	27	73.77
94	예수/NNP	946	107	68.67
95	꼴통/NNG	6	8	65.77
96	갈/NNG	6	8	65.77
97	우파/NNG	91	31	65.09
256	못하/VV	15	12	62.32
257	적일/NNG	1	3	60.48
258	부터/JKB	1	3	60.48
259	밀어넣/VV	1	3	60.48
260	자본론/NNP	19	13	59.96
261	극우/NNG	102	30	59.43
262	여대생/NNG	3	5	58.16
263	정작/MAG	12	10	58.07
264	오세훈/NNP	2	4	57.00
265	오래/NNG	2	4	57.00
266	잘하/VV	9	8	53.65
267	유시민/NNP	9	8	53.65
268	좀더/MAG	94	26	53.63
269	인문학/NNG	110	27	51.42
270	극우파/NNG	26	13	51.19

271	빠져들/VV	4	5	50.34
272	을지/EF	13	9	50.18
273	니/JC	32	14	49.65
274	고래/NNG	148	30	49.15
275	인텔리/NNG	37	14	46.14
276	부자/NNG	725	63	45.87
277	어린/NNG	5	5	45.00
278	말하자면/MAG	13	8	44.59
279	아이/NNG	14699	299	43.76
280	요한/NNP	189	30	43.35
281	최대한/MAG	2	3	42.73
282	일/MM	2	3	42.73
283	급진/NNG	152	26	41.94
284	라도/JX	177	28	41.80
285	ㄴ지/EF	195	29	41.21
286	어쨌거나/MAG	12	7	40.60
287	주절/NNG	1	2	40.30
288	제일/MAG	1	2	40.30
289	인입/NNG	1	2	40.30
290	인인/NNG	1	2	40.30
291	아이엠에프/NNP	1	2	40.30
292	신입생/NNG	1	2	40.30
293	물푸레/NNG	1	2	40.30
294	무작정/MAG	1	2	40.30
295	마다하/VV	1	2	40.30
296	류/NNB	1	2	40.30
297	더이상/MAG	1	2	40.30
298	까지/JKB	1	2	40.30
299	공생애/NNG	1	2	40.30
300	대중/NNG	2163	97	39.78
301	회개/NNG	50	14	39.60
302	든/JX	174	26	39.11
303	이니/JC	22	9	38.48
304	오히려/MAJ	290	33	38.25
305	한명숙/NNP	10	6	38.12
306	사람/NNG	56819	570	36.47
307	유다/NNP	51	13	36.37
308	정체/NNG	1190	65	36.31

홍세화는 자신이 유행시킨 개념어인 '관용/톨레랑스', '불관용/엥톨레랑스'와 '사르코지' 등의 프랑스 관련 고유명사 등이 보이는 것이 특징적이다. '조중동', '신자유주의', '자유무역협정' 등에서도 그가 즐겨 다룬 주제를 엿볼 수 있다.

진중권은 PD수첩 광우병 보도와 관련하여 정지민 씨와 논쟁을 벌였고 심형래 감독의 영화 '디 워'와 관련하여 '디빠'들과 논쟁을 벌였고, 그가 객원교수로 있다가 사직한 '한국예술종합학교' 구조조정에 대해서도 자세히 다루었기 때문에 이들 주제와 관련된 형태들이 올라와 있다. '삽질', '듣보잡', '닭짓' 등의 비속어나 인터넷 유행어가 자주 등장하는 것도 그의 글의 특징이다.

김규항은 '갈릴래(이)이', '헤로데', '제배대오' 등 기독교/성경 관련 표현이 눈에 띄고, '우열반', '대안학교', '일제고사' 등에서는 교육에 대한 그의 깊은 관심을 볼 수 있다. '좌파', '자유주의(자)', '사민주의(자)', '극우(파)' 등이 자주 나타남에서 그가 이들 개념에 집착하고 있음을 엿볼 수 있다.

1.5. 어휘 다양성: 타입-토큰 비율(type-token ratio, TTR)

작가가 일정한 표현을 자꾸 반복해서 사용한다면, 즉 타입을 분모로 한 토큰의 비율이 높다면, 그는 어휘가 다양하지 않다고 할 수 있고, 토큰을 분모로 한 타입의 비율이 높다면 그만큼 어휘를 다양하게 구사하고 있다고 할 수 있다. 여러 학자들이 어휘 다양성을 측정하기 위한 다양한 지표를 개발해 왔지만, 타입-토큰 비율이 가장 단순하면서도 기본적인 지표라고 할 수 있다. 세 작가의 타입-토큰 비율은 아래와 같다. 단, 체언, 용언, 수식언, 독립언의 빈도만 계산에 넣었다. 문법요소의 빈도는 어휘 다양성을 측정하는 데에 별로 상관이 없다고 생각되기 때문이다.

〈표 8〉 타입-토큰 비율

말뭉치	홍세화	진중권	김규항
토큰 수	31,418	31,367	32,173
타입 수	5,417	5,496	4,518
토큰/타입	5.80	5.71	7.12

홍세화와 진중권이 큰 차이가 없는 데 비해, 김규항은 두드러지게 토큰/타입 비율이 높다. 타입 수만 봐도 마찬가지이다. 홍세화와 진중권이 5400여 개의 타입을 사용한 데 비해 김규항이 사용한 타입은 4500여 개에 불과하다. 즉 김규항은 동일한 표현을 자꾸 반복해서 사용하는 경향이 다른 두 사람에 비해 높은 것이다.

타입-토큰 비율은 말뭉치의 크기에 많이 영향을 받는 것으로 알려져 있다. 따라서 크기가 다른 말뭉치의 타입-토큰 비율을 비교할 때에는 상당한 주의가 필요하다. 제2장에서 이 문제에 대해 자세히 다룬다. 여기서 다룬 홍세화, 진중권, 김규항의 말뭉치는 규모가 거의 비슷하기 때문에, 여기서는 그런 문제가 발생하지 않는다.

1.6. 문장 길이

하나의 문장이 평균 몇 개의 어절로 이루어져 있는가, 즉 문장 길이 또한 해당 작가의 문체의 중요한 특징이다. 간결체, 만연체 등의 전통적인 문체 용어도 이로부터 나왔다. 세 사람의 문장 길이의 분

〈표 9〉 홍세화 문장 길이

길이	빈도	백분율
1	24	1.06
2	55	2.42
3	76	3.35
4	79	3.48
5	90	3.96
6	118	5.20
7	117	5.15
8	133	5.86
9	156	6.87
10	158	6.96
11	129	5.68
12	101	4.45
13	126	5.55
14	98	4.32
15	89	3.92
16	95	4.18
17	81	3.57
18	85	3.74
19	57	2.51
20	58	2.55
21	32	1.41
22	47	2.07
23	38	1.67
24	24	1.06
25	20	0.88
26	30	1.32
27	22	0.97
28	21	0.92
29	24	1.06
30	12	0.53

〈표 10〉 진중권 문장 길이

길이	빈도	백분율
1	27	0.93
2	101	3.47
3	111	3.82
4	181	6.22
5	202	6.95
6	216	7.43
7	199	6.84
8	219	7.53
9	218	7.50
10	227	7.81
11	200	6.88
12	161	5.54
13	125	4.30
14	136	4.68
15	99	3.40
16	70	2.41
17	69	2.37
18	66	2.27
19	42	1.44
20	42	1.44
21	32	1.10
22	33	1.13
23	29	1.00
24	18	0.62
25	14	0.48
26	7	0.24
27	18	0.62
28	11	0.38
29	5	0.17
30	5	0.17

〈표 11〉 김규항 문장 길이

길이	빈도	백분율
1	42	1.70
2	95	3.85
3	92	3.73
4	87	3.53
5	121	4.90
6	137	5.55
7	114	4.62
8	154	6.24
9	146	5.92
10	157	6.36
11	138	5.59
12	139	5.63
13	124	5.03
14	112	4.54
15	109	4.42
16	93	3.77
17	69	2.80
18	80	3.24
19	84	3.40
20	56	2.27
21	61	2.47
22	39	1.58
23	32	1.30
24	32	1.30
25	24	0.97
26	17	0.69
27	15	0.61
28	10	0.41
29	16	0.65
30	6	0.24

〈표 9〉 홍세화 문장 길이

길이	빈도	백분율
31	8	0.35
32	13	0.57
33	6	0.26
34	7	0.31
35	12	0.53
36	8	0.35
37	2	0.09
38	2	0.09
39	0	0.00
40	3	0.13
41	2	0.09
42	0	0.00
43	4	0.18
44	2	0.09
45	1	0.04
46	2	0.09
47	0	0.00
48	1	0.04
49	0	0.00
50	1	0.04
51	1	0.04
52	0	0.00
53	0	0.00
54	0	0.00
55	0	0.00
56	0	0.00
57	1	0.04
58	0	0.00
59	0	0.00
평균	13.1158	

〈표 10〉 진중권 문장 길이

길이	빈도	백분율
31	1	0.03
32	6	0.21
33	5	0.17
34	0	0.00
35	2	0.07
36	3	0.10
37	1	0.03
38	1	0.03
39	2	0.07
40	0	0.00
41	1	0.03
42	1	0.03
43	0	0.00
44	0	0.00
45	0	0.00
46	0	0.00
47	1	0.03
48	0	0.00
49	1	0.03
50	0	0.00
51	0	0.00
52	0	0.00
53	0	0.00
54	0	0.00
55	0	0.00
56	0	0.00
57	0	0.00
58	0	0.00
59	0	0.00
평균	10.4023	

〈표 11〉 김규항 문장 길이

길이	빈도	백분율
31	5	0.20
32	7	0.28
33	13	0.53
34	7	0.28
35	8	0.32
36	2	0.08
37	5	0.20
38	3	0.12
39	1	0.04
40	2	0.08
41	1	0.04
42	0	0.00
43	0	0.00
44	1	0.04
45	4	0.16
46	1	0.04
47	0	0.00
48	1	0.04
49	2	0.08
50	0	0.00
51	1	0.04
52	0	0.00
53	1	0.04
54	0	0.00
55	0	0.00
56	0	0.00
57	0	0.00
58	1	0.04
59	0	0.00
평균	12.3486	

포를 조사한 결과는 〈표 9〉, 〈표 10〉, 〈표 11〉과 같다.

문장의 평균 길이를 봐도 그렇고 분포를 봐도 그렇고, 홍세화와 김규항은 큰 차이가 없으나, 진중권의 문장이 두드러지게 짧음을 알 수 있다. 진중권이 다른 두 사람에 비해 인터넷 매체의 특성 및 젊은 세대의 감성에 맞게 글을 쓰는 경향이 있다는 사실과 부합된다.

1.7. 접속 대 내포

작가가 복문을 구성할 때 접속을 즐겨 사용하느냐 내포를 즐겨 사용하느냐에 따라 매우 다른 분위기를 만들어낼 수 있다. 다음의 두 영미 작가의 글을 비교해 보면 알 수 있다.

> and the desk and the shelf above it on which rested the ledgers in which McCaslin recorded the slow outward trickle of food and supplies and equipment which returned each fall as cotton made and ginned and sold (two threads frail as truth and impalpable as equators yet cable-strong to bind for life them who made the cotton to the land their sweat fell on), and the older ledgers clumsy and archaic in size and shape, on the yellowed oages of which were recorded ... [Faulkner의 단편소설 'The Bear']

> The first burst shot off a back wheel and turned the car over. He saw the wheel fly over the bonnet as the car took to the ditch on the left. The ditch might have been ten feet deep but the snow let him down kindly. The car didn't burn so he lay behind it and waited, facing across the track hoping to get a chot at the machine-gunner. The next burst came from behind and threw him up against the car. [John LeCarre의 'Tinker, Tailor, Soldier, Spy']

전자는 hypotactic하고 후자는 paratactic하다고 할 수 있다(Beyer 1992: 282-283).

말뭉치에서 접속의 빈도의 근사치로서 태그 'EC'의 빈도를 사용하고, 내포의 빈도의 근사치로서 태그 'ETN, ETM'을 사용하여 비율을 조사한 결과는 〈표 12〉와 같다.

〈표 12〉 접속 대 내포 비율

말뭉치	홍세화	진중권	김규항	세종
접속	3820	3744	4410	2003331
내포	4948	4093	5137	1739602
접속/내포	0.77	0.91	0.86	1.15

세종 말뭉치에서는 내포에 비해 접속이 1.15배로 조금 더 많았으나, 홍세화·진중권·김규항 모두 접속보다 내포의 비율이 더 높게 나타났다. 세 사람이 큰 차이는 없으나, 그래도 진중권〉김규항〉홍세화의 순으로 접속을 많이 사용하고 있다. 구어체와 문어체를 비교해 보면, 대체로 구어체는 내포의 비율이 낮고 문어체는 내포의 비율이 높다. 세 사람 중 진중권이 상대적으로 접속을 많이 사용하고 내포의 빈도가 낮다는 것은, 그의 문장이 가장 구어체에 가깝고 단순한 문장 구조를 지향한다고 할 수 있다. 홍세화는 셋 중 연령도 가장 높고 글을 실은 매체도 모두 신문이다 보니, 가장 문어적인 문체를 사용하고 있다고 할 수 있다.

1.8. 서사적(동사) 문체 대 묘사적(형용사) 문체

장면 묘사에 치중하는 작가도 있고 사건 전개에 치중하는 작가도 있다. 전자는 묘사적 문체, 후자는 서사적 문체라 부를 수 있을 것이다. 이 문제에 대한 통계적 지표로서, 동사와 형용사의 비율을 생각해 볼 수 있다. 동사가 묘사에 사용되는 경우도 물론 있지만, 서사에는 주로 동사가 사용되고 묘사에는 주로 형용사가 사용되기 때문이다. 조사 결과는 다음 〈표 13〉과 같다.

〈표 13〉 동사 대 형용사 비율

말뭉치	VV	VA	VV/VA
홍세화	6480	1732	3.74
진중권	6351	1621	3.91
김규항	6461	2223	2.90
세종	2781131	721122	3.85

홍세화와 진중권은 세종 말뭉치와 큰 차이가 없으나, 김규항만 유독 동사의 비율이 낮게 나타났다. 셋 중 김규항이 가장 묘사적인 문체를 사용한다고 할 수 있다.

2

한국 현대 소설의 문체

2.1. 자료 수집 및 처리

인터넷 '우리말.net'의 '학생 자료실' - '필독 현대 소설'에 올라 있는 106편의 작품을 분석 대상으로 하였다.[2] 이들 중에는 최인훈의 「회색인」, 「광장」 등 중장편 소설도 몇 개 있으나, 대다수는 단편 소설이다.

이들 자료는 양이 꽤 많아서, UTagger를 이용하여 자동 태깅만 하고, 수작업 수정은 거치지 않았다. 따라서 태깅 오류가 상당수 포함되어 있을 것이다. 그래도 대체적인 경향을 파악하는 데는 유용하리라고 생각된다. 태깅 오류가 포함되어 있음을 감안하여 형태 단위의 빈도 조사는 하지 않았고, 나머지 통계적 문체 지표만 살펴보았다.

2.2. paratactic 문체 대 hypotactic 문체

조사 결과를 소팅한 결과는 〈표 14〉와 같다. 접속 대 내포 비율이 낮은 작품, 즉 내포를 상대적으로 많이 사용하는 작품부터 시작해서 접속을 상대적으로 많이 사용하는 작품의 순으로 배열되어 있다.

김유정의 작품 4개가 모두 거의 맨 끝에 위치해 있다(101, 102, 103, 106위). 즉 김유정은 내포를 가장 적게 사용한다는 것이다. 주요섭의 '사랑 손님과 어머니'는 어린 소녀의 視點에서 서술되어 있기 때문에 내포가 적게 사용된 것으로 보인다. 반면에 이문열, 전광용, 이효석, 김동인, 최인훈, 전상국 등은 내포를 많이 사용하는 것으로 나타났다.

---

2 2010년 경에는 http://www.urimal.net/gnuboard4/bbs/board.php?bo_table=z2_4에서 이들 자료를 다운로드할 수 있었으나, 2016년 11월 9일 현재 더 이상 이 자료를 찾을 수 없었다.

〈표 14〉 접속 대 내포 비율

연번	작가	제목	접속/내포
1	이문열	필론의_돼지	0.93
2	전광용	사수	0.96
3	이효석	산	0.98
4	김동인	광화사	1.05
5	최서해	고국	1.05
6	김동인	태형	1.07
7	최인훈	광장	1.07
8	최인훈	회색인	1.08
9	이문구	일락서산	1.11
10	전상국	우상의_눈물	1.12
11	오상원	유예	1.14
12	박경리	불신시대	1.17
13	이문열	우리들의_일그러진_영웅	1.22
14	최명익	장삼이사	1.22
15	김동인	붉은산	1.23
16	손창섭	혈서	1.24
17	김승옥	역사	1.25
18	전광용	꺼삐딴_리	1.25
19	황순원	목넘이_마을의_개	1.26
20	김승옥	누이를_이해하기_위하여	1.27
21	송기원	아름다운얼굴	1.28
22	이무영	제1과_제1장	1.29
23	박태원	피로	1.30
24	최일남	흐르는북	1.30
25	이태준	해방전후	1.32
26	김소진	자전거도둑	1.33
27	황순원	너와나만의시간	1.35
28	현진건	B사감과_러브레터	1.36
29	계용묵	백치_아다다	1.37
30	김원일	도요새에_관한_명상	1.37
31	임철우	사평역	1.37
32	유진오	창랑정기	1.39
33	현진건	운수_좋은_날	1.39
34	오상원	모반	1.41
35	박태원	소설가_구보씨의_일일	1.42

36	김동리	등신불	1.43
37	김성한	바비도	1.43
38	김승옥	무진기행	1.43
39	염상섭	만세전	1.43
40	한수산	타인의얼굴	1.43
41	현진건	할머니의_죽음	1.43
42	유진오	김강사와_T교수	1.44
43	이태준	까마귀	1.44
44	이호철	큰산	1.44
45	신경숙	외딴방	1.45
46	현진건	술_권하는_사회	1.45
47	이청준	병신과_머저리	1.46
48	황순원	학	1.46
49	황순원	별	1.47
50	손창섭	비오는_날	1.48
51	조명희	낙동강	1.48
52	현진건	고향	1.48
53	최인호	타인의방	1.49
54	이효석	돈	1.50
55	김정한	사하촌	1.51
56	이태준	돌다리	1.51
57	최서해	홍염	1.51
58	박완서	우황청심환	1.52
59	이범선	오발탄	1.52
60	이상	날개	1.52
61	이청준	잔인한도시	1.52
62	이청준	줄	1.53
63	김승옥	서울_1964년_겨울	1.54
64	김승옥	환상수첩	1.54
65	최서해	탈출기	1.55
66	현기영	순이삼촌	1.55
67	이청준	눈길	1.57
68	박영준	모범_경작생	1.59
69	이효석	메밀꽃_필_무렵	1.59
70	김동인	배따라기	1.60

71	강신재	젊은_느티나무	1.61
72	이범선	학마을_사람들	1.61
73	최시한	허생전을배우는시간	1.61
74	황순원	독짓는_늙은이	1.62
75	김동리	역마	1.63
76	조세희	뫼비우스의_띠	1.63
77	이호철	탈향	1.64
78	염상섭	표본실의_청개구리	1.67
79	김동리	바위	1.68
80	김동인	감자	1.69
81	김원일	어둠의_혼	1.69
82	하근찬	수난_이대	1.75
83	황순원	소나기	1.76
84	이태준	영월영감	1.77
85	채만식	논_이야기	1.81
86	이태준	패강냉	1.82
87	나도향	물레방아	1.83
88	윤대녕	천지간	1.83
89	나도향	벙어리_삼룡이	1.86
90	황석영	아우를_위하여	1.87
91	채만식	레디메이드_인생	1.93
92	채만식	미스터_방	1.94
93	황석영	삼포가는_길	1.99
94	김동리	화랑의_후예	2.01
95	염상섭	두_파산	2.02
96	이태준	복덕방	2.03
97	박경리	풍경A	2.09
98	정비석	성황당	2.20
99	이호철	닮아지는_살들	2.36
100	채만식	치숙	2.61
101	김유정	동백꽃	2.63
102	김유정	만무방	2.65
103	김유정	금따는_콩밭	2.72
104	전영택	화수분	2.91
105	주요섭	사랑_손님과_어머니	3.60
106	김유정	봄봄	3.61

2.3. 서사적 문체 대 묘사적 문체

김유정의 작품 4개 모두 거의 맨 끝에 위치해 있다(〈표 15〉의 91, 99, 102, 106위). 즉 김유정은 형용사에 비해 동사를 훨씬 많이 사용하는 것이다. 김유정 외에 황순원, 주요섭, 조세희, 이범선, 윤대녕, 박영준, 염상섭, 이태준 등도 형용사에 비해 동사를 상대적으로 많이 쓰는 것으로 나타났다. 반면에 동사에 비해 형용사를 상대적으로 많이 쓰는 작가로는 이호철, 강신재, 이문열, 이효석, 최인훈, 이호철, 박태준 등이 있다.

동사-형용사 비율 외에 보조용언 '있-'도 묘사적 문체와 관련이 있다.

> 철수는 10년 만에 순희와 재회했다. 순희는 3년 전에 이미 남편을 여의고 혼자 되어 있었다. 두 사람은 한동안 아무 말 없이 길을 걸었다. 거리는 성탄을 즐기기 위해 나온 젊은 연인들로 북적거리고 있었다. 순희가 침묵을 깨고 입을 열었다.

위 예문에서 스토리의 전경(foreground)은 대개 '-었-'으로 표현되어 있고, 배경(background)은 '-어 있-'이나 '-고 있-'으로 표현되어 있다. 스토리를 진전시키는 사건의 발생은 동사의 과거형(완망상)으로 표현하고, 사건이 일어날 때의 정적인 배경은 형용사로 표현하거나 동사+비완망상(연속상, 결과상)으로 표현하는 것이다. 즉 보조용언 '있-'의 사용 비율을 알아보면, 그 글이 얼마나 묘사적인지를 알 수 있을 것이다.

〈표 15〉 동사 대 형용사 비율

연번	작가	제목	동사/형용사
1	이호철	큰산	1.77
2	강신재	젊은_느티나무	2.20
3	이문열	필론의_돼지	2.21
4	이효석	산	2.30
5	최인훈	회색인	2.38
6	이호철	닳아지는_살들	2.48
7	박태원	소설가_구보씨의_일일	2.51
8	전광용	사수	2.52
9	이문구	일락서산	2.57
10	이청준	눈길	2.63
11	이태준	까마귀	2.63
12	이효석	메밀꽃_필_무렵	2.64
13	김승옥	누이를_이해하기_위하여	2.65
14	이상	날개	2.65
15	김동인	광화사	2.67
16	유진오	창랑정기	2.68
17	이문열	우리들의_일그러진_영웅	2.68
18	김승옥	환상수첩	2.80
19	염상섭	만세전	2.80
20	이청준	줄	2.80
21	최시한	허생전을배우는시간	2.80
22	이청준	잔인한도시	2.82
23	김동인	태형	2.86
24	송기원	아름다운얼굴	2.86
25	김승옥	역사	2.87
26	채만식	치숙	2.87
27	유진오	김강사와_T교수	2.89
28	최인훈	광장	2.90
29	김승옥	무진기행	2.92
30	박완서	우황청심환	2.97
31	현진건	고향	3.01
32	이태준	해방전후	3.02
33	김성한	바비도	3.04
34	최서해	탈출기	3.06
35	손창섭	혈서	3.07

36	이청준	병신과_머저리	3.09
37	이호철	탈향	3.11
38	전상국	우상의_눈물	3.14
39	이효석	돈	3.16
40	박태원	피로	3.17
41	임철우	사평역	3.21
42	김승옥	서울_1964년_겨울	3.22
43	최일남	흐르는북	3.22
44	오상원	모반	3.25
45	최명익	장삼이사	3.26
46	이무영	제1과_제1장	3.29
47	최서해	고국	3.29
48	현진건	B사감과_러브레터	3.29
49	채만식	레디메이드_인생	3.34
50	한수산	타인의얼굴	3.35
51	계용묵	백치_아다다	3.36
52	김동인	붉은산	3.36
53	김원일	어둠의_혼	3.37
54	이범선	오발탄	3.39
55	김소진	자전거도둑	3.41
56	박경리	불신시대	3.42
57	신경숙	외딴방	3.42
58	김동인	배따라기	3.47
59	나도향	벙어리_삼룡이	3.47
60	전광용	꺼삐딴_리	3.47
61	김동리	등신불	3.51
62	나도향	물레방아	3.53
63	황순원	소나기	3.58
64	이태준	영월영감	3.60
65	김동리	화랑의_후예	3.62
66	황순원	별	3.64
67	최인호	타인의방	3.65
68	김원일	도요새에_관한_명상	3.66
69	현진건	운수_좋은_날	3.66
70	염상섭	두_파산	3.69

71	김동리	역마	3.71
72	채만식	미스터_방	3.72
73	황석영	삼포가는_길	3.75
74	황순원	목넘이_마을의_개	3.77
75	하근찬	수난_이대	3.79
76	김정한	사하촌	3.80
77	채만식	논_이야기	3.80
78	이태준	돌다리	3.84
79	황석영	아우를_위하여	3.86
80	황순원	너와나만의시간	3.87
81	이태준	패강냉	3.89
82	현진건	할머니의_죽음	3.92
83	오상원	유예	3.94
84	김동리	바위	3.99
85	최서해	홍염	3.99
86	현기영	순이삼촌	4.09
87	정비석	성황당	4.10
88	조명희	낙동강	4.21
89	손창섭	비오는_날	4.23
90	전영택	화수분	4.33
91	김유정	봄봄	4.52
92	현진건	술_권하는_사회	4.55
93	김동인	감자	4.56
94	박경리	풍경A	4.61
95	이태준	복덕방	4.62
96	염상섭	표본실의_청개구리	4.63
97	황순원	독짓는_늙은이	4.66
98	박영준	모범_경작생	4.70
99	김유정	동백꽃	4.73
100	윤대녕	천지간	4.78
101	이범선	학마을_사람들	5.06
102	김유정	금따는_콩밭	5.22
103	조세희	뫼비우스의_띠	5.49
104	주요섭	사랑_손님과_어머니	5.49
105	황순원	학	5.96
106	김유정	만무방	6.97

〈표 16〉 보조용언 '있-'의 사용 비율

연번	작가	제목	있/VX	어절수	있/어절수
1	김유정	만무방	0	5462	0.000000
2	최서해	탈출기	2	2138	0.000935
3	채만식	치숙	4	3384	0.001182
4	현진건	B사감과_러브레터	2	1314	0.001522
5	이효석	돈	2	1182	0.001692
6	채만식	논_이야기	7	4125	0.001697
7	김유정	봄봄	5	2945	0.001698
8	최서해	고국	2	1165	0.001717
9	염상섭	두_파산	7	3717	0.001883
10	이태준	복덕방	7	3103	0.002256
11	현진건	고향	3	1304	0.002301
12	최서해	홍염	9	3794	0.002372
13	채만식	미스터_방	7	2740	0.002555
14	염상섭	만세전	11	4117	0.002672
15	계용묵	백치_아다다	10	3695	0.002706
16	나도향	물레방아	9	3111	0.002893
17	염상섭	표본실의_청개구리	31	10141	0.003057
18	나도향	벙어리_삼룡이	21	6734	0.003119
19	김유정	금따는_콩밭	9	2638	0.003412
20	이태준	돌다리	7	1994	0.003511
21	이효석	산	5	1404	0.003561
22	현진건	운수_좋은_날	10	2621	0.003815
23	이태준	패강냉	8	2046	0.003910
24	이태준	해방전후	31	7624	0.004066
25	이태준	영월영감	11	2541	0.004329
26	채만식	레디메이드_인생	25	5646	0.004428
27	김유정	동백꽃	8	1785	0.004482
28	최명익	장삼이사	18	3825	0.004706
29	이상	날개	31	5895	0.005259
30	이태준	까마귀	17	3232	0.005260
31	박영준	모범_경작생	17	3198	0.005316
32	조명희	낙동강	17	3185	0.005338
33	이효석	메밀꽃_필_무렵	11	1916	0.005741
34	정비석	성황당	36	5790	0.006218
35	이무영	제1과_제1장	37	5883	0.006289

36	전영택	화수분	13	2052	0.006335
37	김동인	태형	22	3444	0.006388
38	김정한	사하촌	50	7546	0.006626
39	박경리	풍경A	8	1200	0.006667
40	김동인	광화사	26	3704	0.007019
41	유진오	창랑정기	29	4125	0.007030
42	김성한	바비도	17	2240	0.007589
43	현진건	술_권하는_사회	21	2624	0.008003
44	현진건	할머니의_죽음	19	2363	0.008041
45	주요섭	사랑_손님과_어머니	39	4754	0.008204
46	송기원	아름다운얼굴	69	7762	0.008889
47	황순원	목넘이_마을의_개	56	6288	0.008906
48	김동인	배따라기	28	3122	0.008969
49	이문열	우리들의_일그러진_영웅	149	16259	0.009164
50	박완서	우황청심환	56	5912	0.009472
51	이문열	필론의_돼지	28	2884	0.009709
52	김동인	붉은산	12	1222	0.009820
53	이호철	탈향	34	3444	0.009872
54	황순원	독짓는_늙은이	22	2199	0.010005
55	최일남	흐르는북	61	5784	0.010546
56	김동리	화랑의_후예	32	3012	0.010624
57	김소진	자전거도둑	64	5957	0.010744
58	현기영	순이삼촌	103	9558	0.010776
59	황석영	아우를_위하여	44	4011	0.010970
60	손창섭	혈서	52	4706	0.011050
61	최시한	허생전을배우는시간	65	5753	0.011298
62	김동리	바위	22	1912	0.011506
63	박태원	소설가_구보씨의_일일	145	12293	0.011795
64	김원일	도요새에_관한_명상	218	18403	0.011846
65	최인훈	광장	409	33818	0.012094
66	황순원	학	13	1073	0.012116
67	전광용	꺼삐딴_리	67	5498	0.012186
68	김동리	등신불	50	4047	0.012355
69	전광용	사수	34	2733	0.012441
70	유진오	김강사와_T교수	78	6201	0.012579
71	최인훈	회색인	836	65341	0.012794

72	오상원	유예	39	2927	0.013324
73	박경리	불신시대	71	5254	0.013514
74	김동인	감자	21	1544	0.013601
75	이범선	학마을_사람들	47	3436	0.013679
76	전상국	우상의_눈물	89	6339	0.014040
77	황석영	삼포가는_길	61	4290	0.014219
78	황순원	별	42	2952	0.014228
79	김원일	어둠의_혼	82	5723	0.014328
80	손창섭	비오는_날	54	3683	0.014662
81	김동리	역마	67	4515	0.014839
82	조세희	뫼비우스의_띠	40	2620	0.015267
83	이범선	오발탄	105	6541	0.016053
84	하근찬	수난_이대	45	2771	0.016240
85	김승옥	누이를_이해하기_위하여	68	4121	0.016501
86	강신재	젊은_느티나무	25	1483	0.016858
87	최인호	타인의방	75	4345	0.017261
88	이문구	일락서산	38	2108	0.018027
89	황순원	소나기	37	2025	0.018272
90	이호철	큰산	43	2352	0.018282
91	신경숙	외딴방	122	6425	0.018988
92	김승옥	환상수첩	175	8859	0.019754
93	이청준	줄	115	5524	0.020818
94	한수산	타인의얼굴	168	8048	0.020875
95	박태원	피로	44	1972	0.022312
96	이청준	눈길	132	5879	0.022453
97	황순원	너와나만의시간	71	2989	0.023754
98	김승옥	역사	188	7584	0.024789
99	김승옥	서울_1964년_겨울	108	4318	0.025012
100	이청준	병신과_머저리	200	7772	0.025733
101	이청준	잔인한도시	310	11972	0.025894
102	임철우	사평역	181	6860	0.026385
103	오상원	모반	121	4180	0.028947
104	김승옥	무진기행	202	6636	0.030440
105	이호철	닮아지는_살들	142	4591	0.030930
106	윤대녕	천지간	307	8040	0.038184

김유정, 최서해, 채만식, 현진건 등은 보조용언 '있-'의 사용 비율이 매우 낮다. 반면에 윤대녕, 이호철, 김승옥, 오상원 등은 보조용언 '있-'을 매우 빈번히 사용한다. 전자는 서사적 문체, 후자는 묘사적 문체라 할 수 있다.

만약 동사-형용사 비율과 보조용언 '있-'의 사용 양상이 매우 높은 상관관계를 보인다면 두 지표 중 하나만 사용해도 될 것이다. 이 두 변수의 관계는 〈그림 3〉과 같다.

〈그림 3〉 동사-형용사 비율(가로축)과 보조용언 '있-'의 비율(세로축)

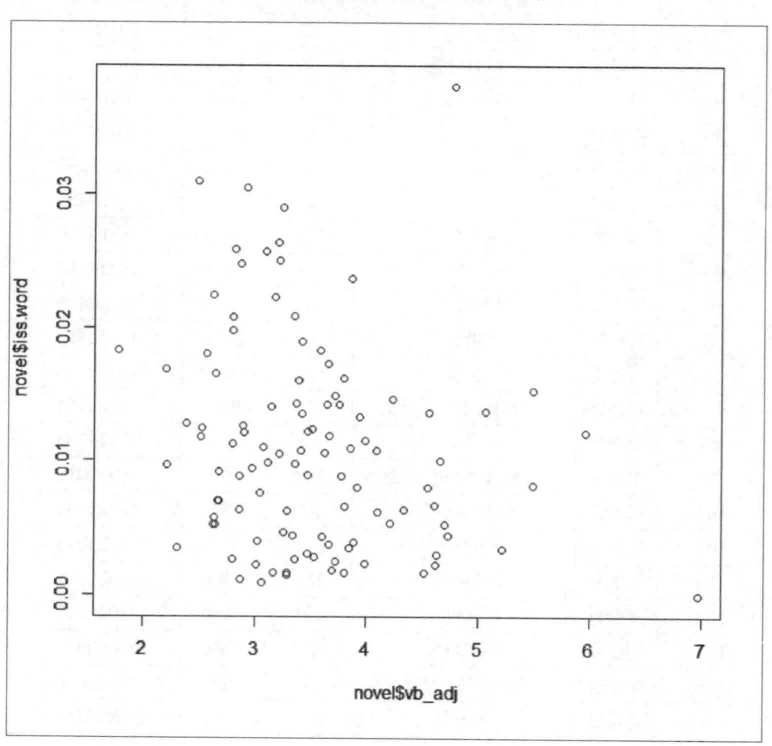

두 변수가 높은 상관관계를 보인다면 관측점들이 2차원 평면에서 1차함수의 직선 가까이에 몰려 있어야 할 터인데, 위의 그래프는 그렇지 않고 관측점들이 매우 넓게 퍼져 있다. 즉 두 변수는 상관관계가 그리 높지 않은 것이다. 그렇다면 서사적-묘사적 문체를 측정하기 위해 하나의 변수만 살펴보기보다는 두 변수를 함께 살펴보는 것이 좋을 것이다.

2.4. 문장 길이

오상원, 김원일, 이호철, 황순원, 조세희, 이범선, 최서해, 박경리, 최인훈 등은 간결체를 사용하고, 이문구, 염상섭, 김동리, 유진오, 이태준, 최명익, 채만식 등은 만연체를 사용하는 것으로 나타났다(〈표 17〉 참조). 같은 황순원의 작품인데도 평균 문장 길이가 「소나기」는 7.36, 「학」은 9.09, 「너와 나만의 시간」은 10.52, 「별」은 12.62, 「독 짓는 늙은이」는 13.83, 「목넘이 마을의 개」는 14.94로 편차가 상당히 크게 나타났다. 이태준, 이호철도 편차가 큰 편이다.

〈표 17〉 평균 문장 길이

연번	작가	제목	어절수	문장수	평균문장길이
1	오상원	유예	2927	446	6.56
2	김원일	어둠의_혼	5723	812	7.05
3	이호철	닮아지는_살들	4591	624	7.36
4	황순원	소나기	2025	275	7.36
5	조세희	뫼비우스의_띠	2620	352	7.44
6	이범선	오발탄	6541	828	7.90
7	최서해	탈출기	2138	264	8.10
8	박경리	풍경A	1200	148	8.11
9	오상원	모반	4180	502	8.33
10	최인훈	회색인	65341	7727	8.46
11	김승옥	누이를_이해하기_위하여	4121	481	8.57
12	김유정	금따는_콩밭	2638	307	8.59
13	현진건	술_권하는_사회	2624	305	8.60
14	최인훈	광장	33818	3901	8.67
15	한수산	타인의얼굴	8048	926	8.69
16	이효석	산	1404	160	8.78
17	최시한	허생전을배우는시간	5753	653	8.81
18	신경숙	외딴방	6425	727	8.84
19	이범선	학마을_사람들	3436	387	8.88
20	이호철	탈향	3444	388	8.88
21	황순원	학	1073	118	9.09
22	김동인	붉은산	1222	132	9.26
23	박경리	불신시대	5254	564	9.32
24	하근찬	수난_이대	2771	297	9.33
25	이문열	필론의_돼지	2884	308	9.36
26	이상	날개	5895	630	9.36
27	황석영	삼포가는_길	4290	452	9.49
28	최서해	고국	1165	122	9.55
29	김유정	만무방	5462	570	9.58
30	이태준	복덕방	3103	324	9.58
31	김동인	태형	3444	353	9.76
32	전광용	사수	2733	280	9.76
33	김원일	도요새에_관한_명상	18403	1877	9.80
34	최인호	타인의방	4345	442	9.83
35	전상국	우상의_눈물	6339	639	9.92

36	나도향	물레방아	3111	311	10.00
37	최서해	홍염	3794	379	10.01
38	이효석	메밀꽃_필_무렵	1916	191	10.03
39	김동인	감자	1544	152	10.16
40	김승옥	서울_1964년_겨울	4318	425	10.16
41	정비석	성황당	5790	567	10.21
42	김소진	자전거도둑	5957	581	10.25
43	이청준	줄	5524	539	10.25
44	현진건	할머니의_죽음	2363	230	10.27
45	윤대녕	천지간	8040	770	10.44
46	이무영	제1과_제1장	5883	562	10.47
47	박태원	소설가_구보씨의_일일	12293	1169	10.52
48	황순원	너와나만의시간	2989	284	10.52
49	임철우	사평역	6860	650	10.55
50	김동인	광화사	3704	346	10.71
51	나도향	벙어리_삼룡이	6734	614	10.97
52	전광용	꺼삐딴_리	5498	496	11.08
53	이태준	패강냉	2046	184	11.12
54	김승옥	무진기행	6636	595	11.15
55	이청준	병신과_머저리	7772	692	11.23
56	강신재	젊은_느티나무	1483	131	11.32
57	김성한	바비도	2240	196	11.43
58	손창섭	혈서	4706	409	11.51
59	전영택	화수분	2052	178	11.53
60	박완서	우황청심환	5912	510	11.59
61	이청준	잔인한도시	11972	1033	11.59
62	주요섭	사랑_손님과_어머니	4754	408	11.65
63	황석영	아우를_위하여	4011	336	11.94
64	이효석	돈	1182	98	12.06
65	현기영	순이삼촌	9558	783	12.21
66	김동인	배따라기	3122	254	12.29
67	조명희	낙동강	3185	259	12.30
68	이태준	영월영감	2541	206	12.33
69	김동리	바위	1912	155	12.34
70	이호철	큰산	2352	188	12.51
71	채만식	레디메이드_인생	5646	450	12.55

72	김승옥	환상수첩	8859	704	12.58
73	황순원	별	2952	234	12.62
74	김정한	사하촌	7546	595	12.68
75	현진건	운수_좋은_날	2621	205	12.79
76	계용묵	백치_아다다	3695	288	12.83
77	손창섭	비오는_날	3683	284	12.97
78	이청준	눈길	5879	449	13.09
79	최일남	흐르는북	5784	442	13.09
80	김유정	동백꽃	1785	136	13.12
81	유진오	김강사와_T교수	6201	470	13.19
82	이태준	돌다리	1994	150	13.29
83	송기원	아름다운얼굴	7762	583	13.31
84	김유정	봄봄	2945	221	13.33
85	염상섭	표본실의_청개구리	10141	760	13.34
86	김승옥	역사	7584	568	13.35
87	현진건	B사감과_러브레터	1314	98	13.41
88	현진건	고향	1304	96	13.58
89	채만식	치숙	3384	248	13.65
90	박태원	피로	1972	143	13.79
91	황순원	독짓는_늙은이	2199	159	13.83
92	이문열	우리들의_일그러진_영웅	16259	1154	14.09
93	박영준	모범_경작생	3198	222	14.41
94	이태준	까마귀	3232	221	14.62
95	황순원	목넘이_마을의_개	6288	421	14.94
96	김동리	등신불	4047	267	15.16
97	채만식	논_이야기	4125	271	15.22
98	채만식	미스터_방	2740	179	15.31
99	염상섭	만세전	4117	265	15.54
100	최명익	장삼이사	3825	236	16.21
101	이태준	해방전후	7624	468	16.29
102	김동리	화랑의_후예	3012	178	16.92
103	유진오	창랑정기	4125	232	17.78
104	김동리	역마	4515	247	18.28
105	염상섭	두_파산	3717	176	21.12
106	이문구	일락서산	2108	98	21.51

2.5. 어휘 다양성: 타입-토큰 비율(TTR)과 그 변형

앞서 1.5.에서 언급했듯이, 타입-토큰 비율이 어휘 다양성의 가장 기초적인 지표가 되기는 하나, 텍스트의 크기의 영향을 많이 받는다는 것이 문제이다. 텍스트 크기가 클수록, 토큰/타입 값도 커지는 경향이 있다. 이것은 상식적으로 생각해도 당연하다. 글이 짧을 때에는 같은 단어를 반복하지 않고 쓰기가 쉽지만, 글이 길어지면 길어질수록 앞에서 사용했던 단어를 반복하지 않을 수 없게 되는 것이다. 본고의 분석 대상이 되는 106개의 작품에 대해서 토큰의 수와 타입-토큰 비율의 관계를 그래프로 나타내면 아래 〈그림 4〉와 같다.

토큰 수가 증가함에 따라 TTR도 가파르게 증가함을 볼 수 있다. TTR의 이러한 성질을 완화시키기 위해서는, 즉 텍스트 크기가 증가함에 따라 그 때문에 TTR이 급격히 증가하는 성향을 누그러뜨리기 위해서는, 토큰 수나 그와 관련된 수치를 분모로 해서 척도 변환(scaling)을 할 필요가 있다. 그런데 TTR을 단순히 토큰 수로 나눠주면, 타입 수가 얻어진다. 규모가 비슷한 말뭉치의 경우는 타입 수만 비교해도 대체적인 경향을 알 수 있으나, 말뭉치의 규모가 크게 차이 날 때에는 타입 수만 고려해서는 안 된다. 텍스트 규모가 커질수록 타입 수도 당연히 늘어날 것이기 때문이다. 〈그림 4〉에서 관측값들이 특히 X축에서 좌하 구석에 몰려 있음을 볼 수 있는데, 이러한 자료 편중 현상을 완화하는 데에는 흔히 로그 변형(logarithmic transformation)이 사용된다. 그래서 X축에 로그 변형을 하고, TTR을

〈그림 4〉 토큰 대 TTR

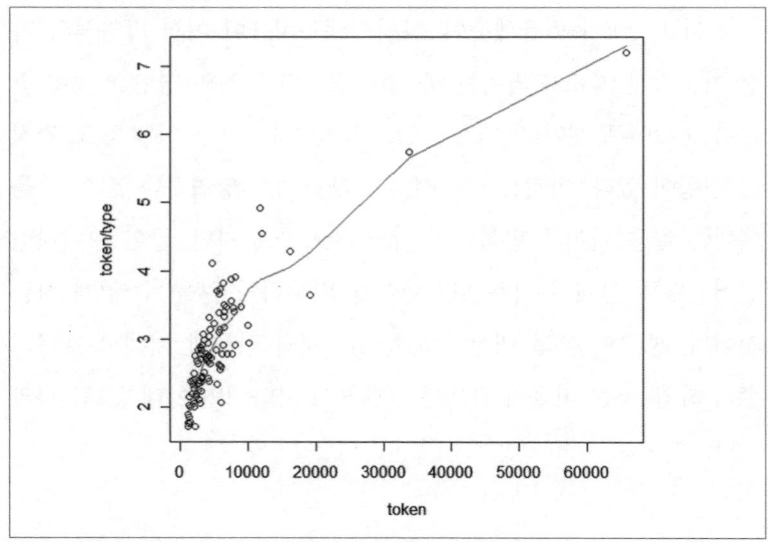

〈그림 5〉 log(token) 대 TTR/log(token)

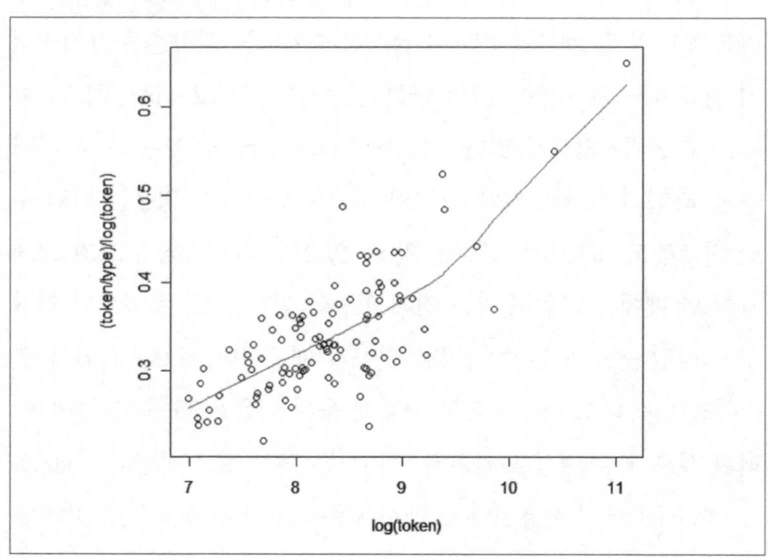

〈표 18〉 타입-토큰 비율 및 그 변형

연번	작가	제목	토큰수	타입수	TTR	TTR/log(토큰)²
1	이문구	일락서산	2198	1277	1.72	13.96
2	전광용	꺼삐딴_리	5569	2409	2.31	14.93
3	김유정	만무방	6597	2701	2.44	15.17
4	김유정	금따는_콩밭	2759	1327	2.08	15.91
5	채만식	미스터_방	2911	1381	2.11	15.92
6	김소진	자전거도둑	6120	2410	2.54	16.05
7	이효석	산	1487	834	1.78	16.06
8	이효석	돈	1227	711	1.73	16.39
9	이효석	메밀꽃_필_무렵	2095	1039	2.02	16.57
10	이문열	필론의_돼지	3095	1386	2.23	16.61
11	최일남	흐르는북	5908	2262	2.61	16.64
12	김정한	사하촌	7726	2780	2.78	16.66
13	황석영	삼포가는_길	4443	1810	2.45	16.72
14	박완서	우황청심환	6212	2333	2.66	16.77
15	임철우	사평역	6917	2523	2.74	16.85
16	최서해	고국	1204	678	1.78	16.96
17	현기영	순이삼촌	10499	3432	3.06	17.14
18	현진건	고향	1359	732	1.86	17.14
19	현진건	B사감과_러브레터	1374	732	1.88	17.27
20	김성한	바비도	2296	1064	2.16	17.31
21	황석영	아우를_위하여	4205	1676	2.51	17.31
22	김원일	도요새에_관한_명상	19301	5461	3.53	17.44
23	이무영	제1과_제1장	6229	2232	2.79	17.57
24	현진건	할머니의_죽음	2364	1070	2.21	17.59
25	강신재	젊은_느티나무	1476	754	1.96	17.66
26	하근찬	수난_이대	2837	1215	2.33	17.75
27	이태준	해방전후	8185	2727	3.00	17.76
28	채만식	레디메이드_인생	5865	2108	2.78	17.76
29	전광용	사수	2700	1167	2.31	17.81
30	염상섭	만세전	4188	1618	2.59	17.88
31	염상섭	표본실의_청개구리	10147	3200	3.17	17.90
32	조명희	낙동강	3234	1325	2.44	17.96
33	이태준	돌다리	2059	944	2.18	18.00
34	박경리	불신시대	5366	1935	2.77	18.07
35	김동리	화랑의_후예	3191	1302	2.45	18.09

36	현진건	운수_좋은_날	2654	1131	2.35	18.14
37	이태준	까마귀	3255	1306	2.49	18.31
38	신경숙	외딴방	6415	2188	2.93	18.33
39	이태준	패강냉	2110	943	2.24	18.35
40	이태준	복덕방	3228	1289	2.50	18.43
41	최인호	타인의방	4352	1603	2.71	18.58
42	김유정	봄봄	3054	1220	2.50	18.68
43	계용묵	백치_아다다	3780	1432	2.64	18.69
44	이호철	탈향	3575	1371	2.61	18.72
45	최서해	홍염	4044	1502	2.69	18.75
46	최명익	장삼이사	4031	1498	2.69	18.76
47	김동리	역마	4574	1648	2.78	18.77
48	이태준	영월영감	2654	1090	2.43	18.82
49	김승옥	누이를_이해하기_위하여	4129	1510	2.73	18.95
50	손창섭	비오는_날	3775	1410	2.68	18.96
51	황순원	학	1114	571	1.95	19.04
52	김유정	동백꽃	1811	811	2.23	19.06
53	유진오	창랑정기	4271	1537	2.78	19.10
54	박경리	풍경A	1223	606	2.02	19.19
55	김동리	바위	1946	842	2.31	19.36
56	최서해	탈출기	2211	913	2.42	19.62
57	황순원	소나기	1976	840	2.35	19.62
58	김승옥	환상수첩	8940	2623	3.41	19.78
59	유진오	김강사와_T교수	6441	2027	3.18	19.85
60	김동인	광화사	3795	1348	2.82	19.91
61	김원일	어둠의_혼	5848	1868	3.13	19.99
62	염상섭	두_파산	3907	1366	2.86	20.09
63	채만식	논_이야기	4518	1525	2.96	20.10
64	박태원	피로	1913	798	2.40	20.17
65	김동리	등신불	4151	1417	2.93	20.28
66	정비석	성황당	5919	1858	3.19	20.29
67	송기원	아름다운얼굴	8051	2348	3.43	20.37
68	오상원	모반	4201	1418	2.96	20.45
69	현진건	술_권하는_사회	2645	997	2.65	20.52
70	김동인	붉은산	1288	587	2.19	20.56
71	윤대녕	천지간	7914	2278	3.47	20.72

72	김동인	배따라기	3169	1129	2.81	20.75
73	김동인	감자	1608	681	2.36	20.81
74	전상국	우상의_눈물	6565	1959	3.35	20.84
75	오상원	유예	2995	1075	2.79	20.89
76	이호철	닳아지는_살들	4490	1460	3.08	20.89
77	이호철	큰산	2467	926	2.66	20.98
78	전영택	화수분	2073	810	2.56	21.08
79	나도향	물레방아	3155	1107	2.85	21.10
80	황순원	너와나만의시간	3060	1080	2.83	21.13
81	김승옥	역사	7591	2158	3.52	21.17
82	나도향	벙어리_삼룡이	6481	1907	3.40	21.20
83	채만식	치숙	3662	1228	2.98	21.28
84	이상	날개	5887	1751	3.36	21.44
85	김동인	태형	3611	1200	3.01	21.54
86	이문열	우리들의_일그러진_영웅	16300	3861	4.22	21.56
87	손창섭	혈서	5060	1546	3.27	21.62
88	이범선	오발탄	6683	1909	3.50	21.68
89	황순원	별	2882	1003	2.87	21.75
90	김승옥	무진기행	6562	1856	3.54	21.99
91	박영준	모범_경작생	3225	1077	2.99	22.04
92	이범선	학마을_사람들	3429	1118	3.07	22.24
93	조세희	뫼비우스의_띠	2604	899	2.90	22.50
94	김승옥	서울_1964년_겨울	4305	1305	3.30	22.64
95	한수산	타인의얼굴	8162	2093	3.90	23.09
96	이청준	병신과_머저리	7624	1978	3.85	23.18
97	최시한	허생전을배우는시간	5847	1600	3.65	23.34
98	황순원	독짓는_늙은이	2252	775	2.91	23.43
99	이청준	눈길	5813	1575	3.69	23.60
100	이청준	줄	5484	1505	3.64	23.62
101	황순원	목넘이_마을의_개	6405	1669	3.84	24.00
102	박태원	소설가_구보씨의_일일	12278	2768	4.44	24.04
103	최인훈	광장	34122	6074	5.62	24.77
104	최인훈	회색인	66607	9783	6.81	26.52
105	이청준	잔인한도시	11908	2392	4.98	27.16
106	주요섭	사랑_손님과_어머니	4684	1110	4.22	28.38

이 값으로 나눠 주면 〈그림 5〉와 같이 된다. 그런데 여기서도 X축 값이 증가함에 따라 Y축 값도 증가하는 경향이, 완화되기는 했지만 여전히 두드러지게 나타나고 있다. 그래서 분모를 log(token)으로 하지 않고 그 제곱으로 하면, 아래 〈그림 6〉과 같이 된다.

X축 값의 증가에 따른 Y축 값의 증가를 나타내는 선의 기울기가 현저히 완만해졌다. 그리고 관측값들이 이 선 가까이에 몰려 있지 않고 상당히 확산되어 있다. 이 정도 되면 텍스트 크기에 따른 TTR의 편향이 어느 정도 완화되었다고 할 수 있다. 분모를 세제곱으로 하면 〈그림 7〉에서 보듯이 오히려 기울기가 음수가 된다. 즉 텍스트 크기가 커질수록 오히려 점수가 깎이는 셈이어서 좀 지나친 감이 있다. 본고에서는 TTR/log(token)^{2}을 어휘 다양성의 지표로 사용하기로 한다. 다만 계산상의 편의를 위해 여기에 1000을 곱해서 계산하였다.

최인훈의 두 작품 모두 거의 최하위(103, 104위)에 위치하고 있는 것은, 이 두 작품이 다른 작품들에 비해 분량이 월등히 많아서 TTR이 엄청나게 높게 나왔고, 위에서 설명한 변형을 한 뒤에도 여전히 그 영향이 사라지지 않았기 때문이다. 이런 관측값은 outlier라고 할 수 있다. 이것을 제외하면, 같은 단어를 반복하는 경향이 강한 작가로는 주요섭, 이청준, 박태원, 황순원, 최시한, 한수산, 김승옥, 조세희, 이범선 등을 들 수 있고, 그러한 반복이 적은 작가로는 이문구, 전광용, 김유정, 채만식, 김소진, 이효석, 이문열, 최일남, 김정한, 박완서 등을 들 수 있다.

〈그림 6〉 log(token) 대 TTR/log(token)²

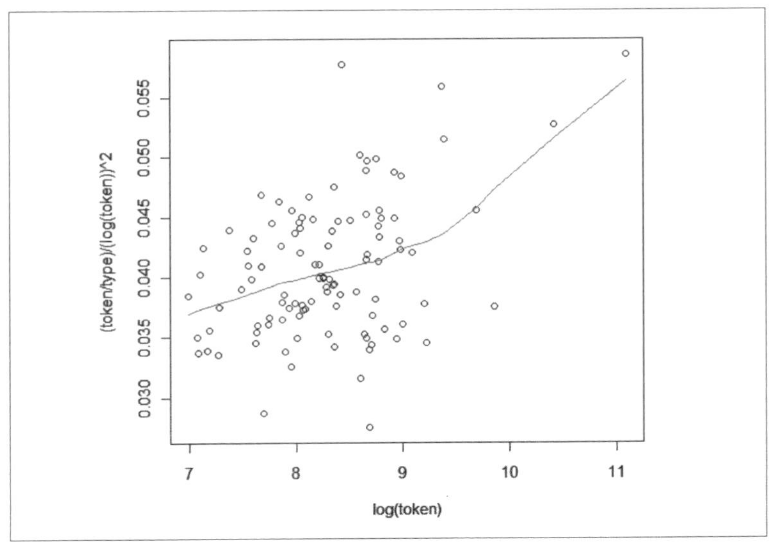

〈그림 7〉 log(token) 대 TTR/log(token)³

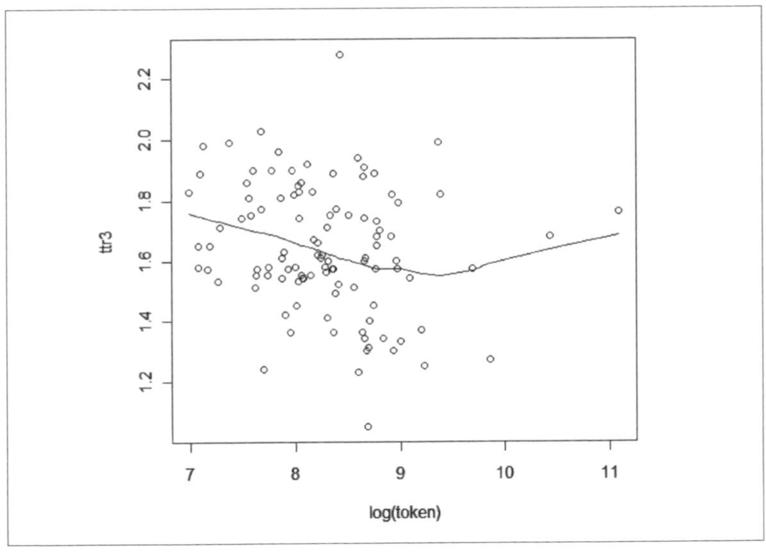

2.6. 여러 변수의 종합적 고려: 다변량 통계 분석

위에서 살펴본 여러 변수들을 종합적으로 고려하여 작품들을 분류해 볼 수 있다. 이러한 분류에 흔히 이용되는 통계 기법은 군집 분석(cluster analysis)이다. 군집 분석에도 여러 기법이 있는데, 여기서는 계층적(hierarchical) bottom-up 군집 분석을 사용하겠다. 각 개체를 여러 변수에 대해 측정한 뒤, 이 관측값들 사이의 거리(대개 유클리드 거리를 사용함)를 바탕으로 하여 가까운 것들끼리 하나의 군집으로 묶고, 이웃한 군집들을 다시 묶고 …… 하는 식으로 차츰차츰 나아가서 최종적으로는 개체들 모두를 포함하는 하나의 군집을 만드는 식이다.

군집 분석을 하기 전에, 다차원 척도법(multi-dimensional scaling)을 사용하여, 여러 변수들로 이루어진 공간 내에서 작품들의 대략적인 분포를 파악하는 데에 도움을 받을 수 있다. 다차원 척도법은, 측정 자료가 많은 변수들로 이루어진 경우, 인간이 이 변수들이 이루는 다차원 공간을 시각화·개념화하기 어려우므로, 원래 데이터의 손실을 가능한 한 최소로 하면서 차원을 축소하는 통계 기법이다. 차원을 2차원으로 줄이면 평면상에 그래프로 나타내기도 쉬워지고, 인간이 그 구조를 파악하기도 쉬워진다.

이해를 돕기 위해, 50명의 학생이 영어 시험과 수학 시험을 보았다고 가정하고, 이 50명 학생의 점수를 2차원 평면에 나타내면 〈그림 8〉과 같이 된다.

〈그림 8〉에서 우상에 있는 학생들은 두 과목 다 잘 하는 학생이고, 좌하에 있는 학생은 둘 다 못 하는 학생, 좌상은 수학은 잘 하고

〈그림 8〉 영어 점수(가로축)와 수학 점수(세로축)의 분포

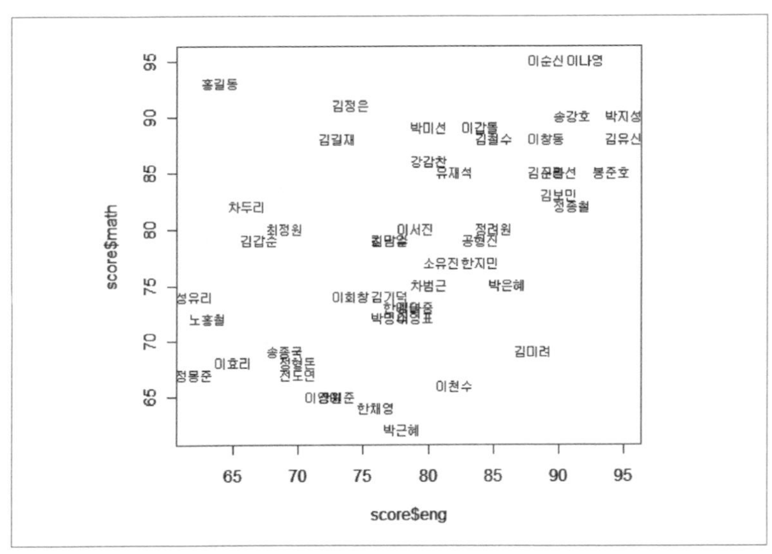

〈그림 9〉 5과목 성적의 다차원 척도법 결과

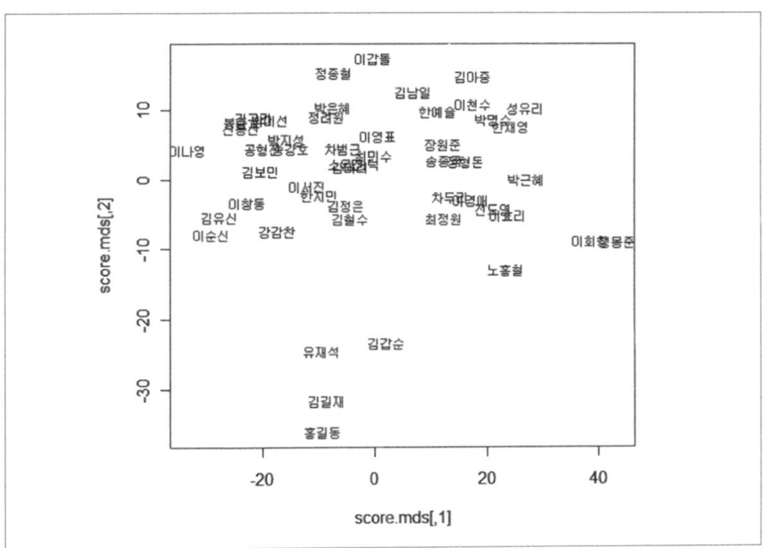

영어는 못 하는 학생, 우하는 수학은 잘 하고 영어는 못 하는 학생이라고 할 수 있다.

그런데 시험 과목이 두 과목이 아니라 다섯 과목이라고 가정해 보자. 수학적으로는 5차원 공간에서 각 관측점들 사이의 유클리드 거리를 측정할 수 있으나, 이를 〈그림 8〉처럼 일반인들이 쉽게 파악할 수 있도록 시각화하기는 어렵다. 5차원을 2차원으로 바꾸면 일반인들도 이해하기 쉬울 것이다. 이렇게 이해 및 시각화의 편의를 위해 차원을 축소하는 기법이 다차원 척도법인 것이다. 다섯 과목 시험 성적에 다차원 척도법을 적용한 결과는 〈그림 9〉와 같다. 이 그림에서 가까이 위치한 학생들은 같은 과목의 성적이 비슷하다고 할 수 있다.

106개의 소설 작품에 대해 접속/내포 비율, 동사/형용사 비율, 보조용언 '있-'의 비율, 문장 길이, 변형된 TTR의 5개 변수를 조사한 수치는 〈표 19〉와 같다.

〈표 19〉 106개 소설의 문체 지표 통계 종합

작가	제목	쪽수	접속	내포	접속/내포	동사	형용사	동/형	있-	있/어절	어절	문장	문장길이	토큰	타입	TTR	TTR2
강신재	젊은_느티나무	7	313	195	1.61	346	157	2.20	25	0.016858	1483	131	11.32	1476	754	1.96	17.66
계용묵	백치_아다다	13	795	579	1.37	1006	299	3.36	10	0.002706	3695	288	12.83	3780	1432	2.64	18.69
김동리	등신불	15	831	583	1.43	992	283	3.51	50	0.012355	4047	267	15.16	4151	1417	2.93	20.28
김동리	바위	7	382	227	1.68	495	124	3.99	22	0.011506	1912	155	12.34	1946	842	2.31	19.36
김동리	역마	18	924	567	1.63	1102	297	3.71	67	0.014839	4515	247	18.28	4574	1648	2.78	18.77
김동리	화랑의_후예	10	678	337	2.01	783	216	3.62	32	0.010624	3012	178	16.92	3191	1302	2.45	18.09
김동인	감자	6	222	131	1.69	360	79	4.56	21	0.013601	1544	152	10.16	1608	681	2.36	20.81
김동인	광화사	17	592	566	1.05	859	322	2.67	26	0.007019	3704	346	10.71	3795	1348	2.82	19.91
김동인	배따라기	11	614	383	1.60	818	236	3.47	28	0.008969	3122	254	12.29	3169	1129	2.81	20.75
김동인	붉은산	6	201	164	1.23	309	92	3.36	12	0.009820	1222	132	9.26	1288	587	2.19	20.56
김동인	태형	16	500	468	1.07	841	294	2.86	22	0.006388	3444	353	9.76	3611	1200	3.01	21.54
김성한	바비도	12	428	300	1.43	601	198	3.04	17	0.007589	2240	196	11.43	2296	1064	2.16	17.31
김소진	자전거도둑		1073	806	1.33	1421	417	3.41	64	0.010744	5957	581	10.25	6120	2410	2.54	16.05
김승옥	누이를_이해하기_위하여	11	817	645	1.27	955	360	2.65	68	0.016501	4121	481	8.57	4129	1510	2.73	18.95
김승옥	무진기행	26	1271	891	1.43	1555	533	2.92	202	0.030440	6636	595	11.15	6562	1856	3.54	21.99
김승옥	서울_1964년_겨울	18	785	511	1.54	1081	336	3.22	108	0.025012	4318	425	10.16	4305	1305	3.30	22.64
김승옥	역사	16	1458	1171	1.25	1629	567	2.87	188	0.024789	7584	568	13.35	7591	2158	3.52	21.17
김승옥	환상수첩	42	2019	1312	1.54	2237	799	2.80	175	0.019754	8859	704	12.58	8940	2623	3.41	19.78
김원일	도요새에_관한_명상	46	2843	2070	1.37	4295	1173	3.66	218	0.011846	18403	1877	9.80	19301	5461	3.53	17.44
김원일	어둠의_혼	16	1045	618	1.69	1514	449	3.37	82	0.014328	5723	812	7.05	5848	1868	3.13	19.99

작가	제목	쪽수	접속	내포	접속/내포	동사	형용사	동/형	있-	있/어절	어절	문장	문장길이	토큰	타입	TTR	TTR2
김유정	동백꽃	7	445	169	2.63	516	109	4.73	8	0.004482	1785	136	13.12	1811	811	2.23	19.06
김유정	금따는_콩밭	12	588	216	2.72	794	152	5.22	9	0.003412	2638	307	8.59	2759	1327	2.08	15.91
김유정	만무방	24	1174	443	2.65	1442	207	6.97	0	0.000000	5462	570	9.58	6597	2701	2.44	15.17
김유정	봄봄	10	779	216	3.61	804	178	4.52	5	0.001698	2945	221	13.33	3054	1220	2.50	18.68
김정한	사하촌	29	1352	895	1.51	1878	494	3.80	50	0.006626	7546	595	12.68	7726	2780	2.78	16.66
나도향	물레방아	13	630	344	1.83	848	240	3.53	9	0.002893	3111	311	10.00	3155	1107	2.85	21.10
나도향	벙어리_삼룡이	19	1355	727	1.86	1646	474	3.47	21	0.003119	6734	614	10.97	6481	1907	3.40	21.20
박경리	불신시대	23	888	761	1.17	1326	388	3.42	71	0.013514	5254	564	9.32	5366	1935	2.77	18.07
박경리	풍경A	4	199	95	2.09	327	71	4.61	8	0.006667	1200	148	8.11	1223	606	2.02	19.19
박영준	모범_경작생	15	716	449	1.59	940	200	4.70	17	0.005316	3198	222	14.41	3225	1077	2.99	22.04
박완서	우황청심환	16	1260	828	1.52	1486	501	2.97	56	0.009472	5912	510	11.59	6212	2333	2.66	16.77
박태원	소설가_구보씨의_일일	40	2137	1508	1.42	2669	1065	2.51	145	0.011795	12293	1169	10.52	12278	2768	4.44	24.04
박태원	피로	7	328	252	1.30	431	136	3.17	44	0.022312	1972	143	13.79	1913	798	2.40	20.17
손창섭	비오는_날	9	808	547	1.48	972	230	4.23	54	0.014662	3683	284	12.97	3775	1410	2.68	18.96
손창섭	혈서	24	895	724	1.24	1091	355	3.07	52	0.011050	4706	409	11.51	5060	1546	3.27	21.62
송기원	아름다운얼굴		1341	1051	1.28	1663	581	2.86	69	0.008889	7762	583	13.31	8051	2348	3.43	20.37
신경숙	외딴방	15	1216	838	1.45	1551	453	3.42	122	0.018988	6425	727	8.84	6415	2188	2.93	18.33
염상섭	두_파산	12	959	475	2.02	979	265	3.69	7	0.001883	3717	176	21.12	3907	1366	2.86	20.09
염상섭	만세전	11	858	598	1.43	1012	361	2.80	11	0.002672	4117	265	15.54	4188	1618	2.59	17.88
염상섭	표본실의_청개구리	33	2204	1316	1.67	2947	636	4.63	31	0.003057	10141	760	13.34	10147	3200	3.17	17.90
오상원	모반		774	550	1.41	1009	310	3.25	121	0.028947	4180	502	8.33	4201	1418	2.96	20.45

작가	제목	쪽수	접속	내포	접속/내포	동사	형용사	동/형	있-	있/어절	어절	문장	문장길이	토큰	타입	TTR	TTR2
오상원	유예	9	409	360	1.14	733	186	3.94	39	0.013324	2927	446	6.56	2995	1075	2.79	20.89
유진오	김강사와_T교수	21	1141	792	1.44	1414	490	2.89	78	0.012579	6201	470	13.19	6441	2027	3.18	19.85
유진오	창랑정기	20	820	589	1.39	980	366	2.68	29	0.007030	4125	232	17.78	4271	1537	2.78	19.10
윤대녕	천지간		1782	972	1.83	2104	440	4.78	307	0.038184	8040	770	10.44	7914	2278	3.47	20.72
이무영	제1과_제1장	20	1070	830	1.29	1446	440	3.29	37	0.006289	5883	562	10.47	6229	2232	2.79	17.57
이문구	일락서산	5	422	379	1.11	473	184	2.57	38	0.018027	2108	98	21.51	2198	1277	1.72	13.96
이문열	우리들의_일그러진_영웅	86	2862	2341	1.22	3613	1348	2.68	149	0.009164	16259	1154	14.09	16300	3861	4.22	21.56
이문열	필론의_돼지	13	416	446	0.93	660	299	2.21	28	0.009709	2884	308	9.36	3095	1386	2.23	16.61
이범선	오발탄	19	1133	745	1.52	1662	490	3.39	105	0.016053	6541	828	7.90	6683	1909	3.50	21.68
이범선	학마을_사람들	13	519	322	1.61	814	161	5.06	47	0.013679	3436	387	8.88	3429	1118	3.07	22.24
이상	날개	18	1034	679	1.52	1306	493	2.65	31	0.005259	5895	630	9.36	5887	1751	3.36	21.44
이청준	눈길	15	1224	781	1.57	1288	490	2.63	132	0.022453	5879	449	13.09	5813	1575	3.69	23.60
이청준	병신과_머저리	24	1470	1008	1.46	1753	567	3.09	200	0.025733	7772	692	11.23	7624	1978	3.85	23.18
이청준	잔인한도시	31	2260	1489	1.52	2453	870	2.82	310	0.025894	11972	1033	11.59	11908	2392	4.98	27.16
이청준	줄		1051	688	1.53	1202	429	2.80	115	0.020818	5524	539	10.25	5484	1505	3.64	23.62
이태준	까마귀	12	671	465	1.44	813	309	2.63	17	0.005260	3232	221	14.62	3255	1306	2.49	18.31
이태준	돌다리		414	275	1.51	518	135	3.84	7	0.003511	1994	150	13.29	2059	944	2.18	18.00
이태준	복덕방	13	670	330	2.03	781	169	4.62	7	0.002256	3103	324	9.58	3228	1289	2.50	18.43
이태준	영월영감		525	296	1.77	637	177	3.60	11	0.004329	2541	206	12.33	2654	1090	2.43	18.82
이태준	패강냉	12	424	233	1.82	545	140	3.89	8	0.003910	2046	184	11.12	2110	943	2.24	18.35
이태준	해방전후	28	1407	1069	1.32	1662	550	3.02	31	0.004066	7624	468	16.29	8185	2727	3.00	17.76

작가	제목	쪽수	접속	내포	접속/내포	동사	형용사	동/형	있-	있/어절	어절	문장	문장길이	토큰	타입	TTR	TTR2
이호철	닮아지는_살들	21	1092	463	2.36	1147	463	2.48	142	0.030930	4591	624	7.36	4490	1460	3.08	20.89
이호철	큰산	16	476	331	1.44	474	268	1.77	43	0.018282	2352	188	12.51	2467	926	2.66	20.98
이호철	탈향	19	590	360	1.64	805	259	3.11	34	0.009872	3444	388	8.88	3575	1371	2.61	18.72
이효석	돈	5	218	145	1.50	316	100	3.16	2	0.001692	1182	98	12.06	1227	711	1.73	16.39
이효석	메밀꽃_필_무렵	8	423	266	1.59	520	197	2.64	11	0.005741	1916	191	10.03	2095	1039	2.02	16.57
이효석	산	5	215	219	0.98	345	150	2.30	5	0.003561	1404	160	8.78	1487	834	1.78	16.06
임철우	사평역		1359	993	1.37	1630	507	3.21	181	0.026385	6860	650	10.55	6917	2523	2.74	16.85
전광용	꺼삐딴_리	28	882	703	1.25	1264	364	3.47	67	0.012186	5498	496	11.08	5569	2409	2.31	14.93
전광용	사수		412	431	0.96	603	239	2.52	34	0.012441	2733	280	9.76	2700	1167	2.31	17.81
전상국	우상의_눈물		1037	927	1.12	1524	485	3.14	89	0.014040	6339	639	9.92	6565	1959	3.35	20.84
전영택	화수분	6	576	198	2.91	688	159	4.33	13	0.006335	2052	178	11.53	2073	810	2.56	21.08
정비석	성황당	20	1235	561	2.20	1579	385	4.10	36	0.006218	5790	567	10.21	5919	1858	3.19	20.29
조명희	낙동강	12	558	377	1.48	787	187	4.21	17	0.005338	3185	259	12.30	3234	1325	2.44	17.96
조세희	뫼비우스의_띠	13	414	254	1.63	736	134	5.49	40	0.015267	2620	352	7.44	2604	899	2.90	22.50
주요섭	사랑_손님과_어머니	22	1103	306	3.60	1296	236	5.49	39	0.008204	4754	408	11.65	4684	1110	4.22	28.38
채만식	논_이야기	22	872	483	1.81	1067	281	3.80	7	0.001697	4125	271	15.22	4518	1525	2.96	20.10
채만식	레디메이드_인생	27	1255	649	1.93	1493	447	3.34	25	0.004428	5646	450	12.55	5865	2108	2.78	17.76
채만식	미스터_방		557	287	1.94	665	179	3.72	7	0.002555	2740	179	15.31	2911	1381	2.11	15.92
채만식	치숙	18	852	326	2.61	806	281	2.87	4	0.001182	3384	248	13.65	3662	1228	2.98	21.28
최명익	장삼이사	15	704	575	1.22	937	287	3.26	18	0.004706	3825	236	16.21	4031	1498	2.69	18.76
최서해	고국	4	179	171	1.05	313	95	3.29	2	0.001717	1165	122	9.55	1204	678	1.78	16.96
최서해	탈출기	6	415	268	1.55	585	191	3.06	2	0.000935	2138	264	8.10	2211	913	2.42	19.62

작가	제목	쪽수	접속	내포	접속/내포	동사	형용사	동/형	있-	있/어절	어절	문장	문장길이	토큰	타입	TTR	TTR2
최서해	홍염	13	653	433	1.51	1010	253	3.99	9	0.002372	3794	379	10.01	4044	1502	2.69	18.75
최시한	허생전을배우는시간		1200	744	1.61	1448	517	2.80	65	0.011298	5753	653	8.81	5847	1600	3.65	23.34
최인호	타인의방	11	791	530	1.49	1133	310	3.65	75	0.017261	4345	442	9.83	4352	1603	2.71	18.58
최인훈	광장		5669	5284	1.07	8346	2877	2.90	409	0.012094	33818	3901	8.67	34122	6074	5.62	24.77
최인훈	회색인	150	10415	9631	1.08	14273	5988	2.38	836	0.012794	65341	7727	8.46	66607	9783	6.81	26.52
최일남	흐르는북	16	1090	838	1.30	1409	437	3.22	61	0.010546	5784	442	13.09	5908	2262	2.61	16.64
하근찬	수난_이대	10	597	342	1.75	731	193	3.79	45	0.016240	2771	297	9.33	2837	1215	2.33	17.75
한수산	타인의얼굴	22	1530	1071	1.43	1957	585	3.35	168	0.020875	8048	926	8.69	8162	2093	3.90	23.09
현기영	순이삼촌		1961	1264	1.55	2471	604	4.09	103	0.010776	9558	783	12.21	10499	3432	3.06	17.14
현진건	B사감과_러브레터	5	273	200	1.36	368	112	3.29	2	0.001522	1314	98	13.41	1374	732	1.88	17.27
현진건	고향	4	269	182	1.48	361	120	3.01	3	0.002301	1304	96	13.58	1359	732	1.86	17.14
현진건	술_권하는_사회	11	463	319	1.45	764	168	4.55	21	0.008003	2624	305	8.60	2645	997	2.65	20.52
현진건	운수_좋은_날	8	504	362	1.39	711	194	3.66	10	0.003815	2621	205	12.79	2654	1131	2.35	18.14
현진건	할머니의_죽음	11	415	291	1.43	635	162	3.92	19	0.008041	2363	230	10.27	2364	1070	2.21	17.59
황석영	삼포가는_길	22	857	430	1.99	1167	311	3.75	61	0.014219	4290	452	9.49	4443	1810	2.45	16.72
황석영	아우를_위하여		884	473	1.87	1076	279	3.86	44	0.010970	4011	336	11.94	4205	1676	2.51	17.31
황순원	너와나만의시간	7	590	436	1.35	735	190	3.87	71	0.023754	2989	284	10.52	3060	1080	2.83	21.13
황순원	독짓는_늙은이	6	483	298	1.62	610	131	4.66	22	0.010005	2199	159	13.83	2252	775	2.91	23.43
황순원	목넘이_마을의_개	17	1215	962	1.26	1631	433	3.77	56	0.008906	6288	421	14.94	6405	1669	3.84	24.00
황순원	별	7	603	410	1.47	779	214	3.64	42	0.014228	2952	234	12.62	2882	1003	2.87	21.75
황순원	소나기	7	346	197	1.76	523	146	3.58	37	0.018272	2025	275	7.36	1976	840	2.35	19.62
황순원	학	3	177	121	1.46	280	47	5.96	13	0.012116	1073	118	9.09	1114	571	1.95	19.04

〈그림 10〉 106개 소설의 5개 변수에 대한 다차원 척도법 결과

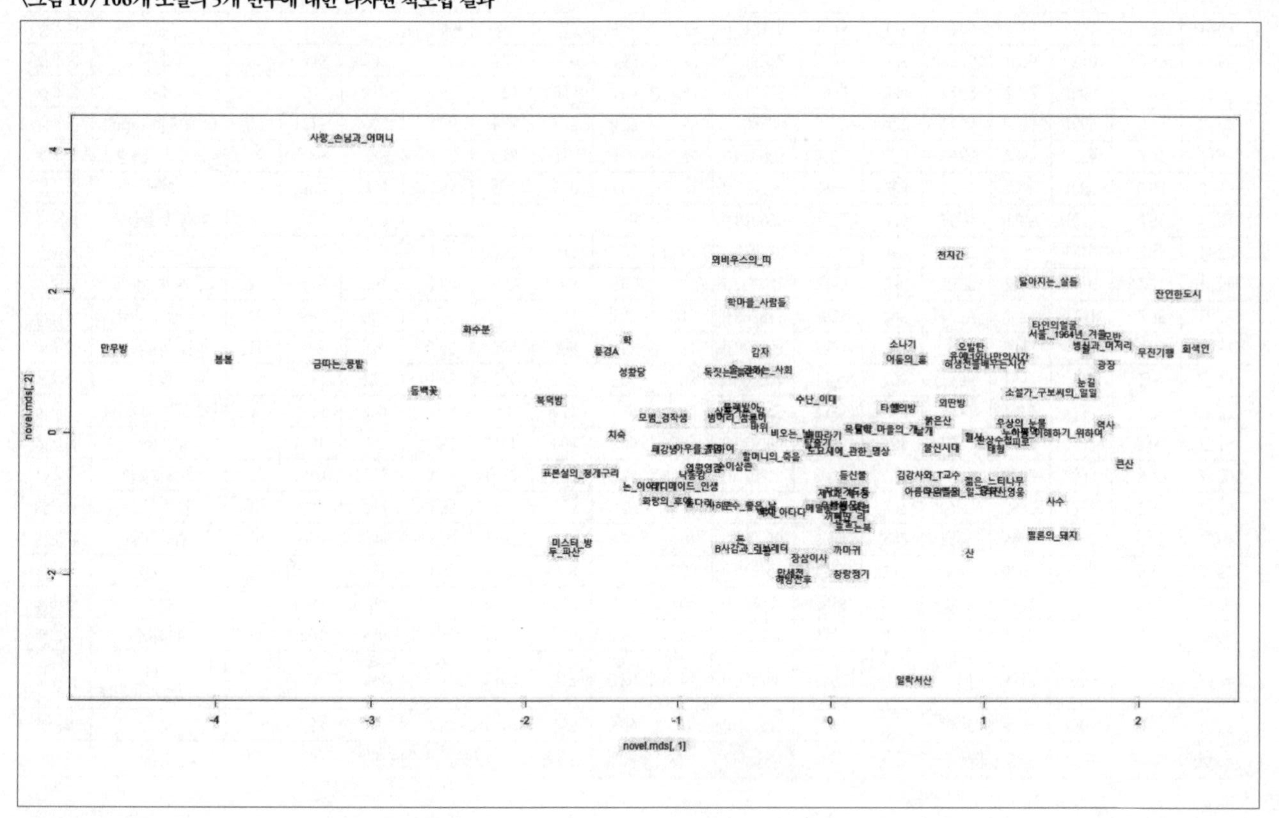

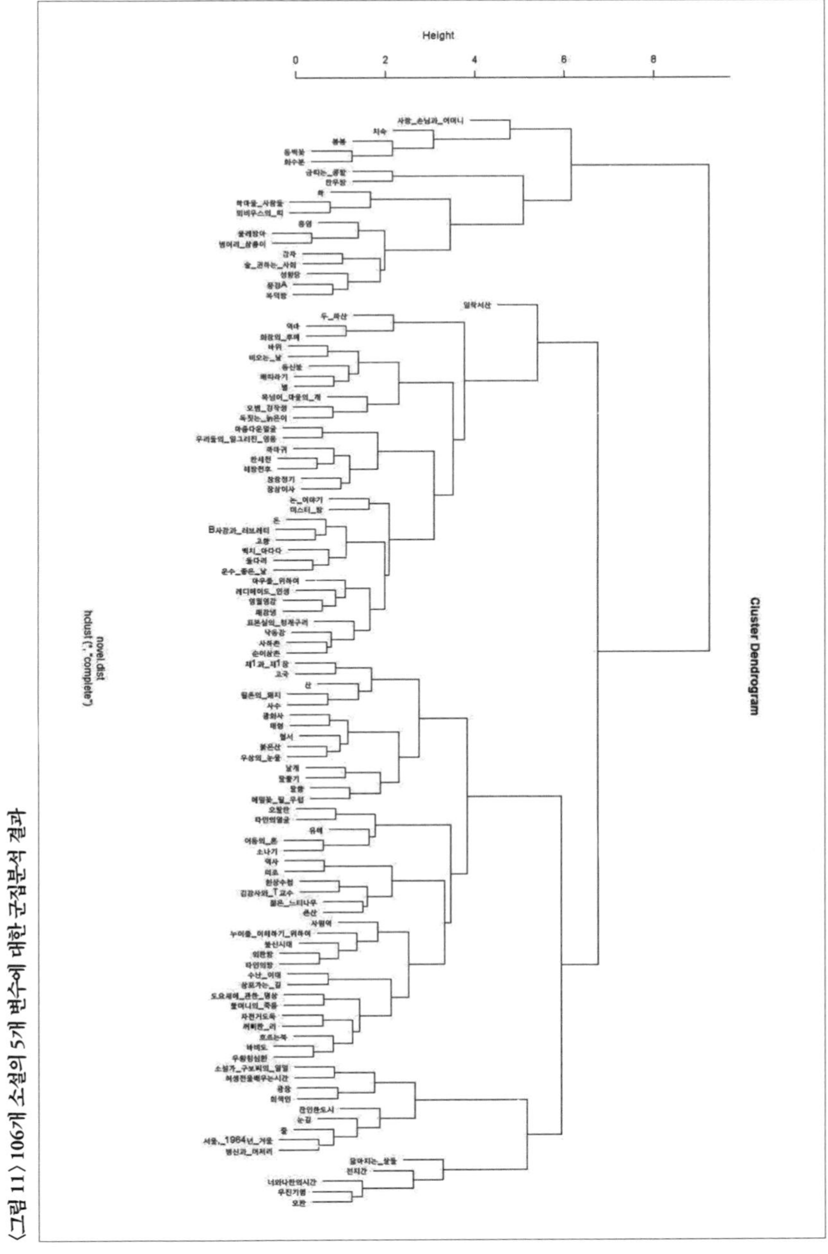

〈그림 11〉106개 소설의 5개 변수에 대한 군집분석 결과

여기서 5개 변수 값을 그대로 사용하여 통계 분석을 하면 곤란하다. 5개 변수 각각의 척도/크기가 다르기 때문이다. 비유하자면, 5 과목 시험을 보았는데 어떤 과목은 100점 만점이고 어떤 과목은 10점 만점인 것과 비슷하다. 이 문제를 해결하기 위해서, 즉 변수들 사이의 척도/크기를 통일하기 위해서, 흔히 통계적 정규화(scaling)가 이용된다.[3] 즉, 각 관측값에서 평균을 빼고 이를 다시 표준편차로 나눈다. 이렇게 하면 평균은 0이 되고 표준편차는 1인 표준정규분포에 近似하게 된다.

이런 정규화 과정을 거친 뒤에 5개의 변수에 따른 관측값들을 다차원 척도법으로 나타낸 그래프는 〈그림 10〉과 같고, 군집 분석을 시행한 결과는 〈그림 11〉과 같다.

작가의 문체적 특징을 드러내는 데 효과적인 변수들을 더 많이 찾아내고, 이러한 많은 변수들을 종합적으로 고려하여 통계적으로 분류한 결과가 연구자들의 직관적인 판단과 어느 정도로 부합되는지를 점검하는 것 등이 앞으로의 과제라 할 수 있다.

박진호, 서울대학교 국어국문학과, synpjh@snu.ac.kr

3 통계 패키지 R의 scale 함수를 이용하면 편리하다.

광고 언어에 대한 코퍼스 언어학적 분석 시고

임근석

1

서론

본고는 광고 언어에 대한 기존의 국어학적 논의를 개괄하여 살펴본 후, 광고 언어에 대한 새로운 연구 방법으로 코퍼스 언어학적[1] 접근법이 유의미하다는 점을 보이고자 한다. 광고 언어에 대한 연구는 광고학자 혹은 언어학자에 의해 연구된 것이 많이 있지만, 그 질적인 측면에서 볼 때, 아직 본궤도에 올랐다고 보기는 어려운 듯하다. 광고 언어에 대한 초기의 연구는 언어 오용에 대한 연구에 치우쳤던 측면이 있고,[2] 광고학자와 국어학자의 협업을 통해 이루어진 통

---

1 코퍼스 언어학(corpus linguistics)은 최근에 각광받고 있는 언어학의 한 연구 방법론 혹은 분야로, 대규모 언어 자료(corpus)를 전산화하여 이를 통해 언어학 연구를 수행한다. corpus는 학자들에 따라 '말뭉치, 말모듬' 등으로 번역되어 사용되기도 한다. 코퍼스에 대한 연구 태도를 기준으로 어떠한 선입관도 가지지 않고 주어진 코퍼스에서 언어 규칙이나 사실을 발견해야 한다는 corpus-driven 연구 방법론과 언어학자의 통찰에 의한 발견 사실을 코퍼스를 통해 확인하려는 corpus-based 연구 방법론이 존재한다.

2 박영준(2003:15)에서 지적한 것처럼, 국어학계에서 광고 언어에 대한 연구가 비교

합적인 연구 결과물은 보기 어려우며, 여전히 연구되지 않은 하위 주제들이 상당수 존재하고, 광고 언어에 대한 연구 결과물이 일반적인 국어학 논의에 재반영되는 수준까지는 아직 도달하지 못하였다. 이는 광고 언어와 관련하여 간행된 전문서적이 교양서의 성격을 크게 벗어나지 못하고 있는 데에서도 확인할 수 있다. 이에 대한 가치 판단은 논외로 하더라도, 이러한 현상은 광고 언어 그 자체에 대해 국어학적 관점에서 체계적인 연구가 제대로 이루어지지 못하고 있음을 보여준다고 할 것이다.

본고에서 '광고 언어'라 칭하는 것은 광고에서 사용되는 언어적인 부분만을 가리킨다. 따라서 영상기호나 음향기호는 포함되지 않는다. 본고는 다음의 순서로 진행될 것이다. 2장에서는 기존의 논의에서 광고 언어의 특징이라고 논의되었던 부분들을 국어학의 핵심 분야를 위주로 해서 개괄적으로 살펴보되, 기존 연구의 한계에 대해서도 지적한다. 3장에서는 기존의 광고 언어 연구에 대한 새로운 대안으로서 코퍼스 언어학적 연구 방법의 실례를 하나 다루기로 한다. 4장에서는 논의를 마무리하며 부족한 부분에 대해 언급하기로 한다.

적 온당한 대우를 받기 시작한 것은 국립국어연구원(現 국립국어원)에서 특집으로 '광고와 언어'를 다룬 이후라고 해야 할 듯하다. 총 9편의 논의가 새국어생활 2권 2호에 게재되어 있다.

2

광고 언어의 특징 개괄

본 장에서는 광고 언어의 특징에 대한 기존의 논의를 '음운, 형태/어휘, 통사, 문체/수사법'으로 나누어 개괄적으로 살펴본 후,[3] 기존의 논의에 대해 몇 가지 의문을 제기하도록 하겠다. 광고 언어의 특징을 각 하위 분야별로 살필 때 모든 영역에 두루 해당되는 의문은 2.5.에서 한꺼번에 다루고, 개별적인 언급이 필요한 부분에 대해서만 각 소절에서 따로 논의하도록 한다.

본격적인 논의에 앞서 광고가 가지는 두 가지 특징을 염두에 두고 광고의 언어적 특징을 살펴볼 필요가 있는 듯하다. 하나는, 광고 역시 커뮤니케이션의 속성을 지닌다는 점이다. 즉, 광고 생산자에 의해 생산된 광고를 소비자들이 피동적으로 수용하는 것이 아니라 광고 생산자와 소비자가 쌍방향적으로 영향을 주고받는다는 것이다. 둘째, 일반적으로 광고는 "상품이나 서비스에 대한 정보를 여러 가지 매체를 통하여 소비자에게 널리 알리는 의도적인 활동"으

3 이 외에도 사회언어학적 연구, 텍스트언어학적 연구, 기호학적 연구, 언어교육학적 연구 등 다양한 방면의 연구가 존재하고 그 중요도도 높다. 그럼에도 불구하고 위 네 가지 방면의 연구에 한정하여 기존의 광고 언어 연구의 특징을 고찰한 것은, 첫째, 한정된 지면으로 모든 선행연구를 다 다루기 어려웠고, 둘째, 기존 광고 언어 연구가 위 네 가지 영역에서 주로 이루어졌으며, 셋째, 3장에서 실제적으로 다루는 부분이 여타 다른 영역과는 관련성이 낮기 때문이다. 본고에서 다루지 못한 분야의 연구 동향에 대해서는, 비록 최근의 연구는 아니지만 박영준(2003)을 참고할 만하다.

로 정의될 수 있는데, 이는 광고의 정보성과 의도성이 필연적으로 광고 언어에 반영될 것이라는 추측을 가능하게 한다. 이상의 두 가지 점을 고려할 때, 광고 언어에서 두드러지는 특징이 무엇인지 살펴보도록 하겠다. 기존의 논의를 소개하고 정리하는 과정에서도 광고 언어의 두드러진 특징에 대해서 논의한 논저를 중심으로 살펴보기로 한다.

2.1. 음운적 특징

광고 언어의 음운적 특징과 관련하여 선행 연구들에서 빼놓지 않고 다루고 있는 현상은 운(韻)의 사용에 관한 것이다. 그 외의 다른 현상에 대해서는 몇몇 논저들만이 언급하고 있을 뿐, 아직 본격적인 연구를 발견하기는 어렵다. 광고 언어의 음운적 특징과 그 특징을 논의한 논저 몇을 보이면 다음과 같다.

(1) ㄱ. 두운과 각운 : 이현우(1998), 장소원 외(2002)
ㄴ. 운율적 자질 : 이현우(1998), 박영준 외(2006), 이재원(2008)
ㄷ. 음성상징 : 이재원(2008), 이기정 · 한문섭(1999)

이현우(1998)를 비롯한 대부분의 광고 언어 관련 논저들이 밝히고 있는 것은 광고 문안에 두운과 각운이 많이 사용되고 있다는 점이다.

(2) ㄱ. 캐내고 싶다! 캐토톱 (태평양 제약, 이현우 1998:27)

ㄴ. 달릴 때는 자유, 머무를 때는 여유(싼타모, 이현우 1998:34)

(2ㄱ)은 두운의 예, (2ㄴ)은 각운의 예이다. 이현우(1998)에서는 (2ㄱ)에서 'ㅋ' 자음이 반복된다고 하였는데, 현대 국어에서 /ㅐ/와 /ㅔ/가 구분되지 않고 발음된다는 점을 고려할 때, [k^hE]의 반복으로 보는 것이 타당할 듯하다. 어찌 되었든 두운의 반복에서 그 대상은 개별 음소(자음), 음절 혹은 단어로 볼 수도 있다.[4] (2ㄴ)에서는 음절 '유'가 반복되고 있다.

발음이 계기적으로 실현되어 하나씩 끊어 낼 수 있는 분절음(segment, 즉 자음과 모음)과 달리, 분절음에 얹혀서 분절음과 동시에 실현되는 초분절음(suprasegment)이 광고 문안에 사용되기도 한다.

(3) ㄱ. 복이 많은 복지복권 (주택은행, 이현우 1998:37)

ㄴ. 'One the Full city', '모든 것을 갖춘 원더풀 시티가 옵니다' (광교신도시, 이재원 2008:64)

(3ㄱ)에서는 4·4조의 장단이, (3ㄴ)은 연접(juncture)이 사용된 예이다. 우리 고유의 장단이 광고 문안에 사용됨으로써 사람들의

4 이기정·한문섭(1999)에서는 한국어의 음절 구조가 '음절두음(onset)'이 '음절핵(neucles)'과 먼저 결합하여 '본체(body)'를 이룬 후에 '음절말음(coda)'과 결합하는 좌분지(left-branching) 구조라고 보고, 반복 대상인 두운이 음절두음과 음절핵으로 이루어진 본체라는 주장을 하였다. 예를 들어, "독자를 동아를 읽고, 동아는 독자를 읽고"에서 반복되는 '도'가 반복되는 두운이라는 것이 그의 설명이다.

뇌리에 더 쉽게 남아 있을 수 있는 효과를 노린 것으로 이해된다. (3ㄴ)의 광고는 영어의 본래 의미를 생각해보면 'one'과 'the full' 사이에 휴지가 들어가는 것이 적당해 보이지만, 뒤의 서브헤드라인에 '원더풀 시티'로 넣음으로써 'one the full'을 '원더풀'로 발음하게 하는 효과를 이끌어 낸다.

드물긴 하지만, 광고 언어의 특징을 논의하면서 자음이나 모음이 가지고 있는 음성적 특질을 바탕에 두고 광고 언어를 설명하려는 시도들도 있다. 예를 들어, 이재원(2008)에서는 'Nokia'라는 브랜드명을 각각의 자음과 모음이 가지고 있는 음성적 특징과 관련하여 설명하고 있다. 예를 들어, 무성파열음인 'k'는 유성파열음인 'g'보다 작고 빠르고 가렵게 지각된다고 설명하는 식이다. 이러한 설명 방식은 아마도 Sapir(1929)의 실험에서부터 시작된 것으로 이해된다. Sapir(1929)에서는 500명의 피실험자를 대상으로, 'mal'과 'mil'이라는 단어를 만들어서 하나는 '큰 탁자'를 가리키고, 다른 하나는 '작은 탁자'를 의미한다고 설명한 후, 각각의 단어가 어느 크기의 탁자를 가리키는지를 묻는 실험을 실시하였다. 80% 이상 피실험자들에게서 'mal'은 큰 탁자를, 'mil'은 작은 탁자를 의미한다고 답을 얻었다. 그의 설명에 따르면, 이러한 결과 차이는 모음 [a]와 [i]가 가지는 음성적 차이로 인해 생긴 것이라고 한다. 그런데 어떤 모음이 어떤 음성적 차이를 보이는가 하는 것은 언어보편적이지는 않은 듯하다. 현대 국어를 대상으로 할 때, 흔히 [ㅏ], [ㅗ]는 양성모음, 그 외의 모음은 음성모음으로 처리하는데, 양성 모음은 '작고 밝은' 느낌을, 음성모음은 '크고 어두운' 느낌을 준다는 것이 일반적인 설명이다. 이에 따르면 한국어의 [ㅏ]와 [ㅣ]를 비교 대상으로 한 실험을 할 경우 Sapir(1929)와는 다른 결과가 나올 가능성이 높다. 왜냐하면 현대 한국어에서는 [ㅏ]가 양성모음이고 [ㅣ]가 음성모음이므로 [ㅏ]음이 사용된 단어가 더 작은 물건을 가리킨다고 피실험자들이 대답할 가능성이 높아 보아 보이기 때문이다.

2.2. 형태적/어휘적 특징

형태론 분야 혹은 어휘론 분야에서 광고 언어의 특징으로 언급되는 것들과 그에 대한 논의들을 보이면 아래와 같다. 이 중 두 가지 특징에 대해서만 살펴보기로 한다.

(4) ㄱ. 단어의 의미 관계(다의어, 유의어, 동형어 등) : 장소원 외 (2002), 박영준·김정우(2007)

ㄴ. 신조어 : 이주행(1992), 장소원 외(2002), 이석주 외(2002)

ㄷ. 외래어 사용 : 신현숙(1995), 이현우(1998)

ㄹ. 맞춤법 파괴 : 박갑수(1992), 이석주 외(2002)

ㅁ. 특정 품사의 사용 빈도 : 김주현(1996)

먼저 단어가 가지는 다양한 의미 관계를 이용하여 광고 문안을 작성한 것에 대한 논의들이 눈에 띈다(4ㄱ). 이들 논의에서는 이를 '언어 유희'의 하나로 보기도 한다.

(5) ㄱ. 간(肝)편하고 실속있는 우루사 (대웅제약, 박영준·김정우

2007:247)

ㄴ. 역시 노는 바닥이 달라 (엘지화학, 장소원 외 2002:62)

(5ㄱ)에서 원래 '간단하고 편리하다'는 뜻의 한자는 簡便이다. 이를 신체 장기 중 하나를 가리키는 肝으로 바꿈으로써 이 약을 먹으면 '간이 편안해 진다'는 의미와 함께 '간편하다'는 의미를 함께 가지게 된다. '간'이 가지고 있는 동음이의성을 이용한 것이다. (5ㄴ)은 다의어인 '바닥'을 이용하고 있는데, '구체적인 사물의 아래쪽에 있는 평평한 부분'을 가리키는 의미도 가지고 있고, '특정한 지역이나 장소'를 가리키기도 한다.

다음으로 광고 언어에서 신조어가 매우 활발하게 사용되고 있음이 논의되고 있다(4ㄴ).

(6) ㄱ. 엄마는 발굴가! (한솔교육, 장소원 외 2002:63)

ㄴ. 새롭게 느껴보는 슈퍼라이트한 맛 (『시티라이프』 92.2.6 이주행 1992:85)

(6ㄱ)에서 '발굴가'는 사전에 등재되지 않은 단어인데 '탐험하는 사람'을 '탐험가', '소설을 쓰는 사람'을 '소설가'라고 하는 것에 견주어 볼 때, '발굴하는 사람'을 '발굴가'라고 할 여지가 충분해 보인다. (6ㄴ)은 이주행(1992)에서 광고 문안에서 자주 발견되는 신조어 형식으로 제시된 것으로 인구어(印歐語)에 고유어 '하다'를 붙여 만든 것이다. '슈퍼라이트하다'는 '매우 담백하다' 정도의 의미를 갖는다.

이 유형은 흔히 'X-하다'로 통칭되는 형식인데 광고 문안에서 브랜드명을 부각시키기 위해 사용된 TV 제품명 광고 "엑스캔버스하다." 와 샴푸 광고 "엘라스틴하세요." 등도 이 유형의 대표적인 예라 할 것이다.

형태/어휘 분야의 광고 언어의 특징을 검토하면서 코퍼스 언어학적 관점의 방법론과 유사하게 계량적인 연구 태도를 중시하는 논의도 발견할 수 있었다. 예를 들어, 김주현(1996)도 그중 하나이다. 다만 김주현(1996:28-32)에서는 광고 언어에서 명사와 부사의 사용 비중이 높다는 R. Römer(1973)의 주장을 아무런 검증 없이 받아들여 한국어 역시 그럴 것이라는 전제 하에 논의를 진행하고 있는데, 이러한 태도는 좀 문제가 있어 보인다. Römer(1973)의 논의는 영어권과 덴마크어권의 광고를 대상으로 실제적으로 조사한 것인데 반해, 김주현(1996)에서는 한국어 광고에 대한 실제적인 확인 없이 이를 그대로 받아들여 기술하고 있다. 광고 언어의 형태적/어휘적 특징을 객관적으로 드러내기 위해서는 실제적이면서도 계량적인 작업이 반드시 병행되어야 할 것이다.

2.3. 통사적 특징

광고 언어의 통사적 특징은 다른 분야에 비해 유독 논의 자체가 적은 편이다. 언어학의 여러 분야 중에서도 통사론 분야에서 가장 많은 논저들이 쏟아져 나온다는 점을 고려할 때 다소 의아스러울 정도이다. 통사론을 조금 넓은 개념으로 받아들일 때 광고 언어를 대상으로 한 논의들에서 다루고 있는 통사적 특징은 다음과 같다.

(7) ㄱ. 문장 유형에 따른 광고 유형의 차이 : 이현우(1998), 장소원 외(2002), 박영준 · 김정우(2007)
ㄴ. 성분 생략 : 장경희(1992), 이은희(2000)

여러 논의에서 광고 언어의 특성으로 문장 유형을 다루고 있는데, 특정 문장 유형은 특정한 기능을 수행하는 광고 유형에 주로 사용된다는 설명 방식을 띠고 있다. 예를 들어, 장소원 외(2002:65)에서 다루고 있는 예와 설명 방식을 가져와 보도록 하겠다.

(8) ㄱ. 귀하의 안전보다 소중한 가치는 없습니다. (쌍용자동차)
ㄴ. 조선왕조실록을 찢어버려라! (중앙M&B)
ㄷ. 대변 고통 불가리스로 해결합시다. (남양유업)
ㄹ. 어머니, 지금 드시는 칼슘 뼈로 갑니까? (해태유업)

장소원 외(2002)에서는 (8ㄱ)과 같은 평서문은 이성적이고 논리적인 서술을 통해 수용자를 설득하는 광고에 사용되고, (8ㄴ, 8ㄷ)과 같은 명령문이나 청유문은 수용자에게 구체적인 행위를 요구하는 구실을 하며, (8ㄹ)과 같은 의문문 역시 수용자에게 물음을 던져 무언가 반응을 이끌어 내기 위해 사용된다고 설명하고 있다. 각각의 문장 유형이 가지는 화행적 성격을 고려할 때 쉽사리 예견할 수 있는 특징이어서 광고 언어만의 특징이라고 하기에는 무리가 있어 보인다. 거칠게 말하자면 분석의 매력도가 떨어진다고 할 것이다. 혹여 코퍼스 언어학적 관점에서, 광고에서는 어떤 문장 유형이 많이 사용되는지, 혹은 문장 유형과 화행이 일치하지 않는 비율이 유독 광고 분야에서만 높은 것인지, 혹은 어떤 광고의 하위 분야에서 간접화행이 많이 나타나는지, 혹은 광고 하위 분야에 따라 문장 유형의 사용 비율이 어떻게 달라지는지 등과 같은 구체적인 논의를 할 경우에만 매력도가 높아지는 것은 아닐까 하는 생각을 해본다.

문장 성분에 대한 생략에 대해 다룬 논의들도 대체로 어떤 문장 성분이 생략되었는지를 보여주는 논의가 주를 이룬다. 다만 이은희(2000)에서는 텔레비전 광고를 대상으로 생략 현상이 어떤 특징을 띠고 나타나는지 살펴보고 있는데 이전의 연구와는 달리 생략의 원인을 좀 더 언어학적 속성과 긴밀히 관련시켜 논의하고 있다는 점에서 주목된다. 그는 생략 현상을 언어적 문맥에서 생략된 요소를 회복할 수 있는 '문맥적 생략', 의사소통의 상황 요인에 의해 생략이 일어난 '소통상황적 생략', 생략된 내용의 지시 대상을 화·청자의 선행 지식 체계에서 찾을 수 있는 '개념적 생략'으로 나누었다.

2.4. 문체적/수사법적 특징

광고 언어의 수사법적 특징과 문체적 특징에 대해서 다룬 대표적 논의로는 다음과 같은 것들이 있다.

(9) ㄱ. 다양한 수사법의 활용 : 장소원 외(2002), 박영준 외(2006), 장경희(1992)

ㄴ. 문체적 특징 : 이필영(1994), 최성덕(1999), 장소원(2003), 김동규(2003)

광고 언어의 수사법 논의의 대부분은 광고 언어에 나타난 여러 가지 의미적 수사법을 확인하고 소개하는 내용을 담고 있다. 논자들에 따라 논의되는 수사법에 차이가 있기는 하지만 대체로 은유법, 직유법, 과장법, 의인법, 설의법, 도치법, 반어법, 역설법, 반복법, 의성법, 의태법 등이 다루어졌다. 이러한 수사법이 광고 언어만의 특징은 아니라는 점에서 기존의 광고 언어 연구가 가지고 있는 문제점을 그대로 보여주는 측면이 있다.

광고 언어의 문체적 특징을 포착하기 위한 다양한 시도들이 있었다. 이들 논의에서는 흔히 신문 광고나 방송 광고의 구조를 상세히 구분한 후, 각 영역의 광고 언어들이 가지고 있는 문체적 특징들에 대해 기술하는 방식을 취하고 있다. 예를 들어, 신문 광고의 표제어에는 명사구로 된 문장 형식이 존재한다는 것 등이 그에 해당한다. 이중에서 최성덕(1999)에서는 일부이기는 하지만 계량적 분석을 시도하고 있어 관심을 끈다. 그는 신문 광고의 문체적 특징을 보이기 위해 155편의 신문 광고를 대상으로 표제, 부표제, 본문, 슬로건을 자료화한 후 이들이 문장으로 되어 있는지 명사구로 되어 있는지, 문장의 유형은 어떠한지, 문장의 글자 수는 어떠한지 등을 계량적으로 검토하였다. 몇 가지 아쉬운 점에도 불구하고 객관성을 담보하기 위한 시도를 보였다는 점에서 의의가 크다고 생각된다.

광고 언어의 특징 중 하나로 구어체적 특성을 언급하고 있는 경우도 있다. 장소원(2003:57)에서는 광고에 구어체 문장이 많이 사용된다는 점을 적시하고 있다. 물론 정제된 형태의 문어체 문장이 존재하기도 하지만 역시 구어체 문장이 다수를 차지한다는 것이 그의 설명이다. 분명 광고 언어에는 구어체 문장이 꽤 발견되는 것은 사실이다. 그런데 구어체라는 것은 무엇이고 광고 언어는 어느 정도 구어체의 특징을 갖고 있다고 해야 하는가? 이에 대한 본고의 입장은 3장에서 다시 다룬다.

2.5. 의문점과 대안 제시

지금까지 본고는 광고 언어의 특징을 네 가지 분야로 나누어 살펴보았다. 전체적으로 세 가지 정도의 문제점이 발견되었다. 문제 해결에 대한 대안 제시와 함께 그 내용을 살펴보기로 한다.

첫째, 광고 언어의 특징에 대해 다룬 논의에서 아직 다루어지지 않은 주제들이 산적해 있다. 단적인 예로 통사 분야의 연구만 보아도 이러한 상황을 쉽사리 파악할 수 있다. 문장 유형을 제외하고 이렇다 할 통사적 특징에 대한 논의가 눈에 띄지 않는다. 더욱이 문장 유형 역시 광고 언어만의 특징이라고 보기 어려운 실정이다. 예를 들어 광고 언어의 양태적 특징에 대한 연구나 광고 언어에서 주로 사용되는 상적 표지의 특징에 대한 연구가 불가능하다거나 중요하지 않다고 생각될 여지는 없어 보인다. 세부 연구 주제를 확충할 필요가 있어 보인다.

둘째, 오로지 광고 언어의 특징이라고만 보기 어려운 특성들이 광고 언어의 특징으로 반복적으로 다루어지는 경향이 있다. 예를 들어, 대부분의 광고 언어에서 운(韻)의 사용에 대해서 다루고 있는데, 문학 작품에서 사용되는 양상과 같은지 다른지, 다르다면 어떻게 다른지 등에 대한 물음에 대해서는 답을 하고 있지 있다. 형태/

어휘 분야에서 다루는 다의어, 동음이의어, 어휘적 중의성 등도 광고 언어만의 특징은 아니며, 신조어나 외래어가 많이 사용된다는 것 역시 단순히 광고 언어에만 해당되는 사항은 아니다. 수사법이나 문장 유형 등, 다른 하위 분야를 살펴보아도 비슷한 양상을 보인다. 이러한 중복의 문제를 해결하기 위해서는 한편으로는 광고 언어만의 특징을 찾아내는 작업이 더 구체화될 필요가 있으며, 다른 한편으로는 표면적으로 보았을 때 광고 언어만의 특징이라고 보기 어렵지만 광고 언어에서 왜 그러한 특성이 나타나게 되었는지에 대한 원인을 찾고 그 과정을 설명하려는 시도들이 활성화되어야 할 것으로 생각된다.

셋째, 거의 대부분의 광고 언어 논의는 엄밀한 의미의 객관성을 담보하고 있지 못하다. 예를 들어, 광고에 외래어가 많이 사용된다고 하는데 관점에 따라서는 광고만 그런 것이 아니라 언론 기사, 일상 용어, 전문 학술 서적에서도 많이 사용되거나 오히려 더 많이 사용된다고 주장하는 사람도 있을 수 있다. 이렇게 되면 외래어 사용을 광고 언어만의 특성이라고 말하기 난처해진다. 즉, 우리가 어떤 분야의 언어가 특정한 특성을 가지고 있다는 것을 객관화하기 위해서는 그 특성의 정도가 어떠한지에 대한 정보를 보여주어야 한다. 따라서 대규모 언어 자료를 대상으로 객관적인 통계 수치를 제시할 수 있는 코퍼스언어학적 접근법은 광고 언어 연구에서 반드시 필요한 방법론이라는 결론에 도달하게 된다.

본고에서는 지면의 한계상 그리고 연구의 방대함으로 인해 위에서 지적한 문제들 중 세 번째 문제 즉, 광고 언어 연구의 엄밀성과 객관성이라는 점에 초점을 맞추어 그 대안을 코퍼스 언어학적 방법론에서 찾아보기로 한다. 구체적인 검토 사항은 광고 언어가 구어체의 속성을 가지고 있다는 기존의 논의를 코퍼스 언어학적으로 재검토해 보는 것이다. 이에 대한 논의는 3장에서 다룬다.

3

광고 언어의 특징에 대한 코퍼스 언어학적 접근

본 장에서는 광고 언어의 특성과 관련된 특정 주제를 하나 선정하고 이를 코퍼스 언어학적 관점에서 분석해 보기로 한다. 분석 대상이 되는 주제를 선정함에 있어 다음과 같은 사항들을 고려하였다. 첫째, 기존의 광고 언어 특성에 대한 연구에서 언급된 주제이되 그 구체적인 특성이 계량적으로 제시될 필요가 있는 주제를 선정한다. 둘째, 이미 구축된 코퍼스를 비교의 대상으로 사용하고 새로 구축할 광고 언어 자료는 기존의 코퍼스 구축 관련 프로그램을 이용하여 연구자의 수작업을 최소화한다. 셋째, 분석의 정확도와 자료의 규모 확충이라는 요구는 상반되는 측면이 있으므로 적절한 타협이 필요한데, 한 명의 연구자가 수일 이내에 자료 분석을 위한 사전 작업을 마칠 수 있는 정도의 선행 작업을 가정한다.

이상의 고려 사항을 검토하여 본고에서는 광고 언어가 구어체의 특성을 가지고 있다는 기존의 논의를 재검토해 보기로 한다. 즉, 광고 언어가 정말로 구어체의 특성을 보이는지, 만약 구어체의 특성을 보인다면 어느 정도 그러한 특성을 가지는지, 통계적 관점에서 구어체의 특성을 보인다는 것은 어떻게 해석해야 하는지 등에 대해 살펴보기로 한다. 자료는 TV광고에 한정한다.

3.1. 선행 작업

구어체의 언어적 특징에 대해서는 노대규(1996)에서 종합적으로 고찰된 바가 있는데 사전 작업의 편의성이나 비교의 정확성을 고려할 때, 구어와 문어의 어휘적 특징을 중심으로 살펴보기로 한다. 따라서 이미 구축된 여러 종류의 코퍼스 중에 비교의 대상으로 세종 형태분석말뭉치를 사용하기로 한다. 광고 자료는 아직 코퍼스로 구축된 것이 없으므로 작은 규모이지만 직접 구축하되, 세종 형태분석말뭉치의 형식을 갖추도록 선행 작업을 수행한다. 광고 문안을 코퍼스의 형식으로 구축하여 제공하는 곳은 아직 찾지 못했다. 다만 인터넷의 여러 사이트에서는 광고를 보여주고 그 광고에 사용된 광고 문안을 주로 '콘티'라는 이름으로 화면에 노출해 주는 곳이 있는데, 이는 인터넷 탐색창 화면의 '소스보기'를 통해 확인할 수 있다. 본고에서는 특정 사이트에서 TV광고 27,281개를 추출하였다. 추출된 자료는 형식적으로 완전히 통일되어 있지는 않지만 대체로 (10)과 같은 모습을 띠고 있었다.

(10) 〈br〉함께 : 톡톡~〈br〉여NA : 손 대지 말고 톡톡 마데카솔 분말

〈br〉자막 : 식물성분으로 새살이 솔솔~〈br〉여 : 진물 뚝 그쳤네〈br〉남 : 흉지지 않게〈br〉여 : 톡톡 뿌리는 마데카솔 분말〈br〉자막 : 동국제약

본고가 (10)과 같은 원자료에서 살펴보고자 하는 부분은 비교적 순수하게 언어적인 부분만이다. 이런 의미에서 CM Song이나 자막 등은 제거하였다. 물론 역할을 표시하는 '남', '여'와 같은 정보도 삭제하였다. 그렇게 한 후 총 2만 7천여 개의 광고 중에서 언어적인 요소를 가지고 있는 800개의 광고를 무작위 추출(random sampling) 방법으로 선택하였다. 이 800개의 광고는 총 13,578개의 어절로 이루어졌다. 이들 광고를 세종 형태분석기를 이용하여 형태소 분석을 하였는데, 광고 문안의 경우 띄어쓰기를 잘 지키지 않고 특이한 어형의 단어들이 사용되는 경우가 많아 분석의 정확도가 기대치보다 낮았다. 따라서 자동분석 후에, 세종 형태분석 말뭉치의 구축 지침과 기존의 세종 형태분석말뭉치의 예를 참고하여, 광고 코퍼스 자료를 수정하고 균질화하는 작업을 수행하였다. 이러한 과정을 통해 얻게 된 광고 자료의 일부를 보이면 다음과 같다.

(11) 어 어/IC
터보다. 터보/NNG+이/VCP+다/EF+./SF
기름 기름/NNG
많이 많이/MAG
먹겠지? 먹/VV+겠/EP+지/EF+?/SF

힘이	힘/NNG+이/JKS
세면	세/VV+면/EC
기름을	기름/NNG+을/JKO
많이	많이/MAG
먹는다는	먹/VV+는다는/ETM
생각	생각/NNG
버리십시오.	버리/VV+시/EP+ㅂ시오/EF+./SF

한편, 비교의 대상이 되는 코퍼스는 80만 어절 규모의 구어를 형태분석한 것과 역시 80만 어절 규모의 문어를 형태분석한 것을 합쳐서 160만 어절 규모의 형태분석 코퍼스를 마련하였다. 이를 우선 '통합 코퍼스'라고 부르기로 한다. 이들 코퍼스는 모두 세종 형태분석말뭉치들인데, 구어와 문어를 각각 80만 어절로 한정한 것은 현재 이용 가능한 구어 형태분석말뭉치의 규모가 80만 어절이기 때문이다. 문어의 경우 1000만 어절 규모인데 구어와의 규모를 맞추기 위해 80만 어절 규모로 축소하였다. 축소하는 과정에 문어의 하위 장르별 균형을 안배하면서도 무작위 선택의 방법을 동원하였다. 최종적으로 총 네 가지 코퍼스가 구축된 것이다. 즉, 1만 3천 어절 규모의 '광고 코퍼스', 80만 어절 규모의 '구어 코퍼스', 80만 어절 규모의 '문어 코퍼스', 그리고 문어와 구어를 통합한 160만 어절 규모의 '통합 코퍼스'를 얻은 것이다.

3.2. 광고 언어의 구어체적 속성에 대한 분석

앞서 언급한 것처럼, 노대규(1996)에서는 문어와 구어의 특징을 가르는 여러 가지 언어 속성에 대해 논의하였다. 그의 논의 중에서, 본고의 성격이나 목적에 맞는 속성 6개 선택하여 살펴보기로 한다.

(12) 구어체 특징을 검토하기 위한 변수들

① 구어에 주로 쓰이는 격조사 '한테, 하고, 랑, 더러'

② 문어에 주로 쓰이는 접속부사 '그러므로, 그러나'

③ 구어에 주로 사용되는 종결어미 '-습니다/-ㅂ니다, -아요/어요/여요, -아/어/여, -습니까/ㅂ니까, -십시오, -아라/어라/여라, -십시다/-ㅂ시다, -구료, -구먼, -구나, -아라, -마, -려무나, -렴'

④ 문어에 주로 사용되는 연결어미 '-므로, -나, -며, -고자'

⑤ 문어에서는 구어에서보다 미래 시제를 표현하는 문법 요소 출현이 적음. '-겠, -을 것이-'

⑥ 문어에서 주로 쓰이는 의존명사 '바, 따름'

(12)에서 ①은 격조사 '한테, 하고, 랑, 더러'가 구어에 많이 쓰인다는 점을 밝힌 것이고, ②는 문어에 주로 '그러므로, 그러나'의 접속부사가 쓰이며, ③은 구어에 주로 쓰이는 종결어미의 종류를 보인 것이고, ④는 '-므로, -나, -며' 등의 연결어미가 주로 문어에 사용된다는 것이고, ⑤는 미래 시제를 표현하는 문법요소가 구어에서 주로 사용된다는 것이며, ⑥은 '바, 따름'과 같은 특정한 의존명사가

주로 문어에서 사용된다는 점을 보인 것이다. (12)에서 제시된 언어 요소들이 문어와 구어에서 출현 빈도의 차이를 보일 것이라는 것은 대부분의 학자가 동의할 수 있는 부분이라고 생각된다.

따라서 본고에서 검토하려고 하는 바인, 광고 언어가 구어체의 특성을 보이는지 여부는 3.1에서 제시한 여러 코퍼스에서 이들이 어떤 출현 분포를 보이는지를 통계적으로 검증하면 될 것이다. (12)에서는 여섯 가지 속성에 해당하는 여러 가지 언어 요소들을 제시하고 있는데, 검토 결과 각 하위 유형 아래에 속하는 언어 요소들은 특별한 차이를 보이지는 않았다. 따라서 각 유형에 속하는 대표적인 언어 요소들을 대상으로 광고 언어의 구어체적 속성에 대해 살펴보기로 한다. 여기서 분명히 하고자 하는 점은 각 유형의 대표적인 언어 요소를 검토하는 것만으로도 본고에서 검토하고자 하는 가정인, '광고 언어가 구어체의 속성을 가지고 있다.'는 명제를 충분히 확인해 볼 수 있다는 점이다.

3.2.1. '한테/JKB'의 사용 양상

먼저 여격조사 '한테'의 쓰임을 살펴보기로 한다. '한테'가 문어보다는 구어에 주로 쓰인다는 것은 누구나 인정하는 특징일 것이다.

우선 '한테'를 대상으로 각 코퍼스에서 '한테'의 출현 양상을 통계적으로 검토하는 과정에 대해 설명하기로 한다. '한테'는 부사격조사로 코퍼스에서 'JKB'라는 태그로 표시되어 있다. 광고 코퍼스에서 '한테/JKB'는 8번 사용되었고 문어와 구어를 합쳐 놓은 160만 규모의 '통합 코퍼스'에서는 2007번 사용되었다. 이때 광고 코퍼스에서 부사격조사 'JKB'는 844회 사용되고 있으며, 통합 코퍼스에서는 12,162회 사용되었다.[5] 그런데 이러한 출현빈도만 가지고는 광고 카피에서 '한테'가 출현한 것이 구어체의 특성을 보여주는지 그렇지 않은지 쉽사리 판단하기 어렵다. 우리가 알고자 하는 것은 광고 코퍼스의 부사격조사 자리(844회)에서 '한테'가 나타난 확률, 즉 '8/844'의 확률이 구어와 문어가 균질하게 들어가 있는 통합 코퍼스의 부사격 자리(12,162)에서 '한테'가 나타난 확률, 즉 '2007/12162'의 확률보다 통계적으로 더 유의미한지를 검토하는 것이다. 이러한 상황에서 흔히 사용되는 통계 기법이 Z검정이다.

Z-score를 구하는 공식과 적용 과정을 보이면 아래와 같다.

(13) ㄱ. $\text{Z-score} = \dfrac{P(\omega)-P0(\omega)}{\sqrt{PO(\omega)(1-P0(\omega))/n}}$

ㄴ. P(w) : 광고 코퍼스의 부사격 자리에 '한테'가 출현한 확률. 8/844.

ㄷ. P0(w) : 모집단인 통합 코퍼스에서 '한테'가 출현한 확률. 2007/12162.

ㄹ. n : 광고 코퍼스에서 JKB의 토큰 수. 즉, 844회.

5 '한테'가 부사격조사이고 검토 대상이 되는 코퍼스에서 'JKB'라는 태그를 가지고 있으므로 출현 공간을 부사격조사로 설정하였다. 관점에 따라서는 조사를 출현 공간으로 설정할 수도 있을 것이다. 출현 공간을 조사 전체로 설정할 경우(즉, J라는 태그로 할 경우), Z값을 제시하면 아래와 같다. (14)의 값과 별다른 차이가 없음을 확인할 수 있다.

$$(14)\ \text{'한테'의 Z-score} = \sqrt{\frac{8/844-2007/12162}{(2007/12162)*(1-(2007/12162))/844}}$$

$$= -1.60146$$

(13)은 Z검정의 공식과 공식을 코퍼스 자료에 적용하는 과정에 대해 설명한 것이고, (14)는 '한테'의 Z값을 구체적으로 계산한 것이다. Z검정에서 Z값의 절대값은 모집단 평균과 원자료 값의 차이를 나타내며, Z값이 마이너스이면 원자료의 값이 모집단 평균보다 낮고, 플러스이면 모집단 평균보다 높다는 것을 뜻한다. 즉, '한테'의 경우 Z값이 -1.60146이 나왔는데, 이는 광고 코퍼스에서 '한테'의 출현 확률이 모집단인 통합 코퍼스에서의 출현 확률보다 조금 낮다는 것을 의미한다. 이는 '한테'만을 기준으로 할 때 광고 코퍼스가 통합 코퍼스보다 구어적 속성이 높지 않다는 것을 보여준다.

비교 대상이 되는 모집단을 통합 코퍼스에서 문어 코퍼스와 구어 코퍼스로 바꾸어 동일한 작업을 수행하기로 한다. 작업의 방법은 (13-14)의 방법과 동일하되 모집단에 해당하는 수치만 바꾸어주었다. 결과적으로 모집단을 문어 코퍼스로 하였을 경우 Z값 2.323059, 모집단이 구어 코퍼스일 경우 Z값이 -4.15405가 나왔다(15 참조).

(15) '한테/JKB'의 Z값[6] (모집단을 달리 가정할 경우)

6 표에 사용된 용어들에 대해 설명하면, '광고'는 광고 코퍼스를, '문어'는 80만 어절

변수	광고	문어	구어	통합	JKB 광고	JKB 문어	JKB 구어	JKB 통합	통합 기준	문어 기준	구어 기준
한테/JKB	8	320	1687	2007	3841	309502	195098	504600	-1.8656	2.0227	-4.3939

(15)의 결과값을 보면 '한테'만을 대상으로 할 때, 광고 코퍼스가 문어 코퍼스보다는 구어체의 특성을 보이지만, 광고 코퍼스가 구어 코퍼스보다는 구어체의 특성을 덜 보인다고 해석하여야 할 것이다. 기존에 광고 언어가 구어체의 특성을 보인다고 논의된 것과는 조금 다른 양상을 보이는 것이다.[7]

이상과 같은 통계 처리 과정을 (12)의 구어체 특성을 보이는 언어 요소에 적용하되, 지면의 한계상 각 유형에서 하나의 언어 요소만을 대상으로 Z 값의 결과를 보이기로 한다.

3.2.2. '그러므로/MAJ'의 사용 양상

접속부사 '그러므로'는 주로 문어에서 사용되는 것으로 이야기된다. '그러므로, 그럼에도 불구하고' 등 특정한 접속 표현들이 주

규모의 문어 코퍼스를, '구어'는 80만 어절 규모의 구어 코퍼스를, '통합'은 160만 어절 규모의 문어·구어 통합 코퍼스를 가리킨다. 'JKB 광고'는 광고 코퍼스에서 부사격조사가 나타난 빈도를 가리키는데, 'JKB 문어'는 문어 코퍼스를 기준으로, 'JKB 구어'는 구어 코퍼스를 기준으로, 'JKB 통합'은 통합 코퍼스를 기준으로 부사격조사가 출현한 빈도를 나타낸다. '통합 기준'은 통합 코퍼스를 모집단으로 할 경우의 '한테'의 Z 값을 나타내는데, '문어 기준', '구어 기준' 역시 동일한 방법으로 표기되었다.

7 광고 코퍼스의 규모가 작고 광고 코퍼스에서 '한테' 출현 빈도가 비교적 낮으므로 섣불리 결론을 내리는 것은 조심해야 하겠지만, '한테'에 한정하여 본다면 광고 코퍼스가 구어체의 속성을 강하게 나타낸다고 주장하거나 혹은 '한테'가 구어체 속성을 가지는 분야에서 사용된다고 주장하기 어려워진다.

로 문어에 사용된다는 점은 대부분의 연구자들이 쉽사리 동의할 것이라 믿는다. 따라서 '그러므로'가 주로 문어에서 나타나고, 기존의 논의처럼 광고 언어가 구어체라는 것을 전제한다면, 광고 코퍼스와 통합 코퍼스를 대상으로 한 '그러므로'의 Z값이 마이너스 값을 가질 것이라고 기대하게 된다. 다음 (16)은 각각의 코퍼스를 모집단으로 할 때의 '그러므로'의 Z값을 보인 것이다.

(16) '그러므로/MAJ'의 Z값

변수	광고	문어	구어	통합	MAJ 광고	MAJ 문어	MAJ 구어	MAJ 통합	통합 기준	문어 기준	구어 기준
그러므로/MAJ	2	2067	106	2173	77	8208	22701	30909	-1.5215	-4.5658	2.7422

(16)을 보면, '그러므로'는 통합 코퍼스를 모집단으로 할 때 Z값이 -1.5215이므로 앞서 논의한 우리의 기대를 충족한다고 할 수 있다. 즉, '그러므로'만을 대상으로 할 때, 광고 코퍼스가 통합 코퍼스보다 구어체의 속성을 잘 보여주는 것이다. 이는 모집단을 문어 코퍼스로 할 때도 잘 지켜지는데, Z값이 -4.5658이 나왔다. 이는 광고 코퍼스의 구어성이, 통합 코퍼스보다 문어 코퍼스를 모집단으로 할 때 더욱 잘 드러남을 알 수 있다. 그러나 (16)에서 모집단을 구어 코퍼스로 할 경우에는 Z값이 2.7422인데, 이는 광고 코퍼스가 구어 코퍼스보다는 구어성이 낮고 문어성이 높다는 점을 보여준다.

결과적으로 광고 코퍼스에서 '그러므로'의 출현 확률을 통합 코퍼스, 문어 코퍼스, 구어 코퍼스와 비교해 볼 때, 광고 코퍼스에서

'그러므로'의 출현 확률은 문어 코퍼스보다는 낮고 구어 코퍼스보다는 높다는 점을 알게 된다. 이는 역시 기존의 가정인 광고 언어가 구어체의 속성을 보인다는 주장을 있는 그대로 받아들이기는 어렵다는 점을 시사한다.

3.2.3. '-습니다/EF'의 사용 양상

구어체의 속성을 보여주는 여러 종결어미 중에서 본고에서는 '-습니다'를 선택하여 그 사용 양상을 살펴보기로 한다. '-습니다'는 합쇼체의 종결어미로서 화자가 발화상황에서 청자를 높이 대우하는 표현이므로 문어보다는 구어에서 더 많이 사용될 것이라는 점을 쉽사리 추론할 수 있다. '-습니다'의 변이형으로 '-ㅂ니다'도 있으므로 이 두 형태의 출현 빈도를 모두 고려하여 Z값을 계산을 필요가 있다. 광고 코퍼스의 경우 '-습니다/EF' 186회, '-ㅂ니다/EF' 274회 출현하였다. 즉, 총 460회 출현한 것이다. 문어 코퍼스의 경우 각각 3061회, 2689회로 총 5750회, 구어 코퍼스의 경우 2869회, 3021회로 총 5890회 나타났다.

이상의 전처리 과정을 거쳐 '-습니다'의 Z값을 제시하면 아래 (17)과 같다.

(17) '-습니다/EF'의 Z값

변수	광고	문어[8]	구어	통합	EF 광고	EF 문어	EF 구어	EF 통합	통합 기준	문어 기준	구어 기준
습니다/EF	460	5750	5890	11640	1821	63557	85938	149495	27.8293	24.1202	31.0879

(17)의 결과 자료를 보면, '-습니다'는 통합 코퍼스를 모집단으로 할 때 Z값이 37.8293이 나오고, 문어 코퍼스를 모집단으로 할 때는 24.1202가 나온다. 이는 '-습니다'가 구어에서 주로 사용된다는 점을 고려할 때 비교적 당연한 결과라고 할 수 있을 것이다. 광고 언어가 구어체의 특성을 지닌다는 기존의 논의에도 잘 부합하는 모습을 보인다.

그런데 우리가 (17)에서 유념해서 살펴보아야 할 점은 모집단을 구어 코퍼스로 했을 때에도 '-습니다'의 Z값이 매우 높은 플러스 값을 보인다는 점이다. 결과적으로 어떤 코퍼스를 모집단으로 하든 광고 코퍼스에서 '-습니다'의 출현 확률은 매우 유의미하게 높다는 것을 알 수 있다. 이는 광고 언어가 구어체의 특성을 보인다는 기존의 논의와는 또 다른 일면을 보여주는 것이다. 즉, '-습니다'의 출현 확률만 놓고 본다면, 광고 언어가 구어보다 더 구어적이라고 해야 한다.

그렇다면 왜 광고 코퍼스에서 '-습니다'의 출현이 문어 코퍼스뿐만 아니라 구어 코퍼스보다도 월등하게 높게 나타나는 것일까? 이는 2장 앞부분에서 다룬 광고 언어의 기본적 속성을 고려해 보면 비교적 손쉽게 설명될 수 있는 부분이라고 판단된다. 광고 텍스트는 다수의 소비자를 청자로 상정한 상태에서 소통 행위가 이루어진다. '-습니다'의 Z값이 모두 플러스이고 절대값이 매우 높다는 점은 이

8 '-습니다'가 청자를 존재하는 구어적인 문법 요소라는 점을 고려할 때 문어 코퍼스에서 '-습니다'의 빈도가 매우 높게 나온다는 점이 특이한데, 이는 문어 코퍼스 안에도 질의에 대한 대답 형식의 직접 인용 문장이 많이 들어 있어 영향을 미친 것으로 생각된다.

러한 광고의 속성을 극명하게 드러내준다고 할 것이다.

3.2.4. '－며/EC'의 사용 양상

노대규(1996)에서 문어에서 주로 쓰이는 것으로 언급된 연결어미 중 '-며'를 중심으로 그 사용 양상을 살펴보기로 한다. 역시 대체로 구어보다는 문어에서 연결어미 '-며'가 더 잘 사용될 것이라고 생각할 수 있다. 이전의 방법과 동일하게 '-며'의 Z값을 제시하면 아래와 같다.

(18) '-며/EC'의 Z값

변수	광고	문어	구어	통합	EC 광고	EC 문어	EC 구어	EC 통합	통합 기준	문어 기준	구어 기준
며/EC	19	5385	125	5510	1546	131008	120750	251758	-2.5789	-5.7067	13.7609

(18)의 결과 자료를 보면, '-며'는 통합 코퍼스를 모집단으로 할 때 Z값이 -2.5789, 문어 코퍼스를 모집단으로 할 때는 -5.7067이 나오고, 구어 코퍼스를 모집단으로 할 때는 13.7609가 나온다. 즉, 광고 코퍼스에서 '-며'의 출현 확률이 문어 코퍼스보다는 높고 구어 코퍼스보다는 낮다는 것을 보여준다.

이러한 결과값 역시 광고 언어가 구어체의 특성을 보인다는 기존의 주장을 쉽사리 받아들이지 못하게 한다. (18)의 자료만 놓고 본다면 광고 언어는 문어와 구어의 중간 정도의 특성을 보일 뿐, 광고 언어가 구어에 가깝다고 주장하기 어려워진다.

3.2.5. '-겠-/EP'의 사용 양상

노대규(1996)에서는 구어에 비해 문어에서 미래 시제 표현이 사용되는 경우가 흔하지 않다고 설명하고 있다. 본고에서는 이중에서 선어말어미 '-겠-'을 대상으로 그 출현 양상을 살펴보도록 한다.

본격적인 작업에 앞서 한 가지 언급할 점은, 노대규(1996)에서는 '의도', '추측' 그리고 미래 시제 표지로서의 '-겠-'의 의미를 상세히 구분하지 않고 있다는 점이다. 본고 역시 그러한 의미 분할 작업을 수행하지 못하였다는 점을 밝혀둔다. 그러나 '-겠-'을 거친 수준이나마 세 가지 용법으로 한정할 경우, '의도'나 미래시제 표지로서의 '-겠-'의 사용은 문어에서 비교적 덜 나타날 것이라는 점은 비교적 쉽게 추측할 수 있을 것이라 생각한다.

아래 (19)에 '-겠-'의 Z값을 제시한다.

(19) '-겠-/EP'의 Z값

변수	광고	문어	구어	통합	EP 광고	EP 문어	EP 구어	EP 통합	통합 기준	문어 기준	구어 기준
겠/EP	51	2263	4230	6493	577	44716	35085	79801	0.6171	4.1401	-2.3736

(19)의 결과 자료를 보면, '-겠-'은 통합 코퍼스를 모집단으로 할 때 0.06171, 문어 코퍼스로 할 때 4.1401 그리고 구어 코퍼스로 할 때 -2.3736이 나온다. 통합 코퍼스를 모집단으로 할 경우에는 절대값이 매우 낮아 유의미한 정도의 차이라고 하기는 어려울 듯하다. 문어 코퍼스를 모집단으로 할 경우에는 광고 코퍼스에서

의 '-겠-'의 출현 확률이 높고, 구어 코퍼스를 모집단으로 할 경우에는 광고 코퍼스에서의 '-겠-'의 출현 확률이 낮다는 점을 확인할 수 있다.

이러한 결과 역시 광고 코퍼스에서 '-겠-'의 출현 확률이 구어와 문어의 중간적인 성격을 가지고 있음을 잘 보여준다.

3.2.6. '바/NNB'의 사용 양상

의존명사 '바, 따름' 등도 구어에서는 잘 사용되지 않고 주로 문어에서 사용되는 것으로 이야기된다. 본고에서는 이중에서 '바'에 대해 살펴보기로 한다. 동일한 방법론에 따라 '바'의 Z값을 보이면 아래와 같다.

(20) '바/NNB'의 Z값

변수	광고	문어	구어	통합	NNB 광고	NNB 문어	NNB 구어	NNB 통합	통합 기준	문어 기준	구어 기준
바/NNB	1	341	37	378	748	57817	53052	110869	-0.9724	-1.6291	0.6625

(20)의 자료를 보면 '바'가 광고 코퍼스에서 거의 사용되지 않는다는 점을 확인할 수 있다. 규모가 작은 광고 코퍼스를 대상으로 작업이 이루어져서 출현빈도가 너무 낮다는 아쉬운 점은 있지만, 통합 코퍼스나 문어 코퍼스를 모집단으로 할 때 Z값이 마이너스가 되고 구어 코퍼스를 모집단으로 할 경우 플러스가 된다는 것은 확인할 수 있다.

이 역시 광고 코퍼스에서 '바'의 사용이 문어와 구어의 중간 정도의 속성을 보여준다고 할 것이다.

이상의 6개 변수를 놓고 볼 때, '-습니다'를 제외한 모든 경우에서 광고 코퍼스의 구어체 속성이 기존의 논의와는 상당히 다르게 나왔다는 것을 확인할 수 있었다. '-습니다'의 경우도 기존의 논의와는 다소 다른 일면을 보여주었다.

4

결론

본고에서는 광고 언어를 대상으로 한 기존 연구의 특징을 살펴보면서 여러 문제점과 아쉬운 점을 검토하였다. 특히 2.5에서는 기존의 광고 언어 연구의 문제점과 그에 대한 대안을 제시하였는데, 본고에서는 그중에서 세 번째 문제와 그에 대한 대안으로써 코퍼스언어학적 관점에서 광고 언어를 연구하는 것에 대한 초보적인 논의를 진행하였다. 그리하여 비록 일부의 변수만을 대상으로 한 것이지만, 3장에서는 광고 언어가 흔히 이야기되는 것만큼 구어의 속성을 보이는 것은 아니라는 점을 코퍼스 자료와 통계 수치를 이용하여 보이었다. 이러한 관점에서 볼 때, '구어체'라고 하는 것이 무엇을 의미하는 것인지에 대한 언어학적 재검토가 필요한 듯하다. 예를 들어, 광고 언어를 '구어체'라고 한다면 이때 '구어체'라고 하는 것은 구어의 모습을 일부 보인다는 것으로 구어와 거의 유사한 속성을 보인다는 것은 아닐 것이다.

광고 언어의 장르적 특성을 보다 분명하게 보이기 위해서는 다른 장르를 대상으로 한 코퍼스 언어학적 연구와 그 결과 자료가 구축되어야 할 것으로 생각된다. 그런 연후에 광고 언어의 장르적 특성을 포착하기 위한 다양한 변수들이 종합적으로 고려된 상태에서 광고 언어의 특징이 통계적 방법에 의해 제공될 필요가 있다. 최종적으로는 계량적 분석이 광고 자체의 장르적 속성과 어떻게 관련될 수 있는지 등이 심도 있게 논의될 필요가 있다. 이러한 논의는 후일을 기약해 본다.

〈참고문헌〉

김동규(2003), 「광고카피의 문체 분류의 관한 연구」, 『한국언론학회 학술대회 발표논문집』.

김정선(1998), 「텔레비전 광고 텍스트의 구조와 대화」, 『언어와 문학의 새연구』, 정재 장세경 교수 기념 논총.

김주현(1996), 「광고에 대한 언어학적 연구 : 한국어와 독일어 광고텍스트를 중심으로」, 건국대학교 석사학위논문.

노대규(1996), 『한국어의 입말과 글말』, 국학자료원.

박갑수(1992), 「방송 광고에 나타난 언어의 문제」, 『새국어생활』 2-2, 국립국어원.

박영준 외(2006), 『광고 언어론』, 커뮤니케이션북스.

박영준(2003), 「광고언어 연구의 동향과 과제」, 『광고 언어 연구』, 박이정.

박영준 · 김정우(2007), 『광고언어창작론』, 집문당.

박진호(2010), 「계량적 문체 분석 시론」, 『한국어문정보학회 창립 기념 학술대회 발표자료집』.

신현숙(1995), 「광고언어에서의 국어, 외국어 혼용 양태 연구」, 숙명여자대학교 석사학위논문.

이기정 · 한문섭(1999), 「광고 언어의 음운론적 분석」, 『한국광고홍보학보』.

이석주 외(2002), 『대중 매체와 언어』, 역락.
이은희(2000), 「광고 언어의 생략 현상」, 『국어교육』 103, 한국어교육학회.
이재원(2008), 『광고로 읽는 언어학』, 유로서적.
이주행(1992), 「신문·잡지 광고에 나타난 언어의 문제」, 『새국어생활』 2-2, 국립국어원.
이필영(1994), 「광고문의 문체」, 『국어문체론』, 대한교과서주식회사.
이현우(1998), 『광고와 언어』, 커뮤니케이션북스.
장경희(1992), 「광고 언어의 유형과 특성」, 『새국어생활』 2-2, 국립국어원.
장소원 외(2002), 『말의세상, 세상의 말』, 월인.
장소원(2003), 「광고와 언어」, 『생활 속의 언어』, 한국방송통신대학교 출판부.
최성덕(1999), 「신문 광고의 문체 연구」, 『태릉어문연구』 8, 서울여자대학교.
Manning, C. D. & Schütze, H.(1999), *Foundations of Statistical Natural Language Processing*, The MIT Press.
Römer, R.(1973), *Die Sprache der Anzeigenwerbung*, 3.Aufl, Düsseldorf.
Sapir, E.(1929), "The Status of Linguistics as a Science", *Language* 5.

임근석, 국민대학교 국어국문학과, gslim@kookmin.ac.kr

〈이동은논평〉

구어 담화

들어가기(起)

이 글에서는 한국어 담화 연구에 한 근간을 제시하신 김홍수 선생님의 연구에서 뜻을 이어받아 새로운 시기를 맞는 구어 연구에 대해 논해 보고자 한다. 구어 담화 분석 연구 중에서도 범위를 좁혀 구어 말뭉치 구축을 위해 수행된 대표적인 네 편의 연구를 그 연구사적 의의와 통찰력을 중심으로 소개하면서 차세대 한국어학 분야에서 구어 담화 연구에 기대하는 바를 제시하고자 한다. 그럼에도 불구하고 김홍수 선생님의 담화 연구의 세계를 이해하고, 관련된 연구들을 조망하기에는 필자의 학문적 병집이 상당한 데다가 연구 기간의 제약으로 논의가 짧아 글이 매우 궁색함을 미리 고백하며 용서를 구한다.

잇기(承)

이제 한국어 구어 연구에 있어서 다음의 대표적인 네 연구를 중심으로 각 연구가 이끌어 온 구어 연구의 성과를 검토하고자 한다.

물론, 이 분야의 의미 있는 연구들이 축적돼 있으나, 이 연구들은 시기와 주제 면에 있어서 상대적으로 대표성을 지닌다고 볼 수 있다.

장경희(1997)의 연구는 한국어 구어 연구의 최근 동향을 탐구하고 합리적인 전망을 제안함으로써 구어의 본질을 규명하기 위한 이론적 토대를 마련하였다. 이기갑(2010)은 구어 연구에 있어서 본격적인 연구 과정으로 구술발화의 조사와 전사에 대해 논의함으로써 구어의 현실성과 실제성을 밝히고자 하였다. 최재웅(2014)에서는 최근 말뭉치가 언어의 흥미로운 분포 패턴을 찾는 데 기여하는 양상을 보여주는 두 가지 특징적인 연구 사례를 중심으로 연구의 경향을 논의함으로써 구어 말뭉치의 전사와 주석 및 활용 방안을 제안하였다. 마지막으로, 이동은(2016)에서는 한국어 학습자의 구어 말뭉치에 대한 전사와 주석 방안을 제안하여 교수·학습으로의 활용 방안에 대해 논의하였다.

1990년대부터 본격적으로 시작된 구어 연구는 이러한 연구사를 통해 탄탄한 이론적 토대에서 출발하여 실용적 단계에 이르기까지

질적·양적 성장과정을 보였다. 그 과정에서 한국어학 연구의 범위를 넓혔을 뿐만 아니라 국제 학계에서의 교류와 소통을 위한 뿌리를 내린 것으로 평가한다.

펼치기(轉)

이제 네 연구를 순차적으로 검토하면서 연구의 개요를 소개하고, 구어 연구사에 있어서 의의를 찾으며, 나아가 한국어 구어 연구의 방향을 가늠해 보고자 한다.

장경희(1997)의 연구는 자료 수집 절차나 자료 분석과 같은 연구 방법의 측면에서 구어적 특징을 검토하고자 하였다. 구어 연구의 대상과 범위를 넓은 의미의 '구어' 그리고 '문어적 특징을 지닌 구어'를 포함하는 것으로 설정하고, 지금까지 한국어 구어에서 시도된 다섯 가지 방법론들을 살펴보며, 한국어 구어 연구를 위한 바람직한 방향성을 제안하였다.

문어 문법 중심 접근에서는 전통문법 시기의 방언 연구의 화용적·담화분석적 접근으로 확산되었으며, 맥락의존적 접근에서는 언어 사용자 중심의 맥락 의미를 규명하는 데 논의가 모아졌고, 구어 문법 지향적 관점에서는 문법 연구의 새로운 장을 연 말뭉치 활용 연구로 이어진 구어 문법 수립의 필요성과 의지가 확인되었는데 이를 계기로 문법 영역에서도 구어 연구가 수행되었다는 의미를 갖는다. 이는 외국어나 제2언어로서의 한국어교육에서의 문법 교육을 위한 단초를 마련한 것이라고 볼 수 있다.

또한 그 시기까지 구축된 대표적인 대규모 구어 말뭉치를 소개하고, 빈도나 분포를 중심으로 하는 연구들의 의미를 코퍼스 언어학적으로 논의하면서 이처럼 언어의 새로운 측면들에 대한 발견이 독자적인 구어 연구의 의의를 높였다고 주장하였다. 마지막으로, 학제적 접근에서는 교육, 정보처리, 언어병리학 등 응용국어학의 가능성을 논의하였다.

구어 연구를 발전시키는 데 저해가 되는 요소로서 첫째, 대상에 있어서 성인 언어, 표준어 중심의 한정성, 둘째, 구어 자료의 구축과 활용의 어려움을 지적하였다. 그럼에도 불구하고, 구어 말뭉치 자료 구축을 보완, 확충하는 자료보존 측면의 기초 연구를 강화, 적용 및 보급을 활성화해야 한다는 점, 언어 연구의 대상과 범위에 대한 편견 및 기존의 인식 전환을 통한 구어 연구의 정체성을 확립해야 한다는 점을 구어 연구를 진작시키기 위한 전략으로 제안하였다.

이기갑(2010)은 구어의 수집과 전사 중에서도 소외되기 쉬운 지역 방언의 수집, 전사 및 분석을 깊이 있게 다룬 연구이다. 조사 대상은 2004년부터 국립국어원이 수행하고 있는 지역어 조사 사업 가운데 구술발화의 조사 및 전사 부분을 검토하여 문제 제기를 하였다. 즉, 전사 작업에서 구술발화를 형태 전사가 아닌 음운 전사로 이루어졌다는 사실을 지적하면서, 구술발화를 통해 할 수 있는 언어학적 작업이 주로 문법이나 담화 연구로 제한된다면, 음운 전사보다는 오히려 형태 전사가 더 효율적이라는 제안을 하였다. 더구나 구술발화의 자료가 말뭉치 자료로 이용될 경우, 전산 작업을 위해서도 형태 전사는 필수적인 것으로 판단하였다.

또한 전사의 단위를 억양단위가 아닌 문장으로 삼았다는 점도 아쉬운 점으로 꼽고 있다. 실제 입말 담화는 완전한 문장 형태를 보이지 않는 수가 대부분이었고, 또한 억양단위가 하나의 새로운 정보를 중심으로 하는 단위라는 생각을 고려하면, 문장보다는 억양단위를 기준으로 하여 전사를 했더라면 하는 아쉬움이 있다는 것이다.

구술발화의 분석을 통해 가능한 담화론적 작업은 입말 고유의 문법을 발견해 내는 일, 담화의 진행을 돕기 위한 다양한 담화적 장치들을 찾아내는 일, 그리고 구술발화라는 특정 표현의 사용 빈도를 보여줌으로써 언어 변화의 방향과 정도를 알아내는 일 등으로 보았다. 특히 경쟁 관계에 있는 표현들의 빈도를 분석해 보면 지역에 따른 교체 양상을 확인할 수 있어서 언어 변화의 경향을 알려 주는 시금석으로 이용할 수 있다고 논의하였다.

이 연구는 구어의 전사와 분석의 연구 대상 범위를 넓혀 지역 방언의 조사, 연구 과정에도 적용하여 구어 문법의 변화를 설명하는 단서로 쓰일 수 있다는 실제적 가능성을 제시하였다. 이러한 연구는 공시적 연구뿐만 아니라 통시적 연구에도 기여할 수 있는 국어학적 함의를 제안하였다. 최재웅(2014)에서는 말뭉치 언어학 자체가 흥미로운가라는 질문으로 문제제기를 시작한다. 국제 언어학계에서의 말뭉치 언어학의 말뭉치 구축을 위한 거시적 관점의 말뭉치 언어학과 관련된 이론과 주석하기의 쟁점, 나아가 "구슬이 서 말이라도 꿰어야 보배"가 말하듯이 활용이라는 두 가지 하위 분야를 개관하며 관련 연구들을 논의하였다.

상당히 규모가 큰 말뭉치에서 수집된 뷰어가 언어학적 질문에 대한 문제제기와 같은 새롭고 흥미로운 방법을 찾을 수 있는 단서를 제공한다는 것을 제안하였다. 최근 흐름들이 보이듯이 말뭉치와 이론 언어학, 말뭉치 주석, 말뭉치와 다른 언어자원들, 말뭉치 접근 도구, 언어학 연구를 위한 말뭉치의 활용, 좁은 관점 혹은 더 넓은 관점에서의 언어학 연구 등과 같은 관점들에서 살펴보았다.

어휘의 분포 패턴을 보이는 한 사례 연구인 스케치 엔진(Sketch Engine)을 소개하고, 레스닉(1996)에서 제안한 방법을 따르는 한국어 연구의 사례를 소개하는데, 이 연구에서는 한국어의 술어와 그 목적어 간의 선택 선호 정보는 파생된 말뭉치와 단어망을 기반으로 귀납적이고 자동적으로 파생된다는 것을 보인다.

결론적으로, 저자는 말뭉치를 활용한 연구의 수월성을 확보하기 위해서는 말뭉치 연구 본연의 효율성과 객관성을 담보할 수 있어야 하며, 이러한 언어 정보에 대한 언어학계 안팎의 통섭이 요구된다는 제언으로 글을 맺고 있다.

이동은(2016)은 한국어 구어 담화의 연구에 적용되어 온 전사 체계를 논의하고, 이를 바탕으로 바람직한 담화분석 연구를 위한 주석 체계의 방향을 제안하는 데 그 목적을 둔다. 1990년대 이후의 담화분석 분야에서는 한국어의 담화적 특징을 규명하는 연구가 활발해졌고, 2000년대가 열리면서 한국어교육학계에서는 한국어 모어화자와 학습자의 구어 담화를 연구 대상으로 하는 분석 연구가 활발히 이루어지기 시작했다. 최근에는 이러한 성과를 바탕으로 대규모의 구어 말뭉치의 기초 연구와 구축이 진행되고 있다.

본 연구에서는 국내외 학위논문을 비롯하여 학술지에 출판된 논문들과 연구과제 보고서를 중심으로 사용된 전사 규약의 실태를 살펴보고, 연구 주제와의 상관성에 대해 논의하였다. 그 결과 연구의 목적, 방법 및 결론과의 관련성에 부합하도록 전사규약을 간략하게 제시한 경우가 대부분으로, 영어학에서 사용되는 버전을 답습한 사례가 많았다. 다음으로는 국제표준화기구(ISO)에서 연구 중인 내용을 소개하여 적절한 한국어의 담화 주석 체계를 모색하는 데 기여하고자 하였다.

이러한 논의가 언어자원에 대해 다차원적이고도 역동적인 담화 의미를 규명하는 데 기여하고, 기존 연구의 검토와 한국어 말뭉치를 다루는 데 있어서 합리적 차원의 담화 전사, 주석 체제를 위한 고민을 통한 한국어 학습자 구어 말뭉치의 구축 등의 의미 있는 주요 과제에 적용함으로써 외국어교육학계에서 한국어 담화분석과 한국어교육학의 소통이 효율적으로 이루어지기를 기대해 본다.

맺기(結)

구어 말뭉치의 연구는 수집 차원에서부터 인간을 대상으로 하는 물리적인 과정이라는 태생적으로 원죄에 가까운 윤리의 문제 이외에도 대화자 등의 변수가 발생하게 된다. 구축 차원에서 보면, 합리적 수준의 전사와 주석하기가 그 말뭉치의 신뢰도를 좌우하지만, 그럼에도 불구하고 기초 연구와 다른 분야와의 통섭이 효율적으로 이루어진다면 난제들을 해결해 나가면서 앞으로 해당 연구 분야에 기여하는 바가 상당할 것으로 본다.

구어의 말뭉치 연구는 국어학 분야에서도 최근 20년간 비약적으로 발전해 온 분야임을 인정하면서, '21세기 세종계획'을 비롯한 주요 대규모 과제의 결과들이 모쪼록 높은 수준의 보완, 활용 연구를 통해 거듭나기를 바란다. 남은 것은 오로지 연구자들의 몫으로 치부해도 될 것이다.

짧고 거친 글을 마무리하기가 여간 어렵지 않다. 지면의 제약으로 쓰다 만 천박한 글이 되었음을 고백하며, 감히 이 글이 한국어 의미 문제에 평생을 바쳐 오신 김흥수 선생님의 연구에 대한 새로운 배움의 기회가 되기를 바라면서 이 글을 맺는다.

이동은, 국민대학교 국어국문학과, delee@kookmin.ac.kr

구어 연구의 현황과 전망

장경희

이 논문은 한양대학교 2008년 HYU연구특성화사업으로 지원받아 연구되었음.

1

서론

구어 연구의 중요성은 일찍이 인식되었다. 소쉬르(1915)는 언어를 청각영상과 개념의 기호체계로 분석함으로써 언어 본질을 음성언어 즉 구어로 파악하였다.[1] 당시 소쉬르의 이러한 견해는 언어 연구의 새로운 장을 여는 지침이 되었지만, 소쉬르는 랑그와 빠롤 가운데 랑그를 언어 연구의 중심으로 파악함으로써 언어 연구가 사실상 구어에 접근하기 어렵게 만들었다. 현대언어학의 출발점이 된 변형생성 문법(Chomsky, 1957)에서도 언어 연구의 대상을 언어 사용과 구분하여 언어 능력으로 한정하였다. 이러한 언어학의 연구 배경 속

1 제자들에 의해 편집된 『일반언어학강의』(소쉬르, 1915)에 의하면, 소쉬르는 언어와 문자체계라는 두 개의 기호 체계로 구분하고 문자의 유일한 존재 이유를 언어를 표기하기 위한 것으로 보았고, 언어는 문자 체계와는 독립된, 확고한 구두 전승의 기능을 갖는다고 보았다. 또한 언어 연구를 공시적 접근과 통시적 접근으로 구분하고 공시적인 면이 우월한 것은 그것이 진정하고도 유일한 언어 현실이기 때문이라고 하였다.

에서 구어 연구는 오랜 기간 언어 연구의 핵심에서 벗어나 있었다.[2]

최근 들어 국어 연구에서 구어 연구가 활발해지고 있다. 이는 국어연구사의 관점에서 중요한 의의를 지닌다. 구어 연구의 확산은 언어 연구가 언어학 본연의 연구 대상에 관심을 집중하고 있으며, 언어 연구의 방향이 타당하게 정립되어 가고 있음을 의미한다. 사람은 구어를 습득한 후에 학습을 통하여 문어를 익힌다. 세계에는 문어가 없이 구어만 존재하는 민족이나 집단들도 있고, 문어가 존재하는데도 문어를 학습하지 않고 구어만으로 생활하는 사람들도 많다. 구어가 인간 언어의 핵심이라는 점에서 구어 연구의 확산은 매우 바람직한 일이다.

구어 연구를 통하여 언어 연구의 대상과 범위가 확대될 수 있다는 점에서도 구어 연구는 기존 연구를 발전시키는 측면을 지닌다. 화용론, 대화분석, 담화 분석 등의 층위에 한정되었던 구어 연구는 구어에 대한 논의가 확산되면서 언어 연구의 모든 층위에서 일어나고 있다. 음운, 문법, 단어 층위에서도 구어를 대상으로 하는 연구가 수행되고 있고, 표준어 중심의 언어 연구 풍토에서 주변적 위치에 머물러 있던 방언 연구도 그 중요성이 재인식되고 있다. 대부분의 언어 연구자들이 여전히 성인 언어에 치중하여 추상적인 보편 언어

2 현대 국어학 연구 방법상의 특징을 정리하는 송기중(1999: 277-278)에서도 이러한 경향이 지적되고 있다. 20세기 초부터 기술언어학이 등장함에 따라, 구어가 언어 연구의 대상이 되어야 한다는 관념이 지배하여 왔고, 국어의 연구에서도 이론적으로는 구어를 연구 대상으로 여겼지만, 논의에서 실제로 제시되는 예들은 문어에만 존재할 수 있는 형식들이 적지 않았음을 지적하고 있다.

규칙 수립에 몰두하고 있지만, 사용언어인 구어를 중심으로 연령대별, 성별 언어의 특성 연구에 대한 접근도 확대되고 있다. 구어나 문어 어느 하나에 치중한 연구 풍토에서는 인간 언어의 전모를 파악할 수 없다. 구어 연구의 확산을 시점으로 우리의 국어 연구는 인간 언어 전반에 접근하는 새로운 국면으로 도약하였다고 보겠다.

그리고 구어 연구를 통한 언어 연구의 질적 전환도 예견해 볼 수 있다. 언어 연구는 언어 그 자체를 설명하는 데 치중해 왔다. 그러나 언어는 인간의 삶 속에서 다양한 기능과 양상으로 작용하고 있다. 언어는 정보를 전달하고 업무를 수행할 수 있게 하고, 인간관계를 유지시키고 사람들과 소통케 한다. 사용 현장과 보다 긴밀한 관련성을 지니는 구어를 연구 대상으로 포함하게 되면서, 언어 연구는 자연스럽게 인간의 구체적인 삶의 현장과 연결될 수 있게 되었다. 언어 현상 자체에 대한 이론적인 논의에 치중해 온 언어 연구는, 구어 연구를 통하여 일상생활 속의 언어와 가까워졌고 앞으로 인간에 대한 이해를 심화시키는 데 보다 많이 기여하게 될 것이다.

구어 연구는 출발의 시점에 있다. 현재까지 적지 않은 연구가 진행되었지만, 전체적으로 볼 때 아직은 시작 단계이다. 지금까지의 구어 연구 현황을 조감하고 반성함으로써 앞으로의 구어 연구의 지향점을 점검하는 일이 필요하다.

2

구어 연구의 대상과 방법

구어 연구가 학문적 위상을 확보하려면, 연구 대상이 설명될 수 있어야 하고, 학문적 탐구가 수행되는 방법론적 특성화가 이루어져야 한다. 구어 연구의 대상과 범위를 확인해 보고, 구어 연구상의 방법론적 특징을 살펴보기로 한다.

2.1. 구어 연구의 대상과 범위

구어 연구에서는 '구어'가 분석의 대상이 된다. 연구 대상이 분명한 듯하지만, 실제로 구어의 범위가 어디까지인가는 쉽게 결정되지 않는다. 구어 연구에 뜻을 둔 연구자들은 우선 먼저 문어와 대비되는 구어의 본질과 특징을 파악하려 하였고, 구어 연구의 범위를 한정코자 하였다.[3] 이들 연구에서는 구어의 본질이 상당히 다양하게

3 구어의 본질에 대한 연구는 극히 최근에 이루어졌다.
(가) 노대규(1996: 15)에서는 의사 전달의 매개 수단이 음성적 실체인 것으로 파악됨.
(나) 구현정 · 전영옥(2002: 13)에서는 구어는 음성을 매개로 하여 실제 상황에서 사용된 언어 행위이며, 각 발화가 하나의 상위화제(중심화제)를 중심으로 형성된 결속력을 지닌 구조물로 정의됨.
(다) 김미형(2004: 31)에서는 언어를 말과 글, 그리고 의사소통 행위와 관련지어, 구어를 '말의 의사소통 행위로서 표현된 언어', 문어를 '글의 의사소통 행위로서 표현된 언어'로 그 본질적 속성을 파악함.
(라) 구현정(2005: 3)에서는 구어는 음성이라는 매체를 사용하는 의사전달의 수단으로, '상호성'과 '실시간성'의 특성을 갖는 것으로 정의할 수 있다고 봄.

파악되고 있어서 구어 연구 범위 설정은 여전히 어려움을 지닌다.

구어(음성언어)와 문어(문자언어)는 인간 문명의 발달과 더불어 그 쓰임과 기능이 지속적으로 확대되고 발전되어 왔다.[4] 음성언어가 문어적인 특징을 지니고 쓰이기도 하고, 문자언어가 구어적인 특징을 지니기도 한다. 소설, 희곡 대본 속의 대화는 문자 텍스트로 존재하지만 구어적 특성을 지니고 있고, 방송 속의 책 읽기 등은 음성으로 전달되지만, 문어적인 특성을 지니고 있다. 최근 컴퓨터 대화나 휴대폰의 문자 서비스 등에서는 음성언어 활동이 문자언어를 통하여 수행되는 것을 볼 수 있다.

구어와 문어의 구분이나 구어의 범주 등을 한정하려고 할 때, 우리는 이와 같은 구어적 특성과 문어적 특성이 혼합된 언어 자료와 마주치게 된다. 이에 대한 해결책으로 장소원(1986: 2-6)에서는 구어와 문어, 구어체와 문어체의 관계를 구분하고, 언어를 '구어체 구어', '문어체 구어', '구어체 문어', '문어체 문어'로 유형화하였다. 문체에 의한 유형화는 전정례(1994), 민현식(2007)에서도 지속된다. 구현정(2005: 4), 구현정 · 전영옥(2002: 14)에서는 언어적 특징에 근거하여 구어, 문어, 문어적 특징을 지닌 구어, 구어적 특징을 지닌 문어로 구분되고 있다. 더 나아가 강범모 · 김흥규 · 허명회(1998)에서

---

4 구어는 모든 인간이 태어나면서부터 생활 속에서 자연스럽게 습득하게 되며, 인간의 의사소통 수단 가운데 가장 보편적이고 주가 되는 형식이다. 문어는 문명의 발달과 더불어 형성 발달되어 왔고 의도적인 교육과 학습을 통하여 획득하게 된다. 사용 영역 또한 차이가 있어, 구어는 인간의 일상적인 삶과 일 등의 모든 영역에 관여하며, 문어는 주로 사회적, 전인간 일의 수행과 관련한다.

는 구어와 문어 텍스트를 정준판별 변수의 평균값 크기로 배열하였고,[5] 장경현(2003: 146-149)은 언어를 매개체의 관점이 아닌 자료체의 관점에서 접근하여 '구어'라는 용어는 '음성 텍스트(발화)'로 '문어'라는 용어는 '문자 텍스트'로 전환이 필요하다고 보았다.

선행 논의에서 보는 바와 같이 구어와 문어의 경계가 특정 자질로 양분된다고 보기는 어렵기 때문에, 구어의 범위는 포괄적인 관점에서 설정되는 것이 바람직하다고 본다. 구어의 연구 대상을 음성언어에 한정하는 데에서 나아가 문어체 구어까지를 포함시킴으로써 구어 연구는 그 대상 영역을 보다 많이 확보할 수 있으며, 연구도 활성화시킬 수 있다. 본 연구에서는 구어 연구의 대상과 범위는 구어를 넓은 의미로 해석하여 '구어' 그리고 '문어적 특징을 지닌 구어'를 포함하는 것으로 본다.

이상과 같은 구어를 분석 대상으로 삼는 언어 연구는 언어학의 전 영역에서 수행될 수 있다. 따라서 구어 연구의 범위는 음성·음운에서, 형태, 단어, 문장, 텍스트, 담화에 이르는 언어학의 모든 층위의 분석을 포함한다. 이 밖에도 지역 방언을 포함한 사회언어학적 연구, 언어 습득 및 발달에 관한 연구 등을 포함하며, 구어의 언어학적 연구 성과가 활용되는 국어교육, 의학, 정보처리 분야에서의

---

5 강범모·김흥규·허명회(1998, 2000)에서는 텍스트 유형화를 시도하였는데, 다변량인자분석을 통하여 한국어 텍스트에는 6가지 차원이 존재하는 것으로 파악하였다. 이 가운데 구어와 문어 구분 차원의 유형화는 장르별 정준판별 변수의 평균값의 크기로 배열되었다. 이 배열에는 문어성의 극단(-3.84)에서 구어성의 극단(9.29)까지 여러 단계의 유형이 존재한다.

응용 연구와 학제 간 연구도 구어 연구의 범위에 든다.

2.2. 구어 연구의 방법

언어 연구의 방법은 일반적으로 언어 분석이 이루어지는 층위와 밀접한 관련을 지닌다. 음운 층위의 분석인가, 문법·담화 층위의 분석인가에 따라 이에 적합한 언어 분석의 방법이 모색된다. 구어 연구에서는 언어 분석의 층위에 따른 방법론 이외에도, 분석 대상 자료 구축 방법이 연구 수행의 관건이 된다. 산출과 동시에 사라져버리는 음성언어를 어떻게 지속적으로 머물게 할 것인가, 즉, 음성언어를 인간이 지속적으로 관찰 가능한 양식으로 전환하는 방법이 탐구되어야 하는 것이다.

국어 연구에서 구어 자료 구축을 위한 방법론은 말뭉치 언어학에 힘입어 연구 개발되었다. 한국어 정보화 국책 사업인 "21세기 세종계획" 추진 과정에서 말뭉치 구축 방법이 연구, 개발되었고, 구어 자료 전사 지침, 말뭉치 구축을 위한 주석 지침 등도 마련되었다. 여기서 개발된 말뭉치 구축 및 자료 처리 방법들은 실제로 국어의 대용량 문어말뭉치 구축, 구어말뭉치 구축에 적용되었으며, 개인 연구에서도 활용되고 있다. 이제 말뭉치 구축 방법론, 말뭉치 기반의 언어 분석 방법론은 국어 구어 연구의 주된 방법론으로 확립되었다. 국어의 구어 연구는 타영역과 구별되는 방법론적인 정체성을 확보했다고 하겠다.

3

구어 접근의 여러 관점과 연구 현황

구어 연구가 지금과 같은 위상을 확립하기까지 여러 관점에서 구어에 대한 접근이 이루어졌다. 구어에 대한 접근들은 구어에 집중하는 정도에 있어 차이를 지니고 있다. 구어 자료를 대상으로 하면서도 구어적인 특징에 관심을 두지 않은 연구도 있고, 화용론, 대화 분석 등과 같이 구어에 초점을 두고 출발한 연구도 있으며, 이전까지 구어적인 특징이 배제되어 왔던 문법 층위에서 구어 문법을 지향하는 구어 연구가 시작되기도 하였다.

3.1. 문어 문법 기반의 접근

국어의 구어 연구는 구어를 본연의 연구 대상으로 삼아왔던 영역에서 출발한다. 방언 연구, 언어 습득 및 발달에 관한 연구 등이 그러한 영역에 속한다. 이들 연구에서는 구어를 대상으로 하면서도 어느 시점까지는 문어 문법에 기반을 둔 언어 분석이 이루어졌다.[6]

전통문법 시기부터 활발히 연구되어 온 방언 연구는 지역별로 수집된 구어 자료를 대상으로 하였지만, 구어 연구가 상당히 활성화될 때까지도 음운, 형태, 문장 구조 층위에서 언어의 지역적 특징

6 조두상(1984)에서도 언어 사용 영역을 언어 능력에서 제외한 변형 생성 문법에서는 문법 연구 대상을 구어에 중점을 두지 않고 문어에 두었다고 보고 있다.

을 분석하는 데 집중해 왔고 구어 차원의 논의는 아직 이루어지지 못하였다. 구어를 대상으로 하는 유아의 언어 습득과 발달에 관한 연구에서도 대상 자료가 구어라는 사실에는 별로 관심을 쏟지 않았다. 한국 유아들의 모국어의 습득과 발달 연구에서도 음운 체계 발달, 어휘 습득, 문장 구성 능력 발달 등의 문법 중심의 논의가 주가 되었다.

국어 연구에서 화용론적, 담화분석적 접근이 도입되면서 비로소 방언과 언어 습득 영역에서도 구어에서 관찰되는 화행 관련 논의, 담화 표지 등이 다루어졌다.[7] 방언이나 언어 습득 관련 연구는 구어에 초점을 둔 연구는 아니었지만, 구어 자료를 분석함으로써 결과적으로 구어의 연구 범위를 확대시켰고, 방언 자료, 유아의 언어 자료가 지니는 구어성에 대한 인식을 점차로 확산시켜 나갔다. 특히 화용론적, 담화분석적 접근이 이루어지면서 구어 연구와 연계되었고, 구어 연구의 확산에 기여하게 된다.

3.2. 언어 사용 맥락 중심의 접근

현대 언어학의 출발점에서 경시되고 언어 연구의 주변적인 것으로 치부되었던 언어 사용 영역은 후대에 화용론, 담화분석 등과 같은 언어 연구의 새로운 장으로 발전한다. 화용론에서는 언어가 사용 맥락과의 관계에서 설명되었고, 담화 분석에서도 맥락은 중시되

7 유아의 언어 습득 및 발달과 관련한 화용론적, 담화분석적 접근은 장경희 · 김정선(2003), 조성문 · 김순자(2003), 김순자 · 이필영(2005), 김정선 · 이필영(2008), 장경희(2008) 등에서 볼 수 있다.

었다. 따라서 이들 연구에서는 화·청자 요인, 담화 상황 등의 사용 맥락이 참조될 수 있는 언어, 즉 구체적인 상황에 존재하는 구어 자료가 연구의 주된 대상이었고, 문어에서는 관찰되기 어려운 대화 함축, 화행 수행, 대화 구조, 담화 표지, 담화 전략 등이 논의되었다.

화용론적, 담화분석적 연구는 출발부터 구어 자료를 주된 대상으로 삼았고, 구어에서만 관찰되는 언어 현상이 논의의 중심이 되었다는 점에서 이들 연구는 구어 연구 발전에 주된 역할을 했다고 볼 수 있다. 화용론적, 담화분석적 연구들은 국어 연구자들이 구어 현상에 접하는 기회를 확대해 주었고, 동시에 타 영역의 구어 연구 활성화에도 영향을 미쳤다. 최근 들어서 방언 연구, 언어 습득 관련 연구에서 화용론적, 담화분석적 연구가 활발해진 것도 그러한 예에 속한다고 본다. 사용 맥락 중심의 접근은 문어 중심으로 출발한 국어의 텍스트 연구가 구어 텍스트 연구로 확대되는 데에도 기여했다고 본다.[8] 화용론적, 담화분석적 연구는 여러 언어 연구 영역에서 구어 연구를 확산시킴으로써 구어를 초점으로 하는 구어 연구의 장이 열릴 수 있는 토양을 마련하였다. 이 점에도 이들 연구는 중요한 의의를 지닌다.

사회언어학적 연구에서는 화용론이 확립되기 전부터 언어 사용의 맥락이 참조되었다. 사회적인 요인과 언어와의 관계를 연구하는 사회언어학에서는 지역별, 성별, 사회계층별, 교육 정도 등의 여러

8 문학 텍스트분석에 기반을 둔 텍스트어학은 후에 화용론, 담화 분석 등의 영향으로 구어 텍스트 분석까지는 포괄하는 학문으로 발전한다. 국어 연구에서 구어 텍스트 분석은 신지연(1993, 1999), 안경화(2001), 이숙의·김진수(2008) 등에서 수행된 바 있다.

사회적 변인에 따른 언어 변이를 설명코자 하였고, 사회적 계층 관계나 친족 관계가 반영되는 호칭 표현, 인명, 경어법 등이 주로 다루어졌다.[9] 사회언어학이 도입되면서, 국어의 방언 연구도 지역별 변인에 근거하여 사회언어학 영역에서 확고한 위치를 정립하게 되었다.[10]

성별, 연령별, 집단간 언어 변이는 구어 자료를 통하여 보다 심도 있게 관찰될 수 있기 때문에 사회언어학적 연구에서도 구어 자료가 많이 다루어졌다. 그런데도 최근에 이르기까지 사회언어학적 논의는 사회적 변인에 따른 언어의 특징에 집중되고 있었다. 사회언어학에서 논의되는 사회 변인은 언어 사용 맥락의 부분을 구성한다고 볼 수 있다. 사회언어학의 사회 변인이 화용론적, 담화분석적 관점의 언어 사용 맥락과 연계되기 시작한 것은 극히 최근의 연구들에서였다. 특정 집단의 매체언어에 관한 연구나 방송언어 연구 등에서 그러한 연계를 볼 수 있는데, 이러한 연구를 통하여 사회언어학은 구어 현상들에 대한 논의에 참여하였고, 구어 연구가 확산되는 흐름에 합류하였다.[11]

---

9 국어의 경어법 논의 이외에 계급 집단의 경어법이 논의되었고, 호칭 논의도 성별 등 여러 변인으로 확대되었다. 북한 이탈 주민의 언어 적응 등 사회 현상과 관련된 언어 문제, 통신 언어 등도 사회언어학적 논의에서 다루어졌다.

10 현대언어학에서 주변적인 영역으로 머물러 있었던, 국어의 방언 연구는 사회언어학의 도입으로 사회언어학의 영역에서 학문적 위치 정립이 이루어졌다. 그러나 이로 인한 방언 연구의 실질적 변화는 현저하지 않았다.

11 방송언어 연구(송경숙, 2000; 박용한, 2002)에서는 대화전략, 토론 전략이 참여자 간 사회적 변인과 연계되어 설명되었다.

3.3. 구어 문법 지향의 관점

언어 연구의 여러 층위에서 수행되어 온 구어 연구는, 마지막으로 문법 영역에서 일어난 구어에 대한 관심으로 결정적인 전기를 맞게 된다. 말뭉치 자료를 대상으로 하여 국어의 문법 현상을 계량언어학적으로 분석한 연구(남윤진, 1997; 김홍규·강범모, 2000; 임홍빈, 2002 등)들을 출발점으로 하여, 문법 연구의 새로운 방법론이 도입되었다. 이는 구어 말뭉치 활용 연구로 이어졌고, 구어 문법 수립의 의지를 지닌 연구들이 수행되는 단계로 발전하였다.[12]

구어 문법 연구의 첫단계는 아직 문어 문법의 중심성을 의식하고 있는 연구로 시작된다. 구어의 특징이라는 관점에서 구어를 다룬 연구들(김경주, 2000; 문금현 2000b; 김건희·권재일, 2004; 유혜원, 2009)이 그러한 범주에 든다고 본다. '특징'이라는 용어 사용은 언어 분석의 중심을 문어 중심의 문법에 두고, 이와 대비된 관점에서 구어를 분석한 것이라고 볼 수 있다. 문어와의 비교의 관점에서 접근된 연구들도 비교의 기준을 문어로 삼는 경우는, 문어 중심성을 지닌 연구로 파악할 수 있다.[13]

---

12 현대언어학은 구어 중심의 연구를 표방하였지만, 문법 연구의 실제 언어 분석에서는 문어 중심의 언어 자료를 다루거나 실존하지 않는 언어 자료를 다루었다. 이러한 문법 영역에서 실제 사용된 구어 자료를 대상으로 문법 현상이 관찰되기 시작한 것이다.

13 구어 연구의 정립을 위하여 출발한 비교 연구들은 구어 중심성을 지니지만, 또 한편으로는 많은 비교 연구가 문어를 기준으로 하고 있어서 비교 연구에는 문어 중심성을 지닌 연구도 포함된다. 구어와 문어의 보편적인 특정이 비교 설명되었고(노대규,1989; 노대규, 1996; 김미형, 2004) 특정 문법 현상에 대한 비교도 여러 주제로 수행되었다. 조사(김창렵, 2008), 문형(서은아, 2004b; 서은아·남길임·서상규, 2005), 접속부사(전영옥, 2007a, 2007b,

구어 문법 연구는 점차 구어 자체에 집중하여 구어 문법의 수립을 지향하는 연구로 발전한다. 구어의 품사 특성, 구어의 어미와 조사, 단어 유형들이 다루어지고, 구어 나름의 문장 구조와 규칙이 추구되고 있다. 예를 들어, 단위 연구(전영옥, 2006)가 분석되었고, 문장 유형(권재일, 2003), 생략 현상(서은아, 2004a; 권재일, 2006), 접속관계(이은경, 1998, 1999; 목정수·윤현조, 2007; 손옥현·김영주, 2009), 부사(신지연, 2002a,b; 안주호, 2003b), 의존명사 구성(최정도, 2007), 어휘(임소영·서상규, 2005), 음성·음운(신지연, 2004; 박동근·이석재, 2005), 형태소·어휘 빈도(김홍규·강범모, 2000) 등이 다루어졌다.

이와 같은 다양한 주제의 구어 문법 연구들은 문법 영역에서 구어 연구의 위상이 확립되었음을 보여주는 증거라 할 만하다. 문법 영역에서 구어 연구가 수행됨으로써, 구어 연구는 언어 연구의 전 영역에 걸치게 되며 구어 연구의 장이 열리게 되었다.

3.4. 코퍼스 언어학적 접근

분석 대상 언어 자료를 확보하기 어려운 구어 연구에서는 자료 구축 문제가 우선적인 과제였다. 이러한 과제를 해결하고 국어의 구어 연구가 방법론을 확립하게 된 데에는 말뭉치 구축이 큰 몫을 하였다.[14] 말뭉치 기반 언어학적 구어 연구 성과들을 정리하고 그

2007c; 전영옥·남길임, 2005) 등이 구어와 문어를 비교하는 관점에서 논의되었다.

14 코퍼스(corpus)는 언어현상을 분석하기 위해 인위적으로 수집한 사회 각 분야에서 활용되고 있는 언어의 집합이다. 그러므로 코퍼스는 모든 언어 현상을 포함할 수 있을 정도로 크고 언어의 통계량을 대표할 수 있을 정도로 균형을 유지해야 한다.

의의를 살펴보기로 한다.

말뭉치 기반 언어 연구는 이미 미국의 구조주의 연구에서 이루어졌지만, 국내에서는 생성 문법, 화용론, 대화 분석 등이 도입된 이후에 시도되었다. 국책사업인 '21세기 세종계획'을 계기로 말뭉치 관련 연구가 활성화되었으며, 이는 말뭉치 자료 구축으로 이어진다.[15] 그리고 말뭉치를 대상으로 한 언어 분석은 이러한 말뭉치 구축 관련 연구가 진행되는 과정에서부터 벌써 시작되었다(남윤진 1997 등). 구어를 대상으로 하여서는 구어 말뭉치 구축에 관한 연구들이 서상규·구현정 공편(2002)에서 종합되었다.[16] 구어 말뭉치가 구축되었으며, 구어 말뭉치 분석을 통하여 국어의 구어 문법 현상

15 국내의 대규모 코퍼스 구축 현황을 보이면 다음과 같다.

기관	연도	말뭉치	유형	어휘량
연세대학교 언어정보개발연구원	1998	연세 말뭉치(균형 말뭉치, 시대별 말뭉치)	구어/문어	4,200여 만 어절
고려대학교 민족문화연구원	1995	한국어 말모둠 (KOREA-1 코퍼스)	구어/문어	1,400만 어절
문화관광부 국어기초자료 구축 분과	2002	21세기 세종계획 기초 말뭉치	구어/문어	1억 5천만 어절
한양대학교 한국교육문제연구소	2004	연령별 대화 말뭉치	구어	350만 어절

16 구어 말뭉치 구축을 위한 방법 및 기초 연구(구현정·전영옥, 2002; 전영옥, 2002; 김형정, 2002; 김태경·김정선·최용석, 2005)가 수행되었고, 말뭉치 바탕 구어 연구가 구현정(2005), 서상규·구현정 공편(2002, 2005)에서 종합되기도 하였다. 말뭉치 구축에 대한 방법은 음성 말뭉치 구축(김선희·오승신, 2002; 박동근, 2002; 김봉완 외, 2003; 이숙향·신지영·김봉완·이용주, 2003; 박동근, 2005), 형태소 분석 말뭉치 구축(안의정, 2002b) 어휘 정보 주석 말뭉치 구축(임소영·안주호, 2002), 특수자료 구축(서상규, 2001) 등으로 구분되어 연구되었고, 주석 말뭉치 구축에 관해서도 연구되었다(김홍규·강범모, 2000; 서상규·서은아·이병규, 2002; 서은아, 2002; 구현정·전정미·전영옥, 2002; 김순자·장경희, 2005; 박석준, 2006).

들이 설명되기 시작하였고[17] 화용론, 담화분석, 대화 분석, 언어 습득, 방언 등의 분야에서도 말뭉치가 활용되기 시작하였다.

구어 말뭉치 구축이 구어 연구를 활성화시킬 수 있었던 것은, 우선 말뭉치 구축을 통하여 음성언어 자료가 문자언어와 같이 시각화될 수 있었다는 점을 들 수 있다. 음성언어의 문자로의 전사는 구어를 단순히 시각화하는 단계에서 나아가 연구자가 언어 자료를 지속적으로 관찰할 수 있게 하였다. 다른 한편, 구축된 말뭉치 자료는 전산학에서 개발된 언어 처리 프로그램을 통하여 대용량으로 처리가 가능해짐으로써, 문어에서 관찰할 수 없었던 언어 현상들이 발견되었고, 직관에 의존한 방법으로 파악되지 않는 사용 빈도나 분포 등도 분석할 수 있었다. 이와 같은 언어의 새로운 측면에 대한 발견들은 독자적인 구어 연구의 의의를 높여주었고, 구어 문법 수립의 필요성에 대한 인식을 확산시켰다.

3.5. 학제적 접근

구어 연구에서는 언어학적 분석과 더불어 전산학, 통계학적 분석 등이 동시에 진행된다. 이런 측면에서 볼 때, 구어 연구는 학제적인 연구, 즉 학제적인 연구를 통하여 형성된 학문이라고 할 수 있다. 구어 연구에서 크게 활용되고 있는 말뭉치 구축이나 자료 처리에는 전산학이, 자료 처리와 해석에는 통계학적 접근이 필요하다. 일반적

---

17 말뭉치 구축 방법론이 개발되었지만, 실제의 말뭉치 구축 작업은 시간과 노력이 많이 들기 때문에 공동 연구 과제로 추진되었고 개인들은 연구 주제별 소형 말뭉치를 구축하여 활용하였다.

으로 학제 간 연구는 학문 영역별 전문 연구자가 공동으로 참여하는 형식으로 진행되지만, 구어 연구에서는 한 사람의 연구자가 여러 학문적 접근을 취하는 다학문적 접근이 주로 이루어진다.

언어학의 응용영역이라 할 수 있는 교육, 정보처리, 의학 등의 분야에서도 국어의 구어에 대한 관심이 일고 있다. 특히, 외국인의 한국어 학습에서 구어 중심의 교육 연구가 활성화되고 있다. 세계화·국제화 시대의 도래로 외국인의 한국어 교육에서 말하기 교육, 대화 교육, 토론 교육 등이 중요한 위치를 점하게 된 데 기인한 것으로 생각된다.[18] 언어 능력 및 장애 진단과 치료 등을 연구하는 언어병리학은 구어 의사소통을 대상으로 하기 때문에 출발부터 구어 연구의 한 영역을 담당해 왔다. 김수진·신지영(2007), 이봉원(2009)에서 볼 수 있듯이, 언어 연구와 언어병리학 공동 연구로 언어 장애, 언어병리적 현상들이 다루어지고 있다. 또한 노인 치료 등의 영역에서도 언어, 즉, 구어에 대한 관심이 일고 있으며, 구어 연구가 활용되고 있다. 인간의 언어 정보를 이용하여 정보 처리를 수행하는 정보 처리 분야에서도 자연언어처리에 구어적 특성 활용이 확대되고 있고, 방송학, 경영학, 의학 등에서도 구어에 의한 의사소통 연구가 중시되고 있으며, 학제 간 연구가 시도되고 있다.

---

18 외국인의 한국어 교육과 관련하여 한국어 초급교재 어휘 분석(조성문, 2005), 한국어 어휘 교육(문금현, 2000a) 등이 구어 관점에서 연구된 바 있고, 구어 교육에 치중하여 한국어 구어 문법 교육(이지영, 2006), 한국어 구어 담화 능력 배양(이지영, 2006), 한국어 구어 표현 교육(조경순, 2009), 한국어 구어 문법 평가(지현숙 2006a, 2006c), 한국어 구어 토론 수업 연구(지현숙·윤지영, 2008), 한국어 학습자들의 대화 전략(진제희, 2001) 등과 같은 여러 연구가 수행되었다.

4

구어 연구의 반성과 전망

지금까지 진행된 구어 연구들을 개관해 보았다. 국어의 구어 연구가 보다 확고한 위상을 정립할 수 있도록, 구어 연구의 제한점을 반성해 보고, 발전 방향을 전망해 보기로 한다.

4.1. 구어 연구의 반성적 측면

(1) 구어 연구의 대상과 범위의 한정성

구어 연구가 이제 시작되고 있는데, 그 경향을 보면 대체로 성인 언어를 중심으로 이루어지고 있다. 그러나 구어는 문어와 달리 동일 시대에서도 여러 유형의 언어 공동체가 공존하고 있다. 예를 들면, 연령대별 언어도 그러한 예의 하나인데, 연령별 언어 특성 연구는 사회언어학적 연구로 간주하며 순수언어학적 언어 연구에서 배제되는 경향이 있다. 이러한 성인 언어 중심의 시각은 재고될 필요가 있다.[19]

구어 연구의 대상과 범위를 한정하는 또 다른 요인은 구어 연구

---

19 성인의 언어 이외에 유아, 청소년, 노인 언어 등에 대한 연구는 언어학 이외의 학문 영역에서도 다루어지고 있다.

- 영유아 구어 연구: 유아 교육학, 언어심리학, 언어 습득
- 청소년 구어 연구: 사회학, 교육학, 사회언어학
- 노인 구어 연구: 사회학, 사회복지학, 간호학, 의학

가 표준어 중심, 규범 언어 중심으로 이루어진다는 점이다. 문어 연구에서도 그러하지만 구어 연구에서도 바른 문장이나 적절한 발화 중심으로 언어 분석이 이루어지고 있다. 방언 대상 구어 연구에 대한 의식이 아직 미미하고, 오류 분석이나 언어 장애 등에 대한 연구는 언어 연구의 본령에서 벗어난다고 생각하는 시각도 여전하다. 이러한 관점을 고수할 때 구어 연구는 구어 현상의 일부만을 설명할 수 있을 뿐이다.

(2) 구어 자료의 구축과 활용의 어려움

아직까지 구어 연구는 모든 연구자가 쉽게 접근할 수 있는 분야라고 할 수 없다. 구어 연구에 대한 접근성이 낮은 원인의 하나는 자료 구축의 어려움에 있다고 본다. 구어 연구에서는 형태, 통사, 어휘, 텍스트, 담화 등은 물론이고 음성, 음운 층위에서도 일반적으로 말뭉치를 기반으로 언어 분석이 이루어진다. 연구자가 스스로 구축하거나 이미 구축된 말뭉치를 활용해야 한다.[20] 그런데 구어 자료 구축이 용이한 작업이 아니기 때문에, 구어 연구에 대한 접근성이 낮을 수밖에 없다.

구어 말뭉치 구축은 여러 단계에 걸쳐 이루어진다. 구어 자료 구축 작업들은 그 과정도 단순하지 않고, 학제 간 접근이 필수적인 부

20 문어 중심의 연구에서는 이미 구성되어 있는 텍스트에서 분석 대상 자료를 찾을 수 있었고, 연구자 스스로 만들어 쓸 수도 있었다. 이미 구성된 문어 자료를 담은 문어텍스트가 도처에 존재하기 때문에 대상 언어 수집은 어려운 과정이 아니었다. 언어 분석도 주로 직관에 의존하였다.

분도 있다.[21] 구어의 자료 구축과 관련된 이와 같은 절차의 복잡성이나 분량 등은 상당한 부담이 되기 때문에 개인 혼자서 자료를 구축하는 일은 거의 불가능하다. 현재 이 점은 구어 연구의 걸림돌이 되고 있다. 구어 자료가 확보된다고 해도 자료 해석에 앞서 자료를 처리하고 분석하는 방법론 연구가 선행되어야 하고 때로는 통계적 분석도 요구된다. 이러한 언어 분석의 방법도 직관에 의존한 언어 분석을 주로 하는 기존의 연구 방법에 비해 연구자에게 부담이 되고 수월성이 낮다.

4.2. 구어 연구의 발전 방향과 전망

(1) 기초 연구 강화

구어 연구가 지속적으로 발전되기 위해서는 구어의 본질 규명, 연구 방법론 등과 관련된 기초 연구가 필요하다. 무엇보다도 구어 연구의 수월성을 떨어뜨리는 한 요소인 자료 구축 문제가 우선적으로 극복되어야 한다. 이를 위한 해결책으로 자료 구축을 포함한 구어 연구 방법 자체를 구어 연구의 하위 범주로 설정하는 방안이 모색될 수 있다. 구어 말뭉치 구축 방법, 여러 가지 말뭉치 구축 이론과 작업, 말뭉치 활용 방안 등이 모두 구어의 연구 방법론의 분야가

21 구어 말뭉치 분석을 통한 연구 절차는 다음과 같다.
① 음성 언어 자료 수집: 녹음 또는 녹화
② DB화: 음성 언어 자료의 디지털화, 문자화(전사), 시스템 구축
③ 자료 분석; 주석 작업(tagging), 정리, 통계분석
④ 자료 해석 : 분석 결과에 대한 해석

될 것이다.

현재까지 구축된 구어 말뭉치는 주로 언어학적 층위별로 구축되어 왔는데 규모와 내용 면에서 보완이 필요하다고 본다. 그리고 아직 구축되지 못한 대상자(화자)의 연령, 성별, 계층 등의 변인별로도 구어 자료가 구축되어야 하며 이미 구축된 지역 방언별 말뭉치에 대한 보완 및 확충 작업도 필요하다. 구어 자료 구축은 언어 연구를 위한 기초 자료 마련의 의미 외에도 언어 자료 보존의 의미도 지닌다. 말뭉치 구축은 현재의 언어를 보존하는 방법이기도 하고 사회 변인별 말뭉치들은 현재의 다양한 구어의 존재 양상이 반영된 언어 문화재이다. 따라서 일정한 기간별로 정기적인 구어 수집 및 자료 구축을 국가 정책적 차원에서 수행되어야 한다고 본다. 이 밖에도, 구축된 말뭉치들을 연구자들이 공유하는 방법도 모색되어야 할 것이다.

(2) 구어 연구의 정체성 확립

구어 연구의 위상이 유지되고 구어 연구가 발전하려면 언어 연구에서 구어 연구가 차지하는 위상이 확고해져야 한다. 구어 연구는 방법론적 관점에서 문어 연구와는 확실히 구분되는 독자성을 확보하고 있다. 연구 내용에서도 그러한 독자성을 확보함으로써 구어 연구는 언어 연구에서 정체성을 확립하게 될 것이다.

독자적인 구어 연구 영역을 확보하기 위해서는, 구어 자료를 문어 연구의 틀로 접근하는, 언어 연구의 방식 및 태도에 변화가 있어야 한다. 문어 문법 현상 중심의 구어 자료 분석, 문어를 기준으로 한 구어 특징 분석 등의 연구에 대한 태도 전환이 필요하다. 성인 언어 중심의 연구와 규범 언어 중심 연구 경향 등도 극복되어야 한다.

구어 연구자는 구어 자체의 언어 현상들을 발견하고 설명하려는 관점을 견지해야 한다. 문어와 대비될 수 없는 연구 주제와 영역을 확대해 가야 하며, 기술·설명적 태도에서도 구어 중심성을 유지하는 일이 필요하다. 지금까지 언어 연구의 본령에서 벗어난 것으로 생각해 온 방언 연구, 사회언어학적 연구, 언어 습득 및 발달에 관한 연구 등의 영역도 다양한 양식으로 존재하는 구어의 실체에 접근하는 것임을 이해하고 언어 연구의 대상과 범위에 대한 인식을 전환할 수 있어야 한다.

5
결론

최근 들어 국어학계에 언어 연구의 본령인 구어 연구에 대한 관심이 일고 있다. 지금까지 구어 연구가 대상과 방법 면에서 지니는 특징들을 살펴보았고, 구어 연구의 현황을 정리하였다.

구어 연구의 현황에서는 현재의 구어 연구 풍토를 이루어낸 구어 연구의 여러 관점과 그 기여를 살펴보았다. 문어 문법 기반의 관점에서 수행된 방언 연구, 언어 습득 연구 등을 살펴보았고, 언어 사용 맥락 중심으로 접근된 화용론적, 담화분석적 기여를 점검하였고, 사회언어학적 영역의 구어 연구에 대해서도 살펴보았다. 문법 영역에서도 독자적인 구어 문법을 지향하는 접근이 이루어지고 있는 것을 보았다. 그 외에 말뭉치 기반의 언어학적 접근과 학제적 접근에 대해서도 살펴보았다. 마지막으로 구어 연구의 지속적인 발전을 위하여 지금까지의 구어 연구를 반성하고 발전 방향을 전망해 보았다.

구어 연구는 언어 연구의 대상과 범위를 확대하는 데에서 나아가, 언어 연구의 위상을 한 단계 상승시키는 효과를 가져왔다. 언어 연구의 본령인 구어 연구가 활성화됨으로써 언어학은 본연의 위치에 서게 되었다. 구어 연구를 통하여 언어학은 인간의 삶 속의 살아 있는 언어를 다루게 되었으며, 인간의 보다 심층적인 이해에 기여할 수 있는 길로 나아가고 있다.

참고문헌

강범모 · 김흥규 · 허명회(1998), 「통계적 방법에 의한 한국어 텍스트 유형 및 문체 분석」, 『언어학』 22, 한국언어학회, 3-57.

강범모 · 김흥규 · 허명회(2000), 『한국어 텍스트 장르, 문체, 유형: 컴퓨터와 통계적 기법의 이용』, 태학사.

강소영(2005), 「구어 담화에서의 '그래 가지고'의 의미」, 『한국어의미학』 16, 한국어의미학회, 1-21.

강소영(2007), 「구어와 문어 자료의 실제적 연구 방법론」, 한국문화사.

과학기술부(2001), 『구어이해기술』, 미래창조과학부.

구현정(2005), 「말뭉치 바탕 구어 연구」, 『언어과학연구』 32, 언어과학회, 1-20.

구현정 · 전영옥(2002), 「구어와 구어 전사 말뭉치」, 『한국어 구어 연구』 (1), 한국문화사, 9-33.

구현정 · 전정미 · 전영옥(2002), 「담화 정보 주석 말뭉치 구축」, 『한국어 구어 연구』 (1), 한국문화사, 297-323.

권재일(2003), 「구어 한국어에서 서술문 실현방법의 공시태와 통시태」, 『언어학』 37, 한국언어학회, 25-46.
권재일(2004), 『구어 한국어의 의향법 실현방법』, 서울대학교출판부.
권재일(2006), 「구어 문법과 조사의 생략」, 『이병근선생퇴임기념 국어학논총』, 태학사, 429-446.
김건희 · 권재일(2004), 「구어 조사의 특성 -문법 표준화를 위한 계량적 연구-」, 『한말연구』 15, 한말연구학회, 1-22.
김경주(2000), 「구어적 텍스트의 문체적 특성과 쓰기 교육적 의의」, 『국어교육학연구』 11, 국어교육학회, 73-105.
김미형(2004), 「한국어 구어와 문어의 특징 연구」, 『한말연구』 15, 한말연구학회, 23-73.
김봉완 외(2003), 「SiTEC의 공동 이용을 위한 음성 코퍼스 구축 현황 및 계획」, 『말소리』 46, 대한음성학회, 175-185.
김선희 · 오승신(2002), 「음성 말뭉치 구축」, 『한국어 구어 연구』 (1), 한국문화사, 35-71.
김수진 · 신지영(2007), 『조음음운장애』, 시그마프레스.
김순자 · 이필영(2005), 「담화 표지의 습득과 발달」, 『국어교육』 118, 한국어교육학회, 149-180.
김순자 · 장경희(2005), 「화행 주석 방법 연구」, 『한국언어문화』 28, 한국언어문화학회, 27-46.
김영주(2008), 「중국인 한국어 학습자들의 구어오류수정에 대한 인식조사 -학문목적 학습자를 중심으로-」, 『이중언어학』 37, 이중언어학회, 25-60.
김정선 · 이필영(2008), 「질문의 주제전개 기능」, 『한국언어문화』 35, 한국언어문화학회, 1-24.
김정은(2003), 「한국어교육에서의 중간 언어와 오류 분석」, 『한국어교육』 14(1), 국제한국어교육학회, 29-50.
김창럽(2008), 「문어와 구어에서의 조사 '의'의 문법」, 『진단학보』 106, 진단학회, 79-115.
김태경 · 김정선 · 최용석(2005), 「구어 주석 코퍼스 구축을 위한 발화 단위 연구」, 『한국언어문화』 28, 한국언어문화학회, 5-26.
김태경 · 장경희(2005), 「대화참여자의 지위 관계에 따른 운율 특성 연구 -방송 드라마의 대화 자료를 대상으로-」, 『사회언어학』 13(2), 한국사회언어학회, 69-88.
김형정(2002), 「구어 전사 말뭉치의 표기 방법」, 『한국어 구어 연구』 (1), 한국문화사, 113-175.
김흥규 · 강범모(2000), 『한국어 형태소 및 어휘 사용 빈도의 분석 1』, 고려대학교 민족문화연구원.

남윤진(1997),「현대국어 조사에 대한 계량언어학적 연구」, 서울대학교 박사학위 논문.
노대규(1989),「국어의 구어와 문어의 특성」,『매지논총』 6, 연세대학교매지학술연구소, 1-47.
노대규(1996),『한국어의 입말과 글말』, 국학자료원.
목정수 · 윤현조(2007),「구어 한국어 접속문의 문장 패턴 연구」,『한국어학』 35, 한국어학회, 275-303.
문금현(2000a),「구어 텍스트를 활용한 한국어 어휘 교육」, 『한국어교육』 11(2), 국제한국어교육학회, 21-61.
문금현(2000b),「구어적 관용표현의 특징」,『언어』 25(1), 한국언어학회, 51-71.
문금현(2001),「구어 중심의 한국어 교재 편찬 방안에 대하여」,『국어교육』 105, 한국어교육학회, 233-262.
민현식(2002),「국어 사용 실태 조사 방법론 연구」,『사회언어학』 10(1), 한국사회언어학회, 73-112.
민현식(2007),「구어적 통용과 문어적 오용」,『문법교육』 6, 한국문법교육학회, 53-113.
박갑수(1994),『국어문체론』, 대한교과서.
박동근(20029,「음운 주석 말뭉치 구축」,『한국어 구어 연구』 (1), 한국문화사, 199-222.
박동근(2004),「구어 흉내말의 계량적 연구」,『한말연구』 15, 한말연구학회, 167-186.
박동근(2005),「구어 음운 전사 말뭉치 구축의 필요성과 방법」,『겨레어문학』 35, 겨레어문학회, 69-93.
박동근 · 이석재(2005),「대학생 구어의 음운 실현 연구」,『한국어구어 연구』 (2), 한국문화사, 9-41.
박석준(2006),「한국어 구어 말뭉치의 형태 주석 방법과 몇 가지 문제에 대하여」,『언어와 문화』 2(3), 한국언어문화교육학회, 15-37.
박석준 · 남길임 · 서상규(2005),「대학생 구어 말뭉치의 조사 · 어미의 분포와 사용 양상」, 『한국어 구어 연구』 (2), 한국문화사, 81-110.
박용한(2002),「TV 생방송 토론 대화에서의 대화 전략 연구」,『사회언어학』 10(1), 한국사회언어학회, 169-196.
서상규(2001),『21세기 세종계획 국어 특수자료 구축』 연구보고서, 문화관광부 · 국립국어원.
서상규 · 구현정 공편(2002),『한국어 구어 연구』 (1), 한국문화사.
서상규 · 구현정 공편(2005),『한국어 구어 연구』 (2), 한국문화사.
서상규 · 서은아 · 이병규(2002),「통사 정보 주석 말뭉치 구축」,『한국어 구어 연구』 (1), 한국문화사, 277-296.

서은아(2002), 「통사 정보 주석 말뭉치 구축」, 『한국어 구어 연구』 (1), 한국문화사, 277-296.

서은아(2004a), 「구어 문형의 생략 현상 연구」, 『인문과학연구』 12(2), 안양대학교 인문과학연구소, 131-150.

서은아(2004b), 「구어와 문어의 문형 연구 - 단문을 중심으로-」, 『한국어학』 24, 한국어학회, 99-129.

서은아 · 남길임 · 서상규(2005), 「문형 연구」, 『한국어 구어 연구』 (2), 한국문화사, 111-158.

손옥현 · 김영주(2009), 「한국어 구어에 나타난 종결어미화된 연결어미 양상 연구」, 『한국어의미학』 28, 한국어의미학회, 1-22.

송경숙(2000), 「TV생방송 토론의 사회언어학적 분석」, 『사회언어학』 8(1), 한국사회언어학회, 223-264.

송기중(1999), 「20세기 국어학의 연구 방법」, 『국어학』 34, 국어학회, 251-282.

신지연(1993), 「구어에서의 지시어의 용법에 대하여」, 『어학연구』 29(3), 서울대학교 어학연구소, 363-382.

신지연(1999), 「구어의 텍스트 형성에 대한 연구」, 『텍스트언어학』 7, 한국텍스트언어학회, 209-228.

신지연(2002a), 「구어 정도부사의 표현적 기능」, 『어문연구』 40, 어문연구학회, 125-141.

신지연(2002b), 「국어 구어의 부사 연구」, 『인문과학』 11, 목원대학교 인문과학연구소, 109-128.

신지영(2004), 「음성 코퍼스를 활용한 국어 연구」, 『한국어학』 23, 한국어학회, 23-47.

심재기 · 문금현(2000), 「외국어로서의 한국어 교재 연구 -구어 텍스트의 활용을 중심으로-」, 『이중언어학』 17, 이중언어학회, 143-173.

안경화(2001), 「구어체 텍스트의 응결 장치 연구」, 『한국어교육』 12(2), 국제한국어교육학회, 137-157.

안의정(2002a), 「국내외 구어 말뭉치 구축 현황」, 『한국어 구어 연구』 (1), 한국문화사, 177-196.

안의정(2002b), 「형태소 분석 말뭉치 구축」, 『한국어 구어 연구』 (1), 한국문화사, 223-249.

안주호(2003a), 「국어 문법교육에서의 구어 자료 활용 방안」, 『현대문법연구』 33, 현대문법학회, 149-171.

안주호(2003b), 「한국어 구어에서 정도부사 '되게'에 대하여」, 『언어과학연구』 24, 언어과학회, 149-166.

유혜원(2009), 「구어에 나타난 주격조사 연구」, 『한국어의미학』 28, 한국어의미학회, 147-169.

이기갑(2006), 「국어 담화의 연결 표지 -완형 표현의 반복-」, 『담화와 인지』 13(2), 담화·인지언어학회, 133-158.

이봉원(2009), 『언어치료사를 위한 한국어문법』, 나사렛언어청각센터.

이상억(2001), 『계량국어학 연구』, 서울대학교출판부.

이숙의·김진수(2008), 「문어 텍스트와 구어 텍스트의 담화 표지와 텍스트 구조 비교 연구」, 『어문연구』 56, 어문연구학회, 61-88.

이숙향·신지영·김봉완·이용주(2003), 「음성 코퍼스 구축을 위한 SiTEC 분절음·운율 레이블링 기준의 검토 및 제안」, 『말소리』 46, 대한음성학회, 127-143.

이은경(1998), 「텔레비전 토크쇼 텍스트의 연결어미 분석」, 『텍스트언어학』 5, 한국텍스트언어학회, 167-198.

이은경(1999), 「구어체 텍스트에서의 한국어 연결어미 기능」, 『국어학』 34, 국어학회, 167-198.

이지영(2006), 「한국어 학습자의 구어 담화 능력 배양을 위한 담화 정보 활용」, 『한국어교육』 17(1), 국제한국어교육학회, 51-76.

이해영(2006), 「구어의 특징과 구조」, 『새국어생활』 16(2), 국립국어원, 31-45.

임소영·서상규(2005), 「대학생 구어 어휘 연구」, 『한국어 구어 연구』 (2), 한국문화사, 43-80.

임소영·안주호(2002), 「어휘 정보 주석 말뭉치 구축」, 『한국어 구어 연구』 (1), 한국문화사, 251-276.

임유종·이필영(2004), 「한국 초·중·고등학생의 발화에 나타난 연결 표현 발달 단계」, 『텍스트언어학』 17, 한국텍스트언어학회, 173-200.

임홍빈 외(2002), 『국어문법 현상의 계량적 연구』, 고려대학교 민족문화연구소.

장경현(1995), 「국어의 명사 및 명사형 종결문에 대한 연구」, 『국어연구』 130, 서울대학교 국어연구회, 1-84.

장경현(2003), 「문어/문어체·구어/구어체 재정립을 위한 시론」, 『한국어 의미학』 13, 한국어의미학회, 143-165.

장경희(2008), 「지시 화행에 대한 유아의 응대 방법」, 『국어교육학연구』 33, 국어교육학회, 597-628.

장경희·김정선(2003), 「유아의 요구 화행 수행 능력의 발달 단계」, 『한국어교육』 14(2), 국제한국어교육학회, 327-360.

장소원(1986), 「문법 기술에 있어서의 문어체 연구」, 『국어연구』 72, 서울대학교 국어연구회.

전영옥(2002), 「구어 원시 말뭉치 구축 방법」, 『한국어 구어 연구』 (1), 한국문화사, 75-112.

전영옥(2006), 「구어의 단위 연구」, 『한말연구』 19, 한말연구학회, 271-299.
전영옥(2006), 「구어의 단위 연구」, 『한말연구』 19, 한말연구학회, 317-345.
전영옥(2007a), 「구어와 문어에 나타난 '그리고' 연구」, 『담화와 인지』 14(2), 담화·인지언어학회217-248.
전영옥(2007b), 「구어와 문어의 접속부사 실현 양상 비교 연구」, 『텍스트언어학』 22, 한국텍스트언어학회, 223-247.
전영옥(2007c), 「문어와 구어에 나타난 '그러나' 연구」, 『한말연구』 21, 한말연구학회, 205-246.
전영옥·남길임(2005), 「구어와 문어의 접속 표현 비교 연구 -'그런데, -는데'를 중심으로-」, 『한말연구』 17, 한말연구학회, 169-194.
전은진·조성문(2005), 「초등학생의 비속어 사용에 관한 연구」, 『우리말글』 34, 우리말글학회, 123-150.
전정례(1994), 「중세국어의 문체」, 『국어문체론』, 대한교과서, 345-359.
전혜영(2005), 「구어 담화에 나타나는 '-ㄴ 것이'의 화용 의미」, 『국어학』 46, 국어학회, 255-276.
조경순(2009), 「한국어 구어 표현 교육 연구」, 『한국어교육』 20(1), 국제한국어교육학회, 183-206.
조두상(1984), 「한·영 구어와 문어의 차이점 비교연구」, 『언어연구』 7, 부산대학교 어학연구소, 53-71.
조성문(2005), 「구어 말뭉치에 의한 한국어 초급교재의 어휘 분석」, 『한민족문화연구』 17, 한민족문화학회, 259-286.
조성문·김순자(2003), 「유아의 주제 도입 형식과 방법」, 『교육논총』 19, 한양대학교 한국교육문제연구소, 189-209.
지현숙(2006a), 『한국어 구어문법과 평가 1-이론편』, 하우.
지현숙(2006b), 「한국어 인터뷰 시험 담화에서 나타난 구어 문법적 오류 분석」, 『한국어교육』 17(3), 국제한국어교육학회, 301-323.
지현숙(2006c), 「한국어 구어 문법 능력의 과제 기반 평가 연구」, 서울대학교 박사학위논문.
지현숙(2007), 「한국어 구어 문법 교육을 위한 과제 기반 교수법」, 『국어교육연구』 20, 서울대학교 국어교육연구소, 247-270.
지현숙·윤지영(2008), 「한국어 구어 교육에서의 토론 수업 연구」, 『외국어로서의 한국어교육』 33, 연세대학교 언어연구교육원 한국어학당, 201-225.
진제희(2001), 「한국어 학습자들의 발화 속에 나타난 대화 전략으로서의 입말의 특성

-포함성을 중심으로-」, 『한국어교육』 12(1), 국제한국어교육학회, 275-293.
최용석(2008), 「연령별 구어 주석 코퍼스 검색 시스템」, 『교육논총』 24(1), 한양대학교 한국교육문제연구소, 55-77.
최정도(2007), 「구어에서 나타나는 의존명사 구성에 대한 연구」, 『언어정보와 사전편찬』 17, 연세대학교 언어정보개발원, 115-132.
최정순(2006), 「한국어 교육 방법론의 재검토 -의사소통적 한국어 구어 능력 개발을 위한 제언-」, 『국어교육연구』 18, 서울대학교 국어교육연구소, 91-121.
Chomsky, N.(1957), *Syntactic Structures*. The Hague: Mouton.
Saussure. F, de.(1915), *Cours de Linguistique Generale*, Paris: Payot.

장경희, 한양대학교 국어교육과, changkh@hanyang.ac.kr

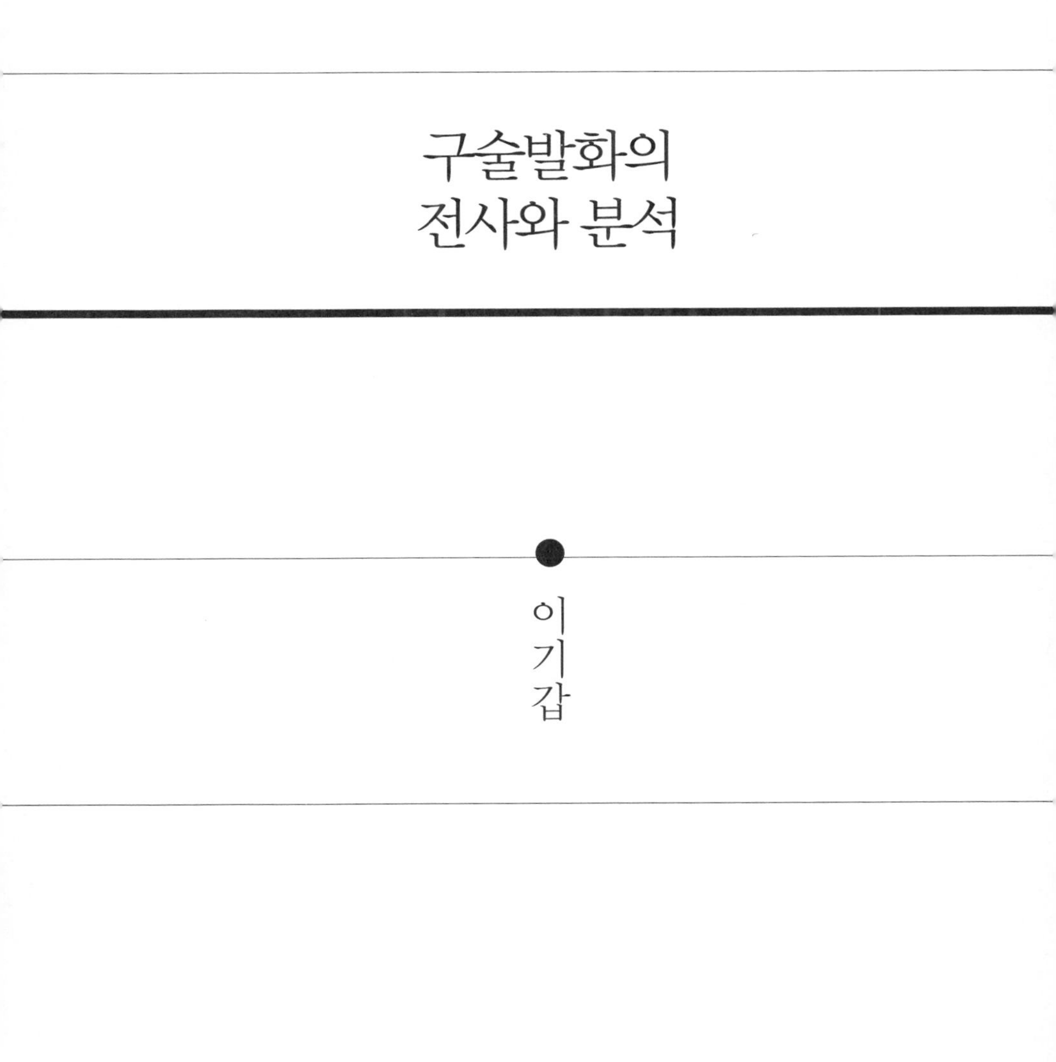

구술발화의 전사와 분석

이기갑

1

머리말

국립국어원에서는 2004년부터 10년 동안 남북한 지역의 방언 조사를 실시하고 있다. 현재 북한 지역은 남북 관계의 사정상 진행되지 않고 있으며, 남한 지역은 각 도마다 5개 군씩 조사가 완료되었고, 조사 결과는 매년 말에 보고서 형식으로 출간되었다. 남한 지역을 대상으로 하는 광역적인 방언 조사는 이미 1980년대에 정신문화연구원에서 시행한 바 있었는데, 20년 후 국립국어원이 다시 조사에 착수한 것이다. 정신문화연구원과 국립국어원 조사의 차이는 여러 점에서 찾을 수 있겠지만, 가장 큰 것은 구술발화에 있다. 1980년대의 조사가 어휘, 음운, 문법의 차원에서 이루어졌다면, 2000년대의 조사는 제보자의 자연스러운 이야기를 포함하는 구술발화가 추가되었기 때문이다.

구술발화가 조사에 포함된 것은 2000년대 한국 방언의 가장 자연스러운 모습을 기록해 두기 위함이다. 어휘, 음운, 문법 분야는 정해진 질문지를 통해 조사가 이루어지기 때문에 그만큼 자연스러움이 반감된다. 물론 구술발화도 정해진 주제가 있고, 특정 주제에 대한 조사자의 질문에 제보자는 상세한 설명을 해 주도록 되어 있어 어느 정도의 형식이 갖추어져 있기는 하다. 그러나 조사를 처음 시작할 때는 어색하거나 부자연스러운 말투를 사용하던 제보자도 일정 시간이 경과한 뒤에는 자신의 설명에 빠져 제보자 자신도 모르게 자연스러운 설명을 덧붙이는 경우가 대부분이기 때문에, 문장 또는 그 이상의 차원에서 해당 방언의 모습을 보여주는 데는 구술발화만큼 좋은 분야도 없을 것으로 판단된다. 구술발화에는 다양한 운율적 특징이 나타나 있고, 문장 차원에서 사용되는 낱말의 존재를 확인할 수 있으며, 음운이나 문법 현상조차도 개별적인 존재가 아니라 문장 안이라는 통합관계 안에서 확인되기 때문에 홀로 조사되는 것보다는 훨씬 자연스러운 모습을 보인다.

국립국어원의 방언 조사가 구술발화를 조사하게 된 것은 구술발화가 갖는 이러한 언어학적 가치 때문이기도 하지만, 최근의 한국 언어학계가 관심을 가져 온 입말 연구와 말뭉치(corpus)에 의한 언어 연구라는 두 가지 흐름 때문일 것이다. 그동안 글말 위주의 연구를 반성하고, 방대한 양의 말뭉치 자료가 축적되면서, 과거와는 다른 새로운 관점에서 언어를 바라볼 수 있게 되었기 때문이다. 이 글에서 우리는 입말 연구와 말뭉치 연구의 두 가지 흐름 속에서 국립국어원이 수행 중인 구술발화 자료의 수집과 전사의 방식 등을 되살펴보고, 구술발화의 분석을 통해 얻을 수 있는 담화 연구의 몇 가지 가능성을 타진해 보려고 한다.

2

입말의 연구

고대나 중세인들은 말하기보다 글쓰기를 더 중요하게 생각하였으며, 말은 글에 비해 오염된 것으로 판단하였다. 그러다가 말이야말로 실재하는 것이며 글은 결코 말을 완벽하게 반영하지 못한다는, 말 우위의 관점이 19세기 말 20세기 초에 나타난다(Chafe 1994:45). 말하기를 글쓰기보다 우위에 놓게 되면서, 자연스럽게 글말보다 입말이 중요함을 깨닫게 된 것이다. 사실 이 세상에는 글을 모르는 민족이 많으므로, 이런 점에서 글말보다는 입말이 인간의 가장 원초적이고 근본적인 언어라는 것은 부정할 수 없는 사실이다. 그런데 20세기 중반 생성 문법의 대두와 함께 입말은 오염된 언어로 또다시 낙인이 찍히게 된다. 촘스키는 인간의 언어 능력을 이상적인 화자가 이상적인 상황에서 하는 말하기 능력으로 이해했고, 따라서 실제 발화는 이러한 이상적인 언어 능력이 상황이나 발화자의 여러 가지 제약에 의해 왜곡되고 변질된 것으로 이해하였다. 언어학자는 사람들이 실제 발화하는 입말이 아닌, 연구자의 직관에 의해 문법성이 결정되는 문장이나 표현들을 가지고 언어학적 논의를 펼치게 되면서, 입으로 하는 말이 아닌 머리에 존재하는 말을 연구의 대상으로 삼게 된 것이다. 이런 만들어진 예들은 경우에 따라 지나치게 작위적이어서, 실제 언어생활에서는 결코 발화될 가능성이 전혀 없는 것들도 많았다.

그러나 입으로 이루어지는 말과 머릿속의 말이 항상 같은 것은 아니다. 머릿속의 말은 오히려 글말에 가까운 말로서, 정제되고 잘 다듬어진 문장이기 쉽다. 반면 입으로 이루어지는 말은 다양한 화용적 이유 때문에 군더더기가 난무하고, 어순은 뒤바뀌기 일쑤이며, 발화 상황에 따른 주요 성분이 생략되기도 한다. 생성 문법에서는 발화 상황에 따른 이러한 현상들을 '화용론'(pragmatics)의 범주에서 다루도록 하였지만, 화용론이 입말만을 문제 삼는 것이 아니었으므로 이로써는 부족한 감이 있었다.

오히려 입말의 특성을 이해하고 그것의 사회적 성격에 관심을 보인 것은 사회언어학이었다. 사회언어학에서는 '대화 분석', '상호작용적 사회언어학'이라는 방향을 추구하면서, 발화 상황에서의 다양한 언어 현상을 다루게 된다. 한편 '담화 분석'(Discourse Analysis)이라는 새로운 분야가 순수 언어학계에도 나타나게 되었다. 녹음기와 전사기(transcriber) 그리고 컴퓨터 전사 프로그램의 발달로 인해 제보자의 일상적인 대화나 이야기들을 자연스럽게 녹취, 전사할 수 있게 되면서, 입말 담화에 대한 연구가 본격적으로 가능하게 되었다.

담화의 연구는 크게 글말 중심의 연구와 입말 중심의 연구로 나뉠 수 있다. 유럽의 텍스트 언어학이 전자의 예라면 미국의 담화 연구는 후자의 예라 할 것이다. 특히 미국의 산타바바라 대학(University of California, Santa Barbara)은 췌이프(Chafe), 톰슨(Thompson), 뒤봐(DuBois) 등 입말의 담화를 주로 연구하는 학자들로 포진되면서 담화 연구의 메카로 자리 잡게 되었다. 그 밖에 쉬프린(Schffrin), 태넌(Tannen)이 주로 활동하는 조지타운 대학(Georgetown University)

도 입말을 연구하는 또 다른 중심 대학이라 할 수 있다.

Chafe(1994)에 따르면 말과 글은 다음과 같은 차이를 갖는 것으로 알려져 있다. 첫째, 일시성과 영구성의 차이이다. 말은 소리에 의존하고 글은 문자에 의존하는 언어이다. 이 때문에 말은 소리가 들릴 수 있는 일정한 공간과 시간적 제약을 갖기 마련인 반면, 글은 이러한 공간과 시간의 제약이 적용되지 않는다. 수천 년 전의 문헌을 읽거나 수만 리 떨어진 지역의 글을 읽을 수 있는 것은 이 때문이다. 오늘날 녹음기의 발달로 인해 말도 시간과 공간의 제약에서 어느 정도는 벗어날 수 있게 되었다. 입말 담화 자료를 전사하는 일은 곧 말을 글 형태로 바꾸는 것이다. 물론 전사에 담겨져 있는 내용은 입말이지만, 형식은 글을 취하는 이중적 성격을 지닌다. 이러한 전사는 입말 자체를 분석하기 어렵기 때문에 생겨난 편의적 조치이다. 언어학자가 입말 담화의 내용을 파악하며 구조를 분석하기 위해서는 상당 시간 동안 자료를 들여다보아야 하는데, 이를 위해서 전사는 필수적인 과정이라 하겠다.

둘째, 속도의 차이를 들 수 있다. 사람에 따라 개인차는 있지만 말하기의 속도는 일정한 범위 내에서 정해진다. 그 속도를 지나치게 넘어서면 알아듣기 어렵게 되고, 그보다 너무 느리면 함께 말하기가 어려워질 것이다. 반면 글쓰기는 말하기보다 느린 것이 일반적이다. 그래서 사람들이 말할 때와 글을 쓸 때 그 사람의 머리 속에서 작용하는 의식의 흐름 또한 속도가 달라지게 될 것이다.

셋째, 자연적인 발생과 인위적으로 공들일 수 있는 차이가 있다. 말은 발화 현장에서 말하는 사람의 입을 통해 바로 나타나는 말이다. 반면 글은 이미 쓴 글을 여러 차례 교정을 하고 다듬어서 내놓는 상품의 언어이다. 따라서 군더더기가 없고 문법적으로도 잘 갖추어진 말이지만, 반면 입말이 갖는 자연스러움이 나타나지 않는 인위적 언어라 하겠다.

넷째, 말에는 풍부한 운율이 반영될 수 있는 반면 글은 그렇지 못하다는 차이가 있다. 입말에는 말하는 사람의 다양한 운율적 특성이 드러나기 마련이다. 소리의 높낮이, 소리의 돋들림, 쉼, 속도의 변화, 음색의 변이 등과 같은 운율이야말로 글말이 가질 수 없는 입말만의 특징이다.

다섯째, 선천성과 후천성의 차이가 있다. 말은 인간에게는 자연스러운 것이지만 글은 그렇지 않다. 인간은 태어날 때부터 말하도록 태어났지만 글을 쓰도록 태어나지는 않았기 때문이다. 말은 인간의 출생과 더불어 시작되며 비교적 짧은 시간에 그 습득이 완성되지만, 글은 말의 습득이 이루어진 이후 상당한 시간과 노력이 결합되어야만 습득될 수 있는 것이다. 따라서 말하기는 인간의 선천적 능력이지만 글쓰기는 후천적 습득의 결과라 하겠다.

여섯째, 상황의 의존성 여부가 다르다. 말할 이와 들을 이가 한 공간과 시간대에 공존하고 있는 것이 입말의 특성인 반면, 글은 일반적으로 글을 쓰는 공간과 시간대가 다른 상황에서 독자가 읽게 된다. 상황에 의존하면 말할 이와 들을 이의 상호작용이 즉각적으로 가능하지만, 글의 경우 독자가 작가에게 어떤 작용을 보내는 것은 시간적으로 한참 후에나 가능하다.

이러한 차이를 갖는 말이 실제로 나타나는 예로는 대화, 이야기,

농담, 대담, 토론, 강의, 설교, 기도, 정치적 연설 등이 있을 수 있고, 글의 종류로는 사적인 편지, 광고, 소설, 조리법, 아동용 책, 사전, 백과사전, 여행 안내서, 학술적 논문, 법적인 글 등이 있다. 물론 담화의 연구는 이러한 다양한 장르의 말과 글을 대상으로 할 수 있지만, 그 가운데서도 가장 전형적인 것은 말, 특히 대화라 할 수 있다. 대화야말로 둘 이상의 사람들이 모여 서로 나누는 발화로서 인간의 말하기의 가장 전형적인 장르이며, 인류의 발생 초부터 현대에 이르기까지 유지되어온 가장 기본적인 말하기의 방식이다. 따라서 입말을 연구하는 학자들도 주로 대화의 연구에 집중되어 있다.

3

구술발화의 수집

가장 전형적인 입말인 대화(conversation)는 둘 이상의 사람이 모여 이야기를 주고받는 의사소통의 방식이다. 여기에는 말할 이와 들을 이가 서로 역할을 주고받으면서 말차례가 진행되며, 또한 상대의 반응에 따라 말하기의 방식이 달라지는 등 상호작용(interaction)이 작동한다.

이에 반해 구술발화(narrative 또는 story telling)는 들을 이가 존재하기는 하지만, 말하기의 주체는 어디까지나 이야기하는 사람이며 들을 이는 단지 말할 이로부터 이야기를 이끌어 내거나 간간히 말

추임새(backchannel) 등을 사용하는 정도의 반응이 있을 뿐이다. 따라서 구술발화는 한 사람의 말할 이가 비교적 긴 시간 동안 이야기를 이끌어 가는 말하기의 방식이라 할 수 있다.

지역어 조사 사업에서 구술발화는 특정 주제에 대해 제보자로부터 설명을 듣는 방식으로 진행된다. 예를 들어 마을의 유래, 농사, 집짓기, 길쌈, 세시풍속과 같은 전통적 생활방식에 대해 조사자가 물으면 이에 대해 제보자는 자세한 설명을 덧붙이는 방식으로 진행되는 것이다. 따라서 여기에는 일반적인 대화처럼 말차례가 적극적으로 교환되거나 말할 이의 말을 중간에 끊고 이야기를 진행하는 등의 일은 좀처럼 일어나지 않으며, 조사자는 비교적 소극적인 위치에서 제보자로부터 이야기를 유도하고 가능하면 자연스럽고 길게 말할 수 있도록 분위기를 조성하는 등의 역할을 할 뿐이다.

이런 점에서 보면 구술발화의 수집은 다른 방언 자료, 예를 들어 어휘, 음운, 문법 분야에 비해 조사자의 수고가 훨씬 덜한 편이다. 조사자의 긴 설명 뒤에 제보자의 짧은 답변이 있는 어휘 조사에 비해 구술발화는 반대로 조사자의 간단한 질문에 대해 제보자의 긴 설명이 뒤따르기 때문이다.

그러나 그 지방 언어를 전형적으로 보여주는 구술발화를 수집하기 위해서는 제보자의 학력이 매우 중요하다. 고학력자인 경우 비록 구술발화라 할지라도 교육의 영향을 받은 글말투의 발화가 포함될 수 있기 때문이다. 따라서 일반적인 방언 제보자의 요건에 따라 교육을 전혀 받지 않았거나 가능한 한 낮은 교육을 받은 제보자를 선택해야 한다.

깨끗한 녹음을 위해 잡음이 섞이지 않도록 하는 일도 중요하다. 여름이면 매미 소리, 집 옆을 지나가는 잡상인 소리, 경운기 소리, 그리고 선풍기나 부채 부치는 소리 등이 녹음될 가능성이 있다. 그래서 가능하면 닫힌 공간에서 조사가 이루어지도록 해야 하며, 날씨가 덥더라도 선풍기나 부채를 사용하지 않도록 조심해야 한다.

4

구술발화의 전사

4.1. 전사의 수준

지역어 조사 사업의 모든 전사는 음운 차원의 전사로 이루어진다. 어휘, 음운, 문법 분야의 모든 방언형이 그렇고 심지어 구술발화의 전사까지 음운으로 전사되었다. 방언형을 가장 정확하게 전사하려면 음성 차원의 전사가 바람직할 것이다. 그러나 음성 전사는 조사자 또는 전사자가 특별한 음성학적 훈련을 받아야 가능한 일이다. 국어원의 지역어 조사자들은 모두 현지 방언을 토박이로 하는 국어학자들이지만, 많은 경우 정밀 전사를 위한 음성학적 준비가 되어 있지 않은 상태이므로 음성 전사보다 거친 차원의 음운 전사로 만족할 수밖에 없었다.

그런데 구술발화까지 과연 음운 전사를 해야 할 필요가 있었는지에 대해서는 논란의 여지가 있다. 사실 국어원의 지역어 조사 사업에서 구술발화를 전사할 때 음운 전사와 형태 전사 가운데 어느 것을 택해야 하는지에 대해서는 심각한 논의가 없었던 것으로 기억한다. 단지 구술발화 이외의 분야, 즉 어휘, 음운, 문법의 분야에서 음운 전사를 택했으므로 당연히 구술발화에서도 같은 전사 방식을 택했던 것으로 보인다. 그러나 구술발화를 음운 전사했을 때에는 이를 읽는 사람에게는 상당한 부담이 따른다. 물론 지역어 조사 사업에서는 이런 문제를 극복하기 위해 문장마다 표준어 대역 부분을 따로 제시하고 있는데, 만약 음운 전사 대신 형태 전사를 택했다면 굳이 모든 문장에 표준어 대역을 붙일 필요는 없었을 것으로 생각된다. 문장 가운데 독자가 이해하기 어려운 낱말에만 표준어 대응형을 제시하면 족하기 때문이다. 또한 구술발화의 음운 전사는 말뭉치 자료를 컴퓨터로 처리하는 데 있어서도 어려움을 더해 준다. 특정 표현이나 낱말의 검색이 원천적으로 어렵기 때문이다.

물론 음운 전사 대신 형태 전사가 이루어지기 위해서는 기본형태를 설정할 다양한 조건이 검증되어야 한다. 예를 들어 '낮'은 전남 지역어에서 주격, 목적격에서는 '낫', 처격과 도구격에서는 '낮' 등으로 변동하는데, 이런 변동의 환경이 구술발화에서 확인될 수 있어야 대표형으로 '낫' 또는 '낮'을 설정할 수 있을 것이다. 그러나 모든 형태소의 변동 환경이 구술발화에 다 나타나리라는 기대를 할 수 없기에, 만약 기본형태소를 설정하려면 그 지역어 토박이인 조사자의 직관에 기댈 수밖에 없을 것이다. 그러나 한 도 안에서도 형태소의 변동 양상은 다를 수 있고, 조사자가 한 도 안의 다양한 변동 양상을 모두 안다고 보장할 수 없는 것이므로 조사자의 직관도 절대적인 것이라고 할 수는 없다. 이런 어려움이 있기 때문에 조사자의 책임을 덜하기 위해 음운 전사를 택했는지도 모른다.

그러나 외국의 입말 담화의 말뭉치 자료를 보면 대부분 형태소 차원의 전사가 이루어지고 있는 실정이다. 구술발화와 같은 입말 담화의 말뭉치를 통해 언어학자가 주로 하는 작업이 문법이나 담화 차원의 연구이기 때문일 것이다. 그렇다면 지역어 조사 사업의 구술발화 전사도 처음부터 형태소 표기의 전사를 했었더라면 더 좋았을 것으로 판단된다. 사실 국내 지역어 조사가 이루어지는 도중에 시행된 중앙아시아 고려말의 구술발화 전사는 모두 형태소 차원의 전사를 하고 있다. 그러나 국내의 구술발화의 상당량의 전사가 이미 음운 전사로 이루어졌으므로 전사의 일관성을 유지하기 위해서도 사업이 종료될 때까지 국내 지역어의 구술발화는 음운 전사로 이루어질 수밖에 없을 것이다.

4.2. 전사의 단위

구술발화를 전사할 때 발화를 어떤 단위로 분절할 것인가 하는 점이 문제가 된다. 글말이라면 당연히 문장이 전사의 단위가 될 것인데, 입말은 사정이 다르기 때문이다. 그러나 지역어 조사 사업의 구술발화는 특별한 고민 없이 문장 단위의 전사를 하기로 하였다. 입말의 단위에 대한 사전 정보나 지식이 없었기에 글말을 다뤘던 기존의 관행에 따라 전사의 단위를 문장으로 했던 것이다. 그러나 실제 구술발화의 내용을 들여다보면 제보자들이 항상 문장 단위로만 말하는 것이 아니라는 사실은 쉽게 알 수 있다. 다음은 전남 영광 지역어의 구술발화의 예이다.

(1)

1. # 인공떼는 그레써요. 자기논 멘드라부써요. {인공 때는 그랬어요. 자기 논 만들어 버렸어요.}

@ 누가요? {누가요?}

2. # 그 농사 진: 사라미. {그 농사 짓는 사람이.}

@ 소:작뜨리. {소작들이.}

3. # 예. 소:작뜨리. {예. 소작들이.}

@ 음. {음.}

4. # 다 자기 논 멘드라부러써. 인공 지네고 낭게. {다 자기 논 만들어 버렸어. 인공 지내고 나니까.}

5. # 그먼 그러케 머 무서운 세상이여써, 그떼는. {그러면 그렇게 뭐 무서운 세상이었어, 그때는.}

@ 음. {음.}

6. # 그레가꼬 다 고로코 그 살림도 업:쎄뻐리고. 그레도 나 와서만 헤도 (혀를 차며) 부:잡띠다마는 또 무여니 그러케 우 시야바니가 다 업쎄부러써 살리믈. {그래가지고 다 그렇게 그 살림도 없애 버리고. 그래도 나 와서만 해도 (혀를 차며) 부잡디다마는 또 우연히 그렇게 우리 시아버지가 다 없애 버렸어 살림을.}

7. # 우 시야바니가 (웃음) 자근 우리 자근어머니를 어더가꼬 삼:서 {우리 시아버지가 (웃음) 작은 우리 작은어머니를 얻어가지고 살면서}

@ 아. (웃음) 둘 두: 집쌀림. {아. (웃음) 둘 두 집 살림.}

8. # 나 시집와서만헤도 겐찬헙띠다마넌 나 와서만헤도. {나 시집와서만 해도 괜찮습디다마는 나 와서만 해도.}

@ 응. {응.} @ 음. 그러게꾸나. 음. {음. 그러셨구나. 음.} @ 그러면 인자 겨론하실떼는 그떼는 그럼 여기 쫌 시데기 좀 부:자여션겐네요? {그러면 이제 결혼하실 때는 그때는 그럼 여기 좀 시댁이 좀 부자셨겠네요?}

9. # 그러지요. {그렇지요.}

@ 예. {예.} @ 그러먼 좀 떠들썩하게 겨론하셔겐네. {그러면 좀 떠들썩하게 결혼하셨겠네. }

10. # 엔:나레는 구:겨론이지. {옛날에는 구식 결혼이지.}

@ 그니까. {그러니까.}

11. # 예. 그도 그:도 머 날짜가 그러고 난능가 어쩬능가 하이튼 나는 이트링가 시여서 오고 그레써라우 게론헤:가꼬. 지비서 거그서. {예. 그래도 그래도 뭐 날짜가 그렇게 났는가 어쨌는가 하여튼 나는 이틀인가 쉬어서 오고 그랬어요, 결혼해 가지고. 집에서 거기서 }

12. # 시:동니비 거시간 어:디 간 {**** 거시기 하는 어디 갔}

@ 아, 겨로늘. {아, 결혼을.}

13. # 지그믄 시넝 가도 아너고 머또 아너제 지금 그떼 쎄상에는. {지금은 신행 가지도 않고 아무 것도('무엇도'는 여기서 '아무 것도'의 뜻) 안 하지, 지금 그때 세상에는.}

14. # 게론허고 게로는 친정에 와서 스 크네기 지베 와서 인자 요러코 게시글 안 허요? 그떼는 엔:나레는? {결혼하고 결혼은 친정에 와서 처녀('큰애기'는 처녀의 방언형) 집에 와서 이제 이렇게 결혼식을

하잖아요? 그때는 옛날에는?}

@ 예. {예.}

15. # 구:겨로늘 {구식 결혼을}

@ 예. {예.}

16. # 거 나는 이트를 거그서 쉬여서 와써. {거 나는 이틀을 거기서 쉬어서 왔어.}

@ 예. {예.}

17. # 친정에서. {친정에서.}

18. # 날짜가 고러고 나뜽가 어쩬능가 모르거써요 야튼. {날짜가 그렇게 났던가 어쨌는가 모르겠어요 하여튼. }

위의 발화에서 특별히 눈에 띄는 것은 이른바 '첨가구문'이라고 부르는 구문이다(이기갑 1996). 예를 들어 4, 5와 같이 문장이 끝난 뒤에 다시 새로운 발화를 첨가하는 이 구문은 입말에서 흔히 나타나는 것인데, 여기에서는 이 첨가된 부분까지 하나의 문장으로 다루어 전사하였지만 첨가된 부분이 긴 경우, 예를 들어 8과 같은 경우는 이를 한 문장으로 보아야 할지, 아니면 두 문장으로 보아야 할지가 문제가 된다. 14의 경우 첫 번째 발화인 '게론허고'를 어떻게 봐야 할지도 문제이다. 이것이 문장에 대응하는 단독형인지 아니면 뒤 발화의 일부인지가 문제인 것이다. 이처럼 입말의 담화는 온전한 문장으로 끝맺지 않는 경우가 많은 까닭에 문장을 전사의 단위로 할 경우 어려움이 생기는 것이다.

만약 문장이 아니라면 구술발화의 바람직한 전사 단위는 무엇이 될 것인가? 이에 대해 Chafe는 억양단위(intonation unit)를 제시하고 있다. 억양단위를 정하기 위한 기준으로서는 기본주파수의 변화(고저, pitch), 지속의 변화(장단), 강세의 변화(소리의 크기), 쉼, 다양한 음색의 변화, 말차례의 변화 등 여러 가지 요소가 관여한다. Chafe(1994:58)에 제시된 억양단위의 예를 보기로 하자.

(2)

〈그림 1〉 Acoustic Properties of Example(1)

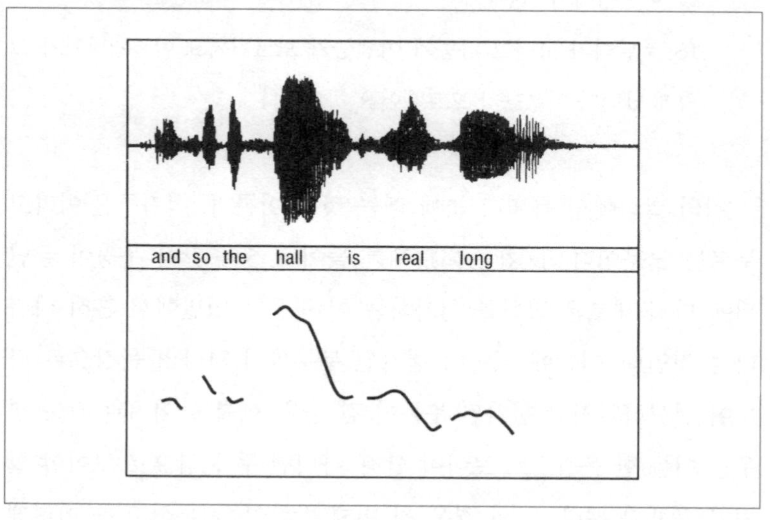

위의 사진에서 맨 위는 파장 형식, 아래는 기본주파수를 나타낸 것이다. 이것을 전사 형식으로 표현하면 아래와 같다.

(3)

.. and so the ha'll is re`al lo´=ng%

... (.36) [next intonation unit]

위의 전사에서 발화가 시작되기 이전에 0.07초 정도의 쉼이 있었는데 여기서는 두 개의 점(..)으로 전사되었다. 그리고 이 쉼 뒤에 발화가 시작되었고 새 억양단위가 시작되기 전에 0.36초 정도의 긴 쉼이 있는데 이는 점 셋(...)으로 전사되었다. 따라서 이 경우는 0.36초의 긴 쉼이 억양단위의 경계를 표시하는 주된 기준으로 작용한다.

한편 낱말의 빠르기도 기준이 될 수 있다. 위의 발화에서 and, so, the는 각각 0.1초 정도의 매우 빠른 음절로 발음된다. 반면 뒤따르는 hall, real은 약 0.2에서 0.3초 정도의 보다 느린 음절로 발음되는데, 이런 속도는 한 음절의 정상적인 속도에 해당한다. 그 뒤에 오는 long은 0.43초라는 가장 느린 속도로 발음되었다. 여기에서 보듯이 빠른 속도에서 느린 속도로의 전이 양상, 다시 말하면 증속-감속 패턴(0.15 ~ 0.15-0.35 ~ 0.35 이상)은 억양단위의 전형적인 패턴으로 쓰이는데, 위의 억양 단위에서도 이를 확인할 수 있다.

발화의 높이도 억양단위의 기준이 된다. 위의 사진에서 hall, real, long은 모두 높은 피치를 갖는 단어인데 점차적으로 낮아지는 억양을 보인다. 이런 하강조는 몇 개의 억양 단위에 걸쳐서도 일어나는 수가 있지만, 이런 하강조의 시작과 끝은 억양단위 경계를 보여주는 기준으로 작용한다.

서술문의 전형적인 억양 모습은 위의 사진에서 보는 바와 같은 하강조이다. 따라서 특정한 종결 고저 곡선(terminal pitch contour)도 억양 단위의 경계를 보여주는 증거로 이용될 수 있다.

Chafe(1994:64)는 억양 단위를 셋으로 나누었다. 우선 한 문장의 일부가 억양단위를 이룰 경우, 이것을 '조각 단위'(fragmentary)라 부르고, 하나의 완전한 구나 절, 문장 등을 이룰 경우를 다시 둘로 나누어 그 내용에 따라 실질적인 의미 내용을 갖는 경우는 '실질 단위'(substantive), 그렇지 못하고 담화의 흐름을 도와 주는 역할에 그치는 억양 단위는 '조절 단위'(regulatory)라고 구분하였다. 아래의 예는 세 종류의 억양단위들을 보여 준다.

(4)

a.(A) ... well(조각)

b.(A) isn't she healthy?(실질)

c.(B) ..Mhm(조절)

d.(A) ...I mean she(조각)

e.(A) I know she has(조각)

f.(C) More or less.(실질)

g.(A) ..She has something with her lallbladder,(실질)

영어의 경우 실질 단위의 음절 수는 4.84로 계산되었다. 그러나 이 수치는 어디까지나 영어에 해당될 뿐 언어에 따라 음절 수가 달라질 가능성은 충분하다. 실질 억양 단위의 약 60% 정도는 하나의 절 형식을 띤다. 이것은 곧 말할 이는 자신의 의식의 초점을 주로 하나의 절로 표현하려는 경향이 있음을 말해 주는 것이다.

Chafe(1994:63)는 억양 단위가 말할 이가 말하는 당시의 의식의 초점을 나타내는 것으로 이해한다. 그것은 곧 억양 단위를 단순한 전사 단위의 차원이 아니라 하나의 초점 정보를 담는 정보 단위와 동일시하고 있음을 의미한다. 그렇다면 지역어 조사의 구술발화 전사도 이런 성격의 억양단위를 도입하였더라면 어땠을까 하는 생각을 해 보는 것이다. 지금의 문장 단위 전사는 문장도 제대로 전사하지 못할 뿐 아니라 그것이 담고 있는 정보와의 관련성도 별로 드러내지 못하기 때문이다. 다만 위에서 보듯이 억양단위의 판단은 상당한 음성학적 지식을 필요로 하는 것인 만큼 이에 대한 사전 훈련이 필요하다. 아마도 이러한 현실적 어려움 때문에 억양단위를 전사의 단위로 쉽사리 받아들이지 못했던 것으로 보인다.

4.3. 전사의 범위

발화의 전사는 가능한 한 발화 상황을 그대로 표현해 주는 것이 좋다. 말할 이가 발화할 때 표현되는 요소는 크게 언어적 요소와 비언어적 요소의 두 가지로 나눌 수 있다. 언어적 요소는 다시 분절적 요소와 비분절적 요소로 나뉠 수 있는데, 비분절적 요소에는 다양한 운율적 요소들이 포함될 것이다. 비언어적 요소에는 말할 이와 들을 이의 다양한 몸짓, 시선, 의사소통에 영향을 미치는 동작, 그리고 발화의 여러 가지 상황적 요소들이 포함될 수 있다. 따라서 발화 상황을 나타나는 그대로 표현해 주는 최적의 방식은 녹취와 함께 발화 상황을 녹화기로 녹화하는 방식일 것이다. 녹음기에 의한 녹취만으로는 말할 이와 들을 이의 몸짓, 시선과 같은 의사소통에 중요한 기능을 하는 비언어적 요소들을 드러낼 수 없기 때문이다. 그러나 일반적으로는 녹화기가 사용되지 않으므로, 담화의 전사에서 시각적 요소들은 흔히 무시되는 경향이 있다. 따라서 기존의 담화 전사에서 주로 표현되는 요소로는 비분절적 요소인 강세, 억양, 길이, 휴지 그리고 비언어적 요소인 들숨/날숨, 웃음, 기침 등이 있다. 그 밖에 두 사람의 말이 서로 겹쳐 발화되는 경우, 즉 겹치는 담화도 전사에 반영해야 한다. 상대방의 말이 채 끝나기도 전에 자신의 발화를 시작하는 행위 자체가 담화적으로 의미 있기 때문이다.

지역어 조사 사업의 구술발화 전사에서도 다양한 언어 외의 요소가 포함되었다. 쉼의 길이에 따라 .. 또는 ... 등이 구별되고, 웃음이나 추임새말 등도 표현된다. 그러나 억양, 강조적 강세, 숨의 종류, 발화의 겹침 등이 전사에 반영되지 못한 것은 아쉬운 점이라 하겠다. 김규현(2009)은 뒤봐(DuBois)가 개발하여 미국 산타바바라 대학에서 주로 사용 중인 전사 표기 방식을 소개하고 있는데, 아래에서 이를 인용하기로 한다.

(5)

B: ^I met 'him

and I 'thought he was a 'ni=ce ^kid.

S: He ^is a nice 'kid,

but he's ^wei=rd.

위의 예에서 각 줄은 억양 단위를 나타내며, ^은 일차 강세, '는 이차강세를 나타내며 =은 소리의 끌기를 나타낸다.

(6)

R: If you ＼/ think about it,

yeah,

if it / rains a lot,

the horse is always ＼/ wet,

and it's always / moist,

it's always on something ＼/ moist,

... ＼Sure it's going to be softer.

위에서 사선은 음조의 모양을 나타내는데, ＼는 하강조, / 는 상승조, ＼ / 는 하강 상승조, / ＼는 상승하강조, —는 수평조를 각각 나타낸다.

아래 예에서 말이 두 사람의 말이 겹치는 부분은 [ ]로 표시하고, 들리지 않는 부분은 〈x x〉로 표시하며, --는 억양단위가 중간에서 끊어진 지점을 나타낸다. 그리고 (0)은 앞뒤의 발화가 끊어지지 않고 연속적으로 이어지는 모양을 나타낸다.

(7)

G: .. I was using number seven,

.. gun number seven,

D: (0) It broke the [chisel].

G: [and] it broke my chisel,

man,

〈X Now X 〉--

D: (0) So now you have no chisel.

G: (0) 〈X It's X〉 my only good chisel.

man,

그 밖에 들숨(H), 날숨(Hx), 웃음(@) 등도 모두 제각각의 담화적 기능을 담당하기 때문에 전사에 반영하도록 되어 있다. 이러한 점 등을 고려하면 분절적 요소와 함께 비분절적인 운율과 비언어적 요소 등이 망라되어 전사되는 이러한 방식은 담화의 정밀전사에 해당한다고 할 수 있는데, 국어원의 지역어 조사 사업에서는 이러한 정밀전사에 비해 매우 거친 전사를 택한 셈이다.

5

구술발화의 분석

5.1. 문법의 싹(Emergent Grammar)

언어는 그것이 사용되는 방식에 따라 순응하며, 형태는 기능을 따라간다. 따라서 말할 이가 가장 많이 사용하는 것을 문법은 가장 잘 코드화한다(Grammars code best what speakers do most). 언어는 발화 상황에 맞는 최적의 표현을 낳으려는 결과물이기 때문이다. 이런 관점에서 보면, 입말의 담화에서 자주 쓰이는 표현이 굳어지면 하나의 통사적 구성으로 고착화되어 그 언어의 문법으로 자리 잡을 수 있게 되는 것이다. 이것은 호퍼(P. Hopper)가 말하는 '문법의 싹'의 개념이다.

5.2. 담화 책략(Discourse Strategy)

입말은 또한 글말에서는 쓰이지 않는 다양한 담화 표지(discourse marker)를 사용하기도 한다. 예를 들어 '그냥'이라는 부사를 보자. 이 말은 한반도의 어느 지역에서나 흔히 쓰이는 양태 부사의 하나이다. 그런데 경기, 충청, 전라 등 한반도의 서부 지역에서는 이 말이 단순한 부사를 넘어서서 담화의 진행을 돕는 담화 표지로 기능한다. 그래서 담화를 단절하거나 아니면 말하는 사람의 강조하는 심리를 반영하는 수가 많은 것이다. 아래의 예가 이를 보여 준다(이기갑 2010ㄱ).

(8)

가. 그건 학질 놀래서 떨어진다고 놀래고 막 놀래끼고 <u>그냥</u> 저 산 공동모지 가갖고 가서 <u>그냥</u> 재주 넘으라고 그라고 거기서 귀신 나온다고 하고 막 잉 느닷없이 무서서 <u>그냥</u> 놀래면 떨어진다 그래도 안 그래 약 먹으야 떨어지지.

나. 불쏘시개 불, 불로 불도 때고 글라고 막 비낄라고 기양 서로 비낄라고 <u>기양</u> 막 등대우고 있어요.

이와 같은 특정의 담화 표지 또는 특정의 담화 진행 방식 등은 구술발화가 이어지는 동안 자연스럽게 표출되어 나오기 때문에, 우리는 구술발화를 통하여 특정 방언의 담화 양상을 파악할 수 있게 된다. 더 나아가 방언 연구에서 소홀히 되어 온 '방언 담화론'이라는 새로운 영역이 가능하게 되었으니, 구술발화는 이 '방언 담화론'을 위한 귀중한 자료로 활용될 수 있을 것이다.

5.3. 입말의 고유한 문법

구술발화에는 현지 토박이의 특징적인 말하기의 방식이 반영되어 있다. 따라서 구술발화 자료를 꼼꼼하게 살펴보면 해당 지역의 담화 방식을 이해하게 되는 것이다. 입으로 하는 입말과 글로 쓰는 글말은 전혀 차원을 달리 하는 언어의 세계이다. 우리는 학교 교육 등을 통해 글말, 그것도 표준말에 익숙해져 있다. 그러나 실제 사람들이 말하는 것은 그러한 글말과는 완전히 다른 모습의 언어이다. 구술발화는 이러한 입말의 세계를 보여주는 것이다. 예를 하나 들어 보기로 하자(이기갑 2006).

(9)

가. 그때, 그 철교를 이렇게 보면은, 북쪽으로 보믄 터널이 있어요. 터널이 있는데, **그 터널** 그 바깥 쪽에, 아조 고 터널 모양만, 어떤 그 윤곽으로 해: 가지구 그쪽 풍경이 보이잖아요 조그맣게. (서울 토박이말 자료집 Ⅳ bhh: 124)

나. 응달말이 어딘고 허니, 지금 거기 그 서대문 구청 있는 데, 서대문 구청에서 쪼금 저쪽 그 홍운동 쪽으로 길이 있죠. 길이 있으믄,

거기 무슨 주유소가 하나 있어요. 무슨 주:유소 하나 있는데, **그 주유솔** 포함한 고 일대, 서대문 구청 쪽을 포함한 그 일대, 거길 응:달말이라고 그랬어요. (서울 토박이말 자료집 Ⅳ bhh: 125)

위의 예는 서울의 토박이가 말하는 구술발화에서 인용한 것인데, 밑줄 친 부분은 바로 앞에서 언급한 특정 사물의 존재('터널'과 '주유소')를 다시 '~있는데'로 반복하고 이것을 다시 대용 표현 '그'로 되받은 뒤 이후의 발화를 진행하고 있다. 이 내용을 글로 쓴다면 아마도 밑줄 친 부분은 글에 나타나지 않을 것이며, 제대로 된 글이라면 결코 나타나서도 안 된다. 그렇지만 구술발화의 말인 입말에는 이러한 군더더기 표현이 덧붙어 있으며, 이러한 군더더기가 같은 제보자의 구술발화에서 여러 차례 반복되는 사실로 미뤄 보면 무의미하게 쓰인 것으로는 여겨지지 않는다. 결국 위의 예는 글말의 문법과 입말의 문법(글쓴이는 이를 '문법'과 구분하여 '말법'으로 부르고 싶다)이 차이가 있음을 보여주는 것이다. 따라서 구술발화는 글말에서는 결코 알 수 없는 입말의 다양한 모습이나 특징을 보여주는 귀중한 자료로서의 활용 가치가 있는 것이다.

Svartvik(1966)에서는 런던-룬트(London-Lund) 말뭉치 자료를 분석한 결과, 현대 영국 영어에서는 get을 이용한 피동태가 소멸했다고 해도 과언이 아닐 정도로 출현 비율이 낮았다는 보고를 한 바 있다. 그러나 Miller & Weinert(1998)에 따르면 그들의 입말 말뭉치 자료에서는 get-피동태가 피동의 주된 표현임을 확인할 수 있었으며, Svartvik(1966)의 결과는 아마도 글말을 분석의 대상으로 삼았기 때문으로 보았다. 학교의 작문 시간에 선생님들은 학생들에게 get-피동태를 가능하면 쓰지 않도록 교육시키기 때문이라는 것이다. 영어의 이러한 예도 get-피동태가 입말의 고유한 표현이 되어 가고 있음을 말해 주는 증거라 할 수 있다.

Miller & Weinert(1998:22)에 따르면 영어의 입말은 글말과 달리 다음과 같은 특징을 보인다고 한다.

a. 입말은 글말에 비해 종속절을 덜 쓰고 대등절을 더 많이 쓰는 경향을 보인다.
b. 입말의 통사는 완전하지 않고 단편적인 구성을 보이며, 성분들 사이의 통합성이 약한 면을 보인다. 구나 절이 글말에 비해 덜 복잡한 양상을 보인다. 단편적인 통사들 사이의 관계를 알려 주는 것은 직시적 표현들인 경우가 많다.
c. 문장은 자연스러운 입말을 분석하는 유용한 수단이 못 된다.
d. 성분 구조나 머리(Head)와 수식어 사이의 관계를 보이는 패턴은 통사 이론이 인식하는 패턴과는 다른 모습을 보인다.

5.4. 언어 변화의 자료

구술발화는 특정 표현의 빈도를 보여 줄 수 있다. 단순 질문을 통한 방언 조사에서는 어떤 표현이 해당 방언에서 어느 정도의 빈도로 사용되는지를 확인할 수 없다. 고작해야 두 개의 공존하는 방언형, 예를 들어 '옥수수'와 '강냉이'에 대해 어느 것이 신형이고 어느 것이 옛날에 쓰던 형인지를 확인하거나 아니면 지금 어느 낱말을 더 자주 쓰는지를 확인할 수 있을 뿐이다. 그런데 국어원 조사처럼 긴 시간 동안 이루어진 구술발화를 말뭉치로 사용하면 특정 표현의 빈도를 비교적 정확하게 측정할 수 있고, 여러 지점을 대상으로 하여 동일한 표현의 빈도 차를 비교한다면 이는 곧 언어 변화나 확산의 방향을 나타내는 것으로 이해할 수도 있을 것이다. 이기갑(2010ㄷ)에서 글쓴이는 대명사 '그것'과 함께 일부 방언에서 쓰이는 또 다른 대명사 '그놈'을 비교할 기회가 있었다. '그것'은 원래 사물을 가리키고, '그놈'은 사람, 그 가운데서도 남자를 가리키는 것이 원칙이지만 그 기본의미가 확대되어 '그놈'도 사물을 가리킬 수도 있다. 예를 들어 빨간 차를 가리키면서 '빨간 놈'이라고 하는 방언이 있는 것이다. 대명사 '그놈'이 이렇게 쓰이게 되면 '그것'과 '그놈'은 서로 기능이 중첩하게 될 것이다. 즉 남성을 가리킬 경우는 문제가 없지만 사물을 가리킬 때에는 '그놈'과 '그것' 두 표현이 가능하기 때문이다. 이 두 대명사 가운데 어느 대명사를 얼마나 더 많이 사용하는지를 알 수 있다면, 우리는 '그것 〉 그놈'과 같은 언어 변화의 상황을 파악할 수 있게 된다. 실제 전사된 4시간 동안의 구술 발화 자료를 통해 확인된 바로는 '그놈'의 사용 비율은 전남북 지역이 가장 높고(약 40%), 그 다음이 충남(약 30%), 나머지 지역은 상대적으로 매우 낮은 비율을 보여 '그것 〉 그놈'의 변화가 서남방언에서 가장 활발히 일어나고 있음을 알 수 있었다. 이와 같이 구술발화 자료는 언어 사용의 빈도를 비교적 정확하게 측정할 수 있게 해 준다.

6

결론

이 글에서 우리는 2004년부터 국립국어원이 수행하고 있는 지역어 조사 사업 가운데 구술발화의 조사 및 전사에 대해 살펴보았다. 특히 구술발화의 전사와 함께, 구술발화 자료의 분석을 통해 가능한 담화 연구의 몇 가지 예를 들어 보려 했다.

전사 작업에서 특히 아쉽게 느껴졌던 것은 구술발화가 음운 전사로 이루어졌다는 사실이었다. 구술발화를 통해 할 수 있는 언어학적 작업이 주로 문법이나 담화 연구로 제한된다면, 음운 전사보다는 오히려 형태 전사가 더 효율적이라는 생각 때문이다. 더구나 구술발화의 자료가 말뭉치 자료로 이용될 경우, 전산 작업을 위해서도 형태 전사는 필수적인 것으로 판단된다. 전사의 단위를 억양단위가 아닌 문장으로 삼았다는 점도 아쉬운 점의 하나였다. 실제 입말 담화는 완전한 문장 형태를 보이지 않는 수가 대부분이었고, 또한 억양단위가 하나의 새로운 정보를 중심으로 하는 단위라는 생각을 고려하면, 문장보다는 억양단위를 기준으로 하여 전사를 했더라면 하는 아쉬움이 있는 것이다.

구술발화의 분석을 통해 우리가 할 수 있는 담화론적 작업은 첫째, 입말 고유의 문법을 발견해 내는 일이다. 글말과 입말은 그 성격이 다르므로, 문법 또한 상당한 차이가 있을 것으로 예상된다. 이미 영어의 입말 분석을 통해 글말과 다른 문법 현상이 확인된 바 있는데, 우리말에서도 입말의 문법을 따로 밝혀 낼 수 있을 것이다. 구술발화는 담화의 진행을 돕기 위한 다양한 담화적 장치들이 필요한데, 구술발화의 분석을 통해 이러한 담화 장치들을 찾아낼 수 있을 것이다. 마지막으로 구술발화는 특정 표현의 사용 빈도를 보여 준다. 서로 경쟁 관계에 있는 표현들의 빈도를 비교해 보면, 지역에 따른 표현 교체 양상을 확인할 수 있어 언어 변화의 방향과 정도를 알려 주는 지침으로 이용될 수 있다. 이처럼 구술발화는 공시적인 연구뿐 아니라 통시적인 연구에도 활용될 수 있는 것이다.

참고문헌

김규현(2010),「구어 자료의 전사 관행-담화 및 대화분석의 예를 중심으로」,『언어 사실과 관점』23, 연세대 언어정보연구원.

이기갑(1996),「국어 첨가 구문의 담화론적 해석」,『국어학』27, 국어학회.

이기갑(2006),「국어 담화의 연결표지-완형 표현의 반복」,『담화와 인지』13(2), 담화인지언어학회.

이기갑(2007),「구술발화와 담화분석」,『방언학』6, 한국방언학회.

이기갑(2008),「국어 방언 연구의 새로운 길, 구술발화」,『어문론총』49, 한국문학언어학회.

이기갑(2010ㄱ),「담화표지 '그저', '그냥', '그만'의 방언분화」,『방언학』11, 한국방언학회.

이기갑(2010ㄴ),「지역어 조사 보존 사업의 성과와 활용 방언」,『새국어생활』20(3), 국립국어원.

이기갑(2010ㄷ),「서남 방언의 대명사 '그놈'과 '그것'」, 한글학회 전남지회 발표논문.

Chafe, W.(1994), *Discourse, Consciousness and Time*, Chicago University Press.

Miller J., & Weinert, R.(1998), *Spontaneous Spoken Language*, Oxford University Press.

Schiffrin, D.(1987), *Discourse markers*, Cambridge University Press.

Svartvik, Jan.(1966), *On Voice in the English Verb*, The Hague Mouton.

이기갑, 목포대학교 국어국문학과, kiglee@mokpo.ac.kr

말뭉치와 언어연구
- 외국의 사례와 경향 -

최재웅

본 논문은 2014년 2월 21일에 열린 한국어학회 전국학술대회에서 같은 제목으로 발표된 내용을 다듬은 것이다. 원고 작성 과정에 이기용 교수님과 송상헌 박사께서 보내 준 자료가 좋은 참고가 되었다. 발표 시 토론자로 참여한 박진호 교수님의 세밀한 지적과 제언에 따라 일부 내용을 수정, 보완하였다. 통계에 관한 논의 부분을 홍정하 선생님의 조언으로 보완할 수 있었고, 세분의 심사위원 지적에 따라 미진한 부분을 보강할 수 있었다. 김연우 군과 김혜영 양이 논문 스타일상의 오류를 일부 바로잡아 주었다. 도움을 주신 모든 분께 감사드린다. 논문에 제시된 의견이나 남아 있는 오류는 물론 전적으로 필자 책임이다.

1

말뭉치 언어학

평범한 일반인의 관점에서 시작해 보자. 무슨 연유에서든 "말뭉치 언어학이 요즘 인기있는가?"라는 의문이 생겼다고 하자. 그 의문에 답을 구하고 싶다면 어떻게 해야 할까? 가장 손쉬운 방법은 인터넷 검색엔진에다 물어 보는 것이다. 그러나 국내의 대표적 포탈에서 위 질문을 던졌을 때 '체코 老교수의 한글 사랑'이나 '말뭉치 용례 검색'이란 제목 등이 최상위에 제시된다.[1] 알고 싶은 내용과 어긋난다.

언어학적 배경지식을 어느 정도 갖춘 사람이라면 같은 질문에 대하여 어떻게 답을 찾아갈까? 대표적인 방법은 그 분야 권위자의 의견을 구하는 것이다. 예를 들어 아래와 같은 구절을 발견하게 되면 의문의 일단이 해소될 것이다.

1 본 논문에서 제시하는 인터넷 접속 자료는 2014년 1월~2월 10일에 접속하여 얻은 결과다.

(1) 가. "As John Sinclair once said today's Corpus Linguistics is indeed very popular throughout the whole world." http://www.ugr.es/~newtrends/

나. "..., corpus Linguistics is a popular and expanding area of study" http://ucrel.lancs.ac.uk/pubs.html

이른바 권위에 의존하는 방식이다. 그렇게 하려면 권위자가 누구인지부터 알아야 할 것이다. 이보다 좀 더 현실적이고 손쉬워 보이는 방법으로 주변의 언어학자들에게 탐문해 볼 수 있다. 그런데 특정 주제에 대한 학자들의 의견은 흔히 매우 다양하고 천양지차다. 어떤 학자는 말뭉치 언어학이 매우 역동적인 연구 분야로 발전 방향이 무궁무진하다고 할 수도 있을 거고, 또 다른 학자는 말뭉치 언어학은 언어학의 본령이 아니라고 답할지도 모른다. 언어학의 특정 하위 분야나 주제에 대한 언어학자들의 의견을 수집 정리하여 합리적인 결론을 내리는 것이 그리 쉬운 일이 아닐 것이다. 이는 저명한 학자들이라 해서 크게 다르지 않다. 그만큼 각양각색일 수 있다는 말이다. 그러니 몇 사람에게 물어보아야 할지, 누구에게 물어보아야 제대로 된 답을 구할 수 있을지 그런 기준을 정하는 일부터가 만만치 않은 일이 될 것이다.

같은 의문에 대해 답을 찾아가는 세 번째 방식은 학자들이, 또는 일반적으로, '말뭉치 언어학', 또는 'Corpus Linguistics'에 대해 많이들 말하고 있는지를 조사해 보는 것이다. 검색 가능성을 고려하여 이러한 질문을 두 가지로 나누어 볼 수 있다. "많이들 궁금해서

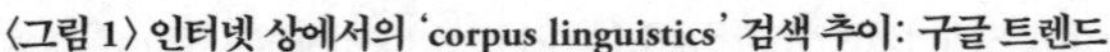
〈그림 1〉 인터넷 상에서의 'corpus linguistics' 검색 추이: 구글 트렌드

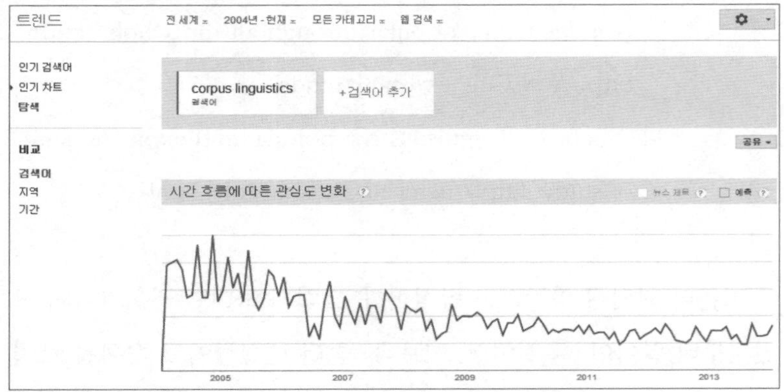

물어보는 편인가?"라는 질문과 "세상의 수많은 책이나 웹 페이지에서 많이 다루고 있는가?"라는 질문이다. 이 중 첫 번째 질문과 관련하여, 다음 그림은 '구글 트렌드'에서 'corpus linguistics'에 대한 검색의 추이를 찾아본 것이다.[2]

〈그림 1〉은 'corpus linguistics'에 대한 검색 요청이 2005년부터 2009년 사이에 상당폭으로 등락을 거듭했다는 점과, 큰 흐름상으로는 2005년부터 2013년까지 약간 하향하고 있다는 것을 보여준다. 물론 이러한 그림은 추가적인 수많은 질문을 유발하고 있고, 아직 단순하게 해석하기에는 위험성이 크지만, 그래도 "많이들 궁금해 하는가?"와 관련한 흐름을 이해하는 데 흥미로운 참고가 된다.

이번에는 위 두 개의 하위 질문 중 두 번째 질문과 관련하여,

---

2 본 논문에서 다루어지는 사이트나 도구 등은 구글 검색으로 쉽게 찾을 수 있는 것들이다. 관련 사이트는 논문 참고문헌 마지막에 일괄 정리해 두었다.

'corpus linguistics'가 책을 포함한 수많은 문서에서 많이 언급되고 있는지를 알아본다고 하자. 이를 제대로 정확하게 하려면 그동안 인류가 만들어 낸 문서(책, 웹 페이지 등)을 모두 뒤져서 그 표현이 어떤 빈도로 언급되고 있는지를 조사해야 할 것이다. 특정 언어로 한정한다 해도 이것은 불가능한 작업으로 보인다. 그런데 그런 질문을 던져볼 만한 큰 규모의 자원이 구축되어 있다. 구글은 어마어마한 규모의 '문서 말뭉치'를 구축하였고, 그것을 기반으로 하는 '구글 N-gram'은 핵심어/구 별로 추세를 보여준다.

〈그림 2〉 문서 말뭉치에서의 'corpus linguistics' 언급 추이: 구글 N-gram

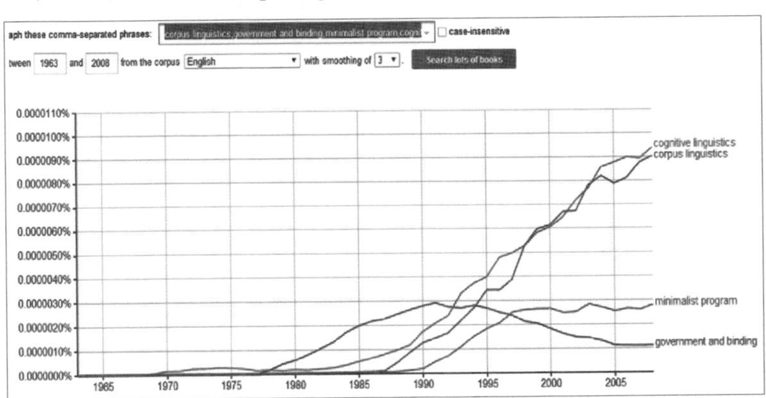

〈그림 2〉는 'corpus linguistics'가 저서에서 언급되는 빈도가 1987년께를 기점으로 급격히 증가하고 있는 것을 보여준다. 〈그림 2〉에는 〈그림 1〉에서와 달리 참조가 될 만한 다른 핵심어도 포함시켜 보았다. Chomsky가 주도하는 'government and binding' 이론의 경우 1990년대 초반을 정점으로 언급되는 횟수가 줄어들고

있고, 'minimalist program'의 경우에는 1990년대 후반부터 일정 수준으로 지속되는 경향을 볼 수 있다. 〈그림 2〉에는 또한 'cognitive linguistics'에 대한 언급이 부쩍 증가하고 있다는 점을 보여준다. 흥미롭게도 그 증가 시점이나 추세가 'corpus linguistics'와 상당히 유사하다. 즉, "말뭉치 언어학이 인기가 있는가?"라는 질문과 관련하여 〈그림 2〉는 최근 14년 사이에 저작물 등 문서류에서 언급된 빈도에서 'cognitive linguistics'와 유사하게 급격히 증가하고 있다는 점을 보여준다. 이는 대표적 통사이론이 약세로 돌아섰거나 주춤세를 보인다는 점과 대조된다.

〈그림 1〉과 비교해서는 훨씬 더 풍부한 정보를 담고 있으나, 〈그림 2〉 역시 타당성이라는 관점에서 무수한 의문을 촉발할 수 있고 이는 당연하다. 〈그림 2〉에 활용된 자료가 혹시라도 'corpus'와 'linguistics'가 따로 나온 경우들도 포함하는가라는[3] 자료 취득 과정 자체에 대한 질문에서부터, 구글 N-gram 말뭉치가 실제 현상을 대표하기에 충분한 규모의 말뭉치라 할 수 있는지,[4] 더 나아가서 〈그림 2〉가 학문적 관심도를 제대로 반영하는지 어떻게 입증할 수 있느냐는 등의 의문에 이르기까지 다양할 수 있다. 그러나 그럼에도 불구하고 권위에 의존해서 답을 구하거나 다수의 주변 관련 학

---

3 구글에서는 5-gram까지의 자료를 공개하고 있다. 'corpus linguistics'는 추정컨대 2-gram자료를 기반으로 한 것이다. 관련 자료는 http://catalog.ldc.upenn.edu/LDC2006T13에서도 배포하고 있다.

4 구글에 따르면 구글 N-gram은 1조(trillion) 규모의 자원으로부터 추출한 것이다. 이 자원에는 인류가 생산한 저서의 10분의 1 정도도 포함되어 있다고 한다.

자들에게 물어보는 것에 비해 뚜렷이 돋보이는 장점이 있다. 장점의 하나는 도출된 자료의 객관성과 안정성이다. 다른 하나로 추출된 정보의 풍부함을 들 수 있다. 〈그림 2〉와 (1)을 비교해 보면 그 차이가 분명하다. (1)에 언급된 내용은 〈그림 2〉에 드러난 정보의 극히 일부에 지나지 않는다. (1)에 담긴 주장의 근거로 〈그림 2〉를 사용할 수는 있으나, 그 반대는 성립되지 않는다. 더군다나 〈그림 2〉를 도출한 방식으로 수많은 다른 정보를 추출할 수도 있다.

이 세 번째 방식이 바로 말뭉치 언어학이 추구하는 방식이다. 대규모 언어자원을 바탕으로 객관적인 방식을 활용하여 재현 가능한 언어적 일반화를 구축해 나간다. 그리고 추출 방식에 따라 다양한 형태로 풍부한 양의 정보를 가공해 낼 수 있다. 추출하고자 하는 대상과 추출 방식의 개발 여지는 무궁무진하다. 이미 적지 않은 수와 다양한 규모의 말뭉치가 구축되어 있는 상황에서 언어 현상의 탐구에 말뭉치를 활용하는 것은 어쩌면 당연한 일이다. 대규모 언어자원의 주축은 말뭉치(corpora)고 말뭉치를 다루는 학문을 말뭉치 언어학이라 한다. 그리고 말뭉치 언어학은 최근 들어 부쩍 많이 논의되고 있는 주제다.

본 논문은 이처럼 말뭉치와 연관된 언어연구의 경향을 살펴보고 일부 사례를 소개하기 위한 것이다. 짧은 글 한 편에 사례와 경향을 모두 담는다는 것은 어려운 일이다. 또한 훌륭한 개론서나 핸드북 형태의 편서 등도 나와 있는 상황이다.[5] 그럼에도 불구하고 몇 가지

---

5 예를 들어, McEnery & Hardie(2011), Lüdeling & Kytö(2008, 2009), O'Keeffe

관점에서 말뭉치 언어학의 정체성 및 활용 현황과 가능성을 조망해 보는 것은(2장) 전체 경향을 이해하는 데 한 가지 길잡이가 될 수 있을 것이다. 아울러, 특히 한국어 말뭉치 활용 연구에 참고할 만한 두 가지 사례를 선택적으로 살펴보기로 한다. 주로 어휘의 표면 분포를 통한 언어의 의미-화용적 특성 도출이 말뭉치 언어학이 추구하는 주요 방향이라고 볼 수 있다. 이를 위해 우선 어휘별 분포적 특성을 종합적으로 상세하게 보여주어 특히 사전 편찬 등에 크게 활용될 수 있는 분석 결과 하나를(3장) 소개한다. 이어서 '논항구조'와 관련한 '선택제약'의 문제를 언어자원을 이용하여 어떻게 연구할 수 있는지 한 가지 사례를(4장) 소개하기로 한다. 본 논문은 거시적인 관점에서 말뭉치 구축 및 이용과 관련된 쟁점과 경향을 짚어보는 방향으로 전개하기 때문에 말뭉치를 이용한 개별 연구는 적절한 개론서나 개괄서를 안내하는 수준에 머무른다. 또한 본 논문에서는 음성-음운 등 다른 언어학적 연구와 관련한 언어자원은 다루지 않는다.

& McCarthy(2012) 등.

2

관점별 연구 스펙트럼

말뭉치 언어학은 크게 말뭉치 구축과 말뭉치 활용 두 가지 하위 분야로 나눈다. 그런데 말뭉치는 추후 활용을 전제로 한 것으로 이미 설계나 구축 단계에서부터 활용 가능성이 적극적으로 고려된다. 본 장에서는 말뭉치 구축 및 활용에 대한 여러 다양한 관점을 정해서 관점별로 어떤 관련 연구들이 있고 동향은 어떠한 지를 훑어보기로 한다.

2.1. 말뭉치와 이론언어학

말뭉치에 대한 언어학계의 반응은 아직까지도 매우 다양하다고 본다. 대체로 다음과 같은 관점들로 정리해 볼 수 있다.

(2) 가. 말뭉치는 말뭉치일 뿐 언어연구와 무관

나. 이론 전개에 필요한 예시자료 추출 자원

다. 언어적 일반화를 도출하거나 뒷받침하기 위한 자원

라. 말뭉치가 곧 언어이론

(2가)와 같은 입장을 취하는 대표적인 학자로 Chomsky를 들 수 있다. "Corpus linguistics doesn't mean anything."(Andor (2004:97) 인터뷰에서의 Chomsky 언급)이라는 말이 그러한 입장을

명확하게 보여주고 있고, 또는 말뭉치를 바탕으로 하는 확률적 접근에 대한 아래와 같은 Chomsky의 언급도 많이 회자된다.

(3) "But it must be recognized that the notion of 'probability of a sentence' is an entirely useless one, under any known interpretation of this term." (Chomsky 1969)

이러한 극단적인 입장이 아마도 아직도 이론언어학계의 관점과 정서를 대변하고 있다고 해도 과언이 아닐 것이다. 이와 반대의 극단에는 (2라)와 같은 입장이 있다. McEnery & Hardie(2011)에서 언급된 neo-Firthian의 입장이 그 예로, 그 관점에 따르면 설명적, 기술적 일반화의 유일한 자원은 말뭉치이다. (2가)의 입장이 화자 직관을 유일한 언어자원의 원천으로 간주하는 것에 비해 정반대로 말뭉치가 그런 지위를 지니고 있다는 것이다.[6] 이러한 입장은 연구자의 주관을 철저히 배제하고 실제 자료에 근거해서만 문법을 구축하고자 했던 1950년대까지의 구조주의 연구 방법(Fries 등의 연구)와 일맥 상통하고 있다.

말뭉치 언어학의 연구는 위의 두 극단적인 입장보다는 (2나)나 (2다)와 같은 절충적인 방식으로 더 많이 진행되고 있다고 볼 수 있다. (2나)에서처럼 필요한 예시 자료 창고로서 말뭉치가 사용되는 예는 오래 전부터 무수히 많은 편이다. 그러나 이러한 소극적인 태

6 예를 들어 Römer(2005: 7)는 다음과 같이 주장한다: "the investigation is highly committed to the data it starts from and [...] it tries to derive observational and theoretical findings from there, always trying not to lose contact with the corpora."

도에서 벗어나 좀 더 본격적으로 말뭉치에서 추출한 자료에 근거해서 이론을 도출하는, 그러면서도 연구자의 직관이나 기존의 이론적 틀과 연결시켜 보려는 연구들도 점차 꽤나 활발하게 이루어지고 있다. 또는 기존 이론에서 한 주제에 관해 단편적으로 논의되던 사항들을 엮어서 보다 종합적인 관점에서 말뭉치와 통계를 바탕으로 모형을 만들고 이론을 구축해 가는 방법들도 적극적으로 모색되고 있는 편이다.[7]

2.2. 말뭉치 주석

말뭉치 언어학은 말뭉치 구축을 전제로 한다. 말뭉치는 어느 정도의 정제 과정을 거친다. 정제 작업에서 고려해야 할 핵심적인 사항은 말뭉치 주석이다. 구축 목적에 따라 다양한 종류의 주석 체계를 채택하게 되고 이를 말뭉치에 적용한다. 초기에는 극히 기본적인 문서 정보나 문단 단위 구분 정도만 담은 원시 말뭉치로부터 시작하여 형태분석 말뭉치까지 구축하는 것이 큰 흐름이었다. 거기에 더해 구문 주석을 더한 말뭉치도 어느 정도 규모로 구축되어 많이 활용된 바 있다. 그 후에 이루어지는 작업들은 좀 더 의미-화용적인 정보까지도 주석형태로 첨가하는 방식으로 진행되는 편이다. 대체로 아래와 같은 스펙트럼으로 주석 방식들을 구분해 볼 수 있다.

---

7 'corpus-as-method'나 'corpus-based research' 등으로 불리는 연구 방법이 대세라고 할 수 있다. 이런 경우엔 대개들 고급통계를 활용한다(McEnery & Hardie 2011).

(4) 가. 원시(기본 정보 주석)

나. 형태분석/중의표시

다. 구문분석(treebank)

라. 논항정보 주석

마. 시제-공간 정보 주석

바. 화용-담화-텍스트 정보 주석

사. 기타 특수 정보 주석: 습득/학습 관련, 언어 간 대응, 통시정보 등

문장 구조를 논할 때 동사를 중심으로 한 논항관계가 구조의 뼈대를 이루고 있다는 점은 거의 이견이 없다. 특히 문장 요소 간 의미적 관계를 체계적으로 파악하기 위한 방편으로 문장 내 술어와 그 논항 간의 관계를 명시적으로 표시해 보고자 하는 노력이 (4라) 논항정보 주석의 핵심 내용이다. 대표적으로 PropBank와 FrameNet을 들 수 있다.[8] 논항관계를 연구하는 언어학자들의 경우엔 대부분 예시적으로만 다루기 때문에 실제 대규모 자료에 그런 예시적인 방식이 확장 적용될 수 있을 거라고 추정만 할 수 있을 뿐이다. 이러한 논항정보 주석을 위해서는 실제 쓰인 언어 자료에서 발견되는 무수한 애매한 예들을 하나씩 모두 검토해야 하는 어려움

8 예를 들어 PropBank의 경우 Penn Treebank의 통사구조분석 자료에다가 논항별로 의미역을 추가하는 방식으로 구축되었다(Palmer et al. 2005, Babko-Malaya et al. 2006).

이 있다.[9]

(4마)의 시제정보의 경우 Brandeis 대학의 James Pustejovsky를 중심으로 한 국제적인 공조연구(TimeML)를 예로 들 수 있다. (4바)와 관련한 주석에서는 예를 들어 구어말뭉치에서 화자 및 구어적 특성을 어떻게 형식화하여 부착하느냐 하는 문제를 비롯하여, 지시관계나 화행 등 전형적인 화행적 정보를 어떻게 표준화하여 주석을 붙일지 등의 문제가 있다. 또는 담화/텍스트 전개상에 드러나는 문장 간 의미관계(예: 원인관계)도 이미 말뭉치로 일부 구축되어 있다. (4사)의 예로는 언어 습득자나 학습자가 보이는 오류를 포함한 여러 특성들을 말뭉치에 표시하는 것이 있다. 다른 한편으로 언어 간 문장 차원의 상호 대응관계를 표시하는 병렬 말뭉치 주석 방식도 이미 잘 알려져 있다.

말뭉치 주석과 관련하여 주목할 만한 큰 흐름으로 이종 주석 체계 간의 상호운용성(interoperability)에 대한 필요성이 부각되고 있다. 같은 종류의 정보라 하더라도 개인별 주석 방식에서부터 그룹별 주석 방식, 국제 콘소시엄별 주석 방식 등 다양한 주석 방식이 혼재하는 상황에서 그러한 이종 체계의 주석 방식에 따라 구축된 말뭉치들을 좀 더 효과적으로 연계하여 다룰 수 있는 방편이 있다면 매우 바람직한 일이 될 것이다. 또는 A라는 주석 방식으로 구축된 말뭉치를 B라는 주석 방식으로 일괄적으로 변환시킬 수 있는 도

---

9 말뭉치는 아니지만 동사별로 논항정보를 정리하는 작업은 한국어의 경우에도 세종전자사전에서 이루어 진 바 있다.

구가 개발된다면 필요에 따라 요긴하게 활용될 수 있을 것이다. 이러한 흐름은 그동안 다양하게 구축된 언어자원을 연구자들이 모두 쉽게 접속하여 쓸 수 있게 사이버자원구조(cyberinfrastructure)로 만들어 가자는 원대한 이상 아래에서 추진되는 작업의 일환으로 볼 수 있다(Bender & Langendoen 2009). 이와 관련하여 이미 오래전부터 언어자원 주석 방식의 표준화 작업이 국제표준기구(ISO)의 주관하에 진행 중이다. 언어 자질구조, 논항정보, 시제정보, 화행정보 등 다양한 언어 정보 주석 체계에 대한 표준화 작업이 일부 이루어진 것도 있다(Lee 2014).[10]

2.3. 말뭉치와 언어자원

말뭉치의 상위 개념을 '언어자원'이라 한다면, 전형적인 배포식 말뭉치 이외에도 다양한 언어자원이 구축되거나 생산되고 있다. 대규모 웹 접속 말뭉치 구축과 활용이 꾸준히 이루어지고 있다. 영국의 BNC 말뭉치 규모를 훌쩍 넘어서는 거대 규모의 말뭉치로 미국 영어를 대상으로 한 COCA가 그 규모 및 다양성을 계속 확장해 가고 있다. 말뭉치 구축과 공개과정에서 가장 어려운 문제가 저작권 보호법으로 인한 제약이었다. 웹 접속 말뭉치는 이러한 제약을 피할 수 있는 좋은 방식이나, 다른 한편 연구자가 말뭉치 전체를 직접 접할 수 없다는 점에서 사용상의 제약이 따른다는 점은 어쩔 수 없다. 그럼에도 불구하고 제공된 도구를 통해 추출한 정보가 언어 현

10 관련 웹 페이지 http://www.iso.org/tc 참고.

상을 연구하는 데 여러 방법으로 활용될 수 있을 거라는 점은 이론의 여지가 없다.

그 밖의 언어자원으로 이미 잘 알려진 전자사전, 워드넷(WordNet)/온톨로지 등이 있다. 심리학자들이 개발한 영어 WordNet이 오랫동안 언어공학적 차원의 연구에 표준 자원으로 활용되어 왔고, 이를 다른 개별 언어로 확장하여 각 언어별로 비슷한 형태의 언어자원을 구축하려는 노력이 지속되고 있다.

아직 언어학계의 관심사라고는 할 수 없을 듯하지만, 언어공학적 차원이나 언어산업적 차원에서는 '빅데이터'가 큰 화두로 부상하고 있다. 이는 거대 웹상에 들어 있는 모든 언어자원을 대상으로 활용 가능한 패턴을 찾고자 하는 것이다. 그러한 정보의 활용에 대한 관심이 현재는 상업적 관점이나 언어 시스템 개발의 관점에 주로 편중되어 있지만, 궁극적으로 웹 자원이 문화, 사회, 경제, 정치, 군사 등 다양한 관점에 따라 필요한 정보를 추출해 낼 수 있는 최대 규모의 정보의 보고라는 점은 분명하다. 그리고 그러한 자원이 대부분 언어자원이라는 점에서 장기적으로는 언어연구에도 작지 않은 비중을 차지하게 될 것으로 예상해 볼 수 있다.

2.4. 말뭉치 활용도구

아무리 훌륭한 말뭉치가 구축된다 하더라도 활용되지 않으면 의미가 없다. "구슬이 서 말이라도 꿰어야 보배"라는 속담은 이 경우에 매우 적합한 표현이 된다. 그런데 말뭉치가 웬만한 규모를 넘어서게 되면 그것을 연구자가 눈 짐작이나 수작업으로 활용한다는 것은 불가능하다. 주요 언어를 중심으로 여러 언어자원이 많이 구축되면서 당연히 따르는 문제는 그러한 자원을 활용할 도구로 무엇이 있는가다. 그러한 활용도구의 관점에서 가능한 방법들을 아래와 같이 구분해 볼 수 있다.

(5) 가. 범용도구

나. 전용도구

다. 프로그래밍 언어: Perl, Python, Ruby, …

라. 프로그래밍 패키지

마. 통계

바. 통계도구: R, SPSS, ...

말뭉치 구축 초기에는 개별 말뭉치별로 그 말뭉치를 활용하기 위한 목적으로 개발된 전용도구를 함께 배포하는 경향이 있었다. 물론 그러한 경우에도 그 도구가 다른 말뭉치에 활용될 가능성이 배제된 것은 아니었으나, 1차적인 도구 개발 목적은 해당 말뭉치에 특화된 활용도구였다. 반면 애초부터 다양한 자원에 활용할 수 있도록 특정 말뭉치와 연계하지 않고 독자적으로 개발된 도구들이 사용자 수를 많이 늘려가고 있다. 그러한 범용도구로 AntConc와 WordSmith를 들 수 있다. 기능상으로는 WordSmith가 약간 나은 편이라 할 수 있지만 크게 보아서는 대동소이한 편이고, AntConc의 경우 가장 큰 장점은 사용법이 비교적 쉽고 무료로 배포된다는 점이다.

이러한 범용도구의 특징으로 사용자와의 끊임없는 교류를 통해서, 또는 상업적인 판매를 위해서, 해당 제품이 수시로 업데이트되고 있다. 소프트웨어의 특성상 버그나 기능상 한계가 때로 발견되기 마련이고, 실제 사용자의 입장에서는 이러한 문제가 제대로 관리되는 도구를 사용하고 싶을 것이다. 그러한 점에서 위에 언급한 두 가지 범용도구는 초-중급 수준의 사용자들이 활용할 만한 최선의 도구라 판단된다. 말뭉치 분석에 필요한 기본 기능들은 현재 거의 표준화 되어 있는 상태로 위의 두 범용도구에는 그러한 기능이 포함되어 있다. KWIC형태의 맥락표시핵심어 목록(concordance), 어휘/어절 목록, 연어(collocation) 목록, 클러스터/N-gram 목록, 핵심어(keyword) 목록 등을 매우 손쉽게 추출해 주는 기능들이 이에 해당된다.

어떤 도구도 그러하듯이 각 도구는 도구별로 개발자가 마련해 둔 기능만 사용할 수 있다는 제약이 있다. 그러한 한계에 구애받지 않고 마음껏 말뭉치를 자유자재로 다루고 싶다면 (7다)에서 언급된 프로그래밍언어가 필요하다. 진작부터 그러한 필요성을 피력한 Biber et al.(1998)의 아래 언급은 지금도 물론 유효하다.

(6) “Computers are capable of much more complex and varied analyses than these packages allow, but to take full advantage of a computer’s capability, a researcher needs to know how to write programs.” (Biber et al. 1998)

프로그래밍 언어 중에서는 대표적으로 Perl, Python, Ruby 등 소위 스크립트형 언어가 언어처리에는 매우 유용한 편이다.[11] 물론 언어학자나 언어학도에게 프로그래밍 언어는 다소 이질적인 대상이고, 그것을 배운다는 것이 가외의 부담이라는 점에서 선뜻 내키지는 않는 방식이지만, 프로그래밍 언어의 본질이 논리학이라는 점에서 언어학도들에게 아주 먼 대상은 아니라고 본다. 더군다나 처음 진입장벽만 잘 넘어갈 경우 초급이나 중급 수준 정도의 프로그래밍 능력이면 KWIC 산출 등 웬만한 수준의 작업은 어렵지 않게 해 낼 수 있다. 언어학자를 위한 프로그래밍 입문서가 등장하여 이러한 필요성에 부응하고 있다.[12] 또한 프로그래밍 언어 관련 인터넷 커뮤니티가 전 세계적으로 놀라울 정도로 활성화되어 있다는 점도 프로그래밍을 이용하는 사람들에게는 매우 고무적인 일이다. 완전 초보를 위한 수많은 안내서(tutorial)로부터 시작하여 어떤 종류의 궁금증에도 그에 대한 답이 이미 모두 인터넷상에 게시되어 있다고 해도 과언이 아니다.

프로그래밍 언어에는 때로 매우 활용도가 높은 모듈/패키지가 이미 개발된 경우가 있다. 이러한 패키지를 활용하는 것이 처음부터 독자적으로 개발하는 것에 비해 비교할 수 없을 정도로 효율적

---

11 기존의 도구들도 알고 보면 Perl이나 Python 등 스크립트 언어로 개발된 것이다. AntConc의 경우 현재 사용되는 Version 3.4까지는 Perl로 개발되었고, Version 4.x부터는 대규모 메모리 처리 및 인터페이스 개발의 편의를 위해 Python으로 바꾸어 개발될 예정이라 한다.

12 예를 들어, Hammond(2003), Bird et al.(2009), Weisser(2009) 등이 있다.

이다. 예를 들어 패키지로 개발된 NLTK는 Python 사용자라면 활용해 볼 만한 매력적인 종합 언어처리 도구이고, Perl의 경우에는 WordNet 활용에 요긴한 일련의 도구들이 Ted Pedersen(http://www.d.umn.edu/~tpederse/)에 의해 개발되었다.

말뭉치를 비롯한 언어자원을 본격적으로 활용하는 데는 통계가 필수 불가결한 요소가 된다. 통계는 크게 기술통계학과 추론/분석 통계학으로 나누어 볼 수 있다. 기술통계학은 말 그대로 현상을 기술하는 수준의 통계로 주로 단순빈도, 상대빈도, 평균 등 중심경향성을 드러내는 값, 그리고 그러한 것을 시각적으로 잘 드러내는 도표 등을 다룬다. 이와 달리 추론통계학은 유의미성(significance)을 논하게 된다. '빈도나 평균이 이러이러하다'를 보여주는 것을 넘어서서 어떤 빈도 분포가 유의미한 분포라 할 수 있는지 이미 통계학에서 정립된 기준에 따라 유의미한 차이와 그렇지 못한 차이를 구분해 주는 척도를 활용한다. 이러한 통계법으로는 chi-square(χ^2), t-test, log-likelihood 등이 비교적 잘 알려진 것들이다. 국내 말뭉치 연구에서 최근 몇 년간 활용되고 있는 핵심어(keyword) 추출에도 chi-square나 log-likelihood 같은 척도가 활용된다.[13] 그러나 점차 더 고난이도의 통계 사용이 언어학 논문에서도 주류를 이루어가고 있다. 주로 선형분석이나 회귀분석 같은 다요인 또는 다변량 통계 분석법이다. 비교적 잘 알려진 것들로 로지스틱 회귀분

13 심사위원 중 한 분의 지적대로, '핵심어'는 크게는 같으나 기술적으로는 두 가지 의미로 사용되고 있다. KWIC에서처럼 연구자가 검색 대상으로 선정한 어휘일 수도 있고, 또는 문서의 특징을 드러내기 위해 통계적 기법으로 (자동) 추출한 어휘일 수도 있다.

석(logistic regression), 로그리니어 회귀분석(loglinear regression), 군집분석(cluster analysis)[14] 등이 있고, 최근 들어서는 '혼합효과'(mixed effects) 통계법 사용이 확장되는 추세라고 한다 (Gries 2013).[15]

통계처리를 위해서는 적절한 통계패키지 활용이 필수적이다. 기본적인 수준의 통계처리는 MS Excel에서도 가능하나, 오랫동안 사회과학 쪽에서는 SPSS 사용이 거의 절대적이었다. 그러나 SPSS의 경우 개인 연구자가 구입하기에는 부담스러운 높은 가격대로 인해 사용상의 제약이 많은 편이었다. 그러한 상황이 R이라는 통계패키지의 등장으로 상당히 바뀌었다. 무료로 배포되고 쉽게 설치가 가능하면서도 SPSS와 대등한 수준의 통계 기능을 갖추고 있으며, 거기에 더해 뛰어난 그림 출력기능 등을 갖추고 있다. R은 그동안 사용자 수가 폭발적으로 증가하여 현재는 연구자들에게 대표적인 통계패키지로 간주되고 있다. 통계언어학을 본격적으로 소개하는 주요 저서들에서도 R을 채택하였다(Baayen 2008, Johnson 2008, Gries 2009, Gries 2013).[16]

---

14 군집분석은 엄격히 말해서 가설 검정 방식이 아니라 가설 생성 방식으로 흔히 탐색적(exploratory) 방법으로 분류된다(Gries 2013).

15 Gries(2013)에도 언급된 내용이지만, 미국 유수 음성학 연구기관에서 활동하는 분의 전언에 따르면 요즘 주요 국제 학술지에서는 혼합효과 기법을 취하지 않는 논문은 접수도 않는다고 한다. 물론 다루는 내용에 따라 다르겠으나 대체로 상당한 수준의 통계기법에 대한 이해와 활용이 전제되고 있는 셈이다.

16 R 사용을 편리하게 해 주는 적절한 도구로 R-Studio, R-Commander 등이 있다. 언어분석에 특화된 R 활용도구로는 MT-Miner를 들 수 있다. 국내에서 개발된 SRC-STAT도 R에 기반한 통계도구로 알려져 있다(박진호 교수님 전언).

특히 다른 통계 프로그램과 달리 R은 말뭉치 처리, 분포 정보 추출, 통계 분석 등을 모두 하나의 환경에서 처리할 수 있다는 점이 큰 강점이다. 또 R에는 프로그래밍 기능까지 포함되어 있어서 반복되는 일련의 작업을 프로그램화해 둘 경우 아무리 복잡한 절차라도 명령 하나로 쉽게 처리된다. 또한 전 세계적으로 R 사용자 커뮤니티가 매우 활성화되어 있으며, 말뭉치 처리를 위해 특화된 기능을 담은 R 패키지들도 인터넷에서 어렵지 않게 구해 쓸 수 있다.

2.5. 말뭉치 활용 연구 분야

언어학에는 이미 확립된 여러 하위 분야들이 있다. 말뭉치 활용은 이러한 하위 분야 구분에 구애받지 않고 모든 하위 분야에 걸쳐 연구에 활용되고 있다. 이를 가늠해 볼 수 있는 한 가지 방편으로 2009년도에 발간된 말뭉치 언어학 핸드북 2권(Lüdeling & Kytö 2009)에 나오는 말뭉치 활용에 관한 개괄 논문들의 제목들을 살펴보기로 하자.[17]

〈표 1〉의 가운데 열(column)에 등장하는 연구자 명단에는 공히 말뭉치 언어학을 선도하는 학자들 중 상당수가 망라되어 있다. 개별 논문의 제목인 오른쪽의 세 번째 열에 담긴 내용들을 일별해 보면 우선 통계나 언어 공학과 관련된 주제들이 많이 눈에 띈다(36-40, 58, 60-61). 그만큼 통계가 중요한 비중을 차지하고 있다는 말이 될 것이다. 나머지는 주로 기존 언어학적 주제와 관련된 연구로 형태론(41),

17 또 다른 말뭉치 언어학 핸드북인 O'Keeffe & McCarthy(2012)도 좋은 참고가 된다.

〈표 1〉 Lüdeling & Kytö(2009)에 나오는 말뭉치 활용 개관 논문 목록

장	저자	주제
36	Marco Baroni/Stefan Evert	Statistical methods for corpus exploitation
37	Marco Baroni	Distributions in text
38	Douglas Biber	Multi-dimensional approaches
39	Antal van den Bosch	Machine learning
40	Hermann Moisl	Exploratory multivariate analysis
41	R Harald Baayen	Corpus linguistics in morphology: Morphological productivity
42	W Detmar Meurers/Stefan M?ller	Corpora and syntax
43	Anatol Stefanowitsch/Stefan ThGries	Corpora and grammar
44	Sabine Schulte im Walde	The induction of verb frames and verb classes from corpora
45	Michael Hoey	Corpus linguistics and word meaning
46	Richard Xiao	Theory-driven corpus research: Using corpora to inform aspect theory
47	Michael McCarthy/Anne O'Keeffe	Corpora and spoken language
48	Anders Lindstr?m/Robert Eklund	Cross-lingual influence: The integration of foreign items
49	Tuija Virtanen	Corpora and discourse analysis
50	Michael P Oakes	Corpus linguistics and stylometry
51	Anne Curzan	Historical corpus linguistics and evidence of language change
52	Christian Mair	Corpora and the study of recent change in language
53	Lieselotte Anderwald/Benedikt Szmrecsanyi	Corpus linguistics and dialectology
54	Josef Schmied	Contrastive corpus studies
55	Silvia Hansen-Schirra/Elke Teich	Corpora in human translation
56	Harold Somers	Corpora and machine translation
57	Holger Diessel	Corpus linguistics and first language acquisition
58	Stefan Evert	Corpora and collocations
59	Paul Clough/Rob Gaizauskas	Corpora and text re-use
60	Constantin Orasan/Laura Hasler/Ruslan Mitkov	Corpora for text summarisation
61	Douglas Biber/James KJones	Quantitative methods in corpus linguistics

통사론(42, 43), 의미론(44-46), 담화분석(49, 50), 역사언어학(51, 52), 방언학(53), 번역학(55, 56), 언어습득(57), 대조연구(54) 등이 제시되어 있다. 컴퓨터가 대부분의 모든 학문 분야에 주요한 연구도구나 방법론으로 자리 잡아 가는 것과 마찬가지로 말뭉치를 활용하는 연구가 언어학의 모든 하위 분야에 걸쳐 활용되고 있다고 볼 수 있다.

위에서는 부각되지 않고 있지만 사회언어학적 연구에서 말뭉치가 매우 중요한 자원으로 활용될 수 있고 그러한 연구가 많이 이루어진 바 있다. 특히 맥락적 변인이 잘 마련된 말뭉치의 경우 말뭉치를 구성하는 텍스트 내 어휘나 문법적 특징과 성별 등 사회적 변인 사이의 상관관계를 대규모로 연구하는 데 큰 기여를 할 수 있다. 사회언어학적 차원의 말뭉치 활용에 대한 개괄적 교과서(Baker 2010)도 나올 정도로 이 분야에 대한 연구도 활성화되어 있다.

또한 위 목록에 화용론 관련 연구가 명시적으로 제시되어 있지 않으나 특히 구어말뭉치를 활용한 화용적 측면의 연구가 이루어지고 있다. 예를 들어 대화시 말차례 유지와 관련한 언어적 특징이랄지, 또는 화행적 특징 등을 연구하는 데 구어말뭉치는 훌륭한 자원이 된다(Adolphs 2008, Rühlemann 2012). 또는 화자의 태도를 드러내는 '의미운율'(semantic prosody)에 대한 연구도 흥미로운 주제로, 이는 특히 댓글 등의 논조를 효율적으로 파악하려는 산업계 쪽에서의 시도와 일맥 상통한다.

사전학이나 사전 편찬이란 주제가 언어 이론적 논의에서는 좀 벗어나 있는 편이지만, 말뭉치가 사전 편찬에 결정적인 기여를 하고 있다는 점은 결코 과소평가될 수 없다고 본다. 이는 이론적 관점에서 어휘의미를 체계화하려는 노력과도 통하는 것으로 그동안 말뭉치가 가장 괄목할 만한 기여를 한 분야로는 아무래도 어휘의미론 및 사전 편찬이라고 해도 과언이 아닐 것이다. 특히 사전 편찬과 관련하여 말뭉치로부터 어떤 종류의 정보를 추출하여 활용하고 있는지를 3장에서 구체적인 사례를 통해 살펴보기로 한다.

2.6. 협의의 언어연구, 광의의 언어연구

언어에 대한 연구라고 하면 언어학자들은 우선 언어학자들이 제시한 이론부터 생각하게 될 것이다. 그리고 그러한 이론의 연장선상에서 언어 현상을 바라보는 경향이 있다. 그러나 언어에 대한 관심과 탐구는 언어학자들만의 전유물이라고 할 수 없다. 구글을 비롯한 거대 규모의 회사들이 사활을 걸고 씨름하는 문제도 크게는 웹 페이지에 담긴 언어를 이해하여 검색엔진의 효율성을 높이자는 데 있다. 웹의 창시자라 할 Tim Berners-Lee가 차세대 웹을 'Semantic web'이라 명명한 것이 우연이 아니다(Berners-Lee et al. 2001). 그 말에 담긴 'Semantic'이 언어학 하위 분야 'Semantics'와 많이 다른 것처럼 생각될는지 몰라도 근본적으로는 언어의 의미 문제를 가지고 고민하는 것이라는 점에서 다르지 않다. 웹 자원에 의미적 정보를 추가하고 보강하여 보다 정확하고 효과적인 검색이 가능하도록 하자는 것이 'Semantic web'의 주요 목표로 되어 있다.

광의의 언어연구로 구글번역도 들 수 있다. 자동번역기를 만드는 것은 오랫동안 언어학자 및 언어 공학자들의 목표였으나 제대로 이루지 못한 꿈이었다. 언어학자들은 당연히도 언어에 내재하는 규칙을 찾아 그것을 번역 시스템에 구현하는 것에 관심을 쏟았으나 이러한 방식은 극히 제한적으로만 목표를 이룰 수 있었을 뿐 대규모의 실제 자원에 적용하는 데는 성공하지 못했다. 반면 같은 과제에 대하여 구글에서는 언어의 구조나 의미에 의존하지 않고 거의 전적으로 통계적인 방식으로만 시스템을 만들어 개방하였고, 이는 실제 현장에서 그런대로 사용할 만한 수준이라고 평가되고 있다. 이러한 통계적인 방식은 두말할 나위 없이 말뭉치를 전제로 한다. 언어학자로서 관심을 가져볼 만한 부분은, 과연 통계에 무슨 비결이 있기에 전통적인 언어학적 접근법으로는 풀지 못하는 문제가 어느 정도 수준으로 풀릴 수 있게 된 것일까라는 점이다. 언어의 비밀을 파헤치고 이해하는 방식이 전통적인 이론만이 전부가 아닐 수도 있다는 열린 사고가 필요하다고 본다. 따라서 전통적인 의미의 언어학적 연구를 '협의의 언어연구'라고 본다면 그런 테두리 밖에서 매우 활발하게 전개되고 있는 통계적 접근 방식의 언어연구도 포함된 '광의의 언어연구'가 있다. 그런 데까지도 언어학적 관심의 지평을 넓히고자 하는 것이 말뭉치 언어학과 관련된 한 가지 흐름이라 판단된다.

3

어휘의 분포적 특성: Sketch Engine

국가 제1의 수출품이 영어라고 알려진 영국에서는 영어 교육의 핵심 자원인 사전을 편찬하는 작업을 지속적으로 해 오고 있다. 사전 편찬에서 말뭉치의 필요성은 자연스레 부각되는 주제다. 영국에서 말뭉치 구축 및 연구가 정부 및 저명 출판사가 주도하는 형태로 활성화된 것도 그러한 배경과 무관치 않다고 본다. 일단 말뭉치가 구축되고 난 연후에는 그것을 활용하는 방법의 개발이 초점이 될 것이고 대표적인 방법론으로 개발된 것이 KWIC(Key Word In Context) 방식이다. 이러한 방법을 이용하여 말뭉치를 일일이 들여다보지 않고도 원하는 핵심어가 포함된 문장들을 가지런히 정리해서 살펴볼 수 있게 되었다. 그러나 말뭉치 규모가 커질수록 개별 핵심어별로 추출되는 문장 수가 만만치 않다. 즉 해당 핵심어 어휘 항목을 작성하는 사전 편찬자의 입장에서 볼 때 KWIC 방식으로 추출된 자료가 아직은 감당하기 어려운 큰 분량이다.

다른 한편으로 어휘 의미론을 연구하는 학자들은 많은 경우 개별 어휘나 일군의 어휘를 선정하여 그것이 발생하는 맥락들을 고려해 가면서 해당 어휘의 문법적 특성을 정리하거나 의미적 특성을 상세히 밝히는 작업을 한다. 이러한 작업을 위해서 물론 KWIC이 매우 요긴한 도구가 될 수 있다. 그러나 이 경우에도 앞의 사전 편찬자와 동일한 문제점에 부딪힌다. 정제된 자료라 해도 아직은 분량이 너무 많아서 어쩔 수 없이 예문 선별작업을 해야 한다. 그리고 그러한 선별작업에는 알게 모르게 주관적 판단이 개입할 수 있다.

만일 맥락적 정보를 한 차례 더 정제해서 그 수많은 문장에 담겨 있는 맥락적 정보를 일목요연하게 보이는 방법이 있다면 어휘의미론자나 사전 편찬자에게는 더할 나위 없이 효율적인 방식이 될 것이다. 그러한 예로 'Sketch Engine'(http://www.SketchEngine.co.uk/)을 들 수 있다.

아래는 Sketch Engine에서 보이는 결과화면의 일부로 'mother'에 대한 맥락적 정보를 일목요연하게 보여주고 있다.

〈그림 3〉 Sketch Engine 출력: 'mother'

mother **British National Corpus freq = 26965** change options

object of	3802	1.3	subject of	5552	3.8	adj subject of	680	2.5	modifier	3463	0.4	modifies	1080	0.2
tell	204	27.49	die	247	40.23	ill	31	33.6	lone	163	59.05	tongue	145	53.12
marry	38	24.29	say	476	24.64	dead	26	27.3	queen	268	52.46	hen	21	31.25
visit	57	24.29	tell	159	21.61	alive	16	24.93	widowed	63	50.59	cat	16	19.76
ask	120	23.36	live	76	21.48	upset	9	21.96	foster	83	49.38	Denise	5	17.58
say	310	22.52	breast-feed	6	21.04	likely	23	19.61	unmarried	69	48.1	Christine	7	17.39
remember	59	22.45	cry	27	20.11	fond	6	18.1	expectant	37	44.18	dear	8	17.38
help	78	21.4	come	164	19.62	married	9	17.89	surrogate	36	41.31	Fran	5	16.68
kill	49	21.07	complain	21	18.33	worried	8	17.86	teenage	58	39.83	church	23	16.35

위의 처음 세 열은 'mother'가 전형적으로 어떤 술어의 목적어나 주어로 쓰이는가를 보인다. 즉 'tell mother', 'mother die(d)', 'mother (is) ill' 등은 'mother'가 가장 특징적으로 어울리는 술어를 보여주고 있고 〈그림 3〉은 그러한 술어를 각 열별로 위쪽부터 순서대로 나열하고 있다. 오른쪽 두 열에서는 마찬가지 방식으로 'mother'를 수식하는 표현과 'mother'의 피수식어가 전형성이 높은 예부터 순서대로 열거되어 있다. 그리고 각 목록은 위에 보인 8개로 한정되지 않고 실제 출력화면에는 훨씬 더 많은 개수가 나열된다. 게다가 관련 술어나 관련 (피)수식어로 한정되지도 않는다.

'mother'에 대한 결과물은 〈그림 3, 4〉에 제시된 11개의 쓰임 맥

〈그림 4〉 **Sketch Engine 출력: 'mother'**

and/or	4748	1.3
father	695	51.86
grandmother	69	36.39
sister	146	35.38
daughter	160	34.37
wife	193	33.1
baby	98	30.05
child	264	29.23
housewife	32	29.15
stepfather	18	26.84

unary rels		
poss	12956	10.9

possession	2632	8.8
womb	25	33.01
death	93	27.33
milk	33	24.11
brother	39	20.31
voice	51	20.13
funeral	16	19.79
birthday	18	18.97
sister	28	18.72
breast	17	18.26

possessor	1194	4.0
Alain	18	30.17
Tiare	8	29.89
Syl	10	29.87
Feargal	9	25.88
bride	15	24.68
Stephen	17	21.75
Shanti	5	20.5
Anna	12	20.32
Jarvis	7	20.21

pp obj like-p	90	4.0
look	20	22.39
sound	9	21.93
behave	5	18.66
feel	6	11.93
woman	5	9.7

pp obj among-p	24	3.4
poverty	6	22.85

락뿐만 아니라 총 31개에 이르는 여러 다양한 맥락에서 전형적으로 공기하는 어휘목록을 정리해서 보여준다. 'mother'의 분포적 특성을 이보다 더 체계적으로 보여주기 쉽지 않다고 할 정도로 매우 상세한 쓰임 정보가 망라되어 있다. 이러한 자료는 'mother'라는 항목을 기술하는 사전 편찬자나 또는 'mother'의 의미적/분포적 특성을 연구하는 학자에게 요긴한 정보임에 틀림없다.

가장 종합적이면서도 상세한 정보를 간결하게 정리하여 보여준다는 점 말고도, Sketch Engine의 장점으로 들 수 있는 것은 효율성이다. 수작업으로 〈그림 3, 4〉의 결과를 도출하는 것은 거의 불가능한 일이다. 더구나 위와 같은 방식으로 모든 어휘의 맥락정보를 정리한다고 가정해 보면 그 작업은 수작업으로는 불가능하다는 점을 쉽게 짐작해 볼 수 있다. Sketch Engine에서는 어떤 어휘든 위와 같거나 유사한 방식으로 어휘별 맥락적 특성을 보여준다. 그러한 방대한 작업을 전문가 몇 사람이 오랜 시간 걸리지 않고 해 낼 수 있다는 점은 효율성의 관점에서 놀라운 일이다. 그러한 효율성에 더해서 또 하나의 장점은 객관성이다. 동일한 말뭉치와 동일한 기법을 이용할 경우 동일한 결과, 또는 차이가 아주 미미한 수준인 결과를 얻게 된다.

4

논항 선택제약: 목적어 선택선호도

술어별로 관련 논항선택에 여러 형태의 제약이 가해진다는 점은 언어학적으로 많이 논의된 주제 중 하나다. 우선 몇 개의 논항을 취할 수 있느냐부터, 각 논항의 의미역이 무엇인지도 술어에 따라 정해진다. 거기에 더해 특정 논항으로 출현하는 명사의 의미적 특성에 대한 제약도 가해진다. '선택제약'이다. 예를 들어 '마시다'라는 술어는 주어로는 사람이나 동물 같은 활동성 생물체를 취하고 목적어로는 마시는 대상, 즉 음료 같은 것을 취한다. 그래서 '철수가 커피를 마셨다'는 자연스러운 반면 '커피가 철수를 마셨다'라고 한다면 부적합한 문장이 된다. 말뭉치와 관련해서 던져볼 수 있는 한 가지 질문은 과연 말뭉치로부터 동사별 선택제약을 도출해 낼 수 있는가이다.

말뭉치와 연계하여 논항정보, 의미역정보, 선택제약정보 등이 연구되는 방식은 크게, 그러한 정보가 추가된 말뭉치를 구축하여 연구하는 방식과(2.2절), 그런 주석이 되어 있지 않은 말뭉치로부터 선택제약 정보를 직접 추출해 보는 방식 등 두 가지로 나누어 볼 수 있다. 여기에서는 후자 방식 중의 하나를 사례로 들어보기로 한다. 그러한 연구는 영어를 대상으로 Resnik(1996)에서 이미 다루어 진 바 있으나, 본 논문에서는 그러한 방식을 한국어에 적용해 본 Song & Choe(2012)를 예로 하여 소개하기로 한다. 그리고 Resnik(1996)에 따라 선택제약이란 개념 대신 선택선호도(selectional preference)라는 개념을 사용하기로 한다.

Song & Choe(2012)에서는 세종구문분석말뭉치를 출발점으로 하여 동사와 목적어 사이의 선택선호도를 측정하는 절차를 제시하고 있다. 상세한 설명은 피하면서 개략적인 절차를 소개해 보자면 아래와 같다.

(7) 동사별 목적어 선택 선호도 도출 절차

가. 세종구문분석말뭉치로부터 동사 목록 추출

나. 위 목록상의 동사별로 공기하는 목적어 목록 및 빈도수 추출

다. 각 동사별로

a. 목적어 목록에서 일정 개수의 명사를 무작위로 선정

b. 선정된 명사들을 포괄하는 최하위 개념 파악: 워드넷 참조

c. 선정된 명사들과 해당 동사 사이의 연계강도 계산

d. a-c 단계를 일정 횟수 반복: 동사별 복수의 명사목록과 강도

라. (다d)의 결과목록들 중에서 연계강도가 가장 강한 것을 추출

좀 복잡해 보이는 절차이기는 하지만 기본 취지는 동사별로 취하는 목적어의 의미적 특성을 실제 말뭉치에서 추출된 목적어 목록을 기초로 도출해 보자는 것이다. 그러기 위해서 필요한 것이 있다. 주어진 명사 목록을 모두 포괄하는 개념이 무엇인지를 파악할 수 있어야 한다. 그러한 목적에서 관련 정보를 담고 있는 한국어 워드넷 KorLex를 참조하여 활용한다.[18] 그런데 동사가 취할 수 있는 명사들의 의미적 분포가 생각보다 광범위하기 때문에 만일 한 동사의 목적어 자리에 오는 명사를 모두 포괄하는 개념을 찾을 경우엔 거의 대부분 최상위 개념으로 귀결된다는 문제점이 발생한다. 위에서 예로 든 '마시다'의 경우 실제 자료에서는 "술이 사람을 마신 거야"라는 표현에서처럼 엉뚱한 명사가 목적어 자리에 나올 수도 있기 때문이다. 또는 "술이 사람을 어떻게 마셔?"라는 문장도 가능하다. 이처럼 '마시다'의 목적어로 '사람'도 쓰였을 경우 보통 취하는 '음료' 계통의 목적어와 그러한 '사람' 둘 다를 포괄하는 개념은 매우 상위에 있는 '구체물' 정도가 될 것이다. 이는 선택선호도의 취지에 부합되지 않는다.

이러한 문제를 피하기 위해 일정 수의 명사 하위 집합을 반복 생성하여 그 집합별로 선택선호도를 계산해 놓으면 그중에서 가장 선호도가 높게 나오는 것을 쉽게 찾아낼 수 있다. 그렇게 하면 이상적으로는 '마시다'의 목적어로 가장 적합하게 쓰일 만한 명사들의 하

---

18 KorLex는 부산대의 윤애선 교수 연구팀에서 영어 WordNet에 기초해서 구축한 한국어 어휘망이다(윤애선 외 2009). 활용 가능한 다른 한국어 어휘망으로는 CoreNet(한국과학기술원 전문용어언어공학연구센터 2005), U-WIN(최호섭·옥철영 2002) 등이 있다.

〈표 2〉 동사별 선택선호도 예시

동사	선택강도	선택선호제약
마시다	0.04	음료(드링크)(07406270)
읽다	0.028	제작물(생산품,생산물,산출물,산물)(03856368)
찾다	0.0218	실체(개체)(00001740)

위 집합 하나가 도출될 수 있을 것이고, 그러한 명사 집합을 포괄하는 최소 개념이 바로 '마시다'가 목적어로 선호하는 개념이 될 것이다. 이러한 절차를 거쳐 자동으로 도출된 선택선호도를 몇 개 동사를 예로 하여 보이면 〈표 2〉와 같다.

세 번째 열에 나오는 번호와 개념은 모두 KorLex에서 취한 것들이다. 물론 말뭉치에서 추출한 목적어 목록을 기초로 임의의 하위 집합을 반복해서 만들어가면서 그중에서 해당 동사와 선택강도가 가장 높은 것을 선택하여 제시한 것이다. 〈표 2〉를 보면 '마시다'의 경우 매우 구체적인 개념인 '음료'를 목적어로 가장 선호한다고 되어 있다. 이는 직관에 부합되는 적절한 결과다. '읽다'의 경우에도 책이나 신문 등 '제작물'을 선호하는 것으로 나온다. 그러나 그러한 선호의 정도(강도)는 '마시다'와 '음료' 사이의 선호도에는 미치지 못한다. '찾다'의 경우는 우선 직관적으로 판단할 때 목적어에 가해지는 의미적 제약이 그리 구체적이지 않다고 볼 수 있다. 찾는 대상은 뭐든지 가능하기 때문이다. 그리고 그러한 점은 위 표의 결과와도 부합된다. '실체'라는 개념은 워드넷상 거의 최상위에 자리하고 있는 개념으로 상당한 규모의 다양한 명사를 포괄하는 개념이다.

이 장에서 살펴본 것처럼, 동사의 선택제약/선택선호도가 언어 자원을 바탕으로 귀납적인 방법으로 도출된다면 이는 그 현상을 객관적이면서도 효율적으로 파악해 내는 훌륭한 방식이다.[19] 물론 언어자원 자체가 객관성을 반드시 담보해 주는 것은 아니지만, 화자들의 직관에 의거한 방법을 대체하거나 보완할 수 있고, 또 직관에 의한 방법론에 비할 바 없는 규모와 수준으로 자료 추출이 가능하다. 거기에 더해서 추출된 자료의 근거를 명시적으로 제시할 수 있으므로, 만일 추출 자료에 문제가 발견되는 경우 그 문제의 소지를 단계별로 더 세밀하게 추적해 볼 수 있다. 예를 들어 '마시다'의 목적어로 선호되는 '음료'의 경우 그러한 개념이 전체 어휘망에서 어느 지점에 위치해 있는지를 알고 싶으면 KorLex를 살펴보면 되고, 어떤 어휘 집합에서 그런 개념을 추출하게 된 것인지를 알려면 해당 하위 집합을 찾아보면 된다. 또 어떤 맥락에서 특정 목적어가 쓰인 것인지가 궁금하다면 관련 말뭉치에서 해당 술어와 목적어를 검색해 보면 추적이 가능하다. 문제가 있을 경우 그 문제의 소지를 더 세밀하게 추적해 볼 수 있고, 이러한 추적 과정은 누구에게나 열려 있다는 점에서 훨씬 객관화된 방법이라 할 수 있다. 이는 '블랙박스'와 같은 직관을 바탕으로 한 연구에서는 쉽지 않은 일이다. 이와 같은 객관성, 효율성, 명시성 등이 일반적으로 말뭉치 언어학이 언어 연구에 중요하게 기여하는 점이다.

---

19 대규모 자원으로부터 자동화된 방식으로 귀납적으로 패턴을 찾아내는 방식은 '기계학습'(Machine learning)이란 주제로 많이 연구되고 있다.

5

결론

본 논문에서는 거시적인 관점에서 말뭉치 언어학과 관련된 중요 쟁점 및 관련 동향을 살펴보았고, 아울러 말뭉치를 이용한 언어 분석의 사례 두 가지를 좀 더 구체적으로 논의해 보았다.

말뭉치를 활용한 연구를 하기 위해서는 적절한 도구와 통계를 알아야 한다는 점이 언어학자들에게는 커다란 부담이자 해당 연구 활성화에 장애가 된다. 그러한 부담을 경감해 주는 좋은 도구들이 꾸준히 개발되고 있고, 관련 지식에 좀 더 쉽게 접근할 수 있도록 도와주는 노력들이 이루어지고 있다는 점은 다행이다.

말뭉치에 전혀 신경을 쓰지 않고도 할 수 있는 언어학 연구주제도 수없이 많고, 경우에 따라서는 말뭉치가 거의 도움이 되지 않는 주제들도 물론 있다. 그러나 대부분의 언어연구에 말뭉치가 어떤 형태로든 기여할 측면이 있을 거라는 점은 점차 분명해지고 있다고 본다. 많은 경우 연구의 효율성과 객관성의 향상에 결정적인 기여를 한다. 특히 언어현상에서 법칙성의 추출이나 자료 정제 등에 탁월하다. 물론 언어학적 논의의 중요한 근거를 찾아내는 데도 많이 활용되고 있다. 직관에 의존할 때와 비교할 수 없을 정도로 큰 규모의 언어자원 활용이 가능해진다.

또한 만일 언어학적 연구가 실험실 내의 소규모 실험 형태로만 머무르지 않고 그것을 실제 현장에 활용하는 데까지 감안해야 한다면 말뭉치 활용이 더욱 중요해진다. 언어정보에 대한 관심과 연구가 더 이상 언어학자들만의 전유물이 아닌 시대에 들어선지 이미 한참을 지났다. 언어연구의 전문가 집단에서도 그러한 '외부'의 움직임에 관심을 가지는 사람들이 지속적으로 배출될 필요가 있다고 본다. 그러한 방향으로 관심의 폭을 넓힐 수 있는 중요한 통로 중 하나로 말뭉치와 통계를 들 수 있다. 언어공학이나 산업계에서 이루어지는 언어처리가 기본적으로 거대 말뭉치인 웹 자원과 그것을 다룰 수 있게 해 주는 통계이기 때문이다.

참고문헌

윤애선 · 황순희 · 이은령 · 권혁철(2009),「한국어 어휘의미망「KorLex 1.5」의 구축」,『소프트웨어 및 응용』36(1), 정보과학회.

최호섭 · 옥철영(2002),「한국어 의미망 구축과 활용」,『한국어학』17, 한국어학회.

한국과학기술원 전문용어언어공학연구센터(2005),『다국어 어휘의미망 (CoreNet: Core Multilingual Semantic Word Net) - 제 1 권 어휘의미망 구축론』, 홍릉과학출판사.

Adolphs, Svenja(2008), *Corpus and Context: Investigating Pragmatic Functions in Spoken Discourse*, John Benjamins Publishing Company.

Andor, József(2004), "The master and his performance: An interview with Noam Chomsky, *Intercultural Pragmatics* 1-1.

Baayen, R. H.(2008), *Analyzing Linguistic Data: A Practical Introduction to Statistics using R.*, Cambridge University Press.

Babko-Malaya, Olga, Ann Bies, Ann Taylor, Szuting Yi, Martha Palmer, Mitch Marcusa, Seth Kulick and Libin Shen(2006), *Proceedings of the Workshop on Frontiers in Linguistically Annotated Corpora 2006*.

Baker, Paul(2010), *Sociolinguistics and Corpus Linguistics*, Edinburgh University Press.

Bender, Emily M. and D. Terence Langendoen(2009), "Computational Linguistics in support of linguistic theory", *Linguistic Issues in Language Technology - LiLT*.

Berners-Lee, Tim , James Hendler and Ora Lassila(2001), "The Semantic Web". *Scientific American*, May 2001.

Biber, Douglas, Susan Conrad and Randi Reppen(1998), *Corpus Linguistics: Investigating Language Structure and Use*, Cambridge University Press.

Bird, Steven, Ewan Klein, and Edward Loper(2009), *Natural Language Processing with Python*, O'Reilly Media.

Chomsky, Noam(1969), "Quine's empirical assumptions", In Davidson and Hintikka (eds.), *Words and Objections*. Humanities Press.

Gries, Stefan Th.(2009), *Quantitative Corpus Linguistics with R: A Practical Introduction*, Routledge.

Gries, Stefan Th.(2013), *Statistics for Linguistics with R: A Practical Introduction*, Routledge, Walter de Gruyter; 2nd Revised edition. [최재웅-홍정하 역. 2013. 언어학자를 위한 통계학: R 활용. 고려대학교 출판부.]

Hammond, Michael(2003), *Programming for Linguists: Perl for Language Researchers*, Blackwell.

Johnson, Keith(2008), *Quantitative Methods In Linguistics*, Wiley-Blackwell.

Lee, Kiyong(2014), "ISO Standards on language resources". Manuscripts.

Lüdeling, Anke and Merja Kytö2008. Corpus Linguistics HSK 29.1(*Handbooks of Linguistics and Communication Science*) Volume I, Mouton de Gruyter.

Lüdeling, Anke and Merja Kytö(2009), Corpus Linguistics HSK 29.2(*Handbooks of Linguistics and Communication Science*) Volume II, Mouton de Gruyter.

McEnery, Tony and Andrew Hardie(2011), *Corpus Linguistics: Method, Theory and Practice*, Cambridge.

O'Keeffe, Anne and Michael McCarthy(2012), *The Routledge Handbook of Corpus Linguistics*, Routledge.

Palmer, Martha, Daniel Gildea and Paul Kingsbury(2005), The Proposition Bank: An annotated corpus of semantic roles, *Computational Linguistics* 31.1.

Resnik, P.(1996), "Selectional constraints: an information-theoreticmodel and its computational realization", *Cognition* 61.

Römer, Ute(2005), *Progressives, Patterns, Pedagogy: A corpus-driven approach to English progressive forms, functions, contexts and didactics* (*Studies in Corpus Linguistics*), John Benjamins Publishing Company.

Rühlemann, Christoph(2012), "What can a corpus tell us about pragmatics?", In

O'Keeffe & McCarthy(2012).

Song, Sanghoun and Jae-Woong Choe(2012), "Calculating selectional preferences of transitive verbs in Korean", *Proceedings of the 26th Pacific Asia Conference on Language, Information, and Computation*, Bali, November 7-10, 2012.

Weisser, Martin(2009), *Essential Programming for Linguistics*, Edinburgh University Press.

참고 사이트

(2014년도 1~2월 접속)

세종말뭉치자원. http://www.sejong.or.kr/

BNC. http://www.natcorp.ox.ac.uk/

COCA, COHA. http://corpus.byu.edu/

CoreNet. http://semanticweb.kaist.ac.kr/home/index.php/CoreNet

FrameNet. https://framenet.icsi.berkeley.edu/fndrupal/

Google Books N-gram viewer. https://books.google.com/ngrams/

Google Trends. http://www.google.com/trends/

NLTK. http://www.nltk.org/

PropBank. http://verbs.colorado.edu/~mpalmer/projects/ace.html

Sketch Engine. http://www.SketchEngine.co.uk/

TimeML. http://timeml.org/site/index.html

최재웅, 고려대학교 언어학과, jchoe@korea.ac.kr

한국어 구어 담화 연구를 위한 전사와 주석에 대한 논의

이동은

이 연구는 2016년 국민대학교 연구지원에 의해 수행되었음.

1

들어가기

이 글에서는 담화분석 분야에서 수집된 실제 언어가 기록, 적용되어 온 전사 체계를 국내외 해당 분야의 연구 성과를 중심으로 논의하고, 이를 바탕으로 한국어 담화 주석 체계의 수립을 위한 연구 방향을 제안하고자 한다. Leech(1997: 4-6)에서는 Brown 코퍼스의 논의를 중심으로 하여, 말뭉치의 표기 체제 수립의 중요성으로 정보의 추출, 재사용, 다중기능성의 세 가지를 들고 있다.

담화화용 학계에는 1970년대 이후 이 분야를 주도하는 많은 유럽과 북미의 학자들에 의해 영어가 링구아프랑카가 되었고, 데이터를 구성하는 현실 언어 역시 영어 중심으로 표기하기 시작하였다. 학문 연구의 결과가 영어로 공유, 소통되는 학계의 분위기가 이를 부추긴 것으로 당연히 추측할 수 있지만, 세계 언어 사용 현황[1]을

1 현재 지구상에는 7,102개의 언어가 사용되고 있다(Lewis et al. 2015).

고려하면, 영어를 제외한 다른 언어들의 사용과 표현에 대한 연구가 왜곡될 염려도 여전히 존재한다고 볼 수 있다.

1990년 중반에 이르러 한국어학계에서는 학술지 『담화와 인지』를 중심으로 전사규약 혹은 표기규약이라는 명칭으로 명시된 여러 담화분석 연구들이 발표되기 시작했다. 그리고 한국어교육학계에서는 2000년[2] 『한국어교육』지를 시작으로 한국어 모어화자와 학습자의 구어 담화를 연구 대상으로 하는 분석 연구가 활발히 이루어지고 있으며, 최근에는 이러한 성과를 바탕으로 대규모의 학습자 구어 말뭉치의 기초 연구와 구축이 진행되고 있다.

본 연구에서는 국내외에서 발표된 석박사 학위논문을 비롯하여 학술지에 출판된 주요 논문들과 연구과제 보고서에 이르기까지 이 문헌들에서 차용한 전사 규약의 실태를 살펴보고, 연구 주제와의 상관성에 대해 논의하고자 한다. 특히 담화분석 분야와 한국어교육학 분야에 있어서 국내 학계는 물론이고, 국제적으로도 적지 않은 논문과 연구과제 결과물들이 발표되고 있는 고무적인 성과에 비추어 연구들의 목적, 방법 및 결론과 전사 수준과의 부합도를 중심으로 살펴볼 것이다. 이러한 논의를 통해 언어자원에 대한 다차원적이고도 역동적인 담화 의미에 대한 탐구에 진전을 이룰 수 있을 것으로 본다.

---

2 학술지 『한국어교육』에 진제희(2000: 182), 이동은(2002: 185) 등을 중심으로 담화 표기 체계를 둔 본격적으로 담화분석 논문들이 등장한 시기로 볼 수 있다. 유석훈(2001: 176)에서는 학습자 말뭉치 구축에 따른 문제점으로 수집, 기록 과정에서 전사자나 연구자에 의한 언어학적 추상화가 불가피한 문제를 논하면서, 전사자의 감지력에 대한 신뢰의 문제와 전사자의 주관이 배제된 표준 부재에 대한 논의가 있었다.

2

선행 연구

국제적으로 담화분석과 화용론 분야에서는 북미와 유럽 학계를 중심으로 1970년대 이후 수많은 연구자들이 전사 규약에 대한 논의를 해 오고 있다. Egbert, Yufu, & Hirataka(2016)에서는 영어가 아닌 언어들에 대한 전사의 현실에 대한 포괄적인 문제제기를 하고 있다. 타당성 있는 논의이지만, 자료로 구축되는 언어들에 대한 중립적이고 정확한 전사 체계를 수립하는 것은 난제임에는 분명하다. 백화제방(百花齊放)식으로 발화 정보를 다양하게 제시할수록 정확도는 높아지지만 관대한 해석이 되며, 이로 인해 오히려 더욱 복합한 일관성의 논리에 얽매인다는 딜레마적 측면이 있다.

논의의 핵심에 부합하는 자료의 분석을 위해 정보를 왜곡되거나 편향되지 않게 제공해 주는 것이 중요하다고 본다. 한국어는 음절 구조 때문에 소리 나는 대로 전사하기 쉽지 않은 측면을 지닌 언어인데, 국제적 일반 언어학계나 응용언어학계에서 한국어에 대한 이해가 여전히 낮은 편에 속하는 이유 중의 하나가 적절한 수준의 전사체계가 수립되어 있지 않은 연유가 아닌가 생각된다.

한국어에 대한 학문적 관심과 이해가 국제적으로 절실히 요구되는 시점에서 다양한 말뭉치 구축 연구에서의 발화 정보 제시 분야는 이에 부응하는 방향으로 가되, 기존의 체제들에 대한 검토와 논의를 통해 이루어져야 한다고 본다. 이 장에서는 해외의 사례, 국내의 사례 및 국가 차원 과제에서의 사례를 차례로 살펴본다.

2.1. 북미·유럽 학계의 경향

1974년에 Harvey Sacks, Emanuel Schegloff, Gail Jefferson은 학술지 『Language』 50호에 대화분석의 효시라 할 수 있는 저명한 "A Simplest Systematics for the Organization of Turn Taking for Conversation"을 발표했다. 전사 규약에 대해서는 부록의 731~734쪽에 걸쳐 밝혀 두고 있는데, 그들의 논문이 말차례 체계의 분석을 목표로 하는 만큼 맨 첫 부분에 'Sequencing'[3]을 밝히기 위한 매우 세밀한 규칙들을 제시하고 있는데, 이 부분에서는 말겹침[4]과 발화의 시간차 정보[5]의 표기에 집중하였다.

이 외의 담화 특징들은 다소 미약하게 다루었는데, 'Sound Pro-

3 V: Th' guy says tuh me- 'hh my son // diddid.
M: Wuhjeh do:.

4 V: Th' guy says tuh me- 'hh my son ┌ diddid.
M: └ Wuhjeh do:.

5 아래 ( ) 안의 숫자는 10초 단위로 경과한 시간을 나타낸다. 한 발화 내, 인접 발화자들 간의 발화 시간 관계를 보인다.
V: ...dih soopuh clean it up,
(0.3)
( ): hhehh.
V: No kidding.
M: Yeh there's nothin the:re?
(0.5)
M: Quit hassing.
V: She's with somebody y'know'hh ennuh, (0.7) she says Wo:w ...

duction'을 중간 부분에 두었고, 끝부분에 'Reader's Guide'를 두었다. 이는 매우 다양하고 재미있는 표기[6]로 이를 통해 세부적 맥락 의미를 설명하도록 하였다. 그러나 끝부분에 언어학자들은 이러한 영어 중심의 점잖지 못한 장난스러운 표기[7]에 반발하겠지만 전사의 목표는 언어학적으로 덜 민감한 독자들을 고려하면서도, 세상의 가능한 소리와 의미를 획득하는 것이어야 한다는 결론을 맺고 있다.

Sacks, Schegloff & Jefferson(1974) 이후, 담화분석 분야 연구들은 본격적으로 체계에 대한 논의가 등장하기 시작했다. Jefferson (1979)에서는 'Transcript notation'으로 다음의 9가지 범주를 제시하였다.

1. Simultaneous utterances
2. Overlapping utterances
3. Contiguous utterances
4. Intervals within and between utterances
5. Characteristics of speech delivery
6. Transcriptionist doubt
7. Gaze direction
8. Applause
9. Other Transcript symbols

---

6 예를 들어 ((RAZZBERRY))로 혀를 내밀어 약 올리는 소리, ((dumb-slob voice)) 매우 어눌하고 느린 말소리를 나타내는 표기 등이 있다.

7 funnypaper-English라고 표현하였다.

〈표 1〉 **Jefferson(1984)의 체계**

표기	사용	표기	사용	표기	사용
[text]	겹침 발화	=	발화 내 연속 표시	초 수(시간)	휴지
(.)	0.2초 이내의 짧은 휴지	. or ↓	하강 억양	? or ↑	상승 억양
,	일시적인 하강이나 상승	-	멈춤이나 끼어듦	°	속삭임이나 조용한 발화
〉text〈	평균보다 빠른 발화	〈text〉	평균보다 느린 발화	ALL CAPS	음량이 큰 발화
underline	강조된 발화	. or (.hhh)	들이마시는 호흡	(hhh)	내쉬는 호흡
:::	길어진 소리	(text)	명확하게 들리지 않을 때	italic text	비언어적 행위

Jefferson(1979)[8]의 체계는 이 시기의 주제였던 발화의 말차례를 분석하기 위한 시간 정보를 나타내는 데 초점을 맞추었다. 즉, 동시 발화, 겹침 발화, 전이 발화 등을 두어 Sacks, Schegloff & Jefferson(1974)와 유사하지만, 상호작용적인 맥락을 설명하기 위한 의도로 시선이나 박수 등이 첨가된 것이 특징이다.

1980년대에는 Jefferson(1984)[9], Tannen(1984), Tannen (1989a), Schiffrin(1987a)가 대표적이라고 할 수 있다. Tannen (1984: xix)에서는 대화의 관여성(involvement)을 논의하기 위해 강세, 속도 등 발화의 질적인 측면을 기술하려는 경향이 있다.

Tannen(1984: xix), Tannen(1989a: 202~203) 및 Schiffrin (1987a)은 Tannen (1984)에서 제시된 음악 기호[10]에서 차용해 온 항목들이

---

8 Schiffrin(1994: 424~431)에서 재인용

9 Atkinson & Heritage(1984: ix~xvii)에 수록돼 있음.

10 p : 부드럽게 발화할 때, pp : 매우 부드럽게 발화할 때, f : 크게 발화할 때, ff : 매

특징적이기는 하지만, 전반적으로 세 체계는 대화참여자들 간의 상호작용적 역동성을 구현하기 위한 표기에 중점을 두고 있다.

2.2. 국내 연구들의 표기 경향

국내의 담화분석 분야 연구자들은 대부분의 경우, 1970~1980년대 서양의 담화분석가들이 제시한 체제를 적용해 오고 있다. 이 장에서는 학위논문과 소논문 및 과제·연구보고서에 나타난 체계들을 중심으로 논의하고자 한다. 먼저 국내에서 발표된 연구 논문들은 논의 방향에 따라 다음의 세 가지 경향을 보인다.

1) 위의 체계들 중 어느 하나를 택해 단순화하기
2) 어느 하나를 위주로 두세 가지를 조합하기
(대개 한국어에 맞게 첨가하거나 삭제하는 경향을 보임.)
3) 전사 체계를 제시하지 않기

이 중 1)의 유형이 가장 보편적으로 나타난다. 박성현(1996)은 일상대화에서 한국어 말차례 체계와 화제와의 관련성을 살피고자, Jefferson(1984)를 근간으로 하여 순서와 시간 정보의 제시에 중점을 두었다. 진제희(2000)는 이원표(1997: 173-176)가 옮긴 Jefferson (1978)의 극본식 표기법(dramaturgical notation)을 적용하여 비상호

우 크게 발화할 때, acc : 발화가 빠른 속도로 진행될 때, dec : 발화가 느린 속도로 진행될 때

적 상황에서 나타나는 한국어 학습자들의 의사소통 전략을 논의하였다. 김유진(2011)에서는 대화에 나타나는 도치 구문의 특징을 기술하고자, 김해연(2009)는 대화분석과 문학작품 대화문을 분석하기 위해 Sacks, Schegloff & Jefferson(1974)를 따르고 있다.

이 외에 원래의 체제를 간략하게 적용한 연구들은 다음과 같다. 손승민(2010)은 상담 대화에서의 전략적 측면을 분석하기 위해 Jefferson(1984)의 체계를 따랐고, 정금미(2011)은 대화에서의 공손과 불손을 규명하기 위해 Bousfield(2008)을 간접적으로 수용했다. 손희연(2013)도 중국인 학습자와의 인터뷰 상황에서 지시어의 기능을 보기 위해 간략한 체제를 제시하고 있다. 노미연(2012)는 한국어 학습자의 구어 오류와 후속 상호작용 분석을 위한 인터뷰 전사에서 서양 연구자들의 것을 따른 국내 연구자들의 몇 가지 체제를 2차적으로 수용하여 분석하고 있다.

2)의 유형을 보이는 연구들은 이동은(2000, 2002, 2008), Yoon & Lee(2012) 등이 있다. 이 연구들에서는 대화자들 간의 맥락 의미의 실현 양상을 상호작용적인 역동성으로 기술하기 위해 발화 시간 정보나 다중서법성(multumodality)에 초점을 맞추기 위해 Tannen(1984)를 근간으로 Schiffrin(1987a)와 Jefferson(1979)를 참고하였다. 예를 들면, 매우 강조된 한국어 발화를 나타내기 위해 영어 전사에서의 대문자 표기에 해당되는 발화를 '진하게' 표기하였다.

서상규 외(2010)에서는 한국어 학습자 말뭉치 구축 설계를 위한 구어 전사를 목표로 하여, 남길임(2007)에서는 담화 층위의 구어 독백에서 억양 단위의 통사적 상관성을 논의하기 위해 21세기 세종계획에서 제시된 구어 말뭉치의 형태분석 표지 체계를 따르고 있다.

2.3. 국가 차원 연구 과제들에서의 표기: 21세기 세종계획과 2015 한국어 학습자 말뭉치 기초 연구의 전사 지침

한국어 말뭉치의 구축과 활용에 대한 국가 차원의 과제로 21세기 세종계획과 이보다 한참 지나 한국어 학습자 말뭉치 기초 연구가 있다. 세종계획은 한국어 모어화자의 언어자원을, 한국어 학습자 말뭉치 기초 연구는 외국인 한국어 학습자의 언어자원을 수집, 분석, 활용하고자 하는 취지로 진행되었다. 두 과제는 대규모의 언어자원을 수집하여 광의의 언어 연구(최재웅 2014: 90)의 수월성을 확보하고자 하는 기본 전제가 같으나, 말뭉치의 구축 내용(언어자원 제공자), 개발과 활용에 있어서 각각 상이한 목표를 추구하고 있다. 그럼에도 불구하고, 세종계획은 한국어학 분야의 전문가들이 참여하여, 최초로 시도되는 이루어진 대규모 말뭉치인만큼 서양의 선행연구를 참고하여 신중한 표기 방식을 수립했고, 한국어 학습자 말뭉치 기초연구는 대체로 이를 따르고 있다.

아래에서는 21세기 세종계획에서의 한국어 균형 말뭉치 전사 지침과 강현화 외(2015)의 2015년 한국어 학습자 말뭉치 기초 연구 및 구축 사업에서 제시된 것을 보인다. 강현화 외(2015)에서는 수집 지침, 자료 처리 지침, 문어 입력 지침, 구어전사지침, 형태 주석 지침, 오류 주석 지침을 제시하고 있다.

강현화 외(2015)는 큰 틀에서는 21세기 세종계획을 그대로 따르고 있으며, 이 구어 전사 지침을 적용하여 구어 5만 어절을 구축하고 있다. 몇 가지 추가된 것은 말겹침, 발음 오류의 경우이다. 말겹침은 ELAN을 적용하여 시간 표시로 인식이 가능하기 때문에 별도로 나타내지 않는 것으로 하였다. 아래에서 새롭게 추가된 항목을 중심으로 보이도록 한다.[11]

〈표 2〉

구분		21세기 세종 한국어 균형 말뭉치 전사 지침	2015 한국어 학습자 말뭉치 전사 지침 (강현화 외)	
대분류	소분류	기호	기호	예시
발화자 정보	발화자 표시	P1	P1	〈person id=P1 sex=M age=20s〉
	분명하지 않을 때	?	?	〈person id=P1 sex=M age=?〉

〈표 3〉

겹침 현상	겹침 현상	세종: [ ] 학습자: 전사 도구의 시간 표시로 대체	ELAN 시간 표시 기능으로 파악 가능	〈참고〉 이전 세종 표기 1:여의도 거기 [벚꽃]했잖아요. 2:[윤중로]
	연속적인 겹침 현상	번호로 발화자 구분	ELAN에서 자동 시간 표시, 일반적 겹침과 동일 처리	

〈표 4〉

혼잣말	혼잣말	〈세종〉 없음 〈학습자〉 〈monologue〉 〈/monologue〉	신규 추가	

11 이하 표들에서는 21세기 세종계획 체제를 배경색 부분으로 먼저 보이고, 2015 한국어 학습자 말뭉치 체제를 그 다음에 보인다.

<표 5>

	발음 오류	한국어 모어 화자의 발음과 음운적으로 구분이 될 정도로 발음에 오류가 있는 경우( ) 안에 철자 보충	신규 추가	칭구(친구)와 간남(강남)에 갔슨니다(갔습니다), 가티(같이) 가자. ㅕ와 ㅛ의 중간 발음-요자(여자) ㅟ와 ㅚ의 중간 발음-휘사(회사) ㅎ와 ㄱ의 중간 발음-화반수(과반수)
	한국어 모어 화자의 발음과 음성 혹은 변이음의 구분이 모호한 경우 ( ) 안에 철자 보충	신규 추가	'가'의 ㄱ을 유성음으로 발음-가구(가구) '구'의 ㄱ을 무성음으로 발음-가구(가구) '심'의 ㅁ을 개방음으로 발음-안녕하심니까(안녕하십니까)	
2차 전사	철자 전사를 통해 학습자의 발음 오류를 반영하기 어려운 경우 [ ] 안에 학습자 발음 표기	신규 추가	경음화-무조건[무조건] 구개음화-같이[가티,같이] 자음동화-신라[신라] 연음-앞에[앞에] 자음동화-먹는[먹는]	
	외국어, 외래어 발음	외국어나 외래어를 원어에 가깝게 발음할 경우 ( ) 안에 철자 보충	신규 추가	팥너(파트너)
	한국어 모어 화자와 다른 규범을 할 경우 [ ]안에 학습자 발음 표기	신규 추가	카페:현실 발음 [까페] 학습자 발음 [카페] 버스:현실 발음 [뻐스] 학습자 발음 [버스] →각각 카페[카페]', '버스[버스]'로 처리함.	

방언형 표시	확실한 방언형(대응하는 표준형 형태소가 없는 것)의 경우 표기	확실한 방언형(대응하는 표준형 형태소가 없는 것)의 경우 표기	차는 ⟨dia⟩여일⟨/dia⟩ 있여.
긴 휴지	(1초 이상의 쉼은)0.1초 단위까지 표시	(1초 이상의 쉼은)0.1초 단위까지 표시	2:{1.2} 그럴까?

이상에서 현재 한국어 학습자 말뭉치 구축을 위한 기초 연구에서 수립된 전사 지침을 제시하였다. 다음 단계는 전사된 구어 말뭉치에 형태 주석과 더불어 학습자들에 의해 수행된 담화 의미를 탐구하기 위해 대화 행위 정보를 주석하는 것이라고 본다. 3장에서는 국제표준기구에서 이루어진 관련 성과를 소개하고자 한다.

3

한국어 담화 주석을 위한 단계적 모색 :
국제표준기구의 대화 행위 규약

이제 한 단계 나아가서 구어 말뭉치 구축을 위해서는 2016년 적용을 위해 발표된 전사지침(강현화 외 2015)를 근간으로 담화 정보를 주석해야 할 과제가 남아 있다고 본다. 즉, 한국어 학습자가 의도하는 의미를 읽기 위해서 다양한 맥락 정보가 구현 가능하도록 담화 화용 주석 체계의 필요성은 절실하다. Leech(1997: 12~13)에서는 말뭉치 구축을 위한 8단계의 절차를 제시하였는데, 철자, 음성 · 음운,

운율, 품사(품사 태깅), 통사(부분적 파싱), 의미, 담화, 화용·문체 수준으로 주석 체계의 필요성을 주장한 바 있다.

현재 국제적 학술지에 발표된 한국어 담화 연구들[12]을 보면 주석을 달 때 경우에 따라 의미를 쓰거나 기능을 쓰고 있는 것으로 보인다. 형태 주석의 경우에는 예를 들어 '-에' 를 쓰면 'to' 라고 쓰거나, 'locative particle', 혹은 줄여서 'loc'으로 쓴다는 것이다. 이러한 기준 자체를 세우기가 모호해서 일관성을 유지하기가 어려움에도 불구하고, 반드시 필요한 경우가 아니면 의미 위주로 표기하는 것이 파악하기에 수월할 것으로 생각된다. 대체로 Yale 시스템의 로마자 표기, 형태소 분석, 한국어 원문, 영어 번역을 차례로 붙이는 형태를 취하고 있다.

국내에서는 1990년대 말부터 21세기 세종 계획의 개선 방향에 대한 학계의 재검토가 시작되었다고 볼 수 있다. 최재웅(1990)[13]에서는 담화분석과 언어정보학의 관련성과 그 형식화에 대한 의미있는 제안이 있었다. 서상규·구현정(2002: 299-323)에서도 정밀 전사가 전제되어야 함을 강조하면서, 담화 정보 말뭉치 구축을 위해 국제적인 말뭉치 구축의 사례를 소개하고, 담화 주석 체계 수립을 위한 방향을 제안하였다.

---

12 Kim (2013)에서는 한국어 학습자들의 '잖-'과 '-거든'의 사용 양상을 통해 상호작용 언어능력의 발달을 논의하는 데 있어서 전사지침은 Jefferson(1984)을, 행간 주석으로는 Lee Hyo-Sang(1991)을 대체로 따라서 FR(Factual Realization), HEARSAY(Hearsay marker) 등을 제시하였다.

13 1999년 4월 24일 연세대학교 특강 자료를 참고한 것임.

Lee(2014)에서는 국제표준기구(ISO: International Standard Organization)의 주관하에 이미 오래 전부터 언어자원 주석 방식의 표준화 작업이 진행 중이라고 소개하고 있다(최재웅 2014: 81). 특히 대화행위 정보와 화행 정보를 주석하기 위하여 DiaML이라는 마크업 언어를 개발하고 있다. 이는 가장 대표적 최근 연구라고 할 수 있는데, 이 절에서는 그 이론적 배경을 간략히 살펴보고자 한다.

ISO에서는 2008년 5월에 착수하여, 2011년 1월 표준 24617-2로 선정된 과제 'Semantic Annotation Framework'를 구축하고 있다. 물론, 이전에도 대화행위 정보에 관해서 DAMSL(Dialogue Act Markup in Several Layers) 등이 있다. DAMSL은 1996년 미국과 유럽, 일본의 학자들을 중심으로 구성된 구어주석 체계의 표준화를 목표로 하였다.

ISO의 'Semantic Annotation Framework'는 네덜란드 Tilburg University의 Harry Bunt를 연구 책임자로 각 언어의 전담 연구원[14]과 전문가 자문 그룹[15]으로 이루어져 있다. 특히 한국어 연구 파트가 있다는 점이 매우 의미가 깊다고 할 수 있다. Part 2에서 Dialogue Acts(대화 행위)를 다루고 있는데, 이 과제의 핵심이 되는 세 가지 중요한 개념, Dialogue act(대화 행위), Semantic content(의미 내용),

---

14 각 언어의 연구원은 Jan Alexandersson(Germany), Jean Carletta(UK), Alex Fang(China/HK), Jae-Woong Choe(Korea), Koiti Hasida(Japan), Olga Petukhova (Netherlands), Andrei Popescu-Belis(Switzerland), Claudia Soria(Italy), David Traum(USA)이다. 이 과제에는 한국어가 포함되어 있고, 현재 최재웅 교수(고려대 언어학과)가 활동하고 있다.

15 한국어의 전문 자문 위원으로 윤애선 교수(부산대 불어불문학과)가 참여하고 있다.

Communicative function(의사소통 기능)을 다음과 같이 규정한다.

> 대화 행위: 특정 의사소통 기능과 의미 내용을 지닌 것으로 해석되는 대화 참여자의 의사소통 행위의 견본
>
> 의미 내용: 대화적 행위에 관한 대상, 관계, 행위, 명제의 명세
>
> 의사소통 기능: 대화상대자(addressee)의 정보 상태를 변화시키고자 어떻게 의도하는지에 대한 명세

물론, 이전에 이루어진 TRAINS, HCRC Map Task, Verbmobil, DIT, SPAAC, C-Star, MUMIN, MRDA, AMI 등의 체제를 존중하고, DAMSL(1997), MATE(1999), DIT++(2005), LIRICS(2007)의 검토를 통하여 domain-independence(영역 독립), interoperability(간작동성)과 standardization(표준화)를 지향하고 있다.

그 특징으로는 첫째, 영역-자유성은 데이터 범주들로 규정되고, ISO 온라인 목록에 등록된 개념들로 구현된다. 둘째, 다차원성은 규약 언어 DiAML(Dialogue Act Markup Language)로 정보 상태의 업데이트 측면에서의 의미 정보, XML표상을 규정하는 구체적인 통사 정보를 제공하고 있다. 이를 〈그림 1〉에서 제시한다.

다음으로 일반적 목적의 의사소통 기능들이 분류되어 있다. 의사소통 기능은 일차적으로 정보전이 기능과 행위토론 기능으로 나누어진다. 정보전이 기능은 다시 정보 요청하기와 정보 제공하기으로 이어지며, 정보 요청하기는 질문으로 질문은 다시 명제 질문과 선택 질문, 질문하기로, 명제 질문은 확인 질문으로 이어진다. 정보 제

〈그림 1〉 **Dialogue Act Analysis Frameworks**

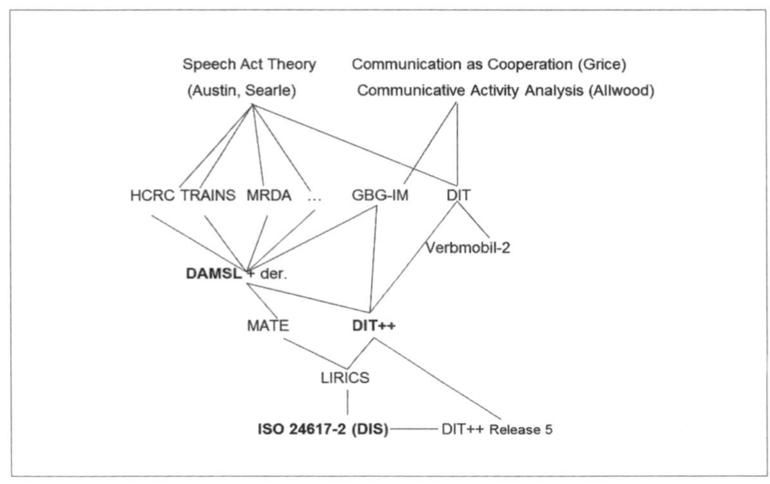

공하기는 정보 주기에서 각각 응답, 불일치, 일치로 이어지며, 응답은 승인, 거절로, 불일치는 교정으로 수행된다.

행위토론 기능은 약속 행위와 명령 행위로 나누고, 약속 행위는 제의와 약속-요청하기에서 요청의 수락과 거절로 수행되고, 제안하기는 제안의 수락과 거절로 이어진다. 명령하기는 제안과 요청으로 나누고, 요청은 지시와 제안하기, 제안의 수락과 거절로 이어진다.

이 체제가 보편적 화용적 관점에서 합리적으로 구성된 것으로 보이나, 한국어의 화용에 부합하는지에 대한 검증이 후속 연구에서 다루어져야 할 것으로 보인다. 우선 전사된 내국인의 구어 데이터 중에서 견본을 취하여 주석을 달아 보는 방법이 설득력이 있을 것이다. 다음으로, 한국어 학습자 구어 데이터에도 적용하여, 차이를 찾아내는 작업이 필요할 것이다. 결과적으로 제2언어로서 한국어 화

〈그림 2〉 General-purpose Communicative Functions

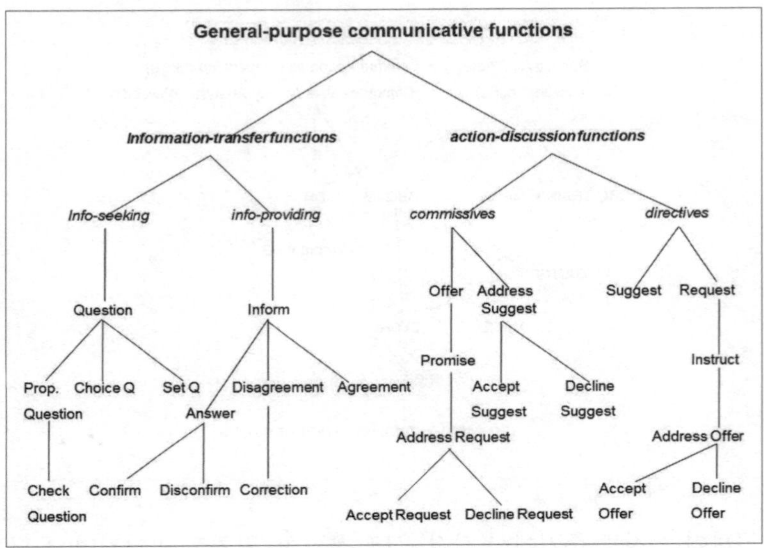

〈그림 3〉 Dimension-specific Communicative Functions in ISO 24617-2 and DIT++

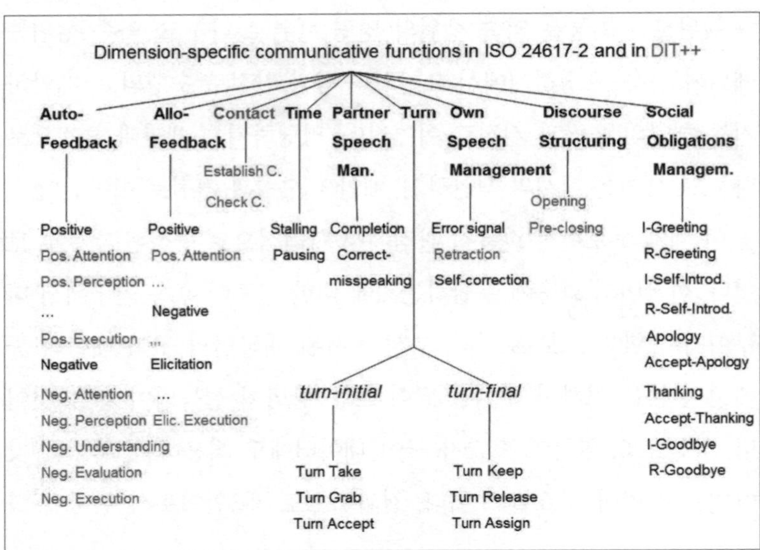

용론의 수수께끼를 풀 수 있는 타당한 함의를 제공할 것이라 본다.

Bunt(2011: S40)에서는 차원-특수적 의사소통 기능[16]을 제시하였는데, 자동 피드백, 변이 피드백, 접촉, 시간, 대화상대자 발화 태도, 말차례, 발화 관리, 담화구성, 사회적 의무 지키기로 나누고, 말차례를 고려하고, 사회적 기대 규범을 포함시킴으로써 범문화적 대화 단위의 맥락 의미를 추적할 수 있는 설득력 있는 체제라고 볼 수 있다.

〈그림 4〉에서는 위의 체제를 근간으로 하는 분절의 예제를 보인다(2011: S54).

대화 참여자들 간의 관계를 중심으로 담화 의미가 각 참여자들에게 주어지는 정보와 심리적 부담을 발화 내의 위치로 추적할 수

---

16 또한 Bunt(2011: S51)에 따르면 55개의 의사소통적 기능이 아래처럼 제시되어 있다.

55 communicative functions

- 25 general-purpose functions:
    - 4 information-seeking functions
    - 7 information-providing functions
    - 8 commissive functions
    - 6 directive functions
- 30 dimension-specific functions
    - 2 auto-feedback functions
    - 3 allo-feedback functions
    - 6 turn management functions
    - 2 time management functions
    - 3 discourse structuring functions
    - 2 own communication management functions
    - 2 partner communication management functions
    - 10 social obligation management functions

〈그림 4〉

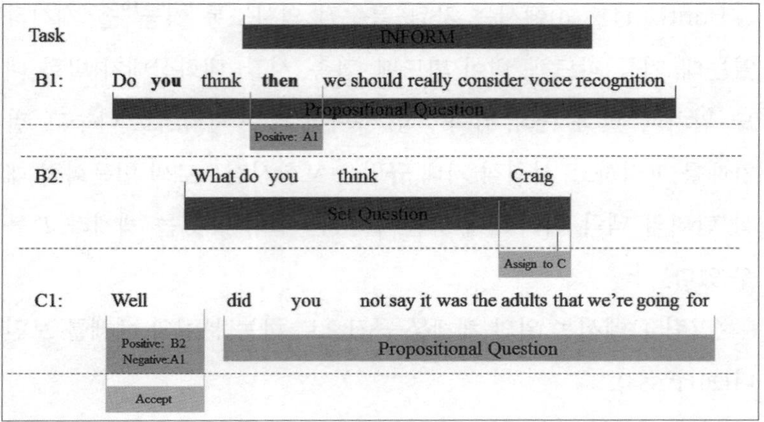

있도록 분절되어 있다. 특정 참여자를 겨냥하는 지점 및 시점과 이때 직전 발화와 응답과의 관련성 수준의 미시적 분석이 가능할 것이다. 한국어교육으로의 적용을 고려해 보면, 한국어 학습자들의 대화의 맥락을 읽고 반응하는 양상에 대한 분석과 이를 통해 교수 학습의 효율성을 높일 수 있으리라 생각된다.

4

나오기

이 글은 한국어 구어 담화의 연구에 적용되어 온 전사 체계를 논의하고, 이를 바탕으로 바람직한 담화분석 연구를 위한 담화 주석 체계의 방향을 제안하고자 하였다. 1990년대 이후의 담화분석 분야와 2000년대부터 한국어교육학계에서는 한국어 모어화자와 학습자의 구어 담화를 연구 대상으로 하는 분석 연구가 활발히 이루어지 시작했다.

더욱이 최근에는 이러한 성과를 바탕으로 대규모의 한국어 학습자 말뭉치 구축의 기초 연구와 구축이 진행되고 있다. 강현화 외(2015)에서 마련된 학습자 구어 말뭉치의 전사 지침을 기반으로 타당성 있는 담화 주석 체계를 수립하고, 2016년부터 이루어질 구어 자료에 본격적으로 적용된다면, 이는 한국어 학습자의 담화 능력을 규명하고, 교수·학습에 전기를 마련할 수 있을 것으로 본다.

본 연구에서는 먼저 국내외 학위논문을 비롯하여 학술지에 출판된 논문들과 연구과제 보고서를 중심으로 사용된 전사 규약의 실태를 살펴보고, 한국어 학습자 말뭉치 구축 과제에서의 체제를 중심으로 국제표준기구(International Standard Organization)에서 연구 중인 내용을 소개하여 적절한 한국어의 담화 주석 체계를 모색하는 데 기여하고자 하였다.

이러한 논의는 다차원적이고도 역동적인 담화 의미에 대한 탐구에 진전을 이루는 데 기여하며, 더불어 합리적인 차원의 담화 전사, 주석 체제를 향한 고민을 통해 한국어 학습자 구어 말뭉치의 구축 등의 과제를 통해 국제적으로 한국어 담화분석과 한국어교육학의 국제적 소통이 증진되는 데 첫 단추가 될 것으로 전망한다.

참고문헌

강현화·김선정·김일환·김정숙·안경화·이동은·이정희·한송화·황용주(2015),『2015년 한국어 학습자 말뭉치 기초 연구 및 구축 사업』, 국립국어원.

김유진(2011),「대화에 나타나는 도치 구문에 관한 연구」, 한양대학교 박사학위 논문.

김해연(2009),「대화분석과 문학작품 대화문의 분석」,『담화·인지언어학회 학술대회 발표논문집』, 담화인지언어학회.

남길임(2007),「국어 억양 단위의 통사적 상관성 연구 구어 독백 말뭉치를 중심으로」,『어문학』 96, 한국어문학.

노미연(2012),「한국어 학습자의 구어 오류와 후속 상호작용 분석 연구 -인터뷰 평가 담화를 중심으로-」, 동국대학교 박사학위 논문.

박성현(1996),「한국어 말차례체계와 화제」, 서울대학교 문학박사학위 논문.

서상규·구현정(공편)(2002),『한국어 구어 연구(1) -구어 전사 말뭉치와 그 활용-』, 한국문화사.

서상규 외(2010),『한국어 학습자 말뭉치 구축 설계』, 국립국어원·연세대학교 언어정보연구원.

손승민(2010),「증권가 직원의 상담 대화 구조와 전략」, 한양대학교 박사학위 논문.

손희연(2013),「한국어 학습자의 지시어 담화·기능 분석 -중국인 학습자의 인터뷰 사례를 중심으로-」,『담화와 인지』 20, 담화인지언어학회.

유석훈(2001),「외국어로서 한국어 학습자 말뭉치 구축의 필요성과 자료 분석」,『한국어 교육』 12(1), 국제한국어교육학회.

이동은(2000),「토론의 상호작용사회언어학적 연구 -갈등과 그 운용을 중심으로-」, 서울대학교 언어학과 박사학위논문.

이동은(2002),「한국어 평가담화의 특징 - 한국어교사들의 담화분석을 중심으로 -」,『한국어 교육』 13(2), 국제한국어교육학회.

이동은(2008),「한국어 고급 학습자의 화용 능력 고찰 -영어권 교포학습자와 비교포학습자의 담화분석을 중심으로-」,『한국어 교육』 19(3), 국제한국어교육학회.

정금미(2011),「대화에서의 공손과 불손전략에 대한 화용론적 연구」, 충남대학교 박사학위 논문.

진제희(2000),「한국어 학습자들의 의사소통 전략 유형 분류 및 분석 - 비상호적 상황을 중심으로-」,『한국어 교육』 11(1), 국제한국어교육학회.

최재웅(2014),「말뭉치와 언어연구: 외국의 사례와 경향」,『한국어학』 63, 한국어학회.

Blum-Kulka, House & Casper(1989), *Cross-cutural Pragmatics: Requests and*

Apologies, Norwood, NJ: Ablex.

Chapelle, A. Carol (ed.)(2013), *Encyclopedia of Applied Linguistics*, Wiley Blackwell.

Egbert, M. M. Yufu, & F. Hirataka(2016), An Investigation of how 100articles in the Journal of Pragmatics treat transcripts of English and non-English languages, *Journal of Pragmatics* 94 (2016).

Harry Bunt(2011), "Multidimentional Dialogue Act Annotation Using ISO 24617-2", *IJCNLP 2011 Tutorial November 8*, Chiang Mai.

Kim, Eun Ho(2013), "Development of Interactional Competence in L2 Korean: The Use of Korean Interpersonal Modal Endings -canh- and -ketun", Doctoral's dissertation, University of Hawai'i at Mānoa.

Lee, Kiyong(2014), *ISO Standards on Language Resources*, Manuscripts.

Leech, G.(1997), Introducing Corpus Annotation, in R. Garside, G. Leech and A. McEnery (eds.), Corpus Annotation, 1-18, London: Longman.

Lewis, M. Paul, Gary F. Simons & Charles D. Fenning (eds.),(2015), *Ethnologue: Languages of the World*, 18th ed. SIL International Dallas, Texas. http://www.ethnologhue.com.

Schiffrin, Deborah(1994), *Approaches to Discourse*, Blackwell.

Tannen, Deborah(1984), *Conversational Style : Analyzing Talk Among Friends*, Language & Learning for Human Service Professions.

Tannen, Deborah(1989), *Talking Voices : Repetition, Dialogue, and Imagery in Conversational Discourse*, CUP.

Yoon, Sang-Seok & Dong-Eun Lee(2012), An Analysis of Multicultural Family Conversations at Korean Homes, *Korean Linguistics* 56.

이동은, 국민대학교 국어국문학과, delee@kookmin.ac.kr

〈정선태논평〉

문학 속의 언어

문학은 언어 예술이다. 언어로 빚는 예술인 까닭에 언어가 없는 문학은 상상할 수 없다. 역사의 흐름에 따라 언어는 변전(變轉)에 변전을 거듭하며 문학 또한 그 흐름을 따르기도 하고 이끌기도 한다. 그리고 문학 속의 언어는 작품이 생산된 역사적 상황, 시인이나 소설가의 개인적 감각과 사상에 긴밀하게 관련되어 있다. 따라서 문학 속의 언어가 지니는 다양한 특징들을 밝히는 작업은 문학 텍스트를 더욱 면밀하고도 심도 있게 읽을 수 있는 가능성을 여는 일과 맞먹는다.

채만식 소설의 문체와 박태원 소설의 언어적 특징, 최명희의 소설 『혼불』의 문체론적 성격, 신동엽과 김수영 시어의 언어학적 분석에 각별한 관심을 쏟아 오신 김흥수 선생님의 연구를 다시 한 번 떠올리면서, 여기에서는 문학 속의 언어 또는 문학이라는 형식 속에 구현되는 다양한 언어의 양상과 그 의미를 조망할 수 있는 글 네 편을 뽑았다.

먼저 임상석 교수의 「유길준의 국한문체 기획과 문화의 전환-신채호, 최남선과의 비교연구-」는 유길준의 국한문체 기획이 지닌 문화사적 의미를 밝힌 논문이다. 『서유견문』에서 보여 준 유길준의 국한문체 '실험'이 당대의 시대상과 맞지 않은 측면이 있어 언중에 수용되지는 못했지만, 그의 선진적인 구상은 최남선을 위시한 일군의 새로운 지식인들, 특히 근대적 교육을 이수한 이들에게 분명히 의미 있는 참조점이 되었을 것이라는 것이 이 논문의 결론이다. 하나의 문체가 어느 날 갑자기 혁명적으로 변화하는 것이 아니라는 점을 실증적 증거를 들어 논구하고 있는 이 논문은 문체와 사상의 상호작용 및 문체 선택의 지성사적 의미를 포괄하는 주목할 만한 연구라 할 수 있다.

다음으로 배수찬 교수의 「서구시 번역을 통한 근대 한국어 문장 형성 연구 -김억의 베를렌느와 보들레르 번역을 중심으로-」는 김억의 서양시 번역이 근대 한국어 문장 형성에 끼친 영향을 밝힌 논문이다. 번역을 매개로 하여 아직 그 모양이 확정되지 않은 한국어 문장체의 새로운 형식을 실험하고자 했던 김억은 자신의 번역을 통해 새로운 시대에 어울리는 문장체의 외적 형식과 문장이 담아야 할 내용의 충실도라는 기준을 제시했다고 할 수 있다. 근대 한국어 문장 형성의 계기 중 하나로서 번역은 순한글의 자연스러운 한국어 문장이라는 형식 준거와 내용의 충실도라는 내적 준거를 충족시키기 위한 고투라 할 수 있다. 김억은 번역 과정에서 많은 어려움을 겪기도 하고 또 뒤틀리기도 했거니와, 바로 이 점이야말로 근대 한국어 문장의 실상을 고스란히 보여주는 사례라 할 수 있을 것이다.

한편 전봉관 교수의 「백석 시의 방언과 그 미학적 의미」는 백석 시의 언어적 특징을 밝히고 이를 바탕으로 방언 활용을 미학적 전략이라는 관점에서 고찰한 논문이다. 백석과 그의 문학에 관한 논문은 이루 헤아리기 어려울 정도인데, 그중에서도 "백석 시는 독자적 표기법을 채용함으로써 표기법 자체가 시의 미학에 이용될 수 있다는 것과 방언을 통해 토속적 세계를 재현함으로써 민족 단위보다 한 차원 큰 단위에서의 균질성 확보가 가능하다는 점을 보여준다"는 결론에 이르는 이 논문은 백석의 언어 운용 방식과 미학적 특징 나아가 사상적 성격까지 가늠할 수 있게 한다는 점에서 선구적이고도 독창적인 연구라 할 수 있다.

마지막으로 정선태의 「표준어의 점령, 지역어의 내부식민지화 - 현기영의 『순이삼촌』을 시점으로-」는 현기영의 『순이삼촌』을 중심으로 표준어와 지역어의 역학 관계를 밝히고자 한 논문이다. 표준어가 언중의 효율적인 의사소통을 위해 제정된 것이라는 점을 충분히 고려하면서도 그 이면에 작동하는 표준어와 지역어의 (무)의식적 권력 관계를 밝히고 그것이 인간관계와 개인의 의식에 어떤 식으로 투영되는지를 보여주고자 했다. 표준어=중심어는 사투리(지역어)만 억압하는 것이 아니라 사투리를 사용하는 사람들의 기억과 사유 방식까지 지배한다는 것, 다시 말해 언어의 위계화가 인간의 (무)의식, 기억, 가치관에까지 일정하게 영향을 미친다는 것이 이 논문의 결론이다.[1]

국어학자의 관점에서 언어, 문체, 문학의 관련성을 고구해 온 김홍수 선생님의 많은 연구의 결론을 한마디로 줄이자면 '언어와 문학에 대한 깊은 사랑'이라 할 수 있을 것이다. 그리고 그것은 곧 '사람과 사람 사는 세상에 대한 깊은 관심'이라 바꿔 말할 수 있을 것이다. 문학 쪽에서 생산된 네 편의 논문만으로 그 사랑과 관심에 응답하기란 지난한 노릇인 줄 안다. 하지만 미미하나마 이것을 하나의 연결고리 삼아 언어 연구와 문학 연구가 홍성스럽게 만날 수 있다면 이 또한 전혀 쓸모없는 일은 아닐 것이라 생각한다.

정선태, 국민대학교 국어국문학과, iskra@kookmin.ac.kr

1 위 논문들 말고도 한국 근대 문학 연구 쪽에서 생산된 관련 연구들, 그러니까 근대어의 형성과 문학, 번역과 문체의 관련성, 방언의 미학적 성격 등에 관한 뛰어난 연구가 적지 않다. 하지만 지면이 제한되어 있어 좋은 논문들을 더 싣지 못한 것이 못내 아쉽다.

유길준의 국한문체 기획과 문화의 전환

- 신채호, 최남선과의 비교연구 -

임상석

1

유길준의 국한문체 기획

한국의 근대 초기에서 국한문체 작가로서 가장 먼저 거론해야 할 이가 유길준이다. 국한문체로 『서유견문(西遊見聞)』을 비롯한 주요 단행본을 출간했으며, 『대한문전(大韓文典)』(1909) 등을 통해 국문 의식을 적극적으로 천명한 동시에 국문과 한문의 관계에 대해서도 선구적으로 체계적인 고찰을 시도했다. 공인으로서 그가 주도했던 사업들, 그리고 일본 및 대한제국 황실과의 관계 등은[1] 논란과 의혹 속에 가려진 부분이 많다고 해도 국문 글쓰기에 대한 그의 업적이나 의도는 명백한 것으로 보인다.

제목에 언급한 유길준, 신채호, 최남선은 공통적으로 근대 초기

1 을미사변에서의 역할, 일본 망명 시절의 쿠데타 기도, 한일 신협약에 대한 입장 등 공인, 관인으로서의 그의 행적은 여러 가지 의혹을 불러일으킬 만하다. 더욱, 유성준, 유만겸, 유억겸 등, 형제와 아들들의 친일협력도 유길준 자신과 완전히 분리하기 어렵다 하겠다.

국한문체의 대표적 작가들이지만, 조선의 전근대적 신분으로는 차등을 가진 인사들이고, 활동한 시공간이 겹치는 면도 있지만 한국의 근대라는 격변 속에서 시대의 변화를 각각 대표하는 인사들이기도 하다. 상신(相臣)의 자리에까지 올랐으며 고종과도 직접적 의리를 지니고 일본과 황실 사이를 오갔던[2] 유길준, 향반의 일원으로 성균관 박사로 입신하였으나 자신의 연원인 사문(斯文)과 사도(斯道)를 극력 배격하다 망명한 신채호, 그리고 서울에 세거한 중인 가문의 축적된 부를 바탕으로 출판과 고전적 정리라는 근대적 문화운동과 자본주의적 시세에 적극 대처하여 한때 시대적 아이콘이 되었던 최남선, 이 세 사람의 이름만으로도 계급과 사회체제의 근대적 전환을 가늠할 만하다. 그러나 이 자리에서는 일단, 글쓰기를 중심으로 한 문화적 전환에 집중하여 근대 초기 국한문체 글쓰기의 변천을 구성하고자 한다.

유길준은 앞서 언급한 신채호, 최남선 등의 후대 국한문체 작가들과 크게 두 가지 차별성을 가지고 있다. 국한문체로 이루어진 언론매체가 활성화된 근대계몽기 이전에 그는 이미 『서유견문』을 통해 국한문체 작문에 대해 거시적인 원칙을 설정한 것으로 보인다.[3]

---

2 다양한 선행 연구가 있으나, 종합적인 성과로 정용화(『문명의 정치사상: 유길준과 근대한국』, 문학과지성사, 2004)의 책을 참조할 수 있고, 망명 시절의 쿠데타 사건에 대해서는 윤병희(「일본망명시절 兪吉濬의 쿠데타음모사건」, 『한국근현대사연구』 3, 한국근현대사학회, 1995.)를 참조할 수 있다.

3 여기에는 한국 최초의 근대적 언론매체인 관보 『漢城旬報』와 『漢城週報』를 편찬한 경험도 크게 작용했을 것으로 보인다. 전자는 한문이었지만, 후자는 국한문체로 작성된 부분도 있었다.(김영민, 「근대계몽기 문체 연구: 유길준을 중심으로」, 『동방학지』 148, 연세대 국학

첫째로 그는 문법의 일관성을 추구해 한문이 아닌 한자 형태로 국한문을 혼용하려 했다. 둘째로 그는 한문 산문의 전통적 체격(體格)과 장르에서 벗어난 형태의 글쓰기, 일종의 새로운 장르를 추구한 것으로 보인다. 전자가 『서유견문』의 문체 및 『대한문전』 등을 통해 실증될 수 있는 성격이라면, 후자는 여러 가지 배경에 근거한 정황상의 추론이다. 또한, 전자가 좁은 의미의 수사, 문법에 관계된 사안이라면 후자는 범위를 한정하기 힘든 문제이기도 하다. 후자에 대해 먼저 논한다.

유길준은 후대의 대표적 국한문체 작가인 신채호, 최남선과 달리 계몽기 언론에 주도적으로 참여하지 않았으며, 국한문체로 된 논설을 잡지나 신문 등 근대적 매체에 거의 게재하지 않았다. 신채호, 장지연, 박은식, 이기 등의 대표적인 계몽기 논객들이 『황성신문』, 『대한매일신보』, 『대한자강회월보』, 『서북학회월보』, 『기호흥학회월보』 등에 적극적으로 논설을 발표했던 것과는 상반된 모양이다. 유길준의 정치적 입장이나 사회적 신분이 이와 같은 언론 활동에 적합하지 않았던 배경이 있지만, 다른 추론도 가능하다고 본다.

계몽기의 대표적인 국한문체 작문교본인 『실지응용작문법』(1909)에서 저자인 최재학이 "국한문체 작문도 한문의 體格을 지킨다"는 언급을 남긴 것처럼, 대부분의 계몽기 국한문체 논설은 한문고전의 수사규범에 근간한 한문산문의 압축미[4]를 지향했다. 개성

연구원, 2009, 참조.)

4 낭독, 집필의 상황 혹은 서예로 다시 썼을 때의 감상 방식 등의 여러 차원을 감안하면 미학, 향음 방식 등 여러 용어가 결부되는 사안이겠으나 여기서는 일단, 압축미라는

없는 활자로 인쇄되어 불특정 대중을 대상으로 하며 묵독을 전제한 근대의 언론이 이미 전통적 한문 산문과 적합하지 않은 상황이지만, 여전히 수사적 기법은 남았던 것이다. 그래서 국문의 통사구조는 한문고전의 수사와 충돌하면서 과도기적인 문체로 실현되었고, 때로는 이 과도기적 상황을 적극적으로 이용하는 성격의 기법도 나타났던 것이다. 『유길준전서』를 근거로, 유길준이 계몽기 언론매체에 남긴 논설은 1편이고 한문으로 작성되어 있다.[5] 『대한문전』 등의 집필에서도 알 수 있듯이, 그는 국한문의 혼용에 있어서도 일정한 문법을 먼저 설정하려 했기에, 국한문체로 계몽기의 신문이나 잡지에 적합한 짧은 논설을 집필했을 경우에 나타날 국문 통사와 한문 수사 사이의 충돌을 자신의 문장에 남기려 하지 않았을 확률이 있다. 또한, 『서유견문』에 전개된 그의 논설은 장지연, 신채호, 박은식 등의 논설에 비해 형식과 내용 면에서 한문 산문과의 관련성이 멀다. 한문 문체의 장르인 논(論)과 설(說) 등의 장르적 형식미나 압축미를 따르지 않았던 것이다.

계몽기의 국한문체 논설이 대부분 한문 산문의 격식을 따라 대체로 짧게 응축된 형태를 지니고 있었던 반면, 이 격식에서 벗어난 문체적 전환은 『소년』에 이르러서야 대대적으로 나타났다. 문체적 차원에서 국문의 비중이 높아졌다는 점도 중요하지만, 글쓰기의 양

임의적인 용어를 쓰겠다.

5 『황성신문』(1908.6.10)에 게재한 「小學敎育에 對ᄒᆞᆫ 意見」이 국한문체이지만, 논설과는 성격이 좀 다르다. 『유길준전서』(兪吉濬全書編纂委員會 編, 一潮閣, 1971, 전 5권)는 이하 『전서』로 한다.

적 확대도 한문고전의 전범성을 벗어났다는 점도 주요한 징후이다. 그런데 이보다 훨씬 앞서 유길준이 국한문체로 한문 산문의 규범을 벗어난 『서유견문』, 『노동야학독본』 등의 단행본들을 출간했던 것이다.[6] 계몽기의 언론매체에 게재된 국한문체 기사들이 대부분 '論', '說', '奏議' 등의 전통적 한문 산문 장르에 소급될 수 있는 성격이었다면, 유길준의 이 단행본 저서들은 완연히 한문의 체격을 벗어난 장르를 추구한 것이다. 의문법과 수사의 운용에서 과도기적인 혼란을 최대한 피하려 했던 점이 다소 소극적인 양상이라면, 한문고전의 체격을 벗어난 새로운 글쓰기의 장르를 지향한 것은 적극적인 시도로 평가할 수 있다. 국한문체 작문에 있어서 계몽기 국한문체 작가들이 한문 산문의 체격 속에서 당면한 사안을 논하는 것에 주력했다면, 유길준은 더 거시적 차원에서 전통적 한문 산문 장르에서 벗어나 근대적 매체인 독립된 단행본에 적합한 새로운 장르를 구상했던 것이다. 이것은 물론 그가 『대한문전』 등에서 보여준 국한문체의 문법적 고찰과 궤를 같이 한다.

국한문체 작문에 맞는 새로운 장르를 지향했던 것이 그가 신채호, 장지연, 박은식과는 다른 한 가지 차별성이라면, 두 번째 주요한 차별성은 문법적 일관성을 시도했다는 점이다. 이 점은 여러 가지

6 『普魯士國厚禮斗益大王七年戰史』(廣學書鋪, 1908), 『英法露土諸國哥利米亞戰史』(廣學書鋪, 1908) 등도 국한문체로 역술하여 간행하였다. 『서유견문』도 福澤諭吉의 『西洋事情』에서 역술한 부분이 있지만 자력으로 집필한 부분도 상당한 분량이다. 이 두 서적의 경우도 원본과의 면밀한 대조가 필요할 것으로 본다. 이 두 서적은 기본적으로 『서유견문』과 비슷한 문체로 작성되었으나, 한문구의 삽입이 훨씬 많다. 아마 원본의 문체에서 비롯한 것으로 추정된다.

의 문화적, 시대적 배경과 함께 따져 볼 필요가 있다.

2

유길준의 문한(文翰)
– 문화 질서의 교체 속에서

앞서 언급한 신채호, 최남선과 달리 유길준은 그의 신분과 시대가 그렇듯이, 가장 전근대적인 문자생활을 영위했다. 가장 선구적이고 다소 급진적이기도 한 언어관을 보여주기도 했지만, 남은 문서로 보자면 생전에 시고(詩稿)를 편집한 사람은 이 3인 중에 유길준뿐이다. 조선의 정치 체제가 글쓰기 능력, 흔히 문한(文翰)이라 불리는 영역에 크게 의지했던 것은 주지의 사실이다. 유길준은 '國文專主'와 '漢文全廢'라는 획기적 주장을 남겼지만,[7] 『유길준전서』를 살펴 볼 때 관인이자 공인으로서 유길준은 한문의 문한을 버릴 수 없었다. 공적인 영역 뿐 아니라, 개인적 사교를 위해서도 한시(漢詩)와 서간 쓰기 등은 필수적인 일이었다.

유길준 스스로 주도하여 국한문을 공식어로 채택한 갑오경장의 이후에도 한문의 질서는 정치·사회적인 여러 통로에 남아 있었기

---

7 여기서의 漢文은 제한된 의미이다. 漢字를 連綴하여 句讀를 이루어 文이 되니, 字마다 떼어서 쓰면 文이 되지 않으니, 漢字는 사용하되 漢文, 즉 한자로 이루어진 문구, 문장을 국문에 쓰지 말자는 주장이다(유길준, 「小學教育에 對혼 意見」, 『전서』 2, 1908, 258-259면.).

에 자신의 한문 문한을 발휘할 수밖에 없었다. 공적인 사례로, 헤이그밀사 사건으로 한일신협약이 체결되고 고종의 안위가 위험했던 1907년에 유길준은 대한제국의 유배자 자격으로[8] 일본의 내각 총리대신인 사이온지 긴모치(西園寺公望)에게 한문으로 건백서(建白書)를 올린다.[9] 사적으로는 후쿠자와 유키치(福澤諭吉)과의 서신 왕래에도 역시 한문을 사용했다. 후쿠자와와의 서간은 사신(私信)이기는 해도 정치와 공적 사업에 관계된 일을 의논한 것이기에 사적인 영역에 제한된 성격이 아니다. 긴박한 한일 관계에서 자신의 공적인 역할을 다하기 위해서라도 한문의 문한은 필수적인 요건이었다.

1912년에 나온 「구당시초(矩堂詩鈔)」(『전서』 5)는 서문을 관로의 조력자로서 공사에서 매우 중요한 관계를 맺었던 김윤식(金允植)이 작성한 바, 한시의 수창을 근간으로 하는 전통적인 교제를 유지한 셈이다. 그 외에 약간의 묘도문자나 전(傳), 기(記) 등도 남기고 있어 그의 문한을 부분적으로나마 짐작하게 한다. 한문 저작 중 눈여겨볼 만한 것은 『대동학회월보』 1호에 실린 「시대사상(時代思想)」이라는 글이다. 시대의 변화에 적응함이 공자의 도(道)이기도 함을 적절한 전거와 간결한 역사적 해설로 풀어내어, 한문 산문 고유의 압축

---

8 원문에 유배자를 지칭하는 '累人'으로 자칭하고 있다. 1907년 중반까지 그는 일본에 유배된 상태였다.

9 정밀하게 읽지는 못했지만, 대체로 헤이그 밀사사건이 대한제국 황제의 뜻이 아닌 주변 협잡꾼들의 획책이고 황제는 신협약을 준수할 것이며, 황실과 국민은 일본의 은덕에 심복한다는 내용으로 설득이라기보다 동정을 구하는 읍소에 가까운 느낌이다. 아마도 일본이 대한제국 황실을 보존해 주기로 한 것에 이 글이 약간의 영향이나마 주었을 수도 있으며, 1907년에 순종 즉위와 함께 그의 유배가 풀린 것도 관계가 있을 수 있겠다.

미를 여실하게 보여주는 글이다.

유길준은 한문 문한이 자신의 정체성과 가치를 규정하는 시대에 태어났고 국문에 대한 지향을 통해 그러한 문화적 질서를 개혁하려고 노력했지만, 공사의 결정적 순간에서는 자신의 본원인 문한을 사용할 수밖에 없었다. 이는 그가 처한 신분의 한계이자, 근대 초기에도 여전했던 문화적 질서를 보여주는 사례이다. 물론 그는 『서유견문』을 위시한 많은 국한문체 저술을 발표하였고, 더 나아가 순 한글에 가까운 『노동야학독본』을 집필하기도 했다. 그러나 위와 같이 그가 처했던 공사의 상황을 따져 볼 때 입말을 제외한다면, 그에게 문어로서 모어(母語)에 가까운 것은 한문이지 국한문은 아니었을 터이다. 이렇게 볼 때, 국한문혼용의 격식을 경서언해에서 찾았다는 그의 발언이 더 구체화되고 한문의 훈독(訓讀) 방식에서도 일본의 영향에 앞선 자국적 글쓰기 전통의 존재를 구체적으로 논할 수 있다.[10]

유길준의 다음 세대들인, 신채호와 최남선에 이르러는 문한의 질서는 약화된다. 신채호는 입신의 기반이 한문 문한이었지만, 이미 전통적인 문한을 기반으로 정치·사회적인 역량을 발휘할 공간이 축소된 시대에 살았다. 아마도 그가 가진 문한이라면 어릴 적의 은인인 신기선을 따라 여규형, 최영년처럼 대동학회나 경학원 등에 몸을 의탁할 수도 있었고, 김택영처럼 중국에 망명하여 출판과 교

10 『노동야학독본』에 나타난 유길준의 한자 訓讀 방식의 자국적 배경에 대해 김영민(2009)이 지적한 바 있고, 『서유견문』과 경서언해의 관계에 대해서는 임상석(「『西遊見聞』의 국한문체와 『西洋事情』의 混用文 비교연구」, "中國比較文學學會 第10屆年會暨國際學術硏討會 別紙", 2011.8.11.)이 논하였다.

정으로 생계를 이으며 현지의 인사들과 전통적인 문자생활을 영위할 수도 있었겠지만, 이런 선택은 그의 포부나 성격에 전혀 들어맞지 않았다. 입신의 자산인 문한을 버리고 저항과 비타협의 길을 택한 것은 그의 자발적 의도였겠지만, 문한이 큰 역할을 할 수 없었던 시대의 변화와 계급의 차이도 배경으로 작용했을 것이다. 최남선의 경우는 유길준, 신채호에 비한다면 전통적 문한을 아예 가지지 못했다고 해도 과언은 아니다. 최남선이 두 사람에 비해, 근대 초기의 국한문체 작문에 가장 풍부한 내용을 담아낼 수 있었던 것은 상대적으로 한문고전의 규범으로 대변되는 기존의 문화 질서를 가지지 못한 자유로움에서 비롯된 면도 있다.

상대적으로 유길준의 국한문체는 최남선과 신채호에 비해서 자유로움을 가지고 있지 않다. 그렇다기보다는 양자의 문체에 비해 문법적 일관성 면에서 훨씬 선구적인 체제를 가지고 있다. 그것은 『대한문전』 등을 통해 나타난 어학적 지식,[11] 『한성주보』 편찬과 『서유견문』 집필 등으로 얻은 국한문체 글쓰기에 대한 체계적 고찰에서 비롯된 바가 큰 것으로 보인다. 신채호, 최남선이 당면한 과제에 대하여 즉각적으로 대응하는 신문지의 역할에 주력했다면, 유길준이 출간한 『서유견문』 등은 상대적으로 훨씬 갈고 닦은 문장을 보여준다.[12] 당면한 난제가 있지만, 일단 원칙적이고 거시적인 관점에서 문

11 『대한문전』은 시제, 품사의 분류 등에서 서구의 어학적 이론에 근거하고 있으며, 유길준이 일본과 미국의 근대적 학교 교육의 영향을 간접적으로나마 확인할 수 있는 자료라 할 수 있다(남경완 외 역주, 『쉽게 풀이한 대한문전』, 월인, 2003).

12 「서유견문 서」에서 유길준은 『서유견문』을 신문지라 칭하고 있지만, 사실 계몽기

법적으로 작문의 기본을 확립하려 한 유길준의 태도는 그의 신분, 그리고 당대로서는 독보적으로 이질적인 지식체계인 한문 문한과 서구의 신지식을 공유하고 참작했다는 점에서 비롯되지 않았을까?

공적인 측면에서는 신채호와 최남선, 특히 전자는 유길준의 모호한 태도를 참지 못했을 확률이 많고, 유길준도 신채호와 최남선이 적극 활동했던 계몽기의 언론, 단체 활동에 참여하지 않았다. 두 사람이 재야의 길에 있었다면, 계몽기에 있었던 흥사단(興士團)을 비롯한 유길준의 계몽운동은 왕실의 은사금을 받는 등, 관(官)과의 관계가 적지 않았다. 그러나 신채호와 최남선은 유길준의 지식에 대해서는 동경했을 것이다. 유길준이 작고한 1914년으로부터 3년 후에 나온 『무정』에서도 일본 유학을 넘어선 미국 유학이 지고의 대안으로 설정되어 있다. 그러나 이미 『무정』의 수십 년 전에 유길준은 일본과 미국에서 근대적인 정규 교육 과정을 교수 받았다. 거기에 어린 시절 박규수에게 인정받았으며, 당대의 대가로 꼽히는 김윤식에게 칭송받은 전통적 문한까지 지니고 있었던 셈이다.[13] 당대에, 어쩌면 한국의 근현대를 통틀어서도, 이질적인 동서의 지식체계를 공유했다는 측면에서 유길준보다 더 나은 인물은 거의 없지 않을까 싶다. 더욱 대한제국의 대신이자 일본 유학 경력으로 맺은 국제적인 인적 배경

의 신문, 잡지에 비해서 그의 국한문체가 훨씬 일관성 있는 문체였음은 다소 아이러니하다.

13 김윤식은 「矩堂詩鈔」에 서문을 작성하면서, 그의 시를 "심하게 좋아하여[酷愛] 한 수를 얻을 때마다 구슬꿰미처럼 여겼다"고 했다. 또한, 어린 시절 유길준이 박규수에게 시로 인정받아 『海國圖誌』를 받은 사적도 이 서문에 기록되어 있다(「矩堂詩鈔序」, 『전서』 5, 1912, 161-162면.).

도 당시로는 따라갈 인사들이 별로 없었을 터이다. 어쩌면 사(士)와 공경대부(公卿大夫)라는 전근대적 질서는 계몽기에도 어느 정도 그 명맥을 유지한 셈이다. 유길준이 한문이 아닌 한자로 국한문을 혼용하여 국문 글쓰기를 확립하자는 대국적 원칙을 천명할 수 있었던 것도 재야의 사(士)에 불과한 신채호, 최남선을 위시한 다른 계몽기 국한문체 언론인과 달리, 전통적 문한과 신지식을 공유한 대부(大夫)로서의 위치가 영향을 끼친 것은 아닐지 가늠해 본다.

3

한문(漢文)에서 한자(漢字)로

– 국한문체의 문법적 기틀

신채호와 최남선도 문법적 인식이 없었던 것은 아니지만, 유길준의 체계적인 고찰에 비하면 단편적인 문제 제기에 그친다. 물론 최남선은 기나긴 저술 생활 동안 국문에 대한 문법적 연구도 남겼지만, 이 글이 대상으로 하는 1910년대까지 별다른 독립적 성과를 내지 않았다. 유길준의 문법 연구에 대해서는 기존 연구성과가 많이 있지만,[14] 이 자리에서는 국한문체 작문의 실천과 관계된 부분에 집중

14 최근의 연구로 고영근(「兪吉濬의 國文觀과 社會思想」, 『어문연구』 32, 어문연구학회, 2004), 한재영(「兪吉濬과 『大韓文典』」, 『어문연구』 32, 어문연구학회, 2004) 및 김영민(2009) 등이 있다.

하여 논하고자 한다.

국한문체가 한문이 아닌 한자를 채용해야 한다는 점이 국한문체에 대한 유길준의 입장이었다. 여기에 대해서, 그는 선구적인 체계적 고찰을 남기고 있다. 앞서 언급한 선행연구에서 이미 지적한 바 있지만, 논의의 편의를 위해 그 주장을 발췌하여 인용해 본다.

1) ……二十編의書ᄅᆞᆯ成ᄒᆞᄃᆡ**我文**과**漢字**ᄅᆞᆯ混集ᄒᆞ야文章의體裁ᄅᆞᆯ不飾ᄒᆞ고**俗語**ᄅᆞᆯ務用ᄒᆞ야其意ᄅᆞᆯ達ᄒᆞ기로主ᄒᆞ니……我邦七書諺解의法을大略倣則ᄒᆞ야詳明ᄒᆞᆷ을爲ᄒᆞᆷ이라…**我文**은卽我/ 先王朝의創造ᄒᆞ신**人文**이오**漢字**ᄂᆞᆫ中國과通用ᄒᆞᄂᆞᆫ者라余ᄂᆞᆫ猶且**我文**을純用ᄒᆞ기不能ᄒᆞᆷ을是歉ᄒᆞ노니外人의交ᄅᆞᆯ旣許ᄒᆞᆷᄋᆡ國中人이上下貴賤婦人孺子ᄅᆞᆯ毋論ᄒᆞ고彼의情形을不知ᄒᆞᆷ이不可ᄒᆞᆫ則拙澁ᄒᆞᆫ文字로渾圇ᄒᆞᆫ說語ᄅᆞᆯ作ᄒᆞ야情實의齟齬ᄒᆞᆷ이有ᄒᆞ기로ᄂᆞᆫ暢達ᄒᆞᆫ詞旨와淺近ᄒᆞᆫ語義ᄅᆞᆯ憑ᄒᆞ야眞境의狀況을務現ᄒᆞᆷ이是可ᄒᆞ니……[15]

「西遊見聞 序」, 『유길준전서』 1(1896)

2) ……一, 國文專主/ 二, 漢文全廢/ ……然則小學教科書의編纂은國

15 "……우리글은 즉, 우리 선왕조의 창조하신 인문이오, 한자는 중국과 통용하는 것이다. 나는 또한, 우리글을 전용하기 불능함을 미타하게 여기노니, 외인의 교섭을 이미 허가함에 국중인이 상하와 귀천, 부인과 아이를 물론하고 저쪽의 정형을 부지함이 불가하기에 졸렬, 난삽한 문자로 혼돈한 주장과 말을 지어내어 실정에 어긋남이 있기보다는 창달한 글 뜻과 비근한 말뜻에 기대어 진경의 상황을 힘써 나타냄이 바로 옳으니……"(인용문의 말미가 해석이 조금 어려운 부분이 있기에 윤문해 보았다. 유길준의 글은 모두 『유길준전서』에서 인용하였고 줄 바꿈과 말 줄임 기호를 제외하고는 원문 그대로이다. 강조는 인용자, 이하 같음.)

文을專主홈이可혼가曰然ᄒᆞ다然則漢字는不用홈이可혼가曰否라漢字를烏可廢리오漢文은廢호ᄃᆡ漢字는可廢치못ᄒᆞ나니라曰漢字를用ᄒᆞ면是乃漢文이니子의全廢라ᄒᆞ는說은吾人의未解ᄒᆞ는바이로라曰漢字를連綴ᄒᆞ야句讀을成혼然後에是可曰文이니字字別用홈이豈可曰漢文이리오……

一, 錯節語이니卽漢語英語갓티上下交錯ᄒᆞ야其意를表示ᄒᆞ는者/ 二, 直節語이니卽我國語及日本語갓티直下ᄒᆞ야其意를表示ᄒᆞ는者/ …今에國漢字交用ᄒᆞ는書에錯節體法을用ᄒᆞ면是는文을不成홈이漢文에直節體法을行홈과同혼지라是以로音讀ᄒᆞ는文이라도此를務避ᄒᆞ여야可ᄒᆞ니訓讀혼然後에此獘가自絶홀지라……

「小學教育에 對혼 意見」, 『유길준전서』 2(1908)

3) ……(丙)漢字의下에國字의添附로成ᄒᆞ는形容詞/ 形容詞가漢字의下에國字의添附로成立ᄒᆞ는者는我國이從來로漢字를借用ᄒᆞ야漢字가國語로同化되매因ᄒᆞ야動詞又形容詞에屬혼漢字音의下에助動詞(ᄒᆞ)를附ᄒᆞ야成ᄒᆞ미라此를例示ᄒᆞ건대/ 動詞에屬혼者는/ 往ᄒᆞ는……形容詞에屬혼者는/ 青혼……

『大韓文典』, 『유길준전서』 2(1909, 191-192면)

4) ……動詞는又其活用上表示ᄒᆞ는 時期를 發現ᄒᆞ야 此를 六種으로 分ᄒᆞ니, 曰現在動詞는名詞의 現在作用을 發現ᄒᆞ니往ᄒᆞ오, 食ᄒᆞ며의 類이오, 曰未來動詞는名詞의 未來作用을 推想發現ᄒᆞ니往홀야오, 食ᄒᆞ겟소의 類이오,……

「鮮漢字混用作文法 四」, 『유길준전서』 2(1914, 252-253면)

국자(國字), 국어(國語) 등의 용어를 사용하면서, '선왕조의 창조한 人文'이라 하여 자국어 의식을 드러낸 배경 아래, 국한혼용의 원칙을 위와 같이 탐구하였다. 혼용의 원칙에서 결국 중요한 것은 한문[16]의 위상인데, '한문(漢文)' — 한자로 된 문구/문장이 아닌 '한자(漢字)'로서 국문과 결합해야 한다는 것이 주된 대의라고 하겠다. 이 원칙이 명징하게 구성된 것이 2)이고, 3)과 4)는 이 원칙 아래, 한자가 한글 어미와 어떤 식으로 결합하는지에 대해 문법적으로 국한혼용의 실현 사례를 들어 주고 있다. 그러나 이런 대원칙은 1900년대에 형성된 것이 아니라 이미 『서유견문』의 집필 중에 탐구된 것으로 보인다. 1)에서도 국문은 '我文'이며 '人文'으로서 더 본질적인 위상을 부여 받았으며, 한자는 중국과 통용하기 위한 것으로 상대적으로 보조적인 위상이다. 1)에서 속어(俗語)를 쓴다는 말은 여러 가지 측면에서 고찰의 여지가 있다. 『서유견문』 본문을 살펴볼 때, 한글 어휘는 극히 제한적이다. 어미나 조사를 제외하면 어간에 한글 어휘가 사용된 경우가 거의 없다. 그렇다면, 여기서의 속어는 한글 어휘를 지칭한다기보다는 한문 산문의 전통적 체격에서 벗어난 한문 조어나 한자와 결합한 혼용 어휘를 가리키는 것이 아닌가 한다. 어쨌든, 혼용의 격식을 자국적 전통인 칠서언해에서 찾은 것이나 속어를 힘써 쓴다는

16 여러 가지 명칭이 가능하겠지만, 한국에서는 주로 문어적 위상에서 그 영향력이 강했다는 역사적 배경을 감안하여 '한문'이라는 용어를 쓰기로 한다.

발언은 민족주의적 언어관과 함께, 전근대적 전통규범에서 벗어난 일반 언중 위주의 언어관이 반영된 양상이다.

2)에서는 국문에서 한문을 배제하기 위하여 훈독을 실시한다는 발언도 문제적이지만, 또한 국문과 한문의 어순을 대비하여 국문 글쓰기에서 '착절체(錯節體)' — 술어→목적어 구조가 아닌 '직절체(直節體)' — 주어→목적어→술어 구조를 지켜야 한다는 원칙도 역시 당시로서는 찾아보기 힘든 언어학적 사고를 담고 있다. 3)과 4)는 상대적으로 부분적인 언급이기는 하지만, 혼용의 실례를 제시한 것으로 역시, 당시로서는 이와 같은 일관성의 설정을 찾기 힘들다.[17] 또한, 유길준이 위와 같은 원칙을 『노동야학독본』 등의 저술로 실천했던 것은 더욱 독보적이다.[18] 그러므로 유길준은 다른 계몽기 국한문체 작가들과 달리 대국적 안목에서 국한문체를 기획하였다는 평가가 가능한 것이다.

국한문체에서 한문의 위상이 한문이 아닌 한자로 설정되어야 한다는 점, 한자의 이용도 국문의 어순을 따라야 한다는 점 등은 결국 국한문체가 국문의 통사구조로 이루어져야 한다는 원칙의 천명이

---

17 국문을 강조하여 자국어 의식을 드러낸 논설은 계몽기의 언론에서 적지 않게 찾을 수 있으나, 문법이나 작문의 실현에 대한 고찰을 드러낸 저술은 적다. 이능화(「國文一定法 意見書」, 『大韓自强會月報』 6, 1906.12)와 지석영(「大韓國文說」, 『大韓自强會月報』 11, 1907.5)의 글 등이 대표적인데, 유길준의 작업에 비하면 논의의 심도나 범위가 제한되어 있다.

18 『서유견문』의 일차적 독자층이 사대부를 중심으로 한 한문 지식인층이었지만, 『노동야학독본』은 한문 지식이 없이 뒤늦게 배움을 시작하는 노동자들이었다는 점도 매우 획기적인 사항이다.

라 하겠다.[19] 그러면 이와 같은 유길준의 국한문체 기획은 실제적인 작문에서 어떤 양상으로 실현되었는가? 가장 주요한 점은 한문 접속사 '而'나 한문 종결어미 '也, 焉, 矣' 등을 사용하지 않았다는 점이다.[20] 『서유견문』은 당시로서는 그 내용도 그러하지만, 양적인 측면에서도 당대의 근대적 단행본 중에서 가장 호한하다. 이와 같이 방대한 저작에 한문 접속사와 종결어미를 사용하지 않았던 것은 1908년 말부터 간행되었던 『소년』에서나 가능한 일이었다.[21] 이 원칙은 『대한문전』과 『노동야학독본』 등의 단행본과 그의 국한문체 저술에서도 실천된다.[22]

한자의 사용에서도 국문의 어순을 고려한다는 점도 당대의 국한문체 작가들과 다른 점이다. 신채호의 경우, 장지연, 박은식, 이기에

---

19 한문을 구절이나 문장이 아닌 단어의 양상으로 쓴다는 점에서 한문단어체에 가깝다고 할 수 있다(한문단어체, 한문구절체, 한문문장체 등의 용어는 임상석 (『20세기 국한문체의 형성과정』, 지식산업사, 2008)에서 가져왔다.).

20 한문 접속사와 종결어미가 국한문체 글쓰기에서 국문의 통사구조를 침해하는 주요한 요소임을 필자는 선행 연구에서 논한 바 있다(앞의 책, 128-130면).

21 『소년』은 잡지이기에 그 성격이 다르고, 기사의 성격에 따라 한시나 한문 구절을 그대로 인용한 부분도 자주 눈에 띄지만, 주요한 기사들은 국문 위주로 작성되었다. 더욱 『서유견문』식의 한문단어체를 벗어나 국문의 위상이 더 높아졌고 띄어쓰기와 문장부호를 삽입한 것도 획기적인 시도이다.

22 다만 『普魯士國厚禮斗益大王七年戰史』(1908), 『英法露土諸國哥利米亞戰史』(1908) 등의 문장은 『서유견문』보다 한문이 한자보다는 한문의 양상으로 구현된 사례가 보인다. 후자의 서문에 나오는 "其頑陋不惡ᄒᆞ며衰頹不振ᄒᆞ야此極에至홈이抑或天心의使然인가", "乃又因循恬嬉홈이幾百年來舊觀에復歸ᄒᆞ니" 등의 구절은 한문구절체에 가까워 4자구들이 대우 관계를 형성하여 한문의 구두를 따른 양상이다. 그러나 『서유견문』 문체처럼, 한문 종결사나 접속사를 사용한 사례는 없다.

비하여 국문의 통사에 대한 고려가 보이는 국한문체를 저술했으나, 일관성을 가지지 못했다.

……乙支文德의歷史를讀ᄒᆞ다가氣旺旺ᄒᆞ며膽躍躍ᄒᆞ야卽仰天叫曰然歟然歟아我民族의性質이乃如是歟아如是偉大의人物과偉大의功業은於古에도無比며於今에도無比니我民族性質의强勇이乃如是歟아……彼乃數百年來로歷史에頌之ᄒᆞ며小說로傳之ᄒᆞ야歌之歎之에永世不忘ᄒᆞᄂᆞᆫᄃᆡ……[23]

인용문에서는 종결어미 '歟'를 자주 사용하여 한문 산문 특유의 영탄하는 어세를 만들어 독자를 끄는 수사적 장치로 이용하고 있다. 뒤에 국문 어미 '아'를 붙이기는 하였지만, 이 종결어미로 한문은 이미 구두를 완결한 문구나 문장의 형태로 실현된다. 또한, '之'를 '頌', '傳' 뒤에 붙여서 역시 한자라기보다는 한문의 구두를 따르고 있다. 앞서 인용한 유길준의 3)과 4)를 따르자면 '之'는 국문 어미로 교체되어야 마땅할 것이다. 이런 한문의 수사적 흥취를 제외한 신채호의 계몽기 국한문체는 사실 거의 상상할 수 없는 반면, 유길준의 국한문체에서는 이와 같은 사례를 거의 찾을 수 없다. 한편,

23 "……을지문덕의 역사를 읽다가 기가 왕성하며 담이 도약하여 곧 하늘을 우러러 소리치길, 그렇도다, 그렇도다! 우리 민족의 성질이 이와 같았도다! 이렇게 위대한 인물과 위대한 공업은 고대에도 비할 바 없으며, 지금에도 비할 바 없으니 우리 민족성질의 강용함이 이와 같았도다!……저들은 이에 수백 년 이래로 역사에 기리고, 소설로 전하고, 노래하고 읊어서 오랜 세월동안 잊지 않았는데……"(신채호, 「緖論」, 『乙支文德』, 廣學書舖, 1908.).

'仰天', '無比', '不忘' 같은 어휘는 원칙적으로 국문의 통사구조에서 어긋난 것이지만, 관용으로 익숙해진 것이기에 直節의 원칙을 관철하기에 어려운 면이 있다. 우리가 일상적으로 쓰는 '登山', '登校', '出席', '有功' 등도 마찬가지인데, 유길준이 주장한 훈독은 이와 같은 뿌리 깊은 언어 관습에 대한 문제 제기의 성격을 가진다.[24] 『노동야학독본』의 훈독체는 김영민에 따르면 국문이 큰 글자로 표기되고 그 위에 한문이 작은 글자로 부속되는 것이 원래의 취지였을 확률이 많다고 한다.[25] 그렇다면, 유길준의 훈독체는 순한글체로 나아가기 위한 과도기적 성격으로서 한문 통사구조를 따른 어휘를 바로 삭제하기보다 부속적으로 병기한 형태인 것이다. 『서유견문』의 국한문체에서 소학교육의 용도로 더욱 국문화를 확대한 것이 『노동야학독본』의 훈독체인 셈이다.

유길준의 훈독체와는 다르지만, 『소년』에서 순국문체에 가까운 국한문체를 보여준 최남선도 『태극학보』 등에 실린 논설에서는 위 신채호의 인용문과 비슷한 양상의 문체를 사용했다.[26] 더욱, 1910년대 후반에 이르러서도 유길준이 천명한 원칙과 어긋나는 양상을 보여준다.

---

24 『노동야학독본』에는 직절의 원칙에서 벗어난, 우리의 언어생활에서 이미 굳어진 등산, 등교, 출석 같은 단어들이 그대로 사용되고 있다. 그렇다면, 직절체의 주장은 이런 단어까지 한글의 통사구조로 교정하자고 주장한 것은 아닐 것이다. 문장에서 한글의 통사구조를 일관되게 적용하고 앞으로 만들 신조어에서도 되도록 한글의 통사구조를 적용하자는 정도로 이해하는 편이 적당하다고 본다.

25 김영민, 앞의 논문.

26 몇 가지 저술이 있으나, 대표적으로 「北窓囈語」(『태극학보』 7, 1907.2)를 참조할 수 있다.

……黃口青瞳인一書生의胸中에先天下, 對百世의殷憂深慮ㅣ往來치 아니하는時ㅣ無하고千騎萬甲이日夕으로馳突하야畢竟, 書城을穩守하지못하기에至하얏도다噫ㅣ라自不能已하는耿耿一念이時로더부러共進하얏도다……實로自不能已의情에서出한自不能已의行이라無謀로다然이나自不能已로다……[27]

위 글은 신문관의 10년을 기념하여 발행된 『청춘』 14호 특별호에 「저하늘」이란 순국문 시 다음으로 바로 수록되었다. 최남선이 『청춘』에 기고한 다른 기사들에 비해, 특별히 공적인 의미를 부여했음이 분명한데, 한문의 비중이 높은 것은 이런 배경과도 관련이 있을 것이다. 최남선은 『소년』, 『청춘』에서 국문체의 확장을 도모한 것이 분명하지만, 더 많은 지식인들을 대상으로 설정된 공식적인 성격의 글에서 그는 한문의 비중을 높이고 전통적인 한문 수사를 더 자주 사용했다.[28] 그러므로 위 인용문은 크게 두 가지 점에서 유길준의 국한문체 기획과 어긋난다. 우선 문법적으로 한문의 구두를

27 "……눈빛만 맑은 애송이 서생의 흉중에는 천하를 우선하고 백세를 상대하는 은우(殷憂, 깊은 시름)와 심려가 왕래하지 않는 때가 없고 천 명의 기병과 만 명의 갑병(甲兵)이 조석으로 치달아 결국은 책으로 만든 성을 온전하게 지킬 수 없기에 이르렀도다. 아아! 스스로 멈출 수 없는 쟁쟁한 일념이 이때로부터 함께 밀려 나왔도다.……실로 스스로 그칠 수 없는 정에서 나온 스스로 그칠 수 없는 행동이라. 무모하도다, 그러나 스스로 그칠 수 없음이로다. ……"(최남선, 「十年」, 『청춘』 14, 1918.7, 5면.).

28 『소년』, 『청춘』의 아동 대상 기사와 위 인용문, 『朝鮮光文會告白』 소책자에 실린 글 등을 비교하면 이는 잘 드러난다(임상석, 「고전의 근대적 재생산과 최남선의 국한문체 글쓰기」, 『민족문학사연구』 44, 2010 참조.).

따른 부분이 적지 않다. '黃口靑瞳인一書生', '騎萬甲이日夕으로馳突하야' 같은 구절들은 국문 어미를 제외하면 칠언 한시의 구절에 유사한 양상이 된다. 그리고 '先天下', '對百世', '自不能已' 같은 구절은 한문의 어순이 적용되어 국문의 통사구조를 침해한다. 두 번째로 특히 '自不能已'를 반복하여 한문 산문의 격식을 형성한 점이다. 이런 반복을 통해 특유의 어세를 이루는 기법은 신채호 역시, 장기로 삼았다. 이와 같은 전통적 수사 기법을 일종의 한문 산문 특유의 압축미라 할 수 있다. 이 압축미는 앞서 거론했듯이 근대의 언론매체에서 온전하게 되살릴 수 있는 성격이 아니다. 유길준의 글에서는 이런 한문 산문의 장르적 압축미를 느낄 수 있는 경우가 거의 없다. 그리고 『유길준전서』에 남은 출판물들을 보면, 전통적 장르에서 벗어난 새로운 장르를 기획했던 것으로까지 추정되는 것이다. 그럼에도 계몽기도 지나간 1910년대 말기에까지, 근대문화에 가장 적극적으로 적응했던 최남선이 신문관 10주년이란 기념비적인 자리에서 위와 같은 문장을 남긴 것은 어떤 의미를 가지는가?

4

수용되지 못한 유길준의 국한문체 기획

계몽기나 근대 초기, 일반적 언중들의 실제 언어생활을 직접적으로 실증할 자료는 많지 않다. 계몽기의 신문, 잡지 등에서는 독자투고란을 두고 있었으나, 그것이 얼마나 직접적으로 일반적 언중들의 언어생활을 반영하는지는 미지수이다. 발표자가 그동안 연구한 자료로는 작문교본과 독본류 서적들이 있다. 이 서적들은 편찬의 과정에서 언중들인 독자들의 수요가 간접적으로나마 반영되었다고 판단할 여지가 있다. 독자투고는 1910년대에 와서 더 활발해졌는데, 『신문계』와 『청춘』의 투고란은 상당히 주요한 자료가 된다. 필자는 특히 전자에 대해서 연구를 발표한 바 있다.[29] 이와 같은 자료들을 방증으로 삼아 보면, 1910년대까지 학교에 재적한 학생들은 여전히 한문 수사의 자장에서 벗어나지 못했다. 또한 1920년에까지 한문 산문 체격에 근거한 작문 교재가 편찬된 것을 보면[30] 적어도 1910년대까지는 한문 산문의 압축미가 글쓰기의 전범으로 남아 있었던 것도 알 수 있다.

한문 산문의 수사적 격식보다는 성격을 달리하는 성격이지만, 문자적 지식이 없는 계층에서도 향유했던 것으로 평가되는 조선 후기에 엮어진 판소리 대본에도 한문의 수사적 흥미가 적극적으로 이용되고 있음이 심재기에 의해 지적된 바 있다.[31] 조선후기에 김삿갓이 한자와 한문을 유희적 차원에서 이용한 시를 남긴 것처럼, 전통적 격식을 벗어난 한자, 한문의 향유 방식이 확장되었던 것이 당대

---

29 임상석, 「1910년대 작문교육과 한문고전: 『신문계(新文界)』의 독자투고 문장」, 『작문연구』 14, 2012.

30 임상석, 「1920년대 작문교본, 『실지응용작문대방實地應用作文大方』의 국한문체 글쓰기와 한문전통」, 『우리어문연구』 39, 우리어문학회, 2011.

31 심재기, 「국어문체의 형성(3)」, 『국어 문체 변천사』, 집문당, 1999, 73-82면.

의 과도기적 시대상이었다. 익숙해진 한문의 체격보다 오히려 생경한 국문의 문법을 일관되게 구현한 유길준의 국한문체 쓰기가 적용되기는 시대적으로 맞지 않았던 측면이 있었다 하겠다.

앞 장에서 인용한 신채호의 글은 계몽기 당시에 발표된 것으로 알려진 그의 다른 저술보다 한문의 비중이 더 높다. 그것은 신문이나 잡지 같은 매체가 아닌 단행본으로 출간된 관계도 있을 것으로 보인다. 더욱이 『을지문덕』은 국문역본이 따로 나왔으니, 작자가 한문의 비중을 더 자유롭게 이용했을 수도 있다. 신채호도 국한문체의 문법을 통일해야 한다는 문제의식을 보여 주었다. 그는 국한자(國漢字) 혼용의 법을 (1) 한문 문법에 국문 토만 더한 것, (2) 국문 문세(文勢)로 내려가다 돌연 한문 문법을 쓴 것, (3) 한문 문세(文勢)로 내려가다 돌연 국문 문법을 쓴 것으로 파악하고, '文法統一'이 급무라고 하였다.[32]

문제는 신채호는 문법을 통일해야 한다는 당위만 지적했을 따름이고, 그 구체적 방법에 대해서는 논하지 않았다는 점이다. 신채호의 계몽기 논설을 보면 (2), (3)에 속한 문체가 많이 발견된다. 각주에 제시하였듯이 (1)과 (2)에 속하는 사례를 예시까지 하였던 것은 이와 같은 양상의 문장이 당시의 국한문체 문장에서 가장 많이 나타난다는 점과도 관계가 있어 보인다. 또한, 앞서 인용한 신채호와

32 1)과 2)의 사례를 『논어』의 "學而時習之不亦悅乎"를 대상으로 하여 다음과 같이 들고 있다. "(1) 「學而時習之면不亦悅乎아」 (2) 學ᄒᆞ야此를時習ᄒᆞ면不亦悅乎」"(신채호, 「文法을 宜統一」, 『畿湖興學會月報』 1, 1908.8)

최남선의 문장은 바로 (2), (3)의 적절한 예시가 된다.[33] 더욱 이런 양상이 논지가 강화되는 부분에서 두드러지게 나타난다는 점이다. 그리고 거시적인 안목에서 본다면 (2)나 (3)에 속한 문체로 글쓰기를 하여 문법을 통일하는 것은 거의 불가능하다. 이런 양상은 심재기의 지적처럼 판소리의 문체를 연상하게 하는 측면도 있다.

5) 不重生男重生女는 날로 두고 이름이로구나(『심청가』 356)

6) 양반의 자식으로 몸 팔린단 말은 外人所視難處허나(『심청가』 331)

7) 恨漲하니 歌聲咽은 東窓의 슬픔이요, 愁多하니 夢不成은 征夫詞의 서름이라(『춘향가』 284)[34]

5), 6)은 국문체 속에서 한문 문구가 그대로 튀어나온 것인데, 이와 같은 양상은 계몽기 국한문체 잡지 등에서 적잖이 찾아낼 수 있다. 7)은 앞서의 신채호, 최남선의 인용문과 통사적으로 상당히 유사한 형태이다. 전통적 한문의 체격 — 고전적이고 규범적인 문화의 압박에서 풀려난 지 얼마 안 된 당대의 언중들에게는 위와 같은 과도기다운 자유로움이 필요했는지도 모른다. 반면 유길준과 비슷하게 근대적 학문과 전통적 한학에 모두 지식을 갖추고, 현대의 마지막 한문 문장 대가로 일컬어진 변영만 같은 경우는 유길준의 국

33 이와 같은 경향에 대해서 '계몽기 국한문체의 수사적 실험'이라 칭하고 변영만, 신채호 등의 계몽기 문장들을 대상으로 분석한 연구가 있다.(임상석, 앞의 책, 2008)

34 심재기, 앞의 책, 82면.

한문체를 높이 평가하였다.[35]

최남선도 1916년의 『시문독본』 초판에서 '例言'을 통해 표준어의 설정을 위한 문법적 고찰을 보여준다.[36] 그런데 『시문독본』의 판본 중 가장 널리 수용된 1918년의 정정합편 『시문독본』에서는 이 부분의 '예언'이 탈락한다. 통속과 시속을 지향한 최남선의 문체적 노력에서도 문법적 일관성은 준수하기 어려운 사안이었음을 짐작하게 한다. 더불어 『소년』 문체에 도입한 일관된 띄어쓰기나 문장부호도 『청춘』과 『시문독본』에서는 대부분 생략되었으며, 후자들이 훨씬 더 대중적 파급력을 보여 주었던 것이다. 계몽기 국한문체의 과도기적 양상은 지금의 안목으로 보면 혼란하기 그지없고, 독해를 방해하는 요소에 지나지 않을지도 모른다. 그러나 당대의 과도기적 시대상에서는 마치 판소리처럼, 이런 혼란이 오히려 언중의 취향에 들어맞았던 측면이 있었던 것이다. 과도기에는 과도기에 들어맞는 문체가 따로 있다고 할 수 있겠다.

35　변영만은 유길준의 국한문체가 "豊腴俊綽 [能小能大하고 수려하다는 의미로 추정됨]"하여 타인의 추수를 불허하는 것이라고 평하였다(변영만, 「나의 回想되는 先輩 몇 분」, 『변영만전집』 하, 성균관대 대동문화연구원, 2006[1936], 271면). 변영만은 당대의 국한문체에 대해 심도 깊은 진단을 내린 바 있다(변영만, 「乾騷動」, 같은 책, 424~425면). 그런데 이런 변영만의 문체 역시 당대에 큰 호응을 얻지 못했음은 의미심장하다.

36　임상석, 「『시문독본』의 편찬 과정과 1910년대 최남선의 출판 활동」, 『상허학보』 25, 상허학회, 2009, 50-52면 참조.

5

결론

앞서 논의 했듯이, 유길준이 기도한 문법적 일관성을 갖춘 국한문체는 당대 언중들에게 수용되지 못한 셈이다. 또한, 유길준이 추구한 새로운 장르도 당시의 감상 습관으로는 시기상조인 측면이 있었다. 『서유견문』 같은 긴 호흡의 글을 작성하기 위해서는 많은 시간과 정보가 필요한데,[37] 당시의 환경에서 국한문체 작가들은 그런 시간과 정보를 갖출 여력을 가지지 못한 경우가 대부분이었다. 그러므로 대부분의 국한문체 문장들은 익숙한 한문 산문의 압축미로 회귀하였고, 근대 초반의 작문 교본 및 총독부의 조선어급한문 독본들도 한문 산문 형식을 기본으로 삼아 작성되었다. 문체가 달라졌다 해도, 언중들의 습속으로는 『서유견문』 같은 성격의 글보다는 익숙한 한문 산문의 체격이나 장르적 연관성을 갖춘 국한문체 저술이 더 쉽게 받아들여졌을 것이다. 또한, 급박한 정세 속에서 장편의 글을 읽고 있을 여유가 적었음도 쉽게 추측할 수 있다.

문법적 일관성을 갖춘 국한문체 작문법과 한문 산문 체격을 벗어난 새로운 장르의 추구라는 유길준의 2대 국한문체 기획은 독창적이고 탁발한 것이었지만, 당대의 시대상과는 맞지 않는 측면이

37 여러 자료를 참조하면, 자료수집이 1881년에서 1885년까지 걸렸고, 원고수정은 1885년-1889년 사이에 이루어졌다고 한다.

있어 언중에 수용되지 못한 양상이다. 신채호를 위시한 계몽기 언론의 주요 작가들은 유길준의 원칙을 따를 수 없었던 것이다. 그러나 유길준의 이와 같은 국한문체 구상은 최남선을 위시한 일군의 새로운 지식인들, 특히 근대적 교육을 이수한 이들에게는 분명히 큰 참조점이 되었을 것이다. 『소년』, 『청춘』, 『시문독본』 등의 신문관에서 출간된 성과들은 문법적 일관성의 원칙에서는 어긋나지만, 한문 산문의 체격에서 벗어난 장르를 모색했다는 점은 유길준의 기획과 들어맞는 부분도 적지 않다. 또한, 『소년』, 『청춘』 등의 신문관 출판물들의 문체는 어휘나 표기의 측면에서는 유길준의 문체와 다르지만, 한글의 통사를 확장했다는 점에서는 신문관은 유길준의 기획을 이은 셈이다. 한글의 통사에 근거하여 한문의 사용을 줄여나간다는 문체적 양상은 1920년대에 『개벽』 등에서 본격적으로 나타난 문화적 전환 과정에서도 유지된다는 점에서 유길준의 국한문체 기획은 근대계몽기 당대보다는 오히려 후대에 큰 영향력을 미쳤다고 평가할 수 있다.

참고문헌

兪吉濬全書編纂委員會(1971), 『兪吉濬全書』 1-5, 一潮閣.

이능화(1906), 「國文一定法 意見書」, 『大韓自强會月報』 6.

지석영(1907), 「大韓國文說」, 『大韓自强會月報』 11.

신채호(1908), 「緖論」, 『乙支文德』, 廣學書舖.

신채호(1908), 「文法을 宜統一」, 『畿湖興學會月報』 1.

최남선(1907), 「北窓囈語」, 『태극학보』 7.

최남선(1918), 「十年」, 『청춘』 14.

고영근(2004), 「兪吉濬의 國文觀과 社會思想」, 『어문연구』 32, 어문연구학회.

김영민(2009),「근대계몽기 문체 연구 -유길준을 중심으로-」,『동방학지』148, 연세대 국학연구원.
심재기(1999),「국어문체의 형성(3)」,『국어 문체 변천사』, 집문당.
윤병희(1995),「일본망명시절 兪吉濬의 쿠데타음모사건」,『한국근현대사연구』3, 한국근현대사학회.
임상석(2012),「1910년대 작문교육과 한문고전: 『신문계(新文界)』의 독자투고 문장」, 『작문연구』14.
임상석(2011),「1920년대 작문교본,『실지응용작문대방(實地應用作文大方)』의 국한문체 글쓰기와 한문전통」,『우리어문』39, 우리어문학회.
임상석(2010),「고전의 근대적 재생산과 최남선의 국한문체 글쓰기」,『민족문학사연구』44.
임상석(2011),「『西遊見聞』의 국한문체와『西洋事情』의 混用文 비교연구」, 『中國比較文學學會 第10屆年會暨國際學術硏討會 別紙』.
임상석(2009),「『시문독본』의 편찬 과정과 1910년대 최남선의 출판 활동」,『상허학보』25, 상허학회.
임상석(2008),『20세기 국한문체의 형성과정』, 지식산업사.
정용화(2004),『문명의 정치사상: 유길준과 근대한국』, 문학과지성사.
한재영(2004),「兪吉濬과『大韓文典』」,『어문연구』32, 어문연구학회.

임상석, 부산대학교 점필재연구소, oakie@hanmail.net

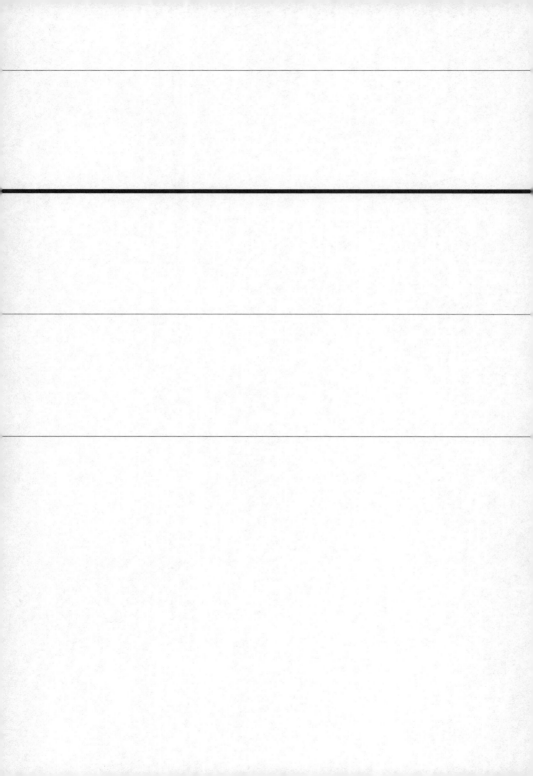

서구시 번역을 통한 근대 한국어 문장 형성 연구

- 김억의 베를렌느와 보들레르 번역을 중심으로 -

배수찬

이 논문은 2011년 3월 30일에 투고되었으며, 2011년 4월 30일에 심사 완료되어 5월 1일에 게재 확정되었음.

1

들어가며

본고는 한국어가 근대 문장어로서 형성되어 가던 시기의 한 단면을 김억의 프랑스시 번역을 통해 살펴보는 것을 목적으로 한다. 필자는 글쓰기 과정에서 작동하는 선행 텍스트의 압력을 '문장 모델'이라고 명명하고 그에 대한 분석을 시도한 바 있다(배수찬, 2008:68~77). 여러 논자들이 지적하는 바와 같이 근대의 우리말 글쓰기가 서양어 번역에서 시작되었다고 보는 관점이 어느 정도 인정한다면, 외국어를 번역하는 과정에서 우리말의 질서가 새롭게 재편되고, 그것이 이른바 '근대적 글쓰기'로 명명되었을 가능성이 있다.[1]

오늘날의 추상어 글쓰기는 의식되지 않는 수준에서 이미 일본어, 영어 등의 심각한 간섭을 받고 있는 것이 사실이다. 중고등학교의 작문 교과서나 대학의 작문 교재를 보더라도 '우리말의 특성'에 대

1 배수찬(2008)은 가치 판단을 배제하고 그러한 과정을 실증한 것이다.

한 관심은 찾아보기 어렵다. 글쓰기 교재는 대부분 내용 생성 전략이나 조직 전략을 소개하고 교수법을 설명하는 데 지면을 소비하고 있다. 그러나 이러한 시각은 궁극적으로 필자들이 글을 쓰는 환경이 현대 한국이고, 글쓰기 모델은 비록 외국어법에 물들었을지언정 '순한글의 한국어 문장'[2] 이라는 사실을 부당하게 외면하고 있다.

즉 한국어가 문장 모델로 선택될 때 고려해야 할 한국어의 특성에 대한 학문적 분석은 의외로 적다. 이희재(2009)에서는 학문적 분석은 아니지만 '명사보다 동사가 발달한 점, 대명사가 덜 발달한 점, 관점에 따른 주어의 생략, 주동문 위주의 문장, 형용사보다 부사가 발달한 점, 접사가 발달한 점' 등 중요한 한국어의 특성을 몇 가지 지적하고 있다. 이는 어느 정도 알려진 사실일 수도 있으나 한국어 문장 쓰기 — 특히 추상어 문장 — 에서 이러한 특성을 고려하여 자연스러운 우리말이 되도록 실천하는 사람은 많지 않다.[3]

한국은 대륙문화와 해양문화, 동아시아문화와 서구문화가 충돌하는 지점에 놓인 국가이므로, 말의 순결성을 유지하기 어려운 것이 사실이다. 그리고 말의 순결성을 지키는 것이 무조건 옳다고 보기도 어렵다(고종석, 2007). 그러나 개성을 가진 '한국어'라는 이름의

---

2 갈래는 다르지만, 박진영(2010)은 한국의 번안소설사를 '순한글의 한국어 문장' 형성과정이라는 관점에서 총정리하였다.

3 이희재(2009)보다 앞서 이러한 명사, 형용사 위주의 문장이 지니는 번역문체의 위험성을 지적하고 그것이 우리말답지 않다고 애써 주장한 분이 이오덕이다. 사실 이희재의 여러 아이디어 가운데 대부분은 이오덕(1992)에 수록되어 있다. 이오덕은 학력과 경력 등의 문제로 지식인 사회에서 널리 받아들여지지 못했는데, 이는 한국 지식계의 식민성을 보여주는 지표일 것이다.

고유어를 가지고 있고, 그것을 표기하는 수단인 '한글'도 스스로 개발하여 말글살이를 하고 있는 한국인으로서, 외국어의 영향 속에서 한국어의 중요한 부분을 지키고 길러 내며 한국어가 외국문화를 유연하게 받아들이도록 가꾸는 것은 자연스럽고 필요한 일이다.

2

김억의 베를렌느 번역과 근대 한국어 문장

2.1. 김억의 초기 번역 환경 : 한국어 문장 모델 제시하기

본고에서는 20세기 초에 우리에게 인지되기 시작한 서구 근대시의 언어가 한국어 문장에 준 충격을 살펴 보고자 한다. 잘 알려져 있듯이 안서 김억(1896~?)이 선두에 서서 서구 근대시를 한국어로 번역하기 시작하였는데, 선행 연구에서는 김억이 시도한 번역의 가치를 (1) 일본어 중역을 벗어나 원어에서 직역한 첫 번째 번역이라는 점(김욱동, 2010:168~204), (2) 그의 서구시 번역이 결집된 『오뇌의 무도』가 한국 최초의 단행본시집이라는 점 등에서 찾고 있다.

김억의 번역이 서구어 원어에서 직접 번역한 것인지 일본어 번역을 중역한 것인지에 대해서는 논란이 있으나(구인모, 2007), 사실 이러한 사실보다 더 중요한 것은 당시의 언어 환경일 것이다. 김억이 퇴폐적 경향을 띠는 서구시를 번역하기 시작하는 것은 『학지광』에 베를렌느의 시를 소개한 1916년 9월이며, 이후 번역시집 『오뇌의 무도』가 나오는 것이 1921년이므로 김억의 서구시 번역 기간은 대체로 1916~1921년 사이의 일이 된다. 1916년은 그가 영문학을 전공하고 있던 케이오의숙(慶應義塾) 문과에서 3년 만에 자퇴하고 귀국한 때이므로, 그의 서양문학 지식은 전적으로 일본 케이오의숙 시절에 습득된 것임을 알 수 있다.

김억의 케이오의숙 수학상황에 대한 자료가 거의 전무한 상황에서 논의를 위한 추정을 해 볼 필요가 있다. 먼저 김억이 서양시를 일본어역시집에서 중역한 것은 아니라고 할지라도 그의 서양문학에 대한 지식이 일본의 서양문학 연구와 번역 수준을 넘어서기는 어려웠다. 김억은 프랑스 상징주의의 지적 전통(말라르메, 랭보)을 번역하지 못하고 감성적 전통(보들레르, 베를렌느)만을 번역했다는 지적은 이미 이루어진 바 있고,[4] 그의 번역이 전문성을 띤 것 같지도 않다. 3년 정도의 유학 체험을 통해 여러 서양어에 능통할 것을 기대하기는 어렵고, 선행 연구들도 그의 서양어 실력을 의심하는 이들이 상당수이다.

확실한 것은 김억이 자신을 번역가로 인식하는 과정이다. 그가 번역에 손을 대는 계기는 우연과 사명감의 결합인 듯, 그는 "첨에 이 역시집의 원문을 읽을 때에는 한갓 기뻐"하였으며, "한 줄 한 구가 말할 수 없는 忘我的 恍惚을 가지고 나의 가난한 心琴을 울리"었고, 마침내 그는 "문득 飜譯하여 이 망아적 황홀을 여러 사람과 나

4 이형기, 「신문학 80년의 개관」, 김욱동(2010:213)에서 재인용.

누어볼 생각이 났"다고 고백한다.[5] 김억에 대한 전기적 자료도 매우 적어 판단하기 쉽지 않지만, 김억은 자발적으로 문학학습의 길로 나아갔으며, 다른 많은 식민지 청년들이 그러했듯이 체계적으로 문학 지식을 습득하기보다는 불안정한 일본 유학(사실상 체류) 경험을 통해 다소 우연적이고 산발적인 방식으로 문학공부를 했을 것으로 추정된다.

김억이 애당초 서구시를 소개하기로 마음먹었다면 편리한 일본어로 번역부터 시작했겠으나, 그는 처음에는 원어로 시를 읽는 공부에 뜻을 둔 문학청년이었고, 번역은 그 과정에서 따라온 부수적인 일이었다. 그런데 김억이 서구 근대시를 '한국어'로 번역하기로 결심하는 순간부터 중요한 문제가 생겨난다. 그것은 당시 '한국어'의 위상이 불안정했다는 데 있다. 1916~1920년의 한국어는 한반도의 모든 백성과 고위층이 생생한 입말로 쓰는 명백하고 당당한 언어였다는 사실을 부정할 수 없다. 그러나 문어로서 한국어는 그다지 튼튼하지 못했다. 한국어는 공식적으로 '조선어'라는 식민지 지방어로 전락한 상태였을 뿐만 아니라, '순한글의 한국어 문장'이라는 모델도 확정되지 않은 상태였던 것이다.

이러한 언어 환경을 고려할 때, 김억의 시집이 원어의 직역이냐 일본어 번역본의 중역이냐 하는 논란도 사실은 별로 보람없는 문제 설정에서 비롯된 것이다. 즉 엄밀히 말해 김억이 서구시를 처음 번역하던 당시에는 '서양어(출발어) → 한국어(도착어)'의 번역 패턴이

---

5 김억, 「머리의 ᄒᆞᆫ마듸」, 김욱동(2010:209)에서 재인용.

성립할 수 없었다. 문장어로서 한국어의 위상 자체가 불안정했기 때문이다. 김억이 『오뇌의 무도』 서문에서 "字典과 씨름하야 말을만들어노흔것이 이 譯詩集 한 卷"이라고 고백했을 때, 선행 연구에서는 이것이 일본어 중역에서 벗어나 최초로 '원전번역'한 증거로 간주하였다. 그러나 이때 김억이 본 字典이란 어느 나라 자전일까? 그것은 1910년대 후반 일본에서 쉽게 구할 수 있는 佛日辭典이나 英日辭典이었을 것이고, 이렇게 보면 그가 애써 번역한 서양시의 도착어가 자연스러운 '한국어 문장'이 되리라는 보장이 없다.

엄밀히 말하면 번역가로서 김억의 노력은 애당초 가망 없는 것이었을지 모른다. 한글 맞춤법조차 통일되지 않은 상황에서 서양시를 한국어로 옮긴다는 것은 하나의 시도일 수는 있어도 온전한 '번역'이기는 어려울 것이기 때문이다.[6] 어쩌면 그것은 일본제 서양어휘를 재료로 새로운 문장 모델을 창조해 간 당대 추상어 글쓰기의 형성과정(배수찬, 2008)과 대응하는, 일종의 '문장 모델 개척'의 작업이다. 따라서 우리가 실제로 점검해야 하는 것은 김억의 번역과 오늘날 우리가 정립되어 있다고 믿는 '한국어 문장 모델'의 거리이며, 그러한 거리가 좁혀져 간 과정이며, 그러한 과정에서 생겨난 여러 문제들로 한정된다.

6 오늘날에 나오는 서양시 번역도 생경한 일본식 한자어 남용에서 벗어나지 못한 경우가 있음을 생각할 때, 90년 전의 김억에게 번역의 '완성'을 요구한다는 것은 가혹한 일일 것이다.

2.2. 베를렌느 번역문장의 특성 : 가독성과 내용 충실도 저하

김억은 『오뇌의 무도』에서 프랑스 상징주의 시인 가운데서도 감정의 기복이 심했고 음악성을 추구했던 폴 베를렌느(1844~1896)의 시를 특히 많이 '번역'했다. 베를렌느는 22세 때에 유명한 「CHANSON D'AUTOMNE(가을의 노래)」를 썼는데, 이 작품에는 유래가 있다. 베를렌느는 어릴 때부터 8년 연상의 이종사촌 누나 엘리자에 대한 사랑으로 고뇌하였고, 실제로 매우 다정한 사이였다. 당연한 이야기지만 엘리자는 다른 사람과 결혼하여 애기엄마가 되고, 베를렌느는 22세 되던 때에 최종적으로 자신의 이루어질 수 없는 열망을 포기한다. 너무나 유명한 이 시를 김억은 다음과 같이 우리말로 옮겨 『오뇌의 무도』 첫머리에 올려놓았다.

> 가을의 날/비오론[7]의/느린 嗚咽의/單調로운/애달픔에/내 가슴 아파라.
> 우는 鐘소리에/가슴은 막히며/낯빛은 희멀금/지나간 옛날은/눈앞에 떠돌아/아아 나는 우노라.
> 설워라, 내 靈은/모진 바람결에/흩어져 떠도는/여기에 저기에/갈길도 모르는/落葉이러라.
>
> -「가을의 노래」[8]

7 바이올린. ビオロン。

8 『오뇌의 무도』, 17면. 인용할 때 표기법은 현행식으로 모두 바꾸었다. 아래도 모두 같다.

선행 연구에서는 김억이 대체로 베를렌느 시의 '퇴락하는 것들'의 분위기를 선호했다고 지적한다.[9] 얼핏 보기에 낙엽 떨어지는 가을날의 슬픔을 노래한 것 같은 이 작품은, 사실은 2행의 '지나간 옛날'에서 암시되듯이 사촌누이에 대한 사랑을 지니고 있던 시절에 대한 기억을 유발하는 바이올린 소리, 종소리의 감각성을 의도적으로 배치했으며, 굴러다니는 처랑한 낙엽에서 사랑을 잃은 자신의 처지를 연상케 한 교묘한 작품으로, 베를렌느의 우울한 삶 자체의 반영이며 대표작이라 할 만하다.[10]

본고가 논하려는 것인 김억 번역시 문장의 내용 충실도와 가독성이다. 솔직히 『학지광』 시절 김억의 문체는 산문이든 운문이든 지나치게 유장하고 낯선 어법을 구사하고 있어 오늘날 독자들을 당황케 한다.

> 세상에서는 베를렌느의 Sagesse와 Romances sans Paroles의 참 심정은 말치 아니하고 그의 분방, 자유의 생활만 악평하고 다른 일면으로의 할 수 없게 그의 분방, 자유의 생활되게 한 것(다른 한편 어쩔 수 없이 그로 하여금 분방, 자유의 생활을 하게 한 원인)은 말치(말하지) 아니하니, 베를렌느의 참 심정의 앎이 없음을(참 심정에 대

9 "안서의 시에는 '낙엽', '바람', '가을', '무덤', '죽음', '황혼', '저녁', '겨울'의 시어 내지, 그러한 이미지나 정조에 기울어져 있는 시가 상당수에 이른다." 전미정(1996:275) 참조.

10 "이 유명한 시는 활력과 격정이 넘쳐야 할 스물두 살이라는 나이에 쓰여진 것인데, 죽을 때까지 그는 시 속에 나오는 이미지의 인물로 남았던 것이다." 삐에르 쁘띠필(1991:69) 참조.

한 앎이 없다는 것을) 나는 쉽게 알며 따라서 보들레르의 참 심정을 못 알음(참 심정을 알지 못하는 것)에 대하여 또 한 번 섧어하지 아니할 수 없도다.[11]

상징주의 시인의 퇴폐성과 분방함을 옹호하는 위의 구절은 지금으로부터 거의 100년 전의 글이다. 오늘날 문장어를 부드럽게 하는 여러 가지 어법들과 표지들이 관용적으로 쓰이기 전의 문장이라 읽기가 매우 거북하다는 것을 쉽게 알 수 있다. 이는 김억만의 문제가 아니라 한국어를 학술적인 문장어로 써 본 일이 없었던 상황에서 『학지광』의 필자 모두가 겪던 글쓰기의 고투였다. 문제는 김억이 이 정도의 한국어 문장 쓰기경험을 바탕으로 프랑스 상징주의 시의 '한국어 번역'을 시도했다는 것이다. 실제로 그의 번역시는 얼마나 내용이 충실하고 가독성이 있는가?

우선 눈에 띄는 것은 「가을의 노래」의 종결어미가 흔히 말해지는 '-라'체로서 구연조의 유장한 느낌과 함께 가르치는 듯한 점잖은 느낌을 준다는 점이다(김미형, 2005:218). 이는 원시에 나타난 고립된 근대적 자아의 처창한 느낌을 잘 살려내지 못하게 한다. 또한 '가을의 날'과 같은 표현은 『해조음』의 일역 '秋の日'의 영향으로 보이며, '비오론'은 일본어 'ビオロン'을 우리말로 그냥 읽은 표기임을 알 수 있다.[12] '낯빛은 희멀금'은 종소리로 인해 떠오르는 추억으로 얼굴

11 億生, 「要求와 悔恨」, 『學之光』 제10호, 1916.9.

12 『海潮音』의 번역을 제시하면 다음과 같다. 「落葉」라는 제목으로 번역되었다: "秋の日の ヴィオロンの ためいきの 身にしみて ひたぶるに うら悲し。鐘のおとに 胸ふたぎ

빛이 창백하게 변하는 모습을 간결하게 묘사하고자 한 것인데, '희멀금'이라는 표현이 너무 토착어여서 오히려 안색이 흰 시골의 병자를 연상시킨다. 마지막으로 일본시가 그러하듯이 한자를 노출하고 있다.

본시 이 작품은 베를렌느의 처녀시집인 『Poems Saturniens(사투르누스의 시)』(1866)에 수록된 것으로 그가 23세 이전에 쓴 작품을 모은 것이다. 『오뇌의 무도』에는 이 시집에서 「늘 꾸는 꿈(Mon Reve Familier)」, 「목신의 때(L'heure de Berger)」, 「아낙네에게(A Un-eFemme)」의 3편을 더 번역, 수록했는데, 대체로 유사한 분위기를 전달하고 있다. 이 가운데 첫 작품만 살펴본다.

異常하게도 자주 못잊을 꿈을 꾸게 되어라,
본적도 없는 아낙네가 꿈속에 보이며,
사랑하고 사랑받게 되어 꿈꿀 때마다
姿態는 다르[나],[13] 亦是 살뜰한 그 사람이러라.

살뜰한 사람이러라. 내 가슴을 알아주어라.
이리하여 맘은 언제든지 떠날줄 몰라라.

色かへて 涙ぐむ 過ぎし日の おもひでや。げにわれは うらぶれて ここかしこ さだめなく と び散らふ 落葉かな。" 上田敏, 『海潮音』, 吉田精一 解說,『明治大正訳詩集』(東京:角川書店, 1971), 201~202면에서 재인용.

13 원문에 '다'로 되어 있으나, 문맥이 도저히 통하지 않아 '나'의 오기로 간주하고 수정하였다.

눈물을 가지고, 나의 빛깔없는 이마의 땀을
씻어 주는 듯 내 맘을 시원히 慰勞해 주어라.
赤色, 金色, 赤褐色, 머리 빛을 모르며,
그 이름조차 알 길 없어라 — 세상엔 없는 그리운
아리따운 이름으로만 나는 알고 있노라.

그 目眸[14]는 彫像의 고운 눈과 같아라.
먼 곳에서 듣는 穩和한 맑은 그 목소리는
몸이 죽은 그리운 사람의 소리같이 들리어라.

-「늘 꾸는 꿈」[15]

번역의 원천을 따지기에 앞서, 이 번역이 내용이 충실하며 읽을 수 있을 만큼 자연스러운 한국어 문장인가를 따져 보기로 하자. 냉정하게 평가할 때, 읽을 수 없는 것은 아니지만 가독성이 높은 편은 아니다. 먼저, '目眸(목모)', '彫像(조상)' 등과 같이 지나치게 어려운 한자가 노출되고 있다는 것이 눈에 띈다.[16] 즉 여기에 노출된 한자는 김억의 의도가 개입한 것이고, '한국어 문장으로서 이 정도의 한자는 노출되어도 무방하다'는 감각이 있었다는 것이다. 그 밖에도

14 목모: 눈동자.

15 『오뇌의 무도』, 33면.

16 「아낙네에게」라는 번역 작품에서 김억은 '이리(狼)'라는 표기를 쓰고 있다. 이것은 한자 노출이 아니라 동음이의어로 인한 오독을 방지하기 위해 한자를 괄호에 넣어 준 것이다. 이 사례에서 보듯이, 김억은 한자를 노출할 지점과 괄호로 넣어 줄 지점을 분명히 구별하고 있었다. 『오뇌의 무도』, 48면.

'-라'체 종결어미의 사용, '아낙네'와 같은 지나치게 토속적인 느낌을 주는 어휘 쓰임이 시의 몰입을 방해한다.

더 큰 문제는 내용 충실도에 있다. 역시가 원시의 내용을 충분히 담아내지 못하고 있는 것이다. 보기에 따라서는 번역이라기보다는 축약에 가까워졌다는 느낌마저 준다. 1연의 내용을 요약하면, '꿈에 어떤 여자가 매번 다른 모습으로 나타나 사랑을 주고받는다'는 것이다. 그런데 실제 원시는 여자의 모습이 매번 같지 않고 완전히 다르지도 않은' 미묘한 모습이라는 사실을 강조하고 있는데, 김억의 문장에서는 이 점이 반영되어 있지 못하다. 여인의 이러한 몽롱한 모습은 현세적 존재가 아니라는 느낌을 갖게 하기 위해 필요하며, 김억의 번역처럼 '자태는 다르나'라고 단순히 표현하고 말 것이 아니다. 자태가 다르기로 말한다면 매번 모습이 바뀌는 구미호도 해당될 것이다.

더구나 '그 여자는 내 마음(가슴)을 알아주고 내 이마의 땀을 눈물로 씻어 주듯이 위로해 준다'는 2연의 번역 내용은 오류에 가깝다. 원시에 따르면 '그 여자는 내 마음을 알아주므로 내 마음도 그 여자에게만은 투명하며, 내 창백한 이마의 땀을 그 여자만이 닦아 준다'는 내용이다.[17] 따라서 꿈에 나타나는 그 여자 앞에서만은 자

17 베를렌느는 감정의 기복이 심했고 평생 동안 유혹에 시달리면서도 동시에 순결한 사랑을 동경한 이중적 성격의 인물이었으며, 세속의 비난을 극복하는 방식으로써 세상으로부터 버려진 저주받은 시인의 이미지를 스스로 선택한 존재였다. 세속으로부터 이해 받지 못하는 존재라는 자기 이미지는 이후 랭보와 스캔들을 처리하는 베를렌느의 심적 메커니즘으로 발전한다.

신의 내면이 투명하게 된다는 언급은 충실한 번역이라면 반드시 포함되어 있어야 한다. 그러나 김억은 2연 2행에서 '이리하여 맘은 언제든지 떠날줄 몰라라'는 엉뚱한 구절을 넣어 두었다. '이마의 땀을 눈물로 닦아 준다'는 것도 단순한 위로가 아니라 시적 화자의 내적 고난에 대한 슬픈 공감의 증거인데, 김억은 이를 '시원히 慰勞'해 준다고 하고 있다.

3연에서도 내용의 부실함은 그대로 나타난다. 원시 3연의 내용을 요약하면 '그 여자의 이름은 기억이 안 나는데, 단 그 이름은 발음할 때 낭랑한 소리가 났고, 추방당한 연인들에게 어울리는 어떤 이름이었다는 것만 기억난다'는 정도이다. 즉 여인의 이름이 지닌 음향적 효과, 추방된 자에게 어울리는 속성이 서술된 것이다. 그런데 김억은 이를 단순히 '세상엔 없는 그리운 아리따운 이름'이라고만 옮겨서 이름의 음향적 효과를 빼먹었다.

4연은 다른 연에 비해서 비교적 내용이 충실하게 번역되었으나 표현이 우리말로 정돈되어 있지 못하다. 핵심 내용은 '꿈에 만난 여인의 눈동자는 마치 조각상과 같고, 그 목소리는 멀고 고요하며 엄숙하여, 마치 사별한 연인의 목소리와 같았다'는 것인데, 김억의 번역은 이 내용들을 모두 충실하게 담고 있다. 그러나 눈동자를 '目眸', 조각상을 '彫像'이라고 표기하였으며, 사별한 연인을 '몸이 죽은 그리운 사람'이라고 어색하게 표현하였다.

3

김억의 보들레르 번역과 근대 한국어 문장

이상에서 김억의 베를렌느 번역이 그다지 성공하지 못한 것이라는 잠정적 결론을 얻었다. 그러나 이러한 결론은 순한글의 한국어 문장이 상당한 수준으로 발달한 2010년 현재의 관점에서 내린 판단이며, 김억의 베를렌느 번역문이 이후 한국 시인들의 창작 방향과 정조에 큰 영향을 주었다는 사실(김욱동, 2010:212~227)이 변하는 것은 아니다. 아쉬운 것은 베를렌느 번역의 경우 김억의 사실상 오역에 가까운 문제 있는 번역을 교정해 줄 만한 권위 있는 시도들이 나와 주지 못했다는 것인데, 이는 우리의 번역 풍토와 관련해 반성할 만한 점이 아닌가 생각된다. 필자가 확인한 바로 베를렌느의 시 전체를 주해한 한국어 완역본은 없는 것 같은데, 이는 김억의 번역 이상으로 베를렌느의 시를 이해하는 것은 불문학자의 몫이지 문학독자나 시인의 일은 아니라는 편향 내지 문화 환경의 결과일 수도 있겠다.

이러한 관점에서 김억의 보들레르 번역 양상은 베를렌느 번역과 비교해 볼 만한 부분이 있다고 여겨진다. 보들레르(1821~1867)은 세계문학사상의 비중, 시의 수준과 깊이, 후세에 미친 영향 등에서 베를렌느가 범접하기 어려운 존재이며, 그 비중에 걸맞게 한국에서도 『악의 꽃』을 포함한 전집 번역이 시도된 바 있다. 이것은 보들레르만큼은 비록 우리말 번역본으로라도 꼼꼼하게 읽는 전통이 미약하게나마 축적되었다는 것을 의미한다.[18] 따라서 김억의 보들레르 번역을 검토함으로써 그의 우리말 문장 완성을 위한 노력의 정도를 가늠할 수 있고, 그의 번역 텍스트를 한국 飜譯史의 올바른 위치에 둘 수 있을 것이다.

3.1. 「죽음의 즐거움」: 구시대 종결어미와 서양어 문장 내용의 부조화

김억은 『오뇌의 무도』에서 보들레르의 시 7편을 각각 「破鐘」, 「죽음의 즐거움」, 「仇敵」, 「가을의 노래」, 「달의 悲哀」, 「幽靈」, 「悲痛의 鍊金術」라는 제목으로 번역하였다. 김억의 보들레르 번역 텍스트는 앞서 설명한 대로 원텍스트 자체의 성격 때문에 대체로 가독성이 높다. 이 가운데서 비교적 시적 상황이 명료한 「죽음의 즐거움」과 「幽靈」을 살펴보기로 한다. 전자의 원시 「Le Mort Joyeux(쾌활한 사자)」는 나가이 가후의 『산호집』(1913)에, 후자의 원시 「Le Revenant(유령)」은 호리구치 다이가쿠의 『월하의 일군』(1925)에 번역되어 나타나기도 하는 유명한 작품들이다.

陰濕한 땅위, 달팽이의 모인 곳에,

---

18 보들레르의 시는 난해하다는 선입견도 없지 않지만, 그 통사 구조는 매우 명확하여 외국어로 번역해도 명료하게 전달될 수 있다. 더구나 시인 자신이 평생 일거수일투족을 의식의 통제 아래 두는 엄밀성을 추구했다는 점에서, 베를렌느가 추구했던 의도적인 모호함은 보들레르에게 어울리지 않는 듯하다. 보들레르의 삶의 태도에 대해서는 황현산(2006:164) 참조.

나는 나의 깊은 무덤을 파노라.

이는 내 老骨을 쉬이며, 忘却의 안에
자람이노라 — 물 아래의 鮫魚와 같이.

나는 遺言을 미워하며, 무덤을 싫어하노라.
죽어서 사람의 짜는 눈물을 얻음보다는
차라리 살아서 吸血의 鴉嘴[19]를 불려
더러운 내 死體의 마디마디를 먹이려노라.

아아. 蛆虫[20]! 눈없고 귀없는 暗黑의 벗아,
自由와 悅樂의 死者, 또는 放蕩의 철학자,
그리하고 腐敗의 來孫은 다같이 네게로 가리라.

아무 痛限도 없는 내 死體를 파먹어들때,
蛆虫아, 알리어라, 魂도 없고 죽음의 안에 죽음되는
다 낡은 肉體에도 오히려 苦痛이 있느냐, 없느냐.

–「죽음의 즐거움」

---

19 갈가마귀 아. 부리 취.
20 저충: 구더기 저.

얼핏 보면 어려운 한자어가 노출되는 빈도가 베를렌느 번역 텍스트보다 높아진 것 같아 더 어려워진 것 같지만, 사실은 그렇지 않다. 시적 정황이 베를렌느의 시처럼 모호한 내면 서술이 아니라 엽기적일 정도로 선정적인 장면 — 구더기가 시체를 파먹는 — 이기 때문이다. 프랑스의 주석가 아당에 따르면 이 작품은 순수한 문학 테마에 불과한 낭만주의의 괴기적 취미가 흔적을 남겨 놓은 결과라고 하는데(윤영애, 2003:202~3), 그 퇴폐성과 선명한 이미지가 이후의 한국시단, 특히 『폐허』파 일부에 영향을 준 것은 분명해 보인다.

어쨌거나 이 역시의 원문은 스스로 무덤을 파고 들어가 구더기에게 육체를 물어뜯기게 하는 자칭 '쾌활한 사자(死者)'가 구더기에게 고통이 있는지 묻는다는 내용으로 이루어져 있다. 김억의 번역 텍스트로도 이러한 내용을 파악하는 데 큰 어려움이 없다. 그러나 문제가 아주 없는 것은 아니다. 1연에 있는 '망각의 안에 자람이노라'에서 '자람'은 분명한 오역이다. 이 부분은 땅에 파묻혀 죽는 상황의 서술이므로 윤영애의 현대역처럼 '망각 속에 잠들련다'(윤영애 역, 2003:156)가 되는 것이 옳다. 그 밖에 '鮫魚'나 '鴉嘴'는 어려운 한자어가 노출되었기 때문만이 아니라 우리말로 읽힐 수 있는 시를 써야 한다는 원칙에 김억이 둔감했다는 것을 보여준다는 점에서 아쉬운 부분이다.

그러나 이 번역이 '보들레르 시'의 번역으로서 갖추어야 할 충실한 재현성을 손상시키는 부분은 따로 있다. 원시의 3, 4연은 이른바 '사자(死者)'가 구더기들에게 말을 거는 상황을 형상화하고 있는데, 이는 시체와 구더기를 의인화하고 대사가 소름 끼칠 정도로 절실한 느낌을 준다. 3연에서는 시적 화자인 사자(死者)가 구더기들을 소환(召喚)하며, 4연에서는 그렇게 불러들인 구더기들에게 자기의 시체를 파먹고 고통이 있는지 없는지 알려 달라고 한다. 의인화된 시체가 의인화된 구더기들에게 말을 걸어야 하는 것이다.

그런데 번역시를 자세히 살펴보면 사자(死者)가 구더기에게 직접적으로 말을 걸고 있지 않은 것처럼 보인다. 3연에서는 구더기들을 '암흑의 벗아'라고 부르는 듯하지만 '열락의 사자(…)는 네게로 가리라'고 함으로써 마치 자신이 아닌 제3자가 찾아가는 것처럼 이야기하고 있다. 원시에서는 분명하게 '더러운 친구들아, 쾌활한 사자가 너희를 찾아왔다'고 분명히 밝혔다. 4연에서도 번역은 원시와 달리 구더기들에게 직접 고통의 여부를 묻는 것이 아니라 '蛆虫아 알리어라 (…) 고통이 있느냐 없느냐'라는 식의, 옛시조에도 어울릴 법한 훈계조로 명령하고 있다. 원시에서는 '내게 말해다오 (…) 아직 고통이 남아 있는가를!'이라고 하여 의인화된 한 존재가 다른 존재에게 말을 거는 내용임을 분명히 한다.

이러한 현상은 김억의 번역문체의 종결어미가 '-라' 체를 채택한 데 따른 필연적인 결과이다. 사실 '-라' 체는 중세 이래로 한국어 문어체 문장의 일반적인 서술 종결형이었고(배수찬, 2008:105), 새로운 문장 모델을 창안하지 못한 김억으로서는 이를 자연스럽게 받아들인 것일 뿐이다. 그러나 김억이 자신의 번역 문장에서 전달하고자 했던 내용은 중세적인 텍스트가 아니라 서구의 첨단을 걷는 근대시였기 때문에 문제가 커졌다. 김억은 이 사실을 자각하고 고립된 개인이 고립된 개인에게 말하는 형식의 새로운 문장어를 시도해야 했지만, 거기에까지는 이르지 못하고 서양어 문장의 불충분한 재현에 머무르고 만 것이다.

3.2. 「유령」: 내용 충실성과 가독성이 갖추어진 번역

「유령」은 김억이 시도한 보들레르 번역 가운데 가장 문장의 완성도가 높고 원시의 내용을 충실히 반영하고 있는 듯하다. 종결어미 '-라'에서 끝내 벗어나지는 못하였지만, 한 행 한 행이 대응되도록 번역되었으며, 시적 화자(겁탈하는 남성)와 청자(겁탈당하는 여성)의 상황을 느낄 수 있도록 충실히 재현해 내고 있다. 물론 이는 원시 「Le Revenant(유령)」의 간결성에서 기인한다.

갈색의 눈을 가진 천사와 같이,
나는 너의 寢坮[21]로 돌아오리라,
어둑한 밤의 그늘 아래에 싸이어,
소리도 없이, 나는 네게로 가까이 가리라.

나는 네게 주리라, 거뭇한 愛人이여,
찌그러진 구멍의 周圍에
달같은 찬 키쓰와,
배암같은 愛撫를.

---

21 침대.

희멀금한 아침이 되려는 때, [내가 있던 곳은]
아무것도 없는 비인 자리만 남으리라.
그러나, 그 자리는 저녁까지 차리라.

사람들은 아름다운 맘으로
너의 生命과 젊음의 위에 내려오나,
나는 오직 恐怖로 네게 臨하리라.

-「유령」[22]

두말할 나위 없이 남성이 여성을 겁탈하는 상황을 그린 이 시는, 상황의 선정성과 이미지의 명료함으로 인해 한국 시단에도 큰 충격을 주었다. 김억이 거의 도색소설과 같은 2연의 묘사를 과감하게 번역해 낸 것은 거의 100년의 세월이 흐른 오늘날의 관점에서 보아도 놀라운 일이다.

2연의 번역문은 또다른 의미에서 중요한데, 그것은 다름이 아니라 한 고립된 존재(겁탈하는 자, 유령)가 또다른 고립된 존재(겁탈당하는 자, 거뭇한 여인)에게 말하는 상황이 '-라' 종결 어미에도 불구하고 충실하게 재현되었다는 데 있다. 이는 같은 부분의 최근 번역이

그리고 갈색머리의 여인이여, 그대에게 주리,
달빛처럼 차가운 입맞춤을,

22 「오뇌의 무도」, 111면.

웅덩이 주변을 기어다니는

뱀의 애무를(윤영애, 2003:147)

라는 점을 고려한다면 거의 성공이라고 보아도 지나친 말은 아닐 것이다. 물론 김억의 이 번역에도 문제가 없는 것은 아니다. 1연 4행의 '가까이 가리라'는 원어 '스며들어가리'에 비해 실감이 떨어지고, 3연에서는 '아무것도 없는 비인 자리'가 시적 화자가 있던 곳이라는 중요한 정보를 빠뜨렸다. 4연 1행의 '아름다운 맘'은 지나치게 포괄적이면서도 정서적이어서 '애정'이나 '상냥함'으로 한정하는 것이 필요하다. 그러나 이러한 문제점에도 불구하고 「유령」이 1921년의 상황에서 나올 수 있는 빼어난 번역의 하나인 것은 분명하다.

4

나가며

김억은 근대 한국어 문장체가 완성되기 전에 서구의 완정한 근대시를 번역해 소개하는 것을 자신의 사명으로 삼았다. 그는 번역가로서 자기를 분명히 자각하기는 한 것 같으나 자신의 과업이 한국어 문장체의 새로운 형식이 될 수 있다는 자각이 분명했는지는 확실치 않다. 김억은 자기 나름대로 번역을 위해 최선을 다했겠으나, 베를렌느와 같이 내용의 모호함을 추구하는 작품을 번역하는 데서는 그

다지 성공하지 못했으며, 중세 한국어 문장체 종결어미 '-라'의 영향력을 극복할 방법을 찾아내지 못해 원시가 지닌 고립된 개인의 처창한 정서를 옮겨 내는 데에 실패했다.

그러나 김억이 보들레르를 번역하면서 이루어낸 성취는 우리에게 몇 가지 생각할 거리를 준다. 김억의 「죽음의 즐거움」 번역은 '-라' 종결체에서 벗어나지 못했고 이 때문에 대화로 이루어진 시적 상황을 충분히 재현하지 못했으나 「유령」 번역은 자연스러운 순한글의 현대 한국어 문장체에 근접했다. 현대 한국어 문장체에 근접한 것만이 중요한 것이 아니라, 원시가 갖고 있던 내용을 충실하게 반영했다는 점이 소중한 것이다. 김억은 자신의 불충분한 번역을 통해서, 새로운 시대(근대)의 문장체의 외적 형식과, 문장이 담아야 할 내용의 충실도라는 기준을 제시한 셈이다.

근대 이후 한국어 문장의 근대화는 아직도 진행형이다. 근대=번역의 등식이 어느 정도 사실이라면, 서구어 번역은 근대 한국어 문장을 성립시키는 가장 중요한 계기일 수밖에 없다. 순한글의 자연스러운 한국어 문장이라는 형식 준거와, 내용의 충실도라는 내적 준거를 충족시키기 위한 고투는 이 순간에도 계속되어야 한다. 김억은 근대 한국어 문장의 외적 형식을 위한 아무런 대비도 하지 못한 채 내용의 세계에 빠져들었다. 그가 번역가이기를 선택한 순간 그의 언어는 무방비 상태에서 압도적으로 뒤틀렸고, 이러한 함정은 외국문장을 현대 한국어로 읽어야 하는 운명을 지닌 대부분의 현대 한국인(특히 학습자)도 피해갈 수 없는 것이다. 번역으로 생겨나는 한국어 문장의 이상은 원문에 충실하면서도 한국어 말법에 자연스러운 것이어야겠으나, 여기서 원문은 '원문의 내용'으로, 자연스러움이란 '풍성한 표현력을 포함한 자연스러움'으로 지양(止揚)되어야 할 것이다.

참고문헌

學之光,『오뇌의 무도』.

고종석(2007),『감염된 언어』, 개마고원.

구인모(2007),「베를렌느, 김억, 그리고 가와지 류코: 김억의 베를렌느 시 원전 비교 연구」,『비교문학』 제41집, 비교문학회.

김미형(2005),『우리말의 어제와 오늘』, 제이앤씨.

김욱동(2010),『근대의 세 번역가: 서재필, 최남선, 김억』, 소명출판.

김지영(1996),「김억의 창작적 번역과 창작시 연구」, 서울대학교 석사학위논문.

문혜원(2009),「김억의 시론과 상징주의 시학 -베를렌 이해를 중심으로-」,『한국근현대문학의 프랑스문학 수용』, 서울대학교출판부.

박진영(2010),「한국의 근대 번역 및 번안 소설사 연구」, 연세대학교 박사학위논문.

배수찬(2008),『근대적 글쓰기의 형성 과정 연구』, 소명출판.

이오덕(1992),『우리글 바로쓰기 1』, 한길사.

이희재(2009),『번역의 탄생』, 교양인.

전미정(1996),「안서의 시에 미친 프랑스 상징주의의 영향」,『김안서 연구』, 새문사.

황현산(2006),「시와 번역」,『번역과 인문학: 고려대학교 문과대학 설립 60주년 기념 국제학술대회 자료집』, 고려대학교 문과대학.

삐에르 쁘띠필/나애리 · 우종길 옮김(1991),『광인 뽈 베를렌느』, 역사비평사.

요시다 세이이치(吉田精一),「明治大正譯詩集解說」,『明治大正譯詩集』, 東京:角川書店, 1971.

배수찬, 울산대학교 국어국문학과, begae@hanmail.net

백석 시의 방언과
그 미학적 의미

전봉관

1

서론

지금까지 백석 시에 관한 논의는 대략 세 가지 방향으로 모아진다. '정주지방의 독특한 방언 사용'이라 용인되어 온 언어적 층위의 접근 방식과 그의 시에 투영된 세계관을 공동체 의식이나 민중 정서에 접목시킨 리얼리즘 시로서의 접근 방식, 그리고 그의 시를 당대의 모더니즘이나 모더니티와의 관련성 속에서 설명하는 문학사적 접근 방식이 그것이다. 그러나 연구의 의도나 귀착점이 상이하다 하더라도 그에 관한 모든 논의들의 출발점에서 언어의 문제가 놓여 있다. 즉, 백석의 시에 관한 개별 연구에서 연구 목적이나 방법론은 각각 상이하지만, 그 모든 연구들은 그의 시의 가장 중요한 미학적 특징으로 독창적 언어 사용을 꼽고 있는 것이다.

백석에 관한 최근의 연구가 리얼리즘과 모더니즘이라는 엇갈린 방향으로 나아고 있음에 반해, 그의 시에 사용된 언어가 정주 지방의 방언이며, 이를 통해 토속적 세계가 그려지고 있다는 점에 관해서는 암묵적 합의가 도출된 것처럼 보인다. 백석 시의 언어가 균질적인 공용어가 아니라는 점이 명백한 만큼 그의 언어가 방언이라는 사실에 관해서는 별도의 점검이 필요하지 않을 수도 있다. 그러나 방언은 그 합의가 지나치게 포괄적이고, 그의 시어와 정주방언이 직접적으로 대응될 수 있는지는 아직 구체적인 분석을 통해 확인된 바 없다.[1] 따라서 고향탐색과 유랑 그리고 자기성찰로 이어지는 일련의 시적 탐색이 백석의 언어의식에서 시작되었으며, 그러한 의미에서 백석의 언어가 그의 시의 주제이자 방법론이며 의미의 처음이자 마지막을 장식하고 있다는[2] 정도의 결론에 도달하기 위해서는, 백석의 언어의식 자체를 미시적으로 밝히는 작업이 선행되어야 하는 것이다.

이를 위해 본고는 백석 시의 언어를 미시분석하고, 이를 토대로 그의 미학적 특성을 고찰하려 한다. 백석 시의 언어는 막연히 정주방언이라고 정의되기는 어려우며, 의식적으로 선택된 시인의 개성적 언어이다. 백석 시의 풍요로움과 아름다움은 그의 시에서 일관되게 사용되고 있는 이러한 개성적 언어와 분리시켜 생각할 수 없다. 백석의 언어를 그가 정주출신이고 정주에서 성장하였기 때문에 운명적으로 선택되어진 '정주방언'으로 보면, 그의 시가 이룩한 새

1 백석 시의 언어에 관한 최근의 한 연구는 백석 시의 미학적 원천으로 언어를 지적하고 있지만, 시어에 대한 정밀한 분석 없이 그의 언어와 정주지방어를 등치시키고 있다. 조영복, 「백석 시의 언어와 정치적 담론의 소통성」, 『한국 현대시와 언어의 풍경』(태학사, 1999)

2 위의 글, 82쪽.

로운 미학적 경지를 제대로 설명할 수 없다. 그의 시어는 오히려 공용어의 균질성에 저항하기 위해 의도적이고 전략적으로 기획된 '방언'의 성격이 강하다. 그의 방언 사용 전략은 띄어쓰기, 표기법, 어휘 선택 등을 통해 다각적으로 이루어졌는데 '정주방언'의 도입은 이러한 일관된 전략의 한 부분으로 이해되어야 할 것이다.

2

방언의 세 층위와 표준어

백석 시의 미학적 원천이면서, 한편으로는 의사 소통의 동시성이나 균질성을 보장할 수 없는 의미론적 맹점이 되기도 하는 백석의 언어는 한 집단의 모든 언중들이 의사소통의 지표로 삼는 표준어로 구성되어 있지 않다. 정형화되고 규격화된 표준어가 아니라는 점에서 그의 시어를 방언이라 규정하는 것은 재론의 여지가 없을 것이다. 문제는 그의 언어를 방언이라 규정할 때, 필연적으로 방언의 의미 균열과 부딪치게 된다는 데에 있다.

일반적으로 방언은 지방어로서의 방언과 '표준어'에 대한 '비표준어'로서의 방언이라는 두 가지 층위로 구분된다. 시간이 경과하면서 언어는 사용 지역의 차이에 따라 독자적인 어휘, 음운, 어법 체계 등을 드러내게 되는데, 이와 같은 지방적 차이에 따른 언어 차를 문제 삼을 경우가 지방어로서의 방언 개념이다.[3] 이러한 의미에서의 방언은 국가적 단위의 강제 규약인 표준어와 무관하게 지역적 차이만으로도 존재할 수 있다.

그러나 '표준어'라는 인공의 규약에 대한 자연어로서의 방언 개념은 훨씬 복잡한 양상을 드러내게 된다. 표준어는 한 언어집단 안의 정치적 중심지에서 사용되는 지방어라는 차원[4]으로 쉽게 설명될 수 있는 평면적인 개념은 아니다. 표준어는 근대적 국가 개념을 설정하지 않고는 성립되지 않으며, 근대 초기의 언문일치와 연장선 속에서만 설명될 수 있다.

한국에서 표준어 개념이 등장하고 그 필요성에 공감하게 된 것은 1930년대 이후의 일이다. 문자언어와 음성언어가 이원화되어 있었던 시기, 즉 한자가 국가적 공통 문어로 채택되고, 한국어는 단지 지방어·구어로만 존재했던 때에 국가적 차원에서 지방어·구어의 강제적 통합은 무의미한 것이었다. 언중 누구에게나 의미의 균질성을 보장하는 굳건한 공통 문어가 존재하는 상태에서 지방어·구어의 통일은 어떠한 사회적 효용도 없었기 때문이다. 음성언어와 문자언어가 독립적으로 존재할 때, 음성언어의 지역별·계층별 차이가 초래할 혼란은 크지 않았던 것이다.

그러나 근대적 민족국가의 형성 과정에서 민족 활자어(national print language)[5]의 필요성이 제기되고, 공통 문어 한자를 대신하여

---

3 최학근, 『국어 방언 연구』(명문당, 1991), 78쪽.

4 위의 글, 79쪽.

5 B. Anderson, *Imagined Communities: Reflections on the Origin and Spread of Nationalism(1983)*, 윤형숙 역, 『민족주의의 기원과 전파』(사회비평사, 1991), 93쪽.

지방어·구어로서의 한국어 표기에 그 기능이 국한되었던 한글을 민족 활자어로 채택함에 따라 언어적 균질성의 위기가 야기될 수밖에 없었다. 의미의 확실성에 대한 의심의 여지가 없었던 한자 대신 개인별, 지방별, 계층별 차이가 있는 구어의 표기 외에 그 자체로는 어떠한 생래적 의미도 담지 못했던 한글[6]로 문자언어의 통합을 이루기 위해서는 구어의 비균질성을 극복할 필요가 있었고, 이를 위해 구어적 균질언어라는 가상의 언어가 필요했다. 한글은 유일한 기준적 언어라는 가상의 언어로서의 표준어[7]가 전제되지 않고서는 민족국가의 균질성을 보장하는 민족 활자어로서의 기능을 수행할 수 없었던 것이다.

이러한 현실적 필요성에서 기획된 언어가 표준어이다. 그것은 공통 문어로서의 한자가 공식적으로 폐기되고, 창제 이래로 구어·지방어의 표기 기능을 담당하던 한글이 민족 활자어의 형태로 그 자리에 대체될 때, 구어에서는 결코 존재할 수 없는 가상의 균질성을 보장하기 위해 설정된 인공의 언어였다. 언문일치의 이념이 말과 글의 일치에 있었다 하더라도 어떠한 문자도 소리의 완전한 재현은 불가능한 것이었고, 설령 가능하다 하더라도 개인별, 지역별, 계층별로 차이가 있을 수밖에 없는 소리 표기의 무제한적 자유는 국가나 민족 단위의 단일성 확보라는 애초의 목적을 실현할 수 없었던

6 한글의 옛 명칭인 諺文이나 正音은 그 의미상으로도 구어의 표기와 밀접한 관계를 맺고 있다.

7 이기문, 「현대 정서법의 제문제」, 『국어표기법의 역사적 연구』(한국연구원, 1963), 152쪽.

것이다. 따라서 언문일치는 말과 글의 이상적 일치라는 이념과는 달리, 실제에 있어 풍부한 음성언어의 차이를 방기할 수 없었고, 표기에 있어서도 강압적 제한 규정을 설정할 수밖에 없었다.

이에 따라 언문일치가 어느 정도 정착되고, 표기법의 혼선이 사회 문제가 되기 시작한 1930년대 이후의 국문 논의는 자연스럽게 표기법의 통일 쪽으로 모아졌다. 그리고 이러한 표기법 통일 작업 속에서 '표준어' 개념이 형성되고 확립되었다. 여기서 주목해야 할 것은 표준어가 있고, 그에 맞춰 표기법을 통일하여 적은 것이 아니라, 표기법을 통일하기 위해 표준어라는 가상의 인공어를 설정하게 된다는 것이다.

국가적 차원에서 표기법 통일의 필요성은 민족주의 진영보다 총독부에서 먼저 제기되었다. 소리나는 대로의 문자 행위는 그것이 자유방임으로 흐를 경우 교육이나 의사소통에 심각한 혼선이 야기될 수밖에 없었기 때문이다. 1912년 「普通學校用諺文綴字法」에서 시작된 조선총독부의 교육용 철자법의 통일 작업은 1930년 「諺文綴字法」에 이르러 완성되었다. 1930년 조선총독부의 「諺文綴字法」[8]

8 諺文綴字法은 1930년 2월 공표하고, 같은 해 4월 신학년부터 교과서에 사용하기 시작한 최초의 형태주의적 철자법이다. 1928년 9월부터 7회에 걸친 諺文綴字法調査會에서 視學官, 玄櫶, 編輯官 田島, 李元圭가 기안한 學務局原案 작성, 1929년 5월부터 역시 7 회에 걸친 2차 조사회에서 원안 심의로 확정되었는데, 구파의 거센 반대로 커다란 綴字波動을 겪으면서 힘겹게 낙착되었다. 1차 조사위원은, 심선린, 박영무, 박승두, 이세정 등이었고, 2차 조사위원은 西村眞太郎 장지영, 이완응, 이세정, 小倉進平, 高橋亨, 田中德太郎, 藤波義貞, 권덕규, 정열모, 최현배, 김상희, 신명균, 심선린 등이었다. 『歷代韓國文法大系 3부 8책』(탑출판사, 1985) 참조.

은 국가적 차원에서 철자법을 통일한 첫 번째 결실이라 하겠는데, 여기에 표준어 개념의 원형이라고 할 수 있는 조항이 들어 있다.

> 總論
>
> 一, 朝鮮語讀本에 採用할 諺文綴字法은 各學校를 通하야 此를 仝一케할 事.
>
> 二, 用語는 現代京畿語 標準함.
>
> 三, 諺文綴字法은 純粹한 朝鮮語거나 漢字音임을 不問하고 發音대로 表記함을 原則으로 함. 但必要에 依하야 若幹의 例外를 設함.[9]

구어를 민족 활자어의 형태로 채용하면 가장 먼저 구어의 다양성이 문제되는데, 이러한 표기의 개별성을 넘어서기 위해 총독부에서 제시한 표준은 현대 경기어였다. 경기어가 표준으로 설정되면, 경기어 외의 다른 지방어는 문자화할 질료로서의 가치를 상실하게 된다. 한자-한국어 불일치의 극복이라는 명분에서 시작된 언문일치는 경기어-표준어의 등장으로 실제에 있어 또 다른 언문 불일치를 낳게 되는 것이다. 이러한 불일치는 경기어 사용 언중의 입장에서도 마찬가지였다. "발음대로 표기함을 원칙"으로 한다는 조항에서 주목해야 할 단어는 '원칙'이다. 원칙적으로는 발음대로 표기하지만, 예외를 인정하기 때문에, 규범화된 문자행위를 위해서는 경기어 언중이라 하더라도 발음에만 전적으로 의지할 수 없는 것이

9 조선총독부, 「諺文綴字法」, 1930. 2, 위의 책에 影印 수록.

다. 즉, 정확한 문자행위를 위해서는 경기어 언중이라 하더라도 여타 지방어 언중과 같이 표준이 되는 언어를 학습을 통해 익혀야 하는 것이다.

「언문철자법」에서 '경기어 표준' 항목은 1993년 조선어학회의 「한글 마춤법 통일안」[10]에서 '표준어'의 개념으로 확립된다.

> 總論
>
> 一, 한글 마춤법(綴字法)은 표준말을 그 소리대로 적되, 語法에 맞도록 함으로써 原則을 삼는다.
>
> 二, 표준말은 大體로 現在 中流 社會에서 쓰는 서울말로 한다.
>
> 三, 文章의 各 單語는 띄어 쓰되, 토는 그 웃 말에 붙여 쓴다.[11]

「한글 마춤법 통일안」은 경기어라는 지방어 대신 '표준말'이라는 인공어를 전면에 부각시켰다. 그리고 '표준말'이라는 인공어를 설명하기 위해 "대체로 현재 중류 사회에서 쓰는 서울말"이라는 규정을 덧붙였다. 사실상 이 규정은 원칙의 확인 외에 각론에서는 아무런 의미가 없었는데, "甲을 取하고 乙을 버린다."는 강압적 표현과 함께 부연한 각론의 개별 어휘들, 예컨대 고저-고자, 골고루-골고로, 곳-곧, 데리고-다리고 등은 모두가 "현재 중류 사회에서 쓰는 서울말"들이었기 때문이다. 따라서 표준어는 '현재 서울의 중류 사회'에서

10 '마춤법'의 맞춤법이 '맞춤법'으로 변모하여 확정된 것은 1940년 조석어학회의 「개정안 한글 맞춤법 통일안」부터이고, 그 이전의 표기는 모두 '마춤법'으로 되어 있다.

11 조선어학회, 「한글 마춤법 통일안」(한성도서, 1933), 1쪽.

현실적으로 사용되고 있는 자연어가 아니라, 표기법 통일이라는 현실적 필요성에서 학자들에 의해 만들어진 인공어였던 것이다. 「한글 마춤법 통일안」이 공표되고, 그것이 급속히 퍼져 나간 것은 표기법 통일의 필요성이 국민적 공감대를 형성할 수 있었던 것으로 볼 수 있는데 이를 발전·완성시키기 위해 표준어 어휘를 사정하고, 확정하는 작업이 뒤따른 것은 자연스러운 귀결이었다.[12]

이처럼 표준어는 경기방언과 직접적으로 대응되지 않는다. 표기법의 통일을 위한 인공어로서의 '표준어'가 등장하면, 표준어의 명부에 오르지 못한 언어는 고어나 방언으로 폄하되어 몰락의 길을 걷게 되는데, 광복 이후 그것이 국가적으로 채택되고, 강제 규정화되면서 표준어로 번역될 수 없는 자연언어는 활자 매체에서 사실상 자취를 감추게 되었다.

근대적 민족 개념의 형성 과정에서 언문일치 운동이 민족적 주체성을 확립하는 데 의의가 있었다면, 표기법 통일 작업은 민족 단위의 원활한 의사소통을 가능하게 하였다. '민족'이라는 가상의 공동체는 '표준어'라는 인공의 언어로 유지될 수 있었던 것이다. 이처럼 표준어-방언의 구도는 민족어-지방어, 인공어-자연어의 대립과 등가를 이룬다. 그러나 강제적 규범 언어로서의 표준어가 민족 단위의 원활한 의사소통을 가능케 하여 궁극적으로 민족적 단일성을 확보할 수 있게 한 반면, 표준어에 의한 지역적 차이의 강제적 통합 과정에서 실재의 언어가 가상의 언어로 대체됨에 따라, 언어가 생

12 이러한 사정의 결과가 1936년 조선어학회의 「조선어 표준말 모음」이다.

동감 있는 삶의 현실과 괴리되는 문제가 등장하였다. 파롤의 차원인 방언의 어휘가 무한한 반면, 랑그의 차원인 표준어의 어휘는 유한하다. 따라서 표준어가 문자행위의 경제성이나 소통 가능성을 극대화시킬 수는 있지만, 그것만을 가지고 세계에 대해 지각한 모든 것을 다 표현하지는 못한다. 표준어가 지방어를 전면 부정하는 것은 아니지만, 그것이 포괄하는 지방어는 민족적 차원으로 보편화될 수 있는 언어에 국한된다. 따라서 민족적 차원으로 보편화될 수 없는 특수한 지역의 언어들은 그 관념이나 事象이 실재한다 하더라도, 토속적, 전근대적 언어로 치부되어 버린다.

이러한 지방어로서의 방언과 표준어에 대한 비표준어로서의 방언의 구분 없이는 백석 시의 언어를 제대로 규명할 수 없다. 방언 자체의 의미 차이를 전제하면, 백석 시의 방언은 세 가지 층위로 구분된다.

(A) 끼때의 두부와 콩나물과 뽂운잔디와고사리와 도야지비게는 「여우난곬族」

삼촌의임내를내어가며 나와사촌은 시큼털털한 술을 잘도채어먹었다. 「庫房」

(B) 바리깨돌림하고 호박떼기하고 제비손이구손이하고 「여우난곬族」

오리치를 놓으려아배는 논으로날여간지오래다 「오리 망아지 토끼」

(C) 엄매와나는 양궁읗에 떡돌읗에 곱새담읗에 함지에 버치며

「古夜」

아츰볓에 섭구슬이한가로히익는 곬작에서 「鞦日山朝」

여기서 제시된 어휘들은 모두 방언의 범주에 포함시킬 수 있지만 각 어휘의 성격은 전혀 다르다. (A) 유형의 어휘는 정주지방어이면서 표준어에 그와 대응되는 어휘가 있는 방언이다. '끼때-끼니때', '뽂은잔디-볶은짠지', '임내-흉내' 등과 같이 지방어와 표준어의 일대일 대응이 가능하다. 이 유형의 어휘들은 동일한 개념을 지시하는 기표가 방언과 표준어 사이에 차이가 있는 것으로, 대부분 단순한 음운의 조작만으로도 표준어로 번역이 가능하다. 그리고 고정된 개념이 있기 때문에 그다지 큰 의미론적 혼란을 일으키지는 않는다. '사투리'로 불리는 협의의 방언 범주에 포함시킬 수 있는 어휘는 이 유형에 국한된다.

(B) 유형은 정주지방의 문화나 풍속에 바탕을 둔 지역적 특수성을 드러내는 어휘들이다. 이 유형의 어휘는 기표뿐만 아니라 기의 또한 표준어에는 없는 정주지방 고유의 언어이다. 즉, 그것은 특정한 지방의 문화에는 있고 가상의 표준문화에는 없는 事象이나 관념을 지시하는 기호들인 것이다. 정주방언 '바리깨'와 가장 유사한 표준어는 '주발뚜껑'이다. 그러나 정주지방의 '바리깨'와 표준어의 '주발뚜껑'이 정확히 동일한 사상일 수는 없다. 더구나 '바리깨돌림'을 '주발뚜껑을 돌리면서 노는 놀이'라고 표준어로 번역한다고 하여도 그 언어기호의 실체를 완전히 드러내지 못한다. 그것은 정주지방의 풍속과 관련을 맺고 있는 것으로 그 풍속에 관한 장황한 설명 없이

는 결코 이해될 수 없는 것이기 때문이다. 이와 마찬가지로 '호박떼기'라는 기호가 '3명씩 편을 갈라, 서로 끌어안고 있는 한편을 한 명씩 떼어 놓는 놀이'라는 간결한 진술로 설명될 수는 없다. 양자 모두는 표준어가 설정하는 가상의 균질 공간 속에서 사실상 아무것도 지시하지 않는 것이다. 어린아이들이 다리를 끼고 노는 놀이라는 '제비손이구손이' 역시 그 풍속 자체가 존재하지 않는 표준어의 가상공간에서 이해될 수 없음은 물론이다.

풍속뿐만 아니라 사물 또한 이 유형에 포함될 수 있다. 예컨대 '오리치'는 오리를 잡을 때 쓰는 덫이다. 그렇다고 '오리치-오리덫'의 일대일 대응 관계가 설정될 수는 없다. 정주지방에는 오리 잡을 때 쓰는 '오리치'가 있겠지만, 표준어가 설정하는 가상의 균질 공간에는 '오리'를 잡을 때 덫을 쓰지 않으며, 따라서 '오리치'가 '오리덫'의 형태로 표준어 어휘 속에 편입될 수는 없는 것이다. (B) 유형의 언어가 주목되어야 하는 것은 그것이 표준어가 아니라는 이유 외에도 표준어가 설정한 가상의 균질 공간 속에서 그것은 아무것도 지시하지 않는 순수한 기표일 뿐이라는 점이다. 표준어로 번역되지 않음으로써 이 언어들은 궁극적으로 사라지게 되고, 언어의 소멸과 함께 문화도 소멸하게 된다. 지방 단위의 문화가 표준어 즉 국가 단위의 문화에 편입될 때, (B) 유형의 어휘들은 표준어로 번역되어 민족 단위의 언어로 승인 받게 되면 생존할 수 있을 뿐만 아니라 더 넓은 지역에서 사용될 수 있게 되나, 그렇지 못할 경우 그 문화와 함께 토속적, 전근대적이라는 적의에 찬 비난 속에서 사라지게 되는 것이다.

(A) 유형과 (B) 유형의 어휘들은 정주라는 특정한 지역의 지방어로서의 방언 범주로 설명될 수 있지만, (C) 유형의 어휘들은 그러한 범주로는 설명하기 어렵다. 웋에-위에, 아츰-아침, 볕-볓의 대응관계는 정주지방에만 국한되지 않는 전국적인 것이었다. '웋에'가 아니라 '위에'가, '아츰'이 아니라 '아침'이 표준어로 채택된 것은 우연한 선택이었다.

附錄 一 標準語

一, 무릇 어떠한 品詞를 勿論하고 한 가지 뜻을 나타내는 말이 두가지 이상 있음을 特別 한 경우에만 認定한다.

(......)

八, 다음의 말들은 여러 가지 있으나, 甲만 取 하고 그 밖의 말들은 다 버린다.

甲	곳(處)	놓치다	몇(幾)	볕(陽)	아침	얼굴	위(上) ......
乙	곧	노치다	멫	볓	아츰	얼골	웋 ......[13]

(밑줄: 인용자)

(C) 유형의 어휘들은 표준어 제정과정의 회의석상에서 '버려진 언어'들로서의 방언이다. 언어학적 층위의 방언(지방어)과 공통어를 문제 삼을 때,[14] 당대에 그것은 방언이라기보다는 공통어에 가까운

13 조선어학회, 『한글 마춤법 통일안』(한성도서, 1933), 51~69쪽. 「부록 1 표준어」 항목에서 시집 『사슴』에 나오는 어휘를 중심으로 발췌하였음.

14 "存在하는 것은 方言과 共通語이다. 방언이란 各地域社會에 국한된 言語 體系를

어휘들이었다. 그러나 그것은 표준어로 선택받지 못했고, 그에 따라 구어 속에서도 점차 소멸되어 갔다. 자연 상태의 언어에는 가치의 차이가 없다. '위'든 '웋'든, '몇'이든 '멫'이든 동일한 관념을 지시하는 동일한 언어다. 그러나 표준어 개념이 개입되면, '위', '몇'은 바람직한 민족언어의 위치에 올라서서 보호받고, '웋', '멫'은 잘못된 토속어로 치부되어 비난받고 결국은 문자체계에서 사라지게 된다.

백석 시의 언어를 정주방언으로 환원시킬 경우 (C) 유형의 어휘들을 다루기가 곤란해진다. '위에'대신 '웋에'라고 표기했다고 하여, 그것이 정주방언의 독특한 어휘라거나 표기법이 될 수는 없기 때문이다. 이 유형의 어휘들은 '표준어'라는 규범언어가 존재하기 때문에 방언의 범주에 포함된다. 앞에서 살펴본 바와 같이 표준어는 표기법을 통일하기 위해 인위적으로 만들어진 언어였고, 어떤 단어가 표준어 규범에 어긋나게 표기되었다면, 그것은 경기 지방에서의 사용 여부를 떠나 방언이 되는 것이다. 이 유형의 방언들은 특히 백석의 독특한 표기법을 설명하는 데 유용한 자료가 된다. 백석의 표기법은 당대의 맞춤법 규약을 따르는 대신, 자신만의 내적 규범을 가지고 있었다. 그리고 이러한 표기법이 그의 시의 중요한 미학적 전략이 되는 것이다.

말하며 共通語란 地域社會들 사이에 使用되고 있는 共通의 言語 體系를 말한다. 따라서 어느 地域에 있어서나 共通語가 행해진다." 이기문, 앞의 글, 152쪽.

3

백석 시의 언어적 특성

백석 시에 나타난 방언의 층위 구분이 설득력을 가지려면, 두 가지 선결되어야 할 문제가 있다. 우선, 그의 시가 활자화될 당시 표준어가 얼마만큼 지지를 받고 있었는가 하는 문제가 제기될 수 있다. 그리고 방언사용의 의식성 여부가 문제될 수 있다.

첫 번째 문제의 해결을 위해서는 1930년대 당시 신문, 잡지, 문학작품을 망라한 방대한 자료의 수집을 통한 실증적 작업을 전개해야 할 것이지만 그것을 이 자리에서 수행하기는 현실적으로 불가능하다. 단지 "우리가 현재 사용하고 있는 正書法은 이 한글 맞춤법 통일안이 사회의 지지를 얻고 特히 1945年 이후에 국가적으로 이것이 채택됨으로써 確立된 것이라"[15]는 국어학계의 통설을 바탕으로 개괄적으로 살펴볼 수밖에 없을 것이다.

1933년 10월 19일 조선어학회의 임시총회 결의로 발표된「한글 마춤법 통일안」은 같은 해 10월 29일 한성도서관 단행본이 간행되고, 같은 날『동아일보』의 부록으로 제공되었다. 그리고『조선중앙일보』는 이 안을 1936년 1월 1일 신년특별호의 부록으로 제공하면서, 이후로는 실제 신문 제작에 적용할 것을 공시하였다. 또한 조선어학회의 핵심 인물이었던 장지영은『조선일보』의 문화부장을 역임

15 위의 글, 150쪽.

했는데, 이로 미루어 이 안이 신문 매체 쪽으로는 현실적인 영향력을 가질 수 있었을 것으로 판단된다. 당시의 신문들을 살펴보면, 그때까지 여전히 연철-분철의 혼란이나 표음주의-표의주의 대립이 있었음을 확인할 수 있다. 그러나 ㆍ, ㅼ, ㄹㄴ 등의 음운 폐지는 실현되었다. 따라서 1930년대 후반에 이르면 표기법은 지금까지도 논란이 되고 있는 어간-어미의 연결에 있어 어근을 밝힐 것인가 아니면 소리대로 표기할 것인가의 문제, 그리고 연철을 할 것인가 분철을 할 것인가 등의 學理上의 문제를 제외하면, 대체로 「한글 마춤법 통일안」대로 통일되고 있다고 보아도 크게 문제되지는 않을 것이다.[16]

1930년대 표기법의 통일이나 표준어의 필요성은 총독부나 민족주의 진영이나 공감대를 형성하고 있었는데, 무엇을 표준어로 삼고, 어떠한 형태로 표기법을 통일하느냐의 논쟁은 있었지만 표준어나 표기법 통일의 원칙에 반대하는 경우는 전무했다. 조선어학회의 「한글 마춤법 통일안」이 아니라 하더라도, 예컨대, 조선어학연구회의 표음철자법과 같은 경우도 나름대로의 표준어와 표기법 통일 방법을 마련하고 있었다.

두 번째 문제, 방언 사용의 의식성 여부는 첫 번째 문제 비하면 그다지 해결하기 어려운 문제는 아니다. 그의 방언 사용은 다분히 의식적인 것이었다. 백석은 1936년 첫 번째 시집 『사슴』을 간행할 당시 『조선일보』 출판부 소속의 교열기자였다. 연보에 의하면 그는

16 이 문제는 물론 이 정도의 기술만으로 해결될 수 있는 성질의 것은 아니다. 이와 관련하여 현재까지 1933년 한글 맞춤법 통일안 제정 이후 이전까지 표기법에 관한 연구는 국어학 쪽에서도 전무한 실정임을 밝혀 둔다.

『여성』의 편집자로 일했다고 하는데, 그가 교정을 본 당시의 『여성』지와 그의 시의 표기법은 확연히 다르다. 또한 앞에서 살펴본 바와 같이 1930년대 후반 표준어나 철자법 통일은 어느 정도 완성된 면모를 보이고 있었고, 표준어 혹은 통일 맞춤법은 언론계를 중심으로 전파되고 있었으므로, 그가 표준어나 철자법을 인식하지 못했기 때문에, 혹은 시집의 교열상의 실수로 방언이 사용되었을 가능성은 배제해도 좋은 것이다.

백석 시의 철자법은 총독부의 「언문철자법」이나 조선어학회의 「한글 마춤법 통일안」과는 다르다 하더라도 일정한 규칙성을 보인다. 이러한 규칙성과 관련하여 그의 시어는 비슷한 시기 그의 산문 언어와도 다르다.

(A) 이조흔밤에 시껌언잠을자면 하이야케 눈썹이 세인다는 말은 얼마나 무서운 말입니까. 륙보름이면 녯삶의 인정가튼 고사리의 반가운맛이 나를울려도 조틋이 허연 령감구신의 호통가튼 이 무서운말이 이밤에 내잠을 쪼차벌여도 나는좃습니다. 고요하니 즐거운이밤 초롱초롱 맑게피인 샘물가튼 눈으로 나는 지금 당신게서 보내주신 맑고 고흔 수선화 한폭을 들여다 봅니다. 들여가보노라니 그윽한 향기와샛파란꿈이 안개가티 오르고 또 놀한 슬픔이 냇내가티 오릅니다. 「편지」『조선일보』, 1936. 2. 21

(B) 오리야 네가좋은 清明밑게밤은 「오리」, 『조광』, 1936. 2
또하나달같이 하이얗게빛난다. 「힌밤」, 『사슴』, 1936. 1
찰복숭아를먹다가 씨를삼키고는 죽는것만같어

「가즈랑집」, 『사슴』, 1936. 1

나는 이작은것을 곻이 보드러운종이에받어 「脩羅」, 『사슴』, 1936. 1

쉬이 맞나기나했으면 좋으렸만하고 슳버한다

「脩羅」, 『사슴』, 1936. 1

1936년 한 해에 발표된 백석의 산문 (A)와 시 (B)에는 조흔-좋은, 하이야케-하이얗게, 가튼-같어, 고흔-곻이, 슬픔-슳버한다 등과 같은 표기법의 차이가 존재한다. 산문은 연철로 일관되었지만, 시는 분철로 통일돼 있는 것이다. 분철 그 자체는 표준어 표기와 다를 것이 없다. 그러나 백석 시어에서 드러난 분철은 '슳버한다'에서 볼 수 있듯, 철저한 형태주의를 따른다. 백석 시의 언어적 특성에 관하여 표기법상의 문제와 어휘상의 문제로 구분하여 살펴보면 다음과 같다.

3.1. 표기법상의 특성[17]

표기법상의 특성에 관해 가장 먼저 검토해 보아야 할 것은 띄어쓰기의 규칙성이다. 물론 여기서의 규칙성은 「한글 마춤법 통일안」에서 명시한 "문장의 각 단어는 띄어 쓰되, 토는 그 웃 말에 붙여 쓴다"의 규정과는 다른, 백석 개인의 규칙성이다.

17 정밀한 분석을 위해 언어 분석의 대상은 시집 『사슴』(1936)에 국한시켰다.

흙담벽에 볓이따사하니
아이들은 물코를흘리며 무감자를 먹었다

돌덜구에 天上水가 차게
복숭아낡에 시라리타래가 말러갔다　　　　　　　　　　「初黍日」 全文

내일같이명절날인밤은 부엌에 쩨듯하니 불이
밝고 솥뚜껑이놀으며 구수한내음새 곰국이
무르끓고 방안에서는 일가집할머니가와서
마을의소문을펴며 조개송편에 달송편에 죈
두기송편에 떡을빚는곁에서 나는밤소 팟소
설탕든콩가루소를먹으며 설탕든콩가루소가가
장맛있다고 생각한다
나는얼마나 반죽을주물으며 힌가루손이되여
떡을빚고싶은지모른다　　　　　　　　　　「古夜」 4연

1930년대 띄어쓰기 규칙은 여타의 표기법에 비해 통일 속도가 늦었다. 신문·잡지의 경우 조판상의 이유로 의도적으로 띄어쓰기 규칙을 무시한 경우는 오늘날에까지 남아 있다. 그러나 시의 경우 단어 단위로 띄어쓰기는 대체로 확립되어 갔다.[18] 그러나 백석의 경

18　1930년대 시집의 띄어쓰기 규칙은 시인별·시집별로 차이가 있다. 그러나 이에 대한 정밀한 분석은 1930년대 표기법 문제와 같이 방대한 양의 자료를 바탕으로 할 때에만 설득력 있는 논의가 될 것이다. 여기서는 개략적으로 언급하고, 상론은 다음 기회로 미룬다.

우 띄어쓰기 규칙은 단어 단위가 아니라 구문 단위이다.

「初髮日」의 띄어쓰기는 부사구, 주어구, 서술어구별로 실현돼 있다. 물론 "볕이따사하니"에서 주어-서술어 관계가 붙어 있지만 두 구가 결합해 하나의 부사구를 형성한다고 보면 크게 문제될 것은 없을 것이다. 「古夜」의 경우 어구들 사이에서 규칙성이 쉽게 드러나지는 않지만 주어구나 목적어구에 서술어가 붙어 있다는 규칙성이 보인다. 부사구는 띄어쓰기도 하지만 서술어는 반드시 붙여 쓴다. 이러한 규칙을 포괄할 수 있는 범주는 아무래도 음보가 되어야 할 것이다. 즉 백석은 끊어 읽기 단위로 띄어 쓴 것이다.

읽기 즉 음성을 전제로 띄어쓰기를 실현했기 때문에 그의 시에는 읽는 방법을 지시하는 별도의 문장부로가 필요치 않았다. 시집 『사슴』 전체에서 사용된 문장부호는 두 가지 종류로 총 5회 등장한다. 「오리 망아지 토끼」에서 "— 매지야오나라" 「山비」에서 "아 — 딸으는사람도없시" 「오금덩이라는곧」에서 "— 잘먹고가라" 「旌門邨」에서 "「孝子盧迪之之旌門」 — 몬지가 겹겹이앉은". 문장부호 '—'는 장음이나 휴지를 표시하고, '「 」'는 현판의 내용을 인용하고 있다. 이처럼 특수한 상황을 지시하는 문장부호는 시 속에 부분적으로 사용되고 있지만, 쉼표나 마침표와 같은 읽기 규칙을 지시하는 일반적인 문장부호는 띄어쓰기로 대체효과를 얻고 있다. 즉, 시인이 의도한 호흡 단위는 띄어쓰기를 통해 시 속에 직접적으로 표현돼 있는 것이다.

띄어쓰기 외에 표기법에서 주목되는 부분은 어간-어미 관계에서 철저한 분철표기를 고집한다는 것과, 어근을 밝혀 적는다는 것이다.

시집 『사슴』에서 이에 해당하는 어휘와 특징적인 면을 살펴보면 다음과 같다.

(쇠메ᄃᆖᆫ, 붗, 올은다는, 딸으며, 슳버졌다 : 「가즈랑집」) (껌벅걸이는, 깜안, 빩안, 닭으러, 뫃여서, 옿간 : 「여우난곬族」) (귀먹어리, 뫃이면 : 「庫房」) (개털억, 슳븐 : 「모닥불」) (새깜안, 자즐어붙어, 옿에서, 늫어굴면서, 옿목, 새빩안, 졸으기도 : 「古夜」) (날여간, 던저벌인다, 딸어, 졸으면, 달어났다 : 「오리 망아지 토끼」) (낡에 : 「初髮日」) (해볓이 : 「夏畓」) (빩앟게, 옿엔 : 「酒幕」) (외딸은 : 「寂境」)(아츰볓 : 곬작 : 「鞦日山朝」) (일은봄 : 「曠原」) (널ᆫ다 : 「山비」) (올은다, 딸으는 : 「쓸쓸한 길」) (살ᆫ다 : 「柘榴」) (열ᆫ다 : 「머루밤」) (울은, 슳븐 날 : 「女僧」) (날인, 벌인다, 곧에, 곧으로, 아물걸인다, 올으기, 곻이, 슳버한다 : 「修羅」) (알ᆫ다고 : 「절간의 소이야기」) (맞났다, 날였다 : 「統營」) (곧, 갖후어놓고 : 「오금덩이라는 곧」) (늫었다 : 「柿崎의 바다」) (뷔였나, 문허진, 곬작이 : 「定州城」) (옿로, 林檜낡에 : 「彰義門外」) (올은, 옿에, 곻읍다 : 「여우난곬」)

3.1.1. 받침음운 'ㄹㄴ' : 쇠메ᄃᆖᆫ, 널ᆫ다, 살ᆫ다, 열ᆫ다, 알ᆫ다고

ㄹㄴ받침은 원래 주시경계의 형태주의 언어학자들 사이에서 널리 인정받던 음운이었는데, 총독부 「언문철자법」에서 폐지된 이래로 사어화되었다. 「한글 마춤법 통일안」에서 변격용언이라 하여 ㄹ불규칙으로 처리한 용언을 백석은 형태주의 원리에 입각해 그 어근을 살려 주었다.

불규칙이라는 형태주의로부터의 예외 조항은 표음주의와의 어정쩡한 타협으로 ㄹㄴ음운을 폐기한 데 따른 고육지책이었다.

백석은 조선어학회의 「한글 마춤법 통일안」의 공표 이후 점차 사어화되고 있었던 ㄹㄴ받침을 시 창작 과정에서 지속적으로 사용하고 그 용례를 넓혀 감으로써, 형태주의의 원칙을 확대했던 것으로 보인다. 사실상 닖다, 삸다 등의 어휘는 고어 표기법에서도 좀처럼 찾기 어려운 독특한 표기법이다. 그러나 조선어학회의 의도대로 맞춤법을 형태주의 원칙에 입각하여 통일하려 한다면, ㄹㄴ이라는 새로운 음운을 추가하는 것이 언어 현실을 무시한 것이라고 볼 수는 없을 것이다. 따라서 ㄹㄴ음운 사용은 백석이 지니고 있던 기존의 표기법에 대한 비판적 인식을 보여 준다고 하겠다.

3.1.2. 받침음운 ㅁㄱ : 닮으러, 낢에

ㅁㄱ받침은 「한글 마춤법 통일안」에서 인정된 음운이다. 굼(穴), 남(木) 두 명사는 그 음가를 인정받았고, ㅁㄱ받침은 이 명사를 표기하기 위해 폐기하지 않았다. 1937년 고친판 「한글 마춤법 통일안」에서는 그 음가는 인정하지만 굼('구멍'의 非標準語),[19] 남('나무'의 非標準語)라 하여 사용에 제한을 가했다. 1940년의 개정한 「한글 마춤법 통일안」에서는 굼('구멍'의 옛말), 남('나무'의 옛말)[20]으로 바뀌어 고어로서의 음가만 인정받은 채, 오늘날까지 받침 규정에만 남아 있다.

---

19 조선어학회, 『고친판 한글 마춤법 통일안』(조선어학회, 1937), 16쪽.

20 조선어학회, 『개정한 한글 맞춤법 통일안』(조선어학회, 1940), 15쪽.

ㄻ음운이 존재한다면, 이론상으로 그 음운은 용언의 활용에도 적용될 수 있을 것이다. 예컨대, 백석이 사용한 '닮으러'의 경우는 '담그다', '담다'(이때 '다'는 된소리)의 관계에서 두 단어의 원형(prototype)은 당연히 '닮다'가 되어야 한다. 표준어에서 그 형태를 인정하지 않은 것은 단어 하나하나에 대한 애정과 고민이 백석이라는 시인보다 표준어 제정자들이 더 나을 바 없었기 때문일 것이다. 백석은 ㄹㄴ, ㄻ의 두 음운을 지속적으로 사용함으로써, 형태주의의 원칙이 실제 문자행위 속에서 확대될 수 있는 가능성을 보여 주고 있었던 것이다. 그것은 시인으로서, 신문기자로서 문자행위의 전위에 서 있었던 엘리트 지식인 백석이 당연히 제기할 수 있었던 표기법상의 대안이었던 것이다.

3.1.3. 용언의 ㅎ받침 : 슳븐, 슳버한다, 곻이, 곻읍다, 눟었다, 앓븐

「한글 마춤법 통일안」에서는 받침글자로서의 ㅎ을 인정하고 있다. 그러나 그것은 낳다(産), 넣다(入), 닿다(接), 땋다(辮), 빻다(碎), 쌓다(積), 좋다(好) 등의 용언에 한정된다. 이 안에 규정된 '곱다'는 'ㅂ불규칙 용언'이다. "제10항 다음과 같은 變格 用言을 인정하고, 각각 그 특유한 변칙을 좇아서 어간과 어미가 變함을 認定하고 變한대로 적는다. (……) 제10항 (5)에는 語幹의 끝 ㅂ이 홀소리 우에서 [우]나 [오]로 變할적(예, 곱다(姸) 고와 고우니)"라는 규정이 있다. 그러나 백석은 '곱다'의 원형을 '고홉다'로 설정하고 '고히', '고하서' 등으로 활용한다고 생각했다(고흔: 「편지」, 1936). 고어에도 이러한 어형을 찾을 수 없으나 개별적 발화의 어근 분석으로는 가능한 설정이다. 즉, 백석은 '곱다', '눕다' 등의 'ㅂ불규칙 용언'의 어근을 '곻읍다', '누흡다' 등과 같이 의도적으로 오분석하고 있는 것이다.

이러한 오분석의 효과는 다분히 언어의 미적인 효과와 관계를 가진다. "곻이 보드러운종이에받어"와 "곱게 보드러운종이에받어"는 분명한 미적인 효과의 차이를 지닌다. 이는 표준어 어휘 '고이'와 관계 속에서 확인할 수 있다. ㅎ은 모음과 모음 사이에서 발음되지 않는다. 그렇게 본다면, 백석은 '곱게=곻이=고이'와 같이 세 단어를 같은 단어로 인식했다고 볼 수 있다. 이는 '눟었다'를 전제하면 더욱 분명해진다. '누웠다'보다는 '눟었다'가 훨씬 자연스럽다. 따라서 백석은 언어의 미적 효과를 극대화시키기 위해 어근 분석에서 용언의 ㅎ받침을 확대 해석한 것이다.

반면, '슬프다'의 원형은 '슳-'이었고, '슳+ㅂ/브→슬프'로 정착된 것은 고어에서 확인할 수 있다. 「한글 마춤법 통일안」에서도 이 사실을 인식하고 있었는데, 제6절 어원 표시의 예외 규정인 제17항에는 "어간에 「브」가 붙어서 他詞로 轉成하거나 뜻만이 變할 적에는 그 語幹의 原形을 밝히어 적지 아니한다(甲을 取하고 乙을 버린다). 例 甲 슬프다 乙 슳브다"라는 규정이 나타나 있다. 이는 원칙적으로는 백석의 표기법이 맞지만, 예외 규정을 둠에 따라 그 표기법이 틀리게 된 경우이다. 백석이 형태주의 원칙에 따라 사용한 '슳브다', '앓브다' 등의 어형은 1936년에 표음주의 학자들에 의해 공개적으로 비판된 적이 있었다.

[슳브, 앓브] 이러한 綴字는 언제 누구가 써 본 적이 잇는 綴字이길 내 이것을 한다고 規則을 定하얏나? 이것이 本案을 본 사람의 共通으로 니러나는 疑問이다. 이것은 亦是 한글 學派에서 「ㅎ」 바팀이 이스면 다음 初聲이 激音으로 된다는 音理와 語幹은 區別하야 쓴다는 法則과에 依한 見解로 몇 해 前에 定하야노흔 綴字法인데 그것이 1932년에 東亞日報에 掲載된 李光洙氏著 李舜臣傳에 자랑스러운 한글式 綴字法에 使用된 적이 잇는 것이다. 그 學者의 處地로는 自己가 前에 作定하야 쓰든 綴字이니까 그것을 아니 쓰랴면 그러한 綴字를 버린다고 明記함도 脫線은 안이갯다마는 一般民衆의 눈에는 너무도 싱거운 소리 갈히 보힐 샢이다.[21]

이처럼 백석의 표기법은 형태주의 원칙에 입각한 규칙성을 보이며, 그것은 미적인 효과와 밀접한 관련을 가지고 있었다.

3.1.4. ㅎ종성 체언 : 웋간, 웋목, 웋엔

'웋-' 형태소는 1930년대 당시 '위'와 함께 사용되던 것이다.[22] 그것은 정주 방언도 아니고, 백석이 어원을 찾아 설정한 어휘도 아니었다. '위'와 '웋-'가 경합을 벌이던 중, '위'가 표준어로 선택됨으로써, 방언으로 전락하였고, 종국에는 사라지게 되었다.

백석이 표준어 규칙에서 폐기된 형태소 '웋-'를 굳이 고집한 이

21 朴勝彬, 『「한글 마춤법 통일안」에 대한 비판』(조선어학회연구회, 1936), 55~56쪽.

22 조선어학회, 「한글 마춤법 통일안」, 60쪽.

유는 언어 현실상 '웃간[웃칸]', '웃목[웃목]'이 '윗칸'이나 '윗목'보다는 정확한 표현이기 때문이었다. 백석은 이를 통해 맞춤법 통일안의 일의일어(一意一語) 원칙이 현실성이 없는 것임을 보여 주고 있다.

3.1.5. 연철 규정 위반 : 깜안, 새깜안, 밝안, 새밝안, 밝앟게

「한글 마춤법 통일안」에서는 분철을 원칙으로 하지만 예외 규정을 두고 연철하도록 하였다. 제27항에서는 "바침이 있는 용언의 어근이나 어간에 접미사가 붙어서 딴 독립한 단어가 성립할 적에는 그 접미사의 원형을 밝히어 적지 아니한다"고 규정하고, 그 예로 '발갛다-밝앟다', '거멓다-검엏다' 등을 나열하고 있다. 백석이 사용한 '깜안', '새깜안', '밝안', '새밝안', '밝앟게' 등의 시어는 분철의 원칙을 따르고 있는 말이지만, 예외 규정 때문에 틀린 말이 되어 버린 경우이다.

시의 표기법에 있어서 백석은 과도할 정도로 분철 표기에 집착했다. 「마을의 유화」(1935), 「편지」(1936) 등의 산문이 연철 표기로 되어 있음을 고려하면, 이는 어떤 의도를 함축하고 있는 것으로 보인다. 시론이나 자신의 작품에 관란 기록을 거의 남긴 적이 없는 백석이고 보면, 그 의도에 대한 정확한 설명은 현실적으로 불가능하다. 그러나 지금까지 살펴본 바와 같이, 백석은 표기법에 관한 뚜렷한 주관을 가지고 있었음이 분명한 만큼 추론이 전혀 불가능한 것은 아니다. 총독부 「언문철자법」에서 조선어학회의 「한글 마춤법 통일안」까지의 일련의 표기법 통일 작업은 민족주의 진영의 국어학자에 의해 경기어 중심으로 진행되었다. 맞춤법 확정 작업에서 문필 활동의 전위라 할 수 있는 언론계와 문학계의 인사는 철저히 배제된 것이다. 따라서 연구실에서 확정된 표준어나 맞춤법 통일안이 당대의 언어 현실을 충분히 반영한 것으로 보기는 힘들다. 서도 출신의 동경 유학파이자 모더니스트였던 백석이 창작에서 자신만의 표기법에 집착할 이유는 충분했던 것이다.

3.1.6. 오분석 : 해볓이, 붗이라고

'해볓이', '붗이라고' 등은 의도적이든, 그렇지 않든 원형에 대한 오분석이다. 이러한 오분석은 "해+별+이(주격조사)→해벼티→(구개음화) 해벼치→(분철) 해볓이", "붙+이라고→부티라고→(구개음화) 부치라고→(분철) 붗이라고"와 같은 방향으로 전개된다. 이러한 오분석이 등장하게 된 것은 그가 구개음화 현상에 대한 인식이 없었거나 의도적으로 무시했기 때문으로 보인다. 그 뒤에 'ㅣ 모음'이 따를 경우에만 '해볕'이 '해볓'으로 '붙'이 '붗'으로 변할 수 있다. 뒤에 다른 모음이 따를 경우, 발음은 'ㅌ'이다. 따라서 이 두 어형은 구개음화 현상이 보편적으로 받아들여지기 이전 발음에 충실한 분철표기로 보인다.

※ 연철표기 : (뒤우란 : 「가즈랑집」), (끄린다 : 「寂境」), (열거름 : 「절간의 소이야기」)

백석 산문의 지배적인 표기법이 연철표기였음에 반해, 시집 『사슴』의 표기법상의 특징은 분철표기다. 시집 전체에서 연철표기를 확대 해석하여도 이에 해당되는 것은 세 단어뿐이다. '뒤우란'의 경우 '뒤+울+안'의 세 가지 형태소가 결합되어 이루어진 복합명사인데, '어간+어미'의 관계에서 문제되는 연철/분철 관계로 굳이 설명할 필요가 없을 것이다. 이는 '열+걸음'의 '열거름'도 마찬가지다. 결국 시집 『사슴』 전체에서 연철표기는 '끄린다'(끓인다) 하나뿐인 셈이다.

이처럼 시집 전체에서 본질적인 연철표기는 단 한 차례 등장한다. 반면, 이를 제외한 모든 용언의 표기는 분철로 일관된다. 따라서 이러한 어형은 시 창작 과정에서 표현의 효과를 극대화하기 위한 예외적인 표기법으로 간주하여도 크게 문제될 것은 없을 것이다.

3.2. 어휘상의 특성

백석 시의 어휘상의 특징을 드러내기 위해서 방언의 층위와 내용의 층위로 나누어서 분류할 필요가 있다. 두 번 이상 등장하는 어휘도 반복해서 적었으며, 괄호 안의 숫자는 시집 『사슴』에서 각 항목에 해당되는 총단어 수를 말한다.

3.2.1. 방언

백석 시에 사용된 방언에는 정주지방어뿐만 아니라 비표준 공용어, 시인의 독창적 표기법이 포함된다. 이 방언은 크게 세 가지 유형으로 나뉘어진다. 백석 방언의 특성을 살펴보기 위해, 각각의 유형에 해당하는 방언을 추려 보면 다음과 같다. 표준어로 사유하는 가상의 공동체에게 이들 세 유형의 방언 모두는 상당히 낯선 것이다. 이 낯설음이 백석 시의 새로움이고, 그가 구축한 미학의 바탕이다.

(A) 유형(65) : 정주지방어-표준어 (표준어와 방언이 기표만 다른 경우)

(깽제미, 막써레기, 섬돌, 구신, 구신간시렁, 신장님달련, 구신, 미꾸멍, 집오래 : 「가즈랑집」)(진할머니, 진할아버지, 별자국, 고무, 끼때, 뽂운잔디, 화디, 텅납새, 동세 : 「여우난곬族」) (질동이, 임내, 체어먹었다, 끼때 : 「庫房」) (새끼오리, 개니빠디, 짗 : 「모닥불」) (날기멍석, 조마구, 재밤, 쇠든밤, 쩨듯하니, 갑피기 : 「古夜」) (시악, 대님오리, 엄지, 새, 매지 : 「오리 망아지 토끼」) (돌덜구 : 「初終日」) (늪: 「夏畓」) (질들은, 울파주, 엄지 : 「酒幕」) (뜨수할, 히근하니 : 「未明界」) (새ㅅ군 : 「鞦日山朝」) (하누바람 : 「靑枾」) (금덤판, 십벌, 머리오리 : 「女僧」) (가제 : 「修羅」) (츠고, 달궤 : 「노루」) (녀귀, 부증 : 「오금덩이라는 곧」) (아즈내 : 「枾崎의 바다」) (헌깁심지 : 「定州城」) (즞거니, 샛덤이 : 「定州城」) (어구, 몬지, 구신, 띠쫗고, 쪽재피 : 「旌門邨」) (한불, 햇츩방석 : 「여우난곬」) (짚팽이 : 「三防」)

(B) 유형(53) : 순수 정주지방어 (표준어에 그 事象이 존재하지 않는 경우)

(당즈깨, 아르대즘퍼리, 마타리, 물구지우림, 둥굴네우림, 당세 : 「가즈랑집」) (매감탕, 오리치, 반디젓, 쥐잡이, 꼬리잡이, 조아질, 쌈방이굴리기, 바리깨돌림, 호박떼기, 제비손이구손이, 홍게닭, 무이징게국 : 「여우난곬族」) (나무말쿠지, 소신 : 「庫房」) (노나리군, 니차떡, 살귀, 쥔두기송편, 내빌날, 내빌눈, 눈세기물 : 「古夜」) (오리치, 동말랭이 : 「오리 망아지 토끼」) (시라리타래 : 「初終日」) (짝새, 날버들치 : 「夏畓」) (붕어곰, 장고기 : 「酒幕」) (자벌기 : 「山비」) (거절

장사, 이스라치전, 수리취, 땅버들 : 「쓸쓸한 길」) (가지취 : 「女僧」) (두레방석 : 「비」) (소라방등 : 「統營」) (벌개눞, 바리깨 : 「오금덩이라는 곧」) (참대창, 왕구새자리 : 「枾崎의 바다」) (청배 : 「定州城」) (삼굿, 어치, 벌배, 띨배 : 「여우난곬」) (갈부던, 나무뒝치 : 「三防」)

(C)유형(117) : 표준어-비표준 공용어 (표준어 표기법 규칙에 어긋난 경우)

(쇠메듣, 도야지, 즘생, 즘생, 멧도야지, 사춘, 멫대, 붗, 넷말, 달어서, 슳버젔다, 올은아, 딸으며, 뒤우란, 멫 : 「가즈랑집」) (깜안, 뵈이는, 빩안, 힌옷, 닮으려, 뽕여서, 도야지비게, 아르간, 웋간, 멫번, 돗구고, 아릇목, 아츰 : 「여우난곬族」) (귀먹어리, 뫁이면, 넷말, 불으는 : 「庫房」) (집검불, 개털억, 슳븐 : 「모닥불」) (외따른, 곬작이, 저간다, 어니메, 새깜안, 은행 여름, 웋, 웋목, 평풍, 샛빩안, 졸으기도, 힌가루손, 녁이며 : 「古夜」) (날여간, 던저벌인다, 딸어, 졸으면, 큰란 : 「오리망아지 토끼」) (볓, 낡에 : 「初蘗日」) (닐음, 해볓이, 따그웠다 : 「夏畓」) (빩앟게, 웋엔, 뵈였다 : 「酒幕」) (먹드니, 아츰, 멀은, 즞는다, 끄린다 : 「寂境」) (자즌닭 : 「未明界」) (어두어, 도야지 : 「城外」) (아츰볓, 작난, 한울 : 「鞦日山朝」) (니는, 젊은 : 「曠原」) (힌밤, 하이얗게 : 「힌밤」) (낡다, 켠 : 「山비」) (올은다, 딸으는 : 「쓸쓸한 길」) (삵다 : 「柘榴」) (옆다 : 「머루밤」) (넷날, 설어워, 슳븐날 : 「女僧」) (날인 것, 아모, 벌인다, 어니젠가, 곧, 설어워, 걸인다, 올으기, 굫이, 슳버한다 : 「脩羅」) (열거름, 앓다고 : 「절간의 소이야기」) (넷날, 어늬, 맞났다, 날였다 : 「統營」) (갖후어, 불으는, 붗인다 : 「오금덩이라는 곧」) (뷔였나, 문허진 : 「定州城」) (힌나뷔, 작고, 웋, 퓌여있다 : 「彰義門 外」)

(날은, 날어드는, 아츰 :「旌門邨」) (올은, 웋에, 곻읍다, 앐븐 :「여우난곬」)

3.2.2. 명사

백석 시에는 고유명사가 거의 드러나 있지 않다. 그가 사용하고 있는 명사는 대부분 보통명사이다. 그러나 그 명사의 내용이 구체적이어서 고유명사와 동일한 효과를 얻고 있다. 예컨대, '떡'이라는 일반적인 명사를 사용하는 대신, '송구떡', '콩가루차떡', '니차떡' 등의 구체화된 명사를 사용하며, 여기에 멈추지 않고 '송편' 대신 '조개송편', '달송편', '죈두기송편' 등의 명사를 사용하는 등, 가능한 한 변별적 자질이 큰 명사를 사용하려 한 흔적을 보여 준다. 이는 세계에 대한 지각을 더 생생하게 기술하려는 미학적 전략이다. 이러한 이유로 그의 시에서 사용된 어휘는 신선하고 풍부하다.

그의 어휘 목록을 분류해 보면, 어떤 질서가 발견된다. 의식주와 관련된 명사가 많고, 특히 음식으로 사용되는 식물의 이름이 자주 등장한다. 자연물만큼이나 인공물이 자주 등장하는데, 그러한 인공물은 자연친화적이고, 소박한 사물들이다. 그의 시에 등장하는 명사들은 주로 먹고, 놀고, 일하는 토속적 삶의 현실과 관련을 맺고 있다. 백석 시에서 사용된 명사를 내용별로 분류하면 다음과 같다.

(A) 음식(59) : (막써레기, 돌나물김치, 백설기, 제비꼬리, 마타리, 쇠조지, 가지취, 고비, 고사리, 두릅순, 회순, 山나물, 물구지우림, 둥굴네우림, 도토리묵, 도토리범벅, 광살구, 찰복숭아, 당세 :「가즈랑

집」) (매감탕, 반디젓, 인절미, 송구떡, 콩가루차떡, 두부, 콩나물, 뽂운잔디, 고사리, 도야지비개, 무이징게국 : 「여우난곬族」) (송구떡, 밥, 찹쌀탁주, 술, 왕밤, 두부산적 : 「庫房」) (니차떡, 청밀, 쇠든밤, 은행 여름, 곰국, 조개송편, 달송편, 죈두기송편, 밤소, 팟소, 설탕든 콩가루소 : 「古夜」) (무감자 : 「初饕日」) (개구리의 뒤ㅅ다리, 날버들치 : 「夏畓」) (호박닢, 붕어곰 : 「酒幕」) (신살구, 미억국 : 「寂境」) (鰍湯 : 「未明界」) (산나물 : 「절간의 소이야기」) (나물매, 팟 : 「오금덩이라는 곧」) (참치회, 미억 : 「柿崎의 바다」) (청배 : 「定州城」) (호박떡, 벌배, 돌배, 띨배 : 「여우난곬」)

(B) 놀이(10) : (쥐잡이, 숨굴막질, 꼬리잡이, 가마타고시집가는노름, 말타고장가가는노름, 조아질, 쌈방이굴리기, 바리깨돌림, 호박떼기, 제비손이구손이 : 「여우난곬族」) (광대넘이 : 「古夜」)

(C) 장소(35) : (당즈깨, 아르대즘퍼리 : 「가즈랑집」) (배나무동산, 벌, 안간, 아르간, 웋간, 아릇목, 문창, 텅잡새, 장지문틈 : 「여우난곬族」)(나무말쿠지, 고방 : 「庫房」) (아릇목, 살귀 : 「古夜」) (동비탈, 동말랭이, 토끼굴 : 「오리 망아지 토끼」) (흙담벽 : 「初饕日」) (발뿌리, 돌다리 : 「夏畓」) (울파주 : 「酒幕」) (엿방, 술집문창 : 「城外」) (이스라치전, 머루전 : 「쓸쓸한 길」) (양지귀 : 「柘榴」) (마당귀 : 「女僧」) (집터 : 「노루」) (국수당 : 「오금덩이라는 곧」) (무이발, 텃발 : 「彰義門 外」) (마을어구, 기왓골, 말군 : 「旌門邨」) (토방 : 「여우난곬」)

(D) 지명(7) : (가즈랑 : 「가즈랑집」) (여우난곬, 큰곬 : 「여우난곬族」) (오금덩이, 벌개눞 : 「오금덩이라는 곧」) (柿崎 : 「柿崎의 바

다」) (彰義門 : 「彰義門 外」)

(E) 물건(57) : (긴담배대, 무명필, 백지, 구신간시렁 : 「가즈랑집」) (토방돌, 섬돌, 오리치, 사기방등 : 「여우난곬族」) (질동이, 오지항아리, 싸리꼬치, 나무말쿠지, 소신, 집신, 쌀독 : 「庫房」) (새끼오리, 헌신짝, 갓신창, 개니빠디, 너울쪽, 집검불, 가락닢, 머리카락, 헌겁조각, 막대꼬치, 기와자으 닭의짗 : 「모닥불」) (날기명석, 치장감, 소기름, 쌍심지, 인두불, 앙궁, 떡돌, 곱새담, 함지, 대낭푼, 제주병, 진상항아리 : 「古夜」) (오리치, 신짝, 버선목, 대님오리 : 「오리 망아지 토끼」) (돌덜구, 시라리타래 : 「初黎日」) (八모알상 : 「酒幕」) (종이燈, 목탁 : 「未明界」) (엿궤, 양철통, 달구지 : 「城外」) (무리돌 : 「鞦日山朝」) (말방울 : 「머루밤」) (돌무덤 : 「女僧」) (힌두레방석 : 「비」) (달궤 : 「노루」) (소라방등: 「統營」) (녀귀의탱 : 「오금덩이라는 곧」) (참대창, 배창, 왕구새 : 「柿崎의 바다」) (헌깁심지, 아즈까리기름 : 「定州城」) (키질, 오지항아리독 : 「彰義門 外」) (旌門 : 「旌門邨」) (햇츩방석 : 「여우난곬」)

(F) 동물(50) : (도야지, 멧도야지, 즘생 : 「가즈랑집」) (개, 홍게닭 : 「여우난곬族」) (곰, 파리 : 「庫房」) (큰개, 강아지 : 「모닥불」) (소, 닭, 다람쥐, 뫼추라기 : 「古夜」) (오리, 망아지, 토끼, 강아지, 엄지, 매지 : 「오리 망아지 토끼」) (짝새, 배암, 물총새 : 「夏畓」) (장고기, 망아지 : 「酒幕」) (자즌닭, 나귀 : 「未明界」) (도야지 : 「城外」) (꿩 : 「鞦日山朝」) (노새 : 「曠原」) (맷비들기, 자벌기 : 「山비」) (山가마귀, 도적개 : 「쓸쓸한 길」) (섭벌, 山꿩 : 「女僧」) (거미새끼, 큰거미 : 「修羅」) (소 : 「절간의 소이야기」) (찰거마리, 거마리, 여우 : 「오금덩이

라는 곧」) (고기, 버러지 : 「柿崎의 바다」) (힌나뷔, 까치, 수탉 : 「彰義門 外」) (꿀벌, 부헝이, 배암, 쪽재피 : 「旌門邨」) (어치 : 「여우난곬」)

(G) 시간(3) : (내빌날 : 「古夜」) (初掱日 : 「初掱日」) (未明界 : 「未明界」)

(H) 식물(18) : (제비꼬리, 마타리, 쇠조지, 가지취, 고비, 고사리, 두릅순, 회순, 산나물, 살구나무 : 「가즈랑집」) (복숭아나무, 배나무 : 「여우난곬族」) (복숭아낡에 : 「初掱日」) (베나무 : 「寂境」) (박 : 「힌밤」) (푸른감 : 「青柿」) (山뽕닢, 나무등걸 : 「山비」) (이스라치, 머루, 수리취, 땅버들, 하이얀복 : 「쓸쓸한 길」) (柘榴 : 「柘榴」) (머루, 송이버슷 : 「머루밤」) (가지취, 도라지꽃 : 「女僧」) (아카시아 : 「비」) (山나물 : 「절간의 소이야기」) (수무나무 : 「오금덩이라는 곧」) (밤나무, 머루넝쿨, 林檎낡에 : 「彰義門 外」) (아카시아꽃 : 「旌門邨」) (벌배, 돌배, 띨배 : 「여우난곬」)

4

미학적 전략으로서의 방언

4.1. 방언의 미학적 기능

백석 시에서 사용된 방언은 일반적 통념과는 달리 정주지방어에 해당하는 (A), (B) 유형의 방언보다는 비표준 공용어에 해당하는 (C) 유형의 방언이 월등히 많다. 따라서 백석 시의 언어를 정주방언으로 환원시킬 수는 없다. 이 세 유형의 방언은 성격이 다른 만큼 그것이 드러내는 미학적 기능 역시 상이하다.

미세한 음운론적 조작으로 표준어로 번역이 가능한 정주지방 사투리에 해당하는 (A) 유형의 방언군은 역설적으로 지역성과 연결되지 않는다. 기표는 상이하지만 그것과 결합되어 있는 기의는 표준어와 공유하고 있기 때문에 그것은 지역성보다 한 단계 더 큰 단위인 민족성과 연결된다. 백석은 정주방언을 사용하여 쨍과리를 '깽제미', 귀신을 '구신', 고모를 '고무' 화대를 '화디'라 하는데, 그 방언의 기표는 정주라는 특정한 지역에 국한되어 사용되지만, 그것의 기의는 표준어가 설정한 가상 공동체, 즉 민족 전체가 공유하고 있다. 표준어에 대응되는 어휘가 있는 방언의 경우, 최초의 낯선 기표가 독자의 의식 속에서 친근한 기의로 연결되는 순간 지역성이 민족성으로 변모되는 것이다. 예컨대, 「오리 망아지 토끼」에서 "매지야오나라"라는 '아배'의 외침 소리는 정주방언 '매지' 대문에 정주지역의 특수성을 드러내지 않는다. 오히려 정주방언 '매지'가 의식 속에서 표준어 '망아지'로 번역됨에 따라 독자는 한국적 서정성이 짙은 '어린 아들을 향한 아버지의 따뜻한 사랑'을 느끼게 된다. 이러한 역설은 (A) 유형의 방언군이 사용되고 있는 용례 몇 가지만 살펴보아도 확연히 드러난다.

살구벼락을맞고 울다가웃는나를보고

미꾸멍에 털이 멫자나났나보자고한 것은 가즈랑집할머니다

「가즈랑집」

山어늬메도 조마구네나라가있어서 오줌누러깨는재밤 머리맡의문살에 대인유리창으로 조마구군병의 새깜안대가리 새깜안눈알이들여다보는 때 나는이불속에자즐어붙어 숨도쉬지못한다 「古夜」

「가즈랑집」에서 항문을 '미꾸멍'으로 몇자를 '멫자'라는 기표로 표현했다고 하여 정주지방의 지역성이 더 강조되는 것은 아니다. 그것은 오히려 '울다가 웃으면 항문에 털이 난다'는 한민족의 속담을 서정적으로 변용시키는 데 이용되고 있을 뿐이다. 「古夜」에 사용된 (A) 유형의 방언 '조마구' 역시 정주지방의 지역성을 드러내고 있지 않다. 「古夜」에 묘사된 '조마구네 나라'는 우리 민족 고유의 경험 속에 등장하는 '도깨비 나라'와 아무런 차이를 드러내지 못한다. 이처럼 (A) 유형의 방언은 지역성을 넘어서 민족적 경험을 드러내는 미학적 기능을 담당하고 있는 것이다.

(B) 유형의 방언은 표준어가 설정한 가상의 균질공간에서는 이와 대응되는 관념이나 事象이 없기 때문에 표준어 체계 내에서 아무런 의미도 가지지 않는 텅 빈 기표가 된다. 표준어는 한 언어집단 내의 유일한 기준적 언어인데, 이 유형의 방언은 표준어로 번역될 수 없으므로 민족 단위의 의사소통은 현실적으로 불가능하다. 이 유형의 방언은 정주지방의 고유한 풍속이나 문화를 표현하는 어휘들이 대부분이며, 민족성으로 확대되지 않는 정주지방의 고유한 향

토성을 드러낸다.

그러나 표준어를 통해 사고하는 가상의 공동체에게 이러한 향토성은 어떠한 구체적인 의미도 지시할 수 없다. 더 나아가 백석은 이러한 방언을 사용하면서 민족적 단위와 소통하고자 하는 어떠한 노력이나 장치도 마련하지 않는데, 이는 그가 구사하는 중요한 미학적 전략이다. 그것은 이상의 '기호 놀이'에 비견될 만하다. 이상의 시에서 '기호 놀이'는 언어의 범주를 넘어선 순수한 기호체계 속에서 진행되지만, 백석은 (B) 유형의 방언으로 이상과 동일한 차원의 '기호 놀이'를 보여 주고 있다. 이러한 기호 놀이적 성격은 「여우난곬族」의 텍스트 변모에서 단적으로 드러난다.

> 저녁술을놓은아이들은 외양간섶 밭마당에달린 배나무동산에서
> <u>고양이잡이</u>를하고 숨굴막질을하고 꼬리잡이를하고 가마타고시집가는
> 노름 말타고장가가는노름을하고 이렇게 밤이어둡도록 북적하니논다
>
> 「여우난곬族」, 『朝光』, 1935.12.

> 저녁술을놓은아이들은 외양간섶 밭마당에달린 배나무동산에서
> <u>쥐잡이</u>를하고 숨막굴질을하고 꼬리잡이를하고 가마타고시집가는노름
> 말타고장가가는노름을하고 이렇게 밤이어둡도록 북적하니논다
>
> 「여우난곬族」, 『사슴』, 1936

잡지 발표 당시 '고양이잡이'었던 것이, 시집 『사슴』에 실릴 때 '쥐잡이'로 바뀌었다. 이 두 단어는 고양이를 잡는다거나 쥐를 잡는

것을 의미하지 않는다. 이 두 단어는 어떤 놀이를 의미하고 있는데, 그것이 표준어 체계 속에서 개념의 차이를 가지려면, 가상의 표준 문화에서 '고양이잡이'와 '쥐잡이'에 대응되는 놀이가 있어야 한다. 그러나 표준문화에는 이와 대응되는 놀이가 없으므로, 표준어 체계 속에서 이 두 어휘는 기의가 비어 있는 기표가 되는 것이다. '고양이잡이'가 '쥐잡이'와 동일한 놀이인지 혹은 표현의 효과를 위해 전혀 다른 놀이로 대체한 것인지는 정주지방의 풍속에 대한 풍부한 식견 없이는 밝혀내기 어렵다. 그것은 동일한 놀이일 수도 있고 다른 놀이일 수도 있다. 그러나 여기서 중요한 것은 이러한 민속학적 진실이 아니다. 중요한 것은 그것이 정주지방의 풍속 속에서는 실제적 변별성이나 동일성을 가질 수 있겠지만, 표준어로 묶여진 가상의 공동체 속에서는 실체가 없는 기호적 가치만을 지니게 된다는 사실이다. 그것은 텅 빈 기표이므로 '고양이잡이'와 '쥐잡이'가 기호적 차원에서 자유롭게 대체되어도 어떠한 의미론적 혼란도 야기되지 않는 것이다.

(B) 유형의 방언은 풍부한 어휘를 지니고 있다. 그러나 민족 단위의 표준문화에서 각각의 어휘들은 실제적 차이를 지니지 않는다. 표준어 체계 속에서 그것의 변별적 자질은 순수한 기표적 층위에서 이루어지고, 미묘한 기표의 차이에서 오는 풍부한 어휘가 백석 시의 독특한 미적 효과를 낳게 된다.

> 어치라는山새는벌배먹어곻웁다는곬에서 돌배먹고앓븐배를 아이들은
> 띨배먹고나었다고하였다 「여우난곬」

'배'라는 유개념의 종개념이 되는 '벌새', '돌배', '떨배'는 표준어에서는 실제적 종차를 찾을 수 없다. '돌배'를 제외한 '벌배'와 '떨배'는 그 실체가 표준문화에는 없기 때문이다. 이들의 변별적 자질은 순수히 기호학적 차이에서 생성된다. 따라서 각 단어는 '벌', '돌', '떨'이라는 기표의 차이로만 구분되는 것이다.

이처럼 백석 시에 나타난 (B) 유형의 방언들은 표준어를 전제할 때 기호적 차원으로 변모된다. 이러한 기호 놀이는 모더니즘과 토속성을 연결시키는 매개가 될 수 있다. 백석의 시에는 토속적 풍속과 공간이 세련된 감각을 통해 그려지고 있다. 소재적 토속성에 주목한 것이 리얼리즘적 접근방법이었다면, 감각적 이미지 처리에 주목한 것이 모더니즘적 접근 방법이었다. 가장 토속적인 언어가 표준어의 균질공간에서 기호학적 질서로 변모된다는 사실은 백석의 시가 지니고 있는 토속성과 모더니즘 양자 간의 모순성을 넘어설 수 있는 하나의 단초가 될 수 있을 것이다.

(C) 유형의 방언은 표준어 제정과정에서 폐기된 공용어와 독자적 표기법을 사용하여 맞춤법 규칙에 어긋나 버린 언어를 포함한다. 표준어라는 가상의 규범언어가 필요한 것은 민족 단위의 언어 통일의 필요성 때문이다. 언어가 랑그의 체계 없이는 존재할 수 없는 것과 마찬가지로 한 언어가 국어로 사용되기 위해서는 언어적 균질성을 보장할 표준어가 필요한 것이다. 그러나 개인의 발화가 순수한 랑그의 차원에서 진행될 수 없는 것처럼 표준어의 체계가 개인의 체험하는 구체적 현실이나 언어를 모두 다 드러낼 수는 없다. 특히 개인적 지각과 경험에 충실해야 하는 시 창작 과정에서 표

준어의 규칙은 억압이 될 수밖에 없는 것이다. 표준어의 체계와 어휘만을 가지고 지각하는 세계의 전모를 정확히 기술할 수 없다.

파롤의 차원에서 전개되는 문자행위가 의사소통에 심각한 장애 요인이 되는 것은 사실이지만 시에 있어 이성적·논리적 이해보다 더 중요한 것은 지각하는 현실과 정서의 실제적 재현이다. 백석은 자신의 언어에 충실함으로써 개인적 지각을 더 효과적으로 표현할 수 있었던 것이다. 백석의 시는 사어화되고 있는 비표준 공용어의 존재 가치를 증명할 뿐만 아니라 한글의 표기 방식 확장의 가능성을 보여 준다. 그의 시는 표기법이 단순한 규약에 머물지 않고 하나의 미학적 도구로 이용될 수 있음을 보여 주는 것이다.

4.2. 순환적 시간과 원형적 공간

백석은 방언을 구사함으로써 표준어로 묶인 가상의 공동체와 거리를 두고 있다. 극단적으로 말해 그의 시 속에는 국가도 민족도 없는 것이다. 그의 방언은 국가나 민족의 그늘에서 벗어난 가장 자연스러운 상태의 인간의 모습을 그리는 데 이용되고 있다. 그의 시 속에 나타난 문화는 이성이나 이념에 의해 왜곡되지 않은 원형적인 것이며, 문명은 위압적이거나 장엄하지 않은 소박하고 자연 친화적인 것이다. 백석의 시에는 먹고, 놀고, 일하는 인간의 자연적 욕구들이 여타의 자연물들과 조화를 이루고 있다. 그러나 이러한 조화가 반드시 평화만을 의미하지는 않는데, 그것은 그의 시 세계가 신화적 세계를 지향하고 있기 때문이다. 신화적 세계 속에서는 축제와 폭력이 공존한다.

날기명석을저간다는 달보는할미를차굴린다는 땅아래 고래같은기와집에는 언제나니차떡이 청밀에 은금보화가그득하다는 외발가진조마구 뒷山어느메도 조마구네나라가있어서 오줌누러깨는재밤 머리ㅅ말의문살에 대인유리창으로 조마구군병의 새깜안대가리 새깜안눈알이 들여다보는때 나는 이불속에 자즈러붙어 숨도쉬지못한다

또 이러한밤같은때-시집갈처녀 망내고무가 고개넘어큰집으로 치장감을 갖고와서 엄매와둘이 소기름에쌍심지의 불을밝히고 밤이들도록 바느질을하는밤같은때 나는아랫목의 살귀를들고 쇠든밤을내여다람쥐처럼 밝어먹고 은행여름을인두불에 구어도먹고 그러다는 이불웋에서 광대 넘이를뒤이고 또누어굴면서 엄매에게 웋목에두른평풍의 새빩안천두의이야기를 듣기도하고 고무더러는 밝는날 멀리는못난다는 뫼추라기를잡어 달라고 졸으기도하고　　「古夜」 2, 3연

유년기 기억 속의 밤을 그리고 있는 시 「古夜」는 축제와 폭력, 유희와 공포가 공존한다. 2연에는 '조마구'의 전설과 그것에 비롯된 유년기의 원형적 공포가 드러난다. 조그마한 '조마구'는 땅 속에 고래등 같은 집을 짓고, 맛있는 음식과 금은보화를 가득 쌓아 두고 있는데, 날알을 멍석 채 집어 가거나, 닭 보는 할머니를 차서 굴리는 등 인간에게 짓궂은 일을 하는 존재이다. 이런 시적 화자가 한밤 집 밖에 있는 화장실에 가지 못하고 이불 속으로 '자즈러' 붙는 것은 이 조마구가 '새깜안 눈알'을 드러내고 유리창 밖으로 자신을 들여다보고 있기 때문이다. 유년기의 밤은 이렇듯 무서운 시간이었

지만, 또한 3연에서 볼 수 있듯 따뜻하고 정감 넘치는 시간이기도 하다. 사람 그리운 시골 밤, 시집 갈 '막내 고모'는 치장감을 가져와 어머니와 밤 깊도록 바느질을 한다. 사람 그리운 시골 아이는 밤이며, 은행 열매며 먹다가 이불 위에서 '광대 넘이'를 하기도 하고, 어머니에게 옛날 이야기를 듣기도 하고, '뫼추라기'를 잡아 달라고 젊은 고모를 조르기도 하다가 잠이 든다. 3연에는, 2연의 무서운 밤과 대비되는, 결혼식이라는 작은 축제를 앞둔 고요하고 평화로운 밤이 드러나 있다.

이처럼 백석 시에 구현된 신화적 세계는 평화나 폭력 어느 한 방향으로 모아지지 않는다. 극단적인 두 심리적 상태가 공존하는 세계는 있는 그대로의 자연스러운 세계이며, 모든 인간의 원체험의 세계이다. 그리고 방언은 그러한 원형적 공간을 재현하는 데 효과적인 매체가 될 수 있었다. 백석의 시에 나타난 신화적·원형적 세계는 인위적인 요소가 가미된 규범화된 표준어로는 좀처럼 표현하기 어려운 것이다. 백석의 시에 나타나 있는 가공되지 않은 원형적 세계에는 모순된 정서가 중첩되어 드러난다. 정서가 통일된 상태란 인위적인 것이지 자연스러운 것은 아니기 때문이다.

> 집에는 아배에 삼촌에 오마니에 오마니가 있어서 젖먹이를 마을 청능 그늘밑에 삿갓을 씨워 한종일내 뉘어두고 김을 매려 단녔고 아이들이 큰 마누래에 작은 마누래에 제구실을 할때면 종아지물본도 모르고 행길에 아이 송장이 거적뙈기에 말려나가면 속으로 얼마나 부러워 하였고 그리고 끼대에는 붓두막에 박아지를 아이덜 수대로 주

룬히 늘어놓고 밥한덩이 질게한술 들여틀여서는 먹였다는 소리를
언제나 두고 두고 하는데 「넘언집 범 같은 노큰마니」

'노큰마니(큰집 할머니)'가 들려주는 이야기에는 하루 종일 김을 매는 '노동'과 홍역에 의한 아이들의 '죽음', 그리고 이 모든 세상사의 비밀을 모르는 철없는 아이들의 왕성한 '식욕'이 교차되어 있다. 백석이 그려 놓은 가공되지 않은 세계의 진실은 보호가 필요한 '젖먹이'라도 마을 입구 그늘에 혼자 눕혀 놓고 노동력을 가진 온 가족이 생존을 위해 하루종일 일을 해야 하고, 아이들이 죽어 가면 '입' 하나 줄었다고 부러워하고, 노동이나 죽음이 그들 앞에 놓여 있더라도 먹는 일의 즐거움은 결코 사라지지 않는다는 것이다. 거적에 말려 나가는 아이의 주검을 부러워할 수 있는 섬뜩한 역설은 그것이 가공되지 않은 것이기에 더 큰 진실성을 지니고 있다.

백석이 그려 놓은 원형적 세계에는 직선적 시간 개념이 없다. 시집 『사슴』에서 사용된 시간을 표시한 명사는 '내빌날', '초동일', '미명계' 등인데, 이는 순환적 시간을 지시한다. 그의 시에서 시간은 미래로 흘러가는 것이 아니라 하루 단위로, 계절 단위로, 해 단위로, 일생 단위로 순환될 뿐인 것이다. 그것은 시간의 흐름에 따라 인간의 삶이 근본적으로 달라질 것이 없다는 인식을 바탕으로 하고 있다. 그의 시에는 시간을 표시한 명사가 적은 대신, 장소를 표시하는 명사는 풍부하다. 그러나 장소 역시 구체적이지 않다. '여우난곬'이나 '벌개늪' 등의 속지명으로 지시되는 장소는 어느 특정한 지역을 지시하지 못한다. 그것은 그 지역을 살아가는 사람들에게만 통용되는

것으로 국가나 민족 단위의 변별적 자질을 가질 수 없다. 이러한 속지명으로 지시한 공간은 '그런 공간이 있다'는 존재의 의미만을 가지게 된다. 즉, 그것은 구체적 장소가 아니라 원형적 장소인 것이다.

백석 시의 방언에는 자연어의 생명력이 있는 대신 국가나 민족 단위의 통일성은 없다. 그의 시를 읽는 독자가 시의 생명력에 감탄하면서도 그가 시 속에 그려 놓은 세계에 대해 아무것도 알아내지 못하는 것은 이러한 그의 언어적 특성에서 기인한다. 그의 언어는 가공되지 않은 생명력은 있으나 바로 그 이유에서 아무것도 지시하지 못하는 것이다. 규범언어로 번역되지 않은 순수한 토속적 방언이 가장 낯선 언어로 다가올 수 있는 것은 균질성을 전제한 근대적 사유체계에서 그것은 가장 이질적인 타자이기 때문이다.

백석 시에 나타난 인간 군상은 어린아이나, 젊은 여인이나, 할머니나 근본적으로 동일하다. 똑같이 자연적 욕구만을 가진 존재들인 것이다. 그의 언어는 인공의 균질성을 거부하고 있기 때문에 민족 간, 집단 간, 계층 간의 차이가 없다. '남행시초'의 세계나, '함주시초'의 세계, 그리고 '서행시초', '신경에서'의 세계가 근본적으로 동일할 수밖에 없는 것은 이러한 이유에서이다.

모더니스트 백석이 방언을 사용하여 토속적 원형 공간으로 들어간 것은 민족보다 더 큰 단위, 즉 전인류적 차원에서의 화합을 시도한 것으로 보인다. 표준어나 민족의식이 가상의 차이를 전제한 것이라면, 자연 상태로 회귀함으로써 그 가상된 차이는 무의미해질 수 있는 것이다. 그리고 이 무차별화된 상태를 지향함으로써 '차이'가 낳은 억압과 불평등에서 벗어날 수 있는 것이다. 세계의 균질성을 논할 때, 근대적 도시 공간의 균질성만을 생각하기 쉽다. 그러나 이데올로기를 떠난 자연 상태에서도 균질성은 분명히 존재한다. 인류라는 가장 큰 단위와 개체라는 가장 작은 단위는 민족이나 국가의 매개 없이도 직접 연결될 수 있는 것이다. 민족 단위의 가상의 동질성을 무화시키면, 개체는 의식주와 유희라는 공통분모만 남게 된다. 백석 시가 보이는 가장 큰 역설은 가장 원초적이고 토속적인 공간으로 들어가 민족이라는 상상의 공동체와 거리를 둠으로써 인류라는 더 큰 틀 속에 편입되고 있다는 것이다.

> 나는 支那나라사람들과 가치 묵욕을 한다
> 무슨 殷이며 商이며 越이며하는 나라사람들의 후손들과 가치
> 한물통안에 들어 묵욕을 한다
> 서로 나라가 달은 사람인데
> 다들 쪽발가벗고 가치 물에 몸을 녹히고 있는것은
> 대대로 조상도 서로 모르고 말도 제각금 틀리고 먹고입는것도 모도
> 달은데
> 이렇게 발가들벗고 한물에 몸을 씻는것은
> 생각하면 쓸쓸한 일이다 「澡塘에서」 부분

이 시에서 '나'는 중국인들과 같이 목욕을 하고 있다. 욕탕 속에서 그들은 자연 상태의 인간으로 돌아간다. 옷을 벗고 한 욕탕에 들어간 사람들이 국적이 다르다고, 말이 통하지 않는다고, 먹는 음식이 다르다고 근본적으로 다를 이유가 없는 것이다. 의복이라는 민

족적 차이를 드러내는 기표를 벗음으로써 그들은 인류라는 더 큰 단위에서 조우하게 되는 것이다. 표준어의 관점에서 방언의 세계는 옷을 벗은 맨몸의 상태이다. 「澡塘에서」에서 보여 주는 인식처럼 백석이 균질적 표준어를 거부하고 방언을 전략적으로 수용한 이유에는 무차별화된 자연 상태로 회귀함으로써 더 큰 단위의 동질성을 확보하려 한 의도가 자리하고 있는 것이다.

5

결론

지금까지 백석 식의 방언과 그것의 미학적 의미에 관해 개략적으로 살펴보았다. 백석의 시어는 표준어의 어법 체계와 다를 뿐만 아니라 그의 산문과도 다르다. 그것은 그가 시를 통해 어떤 독특한 언어적 실험을 하고 있음을 보여 준다. 백석의 방언에는 표준어의 균질성이 없는 대신 내적인 통일성이 있다. 그의 표기법은 형태주의에 입각한 철저한 분철표기이다. 분철표기 자체는 1930년대 이래로 철자법 논의의 주류에 있던 것으로 원칙에 있어 표준어와 상반되지 않는다. 그러나 그의 표기법은 표준어에서 규정된 대로의 분철표기는 아니었다. 그의 독자적 분철표기법에는 그 자신의 음성을 바탕으로 하여 언어의 어근을 밝혀 적으려 노력한 흔적이 있다. 그의 표기법은 표음주의는 아니면서도 구어에 가까운 자연스러움이 있다.

표준어가 랑그, 인공어로 이어진다면, 실재하는 구어를 바탕으로 한 그의 언어는 파롤, 자연어로 이어질 것이다. 그의 시어에 인간적인 체취가 묻어 있는 것은 그것이 가상의 인공어가 아닌 이러한 파롤 차원의 자연어를 질료로 삼았기 때문이다.

그는 세 가지 층위의 방언을 적절히 사용함으로써, 독특한 미학적 효과를 얻고 있다. 여기에서 특히 주목되는 것은 事象이나 관념이 정주방언에는 존재하지만 표준어에는 존재하지 않는 (B) 유형의 방언이다. 이 유형의 방언은 가상의 표준어에는 존재하지 않는 (B) 유형의 방언이다. 이 유형의 방언은 가상의 표준어 공동체 내에서는 기표로만 존재할 뿐이다. 백석은 이 유형의 방언을 적절히 사용함으로써 역동적인 기표의 운동을 보여 준다. 결국 백석의 시는 독자적 표기법을 채용함으로써 표기법 자체가 시의 미학에 이용될 수 있다는 것과 방언을 통해 토속적 세계를 재현함으로써 민족 단위보다 한 차원 큰 단위에서의 균질성 확보가 가능하다는 점을 보여 준다.

전봉관, 카이스트 인문사회과학부, junbg@kaist.ac.kr

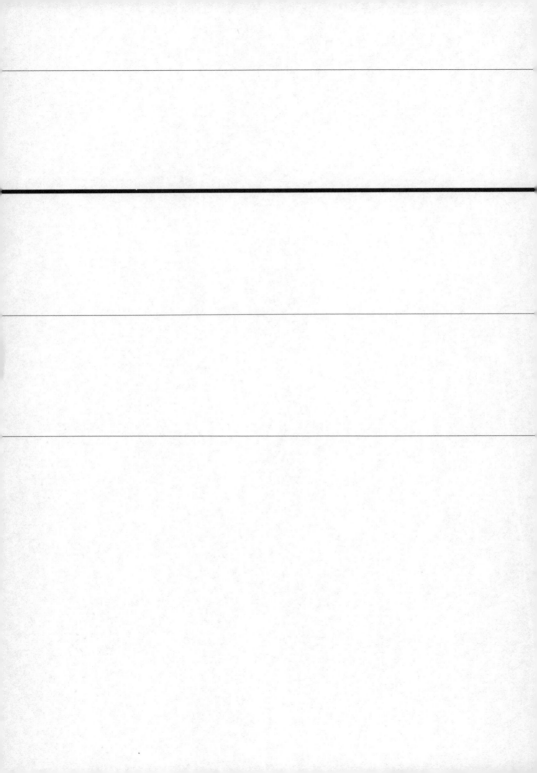

표준어의 점령, 지역어의 내부식민지화

- 현기영의 『순이삼촌』을 시점으로 -

정선태

1

'표준어'라는 일상의 상징폭력

한국어에서 표준어의 문제가 본격적으로 인식되기 시작한 것은 근대계몽기 한글에 의한 문자생활이 본격화하면서부터이다. 저마다의 방언을 그대로 쓰는 방식으로는 효율적인 문자생활을 할 수 없었기 때문이다. 결국 조선어학회에서 한글맞춤법통일안(1933)을 제정하면서 그 총칙에서 한글맞춤법은 표준말을 적는다는 점과 표준말은 대체로 '현재 중류사회에서 쓰는 서울말'로 한다는 점을 밝히게 되었다. 이는 다시 부분적인 손질을 거쳐 1988년에 문교부에서 공표한 '표준어 규정'으로 개정되었다. 표준어 규정은 표준어 사정 원칙과 표준 발음법으로 구성되어 있는데 표준어 사정 원칙에서 표준어를 '교양 있는 사람들이 두루 쓰는 현대 서울말'로 규정했다.

'표준어 규정' 총칙 제1항의 이 규정은 일종의 '명령'처럼 언중들을 구속한다. 예컨대 표준어를 사용하지 못하면 우리는 '교양 있는 사람' 취급을 받지 못하고, 시대에 뒤떨어진 사람이 되며, 중심=서울에서 벗어난 주변=지방 사람으로 인식된다. 그리하여 교양 있는 사람이 되고, 시대에 뒤떨어지지 않은 사람이 되기 위해서 우리는 기꺼이 우리의 모어=사투리를 뒤로하고 표준어를 학습한다. 여기에는 탈주변화하여 중심으로 진출하고자 하는 욕망이 자리하고 있다는 점은 두말할 필요가 없다. 중심에 동화되고자 하는 욕망은 배제당할지 모른다는 공포와 짝패를 이루어 우리를 억압한다. 다음과 같은 사례는 우리의 일상생활에 미치는 표준어의 영향력을 단적으로 보여준다.

1) 회사원 손모(27·여)씨는 대구에서 20여 년을 살다가 서울에서 대학생활을 하면서 심한 '사투리 스트레스'를 받았다고 털어놨다. "사투리 스트레스는 여자들한테 더 심합니다. 촌스러워 보인다고 생각하기 때문이죠. 간혹 사투리가 귀엽다는 사람도 있지만, 서울말 우아하게 쓰는 사람들 보면 얼마나 부러웠는지 몰라요." 풋풋한 대학생활을 시작하면서 여대생들의 관심사인 '미용' 말고도 손씨는 '말투'까지 관리해야 했다. "친구들이 저랑 얘기할 때 제 말투를 흉내 내더라고요. 처음엔 따라 웃었는데, 계속 그러니까 나중엔 솔직히 짜증이 났어요. 그래서 말투를 고치기 시작했죠."

2) 회사원 송모(26)씨도 대학시절 입만 열면 튀어나오는 심한 전라도 사투리 때문에 촌스러워지는 자신이 부끄러웠던 적이 있었다고 말했다. (중략) 송씨는 이후 사투리를 쓰지 않겠다고 마음먹고 열심히 서울말 연습을 했다. 지금은 오랜 친구가 아니면 다들 자신을 서

울 사람으로 착각한다고 한다. "사투리에 얽힌 추억을 말하라면 며칠 밤도 모자랄 겁니다. 지금은 옛 친구를 만날 땐 전라도 말로, 대학 친구를 만날 땐 서울말을 씁니다. 2개 국어인 셈이죠."

3) 회사원 김모(28 · 여)씨는 강원도 강릉이 고향이다. 그는 자신이 서울 사람들 앞에서 사투리를 쓰지 않는 이유에 대해 "서울에 살면서 사투리를 쓴다는 건 촌스럽다, 순진하다, 멍청하다 사이를 왔다 갔다 하는 이미지를 사람들에게 심어준다."고 말한다.

4) 경상도가 고향인 전모(34)씨와 그의 아내는 네 살 된 아들이 경상도 사투리를 배우지 않을까 싶어 아들 앞에서는 최대한 서울 말씨를 쓴다. 아들이 어린이집에서 말투가 이상하다는 이유로 친구들에게 놀림을 받으면 안 된다는 걱정 때문이다. 전씨는 "아들이 태어나서 두 살 때까지 대구에서 자랐기 때문에 걱정이 많았다."고 말했다.

5) 안진걸 희망제작소 사회창안팀장은 평소 걸쭉한 전라도 사투리를 쓰지만 전화를 받을 때는 언제나 또박또박 서울말을 쓴다. 그는 "특히 항의전화가 왔을 때 사투리를 쓰면 '시민운동하고 데모하는 놈들은 전부 전라도 것들이지.'라는 황당한 반응을 보이는 사람이 적지 않았다."면서 "민감한 정치적 사안일 경우 지방 출신 시민운동가들은 말을 할 때 굉장히 조심스러워 한다."고 귀띔한다.

6) 20년을 대구에서 살았던 회사원 주모(26 · 여)씨는 학창시절 꿈꿔

왔던 아나운서도 포기하고 대기업에 입사했다. 말끝마다 배어나오는 경상도 억양이 화근이었다. 주씨에게 완벽한 서울말을 구사해야 하는 아나운서는 넘기 힘든 강이었다. "고등학교 방송반 활동을 했을 때에는 몰랐는데, 서울에서 대학생활을 하면서 방송국 활동을 하다 보니 서울말이 어렵다는 게 뼈저리게 느껴지더라고요."

7) 고등학교 때까지 전남 순천에서 나고 자란 서울 모대학 졸업반 윤모(26)씨는 취업을 앞두고 고민이 많다. "면접 볼 때에는 깔끔한 서울 말씨를 써야지 좋은 인상을 남길 수 있잖아요. 아무리 고치려 해도 특유의 억양은 고치기 힘들더군요. 행여나 면접관들이 '저 사람은 말투하나 못 고쳐서 어디다 쓰나.'하고 생각할까 걱정입니다."[1]

이처럼 표준어는 우리들의 일상을 감시하는 검열관 역할을 한다. 우리는 흔히 표준어는 한 나라의 공통어로서 그 나라를 대표하는 언어라는 것, 표준어는 한 나라의 국민을 언어적으로 통일시켜 주는 언어이자 방언보다 품위가 있고 공적인 상황에 적합한 언어라는 것, 따라서 모든 국민들이 표준어를 널리 익혀서 정확하게 구사할 줄 아는 능력을 길러야 한다는 말을 듣는다. 언제부터 그렇게 된 것일까? 누가 표준어를 무슨 의도로 만들었을까? 왜 국민 모두가 표준어를 학습하여 사용해야 하는 것일까?

---

1 http://news.media.daum.net/society/affair/200706/26/seoul/v17216490.html

표준어는 '자연스럽게' 형성된 것이 아니라 근대 국민국가가 수행한 언어정책의 산물인 경우가 대부분이다. 따라서 표준어(standard language)가 갖는 의미를 찾기 위해서는 언제, 누가, 왜, 어떻게 표준어를 만들어냈으며, 그 효과는 어떠했는지를 고구할 필요가 있다. 표준어가 언중들의 효율적인 의사소통을 위해서 제정된 것이라는 점에는 누구나 동의할 수 있을 것이다. 그러나 표준어 제정 의도에는 의사소통의 효율성을 훌쩍 뛰어넘는, 자본=네이션=스테이트(가라타니 고진)가 행사하는 상징폭력이 내장되어 있다.

소설가 현기영은 그의 소설집 『순이삼촌』에서 사투리와 표준어(또는 서울말)라는 이질적인 언어사용이 촉발하는 효과와 그것이 담고 있는 의미가 무엇인지를 묻는다. 잘 알고 있는 바와 같이 우리는 언어를 통해서 기억을 재구성하고 또 표현한다. 그런데 과거의 기억이 국가권력에 의해 억압당할 경우, 과거의 언어=사투리로 구성된 기억은 심각하게 뒤틀린다. 뿐만 아니라 그것은 실어증과 신경쇠약증까지 동반한다. 사투리를 사용하는 주체가 표준어라는 인공언어가 지배하는 공간으로 '진출'하기 위해서 치러야하는 심리적 고통은, 망각을 강요당한 기억을 공공연하게 드러낼 수 없다는 강박감의 다른 이름이다. 주체의 분열증은 필연적이며, '순이삼촌'이 그랬듯, '학살의 기억'을 표준화=공론화할 수 없는 민중들은 자신들의 언어=사투리의 운명을 예감이라도 하듯 '일주도로변 옴팡진 밭'에 그 잔혹한 기억들을 묻어버린다.

2

어느 '내부식민지인'의 분열증

그러나 묻어버린다고 묻힐 기억이라면 굳이 묻지 않아도 될지 모른다. 왜냐하면 고통의 강도가 그다지 높지 않았다는 반증일 것이기 때문이다. 현기영 소설 속의 인물들이 간직한 기억은 공공의 기억=국가의 기억으로 소환되지 않는, 기억의 당사자들의 '밀회'에서만 공유되는 금지된 기억, 그러니까 의식의 차원=공적인 차원에서는 치유할 수 없는 트라우마였다. 그 상처는 학살의 기억의 공간인 고향, 기억의 언어인 사투리와 더불어 무의식 속에 깊숙이 웅숭거리고 있다가, 검열장치가 완화되는 순간 원망과 분노와 비겁과 우울증과 더불어 되살아난다.

> 그 악몽의 현장, 그 가위눌림의 세월, 그게 그의 고향이었다. 그러니 고향은 한마디로 잊고 싶고 버리고 싶은 것의 전부였고, 행복이나 출세와는 정반대의 개념으로 이해되었다. 중호는 고향의 모든 것을 미워했다. 측간에서 똥 먹고 사는 도새기(돼지)가 싫고, 한겨울에도 반나체로 잠수질해야 하는 여편네들이 싫고, "말은 나면 제주로 보내고, 사람은 나면 서울로 보내라" 하는 속담도 싫고, 육지사람이 통 알아들을 수 없는 고향 사투리가 싫고, 석다(石多)도, 풍다(風多)도 싫고, 30년 전 그 난리로 홀어멍이 많은 여다(女多)도 싫고, 숱한 부락들이 불타 잿더미가 되고 곳곳에 까마귀 파먹은 떼송장이 늘비하게

널려 있던 고향 특유의 난리가 싫고, 그 불행이 그의 가슴 속에 못 파놓은 깊은 우울증이 싫었다. 육지 중앙정부가 돌보지 않던 머나먼 벽지, 귀양을 떠난 적객(謫客)들이 수륙 이천리를 가며 천신만고 끝에 도착하던 유배지, 목민(牧民)에는 뜻이 전혀 없고 오로지 국마(國馬)를 살찌우는 목마(牧馬)에만 신경썼던 역대 육지 목사(牧使)들. 가뭄이 들어 목장의 초지(草地)가 마르면 지체없이 말을 보리밭으로 몰아 백성의 일년 양식을 먹어 치우게 하던 마정(馬政). 백성을 위한 행정은 없고 말을 위한 행정만 있던 천더기의 땅. 저주받은 땅, 천형(天刑)의 땅을 버리고 싶었다. 찌든 가난과 심한 우울증 밖에는 가르쳐 준 것이 없는 고향, 그것은 비상(飛翔)하려는 그의 두 발을 잡아끌어 당기는 깊은 함정이었다. 그 섬 사람이 아니고 싶었다.[2]

오리엔탈리즘은 동양과 서양 사이에서만 작동하는 것이 아니다. 서양이 동양을 지배하기 위한 전략의 일환으로 열등한 동양상(東洋像)을 구성했듯이, 그리고 동양 안에서 제국주의 일본이 자신보다 열등한 식민지 아시아의 이미지를 그려냈듯이, 동일한 민족국가에 속한 정치공동체 내부에서도 열등한 또는 부정한 지역의 이미지를 생산, 유포했다. '섬것'들이라는 말 속에 깃든 열등한 이미지와 '빨갱이'라는 말 속에 깃든 부정한 이미지가 「해룡 이야기」의 문중호의 의식/무의식을 사로잡고 있는 것이다. 그의 고향은 '가위눌림의 세

2 현기영, 「海龍 이야기」, 『순이삼촌』, 창작과비평사, 1979. 123-124쪽. 이하 작품의 인용은 이 책의 쪽수만을 표기한다.

월'로 기억되며 동시에 '비상하려는 그의 두 발을 잡아끌어당기는 깊은 함정'으로 기억된다. 유배지였던 이곳의 역사가 증언하듯, '중심'을 위해 봉사하는 '변방' 출신인 그는 스스로를 주변화/타자화한다. 지독한 가난과 우울증밖에 가르쳐준 것이 없는, '저주받은 땅'이자 '천형의 땅'인 그곳을 탈출하여 서울=중심을 향하지만 그 과정 또한 녹록지 않다. '서울'이라는 중심에 입성하기 위해 그는 '육지사람들이 통 알아들을 수 없는 사투리'를 폐기처분(은폐)해야 한다.

> 8) 그는 촌스러운 고향 사투리를 훌훌 떨쳐버리고 남다른 정열로 열심히 서울말을 익혔다. 수년 동안 가정교사라는 남의 집 고용살이를 하면서 서울말만 배운 게 아니라 눈칫밥 먹으며 서울말로 비굴하게 아첨하는 법까지 터득했다. 대학 졸업 후 직장을 가진 다음에도 얼마간 그 집에 눌러 있었는데, 그것은 소원대로 그 집 맏딸과 결혼했기 때문이었다. 남편의 본적을 따르기를 싫어하는 아내의 비위를 맞추려고 선선히 본적까지 옮기고 나니 그는 깔축없는 서울 사람이 되어버렸다. 그러나 메뚜기가 제아무리 뛰어봐야 고작 풀밭이라던가, 아무리 고치려고 해도 여전히 자기가 사는 동네 '모래내'를 '모레네'라고 하고 전에 살던 '갈현동'을 '갈년동'이라 하고 '확실히'를 '확실니'라고 발음하고 있는 한 고향의 올가미에서 벗어난다는 것은 가당치 않은 일이었다. 하물며 아내가 아는 2만원 돈말고도 따로 만원을 몰래 부쳐드리는 어머니가 고향에 계신데야 더 말해 무엇하랴.(125)

언어들 사이에 우열이 없다는 것은 두루 아는 바와 같다. 그러나 표준어와 비표준어 사이의 우열은 너무나 명확하게 문중호의 의식에 각인되어 있다. 서울에 입성하기 위해, 그러니까 중심으로 진출하기 위해 그가 치러야 하는 '통행료'는 발성기관 근육의 전면적인 재편이라는, 인간으로서 견디기 힘든 굴욕감과 등가이다. 인간의 발성기관의 근육에는 어머니의 젖을 빨면서 동시에 어머니의 말을 듣고 따라하면서 익힌 모어(母語)의 기억이 새겨져 있다. 그러한 모어의 기억을 통행료로 지불하고 난 다음에 남는 것은 무엇일까.

동화(同化)를 향한 열망과 배제에 의한 좌절이 남긴 상흔이 얼마나 고통스러운 것이었는지를 우리는 식민지 시대 문학자들의 삶에서 역력하게 읽어낼 수 있다. 유창한 일본어로 일본인의 가면을 쓰고 춤추었던, 또는 춤추고자 했던 적지 않은 식민지 조선 지식인들의 행동 양식과 문중호의 행동 양식 사이에서 발견할 수 있는 차이는 무엇일까. 일본 민족이 일본어로 조선민족과 조선어를 점령하고 파괴한 역사적 사실과 '육지것들'이 그들의 언어로 '섬것들'과 섬의 언어를 파괴했다는 사실 사이의 상동성(相同性)을 간과해서는 안 된다.[3]

또 하나 언급해 두어야 할 것은 문중호가 시달리고 있는 우울증과 강박감의 병원(病原)이다. 표준발음을 정확하게 구사할 수 있는 사람은 극소수에 지나지 않는다. 그럼에도 불구하고 문중호는 표준발음을 정확하게 구사하지 못하는 점 때문에 자신이 '고향의 올

3 그 폭력의 발현 양상과 질적인 차이, 역사적인 의미, 제국주의와 근대국가의 상관관계 등등을 폭넓게 고려해야 할 것이지만, 여기에서는 거칠게나마 그 계기적 유사성만을 언급해 두기로 한다.

가미'로부터 벗어나지 못할 것이라고 진단한다. '상상 연출'된 표준어 담론에 포획된 그는 중심과 주변의 경계 또는 현재와 과거의 경계에서 고통스러워 한다. 자기타자화=자기주변화 과정에 동반하는 갈등과 고통이 우울증과 강박감으로 드러나며, 그 현 상태가 표준어= 서울말과 사투리=지방어 사이에 놓인 주체의 분열이다. 이러한 거짓 중심화=자기기만을 뒤흔드는 것은 '어머니=고향=모어'이며, '어머니=고향=모어'는 기억의 다른 이름이다. '원수 같은 서북군' 즉 '권력'과 동거했다는 죄의식에 시달리며, '30년 전 그 일을 가슴 갈피에다 꼬불치고' 살아가는 어머니는 자기기만에 빠져 있는 문중호를 고향의 기억으로 소환한다. 그곳은 폭력의 시공간이며, 그의 우울증과 모멸감은 그 폭력과 맞서지 못한 채 모든 잘못을 어머니=고향=모어에 전가했다는 일종의 '죄의식'과 일정한 상관성을 갖는다.

9) 중호는 바삐 사무 보는 중에도 문득 붉은 선혈이 뚜렷한 그 흰 저고리와 어머니를 데리러 왔던 서북 토벌군의 시푸른 군복이 서로 엇갈리며 떠오르는 수가 있는데, 그때마다 순간적으로 숨이 막혀 헐떡거리다가는 제풀에 맥이 풀려 늘어지는 버릇이 있다. 이 순간적인 호흡장애와 탈진상태는 과연 무엇을 뜻하나? 이 두루뭉수리 모호한 감정은 구체적으로 무엇일까? 수치감일까, 겁일까, 분노일까. 아마 이 셋이 뭉뚱그려진 복합된 감정이 맞을 것이다. (중략) 피해자일 뿐인 어머니에 대한 이 가당찮은 반감은, 실은 마땅히 가해자한테로 향해야 할 분노가 차단된 데서 생긴 엉뚱한 부작용임을 그는 잘 알고 있었다. 응당 가해자의 멱살을 붙잡고 떳떳이 분노를 터뜨려야 하는데,

도무지 그렇게 할 수가 없다. 지금도 그렇게 할 수 없다. 빨갱이로 몰릴까봐 두려운 것이다. 피해자인 섬사람들은 5만이 죽은 그 엄청난 비극을 이렇게 천재지변으로 치부해 버린다. (중략) 천재지변과 같이 막강한 가해자들, 그들에게 분노나 증오를 품는다는 것은 마치 천둥벼락에게 적개심을 품는 것과 다를 바 없이 허망한 노릇이었다. 고향 섬 해변을 수시로 침범하여 섬 여자를 약탈, 겁간, 살인을 자행하던 왜구들이 전설 속에서는 해룡으로 묘사된 것도 바로 이러한 여유가 아니었을까? 인력으로 어찌할 수 없는 초월적인 존재인 해룡. 해룡에게 먹히는 사람들은 다 팔자소관일 뿐, 해룡에 대한 적개심은 털끝만큼도 없다. 오직 덜덜 떨리게 두려울 따름이다. 피묻은 흰 저고리와 시푸른 군복이 문득 머리에 떠오를 때마다 숨이 가빠지는 것은, 그러니까 분노도 증오도 아닌 바로 겁이었다.(126-127)

'해룡'은 가해자=국가권력의 은유이다.[4] 국가권력이라는 막강한

4 그렇다면 가해자의 형상은 어떠한가. 현기영은 「도령마루의 까마귀」에서 권력의 대리인 '오순경'을 묘사하면서 이렇게 말한다. "까마귀 오순경이 메고 있는 총대엔 어서 점호를 끝내라고 태극기가 조급하게 펄럭인다. 흰 광목천 바탕에 청홍 색깔이 아주 뚜렷하다. 새것인 모양이다. 며칠 전만 해도 일본기 히노마루 붉은 원의 반쪽에다 검은 먹칠 바르고 네 귀엔 윷짝을 그려넣어 만든 헐어빠진 기를 달고 나오더니 어느새 새걸로 개비했나?" 그러나 깃발만 새것으로 바뀌었을 뿐 그것을 총대에 메고 다니는 국가권력의 위임자 '오순경'의 행태는 그 전에 비해 전혀 달라진 게 없다. 즉, "아이고, 자이들이 어떤 것들이라고 속창지를 차릴 것고. 일본놈 치질 똥고망 핥으며 해먹던 것들인디. 같은 섬 동포 갑죽 벗기기를 흉년에 송깃대 벗기듯 하던 것들이 새나라 경관 노릇을 하고 있으니, 오죽헐거여? 일본기로 태극기를 맹그는 거나 일본순사 출신을 대한민국 경찰로 맹그는 거나 매한가지가 아니냔 말여!"(76) 채만식의 「맹순사」나 「미스터 방」 등에서도 그러했듯이, 작가 현기영이 보기

가해자에게 분노나 증오를 품는다는 것은 '천둥벼락에게 적개심을 품는 것과 다를 바 없이 허망한 노릇'이다. 의식적으로든 무의식적으로든 저 가공할 해룡 아니 국가권력의 폭력에 저항할 수 없는 '비겁'이 고향=기억=모어에 대한 반감으로 전화(轉化)되었던 것이다.

물론 이러한 '비겁'은 문중호 개인 탓이 아니다. 그를 '비겁'으로 내몬 국가권력이 행사한 상징폭력의 정체가 무엇인지 물어야 하는 것은 이 때문이다. 상징폭력은 대부분의 경우 '직접적으로' 작동하지 않는다. 몇 단계를 거쳐 매개되는 상징폭력은 '간접적으로' 개인에게 영향을 미친다. 이 상징폭력을 내면화하면서 개인은 중심=권력에 비굴해지고 소심해지며, 급기야 중심화 욕망에 장애가 되는 자신의 모든 것을 '개량'하려 든다. 언어의 차원에서도 사정은 달라지지 않는다. 표준어라는 중심의 언어가 행사하는 상징폭력을 내면화한 개인이 애써 모어=사투리를 은폐하고자 하는 것은 문중호가 국가가 금기시하는 기억을 억압하는 것과 동일한 맥락에서 이해할 수 있다.

이 사실을 알아챈 문중호는 "겁낼 것이 아니라 불같이 노여워하고 무섭게 증오해야 한다. 그래야 나의 주눅든 피해의식을 극복할 수 있다. 해룡의 탈을 벗기고 그 흉측한 정체를 알아봐야겠다."고 다짐한다. 그러나 가슴속에 묵혀둔 피해의식을 떳떳한 증오로 바꿀 수 있을까. 자학의 채찍질에 시달리는 어머니의 자격지심과 '나'의

에 새로운 나라가 들어섰다고 해도 '주변부'에 있는 민중들의 시선으로 보면 국가권력의 폭력적 본성에는 아무런 변화가 없다.

육지 콤플렉스는 극복될 수 있을까. '식민의 그늘'은 참으로 짙고 깊다. '내부식민지인' 문중호는 이렇게 말한다. "그 육지 콤플렉스라는 것은, 30년 전 그 세거릿길에서 어린 나의 뇌리에다 화인(火印)으로 뿌지직 태워 놓은 상흔이었다. 그래서 나는 아부를 배운다. 육지사람의 환심을 사려고 알랑방귀를 뽕뽕 뀐다. 아니, 섬사람의 허울을 벗고 육지사람으로 탈바꿈하려고 안달복달한다. 육지여자와 결혼한다. 심지어는 본적까지 옮긴다. 그래서 과연 나는 육지사람이 되었나?"(128) 일본 제국주의의 동화정책 그물에 사로잡힌 식민지 조선의 지식인들의 모습과 문중호의 모습이 포개지는 것은 왜인가. 이것을 동화정책의 '내부식민지 버전'이라 부를 수는 없을까.

3

학살의 기억, 유배당한 언어

문중호의 분신이라 할 수 있는 「순이삼촌」의 화자 '나'의 기억 속의 고향 제주도 역시 문중호의 그것과 크게 다르지 않다. '나'에게 고향은 "깊은 우울증과 찌든 가난밖에 남겨 준 것이 없는 곳"이자 상상 속의 '죽은 마을'에 지나지 않는다. 그에게 고향은 "삼십 년 전 군 소개작전에 따라 소각된 잿더미 모습 그대로 머리에 떠오르는 것"(32)에서 한 걸음도 나아가지 못하는 것처럼 보인다. 그러나 고향을 찾았을 때 그곳은 잃어버려야 했던 또는 잃어버린 체해야 했던 제주

사투리와 더불어 아연 활기를 띠며 되살아온다.

> 10) 잿빛 바다 안으로 날카롭게 먹어들어간 시커먼 현무암의 갑(岬), 저걸 사투리로 '코지'라 했지. 바닷가 넓은 '돌빌레'(巖盤)에 높직이 쌓여 있는 저 고동색 해초더미는 '듬북눌'이겠고, 겨울바다에 포말처럼 둥둥 떠 있는 저것들은 해녀들의 '태왁'이다. 시커먼 현무암 바위 틈바구니에 붉게 타는 조짚불, 물에 오른 해녀들이 불을 쬐는 저곳을 '불턱'이라 했지. 나는 잊어먹고 있던 낱말들이 심층의식 깊은 데서 하나하나 튀어나올 때마다 남모르는 쾌재를 불렀다. 이렇게 추억의 심부(深部)로 들어가면 들어갈수록 내 머릿속은 고향의 풍물과 사투리로 그들먹해지는 것이었다.(33-34)

'순이삼촌'의 신경쇠약과 죽음의 과정을 찾아가고 있는 이 소설에서 '나'를 괴롭히는 것은 유년의 기억과 중심=서울 지향의 기만성 사이의 갈등이다. 그의 유년은 학살의 공포로 얼룩져 있다. 그 공포를 떨쳐내지 못하고 있는 고향은 유년의 다른 모습이며, 고향으로부터 탈출하기 위한 몸부림과 기억으로부터 벗어나기 위한 과정은 평행을 이룬다. 그 과정에서 표준어와 고향말=사투리가 힘겨운 싸움을 벌인다. '자발적 동의'에 의해 또는 '자기중심화 욕망의 달성'을 위해 기꺼이 사투리를 버리고 표준어에 굴복하지만, 그러나 억압당한 기억의 장소인 고향은 그를 쉽게 놓아주지 않는다. 예컨대 "평소에 순이삼촌 앞에서는 고향말을 써야지 하고 생각하던 터라 무의식중에 툭 튀어나온 서울말이 무척 민망스러웠다."(39)는 진술에서 볼 수 있듯이, 고향의 다른 이름인 '순이삼촌' 앞에서 '무의식중에 툭 튀어나온 서울말'은 그를 민망하게 한다. '민망함'이라는 심리적 반응은 그가 의식적이든 무의식적이든 일종의 분열증을 앓고 있다는 증거이며, 자신 안의 낯선 페르소나(들) 사이의 균열이 심각하다는 반증이다.

'잘 통하지 않는 사투리'를 쓰는 '순이삼촌'이 서울 구경 겸 '식모'로 일하러 왔을 때 아내가 보인 반응은 언어의 상징폭력이 얼마나 내밀하게 인간의 의식을 장악하고 있는지를 적실하게 보여 준다.

11) 아내의 태도가 우선 글러먹었다. 순이삼촌이 하는 사투리를 아내는 알아듣지 못했다. 이해해 보려고 애쓰는 것 같지도 않았다. 저게 무슨 말이냐는 듯이 고개를 돌려 나를 바라볼 때 나는 나 자신이 무시당한 것처럼 얼굴이 붉어지는 것을 느껴야만 했다. 그건 신혼초에 아내가 무슨 일로 호적초본을 뗐다가 제 본적이 제주도로 올라 있는 당연한 사실을 가지고 무척 놀란 표정을 지었을 때 내가 느낀 수치감과 비슷한 것이었다. 이렇게 사투리를 알아듣지 못하는 아내 앞에서 순이삼촌의 처신은 어떻게 해야 옳은가? 그저 말수를 줄이고 시키는 말만 고분고분 따르는 수동적인 입장을 취할 도리밖에 더 있는가. (40)

위의 짤막한 에피소드에서도 언어사용에 따른 동화와 배제의 역학이 정확하게 작동한다. 표준어=서울말이 '교양 있는' 사람들의 말로 규정되어 있는 상황에서, 그리고 그 규정을 '자발적'으로 내면화한 사람들이 지배적인 상황에서, 사투리를 사용하는 순간 사투리 사용자는 수동적인 입장에 놓일 수밖에 없다.

'순이삼촌'의 등장으로 자신의 은폐된 기억을 떠올리는 '나'는 막연히 기피증 현상으로만 나타나던 고향에 대한 선입견을 대폭 수정하기로 한다. 서울생활 십오 년 동안 한 번도 써 보지 못하고 묵혀 두었던 사투리도 쓰기 시작하고, 빈틈없이 서울내기가 되어가는 아들에게도 사투리를 가르쳐 준다. "아들놈마저 제 애비의 고향을 외면할 수는 없는 일이었다. 그렇다, 서울말 일변도의 내 언어생활이란 게 얼마나 가식적이고 억지춘향식이었던가. 그건 어디까지나 표절인생이지 나 자신의 인생은 아니었다." 서울말 일변도의 언어생활이 '표절인생'이었다는 자각은 중심=서울=국가의 권력작용을 통해서 생산된 역사적 블록에 진입하기를 꿈꾸었던 자신의 욕망이 한갓 자기기만(self-deception)에 지나지 않았다는 성찰에서 나온 것이라 할 수 있다.[5]

그러한 성찰의 계기를 제공한 것이 '순이삼촌'의 죽음이다. 아니, 그 이전에 서울에서 자신의 '식모'로 생활한 '순이삼촌'=고향=기억

---

5 이와 관련하여 가스야 게이스케는 다음과 같이 말한다. "여기에서 '누가/무엇이 언어를 대표=표상하는가'라는 대단히 중요한 문제가 부각된다. 이 '대표=표상'의 힘을 만드는 것이 바로 언어 헤게모니라고 말해도 좋은 것이다. 특정한 언어변종, 특정한 담론이 '언어 전체'를 '대표=표상'하게 되는 과정이야말로, 언어에 내재하는 사회적 권력의 문제가 아니고 무엇이랴. 이렇게 말해도 된다면, '-어(語)'란 비역사적인 실체가 아니고, 사회적 권력작용을 통해서 생산된 '역사적 블록'(그람시)인 것이다." 가스야 게이스케, 「언어 헤게모니」, 미우라 노부타카·가스야 게이스케 엮음, 이연숙·고영진·조태란 옮김, 『언어제국주의란 무엇인가』, 돌베개, 2005. 388쪽.

이다. 지방=제주도에서의 기억은 중앙=서울의 기억에 굴복해야 한다는 암묵리의 명령을 전제한다. 지방은 서울의 '식모'에 지나지 않으며, 당연하게도 '식모'는 서울=주인의 말에 복종해야 옳다. 그것이 근대국가의 권력 작용의 요체다. 그런데 "순이삼촌은 완강한 패각의 껍데기를 뒤집어쓰고 꼼짝도 않고 막무가내로 우리를 오해하는 것이었다. 그 오해는 증오와 같이 이글이글 타는 강렬한 감정이었다."(43) 이야말로 난감한 일이 아닐 수 없다. 하지만 이 '오해', 즉 '증오와 같이 이글이글 타는 강렬한 감정'과 직접 대면하지 않는다면 '표절인생'은 쉽게 끝나지 않을 것 이다.

그렇다면 '순이삼촌'이 갖고 있는 증오의 기원은 어디인가. '순이삼촌'은 "1949년에 있었던 마을 소각 때 깊은 상처를 입어, 불에 놀란 사람 부지깽이만 봐도 질겁하고 지레 피하던 신경증세가 진작부터 있어온 터", 따라서 '순이삼촌'의 원혼(冤魂)을 위로하기 위해서는 국가권력에 의해 은폐되었던, '나' 자신도 국가권력의 으름장이 무서워 묻어 두어야 했던 '1949년 학살의 기억'과 직접 맞서지 않을 수 없다. 동시에 표준어에 의해 유배당했던 고향의 언어를 회복하지 않을 수 없다. 기억을 둘러싼 국가권력과의 투쟁과 사투리의 회복은 '나'의 진정성을 복원하기 위한 전략이라는 점에서 불가분의 관계에 있다.

4

'사투리들'의 적대, 이양되는 억압

적어도 '4·3'을 배경으로 한 현기영 소설의 인물들이 기억하는 권력의 말은 '소개작전'을 지휘했던 '장교의 귀설은 이북 사투리'이다. 「순이삼촌」의 다음 장면은 사투리 사이의 적대감이 하나의 사건을 어떻게 기억할 것인가라는 문제와 연동하여 어떻게 드러나는지를 선명하게 보여주는 예이다.

> 그러나 길수형은 자기 주장을 꺾지 않았다.
> "아니우다. 이대로 그냥 놔두민 이 사건은 영영 매장되고 말거우다. 앞으로 일이십년만 더 있어봅서. 그땐 심판받을 당사자도 죽고 없고, 아버님이나 당숙님같이 증언할 분도 돌아가시고 나민 다 허사가 아이우꽈? 마을 전설로는 남을지 몰라도."
> 길수형의 말에 갑자기 짜증이 났던지 고모부의 입에서 느닷없이 평안도 사투리가 튀어나왔다.
> "기쎄, 조캐, 지나간 걸 개지구 자꾸 들춰내선 멀하간? 전쟁이란 다 기런 거이 아니가서?"
> 순간 오십줄 나이의 고모부의 얼굴에서 삼십년 전의 새파란 서북청년의 모습을 힐끗 엿본 느낌이 들었다. 가슴이 섬찟했다. 야릇한 반발감이 뾰족하게 일어났다. (60-61)

'나'의 고모부는 '겁탈당하기를 기다리느니 미리 선수를 써서 서청 출신 군인에게 시집보낸 우리 할아버지의 처사'로 고모와 결혼해서 이제는 '이 지방 사투리를 수월수월 잘도' 말하는 사람이다. '나'는 "평안도 용강 사투리를 영 못 버리던 저분이 이젠 여축없이 제주도 사람이 되었구나. 서북청년으로 입도에서 이제 삼십년도 넘고 있으니 충분히 그럴 만도 하리라."고 생각한다. 그러나 부지불식간에 고모부는 학살자의 언어=이북 사투리를 내뱉고 만다. 아무리 '제주도 사람'처럼 제주도 사투리를 잘 구사한다 해도, 그래서 그 사람들 틈에 별 탈 없이 살아왔다 하더라도 '학살의 기억'과 연루된 '폭력의 언어'가 발화되는 순간 즉각 팽팽한 긴장감이 형성된다. 언어=사투리가 환기하는 기억. '고모부'의 느닷없는 이북 사투리는 좌중을 어색한 침묵에 휩싸이게 한다. '고모부'는 그의 말투가 다른 사람들의 귀에 거슬리는 줄도 모르고 다시 이북 사투리로 자신의 과거를 변명한다. 자기의 과거=기억을 변명하는 데 등장하는 이북 사투리는 '기억의 투쟁'을 야기한다.

> 이때 큰아버지가 끙 앓는 소릴 내며 고개를 돌려 외면해 버렸다. 눈썹이 발에 밟힌 송충이처럼 꿈틀거리는 것으로 보아 심기가 뒤틀린 모양이었다. 고모부는 그제서야 이북 사투리를 쓰고 있는 자신을 깨달았던지 흠칫 놀라며 말을 멈췄다. 큰당숙, 작은당숙 어른도 못마땅한 표정으로 담배만 풀썩풀썩 빨아댔다. 잠시 거북살스러운 침묵이 흘렀다. 그러나 언제나 반죽 좋은 고모부는 곧 섬사투리로 돌아와 다시 말을 꺼냈다.(63)

여기에서 우리는 국가폭력의 대리인 중 하나였던 '고모부'를 비난하기 쉽다. 그러나 중요한 것은 '고모부'의 이북 사투리가 불러일으키는 기억이다. '거북살스러운 침묵'의 진정한 원인은 폭력의 언어였던 이북 사투리가 아직껏 살아 있다는 두려움에 있을 것이다. '섬것들'을 향해 무차별 총질하는 '육지것들'의 언어였던 이북 사투리는 특정 언어가 얼마나 뿌리 깊게 기억을 간직하고 있는지를 보여주는 하나의 매개이다. 잘 알려져 있다시피 사회적 정치적 권력관계에 따라 특정 언어=사투리에 특정한 이미지(부정적이든 긍정적이든)가 부여되는 경우가 많다. 그리고 특정 언어=사투리에 각인된 이미지가 일상에서 어떤 영향을 미치는지는 이 글 맨 앞의 사례를 통해 어렵지 않게 확인할 수 있다. 이에 비해 표준어는 가치중립적인 것처럼 보인다. 그러나 사정은 그렇지 않다는 것을 우리는 「해룡 이야기」의 문중호와 「순이삼촌」의 '나'의 '분열증'을 통해 이미 보아왔다.[6]

의사소통의 효율성을 강조하는 표준어가 그렇듯 국가권력 역시 균질화와 획일화를 거부하는 사유를 달가워하지 않는다. 예컨대 "면에서는 이 집에서 고구마 멫가마 내고 저 집에서 유채 멫가마 소출냈는지는 알아가도 그날 죽은 사람 수효는 이날 이때 한번도 통계 잡아보지 않으니, 내에참, 내 생각엔 오백 명은 넘은 것 같은디,

---

6 이 지점에서 한 걸음 더 나아가 우리는 '고모부'에게, 정확하게는 '고모부'가 구사하는 이북 사투리에 투사된 적대감의 진정한 원인이 무엇인지를 따질 수 있어야 한다. 여기에서 상세하게 논할 수는 없지만 중립적인 것처럼 보이는 표준어와 사투리들의 이데올로기적 역학 관계를 추궁해야 그 전모가 들어날 것이라는 점만 지적해 두기로 한다.

한 육백 명 안되까 마씸? 한번에 오륙십 명씩 열한 번에 몰아가시니까."라는 진술에서 볼 수 있듯, 국가는 '착취'를 위한 통계에는 대단히 강하지만, 구성원들의 고통스러운 삶과 기억은 애써 외면한다. 그러면서 짐짓 중립성을 가장하고서 국가 구성원들의 삶을 '심판관'의 위치에서 통제하고 규율한다.

국가권력에 의한 기억의 식민지 상태에서 벗어나지 못한 사람들은 '나'의 친척들이 '고모부'의 이북 사투리에 적대감을 드러낸다. 충분히 그럴 수 있다. 그러나 증오나 적대감으로는 상호불신의 악순환 고리를 끊기 어렵다. 왜인가. 자신이 당한 폭력을 이유로 타자를 향해 폭력을 휘두를 수 있기 때문이다. 심리적 보상의 대차대조표는 무의미하다. '억압의 이양'(마루야마 마사오)은 폭력을 확대재생산할 따름이다. 예컨대 이러하다.

> 그 무렵 뒤늦게 초토작전을 반성하게 된 전투사령부는 선무공작을 펴서 한라산 밑 동굴에 숨은 도피자들을 상당수 귀순시켰는데 현모형도 그중에 끼여 있었던 것이다. 때마침 6.25가 터져 해병대 모병이 있자 이 귀순자들은 너도나도 입대를 자원했다. 그야말로 빨갱이 누명을 벗을 수 있는 더없이 좋은 기회였다. 그래서 그들은 그대로 눌러 있다간 언제 개죽음당할지 모르는 이 지긋지긋한 고향을 빠져나갈 수 있었던 것이다. 그러니까 현모형은 인천상륙작전에 참가한 해병대 3기였다. '귀신 잡는 해병'이라고 용맹을 떨쳤던 초창기 해병대는 이렇게 이 섬 출신 청년 3만 명을 주축으로 이룩된 것이었다. 그러나 그 용맹이란 과연 무엇일까? 그건 따지고 보면 결국 반대급부적

> 인 행위가 아니었을까? 빨갱이란 누명을 뒤집어쓰고 몇 번씩이나 죽을 고비를 넘긴 그들인지라 한번 여봐란 듯이 용맹을 떨쳐 누명을 벗어 보이고 싶었으리라. 아니, 그것만이 아니다. 어쩌면 거기엔 보복적인 감정이 짙게 깔려 있지 않았을까? 이북사람에게 당한 것을 이북사람에게 돌려준다는 식으로 말이다. 섬 청년들이 6.25동란 때 보인 전사에 빛나는 그 용맹은, 한때 군경측에서 섬 주민이라면 무조건 좌익시해서 때려잡던 단세포적인 사고방식이 얼마나 큰 오류를 저질렀나를 반증하는 것이 된다.(64-65)

그렇다면 이와 같은 폭력의 순환을 조종하는 것은 무엇인가. '조센징'이라는 '누명'과 '불신'을 벗기 위해 더욱 악랄하게 민중을 학대했던 식민지 권력의 말단 '순사'와, '이북사람에게 당한 것을 이북사람에게 돌려준다'는 '보복 감정'으로 '빨갱이 소탕'에 혁혁한 공을 세운 제주 출신 해병대('빨갱이란 누명을 뒤집어쓰고 몇 번씩이나 죽을 고비를 넘긴' 사람들) 사이에 놓인 거리는 얼마나 될까. 이북 사투리들을 쓰던 '고모부들'(서청단원)을 향한 증오가 '귀신 잡는 해병'의 용맹의 원천이었다면 어떻게 해야 할 것인가. '육지것들'을 향한 저 깊은 양가감정이 여기에서 분출한 것이 아닌가. 이러한 질문들을 던지지 않고서는 폭력의 악순환 고리를 끊을 수가 없을 것이며, 표준어와 사투리 사이에 놓인 골도 점점 깊어만 갈 것이다.

5

에필로그: '사투리들'의 연대는 가능한가

아직도 수많은 '순이삼촌'들이 '일주도로변 밭'에서 고통스러운 기억에 몸부림을 치고 있을 것이다. 아니, 미래의 '순이삼촌'들이 다시 국가권력이 조성한 '후미지고 옴팡진' 주변부=식민지라는 이름의 '밭'으로 내몰릴지 모른다. 그렇다면 어떻게 해야 할 것인가?

근대 국민국가는 제국을 욕망한다. 서구 제국주의나 일본 제국주의의 역사가 우리에게 알려 주듯이, 국민국가는 일정한 영역 안의 다양한 지역과 그 지역 사람들의 삶과 언어를 식민화하는 과정을 거쳐 자본의 요구에 따라 국외로 진출한다. '국민'과 '국어'를 창출하는 과정에서 발생하는 저항에 무력이라는 직접적 폭력과 교육 및 매체를 통한 간접적 폭력을 통해 국가의 의지를 내면화하도록 강요했다. 그리고 우리는 '하나의 민족', '하나의 국민'이라는 슬로건을 내세워 내부의 차별을 은폐하거나 위장한다. 결국 국내의 식민지화 → 국외의 식민지화는 연장선상에 놓여 있는 셈이며, 이는 오키나와와 아이누를 식민화하고 타이완과 조선으로 '진출한' 제국주의 일본의 역사가 여실하게 보여주고 있다. 여기에서 일본어는 효과적인 지배를 가능하게 하는 강력한 수단이자 상징폭력이었다.

자본=네이션=스테이트 즉 근대 국민국가는 다양한 기억들을 전유하여 '국사'라는 이름으로 획일화하고, 언어마저도 표준어라는 이름으로 획일화하여 파쇼적으로 지배한다. 이러한 상황에서 지역어의 생존을 국가권력에 기대는 것은 주인에게 자신의 남은 생명을 구걸하는 노예의 행태와 조금도 다르지 않다. 앞에서 보아온 바와 같이 표준어=중심어는 사투리만 억압하는 것이 아니라 사투리를 사용하는 사람들의 기억과 사유방식까지 지배한다. 인간의 물질적 풍요가 자연을 황폐하게 했듯이, 국가의 전일적=획일적 지배 전략은 다종다양한 인간의 기억과 사유 방식을 황폐하게 할 것이다.

이처럼 불길한 상황에서 우리는 무엇을 할 수 있는가. '유배의 섬' 제주도의 기억을 붙안고 있는 제주사투리를 민속박물관에 진열하여 화폐로 바꿀 것인가, 아니면 그 기억의 언어를 회복함으로써 우리의 언어생활을 풍요롭게 하고 나아가 사유의 자양분을 기름지게 할 것인가. 그러면 그 기억의 언어를 회복할 수 있는 방법은 무엇인가. 근대 국민국가 시스템의 작동원리에 대한 통절한 비판과 반성이 전제되지 않는 한, 우리는 중심을 꿈꾸는 주변인으로서 더욱 심각한 분열증을 앓을 뿐 아무런 대안도 마련할 수 없을 것이다. 사투리'들'=소수자들의 연대를 통한 표준어 권력의 최소화(또는 空洞化)를 치열하게 논의할 수 있어야 한다. 물론 지역어=사투리를 '관광자원'화하자는 논리를 펴는 사람들은 이와 다른 생각을 하고 있을 터이다.

참고문헌

현기영(1978), 『순이삼촌』, 창작과비평사.

가라타니 코진(2007), 조영일 옮김, 『세계공화국으로』, 도서출판 b.

고모리 요이치(2003), 정선태 옮김 , 『일본어의 근대』, 소명출판.

권귀숙(2006), 『기억의 정치』, 문학과지성사.

로버트 J. C. 영(2005), 김택현 옮김, 『포스트 식민주의 또는 트리컨티넨탈리즘』, 박종철출판사.
마루야마 마사오(1997), 김석근 옮김, 『현대정치의 사상과 행동』, 한길사.
미우라 노부타카 · 가스야 게이스케 엮음(2005), 이연숙 · 고영진 · 조태란 옮김, 『언어제국주의란 무엇인가』, 돌베개.
발터 벤야민(1992), 반성완 옮김, 『발터 벤야민의 문예이론』, 민음사.
이연숙, 고영진 외 옮김(2006), 『국어라는 사상』, 소명출판.
정선태(2005), 『근대의 어둠을 응시하는 고양이의 시선』, 소명출판.

제프리 K. 올릭(2006), 최호근 옮김, 『국가와 기억』, 민주화운동기념사업회.

한나 아렌트, 이진우 외 옮김, 『인간의 조건』, 한길사.

失內原忠雄(1926), 『植民及植民政策』, 東京: 有斐閣.

http://news.media.daum.net/society/affair/200706/26/seoul/v17216490.html

---

정선태, 국민대학교 국어국문학과, iskra@kookmin.ac.kr

김흥수 교수님 논저 목록

학위 논문

1975, 「中世國語의 名詞化 硏究」, 서울大學校 大學院 國語國文學科.

1988, 「현대국어 심리동사 구문에 관한 연구」, 서울大學校 大學院 國語國文學科.

학술지 논문

1977, 「繼起의 '-고'에 대하여」, 『국어학』 5, 국어학회.

1978, 「同時構文의 樣相」, 『국어학』 7, 국어학회.

1980, 「因果構文의 解釋」, 『국어문학』 21, 국어문학회.

1981, 「기점과 지향점의 한 해석」, 『관악어문연구』 6, 서울대학교 국어국문학과.

1982, 「심리동사 구문의 해석」, 『한국언어문학』 21, 한국언어문학회.

1983, 「'싫다'의 통사·의미특성」, 『관악어문연구』 8, 서울대학교 국어국문학과.

1984, 「詩의 言語 分析 試論」, 『어학』 11, 전북대학교 어학연구소.

1985, 「소설의 방언에 대하여」, 『일산 김준영선생 화갑기념 논총』/『국어문학』 25, 국어문학회.

1985, 「심리동사 구문의 단언적 의미」, 『국어학』 14, 국어학회.

1986, 「행동 동기 표현의 한 문제」, 『국어문학』 26, 국어문학회.

1986, 「국어의 감각경험 표현에 대하여」, 『國語學新硏究 : 若泉 金敏洙敎授

華甲紀念』, 탑출판사.

1987,「'좋다' 구문의 통사와 의미」,『국어국문학』 97, 국어국문학회.

1987,「대상 인식과 시각 경험의 양상」,『국어학』 16, 국어학회.

1988,「언어학적 문체론의 위상과 과제」,『국어국문학』 100, 국어국문학회.

1988,「유정명사 의미해석의 한 관점」,『어학』 15, 전북대학교 어학연구소.

1989,「국어에 나타나는 몸과 마음의 관계에 대한 연구」,『어학』 16, 전북대학교 어학연구소.

1989,「국어 시상과 양태의 담화기능」,『이정 정연찬선생 회갑기념논총』, 탑출판사.

1989,「어휘의미의 이념적 요인에 대하여」,『국어학』 19, 국어학회.

1989,「크기와 수량 -'작다', '적다'류의 쓰임의 넘나듦을 중심으로-」,『정산 정익섭박사 정년기념논문집』 10 · 11, 전남대학교 국어국문학연구회.

1989,「북한어의 성격과 관련된 몇 문제」,『霽曉 李庸周博士 回甲紀念論文集』, 한샘.

1990,「심리동사」,『國語硏究 어디까지 왔나: 主題別 國語學 硏究史』, 동아출판사.

1990,「내면 인용 구문의 해석」,『주시경학보』 6, 탑출판사.

1990,「국어의 통사현상과 문체」,『강신항교수 회갑기념 국어학논문집』, 태학사.

1991,「동사의 의미해석과 인과성」,『國語 國文學 硏究』 14, 원광대학교 국어국문학과.

1991,「使動主의 原因性」,『國語學의 새로운 認識과 展開』, 민음사.

1992,「전북방언의 특징과 변화의 방향」,『어학』 19, 전북대학교 어학연구소.

1992,「인과 표현 타동사 구문의 통사와 의미」,『국어학연구백년사(2)』, 일조각.

1992,「국어문체론 연구의 현단계와 어학적 문체론」,『국어국문학 40년』, 집문당.

1993, 「국어 문체의 통사적 양상에 대한 연구」, 『한국언어문학』 31, 한국언어문학회.

1993, 「명사화 관련 '것' 구조에 대한 의미·기능적 접근」, 『어문학논총』 12, 국민대학교 어문학연구소.

1993, 「북한 사전의 다듬은 말」, 『새국어생활』 3·4, 국립국어원.

1993, 「현대 국어 문체의 문법 현상에 대한 통시적 해석」, 『國語史 資料와 國語學의 研究』, 문학과지성사.

1994, 「속격 명사화, 명사 병치 명사화의 양상과 기능」, 『어문학논총』 13, 국민대학교 어문학연구소.

1994, 「소설에서 인물 표현 명사구의 유형과 그 담화·문체 기능」, 『국어문체론』, 대한교과서.

1994, 「국어 관계절의 지시성과 정보성」, 『우리말 연구의 샘터: 연산 도수희 선생 화갑 기념논총』, 박이정.

1995, 「명사화의 담화 기능과 문체 양상」, 『어문학논총』 14, 국민대학교 어문학연구소.

1996, 「소설에서 관계절의 텍스트 기능」, 『어문학논총』 15, 국민대학교 어문학연구소.

1996, 「신동엽 시의 담화론적 해석」, 『문학과 언어의 만남』, 신구문화사.

1996, 「언해문 간의 차이에 대한 문체적 해석」, 『李基文教授 停年退任紀念論叢』, 신구문화사.

1997, 「인과 표현 타동사 구문의 통사와 의미」, 『國語學研究百年史 (2), 意味論·國語史』, 집문당.

1997, 「소설에서 관계절류의 시학적 양상: 인물·사물 지칭의 담화론적 양상」, 『어문학 논총』 16, 국민대학교 어문학연구소.

1997,「채만식 소설의 문체」,『국어문학』 32, 국어문학회.

1997,「문체의 변화」,『國語史硏究』, 태학사.

1997,「박태원의 창작여록「표현 묘사 기교」에 대한 어학적 시론」,『韓國 語文學 論考』, 태학사.

1998,「소설에서 계열성과 대립성의 시학적 양상:「난장이가 쏘아올린 작은 공」의 관계절류를 중심으로」,『어문학논총』 17, 국민대학교 어문학연구소.

1998,「문체의미론」,『의미론 연구의 새 방향』, 박이정.

1998,「피동과 사동」,『문법연구와 자료』, 태학사.

1999,「소설에서 대화의 분포와 그 담화·텍스트 기능」,『어문학논총』 18, 국민대학교 어문학연구소.

1999,「한글 데이터 명칭의 문법적 구조에 관한 연구」,『*Journal of Information Technology Applications & Management*』 6, 한국데이타베이스학회.

2000,「소설에서 대화 인용의 방식과 양상」,『어문학논총』 19, 국민대학교 어문학연구소.

2001,「통사론」,『국어학연감 2000』, 국립국어연구원.

2001,「1인칭 소설 화자의 존재 양상과 그 담화론적 해석」,『어문학논총』 20, 국민대학교 어문학연구소.

2001,「소설의 방언에 대하여」,『문학과 방언』, 역락(재수록).

2002,「소설의 대화 인용에서 인용 동사 표현의 양상 -발화 동사 '말하다'의 쓰임을 중심으로-」,『어문학논총』 21, 국민대학교 어문학연구소.

2002,「언어 관찰에서 문체와 시학으로」,『백악의 시간』, 다다아트.

2003,「1인칭 소설의 화자와 시점에 대한 텍스트론적 해석」,『어문학논총』 22, 국민대학교 어문학연구소.

2004,「1인칭 소설에서 시점의 세부 유형과 추이에 대한 텍스트론적 접근」,

『어문학논총』 23, 국민대학교 어문학연구소.
2004, 「문학 텍스트와 문체론」, 『한국어학』 25, 한국어학회.
2004, 「〈혼불〉의 문체 특성」, 『혼불의 언어세계』, 전북대학교 출판부.
2004, 「소설에서 현재시제 관련 양태 의미와 그 담화·텍스트 기능」, 『우리말 연구: 서른아홉 마당』, 태학사.
2004, 「이른바 개화기의 표기체 유형과 양상」, 『국어문학』 39, 국어문학회.
2005, 「담화·텍스트분석과 문학작품 담론」, 『성심어문논집』 27, 성심어문학회.
2005, 「소설 〈혼불〉의 서술자와 시점에 대한 어학적 접근」, 『어문학논총』 24, 국민대학교 어문학연구소.
2006, 「소설의 시점과 관련 문법 현상」, 『어문학논총』 25, 국민대학교 어문학연구소.
2006, 「신동엽 시의 상호텍스트성」, 『어문학논총』 특별호, 국민대학교 어문학연구소.
2006, 「김수영 산문의 문체」, 『李秉根先生退任紀念 國語學論叢』, 태학사.
2006, 「김수영 산문의 언어 관련 담론에 대한 어학적 소고(Ⅰ) -모국어와 외국어에 대한 인식 양상-」, 『관악어문연구』 31, 서울대학교 국어국문학과.
2006, 「소설 〈혼불〉에서 담화 간 추이와 전환의 유형 및 방식들」, 『어문학 연구의 넓이와 깊이』, 역락.
2007, 「언어 관찰과 이해에서 문학으로」, 『인문학의 원형과 문화』 33, 충남대학교 인문과학연구소.
2007, 「김수영 산문의 상호텍스트성 -원(原)텍스트 인용의 경우를 중심으로-」, 『어문학논총』 26, 국민대학교 어문학연구소.
2007, 「김수영 산문의 어휘, 표현, 수사」, 『국어사 연구와 자료』, 태학사.

2008,「신동엽 시의 화용 양상 -대명사의 쓰임을 중심으로-」,『어문학논총』27, 국민대학교 어문학연구소.

2008,「간접 인용에서 변용의 담화·텍스트 양상」,『李崇寧 現代國語學의 開拓者』, 태학사.

2009,「김수영 산문의 언어 관련 담론에 대한 어학적 소고(II)」,『어문학논총』28, 국민대학교 어문학연구소.

2009,「신동엽 시에서 지시사의 한정 지시와 강조 기능」,『국어문학』47, 국어문학회.

2010,「김수영 산문의 언어 관련 담론에 대한 어학적 소고(Ⅲ)」,『어문학논총』29, 국민대학교 어문학연구소.

2010,「김수영 산문에서 1인칭 대명사와 필자 관련 지칭어의 표현 양상」,『국어문학』49, 국어문학회.

2010,「김수영 산문에서 지시사 대용어의 조응 및 강조 표현」,『한국언어문학』75, 한국언어문학회.

2011,「신동엽 산문의 언어 특징」,『어문학논총』30, 국민대학교 어문학연구소.

2011,「신동엽 산문의 담화·화용 양상 -문법 관련 현상을 중심으로-」,『한국어 의미학』36, 한국어의미학회.

2012,「신동엽 산문에서의 텍스트 기능과 표현 양상 -사동, 의문문 표현을 중심으로-」,『어문학논총』31, 국민대학교 어문학연구소.

2013,「김수영 산문에서 인용의 텍스트 구조 관련 기능과 양상」,『어문학논총』32, 국민대학교 어문학연구소.

2013,「김수영 산문에 나타나는 포괄 독자 지칭·호칭어 및 그 관련 표현의 사용 양상」,『텍스트언어학』35, 한국텍스트언어학회.

2014,「신동엽 산문에 나타나는 접속어, 중단 생략의 표현 양상」,『어문학논총』

33, 국민대학교 어문학연구소.

2015, 「김수영 산문에 나타나는 인용의 화행 관련 텍스트 기능」, 『한국어학』 66, 한국어학회.

2015, 「김수영 산문의 인용 현상에서 표현, 소통, 태도 관련 텍스트 기능과 그 양상」, 『어문학논총』 34, 국민대학교 어문학연구소.

2016, 「김수영과 신동엽 산문의 지시사 표현 양상」, 『어문학논총』 35, 국민대학교 어문학연구소.

단행본 목록

1989, 『현대국어 심리동사 구문 연구』, 탑출판사.

1998, 『지성과 글』, 국민대학교 출판부.

2004, 『텍스트언어학의 이해』, 박이정.

2005, 『한국대학교육협의회 2005년도 학문분야평가인정제 국어국문학분야 종합보고서』, 한국대학교육협의회.

2005, 『2005년도 학문분야 평가인정제 국어국문학분야 종합보고서』, 한국대학교육협의회.

2005, 『국민대학교 2005년도 국어국문학 분야 자체평가연구보고서』, 국민대학교 출판부.

2005, 『우리 시대의 글쓰기-연습편』, 국민대학교 출판부.

2005, 『우리 시대의 글쓰기-이론편』, 국민대학교 출판부.

2012, 『우리 시대의 글쓰기』, 국민대학교 출판부.

2013, 『만약 당신이 내게 소설을 묻는다면』, 소라주.

2014, 『번역문체론』, 한국문화사.

발표 목록

2002, 「소설의 담화 현상에 대한 몇 가지 관찰과 생각」, 『담화·인지언어학회 제15차 정기학술대회 초록집』, 담화인지언어학회.

2003, 「소설의 대화 인용 양상에 대하여」, 『청계어학연구회 2003년 정기학술대회 발표논문집』, 청계어학연구회.

2003, 「〈혼불〉의 문체」, 『제3회 혼불 문학제 논문집』, 혼불기념사업회.

2003, 「소설 문체에 대한 어학적 접근」, 『국어학회 30회 전국학술대회 발표논문집』, 국어학회.

2004, 「문학 텍스트와 문체론」, 『제32차 한국어학회 전국학술대회 발표논문집』, 한국어학회.

2006, 「시인 김수영 산문의 문체」, 『담화·인지 언어학회 제26회 정기학술대회 초록집』, 담화·인지언어학회.

2006, 「언어 관찰과 이해에서 문학으로」, 『대전인문학포럼 제14차 발표논문집』, 충남대학교 인문과학연구소.

사건과 이야기의 내적 ... 정황의 ...
생각된다. 이때 특정 장면 ... 관련 내용이 풍부하고 ... 표출하는 양태 ...
배경 이야기가 삽입되어 ... 서술자가 주관적 태도를 ... 특정 사건이 도입되기 전
관련되는 부수 담화에서는 내포 서술자의 공감을 구하기도 한다((34)). ... 태도와 어조로 상황에
대해 평가하면서 독자의 ... 공동의 목소리를 대변하는
... 상황이 길게 서술되는 경우에도 ...
정서를 드러내기도 한다((35)).

시작한 날 안서방이 날씨 좋다고 안 그러등갑네 좀생이나 그날 날씨나 다 좋다고, 좋아라

사람은 얼드린 채 말을 주고받으며, 모든 보대로 부지런히 심느라고 숨이 턱에 걸린다.
좀생이는 묘성(昴星)으로, 얼른 보면 육련성(六連星)이라 나란히 별 여섯 개가 빛나는 것 같지만,
백이십여 개 작은 별들이 모여서 성군(星群)을 이룬 것인데, 농사에 아주 중요한 점을 쳐
~ 그런가 하면 열양세시기(洌陽歲時記)의 이월묘숙점세조(二月昴宿占歲條)의
농가에서는 초저녁에 좀생이를 보아 별이 달과 떨어지는 원근으로 그 해의 풍흉을 점치나니. ~
것을 보면 서로 말이 다른 부분도 있지만, 예나 지금이나 천지의 조화와 일월성신(日月星辰)의
움직임에 인간사(人間事) 길흉과 운수를 걸어 보고 싶은 심정은 다름이 없는 모양이다
그러나, 청암부인은 늘 그렇게 말했다. (86~88)
"인력이 지극하면, 천재(天災)를 면하나니……"
남원도호부 부사가 집무 거처하는 동헌 근민당(近民堂)에 이 공사의 재가를 받으러 가는 일을
풍헌(風憲)이 재바르게 뛰어다니며 서둘렀다. 풍헌은 조선 행정의 최말단인 방(坊), 그러니까
동네 마을 일을 보는 관원으로, 남원부 같으면 사동방(巳洞坊), 매안방(梅岸坊) 등을 비롯한
48방이 있으니, 각 방마다 한 명씩 마흔여덟이 있었다. ~ 조상 대대로 세거하는 마을의
물 대던 사유 저수지를 제 돈 들여 넓히겠다는데야, 어느 누가 트집을 잡으리오. ~ 그까짓
저수지 하나 생짜로 판다 해도 별 문제 아닐 터였다. 손해는커녕 치민(治民)에 생색이
아닌가. (159~160)
시절은 하루가 다르게 수상하여 아무도 내일 일은 미리 짐작할 수가 없고 집집마다 떡쌀은커
사라기조차 제대로 남아 있지 않은데다가, 땅을 파고 몰래 묻어 놓은 제기마저 놋그릇이라고
다 버린 뒤끝에, 설날 차례인들 변변히 올릴 수 있었으리. 따로 하지 아니하고, 초비한 ...
은 발로 놀부는 부모 제사 때를 당해도 음식 장만을 쓴 사람의 자식으로서 상상이나마
올리면서 ~ 그런 짓이야 어디 인두겁을 쓴 사람의 ... 한이 있어도, 정월 초하루
겠는가. 대접 올리고 돌아앉아 우는 (5: 119~120)
오직 맑은 청수(淸水) 한 대접 올리고 ...
원단(元旦)에는 나름대로 차례를 모셔야 한다.

'옹구네'와 '평순네'의 대화 정황 뒤에 그와 관련되어 '좀생이' 별에 대
에서는 기록의 인용이 이어진다. 이때 좀생이별에 대한 서술은 필요한 정보 제공에 그치지
천문에 대한 전통 담론으로 확대, 敷述되고, 나아가 이와 대비되는 '청암부인'의 세계관
姻父의 내력을 중심으로 이씨 가문의 상황이 점검된다. (34)에서는 청암부인이 일으킨
공사와 관련되어 행정 부서와 절차에 대한 설명이 있은 다음 그 공사의 정당성에
내포 서술자의 태도와 어조가 수사 의문 '-으리오', '-ㄴ가'로 표출되었다. 이는 내포
청암부인의 세계관과 행적을 긍정적으로 평가, 제시하려는 태도가 반영된 것이라
章의 서두에서 일제 강점기의 궁핍한 상황을 서술하면서 내포 서술자의 평가와 정서
'-으리', '-겠는가'로 드러냄으로써, 당시의 정황에 절실하게 공감할 수 있는 분위기

소설 『혼불』의 서술자와 시점에 대한 어학적 접근

김 흥 수

이 글에서는 소설 『혼불』을 대상으로 3인칭 소설의 서술자와 시점 양상을 어학적으로 살펴 논의한다
『혼불』에서는 서술자가 텍스트 구성과 사건 인물에 적극적으로 개입, 간섭하되 3인칭 소설의 일반적인
서술자 시점 양상도 두루 나타난다 따라서 3인칭 소설의 서술자-시점 현상에 대한 어학적 접근에서
문제가 되는 논점들을 점검하고, 아울러 『혼불』의 서술 시점 특성도 확인할 수 있었다
내포 서술자의 경험자 시점은 (특정 사태·인물 서술에 나타나며, 배경 묘사, 여러 인물 및
인물 외면 묘사에서 선호된다 서술자 시점은 일반적 상황 정보 서술에 나타나며, 배경 설명,
사태 요약, 이해에 필요한 정보와 속성 서술에서 선호된다. 내포 서술자의 경험자 시점과 서술자
[illegible], 세부 맥락 유형에 따라 선택되되, 요약 서사나 특정 정황 속 설명에서는 두 시점이
설명에 상념이 수반될 때에는 경험자 겸 서술자 시점이 상정될 수 있다. 맥락에 따라
[illegible] 주로 경험자 시점의 인물 지각 경험과 내면 묘사에 나타나며, 서로 전이, 교차,
중개, 삽입을 거친다 내포 서술자와 인물 이입 시점이 서술 기법으로 교감과
[illegible]하게 간섭, 삼투하는데, 이는 『혼불』의 주요 서술 기법으로 나타나며, 이때
일반적 설명의 경우 서술자 시점으로 나타난다 즉 일반적 [illegible]
[illegible] 양상은 크게 세 유형으로 나타난다 [illegible] 공감을 유도
[illegible] 서술자가 표출되어 논평하고 [illegible]
[illegible] 세계관을 드러내는 경우 들이다
[illegible] 에서는 이러한 [illegible]
[illegible] 두드러 [illegible]